부활

홍   신
세 계 문 학

0   1   3

부활

Воскресение

L. N. 톨스토이 지음
최경준 옮김

홍
신
문
화
사

차례

주요
등장인물

네흘류도프   남주인공. 카튜샤에게 죄의식을 느낀다.

카튜샤   여주인공. 네흘류도프에게 순결을 빼앗기고 창녀로 타락한다.

마리야 이바노브나   네흘류도프의 고모인 지주地主.

소피야 이바노브나   마리야 이바노브나의 동생. 언니와 함께 살고 있다.

미시(마리야 코르차긴)   공작의 딸. 네흘류도프와 결혼할 것을 굳게 믿고 있다.

아그라페나 페트로브나   네흘류도프의 가정부.

페도샤   카튜샤와 가장 친한, 젊고 아름다운 여죄수.

시몬손   국사범. 카튜샤와 결혼한다.

제1부

〜〜〜

1

몇십만 명이 비좁은 곳에 모여 서로 밀치락달치락하며 땅을 못 쓰게 만들려고 아무리 애를 써도, 아무것도 돋아나지 못하게 땅바닥에 돌을 깔아도, 조그마한 틈바구니에 싹 트는 풀을 아무리 뜯어도, 석탄이나 석유 연기로 그을려도, 나뭇가지를 베고 짐승과 새들을 쫓아버려도, 도시의 봄도 역시 봄이었다. 햇볕이 따뜻하게 내리쬐면 풀은 생기를 되찾아 움트고, 뿌리만 남아 있으면 가로수 길의 잔디는 물론 포석 틈새에서도 여기저기 파랗게 싹이 트고 자작나무며, 포플러며, 벚나무에서도 찐득하고 향기로운 새잎을 펼치고, 보리수는 벌어진 새 움을 부풀렸다.

까치와 참새와 비둘기가 봄을 맞아 즐겁게 둥지를 만들기 시작하고, 파리가 양지바른 벽에서 윙윙거리고 있었다. 풀도, 나무도, 새도, 벌레도, 아이들도, 모두 즐거워 보였다. 그러나 사람들은—어른들만은—자기 자신을 속이고 괴롭히며, 서로 속이고 남을 괴롭히는 짓을 그치지 않았다. 사람들이 신성하고 중요하다고 생각하는 것은 이 봄날의 아침도 아니고, 만물의 행복을 위해 주어진 신의 세계의 아름다움, 즉 평화와 화합과 사랑으로 사람의 마음을 이끄는 이 아름다움도 아니었다. 서로 상대를 지배하기 위해서 그들 자신이 생각해낸 일들만 신성하고 중요하다고 생각했다.

그래서 감옥 사무실에서도 역시 신성하고 중요한 것은, 살아 있는 모든 것에 봄의 감동과 기쁨이 주어졌다는 것이 아니라, 어젯밤에 받은 무슨무슨 사건이라 이름 붙인 봉인과 번호가 찍힌 서류였다. 거기에는 오늘, 즉 4월 28일 오전 9시까지 구류 중인 미결수 세 명, 여자 죄수 두 명과 남자 죄수 한 명을 지방법원에 출정시키라고 적혀 있었다. 여자 죄수하나는 중요한 용의자로서, 나머지 두 사람과 따로 연행하지 않으면 안되었다. 그래서 이 명령에 따라 4월 28일 아침 8시에, 악취가 물씬 풍기는 어두컴컴한 여죄수 감방 복도로 간수장이 들어갔다. 그 뒤를 따라 소매 끝에 금줄을 두른 윗도리를 입고 가장자리에 푸른 파이핑 장식이 달린 혁대를 맨, 희끗희끗한 고수머리에 피로해 보이는 여자가 들어갔다. 여간수였다.

"마슬로바를 부르시려고요?" 여간수가 당직 간수장과 함께 복도로 향한 어느 감방 문 앞으로 다가가며 물었다. 간수장은 쇳소리를 철거덕거리며 열쇠를 꽂아 감방 문을 열고는, 복도에서보다 더한층 심하게 풍기는 악취를 정면으로 맡으면서 소리쳤다. "마슬로바, 출정이다!" 그러고 곧 문을 닫고, 안에서 나오기를 기다렸다.

감옥 뜰까지만 해도 시내로부터 바람에 실려 불어오는, 생기를 주는 상쾌한 정원의 공기가 감돌았다. 그러나 이 복도에는 배설물과 콜타르와 부패물의 악취가 밴, 속을 뒤집을 듯 탁한 공기가 풍기고 있어서, 처음 들어오는 사람은 금방 답답하고 기분이 무거워지고 만다. 뜰을 거쳐 들어온 여간수도, 더러운 공기에 익숙했지만 역시 이런 기분에 휩싸였다. 그녀는 복도에 들어서는 순간 갑자기 피로를 느끼고 무엇에 빨려 들어가는 듯 졸음을 느꼈다.

감방 안이 떠들썩해지기 시작하고, 여자들의 목소리며 맨발로 왔다 갔다 하는 소리가 들렸다.

"빨리 해. 뭘 하고 있어, 마슬로바!" 간수장이 감방 문을 향해 소리를 질렀다.

2분쯤 지났을 때, 흰 윗도리와 흰 치마에 잿빛 겉옷을 걸친, 키는 별로 크지 않지만 가슴이 몹시 풍만한 젊은 여자가 힘차게 문틈으로 나와서 휙 돌아서더니 간수장 곁에 섰다. 여자는 리넨 양말을 신고 그 위에 죄수용 털신을 신었으며, 머리는 하얀 숄로 싸고 있었는데, 그 밑으로 일부러 멋을 부려 늘어뜨린 듯싶게 검은 머리카락 한 가닥이 물결처럼 흘러나와 있었다. 여자의 얼굴은 오랫동안 실내에만 갇혀 있던 사람에게서 흔히 볼 수 있듯이 유달리 하얘서 움 속의 감자 싹을 연상케 했다. 조그맣고 통통한 손도, 겉옷의 큼직한 깃 속으로 보이는 희고 토실토실한 목덜미도 역시 같은 느낌이었다. 그 얼굴에서 특히 사람의 눈길을 끄는 것은 침울한 창백함과는 대조적으로 새까맣고 반짝반짝 빛나는, 약간 부은 듯하지만 놀랄 만큼 싱싱한 눈이었는데, 한쪽은 약간 사시였다. 그녀는 풍만한 가슴을 내밀다시피 하면서 등을 꼿꼿이 펴고 서 있었다. 복도로 나온 그녀는 고개를 약간 뒤로 젖히고 똑바로 간수의 눈을 보면서, 뭐든지 시키는 대로 할 자세를 취했다.

간수가 문을 닫으려 할 때, 안에서 희끗희끗한 머리를 아무렇게나 뒤로 잡아당겨서 맨, 파리하고 깡마르고 주름투성이인 노파의 얼굴이 불쑥 나타났다. 노파는 마슬로바에게 뭐라고 말하기 시작했다. 그러나 간수는 막무가내로 노파의 얼굴을 향해 문을 확 닫았다. 노파의 얼굴이 사라졌다. 감방 안에서 여자들의 웃음소리가 들렸다. 마슬로바는 따라 웃으며 작은 쇠창살문 쪽을 돌아보았다. 노파가 안쪽 창문에 달라붙어 쉰 목소리로 말했다.

"첫째는…… 쓸데없는 말을 하지 말아야 해. 한 가지 말만 되풀이하고

밀고 나가면 돼."

"그야, 한 가지 말만 하고 있으면 이 이상 나빠지진 않겠죠, 뭐." 마슬로바는 머리를 흔들며 말했다.

"물론 한 가지만이지, 결판이 두 가지가 있을 턱이 있나." 간수장이 자못 상사답게 자기의 재치 있는 말솜씨를 스스로 확인하듯 한마디 뇌까렸다. "자, 따라와!"

쇠창살문으로 보이던 노파의 눈이 사라졌다. 마슬로바는 복도 한복판으로 나가자 종종걸음으로 간수장을 따라갔다. 그들은 돌층계를 내려가서, 여자 감방보다 더 악취가 지독하고 떠들썩한 남자 감방 앞을 지나갔다. 쇠창살문마다 번들번들 빛나는 사내들의 눈길에 쫓기면서 두 사람은 사무실로 들어갔다. 거기에는 총을 든 호송병이 두 명 서 있었다. 책상에 앉아 있던 서기가 한 호송병에게 담배 냄새가 밴 서류를 건네고 여죄수를 턱으로 가리키며 말했다.

"인수해 가시오."

병사는—곰보 자국이 있고 얼굴이 붉은 니즈니노브고로드 출신 농부다—서류를 받아 외투 소매 끝에 집어넣고 광대뼈가 튀어나온 핀란드 태생의 동료를 보며 여죄수 쪽으로 한쪽 눈을 찡긋해 보였다. 호송병들이 여죄수를 사이에 끼고 층계를 내려가 정문 쪽으로 걸어갔다.

정문의 샛문이 열렸다. 그들은 샛문의 문턱을 넘어 바깥뜰로 나갔다. 그리고 다시 감옥 안을 빠져나가 시내의 포장도로를 걸어갔다.

마부들이며, 가게 주인들, 식모들과 직공들, 그리고 관리들이 걸음을 멈추고 신기한 듯 여죄수를 돌아보았다. 그 가운데에는 고개를 흔들면서 '나쁜 짓을 하면 저런 꼴이 되는 거야. 우리처럼 성실하면 아무 탈 없을 텐데.' 하고 생각하는 사람도 있었다. 아이들은 죄지은 여자를 무섭게 바라보았지만, 그래도 병사들이 붙어 있으므로 이젠 아무 짓도 못한다는 것을 알고 마음을 놓았다. 마을에서 술을 팔러 왔다가 돌아가는 길에 싸구려 식당에서 차를 마시고 있던 한 농사꾼은, 여죄수 곁으로 다가가 성호를 긋고 1코페이카짜리 동전을 쥐여주었다. 여죄수는 얼굴을 붉히고 머리를 숙이면서 뭐라고 입속으로 중얼거렸다.

뭇사람들이 자기를 보고 있다는 걸 느낀 여죄수는 고개를 돌리지 않고 살짝 곁눈질했다. 그리고 자기가 주목의 대상이 되어 있다는 기쁨을 느꼈다. 감방과는 견줄 수 없는 상쾌한 봄날의 공기도 그녀의 마음을 환하게 해주었다. 그러나 오랫동안 걸어보지 못한 돌 포장길을 딱딱한 죄수용 털신을 끌고 걷는 것은 여간 괴롭지 않았다. 그래서 그녀는 발끝을 보며 되도록 가볍게 발을 옮기려고 애썼다. 밀가루 가게 앞에 이르니 아무에게도 쫓겨본 적 없는 비둘기 몇 마리가 아장아장 걸어 다니며 모이를 쪼고 있었다. 여죄수는 하마터면 그 가운데 한 마리를 한쪽 발로 밟을 뻔했다. 비둘기는 파드닥 날아올라 부산하게 날갯짓하며 여죄수의 귓전을 스쳐 얼굴에 바람을 몰아붙이고 날아갔다. 여죄수는 생긋 웃었으나, 곧 자기 신세를 생각하고 한숨을 깊게 내쉬었다.

2

여죄수 마슬로바가 자라온 과정은 매우 평범했다. 그녀는 남의 집 종살이를 하는, 남편도 없는 여자의 딸로 태어났다. 그 여자는 여지주인 두 자매의 영지에서 가축을 돌보는 늙은 어머니와 살았다. 이 남편 없는 여자는 해마다 아이를 낳았지만, 어느 마을에서나처럼 아이에게 세례만 받게 하고는, 바라지도 않았는데 태어난 필요 없는 자식은 일에 방해가 된다며 젖도 주지 않고 내버려 두어, 아이가 굶어 죽었다.

이렇게 하여 다섯 아이가 죽었다. 모두 세례는 받았지만 그 뒤로 먹을 것을 주지 않아 죽은 것이다. 떠돌이 집시 사내한테서 낳게 된 여섯 번째 아이는 여자아이였다. 그리고 이 아이도 같은 운명에 빠질 뻔했으나, 우연히 지주인 노처녀 자매 가운데 한 사람이 축사에 들렀기 때문에 용케 살아났다. 크림에서 소 냄새가 난다고 가축지기를 꾸짖기 위해 축사에 간 것인데, 뜻밖에도 산모가 귀엽고 튼튼해 보이는 아기를 안은 채 누워 있었다. 이것을 본 여지주는, 크림 문제와 축사 안에 산모를 들여 놓은 데 대해 한바탕 꾸짖고 돌아 나가다가 무심코 갓난아기를 보고는 그만 마음이 움직여 대모가 되어주겠다고 말했다.

그녀는 이 아이에게 세례를 받게 한 후 불쌍한 생각이 들어 그 어머니에게 우유와 돈을 보내주었다. 이리하여 이 여자아이는 살아남았다. 그래서 노처녀 자매는 이 아이를 '구원받은 아이'라고 부르기로 했다.

아이가 세 살이 되었을 때 어머니는 병이 들어서 죽었다. 가축지기 할머니가 손녀딸이 부담스러워 어찌할 줄 몰라 하자 늙은 여지주 자매는 아이를 맡아 기르게 되었다. 눈이 까만 이 여자아이는 무척 발랄하고 귀여웠으므로 여지주 자매는 아이가 자라는 모습을 즐거움으로 삼고 지켜보았다.

두 자매 가운데 동생인 소피야 이바노브나는 마음씨 고운 여자로, 소녀에게 세례를 받게 해준 것도 그녀였다. 언니 마리야 이바노브나는 좀 엄한 편이었다. 소피야 이바노브나는 소녀에게 고운 옷을 입히고, 책 읽기를 가르쳐 장차 양딸로 삼고 싶어 했다. 그러나 마리야 이바노브나는 소녀를 부지런하고 일 잘하는 하녀로 만들 생각으로 엄격하게 가르치고 꾸짖었으며, 기분이 나쁠 때는 매질까지 했다. 이렇게 서로 상이한 양육 방식 속에서 자란 소녀는 나이가 들자 반은 하녀, 반은 양녀 같은 존재가 되었다. 그녀를 부르는 이름도 비칭인 캇카나 애칭인 카텐카가 아니라 그 중간을 딴 카튜샤가 되었다. 그녀는 바느질도 하고, 방 청소도 하고, 그릇 닦는 가루로 성상도 닦고, 커피를 볶아서 가루를 만들어 끓여내기도 하고, 자질구레한 빨래도 했지만, 때로는 여주인들과 함께 앉아서 그들에게 책을 읽어주기도 했다.

그녀에게는 여러 곳에서 혼담이 들어왔다. 그러나 아무에게도 시집가려 하지 않았다. 혼담의 상대가 모두 막일하는 가난한 사람들이어서 지주 댁 생활의 편안함에 젖은 그녀로서는 그런 사람들과 살면 퍽 고생스럽겠다는 생각이 들었던 것이다.

이런 생활은 그녀가 열여섯 살이 될 때까지 계속되었다. 그녀가 만 열여섯 살이 되었을 때 여주인 자매의 조카뻘 되는 대학생인 부유한 공작이 놀러 왔다. 카튜샤는 그에게 고백은 그만두고라도 자기 가슴에조차 똑똑히 말할 용기도 없으면서 그를 사모하게 되었다. 그로부터 2년 뒤이 조카가 싸움터로 나가는 길에 고모네 집에 들러 나흘 동안 묵었다. 그런데 떠나기 전날 밤 카튜샤를 유혹했다. 그리고 이튿날 아침 그녀의 손에 100루블짜리 지폐 한 장을 쥐여주고는 떠났다. 그가 떠난 지 다섯 달 뒤 그녀는 자기가 임신한 것을 알았다.

그때부터 그녀는 모든 것이 싫어졌다. 그리고 자기를 기다리고 있는 치욕을 어떻게 하면 벗어날 수 있을까, 그것만 골똘히 생각한 나머지 여주인들 시중도 마음 내키지 않아 소홀히 하게 되었을 뿐만 아니라—어째서 그렇게 되었는지 자신도 몰랐지만—울화가 치밀어 분통을 터뜨리고 말았다. 그녀는 여주인들에게 몹시 난폭한 말로 쏘아붙였다. 그러다 나중에는 자기 자신도 후회스러워 내보내달라고 간청했다.

마침 여주인들도 못마땅해하고 있었으므로 잘되었다 싶어 그녀를 내보내고 말았다. 그 집을 나온 카튜샤는 지방 경찰서장 집에 하녀로 들어갔으나, 거기서 석 달밖에 있지 못했다. 지서장은 쉰을 넘긴 늙은이 주제에 그녀를 넘보고 치근거렸는데, 하루는 너무 끈덕지게 덤비는 바람에, 화가 나서 바보니 늙은 짐승이니 하고 욕을 퍼부으며 가슴을 떼밀었고, 그는 그만 뒤로 벌렁 나자빠지고 말았다. 그녀는 난폭하다는 이유로 쫓겨났다. 해산달이 가까워 다른 마땅한 일자리를 구할 수 없자 그녀는 어쩔 수 없이 마을에서 술 도매를 하는 과부인 산파 집에 신세를 지게 되었다. 해산은 비교적 수월했다. 그런데 산파가 마을에서 병든 산부를 만져서 카튜샤에게 산욕열을 옮겨주었고, 갓 태어난 사내아이를 양육원에 보내게 되었다. 데리고 간 노파의 말에 의하면 아기는 그곳에 도착하자마자 곧 죽어버렸다고 했다.

산파 집에 신세를 지러 갔을 때 카튜샤가 가지고 있던 돈은 127루블이었다. 27루블은 그녀 자신이 번 돈이고 100루블은 그녀를 유혹한 공작에게서 받은 돈이었다. 그러나 그곳을 나왔을 때 그녀의 손에는 겨우 6루블밖에 남아 있지 않았다. 그녀는 돈을 아낄 줄 모르는 성품이라, 자기도 쓰고 아무나 원하기만 하면 빌려주었다. 산파가 두 달 치 생활비로—식대와 찻값—40루블을 받아 갔고, 25루블은 아기를 맡기는 데 썼으며, 산파가 다시 암소를 산다고 40루블을 빌린 데다가 옷가지랑 차랑 과자를 사느라고 20여 루블을 썼다. 그래서 카튜샤가 회복되었을 때는 거의 돈이 떨어진 형편이라 당장 일자리를 찾지 않으면 안 되었다. 그리하여 이번에는 산림관 집에서 일하게 되었다.

산림관은 아내가 있는데도 서장과 마찬가지로 첫날부터 카튜샤에게 치근대기 시작했다. 카튜샤는 이 사나이가 징그럽도록 싫어서 되도록 멀리하려고 애썼다. 그러나 사나이는 워낙 경험이 있고 교활한 데다 주인이기 때문에 언제든지 그녀를 마음먹은 곳으로 심부름 보낼 수 있었다. 그리하여 기회를 엿보아 자기 뜻대로 그녀를 손에 넣고 말았다. 그의 아내는 그것을 눈치챘다. 어느 날 밤, 남편과 카튜샤가 단둘이 있는 것을 발견하고 카튜샤에게 덤벼들었다. 카튜샤도 지지 않았다. 맞붙어 싸운 끝에 그녀는 월급도 받지 못하고 쫓겨났다. 그래서 카튜샤는 시내로 나가 이모네 집에 몸을 의탁했다. 이모의 남편은 제본소를 하고 있어 전에는 그런대로 유복했으나 지금은 단골을 잃어, 닥치는 대로 물건을 팔아 술만 마시고 있었다.

이모는 조그마한 세탁소를 하여 그 수입으로 아이들을 키우고 타락한 남편 뒷바라지를 하고 있었다. 이모는 카튜샤에게 자기 집의 세탁부가 되라고 권했다. 그러나 그녀는 이모네 집에서 일하는 세탁부들의 괴로운 생활을 보고는 마음이 내키지 않아 고용인 소개소를 돌아다니며 하녀 일자리를 찾았다. 중학생 아들들을 거느린 어느 부인 집에 일자리가 났다. 그녀가 들어가서 일주일 남짓 지나자 이제 겨우 코밑에 수염이 자라기 시작한 중학교 6학년짜리 큰아들이 공부는 접어두고 카튜샤에게 귀찮게 굴어 마음 편할 때가 없었다. 그의 어머니는 모든 것을 카튜샤 탓으로 돌리고 그녀를 내쫓아버렸다.

새 일자리는 좀처럼 나타나지 않았는데, 직업소개소에서 우연히 살집이 좋고 손에 보석 반지와 팔찌를 낀 한 부인을 만났다. 부인은 카튜샤가 일자리를 찾고 있다는 것을 알고 자기 주소를 알려주면서 찾아오라고 했다. 카튜샤는 부인을 찾아갔다. 부인은 상냥하게 그녀를 맞아들이고는 만두랑 달콤한 포도주를 대접한 뒤 하녀에게 쪽지를 건네주며 어디론지 심부름을 보냈다.

저녁때 희끗희끗한 머리를 길게 기르고 흰 턱수염이 있는 키 큰 사나이가 방으로 들어왔다. 사나이는 카튜샤 곁에 앉아 눈을 번들거리며 히죽히죽 웃으면서 그녀를 찬찬히 뜯어보기도 하고 농담을 걸기도 했다. 부인은 그를 옆방으로 불렀다. "시골서 갓 데려온 싱싱한 상품이라우." 하고 말하는 부인의 목소리가 카튜샤의 귀에 들렸다. 그런 다음 부인은 카튜샤를 불러, 이분은 작가이고 상당한 부자라서 마음에 들기만 하면 돈은 조금도 아끼지 않는다고 말했다. 그녀는 그의 마음에 들었다. 노인은 가끔 만나줄 것을 약속시킨 다음 그녀에게 25루블을 주었다. 그러나 이 돈은 이모네 집에 빚져 있던 밥값과 새 옷과 모자와 리본을 사느라고 하루아침에 다 없어지고 말았다. 이삼일이 지나자 작가는 다시 그녀를 부르러 사람을 보냈다. 그녀는 따라갔다. 작가는 또 25루블을 주면서 따로 방을 얻어 이사하라고 권했다.

작가가 얻어준 셋방에서 사는 동안 카튜샤는 같은 건물 안에 사는 싹싹한 점원과 좋아지내게 되었다. 그녀는 그것을 작가에게 털어놓고 점원과 함께 다른 작은 방으로 옮겼다. 그런데 결혼하겠다는 약속까지 했던 점원이 말도 없이 종적을 감추고 말았다. 그녀를 버리고 니즈니로 도망가버린 모양이었다. 이리하여 카튜샤는 다시 혼자 남게 되었다. 그녀는 그 방에서 혼자 살아보려고 생각했지만 그것은 허락되지 않았다. 경찰관이 와서, 매음 감찰을 받고 검진을 받지 않으면 여기서 살 수 없다고 말해주었다. 그래서 그녀는 다시 이모네 집으로 돌아갔다.

이모는 그녀가 최신 유행 차림으로 멋진 코트를 입고 예쁜 모자를 쓴 것을 보더니 생활이 아주 좋아진 줄 알고 반색하며 맞아들였고, 이제는 세탁부가 되라고 권하지도 않았다. 카튜샤 역시 세탁부가 될 생각은 전혀 없었다. 그녀는 얼굴빛이 나쁘고 팔이 가느다란 세탁부들이 일방에서 지내는 고역 같은 생활을 애처롭게 바라보았다. 그 여자들 가운데는 이미 폐병에 걸린 사람도 몇 명인가 있었다. 여름이든 겨울이든 창문을 열어젖히고 30도나 되는 숨 막히는 비누 증기 속에서 빨래를 하거나 다리미질을 하고 있었는데, 하마터면 나도 저런 고생을 할 뻔했구나 생각하니 소름이 쫙 끼치곤 했다.

그런데 마침 그 무렵, 후원자를 만나지 못해 곤경에 빠져 있는 카튜샤에게 창녀 집에 여자를 알선하는 뚜쟁이 할멈이 눈독을 들였다.

카튜샤는 이미 오래전부터 담배를 피우고 있었지만 최근 점원과 좋아지내다가 버림받은 뒤로는 술도 배우게 되어 차츰 마구 마시게 되었다. 그녀가 술에 끌리게 된 것은 그 맛을 알게 된 탓도 있었지만, 그보다도 술이 지금까지 겪어온 괴로움을 모두 잊게 해주고 가슴의 응어리도 풀어주고 자기도 남 못지않다는 자부심을 가질 수 있게 해주었기 때문이었다. 술을 마시지 않고는 도저히 그런 마음이 될 수 없었다. 술을 마시지 않았을 때는 늘 자기가 부끄럽고 기분이 울적했다.

뚜쟁이 할멈은 이모에게 음식을 대접하고 카튜샤에게는 술을 먹인 다음, 시내에서 으뜸가는 유곽에 들어갈 것을 권하며 그 환경의 좋은 점을 늘어놓았다. 천한 하녀의 신분으로 추근추근 남자들에게 놀림받으며 가끔 은밀한 정사의 상대가 되느냐, 아니면 생활이 보장되고 법률로 공공연하게 허락된 상황에서 돈벌이도 잘되는 매음 생활을 하느냐, 카튜샤는 둘 중 하나를 고를 수밖에 없는 처지에 놓였다. 그녀는 후자를 골랐다. 그뿐 아니라 그녀는 이 길을 선택함으로써 자기를 처음 유혹한 남자와 그 점원에게, 그리고 자기한테 나쁜 짓을 한 모든 사람들에게 복수하겠다고 생각했다.

또한 그녀의 마음을 눈멀게 하고 최종적인 결심을 내리게 한 하나의 원인은 마음대로 옷을 맞춰 입을 수 있다는—벨벳이건, 프랑스 비단이건, 어깨와 팔이 드러나는 야회복이건—뚜쟁이 할멈의 말이었다. 까만 벨벳 장식이 달린 유록색 비단을 몸에 감은 자기 모습을 상상했을 때 카튜샤는 그만 참을 수 없어 신분증명서를 내주고 말았다. 그날 밤 뚜쟁이 할멈은 마차를 불러 키타예바라는 여자가 경영하는 유명한 유곽으로 그녀를 데리고 갔다.

그때부터 카튜샤에게 신과 인간의 계율에 어긋나는 만성적인 범죄

생활이 시작되었다. 그것은 오직 국민의 행복만을 배려하는 정부의 허가뿐만 아니라 그 보호 아래서 영위되고 있는 수백만 여자들의 생활이었다. 그러나 열 명 가운데 아홉 명은 나쁜 병에 걸려 나이보다 일찍 늙어버리고 끝내는 비참하게 죽고 마는 그런 생활이었다.

한밤중의 난잡한 연회가 끝나고 아침과 낮에 깊게 잠든다. 2시나 3시가 지나서야 더러운 잠자리에서 축 늘어진 몸을 부스스 일으켜 술기운을 떨쳐버리려 탄산수와 커피를 마시고, 화장 옷이나 재킷이나 가운만 걸친 너절한 몰골로 나른하게 이 방 저 방을 돌아다니기도 하고, 커튼 뒤에서 창밖을 내다보기도 하고, 탄력 없는 쉰 목소리로 동료들과 욕지거리를 하기도 한다. 그러다가 세수를 하고 화장을 하고 몸과 머리에 향수를 뿌린다. 옷을 입어보고 그 옷 때문에 포주와 다툰다. 거울 앞에 앉아 얼굴을 다듬고 눈썹을 그린다. 정력이 넘치도록 기름진 음식을 먹는다. 그리고 몸이 훤히 비치는 밝은 비단옷을 입고는 화려하고 눈부시게 밝은 홀로 나간다.

손님이 온다. 음악이 울리고 춤을 추고 과자를 먹고 술을 마시고 담배를 피우고 손님을 받는다. 상대는 젊은이, 중늙은이, 애송이, 늙어빠진 노인, 독신자, 기혼자, 장사꾼, 점원, 아르메니아인, 유대인, 디다르인, 부자, 가난뱅이, 건강한 사람, 병자, 술 마신 사람, 안 마신 사람, 난폭한 사람, 상냥한 사람, 군인, 문관, 대학생 등등 온갖 계급과 나이와 성격의 사나이들이 다 있다. 고함과 신소리, 싸움과 음악, 담배와 술, 저녁때부터 새벽까지 끊이지 않고 울리는 음악, 아침에 가까스로 해방되면 무겁고 답답한 수렁 같은 잠, 이런 생활이 날마다 되풀이된다.

주말에는 지역 담당 경찰서에 간다. 그곳에서는 공무원인 남자들, 관리와 의사가 때로는 점잖은 얼굴로 엄중히, 때로는 히죽히죽 웃으면서 반 장난삼아, 죄악을 막기 위해 사람은 물론이요 동물에게까지 자연이

준 수치심을 무시하고 여자들을 검진하여, 그녀들이 일주일 동안 공모자들과 저질러온 죄악의 행위를 다시 계속해도 좋다는 면허증을 준다. 그리고 다시 똑같은 일주일이 온다. 이것이 여름이고 겨울이고 평일이고 축제일이고 쉴 새 없이 되풀이된다.

이렇게 카튜샤는 7년을 살았다. 그동안 그녀는 포주를 두 번 바꾸고 한 번 병원에 입원했다. 유곽에 나간 지 7년, 처음 타락에서 헤아린다면 8년째에, 다시 말해 스물여섯 살이 되었을 때 그녀가 감옥에 들어간 원인이 된 사건이 일어났다. 그리하여 여섯 달이나 살인범과 도둑들과 한 방에 갇혀 있다가 이제 가까스로 법정에 끌려 나오게 된 것이다.

3

먼 길을 가느라 지칠 대로 지친 카튜샤가 호송병과 함께 지방법원 건물에 다가가고 있을 무렵, 그녀의 양모인 여지주의 조카이자 그녀를 유혹했던 장본인 드미트리 이바노비치 네흘류도프 공작은 스프링 장치가 잘된 높직한 침대에서 아직도 푹신한 깃털 이불에 싸여 네덜란드제 파자마 깃을 펼친 채 담배를 피우고 있었다. 그는 무심히 허공을 바라보면서 오늘 해야 할 일과 어제 있었던 일을 생각하고 있었다.

그는 그 집 딸과 결국은 결혼할 것이라고 모든 사람이 예상하고 있는 부호이자 명문인 코르차긴 공작 댁에서 지낸 간밤의 일을 생각하고 한숨을 내쉬며, 다 피우고 난 담배를 버렸다. 그리고 은제 담배 케이스에서 새로 담배를 꺼내려다 말고, 침대에서 희고 미끈한 다리를 내려 슬리퍼를 더듬어 신었다. 그는 살찐 어깨에 비단 가운을 걸치고는 육중하지만 빠른 걸음으로 침실 옆의 엘릭시르, 오드콜로뉴, 머릿기름, 향수 등

인공의 향기가 넘치는 화장실로 들어갔다.

거기서 그는 군데군데 금으로 땜질한 이를 특제 치약으로 닦고 향료를 탄 물로 입을 씻고는, 이곳저곳 몸을 깨끗이 씻은 다음 차례차례 수건을 바꾸어서 닦기 시작했다. 향긋한 비누로 꼼꼼하게 손을 씻고 보기 좋게 기른 손톱을 조그마한 솔로 정성껏 닦고는, 커다란 대리석 세면대에서 얼굴과 살집 좋은 목덜미를 씻고 나서 다시 옆방으로 들어갔다. 샤워실이었다. 거기서 살찌고 기름진 흰 몸뚱이를 찬물로 씻고, 올이 굵은 고급 목욕 수건으로 물기를 말끔히 닦은 뒤, 깨끗이 다려진 산뜻한 속옷을 입고 거울처럼 반짝반짝 윤나게 닦은 구두를 신었다. 그리고 화장대 앞에 앉아 짧고 곱슬곱슬한 검은 턱수염과 숱이 적어지기 시작한 이마 쪽의 머리를 브러시 두 개로 빗기 시작했다.

그가 사용하는 장신구는 속옷에서 옷, 구두, 넥타이, 핀, 커프스단추에 이르기까지 모두 최고급품으로서, 두드러지게 눈에 띄지는 않았지만 모두 값진 것이었다.

네흘류도프는 열 가지나 되는 넥타이와 핀 가운데 아무거나 손에 닿는 것을 집어서 매고—전에는 이것저것 고르는 것이 즐거웠으나 이제는 전혀 관심이 없었다—깨끗이 손질해 의자 위에 놓아둔 옷을 입고는, 아직도 머리가 약간 무거웠지만 산뜻한 향수 냄새에 싸여, 어제 하인 셋이서 바닥에 깔린 나무 모자이크를 반들반들하게 닦아놓은 길쭉한 식당으로 들어갔다.

식당에는 커다란 참나무 찬장과 역시 큼직한 식탁이, 사자 발을 본뜬 네 개의 다리를 벌린 채 버티고 서 있었다. 식탁에는 이 집의 머리글자가 새겨져 있는 빳빳하게 풀 먹인 얇은 식탁보가 덮여 있고, 그 위에 향긋한 커피가 든 은주전자와 은제 설탕 그릇, 따뜻한 크림을 담은 그릇, 갓 구운 둥근 빵과 기름에 튀긴 빵, 비스킷을 담은 바구니가 나란히 놓여 있었다. 그 옆에는 배달된 편지와 신문과 신간 잡지《두 세계 평론》이 놓여 있었다. 네흘류도프가 편지를 집으려 했을 때, 복도로 나 있는 문이 열리더니 레이스로 된 머리 장식으로 가리마를 감추다시피 눌러쓰고 토실토실하게 살이 찐 상복 차림의 부인이 들어왔다. 그녀는 얼마 전이 집에서 세상을 떠난 네흘류도프의 어머니 시중을 들던 아그라페나 페트로브나라는 여자로, 지금은 가정부로 남아 아들을 모시고 있었다.

아그라페나 페트로브나는 네흘류도프의 어머니를 따라 10년 남짓 외국에서 지낸 일이 있어 귀부인 같은 풍채와 태도를 갖고 있었다. 그녀는 그가 어릴 때부터 네흘류도프 집안에 몸담아서, 드미트리 이바노비치를 미텐카라고 부르던 소년 시절부터 알고 있었다.

"안녕히 주무셨어요, 드미트리 이바노비치."

"잘 잤소, 아그라페나 페트로브나. 무슨 색다른 일이라도 있소?" 네흘류도프는 놀리듯 물었다.

"공작님 댁에서 편지가 와 있어요. 마님한테서인지 아가씨한테서인지는 모르겠지만 하녀가 벌써부터 제 방에서 기다리고 있습니다." 아그라페나 페트로브나는 편지를 내주며 의미 있는 미소를 지어 보였다.

"그래요, 어디 봅시다." 네흘류도프는 편지를 받아 들고 이렇게 말했으나, 아그라페나 페트로브나의 미소를 깨닫고는 이맛살을 찌푸렸다.

아그로페나 페트로브나의 미소는 편지가 코르차긴 공작의 딸한테서 온 것이라는 뜻이었는데, 그녀는 네흘류도프가 그 아가씨와 결혼할 줄 알고 있었다. 그녀의 미소에 나타난 이 예상이 네흘류도프의 기분을 상하게 했다.

"그럼 제가 기다리라고 말해두겠어요."

그녀는 이렇게 말하고 잘못 놓인 식탁용 솔을 집어 제자리에 놓은 다음 조용히 식당에서 나갔다.

네흘류도프는 그녀가 준 향긋한 편지를 뜯어서 읽기 시작했다. 끝이 고르지 않은 두꺼운 잿빛 종이에 뾰족한 글씨로 가볍게 씌어 있었다.

저는 공작님의 기억을 되살려드릴 의무가 있기 때문에 맡은 일을 다하는 의미에서 말씀드리겠습니다. 공작님은 오늘 4월 28일, 배심원으로 법원에 나가시게 되어 있습니다. 그러니까 어제 여느 때처럼 경솔하게 약속은 하셨지만, 저희들이나 콜로소프 님과 함께 전람회 구경을 하러 갈 수 없으십니다. 만약 제 시각에 출정하지 못한 벌로 말을 사시려던 그 300루블을 벌금으로 바치실 생각이라면 별문제입니다만. 저는 어제 공작님이 돌아가시자 이 일이 곧 생각났습니다. 아무쪼록 잊지 마시기를.

M. 코르차긴

뒷면에는 프랑스어로 이렇게 덧붙여져 있었다.

어머니께서 전해드리라는 말씀입니다만, 공작님의 식사는 밤늦게라도 오실 때까지 차려두시겠답니다. 몇 시가 되든지 꼭 오세요.

네흘류도프는 눈살을 찌푸렸다. 이 편지는 공작의 귀여운 딸인 코르차긴이 두 달 동안 그에게 전개하고 있는 교묘한 작업의 연장이며, 그 목적은 눈에 보이지 않는 실로 차츰 그를 자기에게 묶어놓으려는 데 있었다. 그러나 이제 흥분하기 쉬운 청춘 시절이 지나 덮어놓고 사랑의 포로가 될 수 없는 사람들이 결혼을 앞두고 늘 느끼는 망설임 말고도 네흘류도프에게는 또 한 가지, 설령 결심했더라도 지금으로서는 도저히 청혼할 수 없는 중대한 까닭이 있었다. 그 까닭은 그가 10년 전에 카튜샤를 유혹했다가 버린 것이 결코 아니었다. 그런 것은 까맣게 잊고 있었고 또 그것이 자기 결혼에 방해가 된다고는 꿈에도 생각하지 않았다. 그 무렵 그는 어느 유부녀와 관계를 맺고 있었는데, 그는 이미 관계를 끊은 것으로 알고 있었으나 여자 쪽에서는 아직 미련이 있어 관계가 끊긴 것을 인정해주지 않고 있었다.

네흘류도프는 대체로 여자에 대해서 몹시 소심했다. 그런데 이 소심함이 그 유부녀로 하여금 그를 정복하려는 욕망이 생기게 했다. 그 여자는 네흘류도프가 선거 때마다 찾아가는 군郡의 귀족회장 부인이었다. 여자 쪽에서 그를 유혹했는데, 이 관계가 네흘류도프로서는 나날이 빠져나올 수 없는 것이 되었으며, 한편으로는 차츰 더 싫증나는 것이 되어갔다. 처음에 네흘류도프는 그 유혹을 물리칠 수 없었고, 그러는 동안 그녀에게 죄스럽게 느끼면서도 그녀의 동의 없이는 관계를 끊을 수 없게 되었다. 바로 이것이, 원한다 해도 공작의 딸 코르차긴에게 청혼할 자격이 없다고 생각하는 이유였다.

공교롭게도 식탁 위에는 그 부인의 남편한테서 온 편지가 놓여 있었다. 그 글씨체와 소인을 보자 그는 얼굴이 확 달아오르면서, 순간적으로 위험이 닥쳐왔을 때 느끼는 그런 감정의 소용돌이를 느꼈다. 그러나 그 긴장은 공연한 걱정이었다. 네흘류도프의 주요 영지가 있는 군의 귀족회장인 그 부인의 남편이 5월 말경 임시 총회가 열린다는 것을 알리며, 보수파의 맹렬한 반대가 예상되니 꼭 참석해 학교와 철도 지선 부설 등 중요 안건이 가결되도록 강력히 밀어주기 바란다고 의뢰해 온 것이었기 때문이다.

귀족회장은 자유주의적인 인간으로서, 얼마 안 되는 동지들과 함께 알렉산드르 3세 시대에 대두한 반동에 항거해 그 싸움에 온 정신을 쏟고 있었으므로, 가정생활의 어두운 그늘에 대해서는 아무것도 모르고 있었다.

네흘류도프는 그를 생각할 때마다 느껴온 괴로운 망상들이 하나하나 떠올랐다. 한번은 남편에게 들켰을 때의 결투까지 생각했고, 결투할 때 하늘을 향해 권총을 쏘아야 하고 결심한 적도 있었으며, 또 그녀가 절망한 나머지 연못에 투신자살하겠다고 뛰쳐나가는 바람에 그것을 말리려고 기를 쓰고 찾아다니는 것도 생각했다. '이렇게 된 이상, 그 여자의 회답을 받을 때까지는 갈 수 없고 아무 계획도 세울 수 없다.' 하고 네흘류도프는 생각했다.

그는 일주일 전에 그녀에게 자기 죄를 인정하고 어떤 보상이라도 할 각오이며 역시 그녀의 행복을 위해서라도 이 같은 관계는 영원히 끝내버리는 것이 최선의 방법이라는 마지막 편지를 보냈다. 이 편지에 대한 회답을 기다리고 있었는데 아직 받지 못했다. 회답이 없다는 것은 어떤 의미에서는 좋은 징조였다. 그녀가 만약 관계를 끊고 싶지 않다면 벌써 회답을 보냈거나, 아니면 전에도 있었던 일이지만 직접 찾아왔을 것이었다. 네흘류도프가 풍문에 들은 바로는, 그곳에 어떤 장교가 나타나 그녀의 비위를 맞추고 있다는.것이었다. 그는 질투심에 괴롭기는 했지만, 한편으로는 실컷 시달림을 당하던 허위로부터 가까스로 해방될 것 같은 희망이 보여서 기쁘기도 했다.

또 한 통의 편지는 영지 관리인한테서 온 것이었다. 상속권 확인도 해야 하고 앞으로의 경영을 어떻게 하느냐 하는 것도 결정해야 하니 네흘류도프가 꼭 와주어야겠다고 관리인이 간청하고 있었다. 돌아가신 공작 부인의 생존 시와 마찬가지로 경영해나갈 것인지, 아니면 그가 공작 부인에게 권해왔고 지금 젊은 공작에게도 권하고 있듯이 농기구를 늘려 농민들에게 나누어 줄 토지를 이쪽에서 직접 경작할 것인지의 여부를 결정해달라는 것이었다. 자기가 얘기하는 경영 방식이 훨씬 더 유리할 것이라고 관리인은 말하고 있었다.

그리고 끝으로 다달이 초하룻날까지 보내기로 되어 있는 3천 루블의 송금이 약간 늦어진 것을 사과하며 다음번에 보내겠다는 약속을 하고는, 늦어진 까닭이 아무래도 농민들한테서 거둘 수가 없었기 때문이라면서, 농민들이 이렇게까지 뻔뻔스러워졌으니 당국에 부탁하여 강제징수라도 하지 않으면 안 될 것 같다고 한탄했다. 네흘류도프로서는 이 편지가 유쾌하기도 했고 불쾌하기도 했다. 유쾌한 것은 큰 영지에 대한 자기의 지배력이 느껴졌기 때문이었다. 불쾌한 것은, 젊었을 때 허버트 스펜서의 열렬한 신봉자였던 자기가 지금 대지주가 되고 보니, 그의 저서 《사회평형론》에서 정의는 개인의 토지 사유를 허용하지 않는다는 명제가 새삼 놀라웠기 때문이었다.

그는 청년의 곧은 기질과 정열에 이끌려 토지가 사유의 대상이 되어서는 안 된다고 주장하기도 했고, 대학에서는 이에 관한 논문을 썼을 뿐만 아니라 그 무렵 실지로 토지 사유에 대한 자기 신념을 어기지 않으려고 약간의 토지를(그것은 어머니의 토지가 아니라, 아버지에게서 물려받은 자신의 토지이기는 했지만) 농민들에게 나누어 주기도 했다. 상속으로 대지주가 된 지금 그는 아버지에게서 물려받은 200헥타르의 토지에 대해서 10년 전에 그랬듯 사유를 거부하든지, 아니면 자기의 그전 사상이 모두 잘못되었다고 인정하고 침묵을 지키든지, 둘 중 하나를 택하지 않으면 안 되었다.

전자를 택하는 것은 불가능했다. 토지 말고는 아무런 생활 수단이 없기 때문이었다. 스스로 일해 돈을 벌 생각도 없고, 게다가 이제는 사치스러운 생활에 젖어서 그것을 버린다는 것은 생각할 수도 없었다. 또 그렇게 할 까닭도 없었다. 이제는 젊었을 때 가졌던 결단력도, 남의 의표를 찌르려던 허영심도 열의도 다 잃어버렸기 때문이었다. 그렇다고 후자도—즉, 그가 그 무렵 스펜서의 《사회평형론》에서 감화받고 그로부터 시일이 상당히 지난 뒤이기는 하지만 헨리 조지의 논문 속에서도 확실한 논거를 발견한 그가 토지 사유의 부조리에 관한 명백한 사실을 부정한다는 것도—그로서는 도저히 할 수 없었다.

그래서 관리인의 편지를 읽고 불쾌한 기분도 들었던 것이다.

4

네흘류도프는 커피를 마신 다음, 몇 시까지 법원에 나가야 하는지 통지서를 볼 겸 공작 딸에게 회답도 쓸 겸 해서 서재로 갔다. 서재로 가자면 아틀리에를 지나야 했다. 아틀리에에는 그리다 만 그림을 뒤집어놓은 화판틀이 놓여 있고 몇 장인가 습작이 걸려 있었다. 2년 동안이나 만지작거린 이 습작과 아틀리에는 이제 이 이상 그림을 그려봐야 소용이 없다는 무력감을 환기해주었다. 요즘 더욱 강하게 그것을 느끼고 있었다. 그는 그것을 너무 섬세하게 발달된 자신의 미적 감각 탓이라고 설명하려 했지만, 그래도 역시 이러한 자신의 무기력을 깨닫는 것은 결코 기분 좋지 않았다.

7년 전 그는 자신의 사명은 화가가 되는 데 있다고 단정하고 군대 일을 버렸다. 그리고 예술가적인 높은 견지에서 다른 모든 활동을 약간 업신여기기까지 했다. 그런데 이제 와서 자질이 없다는 것을 깨달았다. 그러므로 그림에 대한 모든 추억이 그에게는 씁쓸했다. 그는 침울한 마음으로 사치를 다한 아틀리에의 설비를 바라보고 완전히 기분이 언짢아져서 서재로 들어갔다. 서재는 널찍하고 천장이 높았으며, 온갖 장식과 설비와 편리한 장치가 다 마련되어 있었다.

곧 커다란 책상의 '지급'이라 씌어 있는 서랍 속에서 법원 통지서를 찾아내어 11시까지 가야 한다는 것을 확인한 뒤, 네흘류도프는 앉아서 초대에 대한 감사와 되도록 만찬 시간까지 가겠다는 내용의 편지를 공작 딸에게 썼다. 그러나 다 쓰고 나서는 금방 찢어버렸다. 글투가 너무 친밀하게 여겨졌기 때문이었다. 다시 써보았지만 이번에는 지나치게 냉정해 무례하게 여겨졌다. 그는 그것도 찢고는 벽에 달린 초인종을 눌렀다. 잿빛 옥양목 앞치마를 걸친, 구레나룻만 남기고 깨끗이 면도를 한 음산해 보이는 중년 하인이 문간에 나타났다.

"마차를 불러다오."

"네."

"그리고 저기 코르차긴 공작 댁에서 심부름 온 사람이 기다리고 있을 테니, 고맙다고 말하고 오늘 밤 되도록 찾아뵙겠단다고 전해줘."

"네."

'예의가 아니지만 도무지 쓸 수가 없군. 어차피 오늘 만나니까 괜찮을 테지.' 이렇게 생각하고 네흘류도프는 옷을 갈아입으러 갔다.

그가 옷을 갖추어 입고 현관에 나가니 마차 바퀴에 고무 타이어를 끼운 여느 때의 그 마부가 벌써 기다리고 있었다.

"어젯밤에는 코르차긴 공작 댁으로 갔더니 나리께서 막 돌아가신 뒤였습니다요." 마부가 셔츠의 하얀 깃 속에서 볕에 그을린 억센 목을 반쯤 뒤로 돌리면서 말했다. "제가 마차를 갖다 댔더니 문지기가 방금 돌아가셨다고 말하잖습니까."

'마부들까지도 나와 코르차긴 집안과의 관계를 알고 있구나.' 하고 네흘류도프는 생각했다. 그러자 공작 딸과 결혼할 것인가 안 할 것인가 하는, 줄곧 그를 괴롭히고 있는 미해결 문제가 또다시 그의 앞을 가로막았다. 그는 요즘 부딪히고 있는 문제가 대부분 다 그렇듯이, 이것 역시 어느 쪽으로도 결정을 지을 수 없었다.

일반적으로 볼 때 결혼에는 다음과 같은 좋은 점이 있다. 첫째, 결혼은 가정의 즐거움은 물론 불륜한 성생활을 하지 않게 하고 도덕적인 생활을 가능하게 한다. 둘째, 무엇보다도 이 점이 중요한데, 가정이나 아이들이 현재 그의 무의미하고 공허한 생활에 어떤 의미를 줄 것이라고 네흘류도프는 기대하고 있었다. 이것이 보통 생각하는 결혼 예찬의 이유였다. 한편 일반적으로 꼽는 결혼 반대의 이유는 첫째, 모든 독신 생활을 하는 노총각에게 공통적인 현상인, 자유를 빼앗기지나 않을까 하는 두려움과 둘째, 여자라는 야릇한 존재에 대해 무의식적인 두려움 때문이었다.

　구체적인 예로서, 미시(코르차긴 공작 딸은 마리야라는 이름이었는데, 특별한 계급의 가정에서처럼 그녀에게도 이런 이름이 주어져 있었다)와 결혼하는 이점은 첫째, 그녀가 집안이 좋고 옷맵시부터 말솜씨, 걸음걸이, 웃는 모습에 이르기까지 모두 보통 처녀들보다 두드러진다는 데 있었다. 그렇다고 유달리 뛰어난 데가 있는 것은 아니고, 말하자면 품위가 있었다. 그는 달리 표현할 줄은 몰랐지만, 아무튼 이 품성을 대단히 높이 평가하고 있었다.

　둘째, 그녀가 다른 누구보다도 그를 높이 평가하고 있다는 점인데, 이 것은 그의 생각에 따르면 그를 이해하고 있다는 것이었다. 그리고 그를 이해한다는 것, 즉 그의 높은 가치를 인정한다는 것이 네흘류도프로서는 그녀의 지성과 판단력의 올바름을 증명하는 것으로 생각되었다. 한편 미시의 경우 이 결혼이 망설여지는 이유는 첫째, 미시보다 훨씬 더 많이 아름다운 소질을 지닌, 그에게 좀 더 어울리는 처녀가 나타날 가능성이 얼마든지 있다는 것과 둘째, 그녀는 이미 스물일곱 살이 되었으니 아마 몇 번인가 연애 경험이 있으리라는 것인데, 이런 생각은 네흘류도프로서는 견딜 수 없는 고통이었다. 그녀가 비록 과거에라도 그 말고 다른 남자를 사랑할 수 있었다는 것은 그의 자존심이 용납하지 않았다.

물론 그를 만난다는 것을 그녀는 예기치 못했을 것이다. 하지만 그녀가 어떤 다른 남자를 사랑했을지도 모른다고 생각하면 그것만으로도 벌써 그는 심한 굴욕감을 느꼈다.

그러므로 찬성의 이유와 반대의 이유는 엇비슷했다. 그러나 그 이유 가운데서 더 중요한 것을 가려내기는 어려웠다. 그래서 네흘류도프는 스스로 비웃으며 우화 속 당나귀에 자기를 견주었다. 그러면서도 그는 여전히 두 꼴 가운데서 어느 것부터 먹어야 할지 모르는 채 우화 속 당나귀로 머물러 있었다.

"어쨌든 마리야 바실리예브나한테서 답장을 받고 그 사람과의 문제를 말끔히 정리하지 않고는 어쩔 수 없지." 그는 혼자 중얼거렸다.

그리하여 결정을 미루어도 상관없고, 그렇게 하는 것이 마땅하다는 생각이 들자 그것이 그의 기분을 가볍게 했다.

"아무튼 이 문제는 나중에 잘 생각해보기로 하자." 마차가 어느새 소리도 없이 아스팔트로 된 법원 주차장에 미끄러져 들어갔을 때, 그는 다시 중얼거렸다.

'지금은 내가 언제나 해왔고, 또 의무라고 생각하고 있듯이 성의를 가지고 사회적인 의무를 다해야 한다. 더욱이 이런 의무 가운데에는 재미있는 일도 더러 있거든.' 이렇게 생각하며 그는 문지기 옆을 지나 법원 현관으로 들어갔다.

5

네흘류도프가 들어갔을 때, 법원 복도에는 벌써 사람들이 바쁘게 움직이고 있었다. 간수들이 명령서와 서류를 들고 이리저리 바삐 오갔다.

그들 중에는 마룻바닥에서 발을 들어 올리지 않고 미끄럼 타듯 헐레벌떡 뛰어가는 사람도 있었다. 법원경위들, 변호사들, 판검사들이 복도를 오가고 청원인들과 감시가 붙지 않은 피고인들이 자기 차례를 기다리면서 벽 앞에 고개를 숙이고 앉아 있었다.

"지방법원 법정은 어디 있소?"

네흘류도프가 한 간수에게 물었다.

"어딜 찾으십니까? 민사 법정입니까, 형사 법정입니까?"

"나는 배심원인데."

"그럼 형사 법정입니다. 처음부터 그렇게 말씀하시지 않고……. 여기서 오른쪽으로 가서 왼쪽으로 구부러지면 두 번째 문입니다."

네흘류도프는 가르쳐준 대로 걸어갔다.

두 번째 문 앞에는 두 남자가 개정을 기다리며 서성거리고 있었다. 그 가운데 하나는 키가 크고 뚱뚱한 장사꾼 같은 사나이로, 겉보기에도 호인답게 생긴 데다가 벌써 어디서 한잔 마시고 왔는지 무척 기분이 좋아 보였다. 또 한 사람은 유대인 점원 같았다. 그들은 양모 시세에 대해서 이야기하고 있었다. 네흘류도프는 그들에게 다가가서 여기가 배심원 대기실이냐고 물었다.

"네, 여깁니다. 여기예요. 선생께서도 역시 배심원이신가요." 호인답게 생긴 장사꾼은 기분 좋은 듯이 눈을 껌벅이며 물었다. "그럼 함께 수고하기로 하십시다." 네흘류도프가 고개를 끄덕거리자 장사꾼은 다시 말했다. "저는 제2급 상인 바클라쇼프올시다." 그는 잡기 거북할 만큼 두둑하고 부드러운 손을 내밀었다. "수고하셔야겠습니다. 그런데 선생께선 누구신지요?"

네흘류도프는 자기 이름을 밝히고 배심원 대기실로 들어갔다. 그다지 크지 않은 배심원실에는 여러 종류의 사람들이 열 명쯤 모여 있었다. 모두 방금 도착해서, 몇 사람은 의자에 앉아 있었고 몇 사람은 서로 힐끔 힐끔 쳐다보면서 첫인사를 나누며 방 안을 서성거리고 있었다. 군복을 입은 예비역 장교가 한 사람 있고 나머지는 프록코트나 양복을 입었으며 러시아식 외투를 입은 사람은 한 명밖에 없었다.

대부분의 사람들이 자기 할 일을 제치고 와서 곤란하다고 말하고 있었지만, 그러면서도 그들의 얼굴에는 사회적으로 중요한 일을 맡고 있다는 일종의 만족감이 엿보였다.

배심원들은 어떤 사람은 서로 정식으로 인사를 나누고 어떤 사람은 그저 짐작으로 상대방이 누구라는 것을 알고는 날씨 얘기, 이른 봄철 얘기, 눈앞에 다가온 사건에 대한 얘기 등을 했다. 아직 인사가 없는 사람들은 앞을 다투어 네흘류도프에게 자기소개를 했다. 그와 알고 지내는 것을 큰 영광으로 생각하는 모양이었다. 네흘류도프는 언제나 처음 만나는 사람들 사이에서 그러했는데, 그것을 당연한 일로 받아들였다. 어째서 자기를 거의 대부분의 사람들보다 높은 위치에 있는 것같이 생각하느냐고 묻는다면 아마도 그는 대답할 말이 없을 것이다. 왜냐하면 그는 여태까지 이렇다 할 특별한 자질을 발휘한 적이 없었기 때문이다. 그가 영어, 프랑스어, 독일어를 자유자재로 말한다든가, 일류 가게에서 새로 사들인 셔츠며 옷이며 넥타이며 커프스단추 따위로 몸을 단장하고 다닌다는 것은 결코 그가 남보다 뛰어나다는 증거가 될 수 없었다. 이것은 그 자신도 잘 알고 있었다. 그런데도 그는 자신의 우월함을 아무런 의심 없이 인정하고 있었으며, 다른 사람들이 자기에게 표시하는 존경을 당연한 것으로 받아들였을 뿐 아니라 그러지 않을 때는 모욕감을 느끼기까지 했다.

그런데 오늘 그는 배심원실에서 공교롭게도 그런 불손한 대우를 받음으로써 불쾌함을 맛보았다. 배심원 가운데 마침 네흘류도프가 아는 사람이 하나 있었다. 표트르 게라시모비치(네흘류도프는 여태까지 그의 성을 알려고 한 적도 없거니와 모르는 것을 오히려 은근히 자랑으로 여기고 있었다)라고 하는, 전에 네흘류도프의 누님 집에서 아이들의 가정교사 노릇을 한 적이 있는 사람이었다. 이 표트르 게라시모비치는 대학을 마치고 현재 어느 중학교 교사로 있었다. 네흘류도프는 그의 버릇없는 태도와 자기 자신에게 만족하는 듯한 너털웃음과 네흘류도프의 누님이 으레 말하던 그의 '공산주의자'적 기풍을 언제나 못마땅하게 여겼었다.

"아이고, 당신도 끌려 나오셨군요!" 표트르 게라시모비치는 껄껄 웃으면서 네흘류도프를 맞았다.

"피하실 수 없었던 건가요?"

"피할 생각은 하지도 않았소." 네흘류도프는 무뚝뚝하고 침울한 목소리로 대꾸했다.

"허, 그것참 시민다운 미덕이시군. 하지만 이제 두고 보시오. 배는 고파오고 졸려서 눈이 자꾸 감기면, 그때는 아마 당신 입에서도 못 해먹겠다는 소리가 나올 겁니다." 더욱 큰 소리로 웃어대며 표트르 게라시모비치가 말했다.

'이러다간 이 사제 아들놈한테 자네란 소릴 듣게 되겠는걸.' 하고 네흘류도프는 속으로 생각했다. 그는 일가족이 모두 죽었다는 소식을 들을 때나 지을 수 있을 몹시 비통한 표정을 지으며 중학교 교사 곁을 떠났다. 그리고 키 크고 풍채가 당당하며 수염을 말쑥하게 깎은 신사 하나가 열심히 떠들어대고 있는 것을 둘러서서 듣고 있는 사람들 쪽으로 다가갔다. 이 신사는 현재 민사 법정에서 심의되고 있는 소송사건을 낱낱이 아는 것처럼 이야기하면서 판사들과 이름난 변호사들을 성을 빼고 이름만으로 부르고 있었다. 이름난 어느 변호사가 놀라운 수완으로 사건을 뒤집어놓는 바람에 상대방의 늙은 귀부인이 잘못한 일이 없는데도 억울하게 엄청난 돈을 치르게 되었다는 것이었다.

"그야말로 천재적인 변호사라니까요!" 그는 말했다.

사람들은 감탄하며 듣고 있었다. 그들 가운데에는 자기 의견을 말하려는 사람도 있었으나, 그는 모든 것을 정확하게 아는 사람은 자기밖에 없다는 듯 다른 사람의 말을 가로막았다.

네흘류도프는 꽤 늦게 왔는데도 오랫동안 기다려야 했다. 아직도 참석하지 않은 판사가 한 사람 있어 개정이 늦어지고 있었다.

6

재판장은 일찌감치 법원에 나와 있었다. 재판장은 키가 크고 풍채가 좋은 사나이로 희끗희끗한 구레나룻을 기르고 있었다. 그는 아내가 있었으나 그도 그러니와 아내도 아내여서 서로 겨루기라도 하듯 지저분한 생활을 하고 있었다. 그들은 서로 간섭하지 않기로 하고 있었다. 오늘 아침에 그는 여름 동안 그들의 집에 가정교사로 있었던 스위스 여자에게서 편지를 받았다. 남러시아에서 페테르부르크로 가는 길인데, 오늘 시내에 있는 호텔 '이탈리아'에서 오후 3시부터 6시까지 기다리겠다는 것이었다. 그래서 그는 지난여름 별장에서 로맨스를 꽃피웠던 빨간머리의 클라라 바실리예브나를 어떻게든 6시까지 만나러 가기 위해 오늘 재판을 일찌감치 시작하여 빨리 끝낼 작정이었다.

그는 자기 방으로 들어가 문을 잠그고, 서류장 아래 칸에서 아령 두 개를 꺼내 들고는 아래위로, 앞뒤로, 좌우로 스무 번씩 흔들고 나더니 이번에는 아령을 머리 위로 쳐들고 세 번 가볍게 무릎을 굽혔다.

'냉수마찰과 체조만큼 건강에 좋은 건 없지.' 금반지를 낀 왼손으로 오른팔의 긴장된 상박근을 주무르면서 그는 생각했다. 끝으로 팔의 회전운동을 할 차례였는데(그는 오랜 시간 법정에 나가 앉기 전에 언제나 이 두가지 운동을 했다) 그때 갑자기 문이 흔들렸다. 누군가 문을 열려고 하는 모양이었다. 재판장은 얼른 아령을 제자리에 놓고 문을 열며 말했다.

"아, 실례했소."

방 안에 들어온 사람은 작달막한 키에 금테 안경을 낀 배심 판사였다. 그는 어깨를 쳐들고 시무룩해 보이는 얼굴을 하고 있었다.

"마트베이 니키티치는 아직 오지 않았군요." 그는 불만스레 말했다.

"아직 안 왔소." 재판장은 법복을 입으면서 대답했다. "시간에 대어 온 예가 없으니까."

"어이가 없군. 부끄럽지도 않나." 그러고 판사는 담배를 꺼내며 화가 나서 의자에 앉았다.

이 판사는 무척 정확한 사나이였다. 오늘 아침에 아내와 언짢은 말다툼을 하고 나왔는데, 아내가 가불을 바랐지만 그는 정한 날을 어길 수 없다고 딱 잘라 말했다. 그래서 한바탕 싸움이 벌어졌고, 그렇다면 저녁 식사 준비는 못 하겠으니 그렇게 알라고 아내는 선언했다. 그쯤 하고 그는 집을 뛰쳐나왔으나, 무슨 일이든 할 수 있는 여자라 정말 그 위협을 실행할지도 모른다고 속으로 겁을 집어먹고 있었다.

'정말 이 사람처럼 훌륭하고, 도덕적인 생활을 하고 싶다.' 명랑하고 밝은 얼굴을 한, 몸도 마음도 건강해 보이는 재판장을 바라보면서 그는 생각했다. 재판장은 두 팔꿈치를 널찍하게 펴고서 희고 아름다운 손으로 희끗희끗 털이 섞인 긴 구레나룻을 금실로 수놓은 옷깃 양쪽으로 쓰다듬어 붙이고 있었다. '이 사람은 언제나 만족스러운 듯이 싱글벙글하고 있는데, 나는 1년 내내 이렇게 괴로운 생각만 해야 한단 말인가.'

서기가 서류를 들고 들어왔다.

"수고하네." 하고 재판장은 담배를 빨았다. "어느 사건부터 시작하겠나?"

"네, 독살 사건이 좋을까 합니다." 서기는 아무래도 좋다는 듯 말했다.

"음, 좋아. 독살 사건이라면 성가신 게 없어." 이 정도 사건이라면 4시까지 끝내고 법정에서 나갈 수 있겠다고 생각하며 재판장은 말했다. "그런데 마트베이 니키티치는 아직 안 왔나?"

"아직 안 오셨습니다."

"그럼 브레베는?"

"오셨습니다."

"그럼 그 사람을 보거든 독살 사건부터 시작한다고 말해주게."

브레베는 이 재판에서 논고를 하기로 되어 있는 검사보였다.

복도에 나간 서기는 브레베를 만났다. 검사보는 어깨를 으쓱거리면서 제복 단추도 채우지 않은 채 손가방을 옆에 끼고 한쪽 팔을 걸어가는 방향과 직각으로 흔들며 쿵쿵 거의 뛰다시피 걸어왔다.

"준비가 다 되었는지 물어보라고 미하일 페트로비치 씨께서 말씀하셨습니다." 서기가 그에게 말했다.

"물론 나야 언제든지 준비되어 있지." 검사보는 말했다. "어느 사건부터 시작하나?"

"독살 사건입니다."

"좋아!" 검사보는 말했으나 정말은 조금도 좋지 않았다. 그는 어젯밤에 거의 잠을 자지 못했다. 친구 송별회가 있어 잔뜩 술을 마시고 2시까지 노름을 한 다음 여섯 달 전까지 마슬로바가 있던 바로 그 유곽에 들렀기 때문에, 독살 사건 조서를 통 읽어볼 틈이 없어서 지금부터 대강 훑어볼 참이었다. 서기는 그것을 알고 있었기 때문에 일부러 이 사건을 먼저 하자고 재판장에게 말했다. 서기는 자유주의자라기보다는 오히려 급진적인 사상을 가진 사람이었다. 그러나 브레베는 보수적인 사람이라 러시아에서 근무하는 독일인이 그러하듯 특히 열심히 러시아 정교에 귀의하고 있었으므로, 서기는 그를 좋아하지 않았고 그의 지위를 시기하고 있었다.

"그럼 거세 종파 사건은 어떻게 하죠?" 서기가 물었다.

"그건 할 수 없다고 말하지 않았나!" 검사보가 말했다. "증인이 없는데 어떻게 해? 난 재판부에 못하겠다고 딱 부러지게 말하겠네."

"그렇지만 어차피……."

"나는 할 수 없다니까!" 검사보는 이렇게 말하고 다시 한쪽 팔을 내저으며 서둘러 자기 방으로 가버렸다.

그다지 중요하지도 필요하지도 않은 증인의 부재를 구실 삼아 그가 거세 종파 사건을 늦춰온 까닭은 배심원 구성이 주로 지식층이라 공판에서 무죄판결이 날 가능성이 많기 때문이었다. 그래서 결국은 재판장과의 합의 아래 군청 소재지의 하급 법원으로 사건을 돌려보내게 되어 있었다. 그곳 배심원들이 대부분 농촌 출신이므로 유죄 판결의 가능성이 그만큼 컸다.

복도는 차츰 부산해졌다. 그 가운데서도 가장 붐비는 곳은 민사 법정 부근이었는데, 그곳에서는 소송사건에 특별한 관심을 가지고 있는 그 풍채 좋은 신사가 이야기하던 바로 그 사건의 심리가 진행 중이었다. 휴정이 선포되자 그 법정에서 한 늙은 부인이 나왔다. 이 늙은 부인은 천재적인 변호사 때문에 재산을 아무 권리도 없는 원고 측에 빼앗기게 된 사람이었다. 이런 사정은 재판관들도 알고 있었고, 또 누구보다도 원고와 그 변호인이 더 잘 알고 있었다. 그러나 변호인이 너무나 빈틈없이 일을 꾸며놓아서 어쩔 수 없이 그 부인의 재산을 모두 빼앗아 원고에게 넘겨줄 수밖에 없었다. 늙은 부인은 몸집이 뚱뚱한 데다가 화려한 옷차림을 했고 커다란 꽃이 달린 모자를 쓰고 있었다. 그녀는 문에서 나오자, 복도에서 걸음을 멈추고는 짧고 투실투실한 두 팔을 벌리면서 자기 변호사를 보고 "대체 어떻게 되는 거예요? 이런 기막힌 일이 어디 있어요!" 하고 같은 말만 되풀이했다. 변호사는 그녀의 모자에 달린 꽃만 멍청히 바라보면서, 그 말에는 귀도 기울이지 않고 무언가를 골똘히 생각했다.

늙은 부인을 뒤따라 그 이름 높은 변호사가 민사 법정 문에서 넓게 파인 조끼 사이로 앞가슴을 내밀고 흐뭇한 얼굴을 번뜩이며 종종걸음으로 나타났다. 바로 이 사람의 수완 때문에 모자에 꽃을 꽂은 늙은 부인은 돈이 한 푼도 남지 않게 되었고, 그에게 1만 루블의 보수를 약속한 원고는 10만 루블 이상을 받게 된 것이다. 사람들의 눈길이 한꺼번에 그에게로 쏠렸다. 변호사도 그것을 느꼈는지 '뭐, 그렇게까지 감탄하는 얼굴을 할 건 없어.' 하는 태도로 사람들 앞을 성큼성큼 지나갔다.

7

그럭저럭하는 동안 마트베이 니키티치가 나왔다. 그리고 목이 기다랗고 몸집이 호리호리한 법원경위가 아랫입술까지 옆으로 일그러뜨리며 옆으로 쏠린 걸음걸이로 배심원 대기실로 들어왔다.

이 경위는 대학 교육까지 받은 정직한 사람이었으나 술을 지나치게 좋아해 어디서나 한자리에 오래 붙어 있지 못했다. 석 달 전에 아내의 보호자 격인 모 백작 부인이 이 법원에 일자리를 만들어주었는데, 오늘까지 별 탈 없이 일하고 있는 것을 자기도 무척 흐뭇해하고 있었다.

"어떻습니까. 다 오셨습니까?" 법원경위가 코안경 너머로 둘러보며 말했다.

"다들 모인 것 같습니다." 쾌활한 장사꾼이 말했다.

"그럼 이름을 부르겠습니다." 경위는 이렇게 말하고 호주머니에서 명부를 꺼내어 이름을 부르고는, 대답하는 사람을 하나하나 코안경을 올렸다 내렸다 하면서 확인했다.

"5등관 이. 엠. 니키포로프 씨."

"네." 재판에 관해서 낱낱이 알고 있는 풍채 좋은 신사가 대답했다.

"예비역 육군 대령 이반 세묘노비치 이바노프 씨."

"네." 예비역 장교복을 입은 홀쭉한 사람이 대답했다.

"2급 상인 표트르 바클라쇼프 씨."

"네." 사람 좋게 생긴 장사꾼이 싱글싱글 웃으며 말했다. "네. 준비 다 됐습니다."

"근위 중위 드미트리 네흘류도프 공작님."

"네." 네흘류도프가 대답했다.

경위는 코안경 너머로 그에게 눈길을 보내며, 특히 정중하고 상냥하게 머리를 숙였다. 이렇게 함으로써 그를 다른 사람들과 달리 대하고 있다는 것을 나타내려는 것 같았다.

"육군 대위 유리 드미트리예비치 단첸코 씨, 그리고 상인 그리고리 예폐예모비치 쿨레쇼프 씨……."

이 두 사람 말고는 다들 모여 있었다.

"그럼 여러분, 법정으로 가주시기 바랍니다." 경위가 상냥하게 문 쪽을 가리키며 말했다.

사람들은 서로 길을 사양해가며 대기실에서 복도로 나가 법정으로 들어갔다. 법정은 큼직하고 기다랗게 생긴 홀이었다. 한쪽 끝은 층계가 삼 단으로 된 높은 단이 차지하고 있었다. 그 높은 단 위 한복판에는 검푸른 술이 달린 녹색 상보를 씌운 테이블이 놓여 있었다. 테이블 뒤에는 참나무로 다듬어 만든, 등받이가 무척 높게 붙은 안락의자가 세 개 나란히 놓여 있었다. 의자 뒤의 벽에는 금빛 액자에 넣은 황제의 전신상이 걸려 있었다. 황제는 장군복에 훈장을 달고 한쪽 발을 뒤로 비스듬히 디디고서 한 손을 군도 위에 얹은 자세로 서 있었다. 오른쪽 구석에는 가시관을 쓴 그리스도 상을 모신 틀이 걸려 있고 그 밑에 성서대가 하나 놓여 있었다. 그 바로 오른쪽에 검사석이, 그리고 맞은편 왼쪽 깊숙이 서기 책상이 있었다. 방청석 가까이에 참나무로 된 격자 칸막이가 있고 저편에는 아직 비어 있는 피고석이 있었다. 단상 오른쪽에는 역시 높다란 등받이가 붙은 배심원들의 의자가 두 줄로 놓여 있고, 아래로는 변호사석이 있었다.

이런 것들은 모두 칸막이로 갈라놓은 법정 앞부분에 배치되어 있었다. 뒷부분은 방청인용 긴 의자가 차지하고 있었는데, 방청석은 한 단씩 높아지면서 뒷벽까지 이어져 있었다. 방청석 앞쪽 긴 의자에는 여직공 아니면 하녀인 듯한 여자 네 명과 직공 차림의 남자 두 명이 앉아 있었으나, 그들은 이 법정의 묵직한 분위기에 눌린 듯 서로 조심스럽게 소곤거리고 있었다. 배심원들이 자리에 앉자, 곧 경위가 옆으로 쓰러질 듯한 걸음걸이로 한가운데로 나가더니 방청인들을 위압하는 큰 소리로 외쳤다.

"개정!"

모두 일어서자 바로 앞 단 위에 재판관들이 나타났다. 먼저 멋진 구레나룻을 빗어 올린 늠름한 재판장이 나타나고 그 뒤에 금테 안경을 쓴 무뚝뚝한 판사가 따라 들어왔다. 그는 아까보다도 한층 더 어두운 표정을 하고 있었다. 그도 그럴 것이 개정 직전에 판사보로 있는 처남을 만났더니, 그의 누이가 식사를 절대로 준비하지 않겠다고 하더라고 알려주었기 때문이었다.

"그러니 매형, 오늘 저녁엔 선술집에나 갑시다." 하고 처남은 웃으면서 말했다.

"웃을 일이 아니야." 판사는 대꾸했으나 표정은 더욱 어두워졌다.

맨 뒤에 나타난 사람은 바로, 언제나 늦게 오며 턱수염이 탐스럽고 건장한 몸집에 눈꼬리가 처진 선량한 눈을 한 마트베이 니키티치 판사였다. 그는 위 카타르 때문에 고생하고 있었는데, 의사의 권고에 따라 오늘 아침부터 새로운 요법을 시작해 여느 때보다 더 오래 집에서 꾸물거렸다. 그는 언제나 스스로 여러 가지 질문을 던지고는 온갖 방법으로 그것을 점치는 버릇이 있었다. 그래서 지금도 단상에 오르면서 무엇에 정신을 집중하는 표정을 짓고 있었다. 지금 그는, 만약에 판사실 문에서 법정 재판관석까지 걸음 수가 셋으로 나뉜다면 새로운 치료법으로 위 카타르를 고칠 수 있고, 나뉘지 않는다면 고칠 수 없다는 점을 쳤다. 걸음 수는 스물여섯이 되었으나 마지막에 일부러 걸음 폭을 좁게 잡아 꼭 스물일곱 걸음 만에 자기 자리에 앉았다.

옷깃을 금실로 수놓은 법복을 입고 단상에 나타난 재판장이나 판사들의 모습은 매우 엄숙했다. 그들 자신도 그것을 알고, 세 사람 다 자신들의 위엄에 스스로 얼떨떨해진 듯 겸손하게 눈을 내리뜨고는 녹색 보가 덮인 테이블 앞 조각 무늬가 달린 저마다의 안락의자에 재빨리 앉았다. 테이블 위에는 독수리 문장이 달린 세모꼴 문신과 식당 같은 데서 과자를 담는 데 쓰이는 유리그릇, 잉크스탠드와 펜, 질 좋은 백지, 뾰족하게 깎은 여러 가지 연필 등이 놓여 있었다.

재판관들과 함께 검사보도 들어왔다. 여전히 서류 가방을 옆구리에 끼고 한쪽 팔을 크게 내저으며 창가에 있는 자기 자리로 바삐 가더니, 1분이라도 아껴서 준비해두려는 듯 곧 한 벌의 서류를 읽고 검토하는 데 열중했다. 이 검사보가 법정에서 논고를 하는 것은 이번이 겨우 네 번째였다.

그는 무척 허영심이 강한 인간이어서 반드시 입신출세하고야 말겠다고 굳게 결심하고 있었으며, 무슨 사건이든 자기가 논고를 맡은 사건은 모두 유죄로 판결이 내려져야만 한다고 생각하고 있었다. 독살 사건의 요점은 그도 거의 알고 있었고 또 논고 초안도 이미 만들어놓았지만 그 래도 좀 더 자료를 보충할 필요가 있었기 때문에 지금 그것을 급히 서 류 속에서 발췌하고 있었다.

서기는 단상 반대쪽에 자리 잡고 앉아 낭독할 필요가 있는 서류를 다 준비해놓고는, 어제 입수해 읽은 판매 금지된 논문을 다시 훑어보았다. 그는 자기와 늘 견해가 같고 턱수염이 탐스러운 판사와 이 논문에 대해 서 한번 이야기해보고 싶었기 때문에 그전에 미리 내용을 정확히 파악 해두어야겠다고 생각했다.

8

재판장은 대강 서류를 읽어본 다음 경위와 서기에게 두세 가지 질문 을 하고, 이상이 없다는 것을 확인하자 피고를 데려오라고 했다. 쇠창살 뒤에 있는 문이 활짝 열리더니 모자를 쓰고 칼을 뽑아 든 두 헌병이 들 어왔다. 그 뒤로 먼저 주근깨투성이 빨간 머리의 남자 피고가 한 명 들 어오고, 잇따라 두 여자 피고가 들어왔다. 남자는 품도 기장도 맞지 않 는 헐렁한 죄수복을 입고 있었다. 그는 법정에 들어올 때 두 손의 큼직 한 손가락을 쭉 펴서 바지 솔기를 꼭 누르고 있었는데, 그렇게 해서 긴 소매가 흘러내리는 것을 가까스로 막고 있었다. 그는 재판관도 방청객 도 보지 않고 똑바로 피고석만을 바라보면서 주의 깊게 그 앞을 돌아 끝 자리까지 가더니 두 자리를 남겨놓고 단정히 앉았다. 그리고 재판장을 똑바로 쳐다보면서, 속삭이듯 볼의 근육을 실룩거리기 시작했다. 뒤이어

들어온 것은 역시 죄수복을 입은 중년 여자였다. 머리에 죄수용 스카프를 쓰고 얼굴은 잿빛으로 흐렸으며 눈썹도 속눈썹도 없이 눈만 빨갰다.

이 여자는 아무렇지도 않은 듯 태연해 보였다. 자기 자리로 갈 때 죄수복이 무엇에 걸렸지만 놀라지도 않고 찬찬히 그것을 벗기더니 자리에 가서 앉았다.

세 번째 피고가 마슬로바였다.

그녀가 들어오는 순간 법정 안 사나이들의 눈이 죄다 그쪽으로 쏠렸다. 그리고 그 빛나는 검은 눈의 하얀 얼굴과 죄수복 아래 풍만하게 솟아오른 가슴에 한동안 넋을 잃었다. 헌병들마저 그녀가 그들의 곁을 지나 피고석으로 갈 때까지 완전히 눈길을 빼앗겨 그녀가 앉을 때까지 눈을 떼지 못했다. 이윽고 그녀가 자리에 앉자 비로소 자기 입장을 깨달았는지 재빨리 얼굴을 돌려 머리를 한 번 흔들고는 곧장 정면에 보이는 창문에다 시선을 고정했다.

재판장은 피고인들이 자리에 앉기를 기다리고 있다가 마슬로바가 앉자 곧 서기를 돌아보았다.

여느 때의 절차대로 공판이 시작되었다. 배심원의 점호, 결석자에 대한 심의와 벌금 결정, 사퇴자에 대한 결의, 그리고 결원 보충 등이 끝나자 재판장은 조그마한 카드를 몇 장 접어서 유리그릇 속에 넣더니 금몰이 달린 법복 소매 끝을 조금 추켜올려 털이 숭숭한 팔뚝을 드러내고 요술쟁이 같은 동작으로 카드를 한 장 한 장 꺼내어 읽기 시작했다. 그런 다음 재판장은 소매를 내리고 배심원 선서를 진행하도록 전속 사제에게 일렀다.

누렇게 뜬 것 같은 얼굴에 갈색 제의를 걸치고 가슴에는 금빛 십자가와 조그만 훈장까지 단 늙은 사제는, 뻣뻣한 다리를 느릿느릿 제의 자락 밑에서 옮겨 성상 밑에 놓인 성서대로 다가갔다.

배심원들도 일어나 함께 성서대 쪽으로 나갔다.

"이리로 오십시오." 사제는 부석부석한 손을 가슴의 십자가에 대고 배심원들이 다가오기를 기다리면서 말했다.

그는 이미 46년 동안이나 이 직책을 맡아왔으므로, 이제 3년만 더 있으면 얼마 전 대성당의 주교가 거행한 것처럼 성직 생활 50주년 축하식을 할 작정이었다. 이 지방법원이 처음 세워진 무렵부터 줄곧 몸담아온 그는 여태까지 몇만 명에 이르는 사람들의 선서를 집행했다는 것, 또 이미 늙을 만큼 늙었는데도 교회와 조국과 가족의 번영을 위해 여전히 자기 직무를 수행하고 있다는 것, 가족들에게는 현재 살고 있는 집 말고도 유가증권으로 3만 루블 이상의 재산을 남겨줄 수 있다는 것 등을 무척 자랑스럽게 여기고 있었다. 법원에서의 그의 직무란, 요컨대 선서하는 것을 분명히 금하고 있는 성서 앞에서 사람들에게 선서를 시키는 일이었으나, 그것이 옳지 못한 행위라는 생각은 한 번도 그의 머릿속에 떠오른 적이 없었다. 그런 문제로 해서 기가 죽기는커녕 직무상 훌륭한 신사들과 사귈 수 있는 기회가 많기 때문에 익숙해진 이 일에 대해 애착까지 느끼고 있었다. 오늘도 그는 이름 있는 변호사와 알게 되어 아주 흐뭇했다. 모자에 커다란 꽃을 단 그 노부인 사건 하나만으로 1만 루블이나 사례금을 받았다는 사실 때문에 마음속으로 깊은 존경심이 일어났던 그 변호사였다.

배심원들이 층계를 거쳐 단상에 들어서자, 사제는 반백의 대머리를 한쪽으로 기울여 때 묻은 수단을 목에 걸고는 듬성듬성한 머리카락을 한 번 쓰다듬은 다음 배심원들 쪽을 향했다.

"오른손을 드십시오. 손가락을 이렇게 하고……." 그는 손가락 마디마디가 움푹 팬 통통한 손을 들어 물건을 집을 때처럼 세 손가락을 합쳐 보이며 쉰 목소리로 천천히 말했다. "자, 내가 말하는 대로 따라 하십시오." 하고는 선서문을 읽기 시작했다. "거룩한 복음서와 생명의 근원인 십자가 앞에서 전지전능하신 하느님께 맹세합니다. 이 사건을 심리함에 있어……." 그는 한 마디씩 끊어가며 말했다. "손을 내리지 마십시오. 그 대로 들고 계셔야 합니다." 그는 손을 내린 한 젊은 배심원에게 주의시켰다. "이 사건을 심의함에 있어……."

구레나룻을 기른 풍채 좋은 신사와 대령과 장사꾼 그리고 그 밖의 몇몇 사람들은 특별한 만족감을 느끼기라도 하듯, 사제가 시키는 대로 손가락을 합친 오른손을 유난히 높이 쳐들고 있었으나 그 밖의 사람들은 그저 마지못해 하는 듯 시들한 태도였다. 그들 중에는 어쨌든 이렇게 어김없이 선서한다는 표정으로 공연히 악을 쓰듯 큰 소리로 사제의 말을 되뇌는 사람이 있는가 하면, 또 작은 소리로 중얼거리다가 혼자 뒤떨어진 것에 깜짝 놀라 엉뚱한 대목에서 얼른 뒤쫓아 가는 사람도 있었다. 또 어떤 사람은 무엇을 떨어뜨릴까 염려하는 것처럼 힘껏 손가락을 합친 손을 높이 쳐들고 있었고, 어떤 사람은 손가락을 합쳤다 벌렸다 했다. 모두 어색한 기분이었다. 오직 늙은 사제만이 자기가 매우 중요하고도 유익한 일을 한다는 믿음을 갖고 있었다. 선서가 끝나자 재판장은 배심원들에게 의장을 선출하라고 일렀다. 배심원들은 자리에서 일어나 서로 앞다투어 회의실로 들어갔다. 들어가기가 무섭게 거의 모두가 담배를 꺼내 피우기 시작했다. 누군가가 풍채 좋은 신사를 의장으로 선출하는 게 어떠냐고 말을 꺼내자 모두 그 자리에서 찬성했으므로 피워 물었던 담배를 비벼 끈 뒤 법정으로 되돌아갔다. 선출된 배심원 의장이 결과를 재판장에게 보고하고 일동은 다시 등받이가 높게 달린 의자에 두 줄로 자리 잡고 앉았다.

모든 일이 순조롭고 재빠르게 그리고 제법 엄숙하게 진행되었다. 그 규칙적인 정확함과 엄숙함이, 자기들은 진지하고 중요한 공적인 임무를 수행하고 있다는 의식을 뒷받침하여 사람들에게 어떤 만족감을 불러일으킨 듯했다. 네흘류도프도 그런 기분을 느꼈다.

재판장은 배심원들이 자리에 앉기를 기다려 그들의 권리와 의무와 책임에 대해서 한바탕 연설했다. 연설하는 동안 재판장은 쉴 새 없이 자세를 바꾸었다. 왼쪽 팔꿈치를 세우는가 하면 오른쪽 팔꿈치를 세우기도 하고, 의자 등받이에 기대는가 하면 팔걸이에 몸을 기대기도 하고, 서류 끝을 가지런히 하는가 하면 이번엔 종이 자르는 칼이나 연필을 만지작거렸다.

재판장 말에 따르면 배심원의 권리는 재판장을 통해 피고에게 질문하거나, 연필과 종이를 가지고 있다가 메모하거나, 증거물을 검사하거나 할 수 있다는 것이었다. 그들의 의무는 거짓 없이 공정하게 재판하는 것이며, 평의의 비밀을 지키지 않거나 외부인과 통할 경우 처벌을 받는다고 했다.

모두들 얌전히 듣고 있었다. 장사꾼은 술 냄새를 물씬물씬 풍기고 하품을 참으면서 옳은 말씀이라는 듯 한마디 한마디에 고개를 끄덕였다.

9

재판장은 배심원에 대한 연설이 끝나자 피고석으로 얼굴을 돌렸다.

"시몬 카르틴킨, 일어서라." 재판장이 말했다.

시몬은 경망스럽게 일어났다. 볼 근육이 더 심하게 떨리기 시작했다.

"이름은?"

"시몬 페트로프 카르틴킨입니다." 그는 몇 번이나 입속에서 되풀이하고 있었는지 들뜬 목소리로 빠르게 말했다.

"신분은?"

"농민입니다."

"출생지의 현과 군은?"

"툴라 현, 크라피벤스키 군, 쿠판스카야 면, 보르키 마을입니다."

"나이는?"

"서른셋입니다. 출생은 18—."

"종교는?"

"러시아 정교입니다."

"아내는?"

"없습니다."

"직업은?"

"에, 마브리타니야 호텔에서 객실을 담당하고 있습니다."

"전에 재판을 받아본 적은?"

"한 번도 없습니다. 저는 여태까지……."

"없단 말이지?"

"네, 아직 한 번도……."

"기소장의 사본은 받았나?"

"받았습니다."

"앉아도 좋다. 옙페미야 이바노브나 보치코바." 재판장은 다음 피고인 여자 쪽을 돌아보았다.

그러나 시몬은 앉지 않고 보치코바 앞을 가로막고 서 있었다.

"카르틴킨, 앉아라."

카르틴킨은 못 들은 척 서 있었다.

"카르틴킨, 착석!"

그래도 카르틴킨은 버티고 서 있었다. 경위가 고개를 기울이며 찢어질 듯 눈을 부릅뜨고 달려가 비통한 목소리로 나지막하게 "앉아, 앉으란 말이야!" 하고 말하자, 그제야 겨우 앉았다.

카르틴킨은 일어설 때도 그랬지만 이번에도 털썩 주저앉더니, 죄수복 앞자락을 여미며 또다시 소리 없이 볼을 실룩거리기 시작했다.

"이름은?" 재판장은 그쪽을 보지도 않고 탁상에 놓인 서류를 뒤적여 무엇인가 확인하면서 지겹다는 듯이 물었다. 재판장으로서는 너무나 익숙한 일이라 심의 진행을 빨리 하기 위해 두 가지 문제를 함께 해치울 수도 있었다.

보치코바는 마흔세 살, 신분은 콜롬나 출신의 평민, 직업은 역시 마브리타니야 호텔 객실 담당으로 전과는 없으며 기소장의 사본은 받고 있었다. 그녀의 대답은 무척 또렷하여 대답할 때마다 '네, 그렇습니다. 옙페미야 보치코바입니다. 사본은 받았습니다. 그것이 자랑이니까요. 누가 비웃기만 해봐요, 가만 안 둘 테니까.' 하고 꼭 단서를 다는 듯한 말투였다. 그녀는 심문이 끝나자 앉으라는 말도 하기 전에 얼른 앉아버렸다.

"이름이 뭐지?" 여자를 좋아하는 재판장이 특별히 친절한 말투로 세 번째 피고에게 말했다. "일어서야지." 그는 마슬로바가 그냥 앉아 있는 것을 보고는 부드럽고 상냥하게 주의시켰다.

마슬로바는 재빠른 동작으로 일어서서 단단히 각오가 되어 있다는 표정으로 풍만한 가슴을 펴고는, 묻는 말에 대답하지 않고, 미소를 띤 약간 사시인 반짝이는 까만 눈으로 재판장의 얼굴을 똑바로 쳐다보았다.

"이름이 뭐지?"

"류보피예요." 그녀가 재빨리 말했다.

네흘류도프는 조금 전부터 코안경 너머로 심문받는 피고인들의 얼굴을 바라보고 있었다.

'아니야, 그럴 리 없어.' 그는 피고의 얼굴에서 눈을 떼지 않고 생각했다. '하지만 이상하다. 류보피라니?' 그녀의 대답을 듣고 그는 고개를 갸 웃거렸다.

재판장은 심문을 계속하려고 했다. 그러나 코안경을 낀 판사가 화난 듯이 뭐라고 중얼거리며 그를 말렸다. 재판장은 끄덕이며 피고 쪽을 보 았다.

"류보피라니? 조서에 쓰인 이름과 다르지 않나?"

피고는 잠자코 있었다.

"세례명이 뭔가?" 화를 잘 내는 판사가 물었다.

"전에는 카테리나라고 했습니다."

'아냐, 그럴 리 없어.' 네흘류도프는 계속 생각했다. 그 여자라는 것을 더 의심할 여지가 없었다. 그가 그 무렵 사랑한 처녀다. 그렇지, 넋을 잃 고 미칠 듯한 열정으로 유혹했다가 내동댕이쳐버린, 고모 집에서 양딸 대우를 받던 그 하녀다. 그 뒤 그는 한 번도 그녀를 생각해본 적이 없었 다. 그것은 그 추억이 그에게 너무 고통스러웠고, 너무나도 생생하게 마 음의 상처를 드러내어, 인격의 고결함을 자랑으로 삼는 그가 그녀에게 고결은커녕 비열하기 이를 데 없는 태도를 취했음을 똑똑히 증명해주 기 때문이었다.

그렇다, 틀림없이 그 여자였다. 그는 지금 한 사람의 얼굴을 떠올려 그것을 독자적인, 세상에 둘도 없는 것으로 만드는 그 사람만의 신비스 러운 특징을 똑똑히 보았다. 얼굴이 부자연스럽게 희고 통통하게 살이 쪘지만, 그녀만이 가진 귀여운 특징은 그 얼굴에, 입술에, 약간 사시인 눈에, 그리고 특히 천진스러운 웃음을 담은 눈과 얼굴뿐 아니라 몸 전체 에 넘치는 스스럼없는 표정에 뚜렷이 나타나 있었다.

"진작 그렇게 말해야지." 재판장은 다시 부드럽게 말했다. "아버지 이 름은?"

"저는…… 사생아예요." 마슬로바는 말했다.

"하지만 대부는 있겠지?"

"미하일로브나입니다."

'대체 무슨 일을 저질렀을까?' 네흘류도프는 숨이 막힐 듯한 마음으로 계속 생각했다.

"성은?"

"어머니 성을 따라 마슬로바라고 합니다."

"신분은?"

"평민입니다."

"종교는 정교겠지?"

"네, 정교입니다."

"직업은? 무엇을 했지?"

마슬로바는 잠자코 있었다.

"무엇을 했지?" 재판장은 되풀이하며 물었다.

"가게에 있었습니다." 그녀가 대답했다.

"어떤 가게야?" 코안경을 낀 판사가 매섭게 물었다.

"어떤 가게인지 잘 아시면서." 마슬로바는 이렇게 말하고 생긋 웃었으나, 곧 주위를 돌아보고는 다시 똑바로 재판장을 바라보았다.

그녀의 얼굴 표정에는 뭔가 심상치 않은 것이 있었고, 그녀가 한 말의 뜻에도, 생긋 웃는 희미한 웃음에도, 법정 안을 둘러보는 재빠른 눈길에도 무언가 비애를 느끼게 하고 가슴이 철렁 내려앉게 하는 것이 느껴졌으므로 재판장은 저도 모르게 눈을 내리깔았다. 법정 안은 한동안 쥐 죽은 듯 조용해졌다. 고요함은 방청석의 숨죽인 웃음소리로 깨졌다. 누가 쉿 하고 말리는 소리가 들렸다. 재판장은 얼굴을 들고 심문을 계속했다.

"전에 재판이라든가 취조를 받은 일은?"

"없습니다." 마슬로바는 한숨과 함께 낮은 목소리로 말했다.

"기소장 사본은 받았나?"

"받았습니다."

"앉아도 좋아." 재판장이 말했다.

그녀는 화려하게 차려입은 부인이 끌리는 옷자락을 처들 때와 같은 손짓으로 치마 뒷자락을 살짝 집어 들고 앉더니 죄수복 소매 속으로 희고 작은 손을 맞잡은 채 가만히 재판장을 바라보았다.

잇따라 증인들의 호출과 퇴장, 감식 의사에 대한 결정과 소환이 있었다. 그것이 끝나자 서기가 일어나 기소장을 큰 소리로 읽기 시작했다. 그는 또렷하게 읽었지만 너무 빨라서 'L'과 'R' 발음이 분명치 않았으며, 목소리가 졸음을 자아내는 하나의 윙윙거리는 소리로밖에 들리지 않았다. 재판관들은 의자의 이쪽 손잡이에 팔꿈치를 기댔다가 저쪽 손잡이에 몸을 기댔고, 탁상에 팔꿈치를 짚었다가 등받이에 등을 기댔으며, 눈을 감았다 떴다 하며 소곤소곤 이야기를 주고받았다. 헌병 한 사람은 벌써 몇 번째 나오려는 하품을 누르고 있었다.

피고석에서는 카르틴킨이 쉬지 않고 볼을 실룩거리고 있었다. 보치코바는 남의 일처럼 태연하게 똑바로 등을 뻗치고 앉아 이따금 스카프 밑으로 손가락을 찔러 머리를 긁적거렸다.

마슬로바는 가만히 앉아 낭독자의 얼굴에서 눈을 떼지 않고 열심히 그 내용을 듣고 있었다. 이따금 움찔 얼굴을 붉히며 반론하고 싶은 태도를 보이다가도 곧 괴로운 듯이 한숨을 내쉬면서 두 손의 위치를 바꾸며 둘레를 둘러본 다음, 다시 낭독자에게로 눈길을 보냈다.

네흘류도프는 맨 앞줄 끝에서 두 번째 높은 의자에 앉아 코안경을 낀 채 지그시 마슬로바를 바라보고 있었으나, 그의 마음속에서는 복잡하고 괴로운 싸움이 벌어지고 있었다.

10

기소장은 다음과 같았다.

"188X년 1월 17일, 마브리타니야 호텔의 주인은 숙박객인 시베리아의 제2급 상인 페라폰트 예밀리아노비치 스멜리코프가 갑작스럽게 죽었다고 경찰에 알렸다.

제4구 경찰의警察醫는 스멜리코프의 죽음이 알코올음료 과음으로 인한 심장 파열이라고 검증했으며, 스멜리코프의 시체는 죽은 지 사흘 만에 묻혔다.

그런데 스멜리코프가 죽은 뒤 나흘째 되던 날, 그와 같은 고향 사람이자 동업자인 티모힌이라는 상인이 페테르부르크에서 돌아와 동업자 스멜리코프의 죽음과 그 마지막에 얽힌 사정을 알게 되었다. 그는 스멜리코프의 죽음이 부자연스러우며 강탈을 목적으로 하는 어떤 자의 손에 의해 독살된 것 같다는 의심을 나타냈다. 스멜리코프가 가지고 있던 돈과 다이아몬드 반지가 그의 소지품 목록에서 빠져 있는 것이 그 좋은 증거라고 주장했다. 그래서 예심이 성립되어 다음과 같은 사정이 밝혀졌다.

① 스멜리코프가 은행에서 찾은 3800루블의 돈을 가지고 있었다는 것을 마브리타니야 호텔의 주인도, 스멜리코프가 이곳에 도착한 뒤에 거래한 상인 스타리코프의 점원도 다 알고 있었다. 그런데 스멜리코프의 죽음과 더불어 봉인된 여행용 트렁크와 지갑에는 겨우 312루블 16코페이카밖에 없었다.

② 스멜리코프는 죽기 전날 하루 낮과 밤을 창녀 류브카(본명 예카테리나 마슬로바)와 함께 지냈는데 그동안 그녀는 두 번 그의 방에 갔다.

③ 스멜리코프가 가졌던 다이아몬드 반지를 이 창녀가 자기 고용주에게 팔았다.

④ 호텔 객실 담당 옙페미야 보치코바는 상인 스멜리코프가 죽은 다음 날 상업은행에 당좌예금으로 1800루블을 예금했다.

⑤ 창녀 류브카의 진술에 따르면 객실 담당 시몬 카르틴킨은 가루약한 봉지를 류브카에게 주면서 그것을 술에 타 스멜리코프에게 먹이도록 권했으며, 류브카는 그렇게 했다고 털어놓았다.

피고로서 심문을 받은 창녀 류브카는, 상인 스멜리코프가 그녀가 일하는 유곽에 머무는 동안 실제로 스멜리코프의 지시에 따라 마브리타니야 호텔의 방에 돈을 가지러 갔으며, 거기서 자기가 갖고 간 열쇠로 스멜리코프의 트렁크를 열어 지시받은 대로 40루블의 돈을 꺼냈지만 그 이상은 한 푼도 꺼내지 않았으며, 이 사실은 두 사람의 입회 아래 트렁크도 여닫고 돈도 꺼냈으므로 시몬 카르틴킨과 옙페미야 보치코바가 증명할 수 있을 것이라고 주장했다.

그리고 스멜리코프의 독살 운운에 관해서 창녀 류브카는 이렇게 진술했다. 그녀는 세 번째 스멜리코프의 방에 갔을 때 시몬 카르틴킨의 말대로 틀림없이 코냑에 가루약을 타서 그에게 먹였다. 그녀는 그 약을 수면제라고만 생각하고 있었으므로, 그것을 먹이면 상인이 빨리 잠들어 자기를 놓아줄 것으로 알았다. 그러니 그녀는 돈은 한 푼도 집지 않았다. 그리고 반지는 스멜리코프가 그녀를 때렸기 때문에 그녀가 울면서 돌아가려고 하자 그가 달래느라고 그녀에게 준 것이다.

피고로서 예심판사의 심문을 받은 옙페미야 보치코바와 시몬 카르틴킨은 다음과 같이 진술했다. 옙페미야 보치코바는 돈이 없어진 데 대해서 자기는 조금도 아는 바 없고 상인의 방에 들어가지 않았다. 그 방에서 무슨 짓인가 한 것은 류브카뿐이다. 따라서 만약 소지품 가운데 무엇을 도둑맞았다면 그것은 류브카가 그의 열쇠를 가지고 돈을 가지러 갔을 때 훔친 것이 틀림없다."

이 대목을 큰 소리로 읽을 때 마슬로바는 몸을 부르르 떨면서 기가 막힌 듯 입을 벌리고 보치코바를 바라보았다.

"옙페미야 보치코바는 은행에 1800루블을 저금한 통장을 제시받고 이렇게 많은 금액의 출처를 질문받았을 때, 앞으로 결혼할 작정이었던 시몬 카르틴킨과 둘이서 12년 동안 벌어 모은 돈이라고 진술했다. 한편 시몬 카르틴킨은 처음 진술에서 유곽에서 열쇠를 가지고 온 마슬로바에게 꼬임을 당해 보치코바와 함께 돈을 훔쳐서 마슬로바와 보치코바와 셋이 나누어 가졌다고 털어놓았다."

여기서 또 마슬로바는 몸을 부르르 떨며 벌떡 일어나 새빨개진 얼굴로 뭐라고 말하기 시작했으나 경위가 가로막았다.

"그리고 마침내." 하고 서기는 계속 읽어나갔다. "카르틴킨은 상인을 재우기 위해 가루약을 마슬로바에게 준 것도 털어놓았다. 그런데 두 번째 진술에서 그는, 돈을 훔칠 것을 공모한 것도 마슬로바에게 가루약을 준 것도 부인하고 모든 죄를 마슬로바 한 사람에게 돌리고 있다. 보치코바가 은행에 예금한 돈에 대해 그는 보치코바와 마찬가지로 12년간 호텔 근무를 하면서 두 사람이 손님에게 팁으로 받은 돈이라고 진술했다."

이어 기소장에는 대질심문의 기록, 증인들의 증언, 감정인의 소견 등이 적혀 있었다. 그리고 기소장의 결론은 다음과 같았다.

"이상과 같은 사실에 비추어 보르키 마을의 농민 시몬 페트로프 카르틴킨(33세)과 평민 옙페미야 이바노브나 보치코바(43세) 및 평민 예카테리나 미하일로브나 마슬로바(27세)를, 188X년 1월 17일 상인 스멜리코프로부터 2500루블의 현금과 반지 한 개를 훔치고 목숨을 빼앗을 의도로 독약을 먹임으로써 스멜리코프를 죽게 한 데 대해 기소한다.

이 범죄는 형법 제1453조 제4항 및 제5항 규정에 해당한다. 그러므로 형사소송법 제201조에 따라 농민 시몬 카르틴킨, 옙페미야 보치코

바 및 평민 예카테리나 마슬로바는 본 지방법원의 배심원이 참여하는
재판에 복종해야 한다.”

서기는 긴 기소장 낭독을 끝맺고는 서류를 접고 두 손으로 긴 머리를
쓸어 올리면서 자리에 앉았다.

사람들은 드디어 이제부터 심리가 시작되면 모든 것이 훤히 드러나
정의가 이기게 될 것이라고 즐겁게 생각하면서 안도의 한숨을 내쉬었
다. 단 한 사람, 네흘류도프만은 그런 기분이 아니다. 그는 10년 전 천진
한 귀여운 처녀로 알고 있던 카튜샤가, 어쩌면 그토록 끔찍한 짓을 저지
르게 되었을까 하는 두려움에 사로잡혀 있었다.

11

기소장 낭독이 끝나자 재판장은 판사들을 돌아보고 잠깐 의논한 다
음, 표정을 고치고는 카르틴킨 쪽으로 돌아앉았다. 그 표정에는 ‘자, 이
제는 가장 정밀한 방법으로 모든 진실을 밝혀 보이마.’ 하는 결의가 또
렷이 부였다.

“농민 시몬 카르틴킨!” 재판장은 윗몸을 약간 왼쪽으로 기울이며 남
자 죄수를 불렀다.

시몬 카르틴킨은 두 손을 바지 솔기에 따라 쭉 펴고 몸 전체를 앞으
로 기울이며 일어섰는데, 여전히 소리 없이 볼을 실룩거렸다.

“피고는 188X년 1월 17일 옙페미야 보치코바와 예카테리나 마슬로
바와 공모해 스멜리코프의 트렁크에서 그가 가진 돈을 훔쳤고, 이어서
예카테리나 마슬로바에게 주어 독약이 섞인 술을 스멜리코프가 마시게
해서 죽인 죄로 기소되었다. 피고는 자신을 유죄라고 인정하는가?” 이

렇게 말하고 재판장은 윗몸을 오른쪽으로 기울였다.

"당치도 않은 말씀입니다. 제 일은 손님에게 서비스를 하는 것이라서……."

"그런 말은 나중에 해라. 피고는 자기를 유죄라고 인정하는가?"

"천만의 말씀입니다. 저는 다만……."

"나중에 말하라니까. 피고는 자기를 유죄라고 인정하는가?" 재판장은 조용히, 그러나 단호하게 되풀이했다.

"어떻게 그런 엄청난 짓을, 하지만 저는……."

또다시 경위가 시몬 카르틴킨에게 달려가 비통한 속삭임으로 그를 말렸다.

재판장은 이 질문은 일단 끝났다는 얼굴로, 서류를 누르고 있던 팔꿈치의 위치를 바꾸어 옙페미야 보치코바 쪽으로 돌아앉았다.

"옙페미야 보치코바, 피고는 188X년 1월 17일 마브리타니야 호텔에서 시몬 카르틴킨과 예카테리나 마슬로바와 공모해 스멜리코프의 트렁크 속에서 돈과 반지를 훔치고 그것을 셋이서 나누어 가진 다음, 자기의 범행을 감추기 위해 상인 스멜리코프에게 독약을 먹여 그를 죽게 한 죄로 기소되었다. 피고는 자기를 유죄라고 인정하는가?"

"저는 아무 죄도 없습니다." 피고는 또렷하고 단호하게 말했다.

"저는 방에 들어가지도 않았습니다……. 이 몹쓸 계집이 들어갔으니, 이년이 한 짓이 틀림없습니다."

"그건 나중에 말해." 재판장은 다시 부드럽지만 엄하게 말했다. "그럼 피고는 자기를 유죄라고 인정하지 않는단 말이지?"

"돈을 훔친 것도, 독약을 먹인 것도 제가 아닙니다. 저는 방에도 들어가지 않았어요. 만약 제가 있었더라면 이년을 쫓아냈을 거예요."

"피고는 자기를 유죄라고 인정하지 않는단 말이지?"

"절대로요."

"좋아."

"예카테리나 마슬로바!" 재판장은 세 번째 피고 쪽을 돌아보면서 말했다. "피고는 유곽에서 스멜리코프의 트렁크 열쇠를 가지고 마브리타니야 호텔로 가, 트렁크에서 돈과 반지를 훔쳐……." 그는 암기한 문제를 외듯이 줄줄 말했다. 그러는 동안에도 왼쪽 판사 쪽으로 귀를 기울이면서 증거 물건의 목록에 약병이 빠져 있다는 주의를 듣고 있었다. "트렁크에서 돈과 반지를 훔쳐." 하고 재판장은 되풀이했다. "훔친 물건을 나눈 다음 다시 스멜리코프와 마브리타니야 호텔로 가서 독을 섞은 술을 스멜리코프에게 마시게 해 그를 죽게 한 죄로 기소되었다. 피고는 자기를 유죄라고 인정하는가?"

"저는 아무 죄도 없습니다." 하고 그녀는 재빨리 말했다.

"처음에 말씀드린 것과 똑같이 지금도 말씀드리겠어요. 저는 훔치지 않았습니다. 훔치지 않았으니까 훔치지 않았다는 거예요. 아무것도 훔치지 않았어요. 반지는 그 사람이 직접 준 거예요……."

"피고는 2500루블의 돈을 훔친 건에 대해서 자기를 유죄로 인정하지 않는단 말이지?" 재판장이 말했다.

"몇 번이나 말씀드렸습니다만, 40루블 말고는 한 푼도 꺼내지 않았습니다."

"그럼 상인 스멜리코프에게 가루약을 탄 술을 마시게 한 건에 대해서는 자기 죄를 인정하는가?"

"그것은 인정합니다. 다만 저는 들은 대로 그것이 수면제라 아무 해도 없다고 생각했던 거예요. 죽는다는 것은 생각지도 않았고 바라지도 않았습니다. 하느님께 맹세코 말씀드리지만, 그렇게 될 줄은 꿈에도 생각지 않았습니다."

"그럼 스멜리코프의 돈과 반지를 훔친 데 대해서는 죄를 인정하지 않지만." 하고 재판장은 말했다. "가루약을 타서 마시게 한 일은 인정한단 말이지?"

"하지만 제가 인정하는 것은 수면제라고 생각했다는 것뿐이에요. 저는 그 사람을 재우기 위해서 먹였을 뿐이에요. 그런 일은 꿈에도 생각지 않았고 바라지도 않았습니다."

"좋아." 재판장은 심문한 결과에 대해 자못 만족한 듯이 말했다. "그럼 그때의 상황을 말해봐." 그는 의자에 등을 기대고 두 손을 탁상에 놓으며 말했다. "있었던 그대로 죄다 말해봐. 숨김없이 털어놓으면 자기 죄를 가볍게 할 수도 있으니까."

마슬로바는 여전히 재판장의 얼굴을 똑바로 바라보며 잠자코 있었다.

"어떤 상황이었는지 말해봐."

"어땠느냐고요?" 갑자기 빠른 말투로 마슬로바는 말하기 시작했다. "호텔에 가자 방으로 안내했습니다. 그곳에 그 사람이 있었습니다. 벌써 몹시 취해 있었어요." 그녀는 야릇한 두려움의 표정을 띠고 눈을 크게 뜨며 '그 사람'이라고 말했다.

"저는 돌아가려 했지만 그 사람이 놓아주지 않았어요."

그녀는 갑자기 말머리를 잊었는지, 아니면 딴 생각이 났는지 입을 다물었다.

"그래서?"

"그래서 잠깐 있다가 돌아갔어요."

이때 검사보가 어색하게 팔꿈치를 짚고 반쯤 몸을 일으켰다.

"무슨 질문이 있습니까?" 재판장은 검사보가 고개를 끄덕이는 것을 보고 질문의 권리를 그에게 넘겨주겠다는 것을 손짓으로 표시했다.

"내가 묻고 싶은 것은 피고가 전부터 시몬 카르틴킨을 알고 있었느냐는 것입니다." 검사보는 마슬로바 쪽은 보지도 않고 말했다. 그리고 질문을 끝내고는 입을 다물고 눈살을 찌푸렸다.

재판장은 검사보의 질문을 되풀이했다. 마슬로바는 섬뜩해하며 검사보에게 눈길을 돌렸다.

"시몬하고요? 알고 있었습니다." 그녀가 말했다.

"내가 알고 싶은 것은 피고와 카르틴킨의 관계가 어느 정도였는가 하는 것입니다. 두 사람은 가끔 만나고 있었나요?"

"어느 정도의 관계였느냐고요? 손님이 있을 때 몇 번인가 불러주었을 정도지 별로 잘 알지는 못했어요." 마슬로바는 불안스레 검사보와 재판장을 번갈아 보며 말했다.

"내가 알고 싶은 것은 왜 카르틴킨이 특히 마슬로바에게만 손님을 소개해주고 딴 여자들에게는 소개해주지 않았느냐 하는 것입니다." 검사보는 눈을 가늘게 뜨고 악마 같은 교활한 웃음을 띠며 말했다.

"저도 모릅니다. 그런 것을 제가 어떻게 알겠어요?" 마슬로바는 이렇게 대답하고 겁먹은 듯 주위를 둘러보다가 한순간 눈길이 네흘류도프에게서 멈췄다. "부르고 싶었으니까 불렀겠죠, 뭐."

'눈치챘을까?' 네흘류도프는 뜨끔해서 얼굴에 피기 솟구치는 것을 느꼈다. 그러나 마슬로바는 딴 사람들의 얼굴 속에서 특히 그를 알아본 것 같지는 않았으며, 곧 눈길을 돌려 다시 겁먹은 표정으로 검사보를 쳐다보았다.

"그럼 피고는 카르틴킨과 어떤 특별한 관계에 있었다는 것을 부인하는 것이로군. 좋아, 내 질문은 이것으로 끝입니다."

검사보는 짚고 있던 한쪽 팔꿈치를 책상에서 떼고 곧 무엇인가 쓰기 시작했다. 그러나 사실은 무엇을 쓴 것이 아니라 다만 자기 메모에다 펜을 움직여 쓰고 있는 시늉을 해보았을 뿐이었다. 검사나 변호사들이 교묘한 질문을 한 뒤 상대방을 눌러버릴 수 있는 포인트를 자기 논고에 기록하는 것을 자주 보아왔기 때문이었다.

재판장은 금방 피고 쪽으로 얼굴을 돌리지는 않았다. 그때 마침 서기가 미리 준비해서 기재해둔 질문의 제출 형식에 대해 이의가 없는지 금테 안경을 쓴 판사에게 물었기 때문이다.

"그리고 어떻게 했나?" 재판장은 계속 물어보았다.

"집으로 돌아가……." 마슬로바는 조금 대담해져서 재판장 한 사람만 바라보며 말했다. "주인아주머니에게 돈을 내주고 잤어요. 막 잠이 들었는데, 한집에 있는 베르타가 금방 저를 깨우면서 '가봐, 네 손님인 그 장사꾼이 또 왔어.' 하고 말했습니다. 저는 나가고 싶지 않았지만 주인아주머니의 부탁이고 해서 할 수 없이 나갔는데, 그 사람이 있었어요."

그녀는 또 두려운 표정을 띠며 '그 사람'이라고 말했다. "그 사람은 우리 집 여자들 모두에게 술을 먹이겠다고, 술을 더 사려고 했지만 돈을 죄다 써버려 한 푼도 없었습니다. 주인아주머니는 믿지 않으면 외상을 안 주기 때문에 그 사람은 저를 호텔로 심부름 보내기로 하고, 어디에 돈이 있으니 얼마를 가져오라고 말했어요. 그래서 제가 갔던 거예요."

재판장은 그때 왼편 판사와 소곤소곤 이야기를 주고받았기 때문에 마슬로바의 말을 듣지 못했다. 그러나 다 듣고 있었다는 듯이 그녀의 마지막 말을 되풀이했다.

"피고가 갔단 말이지? 그래서 어떻게 했나?" 그는 말했다.

"가서 시키는 대로 먼저 방에 갔었지요. 하지만 혼자 가는 것이 싫어서 시몬 미하일로비치하고 이 여자를 불렀습니다." 그녀는 보치코바를 가리키며 말했다.

"거짓말이에요. 내가 들어가다니 당치도 않은 말을……." 보치코바는 이렇게 말하다가 제지당했다.

"이 사람들이 보고 있는 앞에서 10루블짜리 지폐 네 장을 꺼냈습니다."

마슬로바는 눈살을 찌푸리며 보치코바 쪽은 보지도 않고 말을 이었다.

"그래, 피고는 40루블을 꺼냈을 때 거기에 돈이 얼마쯤 있었는지 깨닫지 못했나?" 다시금 검사보가 물었다.

검사보가 입을 연 순간 마슬로바는 다시 움찔 떨었다. 그녀는 무슨 까닭인지 알 수 없으나 그가 그녀에게 악의를 품고 있는 것 같은 느낌이 들었다.

"세어보지는 않았지만 100루블짜리만 있는 것을 보았지요."

"피고는 100루블짜리 지폐가 있는 것을 보았단 말이지……. 내 질문은 이것뿐입니다."

"그래서 그 돈을 가지고 왔단 말인가?" 재판장은 시계를 보며 계속 물었다.

"가지고 왔습니다."

"그리고?" 재판장은 물었다.

"그리고 그 사람은 다시 저를 데리고 호텔로 돌아왔습니다." 마슬로바는 말했다.

"그래? 그래서 어떻게 가루약을 탄 술을 먹였니?" 재판장은 또 물었다.

"어떻게 먹였느냐고요? 술에 타서 마시게 했습니다."

"왜 먹였지?"

그녀는 대답 대신 괴로운 듯 깊은 한숨을 내쉬었다.

"저를 놓아주지 않았기 때문이에요." 잠깐 사이를 두고 그녀는 다시 말했다. "저는 상대하는 것이 진저리가 나서 복도로 나가 시몬 미하일로비치에게 '어떻게 해서든 돌아가게 해주지 않겠어요?' 하고 부탁했어요. 그러자 시몬 미하일로비치는 '우리도 그 손님한테 넌덜머리가 나 있어. 어디 잠자는 약이라도 먹여볼까? 녀석이 잠들면 당신도 갈 수 있을 테니까.' 하고 말했습니다. 그래서 저는 '그게 좋겠어요.' 하고 맞장구쳤습니다. 그것이 독약이 아닌 줄만 알았거든요. 시몬 미하일로비치는 저에게 종이 봉지를 주었습니다. 방에 돌아가니까 그 사람은 칸막이 뒤에 누워 있다가 곧 코냑을 가져오라고 했어요. 저는 테이블 위에 있던 고급 샴페인 병을 집어 들고 두 개의 잔에다 따른 후―하나는 제 것이고 또 하나는 그 사람 것이지요―그 사람 술잔에 가루약을 탔습니다. 하지만 독약이라는 걸 알았다면 어떻게 그것을 줄 수 있었겠어요?"

"그런데 반지는 어떻게 피고의 손에 들어갔지?"

"반지는 그 사람이 저에게 직접 준 거예요."

"언제 주었지?"

"그 사람을 따라서 호텔 방에 갔을 때 제가 돌아가고 싶다고 하니까 그 사람이 제 머리를 때려 머리에 꽂은 빗을 부러뜨려버렸어요. 제가 화를 내며 돌아가려고 하자, 그 사람은 손가락에 끼고 있던 반지를 빼어 저에게 주면서 돌아가지 말라고 부탁했어요."

그때 검사보가 다시 몸을 일으키더니 언제나처럼 어색한 태도로 다시 두세 가지 보충 질문을 하겠다고 청했다. 그리고 허락을 받자 금실로 수놓은 깃 위에 턱을 약간 기울이며 말했다.

"내가 알고 싶은 것은 피고가 스멜리코프의 방에 몇 시간이나 있었느냐 하는 것입니다."

"얼마나 있었는지는 기억이 안 납니다."

"그럼 피고는 스멜리코프의 방을 나와 호텔 안의 다른 방에 들른 일은 생각나지 않나?"

마슬로바는 잠깐 생각하는 듯했다.

"비어 있는 옆방에 들어갔었습니다." 그녀는 말했다.

"무엇 하러 들렀나?" 검사보는 일종의 흥미를 느끼며 자기도 모르게 그녀에게 직접 물었다.

"옷매무새를 고치고 마차를 기다리기 위해서였어요."

"그럼 카르틴킨도 피고와 함께 있었나, 아니면 피고 혼자 있었나?"

"그 사람도 함께 있었습니다."

"무엇 하러?"

"장사꾼의 고급 샴페인이 남아 있어서 함께 마셨지요."

"같이 마셨단 말이지? 좋아, 그런데 피고는 시몬과 무슨 이야기를 했지?"

마슬로바는 갑자기 미간을 찌푸리며 빨갛게 상기되어 급히 대답했다.

"무슨 이야기를 했느냐고요? 아무 얘기도 하지 않았어요. 이것으로 그때 일은 죄다 말했습니다. 더 이상 아무것도 몰라요. 저를 어떻게 하시려는 거예요? 저한테는 아무 죄도 없습니다. 그뿐이에요."

"나의 질문은 이것으로 끝입니다." 검사보는 재판장에게 말하더니 부자연스럽게 어깨를 치키고 피고가 시몬과 함께 빈방에 들어갔다는, 피고 자신이 털어놓은 말을 자기의 논고서에 적어 넣기 시작했다.

침묵이 흘렀다.

"피고는 이제 더 할 말이 없나?"

"저는 죄다 말했습니다." 그녀는 한숨을 섞어 말하고 앉았다.

재판장은 무언가를 조서에 기록하기 시작하다가 왼편 판사가 나지막하게 귀에다 소곤대는 것을 듣더니, 10분 동안 휴정을 선언하고 재빨리 일어나 법정을 나갔다. 재판장과 몸집이 크고 턱수염을 길게 길렀으며 선량해 보이는 큰 눈을 가진 판사 사이에 이루어진 얘기는, 다름 아니라 약간 배가 아프니 마사지를 하고 물약을 마시고 싶다는 것이었다. 그는 그 말을 재판장에게 알렸고, 그의 청으로 휴정이 선언된 것이었다.

재판관들에 이어 배심원과 변호사, 증인들도 일어나 이제 중요한 문

제의 일부가 끝났다는 일종의 안도감을 느끼며 제각기 흩어지기 시작
했다.

네흘류도프는 배심원 대기실에 들어가 창가에 앉았다.

12

그렇다, 그것은 카튜샤였다.

네흘류도프와 카튜샤의 관계는 다음과 같았다.

네흘류도프가 카튜샤를 처음 만난 것은 대학 3학년 때 토지 소유에
관한 논문을 쓰기 위해 고모 집에서 한여름을 지냈을 때였다. 여느 때는
어머니와 누이와 함께 모스크바 변두리에 있는 어머니의 큰 영지에서
여름을 보내곤 했다. 그런데 그해에는 누이가 결혼을 했고 어머니는 외
국의 온천지에 휴양하러 가 있었다. 게다가 네흘류도프는 논문을 써야
했기 때문에 여름을 고모 집에서 보내기로 한 것이었다.

고모들이 사는 시골은 조용해서 마음이 어수선해질 일이 아무것도
없었다. 고모들은 조카이자 자기들의 상속인인 그를 사랑했고, 그도 고
모들을 사랑했으며 소박한 시골생활을 좋아했다.

네흘류도프는 그해 여름, 고모 집에서 지내며 커다란 감동을 경험했
다. 그것은 청년이 처음으로 남의 지시에 의해서가 아니라 자기 혼자서
인생의 모든 아름다움과 중대함을 깨닫고, 사람에게 주어진 사명의 참
뜻을 이해하며, 자기와 온 세계의 끝없는 완성의 가능성을 발견하고는
자기가 품고 있는 그 완성에 도달하려는 희망뿐 아니라 완전한 믿음으
로 그 완성에의 길에 몰입할 때 느끼는 감동이었다. 그해 그는 여름방학
이 되기 전에 스펜서의 《사회평형론》을 읽었는데, 자신이 대지주의 아들

이니만큼 토지 사유 문제에 관한 스펜서의 이론에 특히 감명을 받았다. 아버지는 그다지 부유하지 않았지만 어머니가 시집올 때 지참금으로 약 1만 헥타르의 토지를 가지고 왔었다. 그때 그는 비로소 개인에 의한 토지 사유가 잔혹하고 옳지 못한 행위임을 깨달았다. 그는 도덕적 요구를 위한 희생을 더없는 정신적 기쁨으로 느끼는 인간 가운데 한 사람이었으므로 토지 소유권을 이어받지 않기로 마음먹고 아버지 유산인 토지를 곧 농민들에게 나눠 줘 버렸다. 그리고 이것을 테마로 논문을 썼다.

그해 여름 고모네 마을에서의 생활은 이렇게 진행되었다. 아침에 무척 일찍, 때로는 새벽 3시에 일어나 해 뜨기 전 안개가 자욱한 산기슭의 강에 목욕하러 갔으며 풀과 꽃이 아직도 밤이슬에 젖어 있을 때 돌아왔다. 그리고 어떤 때는 아침 커피를 마시고 나서 곧 책상 앞에 앉아 논문을 쓰기도 하고 자료를 읽기도 했지만, 대개는 책 읽기와 글쓰기는 뒤로 돌리고 밖으로 나가서 들과 숲 속을 이리저리 돌아다녔다.

식사 전에는 뜰 어느 구석에서 낮잠을 잤고, 식사 때는 타고난 명랑한 성격으로 고모들을 즐겁게 해주었다. 그리고 말도 타고 보트도 탔다. 밤에는 또 자료를 읽거나 고모들과 트럼프 놀이를 했다. 밤에, 특히 달 밝은 밤에는 커다란 파도처럼 밀어닥치는 삶의 기쁨에 가슴이 실레어 잠을 이룰 수가 없어서 여러 가지 공상을 하며 새벽녘까지 뜰을 거니는 때도 있었다.

이처럼 행복하고 평화롭게 그는 고모 집에서 처음 한 달을 보냈다. 그 동안은 반은 하녀이고 반은 양딸 같은, 몸이 날래고 새까만 눈동자를 가진 카튜샤에 대해서 아무런 관심도 없었다.

그 무렵 네흘류도프는 열아홉 살이었지만 어머니 품에서 곱게 자라 아주 순진했다. 그는 여자라는 것을 아내로밖에 생각할 수 없었다. 그의 생각으로는 그의 아내가 될 수 없는 여자는 모두 여자가 아니라 단순히 사람에 지나지 않았다. 그해 여름 그리스도 승천절에 마침 이웃에 사는 여지주가 두 딸과 중학생 아들 하나와 그 집에 손님으로 와 있는 농민 출신의 젊은 화가를 데리고 고모 집에 놀러 왔다.

차를 마신 뒤, 풀베기가 끝난 집 앞 풀밭에서 술래잡기를 하며 놀게 되었다. 카튜샤도 끌려 나갔다. 몇 번인가 짝이 바뀐 뒤 네흘류도프는 카튜샤와 짝이 되어 달아나게 되었다. 네흘류도프는 카튜샤를 바라보는 것이 즐겁기는 했지만 그들 사이에 어떤 특별한 관계가 생기리라고는 꿈에도 생각해본 적이 없었다.

"안 되겠는데, 이 두 사람이 짝이 되면 도저히 잡을 수 없겠는걸." 하며 술래가 된 쾌활한 화가가 말했다. 그는 다리가 짧은 데다가 안짱다리였지만 튼튼한 농사꾼다운 다리를 가지고 있어 몹시 빨리 달렸다. "넘어지기라도 해줘야지."

"당신한테는 잡히지 않을걸요."

"하나, 둘, 셋!"

손뼉을 세 번 쳤다. 카튜샤는 가까스로 웃음을 참으며 재빨리 네흘류도프와 자리를 바꾸고 거칠거칠한 작은 손으로 네흘류도프의 큼직한 손을 잡고는 풀을 먹인 치마를 버석거리면서 왼쪽으로 홱 달려 나갔다.

네흘류도프도 빨리 달렸다. 그는 화가에게 지기 싫어서 기를 쓰고 달렸다. 돌아보니 카튜샤를 쫓고 있는 화가가 보였다. 그러나 그녀는 탄력 있는 젊은 다리를 날쌔게 놀려 화가를 왼쪽으로 피해서 달아났다. 앞에는 라일락이 무성한 꽃밭이 있었다. 그 뒤로는 아직 아무도 달려가는 사람이 없었으므로 카튜샤는 네흘류도프를 돌아보고 라일락 수풀 뒤에서 만나자고 머리로 신호했다. 그는 그 신호를 알아차리고 수풀 속으로 뛰어 들어갔다. 그러나 그곳에 쐐기풀이 우거진 도랑이 있는 것을 그는 알지 못했다. 그래서 그는 그곳에 엎어져 두 손을 쐐기풀 가시에 긁히고 벌써 내려앉은 초저녁 이슬에 함빡 젖었다. 자기의 몰골이 우스워 얼른 일어나 깨끗한 곳으로 뛰어나갔다.

카튜샤는 환한 웃음을 띠고 검은 포도 알 같은 까만 눈을 반짝이며 그에게로 달려왔다. 그들은 서로 달려가 손을 마주 잡았다.

"어머나, 찔리셨네요." 그녀는 한 손으로 흐트러진 머리카락을 매만지면서 가쁜 숨을 몰아쉬고 생글생글 웃으며 똑바로 그의 얼굴을 올려다보았다.

"거기에 도랑이 있는 줄은 미처 몰랐어." 그도 웃으며 카튜샤의 손을 잡은 채 말했다.

그녀가 그에게 다가섰다. 그러자 그는 자기도 모르게 그녀 쪽으로 얼굴을 기울였다. 그녀는 피하지도 않았다. 그는 그녀의 손을 꼭 쥐고 그 입술에 키스했다.

"어머나!" 그녀는 재빨리 손을 빼고 달아났다.

라일락 수풀에 다다른 그녀는 꽃이 지기 시작한 하얀 라일락 작은 가지를 두 개 꺾어 그것으로 붉게 물든 얼굴을 토닥토닥 두드리면서 그에게 힘차게 두 손을 흔들어 보이고는, 다른 사람들이 있는 곳으로 달려갔다.

그때부터 네흘류도프와 카튜샤의 관계는 달라졌으며, 서로 이끌리는 순진한 젊은 청년과 순진한 처녀 사이에 흔히 볼 수 있는 그런 특별한 관계가 형성되었다.

카튜샤가 방에 들어오거나 멀리서 그녀의 하얀 앞치마가 보이기만 해도 네흘류도프는 둘레가 눈부신 태양이 비치는 것 같아 모든 것이 한층 더 재미있고, 즐겁고 뜻 깊은 것으로 느껴졌다. 삶이 더욱더 즐거운 것으로 보였다. 그녀도 똑같은 느낌을 경험하고 있었다. 그러나 네흘류도프에게 이런 기분을 일으키게 한 것은, 카튜샤가 옆에 있거나 눈앞에 있을 때만이 아니었다. 그에게 있어서는 카튜샤라는 처녀가, 그녀에게 있어서는 네흘류도프라는 청년이, 이 세상에 살고 있다는 생각만으로도 이 작용이 생기는 것이었다. 어머니에게서 불쾌한 편지를 받건, 논문이 잘되지 않건, 청년다운 까닭 없는 시름에 사로잡히건, 카튜샤가 있고 카튜샤의 모습을 볼 수 있다고 생각하면, 벌써 그것만으로 네흘류도프의 모든 불쾌감은 안개처럼 사라져버렸다.

카튜샤는 집안일이 매우 많았지만 재빨리 해치우고는 틈을 내어 책을 읽었다. 네흘류도프는 자기가 읽은 도스토옙스키나 투르게네프의 작품을 그녀에게 빌려주었다. 가장 그녀의 마음에 든 것은 투르게네프의 《정적》이었다. 두 사람의 대화는 복도나 발코니나 뜰에서 만났을 때, 때로는 고모들의 늙은 하녀 마트료나 파블로브나의 방에서 재빨리 짤막하게 이루어졌다. 늙은 하녀는 카튜샤와 함께 살고 있었는데, 네흘류도프는 그곳에 가끔 초대받아 차를 마시러 갔다. 그런데 마트료나 파블로브나가 함께 있을 때의 대화는 특히 즐거웠다. 단둘이 마주 보고 있을 때는 어쩐지 무척 어색했다.

곧 눈과 눈이 입술로 말하는 것보다도 훨씬 중대한 그 무엇을 얘기하기 시작했다. 입이 이상하게 떼어지지 않아 어쩐지 어색해져서 두 사람은 허둥지둥 헤어지곤 했다.

이러한 관계는 그가 처음 고모 집에 묵고 있는 동안 죽 계속되었다. 고모들은 이 관계를 눈치채고 펄쩍 뛰었다. 그리고 외국에서 휴양 중인 네흘류도프의 어머니 엘레나 이바노브나 공작 부인에게 이 사실을 알렸다.

고모 마리야 이바노브나는 드미트리가 카튜샤와 육체관계를 맺을까 봐 두려워했다. 그러나 고모의 걱정은 괜한 것이었다. 네흘류도프는 스스로도 깨닫지 못한 채 정신적으로 카튜샤를 사랑하고 있었다. 그리고 그의 사랑은 그에게 있어서나 그녀에게 있어서 타락을 막는 큰 방패가 되고 있었다. 그는 육체적으로 그녀를 가지려는 욕망이 없었을 뿐만 아니라 그녀와 그런 관계가 있을 수 있다는 것을 생각하기조차 두려워했다. 그것보다도 로맨틱한 작은 고모 소피야 이바노브나의 근심이—드미트리가 순전히 외고집이라 한번 사랑하면 상대방 처녀의 태생이나 신분을 돌아보지 않고 외곬으로 결혼을 생각하지 않을까—훨씬 더 심각했다.

만약 네흘류도프가 그 무렵 카튜샤에 대한 자기의 사랑을 명확히 인식하고 있었더라면, 특히 그런 처녀와 자기의 운명을 맺는다는 것은 절대로 있을 수 없는 일이고 그 같은 짓을 해서는 안 된다고 옆에서 누가 설득이라도 했다면, 그가 모든 일에 고지식하고 외고집인 천성을 발휘해 자기가 사랑하기만 한다면 어떤 신분의 처녀이건 결혼해선 안 될 까닭은 털끝만큼도 없다고 결심하는 건 얼마든지 있을 법한 일이었다. 그러나 고모들은 마음속의 그런 두려움을 그에게 말하지 않았고, 그도 이 처녀에 대한 자기의 사랑을 깨닫지 못한 채 떠났다.

그는 카튜샤에 대한 그의 감정이 그 무렵 그의 존재를 가득 채우고 있던 삶에 대한 감정 표현의 하나이며, 그것이 이 사랑스럽고 쾌활한 소녀의 공감을 얻은 것이라고 믿고 있었다. 그가 드디어 떠나게 되었을 때, 카튜샤는 고모들과 나란히 현관 층계 위에 서서 새까맣고 약간 사시인 눈에 눈물을 가득히 담고 그를 전송했다. 그는 이제 다시는 돌아오지 않을, 무엇인가 아름답고 귀중한 것을 잃는 것만 같은 기분에 사로잡혀서 못 견디게 슬펐다.

"잘 있어, 카튜샤, 여러 가지로 정말 고마웠어."

그는 마차에 오르면서 소피야 이바노브나의 두건 너머로 말했다.

"안녕히 가세요, 드미트리 이바노비치." 그녀는 여느 때의 기분 좋은 상냥한 목소리로 말하고는 솟구치는 눈물을 참으면서 마음껏 울 수 있는 현관으로 달려 들어갔다.

13

그 뒤 3년 동안 네흘류도프는 카튜샤를 만나지 못했다. 그러다가 신임 장교로서 소속 부대로 부임하는 길에 고모 집에 들렀을 때 비로소 다시 만나게 되었는데, 그는 3년 전 이곳에서 여름을 보내던 때와는 전혀 다른 사람이 되어 있었다.

그 무렵 그는 모든 훌륭한 일을 위해서는 자기의 생명도 돌보지 않을 만큼 순진하고 헌신적인 청년이었다. 그러나 지금의 그는 자기의 쾌락만을 사랑하는 타락하고 세련된 이기주의자가 되어 있었다. 당시에 그는 주위 세계가 신비에 싸인 것으로 여겨져 기쁨과 감동으로 그 수수께끼를 풀려고 애썼지만, 지금은 이 세상 모든 것이 단순하고 뚜렷하여 자신이 몸담은 생활 조건에 의해 규정되고 있었다. 그 무렵에는 자연과의 교감, 자기보다 먼저 살고 사색하고 느낀 사람들, 특히 철학자나 시인을 안다는 것이 꼭 필요하고 소중한 일이었지만, 지금은 인간이 만든 제도나 친구들과의 교제가 더 필요하고 중요한 일이었다. 당시에는 여자가 신비롭고 매혹적인 것으로 여겨졌고 다름 아닌 그 신비성 때문에 매력 있는 존재로 보였지만, 지금은 여자라는 것의 의미, 자기 가족이나 친구의 아내를 빼놓고는 모든 여자의 의미가 매우 간단하고도 명료했다. 다시 말하면, 여자라는 것은 이미 경험한 바 있는 쾌락의 가장 좋은 수단의 하나에 지나지 않았다.

그 무렵에는 많은 돈이 필요 없어 어머니가 주는 돈의 3분의 1도 남을 정도였고, 아버지의 유산인 토지를 마다하고 농민들에게 나누어 줄 수도 있는 정도였지만, 지금은 어머니가 보내주는 한 달 용돈 1500루블도 모자라서 벌써 몇 번이나 돈 때문에 어머니와 불쾌한 말다툼까지 했다. 그 무렵의 그는 자기의 정신적 존재를 자기의 참다운 자아라고 생각하고 있었지만, 지금은 건장하고 튼튼한 동물적인 자아를 참다운 자기로 알고 있었다.

이 모든 무서운 변화가 그에게 생긴 것은 그가 스스로를 믿지 않고 남을 믿게 되었기 때문이었다. 그리고 그가 자기를 믿지 않고 남을 믿게 된 것은 자기를 믿으면서 산다는 것이 너무나도 괴롭기 때문이었다. 자기를 믿으면 모든 문제를 해결함에 있어 늘 가벼운 쾌락을 찾는 자기의 동물적 자아에 유리하게 하는 것이 아니라, 대개는 그 반대 방향으로 나아가지 않으면 안 되었다. 그러나 남을 믿으면 해결해야 할 것이 아무것도 없었다. 모두 이미 다 마무리되어 있었으며, 더구나 그것은 늘 정신적 자아를 어기고 동물적 자아에 유리하게 결정되어 있었다. 그뿐 아니라 자기를 믿으면 늘 사람들의 비난을 받게 되지만, 남을 믿으면 주위 사람들의 찬동을 얻었다.

이를테면 네흘류도프가 신이나 진리나 부나 가난에 대해서 생각하고 읽고 이야기하면, 옆 사람들은 그것을 어울리지 않는 우스꽝스러운 일로 보았고, 심지어는 어머니나 고모까지도 그런 그를 악의 없이 비꼬아 프랑스 말로 '우리의 친애하는 철학자'라고 부르곤 했다. 그러나 그가 소설을 읽거나 외설스러운 신소리를 하거나 프랑스 연극의 우스꽝스러운 통속적인 희곡을 보고 와서 재미있게 이야기를 해주면, 사람들은 그를 칭찬하고 치켜세웠다.

그가 돈을 아끼는 것을 필요한 일이라고 생각하여 낡은 외투를 입거나 술을 마시지 않으면 모두들 그것을 색다른 허영이라고 비난했고, 사냥이나 서재를 꾸미기 위해 특별히 사치스러운 장식을 하느라고 돈을 많이 쓰면 그의 취미를 칭찬하며 값진 물건을 선사하기도 했다. 그가 결혼할 때까지 총각으로 순결을 지키겠다고 하면 친척들은 병이 아니냐고 걱정했고, 어머니마저도 그가 제대로 남자가 되어 어떤 프랑스 여자를 친구에게서 빼앗았다는 말을 들었을 때 한탄하기는커녕 오히려 기뻐했을 정도였다. 그러나 그가 결혼을 생각할 우려가 있었던 카튜샤와의 에피소드를 생각하면, 어머니인 공작 부인은 소름이 끼치지 않을 수 없었다.

이것과 마찬가지로 네흘류도프가 성년이 되어 토지 사유를 옳지 못한 일이라고 생각하고서 아버지에게서 유산으로 물려받은 얼마 안 되는 토지를 농민들에게 나누어 주었을 때, 그의 행위는 어머니나 친척들을 어둠의 구렁텅이로 몰아넣었고, 친척들의 끊임없는 나무람과 비웃음의 대상이 되었다. 그리고 그는 사람들에게서 토지를 받은 농민들이 부유해지기는커녕 마을에다 술집을 세 군데나 차리고 일을 전혀 하지 않아 가난뱅이가 되고 말았다는 이야기를 들었다. 또 네흘류도프가 근위 연대에 근무하면서 집안 좋은 동료들과 함께 막대한 돈을 유흥에 쓰거나 도박으로 탕진해 어머니 엘레나 이바노브나 공작 부인의 은행에서 돈을 꺼내지 않으면 안 되게 되었을 때도, 그녀는 한마디 잔소리도 하지 않았다. 그녀는 상류사회에서는 젊었을 때 미리 이런 우두를 맞아두는 것이 필요하며, 오히려 잘된 일이라고 생각했다.

처음에는 네흘류도프도 싸워봤지만 그 싸움은 어렵기 그지없었다. 그가 자기를 믿고 선이라 생각한 것이 다른 사람들에게는 모두 악으로 여겨졌으며, 반대로 남을 믿고 그가 악이라 생각한 것이 주위 사람들에 의해 선이라고 생각되었기 때문이다. 결국 네흘류도프는 이에 굴복해 자기를 믿는 것을 단념하고 남을 믿게 되었다. 처음 얼마 동안은 이 자기부정이 몹시 언짢았지만 불쾌감은 잠시 동안 계속되었을 뿐이었다. 때

마침 네흘류도프는 술과 담배 맛을 알아 언짢은 기분 때문에 괴로워하지 않게 되었으며, 오히려 커다란 해방감마저 느끼게 되었다.

그리하여 네흘류도프는 열중하기 쉬운 타고난 기질로 주위의 모든 사람들이 장려하는 이 새로운 생활 속에 뛰어들었고, 다른 무엇을 요구하는 자기 내부의 소리를 완전히 짓눌러버리고 말았다. 이것은 페테르부르크로 이사한 뒤부터 시작해 군대 근무로 빈틈없이 다듬어졌다.

군대 근무는 일반적으로 인간을 타락시킨다. 왜냐하면 그 세계에 들어간 사람을 완전한 무위, 즉 유익한 지적 활동이 모자라는 조건 속에 두어 사회인으로서의 의무에서 해방하고, 대신 군대, 군복, 군기라는 한정된 명예만을 앞세워 한편으로는 다른 사람들에 대한 무제한의 권력을, 다른 한편으로는 상관에 대한 노예와 같은 복종을 요구하기 때문이다.

그러나 군복이나 군기 같은 독선적인 명예와 폭력 및 살인의 공인 따위로 뒤범벅된 군대 근무는 일반적으로 사람을 타락시키는 힘을 갖고 있지만, 부유하고 집안 좋은 장교들만 근무하는 선택된 근위 연대에서 볼 수 있는 것처럼 금권과 황족과의 친분이라는 데서 오는 부패가 겹치면, 이 타락은 이기주의의 완전한 광란 상태에까지 이르게 한다.

네흘류도프는 군대에서 동료 사관들과 같은 생활을 하게 된 뒤부터, 이와 같은 이기주의의 소용돌이 속에 빠져버렸다.

자기 손에 의해서가 아니라 남의 손으로 훌륭하게 지어지고 깨끗이 손질된 군복을 입고, 역시 남의 손으로 만들어지고 닦이고 제공된 군모를 쓰고 칼을 차고, 마찬가지로 남의 손에 길러지고 길든 말을 타고 똑같은 동료 장교들과 더불어 교련이나 사열을 하고, 말을 달리거나 칼을 휘두르거나 총을 쏘고, 그것을 다른 사람들에게 가르치는 것밖에 할 일이 없었다. 다른 일은 아무것도 없었다.

그런데도 가장 높은 지위에 있는 사람들은, 젊은이도 늙은이도 황제도 그 측근자들도 이 일을 좋아할 뿐만 아니라 찬양하며, 특히 그 노고를 치하했다. 이런 교련이 끝나면 장교 클럽이나 최고급 레스토랑에 모여 식사를 하거나 술을 마시며, 어디서 나왔는지도 모르는 돈을 뿌리는 것이 모범적인 중요한 행위가 되어 있었다. 그러고 나면 극장, 무도회, 여자, 그리고 다시 말을 타고 칼을 휘두르며 훈련에 나서거나, 돈을 뿌리고 술, 도박, 여자를 되풀이했다.

이런 생활이 특히 군인을 타락시키는 것은, 또 군인이 아닌 다른 사람들이 이런 생활을 한다면 마음속으로 부끄러워하지 않고는 못 배기나, 군인들은 이런 생활을 당연하게 알고서 자랑하고 긍지로 삼았기 때문이었다. 특히 네흘류도프가 근무하던 무렵은, 터키에 대해 선전 포고를 한 뒤, 이른바 전시 중이라 이런 경향이 심했다.

'우리는 싸움터에서 생명을 바칠 각오다. 그러므로 이런 자유롭고 즐거운 생활이 허용되고, 또 이런 것들이 우리에게는 필요하다.'

네흘류도프도 그때는 막연하게나마 그렇게 생각했다. 그리고 그 무렵, 그는 전에 스스로에게 가했던 모든 도덕적 규범에서 해방된 감격에 잠겨, 끊임없이 미친 듯한 이기주의의 만성에 빠져 있었다.

3년이라는 세월이 흐른 뒤 고모 집에 들렀을 때, 그는 이러한 상태에 있었던 것이다.

14

네흘류도프가 고모 집에 들른 것은 그곳이 전방의 자기 연대로 가는 길목에 있었고 고모들이 들러달라고 간청도 했지만, 무엇보다도 카튜샤를 만나기 위해서였다. 어쩌면 그의 마음속 깊숙이 카튜샤에 대해 좋지 못한 의미가 이미 싹트고 있어서 이제 완전히 고삐 풀린 그의 동물적 자아가 자꾸만 그에게 속삭이고 있었는지도 모른다. 그러나 그는 그것을 깨닫지 못하고 있었다. 그는 다만 그토록 즐거웠던 추억의 장소에서 잠시 쉬며 언제나 그를 사랑과 기쁨의 분위기로 감싸주던 조금은 우스꽝스럽지만 선량한 고모들을 만나고, 그리고 그토록 즐거운 추억을 남겨준 사랑스러운 카튜샤를 만나고 싶다는 마음뿐이었다.

그가 고모들의 영지에 도착한 것은 3월 말 부활절 전의 금요일이었다. 억수같이 퍼붓는 비를 맞으며 눈이 녹아 질퍽거리는 길을 따라 고모 집에 도착했다. 온몸이 흠뻑 젖어 꽁꽁 얼어 있었으나 당시에는 언제나 그랬듯이 왕성한 기운이 넘쳐나는 것을 느끼고 있었다. '그 소녀가 아직도 있을까?' 두근거리는 가슴으로, 오랜 지주 집 지붕에서 떨어진 눈이 보기 흉하게 남아 있는 벽돌담으로 둘러싸인 뜰로 마차를 몰았다. 그는 마차의 방울 소리를 듣고 그녀가 문 앞으로 달려 나와 줄 것을 기대했다. 그러나 소리를 듣고 달려 나온 것은, 마루 청소를 하고 있었는지 맨발에 옷자락을 걷어 올리고 양동이를 든 두 아낙이었다. 문 앞 현관에도 그녀는 보이지 않았다. 그쪽에서도 역시 청소를 하고 있었는지, 앞치마를 두른 하인 티혼이 나왔을 뿐이었다. 비단옷을 입고 실내 모자를 쓴 소피야 이바노브나가 현관홀에 나왔다.

"아이고 반가워라, 참 잘 왔다!" 그에게 키스하며 소피야 이바노브나는 말했다.

"큰고모는 몸이 불편하셔⋯⋯. 교회에서 지치신 모양이야. 성찬식에 다녀왔단다."

"축하합니다, 고모님." 네흘류도프는 고모의 손에 키스하며 말했다. "죄송합니다, 고모님 옷을 적셔서.":

"방으로 가자. 어쩜, 흠뻑 젖었구나. 벌써 수염을 다 기르고⋯⋯. 카튜샤! 카튜샤! 빨리 커피를 내오너라."

"네, 곧 가져가요." 귀에 익은 기분 좋은 목소리가 복도 쪽에서 들렸다.

네흘류도프는 기쁨으로 가슴이 저려왔다. '있구나!' 그것은 태양이 구름 사이로 얼굴을 내민 것 같은 심정이었다. 네흘류도프는 즐거운 얼굴로 티혼을 따라 전에 쓰던 자기 방으로 옷을 갈아입으러 갔다.

네흘류도프는 티혼에게 카튜샤에 관한 것을 여러 가지 물어보고 싶었다. 어떻게 되었는가? 어떤 생활을 하고 있는가? 아직 시집은 가지 않았는가? 그러나 티혼은 지나치게 정중한 데다 몹시 우직한 사람이고 자기 손으로 직접 젊은 나리의 손에 물을 부어드리겠다고 우기는 고집쟁이여서, 네흘류도프는 도저히 카튜샤에 대해 물을 용기가 나지 않았다. 네흘류도프는 그의 손자들과 '형님'이라는 별명이 붙은 늙은 말과 집을 지키는 '폴칸'이라는 개에 대해서 묻는 것만으로 그쳤다. 다 잘 있는데, 폴칸은 지난해에 광견병으로 죽었다고 했다.

젖은 옷을 모두 벗고 산뜻한 새 옷에 팔을 꿰다가 네흘류도프는 잰 발소리와 문 두드리는 소리를 들었다. 그 걸음걸이와 문 두드리는 소리가 모두 귀에 익은 것이었다. 그런 식으로 걷고 그런 식으로 두드리는 사람은 카튜샤뿐이었다.

그는 다시 허둥지둥 젖은 외투를 걸치고 문 쪽으로 달려갔다.

"들어와요!"

그녀였다. 카튜샤였다. 그전 그대로였다. 전보다 한층 더 예뻐져 있었다. 미소를 담은 채 천진스럽게, 그리고 약간 사시인 까만 눈이 밑에서 올려다보는 듯한 것도 예전 그대로였다. 역시 산뜻한 흰 앞치마를 두르고 있었다. 그녀는 고모한테서 지금 막 포장에서 꺼낸 향긋한 비누와 올이 굵은 큼직한 러시아식 수건을 두 개 가지고 왔다. 새겨진 글씨가 아직 그대로인 아무도 손대지 않은 비누도, 수건도, 그녀 자신도, 모두가 한결같이 깨끗하고 싱싱하고 순결하고 상쾌했다. 단단한 꽃봉오리를 연상케 하는 사랑스러운 빨간 입술이, 역시 전과 마찬가지로 그를 앞에 두고 누를 수 없는 기쁨으로 꼭 오므라져 있었다.

"안녕하세요, 드미트리 이바노비치!" 그녀는 가까스로 말했다. 순간 얼굴이 확 붉어졌다.

"아…… 잘 있었소." 그는 '너'라고 불러야 할지 '당신'이라고 고쳐 불러야 할지 어리둥절해 그녀와 마찬가지로 얼굴을 붉혔다. "그동안 잘 있었소?"

"덕택에……. 이거 고모님이 보내주신 거예요. 도련님이 좋아하시는 장미 향기 나는 비누예요." 그녀는 비누를 테이블 위에 놓고 수건을 안락의자 팔걸이에 걸쳤다.

"도련님은 자기 것을 갖고 계셔." 손님의 자주성을 고집하는 티혼이 뚜껑이 열린 채로 있는 네흘류도프의 큼직한 화장 상자를 엄한 얼굴로 가리켰다. 그 속에는 많은 화장수와 솔, 머릿기름, 향수, 그 밖에 온갖 화장 도구가 들어 있었다.

"고모님께 고맙다고 말씀드려요. 아, 정말 오기를 잘했소." 네흘류도프는 전에 곧잘 그랬듯이 다시 마음이 상쾌하게 부드러워지는 것을 느끼면서 말했다. 그녀는 이 말에 미소로 대답하고 그대로 나갔다.

고모들은 언제나 네흘류도프를 사랑하고 있었지만 이번에는 여느 때보다 더 반가이 그를 맞았다. 그는 싸움터로 가는 도중이라 부상당할지도 모르고, 잘못하면 죽을지도 모른다. 이 점이 고모들을 감상적으로 만들었다.

네흘류도프의 여행 일정으로는 고모네 집에서 하룻밤만 묵을 작정이었는데, 카튜샤를 보자 이틀 뒤에 있는 부활절을 여기서 맞고 싶어졌다. 그래서 오데사에서 만나기로 약속한 친구이자 전우인 셴보크에게 고모네 집에 들러달라고 전보를 쳤다.

카튜샤를 만난 그날부터 네흘류도프는 그녀에게 예전 같은 감정을 느꼈다. 그때처럼 지금도 카튜샤의 하얀 앞치마를 보기만 해도 가슴이 두근거리고 발소리나 웃음소리만 들어도 기쁨이 샘솟는 듯했다. 특히 그녀가 생글생글 웃고 있을 때 젖은 포도 알 같은 그 새까만 눈을 보면 감동을 억누를 수 없었다. 그리고 무엇보다도 그를 만날 때마다 얼굴을 붉히곤 하는 그녀의 모습은 이루 형언할 수 없을 정도로 그를 감동케 했다. 그는 자기가 사랑하고 있다는 것을 느끼고 있었다. 그러나 전에는 사랑이란 신비로운 것이며 일생에 단 한 번밖에 없는 것이라 믿었기 때문에 사랑하고 있다는 것을 스스로 인정할 용기가 없었다. 지금은 자기가 사랑하고 있음을 알고 그리고 그것을 기뻐하고 있었다. 비록 자기 자신에게는 숨기고 있었지만 그 사랑이 어떤 것이며 어떤 결과를 낳는다는 것을 막연하게나마 알고 있었던 것이다.

사람은 다 그렇지만, 네흘류도프의 마음속에도 두 가지 인간이 살고 있었다. 한 사람은 남에게도 행복이 될 수 있는 그런 행복만을 구하는 정신적인 인간이고, 다른 한 사람은 오직 자기만을 위해 행복을 찾고, 그 행복을 위해서 온 세계의 행복마저 희생시키려는 동물적인 인간이었다. 페테르부르크의 생활과 군대 근무에 중독되어 이기주의에 홀려 있던 이 시기에는, 이 동물적 인간이 그를 지배해 정신적 인간을 꼼짝 못하게 누르고 있었다.

그러나 카튜샤를 만나 예전에 그녀에게 품었던 감정을 새로이 느끼자, 정신적 인간이 머리를 쳐들어 권리를 주장하기 시작했다. 그리하여 네흘류도프의 내부에서는 부활절까지 이틀 동안 그가 깨닫지 못하는 마음속 갈등이 끊임없이 펼쳐졌다.

그는 마음속으로는 떠나야 하며 지금 이곳에 머물러 있을 까닭이 없다는 것을, 그리고 이러고 있으면 결코 결과가 좋지 않다는 것을 알았지만, 너무나 즐겁고 기분이 좋아서 그것을 자신에게 납득시키려 하지 않고 눌러앉아 있었다.

거룩한 그리스도가 부활한 전날 밤인 토요일 밤에, 사제가 부제와 복사를 데리고 자정 미사를 드리기 위해 성당과 고모네 집 사이 3킬로미터의 진창길을 썰매를 타고, 그들의 말에 따르면 지독한 고생을 하면서 찾아왔다.

네흘류도프는 두 고모와 하인들과 함께 미사에 참석했으나 문가에 서서 향로를 나르고 있는 카튜샤를 지켜보았다. 그리고 사제와 고모들과 그리스도 부활에 대한 축복의 입맞춤을 나누고 침실로 돌아가려다가, 복도에서 늙은 하녀 마트료나 파블로브나와 카튜샤가 케이크와 물들인 달걀을 신성하게 하기 위해 성당에 가져가려고 준비하는 소리를 들었다. '나도 가자.' 하고 그는 문득 생각했다.

성당까지의 길은 마차도 썰매도 갈 수 없었으므로 고모 집에서 마치 자기 집처럼 행동하고 있던 네흘류도프는 '형님'이라고 부르는 늙은 말에 안장을 얹어놓으라고 일렀다. 그리고 예장용 군복에 승마 바지를 입고 그 위에 외투를 걸친 채, 이제는 사람을 너무 대워서 몸이 무거워져 줄곧 콧김만 뿜어대는 늙은 말을 타고 진흙과 눈으로 질척거리는 캄캄한 길을 따라 성당으로 갔다.

15

이날 자정 미사는 네흘류도프의 일생을 통해 가장 밝고 강렬한 추억의 하나가 되었다.

여기저기 희미하게 하얀 눈만 비쳐 보이는 칠흑 같은 어둠 속을, 진창에 발이 빠지면서 성당으로 갔다. 성당 둘레에 켜진 등불을 보자 귀를 쫑긋 거리기 시작하는 늙은 말을 재촉해 가까스로 성당의 뜰에 들어갔을 때 미사는 벌써 시작되고 있었다.

농부들은 마리야 이바노브나의 조카라는 것을 알자, 말을 내릴 수 있는 마른자리로 그를 데리고 가서 말을 맨 다음 그를 성당 안으로 안내했다. 성당은 대축일을 축하하는 사람들로 가득 차 있었다.

오른편은 농민들 자리였다. 노인들은 집에서 짠 긴 웃옷을 입고 나막신에 깨끗하고 흰 각반을 찼으며, 젊은이들은 새 나사 옷에 화려한 띠를 매고 가죽 장화를 신고 있었다. 왼편은 여자들 자리였다. 그들은 빨간 비단 수건을 쓰고 소매 없는 벨벳 저고리 밑으로 새빨간 소매를 내놓았으며, 푸른색, 녹색, 얼룩덜룩한 색 등 색색의 치마를 입고 징을 박은 단화를 신고 있었다. 검소한 노파들은 흰 머릿수건을 쓰고 잿빛 웃옷과 구식 치마에 단화나 새 짚신을 신고 뒤쪽에 서 있었다. 그 사이를 머리에 기름을 반질반질하게 바르고 나들이옷을 입은 아이들이 메웠다. 남자들은 성호를 긋고 머리칼을 늘어뜨리면서 절을 했다. 여자들, 특히 노파들은 윤기 없는 등불에 비친 성상에 눈길을 못 박은 채 성호를 긋기 위해 깍지 낀 손을 머릿수건에 싼 얼굴과 좌우 어깨와 가슴에 차례로 힘차게 누르면서 중얼거리며, 선 채로 아니면 무릎을 꿇고 윗몸을 구부렸다. 아이들은 사람들이 볼 때만 어른들 흉내를 내고 열심히 기도했다. 제대의 금빛 휘장이 이쪽저쪽에서 비치는 금박으로 싼 큼직한 촛불 빛에 번들거렸다. 가지가 난 촛대에 많은 초가 꽂혀 있고, 저음과 소년들의 최고음이 뒤섞인 서투른 성가대원들의 유쾌한 찬송 소리가 들려왔다.

네흘류도프는 앞으로 나갔다. 한가운데 귀빈석에 부인과 세일러복을 입은 아들을 데리고 온 지주들과 경찰서장, 전신 기자, 장식이 달린 장화를 신은 장사꾼, 훈장을 단 촌장들이 늘어서 있고, 강론대 오른편 지주의 아내들 뒤에는 금록색 의상을 입고 선을 댄 흰 숄을 두른 마트료나 파블로브나와 허리를 잔주름으로 쥔 흰옷에 하늘색 띠를 두르고 까만 머리에 빨간 리본을 맨 카튜샤가 나란히 서 있었다.

모든 것이 축제답고, 엄숙하고, 즐겁고, 아름다웠다. 금실로 십자가를 수놓은 반짝이는 은빛 제의를 입은 사제들도, 축일에 입는 금빛과 은빛 제의를 입은 부제나 복사들도, 머리가 기름으로 번들거리는 나들이 옷차림의 성가대원들도, 축제 노래의 명랑하고 탄력 있는 노랫소리도, 사제들이 꽃으로 꾸민 삼색 촛불을 손에 들고 줄곧 "예수 부활하셨네! 예수 부활하셨네!"를 외면서 모인 사람들에게 주는 축복도 모두 아름다웠지만, 무엇보다도 멋있는 것은 하얀 옷에 하늘빛 띠를 매고 까만 머리에 리본을 달고서 감동으로 눈을 반짝이고 있는 카튜샤였다.

네흘류도프는 그녀가 얼굴을 움직이지 않고 이쪽을 보고 있는 것을 느꼈다. 그녀 곁을 지나 계단 쪽으로 걸어가면서 그는 어김없이 그것을 눈치챘다. 그는 할 말이 아무것도 없었지만 언뜻 생각이 나서 곁을 지나가며 말했다.

"미사가 끝나면 아침 식사를 한다고 고모님이 말씀하시더군."

언제나 그렇듯이, 젊은 피가 그녀의 사랑스러운 얼굴에 활짝 피어올랐다. 까만 눈이 기쁨의 미소를 담고 수줍은 듯 올려다보며 네흘류도프의 얼굴에 멎었다.

"네, 알고 있어요." 생긋 웃으며 그녀는 말했다.

이때 커피를 끓이는 놋쇠 주전자를 들고 사람들 사이를 헤치고 나온 복사가 카튜샤 옆을 지나쳤는데, 그녀 쪽을 보지 않았기 때문에 법의 자락으로 그녀를 스쳤다. 아마 네흘류도프에게 경의를 표하기 위해 피해 가려다가 저도 모르게 카튜샤를 건드린 모양이었다. 어째서 이 복사는 모른단 말인가? 이 성당과 온 세계의 모든 것이 오직 카튜샤만을 위해서 존재한다는 것을, 그리고 그녀는 모든 것의 중심이니까 세상의 모든 것을 무시하더라도 그녀만은 무시할 수 없다는 것을 어째서 모르는가 싶어 네흘류도프는 야릇한 생각이 들었다.

제대 앞에 금빛 휘장이 빛나고 있는 것도 샹들리에나 가지 촛대의 촛불들이 타고 있는 것도 그녀를 위해서였고, "주 부활하셨네, 모두 기뻐할지어다."라고 부르는 기쁨에 넘친 노랫소리도 그녀를 위해서였다. 이 세상의 아름다운 것 모두가 그녀를 위한 것이었다. 그리고 카튜샤도 그것이 다 자기를 위한 것임을 알고 있는 것같이 네흘류도프는 여겨졌다. 허리가 잘록하게 주름 잡힌 하얀 옷을 입은 그녀의 아름다운 모습과 기쁨에 넘친 진지한 얼굴을 지그시 바라보았을 때 네흘류도프는 그렇게 여겨졌다. 그는 그녀의 얼굴 표정에서 그가 마음속으로 부르고 있는 바로 그 노래를 그녀도 마음속으로 부르고 있다는 것을 알아차렸다.

자정 미사가 끝나고 새벽 미사가 시작되기 전 네흘류도프는 성당에서 밖으로 나갔다. 사람들이 그에게 길을 비켜주며 인사했다.

그를 아는 사람도 있었고, "누구시지?" 하고 묻는 사람도 있었다. 그는 입구에 멈춰 섰다. 거지들이 그를 둘러쌌다. 그는 지갑에 있는 잔돈을 나누어 주고 층계를 내려갔다.

벌써 사방이 보일 만큼 훤하게 밝아지고 있었지만 아직 해는 뜨지 않았다. 성당 둘레의 묘지에 사람들의 모습이 점점이 보였다. 카튜샤는 성당 안에 남아 있었다. 그래서 네흘류도프는 그녀를 기다리며 서 있었다.

사람들이 잇따라 나왔다. 그리고 구두 바닥의 징으로 돌을 울리면서 층계를 내려가 성당의 뜰과 묘지 쪽으로 흩어져 갔다.

마리야 이바노브나의 단골인 과자 가게 노인이 네흘류도프를 불러 머리를 흔들면서 그리스도 부활의 입맞춤을 했다. 그리고 비단 머릿수건 밑으로 쭈글쭈글한 목을 드러낸 그의 늙은 아내가 엷은 자줏빛으로 칠한 달걀을 보자기에서 꺼내어 네흘류도프에게 주었다. 이때 새 반코트에 녹색 띠를 맨 젊고 건장한 농사꾼이 싱글싱글 웃으면서 다가왔다.

"그리스도 부활하셨네." 하고 눈웃음 지으며 말했다. 그리고 네흘류도프 쪽으로 얼굴을 내밀고 농사꾼다운 독특한 냄새로 그를 감싸고 곱슬곱슬한 턱수염으로 간질이면서 네흘류도프의 입술 한가운데를 뻣뻣하고 싱싱한 입술로 세 번 눌렀다.

네흘류도프가 농사꾼과 키스를 나누고 다갈색으로 칠한 달걀을 받았을 때 금록색 옷을 입은 마트료나 파블로브나와 빨간 리본을 맨 귀여운 까만 머리의 카튜샤가 나타났다.

그녀는 앞에 가는 사람들 머리 너머로 곧 그를 알아보았다. 그는 그녀의 얼굴이 활짝 피어나는 것을 보았다.

그녀들은 층계 입구에 멈춰 서서 거지들에게 돈을 주었다. 코가 없고 그 자리에 붉은 딱지가 앉은 한 거지가 카튜샤 앞으로 다가왔다. 그녀는 손수건에서 뭔지 꺼내어 거지에게 준 뒤 가까이 다가가서는 조금도 싫어하는 기색 없이 오히려 눈을 반짝이면서 세 번 입을 맞췄다. 그녀가 거지에게 입맞춤하고 있을 때 그녀의 눈이 네흘류도프의 눈과 마주쳤다. 그것은 '제가 하고 있는 일이 좋은 일일까요?' 하고 묻는 듯한 눈이었다.

'암, 그렇고말고, 귀여운 카튜샤. 다 좋은 일이야. 아름다운 일이야. 나는 너를 사랑해.'

두 사람은 층계를 내려왔다. 네흘류도프는 그쪽으로 걸어갔다. 그는 키스할 생각이 아니었다. 그저 그녀 곁에 있고 싶었던 것이었다.

"그리스도 부활하셨네!" 마트료나 파블로브나가 머리 숙여 생글생글 웃으면서 말했다. 그 목소리에는 '오늘은 상관없어요.' 하는 투가 깃들어 있었다. 그리고 조그맣게 접은 손수건으로 입술을 닦고는 그에게 입술을 내밀었다.

"그리스도 부활하셨네!" 네흘류도프는 입맞춤하면서 대답했다.

그는 카튜샤를 보았다. 그녀는 얼굴을 확 붉히며 곧 앞으로 나섰다.

"그리스도 부활하셨네, 드미트리 이바노비치."

"그리스도 부활하셨네." 그는 대답했다. 그들은 두 번 입을 맞췄다. 그리고 한 번 더 해야 할까 하고 생각하다가, 해야 한다고 마음먹은 듯 세번째 입맞춤을 나누고 서로 생긋 웃었다.

"사제한테 안 가보겠소?" 네흘류도프가 물었다.

"아녜요, 드미트리 이바노비치. 우리는 잠시 여기 앉아 있겠어요." 카튜샤는 벅찬 일을 끝낸 뒤처럼 가슴 가득히 천천히 한숨을 쉬더니, 더없이 맑은 약간 사시인 정다운 눈으로 그의 눈을 쳐다보며 말했다.

남녀 사이의 사랑에는 언제나 사랑이 정점에 이르러 의식도 분별도 감각도 모두 잃어버리는 순간이 있는 법이다. 거룩한 그리스도 부활의 이날 밤이 네흘류도프에게는 그런 순간이었다. 그가 지금 카튜샤를 생각해봐도 그녀를 본 모든 장면 속에서 이날 밤이 다른 모든 것을 훨씬 압도했다. 반드르르하게 윤이 나는 검은 머리, 가느다란 허리와 아직 덜 여문 가슴을 깨끗하게 감싸며 잘록하게 주름 잡힌 하얀 옷, 발그스름한 얼굴, 잠이 모자라 약간 사시가 눈에 띄는 부드럽게 젖은 까만 눈, 그리고 그녀가 가진 모든 것에서 두 가지 큰 특징이 있었다. 그것은 순결한 처녀성과 순결한 애정이었다. 더구나 그 사랑은 그에 대한 사랑만이 아니라 모든 것에 대한 사랑, 이 세상에 존재하는 모든 좋은 것은 물론, 그녀가 입맞춤해준 그 거지까지도 포함하는 모든 것에 대한 사랑이었다.

그녀에게 이런 사랑이 넘치고 있다는 것을 그는 알고 있었다. 그것은 그도 그날 밤과 아침에 걸쳐 자기 마음속에서 이 사랑을 깨달았기 때문이며, 또 그 사랑 속에서 그녀와 하나로 융합되었음을 의식했기 때문이었다.

'아, 만일 모든 것이 그날 밤에 품었던 그 감정대로 머물러 있었더라면! 그렇다, 그 모든 끔찍한 일이 거룩한 그리스도가 부활한 그날 밤이 지난 다음에 일어났던 것이다!' 그는 지금 배심원 대기실 창가에 앉아 이렇게 옛날을 회상하고 있었다.

16

네흘류도프는 성당에서 돌아와 고모들과 축제 음식을 먹은 다음, 군대에서 익힌 습관에 따라 원기를 돋우기 위해 보드카와 포도주를 마시고는, 자기 방으로 돌아가 옷을 입은 채로 곧 잠이 들었다. 문 두드리는 소리에 그는 눈을 떴다. 문 두드리는 소리가 카튜샤임을 안 그는 눈을 비비고 기지개를 켜면서 일어났다.

"카튜샤? 들어와요." 그는 침대에서 내려오면서 말했다.

그녀는 문을 조심스럽게 열었다.

"식사하세요." 그녀가 말했다.

그녀는 아까 그 하얀 옷을 그대로 입고 있었으나 머리의 리본은 떼고 없었다. 그와 눈이 마주치자 그녀는 특별히 반가운 소식이라도 전하러 온 것처럼 활짝 얼굴을 폈다.

"곧 가지." 머리를 빗기 위해 빗을 집으면서 그는 대답했다.

그녀는 잠시 동안 주춤하고 서 있었다. 그것을 본 그는 빗을 내던지고 그녀에게 다가갔다. 그녀는 그 순간 몸을 홱 돌려 여느 때의 경쾌하고 재빠른 걸음으로 복도의 양탄자 위를 달려갔다.

'난 왜 이리 바보지?' 네흘류도프는 속으로 중얼거렸다. '왜 그녀를 붙잡지 않았을까?'

그는 그녀의 뒤를 쫓아 복도를 달려갔다.

그녀를 어떻게 할 생각인지 그 자신도 알지 못했다. 그러나 그녀가 그의 방에 들어왔을 때, 그럴 때 누구나가 하는 어떤 일을 해야 했는데 그것을 하지 않은 듯한 기분이 들었다.

"카튜샤, 잠깐만." 그가 말했다.

그녀는 돌아보았다.

"왜 그러세요?" 잠깐 멈춰 서서 그녀가 물었다.

"뭐, 그저 좀……."

그러고는 스스로를 타이르며, 이럴 경우 그와 같은 입장에 있는 사람이라면 모두 이렇게 행동할 거라고 생각하면서 카튜샤의 허리를 끌어안았다.

그녀는 움찔하며 그의 눈을 쳐다보았다.

"안 돼요, 드미트리 이바노비치, 안 돼요."

그녀는 확 붉어진 얼굴에 눈물을 글썽거리며 이렇게 말하고는 억세고 거친 손으로 허리를 감은 그의 팔을 뿌리쳤다.

네흘류도프는 그녀를 놓았다. 그 순간 그는 쑥스럽고 부끄러웠을 뿐만 아니라 자기 자신에 대해 혐오감마저 느꼈다. 그때 그는 자기 자신을 믿었어야 했다. 이 쑥스러움과 부끄러움이 겉으로 스며 나온 그의 영혼의 가장 선량한 감정이었다는 것을 알지 못했다. 오히려 그와 반대로, 그의 내부에서 어리석음이, 사람들이 누구나 하는 것처럼 하면 된다고 속삭이는 것이라고 생각했다.

그는 다시 카튜샤를 쫓아가서 끌어안고 목덜미에 키스했다. 이 키스는 지난번에 했던 두 번의 키스—첫 번째는 라일락 숲 속에서 무의식적으로 한 것, 두 번째는 오늘 성당에서 한 것—와는 전혀 다른 것이었다. 그것은 무서운 키스였다. 그리고 그녀도 그것을 직감했다.

"왜 이러세요?" 그녀는 마치 더없이 귀중한 것을 깨뜨려버려서 돌이킬 수 없는 일이라도 저지른 것처럼 비통한 목소리로 원망스레 말한 뒤, 그의 손을 뿌리치고 달아났다.

그는 식당으로 들어갔다. 화려하게 차려입은 고모들과 의사와 이웃에 사는 여자 지주가 전채 요리를 차려놓은 식탁 앞에 서 있었다. 모든 것이 여느 때와 같았지만 네흘류도프의 가슴속에는 폭풍이 일고 있었다. 그는 자기에게 무슨 말들을 하는지 아무것도 귀에 들어오지 않아 엉뚱한 대답만 했고, 복도에서 쫓아갔을 때의 키스의 감촉을 떠올리면서 오로지 카튜샤만 생각했다. 다른 어떤 것도 생각할 수 없었다. 카튜샤가 식당에 들어왔을 때 그는 그쪽을 보지 않고도 온몸으로 그녀가 있다는 것을 느꼈으며, 그러면서도 그쪽을 보지 않으려고 무던히 애를 썼다.

그는 식사가 끝나자 곧 자기 방으로 물러나 세찬 흥분에 사로잡힌 채 방 안을 돌아다녔다. 이제 그의 내부에 도사리고 있던 동물적 인간이 머리를 쳐들었을 뿐 아니라 지난번에 왔을 때와 오늘 아침 성당에서까지 그에게 나타났던 그 정신적 인간을 마구 짓밟았으며, 그리하여 지금은 이 무서운 동물적 인간만이 그의 마음을 독차지하고 있었다. 그는 줄곧 그녀의 동정을 살피고 있었지만 낮에는 한 번도 단둘이 만날 기회를 가질 수 없었다. 아마 그녀가 그를 피하고 있었기 때문인 것 같았다. 그런데 저녁 무렵 카튜샤가 의사의 잠자리를 준비하러 우연히 네흘류도프의 옆방에 가야 할 일이 생겼다. 그녀의 발소리를 듣자 네흘류도프는 마치 죄라도 짓는 사람처럼 발소리와 숨을 죽이면서 그녀의 뒤를 따라 살그머니 방 안에 들어갔다.

두 손을 새하얀 베갯잇에 넣고 베개 끝을 누른 채 그녀는 네흘류도프를 돌아보고 생긋 웃었다. 그러나 그것은 전처럼 밝은 기쁨에 넘치는 웃음이 아니라 겁먹고 하소연하는 듯한 웃음이었다. 그 웃음은 그가 하려는 짓이 좋지 않은 일이라고 그에게 애원하는 것 같았다. 순간 그는 멈춰 섰다. 아직 마음속의 갈등이 있었다. 약하기는 하지만 그래도 아직 그녀에 대한 참다운 사랑의 소리가 들리고 있었다. 그것은 그녀를, 그녀의 마음을, 그녀의 생활을 그에게 일러주고 있었다. 또 하나의 소리는 어물어물하면 그의 쾌락을, 그의 행복을 놓쳐버린다고 그를 부추기고 있었다. 이 두 번째 소리가 첫 번째 소리를 눌러버렸다. 그는 과감하게 그녀 곁으로 다가갔다. 무서운, 억제할 수 없는 동물적 감정이 그를 사로잡았다.

네흘류도프는 그녀를 꽉 끌어안은 채 침대에 앉혔다. 그리고 다시 무엇인가를 해야 한다는 것을 느끼면서 자기도 그 옆에 앉았다.

"드미트리 이바노비치, 이러시면 안 돼요. 제발 놓아주세요." 그녀는 애원하듯 말했다. "마트료나 파블로브나가 와요!" 그녀는 몸을 뿌리쳐 풀면서 소리 죽여 말했다. 틀림없이 누군가 문 앞으로 다가오는 발소리가 들렸다.

"그럼 오늘 밤에 가지." 하고 네흘류도프가 말했다. "혼자겠지?"

"무슨 말씀이세요? 안 돼요! 절대로." 그녀는 입으로는 이렇게 말했지만, 야릇하게 설레는 당황한 온몸은 이와는 다른 것을 말하고 있었다.

문 앞에 다가온 것은 정말 마트료나 파블로브나였다. 그녀는 담요를 들고 방 안에 들어와 나무라는 눈으로 네흘류도프를 흘겨보고는 화난 듯이 담요를 잘못 가지고 왔다고 카튜샤를 꾸짖었다.

네흘류도프는 잠자코 방에서 나왔다. 이제 부끄럽다는 생각도 없었다. 마트료나 파블로브나의 표정에서 그녀가 자기를 비난하는 것을 눈치챘다. 그리고 그 비난이 정당하다는 것도, 자기가 하는 짓이 옳지 못하다는 것도 알고 있었다. 그러나 카튜샤에 대해 품고 있던 깨끗한 애정의 그늘에서 튀어나온 동물적 감정이 그를 완전히 사로잡고 다스리며 다른 아무것도 인정하려 하지 않았다. 그는 지금 이 감정을 채우기 위해 해야만 할 일을 알고 있었다. 그리고 그것을 해치울 방법을 찾았다.

초저녁부터 줄곧 그는 안절부절못했다. 고모들의 방에 가보았다가 자기 방에 들어왔다가 바깥 층계로 나가보기도 하면서 어떻게 하면 그녀가 혼자 있는 기회를 잡을 수 있을까 오로지 그것만 생각했다. 그런데 그녀는 그를 피하고 있었고 마트료나 파블로브나는 그녀에게서 눈을 떼지 않으려고 애쓰고 있었다.

17

이윽고 초저녁이 지나고 밤이 되었다. 의사는 침실로 가버렸다. 고모들도 잠자리에 들었다. 지금쯤 마트료나 파블로브나가 고모들의 침실에 가 있어 하녀 방에는 카튜샤가 혼자 있다는 것을 네흘류도프는 알고 있었다. 그는 다시 바깥 층계로 나갔다. 뜰은 어둡고 습기가 찼으며 포근했다. 봄의 잔설이 녹자 마지막 녹아가는 눈 때문에 더욱 피어오르는 봄의 하얀 안개가 뜰에 가득히 차 있었다. 집에서 백 걸음 남짓 앞에 있는 낭떠러지 밑을 흐르는 강에서 야릇한 소리가 들려왔다. 얼음이 갈라지는 소리였다.

네흘류도프는 층계를 내려갔다. 그리고 물웅덩이를 피해 얼어붙은 눈을 밟으면서 하녀 방 창문에 다가갔다. 가슴이 두근거리는 소리가 자기 귀에도 들릴 정도였다. 숨이 갑자기 끊어졌다가는 무거운 한숨이 되어 목구멍으로 터져 나오곤 했다. 하녀 방에는 조그마한 램프가 켜져 있었다. 카튜샤는 홀로 테이블 앞에 앉아 앞을 바라보며 가만히 생각에 잠겨 있었다. 네흘류도프는 오랫동안 꼼짝도 않고 그녀를 지켜보았다. 그녀가 아무도 보지 않는 줄 알고 어떤 행동을 하는지 알고 싶었던 것이다. 그녀는 2분 남짓 그 자세로 앉아 있더니 갑자기 눈을 들어 생긋 웃고는 자신을 꾸짖는 듯이 머리를 흔들었다. 그리고 자세를 바꾸어 갑자기 두 손을 테이블 위에 털썩 얹더니 앞을 또다시 똑바로 바라보았다.

그는 서서 그녀를 지켜보고 있었다. 그리고 자기 가슴의 고동 소리와 강에서 들려오는 야릇한 소리에 자기도 모르게 귀를 기울이고 있었다.

저편 강에서는 안개 속에서 무엇인가 쉴 새 없이 느릿한 작업이 계속되고 있었다. 무엇인지 모르지만 콧김 같은 소리를 내기도 하고 쪼개지기도 하면서 얼음이 유리처럼 날카로운 소리를 내고 있었다.

그는 마음속의 갈등에 괴로워하고 있는 카튜샤의 얼굴을 지그시 지켜보았다. 그러자 그녀가 불쌍해졌다. 그런데 이상하게도 이 연민의 정은 그녀에 대한 그의 욕망을 더욱 강하게 할 뿐이었다.

욕정이 그의 온몸을 사로잡고 말았다.

그는 창문을 똑똑 두드렸다. 그녀는 마치 전류에 닿은 것처럼 꿈틀하고 몸을 떨었다. 다음 순간 두려움으로 얼굴이 일그러졌다. 이윽고 일어나 창가에 다가와서 유리에 얼굴을 댔다. 그리고 두 손바닥을 말의 눈가리개처럼 눈 위에다 대어 그를 알아보고 나선 두려운 표정이 그녀의 얼굴에서 사라지지 않았다. 그 얼굴은 너무나도 심각했다. 그는 이런 얼굴을 한 그녀를 본 적이 없었다. 그가 웃어 보이자 그녀도 겨우 웃었다. 그러나 그를 따라 웃었을 뿐, 그녀의 마음속에 있는 것은 웃음이 아니라 두려움이었다. 그는 뜰로 나오라고 손으로 신호했다. 그녀는 '싫어요, 안 가겠어요.' 하는 듯이 머리를 흔들고 그대로 창가에 서 있었다. 그는 다시 유리창에 얼굴을 대고서 나오라고 소리치려 했다. 그때 그녀가 문쪽을 휙 돌아보았다. 누군가가 부르는 모양이었다. 네흘류도프는 창문에서 물러섰다. 안개가 너무나 짙어서 집에서 다섯 걸음만 물러나도 벌써 창문은 보이지 않고 시커먼 덩어리 속에서 램프 빛이 불그레하고 큼직하게 번져 보일 뿐이었다. 강 쪽에서 여전히 신비스럽게 흐느끼는 소리와, 와삭와삭하는 소리와, 얼음 깨지는 소리가 나고 있었다.

마당 가까운 곳에서 안개를 뚫고 수탉 우는 소리가 들려왔다. 그러자 가까이에서 다른 수탉이 이에 대꾸했다. 잇따라 먼 마을 쪽에서 서로 울어대는 소리가 하나로 어우러져 들려왔다. 주위는 강에서 들려오는 소리를 빼놓고는 죽은 듯 정적에 싸여 있었다. 이미 두 번째 닭 우는 소리가 들렸다.

벌써 두 번쯤 모퉁이를 왔다 갔다 하며 몇 번이나 물웅덩이에 빠지면서 네흘류도프는 다시 하녀 방 창가로 다가갔다. 램프는 여전히 켜져 있었다. 카튜샤는 아직도 망설이는 듯 혼자 테이블 앞에 앉아 있었다. 그가 창가로 다가가자 그녀가 순간 창문을 보았다. 그리고 누가 두들겼는지 확인도 하지 않고 갑자기 하녀 방에서 달려 나왔다. 그는 입구의 문이 딸깍하고 가냘프게 삐걱거리는 소리를 들었다. 그는 문 앞에서 기다리고 있다가 아무 말 없이 덥석 그녀를 끌어안았다.

그녀는 그에게 와락 몸을 내맡기고 얼굴을 들어 입술로 그의 키스를 받았다. 두 사람은 문간 모퉁이에 있는 마른땅에 서 있있다. 그의 온몸은 채워지지 않는 욕정의 괴로운 욱신거림에 떨고 있었다. 갑자기 또 딸깍하는 소리가 나더니 입구의 문이 삐걱하고 울렸다. 그리고 마트료나 파블로브나의 화난 목소리가 들려왔다.

"카튜샤!"

그녀는 포옹에서 빠져나가 집 안으로 돌아갔다. 자물쇠 잠그는 소리가 그의 곁에 들렸다. 이어 조용해지더니 창문의 빨간 불이 꺼지고 뒤에는 안개와 강물 소리만 남았다.

네흘류도프는 창문으로 다가갔다. 누구의 모습도 보이지 않았다. 유리

창을 두드렸다. 아무도 대답하지 않았다. 네흘류도프는 현관으로 해서 자기 방으로 돌아갔으나 잠을 이룰 수 없었다. 그는 장화를 벗고 맨발로 복도를 따라 마트료나 파블로나의 방 옆에 있는 그녀의 방으로 갔다. 그는 먼저 마트료나 파블로브나의 잠든 소리를 확인한 다음 몰래 들어가려고 했다. 순간 그녀가 갑자기 기침을 하고 침대를 삐걱거리면서 돌아누웠다. 움찔해진 그는 그대로 5분쯤 서 있었다. 다시 주위가 조용해지고 고른 숨소리가 들리기를 기다렸다가 되도록 마룻바닥이 삐걱거리지 않는 곳을 밟아 그녀의 방문 앞으로 갔다. 아무 소리도 들리지 않았다. 그녀는 틀림없이 자지 않고 있었다. 숨소리가 들리지 않는 것으로 알 수 있었다. 그가 "카튜샤!" 하고 속삭이기가 무섭게 그녀는 벌떡 일어나 문턱으로 다가와서 성난 듯한 어조로 돌아가 달라고 애원하기 시작했다.

"무슨 짓이에요? 안 돼요, 이러시면! 고모님이 들으세요." 그녀의 입이 말했지만, 온몸은 '나는 모두 당신 것이에요.'라고 말하고 있었다.

그것만은 네흘류도프도 알 수 있었다.

"자, 잠깐만 열어줘. 부탁이야." 그는 정신없이 지껄였다.

그녀는 잠자코 있었다. 이윽고 열쇠를 더듬는 손의 움직임이 들렸다. 자물쇠가 딸깍하고 울렸다. 그는 열린 문 사이로 미끄러져 들어갔다.

그가 그녀를 붙잡았다. 그리고 소매 없는 빳빳한 속옷만 입은 그녀를 안아 들고 밖으로 나가려 했다.

"아! 왜 이러세요?" 그녀가 속삭였다. 그러나 그는 그녀의 말에 귀도 기울이지 않고 그녀를 자기 방으로 안고 갔다.

"아이, 안 돼요, 놓아주세요." 그녀는 이렇게 말하고 있었으나 몸은 바싹 그에게 매달리고 있었다.

그녀가 그의 말에는 아무 대답도 않고 입술을 깨문 채 와들와들 떨며 그의 방에서 나갔을 때, 그는 현관 바깥으로 나가서 방금 벌어진 모든 일을 곰곰이 생각하려고 애쓰며 서 있었다. 밖은 벌써 훤해지고 있었다. 아래쪽 강에서 얼음 깨지는 소리와 바람이 살랑거리는 소리가 아까보다 더 요란해졌고, 거기에 다시 물 흐르는 소리도 더 시끄러워지고 있었다. 안개가 아래로 가라앉고 그 위에 반달이 걸려서 뭔가 검고 무시무시한 것을 음울하게 비추고 있었다.

'이게 무엇일까? 내 몸에 일어난 것은 커다란 행복인가, 아니면 커다란 불행인가?' 그는 스스로에게 물었다. '이것이 세상이라는 거야. 누구든지 마찬가지야.' 이렇게 중얼거리면서 그는 침실로 돌아갔다.

18

이튿날 멋지게 차려입은 쾌활한 셴보크가 네흘류도프를 찾아 고모 집에 들렀다. 그는 우아한 태도와 상냥함, 쾌활함과 대범함, 그리고 드미트리에 대한 우정으로 집안사람들을 완전히 사로잡았다. 그의 대범함은 고모들의 마음에 무척 들었지만 너무 과장되어 어리둥절하게 했다. 동냥하러 온 장님 거지에게 1루블이나 주는가 하면 하인들에게 팁으로 15루블이나 뿌렸고, 소피야 이바노브나의 애견 슈젯카가 그의 눈앞에서 다리를 다쳐 피를 흘리자 곧 붕대를 매준다면서 조금도 망설이지 않고 장식 선이 달린 고급 마직 손수건을 확 찢었다(이런 손수건은 한 다스에 15루블이 넘는다는 것을 소피야 이바노브나는 잘 알고 있었다). 그리고 그것으로 강아지의 붕대를 만들어주었다. 고모들은 이런 사람을 본 적이 없었고, 더군다나 셴보크가 20만 루블이나 되는 빚을 짊어지고 있다는 것은 꿈에도 알지 못했다. 그는 이 빚을 절대로 갚을 수 없다는 것을 알고 있었기 때문에 25루블쯤 늘건 줄건 문제가 아니었다.

센보크는 단 하루 있었을 뿐, 이튿날 밤 네흘류도프와 함께 떠났다. 돌아갈 마지막 날짜가 다 되자 두 사람은 더 머물 수 없었다.

네흘류도프는 전날 밤의 기억이 생생하게 남아 있었으므로 마음속에서 싸우는 두 개의 감정에 시달리면서 고모 집에서의 마지막 하루를 보냈다. 그 하나는, 비록 그것이 예상했던 것보다 훨씬 덜 만족스럽기는 했지만 동물적 정욕의 욱신거리는 관능적 추억과 목적을 이루었다는 어떤 종류의 자기만족이었다. 다른 하나는, 무언가 몹시 나쁜 짓을 해버렸다, 이것은 고치지 않으면 안 된다, 그것도 그녀를 위해서가 아니라 자기를 위해서 고쳐야만 한다는 깨달음이었다.

그가 빠져 있던 이기주의의 격렬한 소용돌이 속에서 네흘류도프는 단지 자기만을 생각하고 있었다. 그가 그녀에게 저지른 죄를 사람들이 안다면 그를 비난할까, 비난한다면 어느 정도 비난할까 하는 생각만 했지, 그녀가 어떤 생각을 하고 앞으로 어떻게 될 것인가는 조금도 생각지 않았다. 그는 센보크가 자기와 카튜샤의 관계를 눈치챘다고 생각했다. 그리고 이것이 그의 자존심을 달콤하게 간질여주었다.

"옳지, 이제 알았어. 자네가 갑자기 고모 집을 좋아하고 일주일이나 머물러 있었던 까닭을 말이야." 센보크는 카튜샤를 보자 그에게 말했다. "내가 자네였더라도 떠나지 않았을걸. 멋있는 처녀군!"

네흘류도프는 다시 이렇게도 생각했다. 그녀와 실컷 재미를 보지 못한 채 이렇게 떠나버린다는 것이 섭섭하기는 하지만, 어차피 오래 이어지지도 못할 사이라면 이 관계를 빨리 끊어버린다는 점에서는 잘됐다고. 그리고 다시 카튜샤에게 돈을 줄 필요가 있다고 생각했다. 그것은 그녀를 위해서 주는 것도, 또 그녀가 돈이 필요하기 때문에 주는 것도 아니었다. 그저 사람들이 으레 그렇게 하고 있고, 또 그녀를 쾌락을 위해 건드려놓고 그 대가를 치르지 않는다면 비열한 인간으로 보일 것이라는 까닭에서였다. 그래서 그는 자기와 그녀의 입장을 생각해 알맞다고 생각되는 돈을 그녀에게 주었다.

떠나는 날, 점심 식사 뒤 그는 현관에서 그녀를 기다렸다. 그녀는 그를 보자 얼굴을 확 붉히고 눈으로 열려 있는 하녀 방의 문을 가리키며 그의 곁을 지나가려 했다. 그러나 그는 그녀를 붙잡았다.

"작별 인사를 할까 해서." 그는 100루블짜리 지폐를 넣은 봉투를 접으면서 말했다. "이건 나의……."

그녀는 그 의미를 깨닫자 눈살을 찌푸리고 머리를 흔들면서 그의 손을 밀어냈다.

"받아둬." 그는 중얼거리듯 말하고 그녀의 품에다 봉투를 밀어 넣었다. 순간 그녀는 마치 무엇에 데기라도 한 것처럼 얼굴을 찌푸리고 신음 소리를 내더니 자기 방으로 뛰어갔다.

그런 뒤 오랫동안 그는 방 안을 왔다 갔다 걸어 다녔다. 몸을 비틀기도 하고 발을 구르기도 하고, 조금 전 그 장면을 생각하면 몸에 통증이라도 오는 듯 신음 소리를 내기도 했다.

'그렇다면 대관절 어떻게 해야 한단 말인가! 언제나 이런 식으로 끝나는 법이다. 셴보크의 말을 들으면 그와 여자 가정교사와도 그랬고, 그리샤 삼촌도 그랬고, 아버지 역시 시골에 살 때 시골 처녀에게 미텐카라는 사생아를 낳게 했다. 모두들 그렇게 하고 있다. 그러니 이것은 당연하다.' 그는 이런 식으로 스스로를 달래보았으나 아무래도 마음이 편치 않았다. 이 추억은 그의 양심을 태웠다.

그는 마음속 가장 깊숙한 곳에서 자기가 참으로 추악하고 비열하고 잔혹한 행위를 했다는 것, 그리고 이 행위의 의식 때문에 남을 비난하기는커녕 사람들의 눈도 똑바로 쳐다볼 수 없다는 것을 알고 있었다. 그전처럼 자기를 훌륭하고 고상하고 너그러운 청년이라고 생각할 수는 더욱 없었다. 그러나 명랑하고 즐거운 생활을 계속하려면 자기를 그런 청년이라고 생각하지 않으면 안 되었다. 그리고 그것을 위한 방법은 단 한 가지, 그것을 생각지 않는 것이었다. 그래서 그는 그렇게 했다.

그가 들어간 세계, 새로운 환경, 친구들, 그리고 전쟁이 그것을 도왔다. 그는 그 세계에서 생활을 계속해나가며 차츰 그것을 잊어버렸고 나중에는 정말 깨끗이 잊고 말았다.

단 한 번, 전쟁이 끝난 뒤 카튜샤를 만나고 싶어 고모 집에 들른 적이 있었다. 그리고 카튜샤가 이미 떠나고 없다는 것, 그가 떠난 지 얼마 안 되어 아이를 낳기 위해 집을 나가서 어디선가 아이를 낳았는데 고모들이 들은 소문으로는 완전히 타락해버린 모양이었다. 이 말을 듣고 그는 마음이 아팠다. 달수를 따져보니 그녀가 낳은 아이가 그의 아이일지도 몰랐지만 덮어놓고 그렇다고 할 수도 없었다. 고모들은 그녀가 타락한 것은 본디 어미를 닮아 엉덩이가 가벼운 여자였기 때문이라고 말했다. 고모들의 이 비난은 그를 감싸주는 것 같아 기분 좋게 들렸다. 그래도 처음에는 그녀와 아기를 찾을까 했으나 나중에는 그런 것을 생각하기조차 너무나 고통스럽고 부끄럽다는 이유 때문에 찾아보려는 노력도 하지 않고, 끝내 자기의 죄를 잊어버린 채 그것을 생각하지 않게 되고 말았다.

그런데 지금 이 놀라운 우연이 그에게 모든 것을 떠올려주고 지난 10년 동안 이 같은 죄를 양심에 지닌 채 편안하게 살아올 수 있었던 자기의 무정함, 냉혹함, 비열함을 인정할 것을 요구했다. 그러나 그의 마음은 아직도 이를 인정하기에는 거리가 멀었다. 지금은 단지 모든 것이 폭로되지나 않을까, 그녀나 변호사가 모든 사실을 해명해 뭇사람들 앞에서 자기의 치욕을 드러내지 않을까만을 생각하고 있었다.

19

네흘류도프가 법정의 배심원 대기실로 들어갔을 때의 마음은 이랬다. 그는 창가에 멍청하게 앉아 곁에서 주고받는 말을 들으며 연거푸 담배만 피웠다. 배심원 가운데 그 쾌활한 장사꾼은 분명 장사꾼 스멜리코프의 난봉에 공감이 가는 모양이었다.

"한번 놀아보려면 그쯤 놀아야지. 그야말로 시베리아식이야. 하여튼 그 친구, 눈이 꽤 높았어. 그만한 계집을 찾아낸 걸 보면 말이야."

배심원 대표는 모든 문제가 증거 감정에 달려 있다고 의견을 말했다. 표트르 게라시모비치는 유대인 점원과 서로 농담하면서 큰 소리로 웃고 있었다. 네흘류도프는 묻는 말에 대해서만 가볍게 대꾸할 뿐 자기를 조용히 내버려 두었으면 하고 바랐다.

한쪽으로 삐딱하게 걸음을 걷는 법원경위가 배심원들을 다시 부르러 왔을 때 네흘류도프는 자기가 재판을 하러 가는 것이 아니라 재판을 받으러 끌려 나가는 것 같은 두려움을 느꼈다. 그는 마음속으로 자기가 얼굴을 들고 다닐 수 없는 악한이라고 느끼고 있었지만, 그래도 몸에 밴 습관대로 자신만만하게 단상에 올라가 배심원 대표의 자리에서 두 번째 자리에 다리를 포개고 앉아 코안경을 만지작거렸다.

피고들은 어디론지 끌려갔다가 다시 끌려왔다. 법정에는 새로운 증인이 나와 있었다. 네흘류도프는 마슬로바가 비단과 벨벳으로 몸을 감은 어느 뚱뚱한 부인에게로 여러 번 눈길을 돌리는 것을 보았다. 그 부인은 큼직한 리본을 단 운두 높은 모자를 쓰고 팔꿈치까지 드러난 팔에 우아한 손가방을 걸치고서 난간 앞의 첫째 줄에 앉아 있었다. 나중에 안 일이지만 그녀는 마슬로바가 있던 바로 그 유곽의 주인이며 증인 가운데 한 사람인 키타예바였다.

증인들의 인정 심문이 시작되어 이름, 종교 같은 것에 대한 질문이 이어졌다. 그리고 증인들도 선서를 시켜야 할 것인가에 대해 협의한 뒤, 다시 아까의 늙은 사제가 다리를 질질 끌다시피 하며 들어왔다. 그리고 다시 아까처럼 비단 제의의 가슴에 걸친 십자가를 만지면서 자기는 유익하고 중대한 일을 집행하고 있다는 확신으로 증인들과 감정인들에게 선서를 시켰다. 선서가 끝나자 증인들은 모두 물러가고 유곽 여주인 키타예바만 남았다. 그녀는 이 사건에 관해서 아는 바를 말했다. 키타예바는 계면쩍은 웃음을 띠고 말끝마다 모자 쓴 머리를 끄덕이면서 독일식 악센트가 섞인 말로 상세하고 조리 있게 진술했다.

먼저 낯익은 호텔 객실 담당 시몬 카르틴킨이 돈 많은 시베리아 장사꾼을 위해서 여자를 데리러 그녀의 유곽에 찾아왔다. 그래서 그녀는 류바샤(류보피의 애칭)를 보내주었다. 얼마 뒤에 류바샤는 장사꾼과 함께 돌아왔다.

"장사꾼은 벌써 기분이 여간 좋지 않았어요." 가볍게 미소를 띠며 키타예바는 계속 말했다. "그리고 우리 집에서 다시 술을 마셨고 아이들에게도 한턱냈습니다. 그런데 그분이 돈이 모자라 자기가 홀딱 반한 저 류바샤를 호텔의 자기 방에 보내어 돈을 가져오게 했던 거예요." 하고 피고 쪽을 돌아보았다.

네흘류도프는 이때 마슬로바가 생긋이 웃는 것을 본 듯했는데, 그런 미소는 어쩐지 천하다는 생각이 들었다. 묘한 증오감과 동정이 뒤섞인 감정이 그의 가슴속에 솟아올랐다.

"마슬로바에 대해서 증인은 어떤 의견을 가지고 있습니까?" 마슬로바의 변호인으로 지명된 판사보가 얼굴을 붉히고 머뭇거리면서 물었다.

"더할 나위 없이 착한 아이죠." 키타예바는 대답했다. "교양도 있고요, 좋은 가정에서 자랐기 때문에 프랑스어도 할 줄 안답니다. 이따금 지나치게 술을 마시는 일은 있어도 정신을 잃는 일은 없었습니다. 정말 좋은 아이예요."

카튜샤는 가만히 주인아주머니를 보고 있다가 갑자기 배심원 쪽으로 눈을 돌리더니 네흘류도프의 얼굴에서 눈길을 멈췄다. 순간 그녀의 얼굴이 심각해지고 험악해지기까지 했다. 험악한 한쪽 눈은 역시 사팔눈이었다. 이상하게 번들거리는 그녀의 두 눈은 꽤 오랫동안 네흘류도프를 바라보았다. 그는 덜컥 겁이 났으나 그래도 흰자위가 허옇게 빛나는 그 사팔눈에서 눈을 돌릴 수 없었다. 얼음 깨지는 소리, 짙은 안개가 자욱하게 낀 그 무서운 밤이 그의 머릿속에 되살아났다. 새벽녘에 떠올라 무엇인가 시커멓고 무서운 것을 비추던 거꾸로 걸린 반달이 특히 뚜렷하게 기억에 떠올랐다. 그를 보는 것 같기도 하고 그의 옆을 보는 것 같기도 한 까만 두 눈이 그때의 그 시커멓고 무서운 것을 다시 눈앞에 떠오르게 했다.

'눈치챈 모양이구나!' 그는 생각했다. 네흘류도프는 호되게 얻어맞은 것처럼 몸을 움츠리고 욕설이 터져 나오기를 기다렸다. 그러나 그녀는 깨닫지 못했다. 그녀는 조용히 한숨을 쉬고 다시 재판장을 바라보기 시작했다. 네흘류도프는 안도의 숨을 내쉬었다. '아, 빨리 끝나라.' 하고 생각했다. 그는 사냥터에서 상처 입은 새를 죽여버려야 할 때 경험하는 몸서리쳐지고 불쌍하고 괴로운, 그런 감정을 느끼고 있었다. 아직 죽지 않은 새가 구럭 속에서 꿈틀거리고 있으면 오히려 불쌍해서 빨리 죽여 잊어버리고 싶어지는 법이다.

네흘류도프는 지금 증인들의 진술을 들으면서 이런 복잡한 감정을 느끼고 있었다.

20

그러나 공교롭게도 사건 심리는 오래 걸렸다. 증인들 하나하나의 심문이 끝나고 감정인의 심문도 끝났다. 여느 때처럼 검사보와 변호인이 거드름을 피우며 쓸데없는 질문을 한 뒤, 재판장은 배심원들에게 증거물을 검사하도록 명령했다. 증거물은 굵은 집게손가락에 끼고 있었던 듯한 큼직한 다이아몬드 반지와 독물을 분석한 시험관이었다. 그 물건들은 봉인되어 작은 딱지가 붙어 있었다.

배심원들이 그 물건들을 검사하려고 했을 때, 검사보가 다시 일어나서 증거물을 검사하기 전에 의사의 검시 보고를 낭독하도록 요구했다.

될 수 있는 대로 빨리 사건을 끝내버리고 스위스 여자한테 가고 싶은 재판장은 그런 서류 낭독이 지루하기만 할 뿐 식사 시간을 늦추는 효과밖에 없다는 것과 검사보가 그 낭독을 요구한 것은 그렇게 할 수 있는 권리를 가지고 있음을 인식시키는 데 지나지 않는다는 것을 잘 알고 있었으나, 거절할 수 없는 일이라 승낙했다. 서기는 서류를 꺼내 또다시 'L'과 'R' 음이 뚜렷하지 않은 흐리멍덩한 목소리로 읽기 시작했다.

"외부 검시 결과는 다음과 같다.

① 페라폰트 스멜리코프의 키는 196센티미터."

"아이고, 꽤 큰 사람이었군." 옆에 앉은 장사꾼이 네흘류도프에게 속삭였다."

② 외모로 본 나이는 마흔 살 남짓으로 추정됨.

③ 시체는 온몸이 부어 있었음.

④ 피부는 푸르고 군데군데 검은 반점이 있었음.

⑤ 피부 표면에 크고 작은 여러 개의 물집이 생기고 여러 곳이 벗겨져서 큰 헝겊 조각이 달려 있는 것처럼 보였음.

⑥ 머리칼은 밤색이고 숱이 많으며, 손으로 만지니 쉽게 빠졌음.

⑦ 눈알은 눈구멍에서 튀어나와 있고 각막은 흐렸음.

⑧ 콧구멍, 귀, 입안에서 거품이 섞인 혈장이 흘러나오고 입은 반쯤 열려 있었음.

⑨ 얼굴과 가슴이 몹시 부어 목을 거의 알아볼 수 없었음."

등등.

이렇게 하여 네 페이지 스물일곱 항목에 걸쳐 방탕 끝에 비참한 삶을 끝마치고 부어올라서 썩어가는, 듣기만 해도 끔찍한, 키도 크고 뚱뚱한 장사꾼의 시체에 관한 외부 검시 보고가 자세하게 읽혔다. 네흘류도프가 막연하게 느끼고 있던 혐오감은 이 검시 보고의 낭독으로 더욱 커졌다. 카튜샤의 생활, 콧구멍에서 흘러나온 혈장, 눈에서 튀어나온 눈알, 그녀에 대한 이 장사꾼의 소행, 이런 것들이 모두 같은 종류의 것으로 생각되어 이곳저곳에서 그를 둘러싸고 삼켜버릴 것 같은 기분이 들었다.

외부 검시 결과의 낭독이 겨우 끝났을 때 재판장은 무거운 한숨을 쉬며, 이제야 끝났구나 하고 머리를 들었다. 그러나 서기는 이어 해부 검사에 대한 보고서를 읽기 시작했다.

재판장은 다시 머리를 숙이고 한쪽 팔꿈치를 세워 턱을 괴며 두 눈을 감았다.

네흘류도프 옆에 앉은 장사꾼은 간신히 졸음을 참으면서 가끔 몸을 꿈틀거렸다. 피고들은 그 뒤에 서 있는 헌병들처럼 꼼짝도 않고 앉아 있었다.

"해부 검사에 의해 밝혀진 사실은 다음과 같다.

① 두 개의 표피가 쉽게 두개골에서 벗겨졌으며, 피부 밑 출혈의 흔적은 전혀 볼 수 없었음.

② 두개골의 두께는 보통이며, 조금도 다치지 않았음.

③ 뇌경질막 두 군데에서 약 4인치의 변색된 작은 반점을 볼 수 있고, 뇌막 자체는 윤기 없는 흰색이었음.'

등등.

그 밖에 서른두 항목에 걸쳐 자세하게 씌어 있었다.

그다음에 입회인의 이름과 서명이 계속되고 끝에 가서 의사의 결론이 있었는데, 그것에 따르면 해부 때 발견되어 조서에 적힌 위, 장, 신장 안의 변화는 술과 함께 위 속으로 들어간 독물의 작용이 스멜리코프의 사인이 되었음을 확신을 갖고 결론을 내리는 근거가 되었다. 위와 장에 나타난 변화만으로는 어떤 독물이 위 속으로 들어갔는지 단정하기 어려웠다. 그러나 이 독물이 술과 함께 위 속으로 들어갔다는 것은 스멜리코프의 위 속에서 다량의 술이 발견된 것으로도 추측할 수 있었다.

"상당히 술을 많이 마시는 사람이었군요." 이내 잠이 깬 장사꾼이 소곤거렸다.

이 보고서의 낭독은 약 1시간이나 이어졌으나, 그래도 검사보는 만족하지 않았다. 보고서 낭독이 여기까지 이르렀을 때 재판장은 그를 돌아보고 말했다.

"내장 해부 보고는 필요 없다고 생각하는데요."

"아니, 그 보고서를 낭독시켜 주시기 바랍니다."

검사보는 비스듬히 몸을 일으키면서 재판장을 보지 않고 말했다. 그 목소리에는 이 낭독을 요구하는 것은 자기 권리이며 그 권리를 포기할 수 없다, 만약에 거절한다면 상소 이유가 될 것이라는 기세가 엿보였다.

탐스럽게 턱수염을 기르고 눈꼬리가 처져 선량해 보이는 배석판사는 위 카타르 때문에 몹시 지쳐서 재판장을 돌아보며 말했다.

"무엇 때문에 그런 걸 읽힙니까? 쓸데없이 시간만 끌 뿐입니다. 이런 것은 새 빗자루와 마찬가지로 말끔히 쓸어지지도 않고 청소하는 데 시간만 오래 걸린단 말입니다."

금테 안경을 쓴 배석판사는 말없이 어둡고 단호한 눈초리로 앞을 지켜보았다. 그는 자기 아내한테서도 삶 전체에서도 즐거운 것이라고는 하나도 기대할 수 없는 형편이었다.

보고서 낭독이 시작되었다.

"188X년 2월 15일, 아래에 서명한 본관은 법의학부 위촉 제638호에 의하여." 서기는 법정 안의 모든 사람을 괴롭히는 졸음을 쫓아버리려는 듯 한층 단호한 목소리로 읽기 시작했다.

"검시관보의 입회 아래 실시된 내장 검시의 결과는 다음과 같다.

① 우측 폐와 심장(2.5킬로그램들이 유리병에 들어 있음).

② 위의 내용물(2.5킬로그램들이 유리병에 들어 있음).

③ 위(2.5킬로그램들이 유리병에 들어 있음).

④ 간장, 비장, 신장(2.5킬로그램들이 유리병에 들어 있음).

⑤ 장(2.5킬로그램들이 유리병에 들어 있음)."

이 보고서를 읽기 시작했을 때, 재판장은 배석판사가 가운데 한 사람에게 몸을 굽혀 귓속말로 속삭인 다음 다시 다른 배석판사에게 역시 귓속말을 히여 동의를 얻자. 여기서 낭독을 중지시겼다.

"법정은 이 보고서를 읽을 필요가 없다고 인정합니다." 재판장은 말했다. 서기는 입을 다물고 서류를 챙기기 시작했다. 검사보는 화가 나서 뭔가 쓰기 시작했다.

"배심원 여러분, 증거물을 보셔도 좋습니다." 재판장이 말했다.

배심원 대표와 배심원 두세 사람이 일어서서 손을 어떻게 움직이면 좋은지, 어느 자리에 놓는 것이 좋은지 난처해하며 테이블로 다가가 반지, 병, 시험관 등을 차례로 들여다보았다. 장사꾼은 반지를 자기 손가락에 껴보기까지 했다.

"거, 손가락 하나 크던데요." 하고 그는 제자리로 돌아가면서 말했다.
"웬만한 오이만 합니다." 독살당한 장사꾼을 옛이야기에 나오는 호걸처럼 생각하고 혼자 재미있어하는 모양이었다.

21

증거물에 대한 열람이 끝나자 재판장은 심리가 끝났다는 것을 선포하고, 빨리 끝내고 싶은 마음에서 곧 검사 논고로 들어갈 것을 재촉했다. 재판장은 검사보 역시 사람이니만큼 담배도 피우고 싶고 식사도 하고 싶을 것이며, 여러 사람의 마음을 헤아리리라고 기대했다. 그러나 검사보는 자기 자신도 남도 용서치 않았다.

검사보는 천성이 몹시 어리석은 데다 불행하게도 중학교에서 금메달을 땄고 대학에서는 로마법의 용익권에 대한 논문으로 상을 타는 바람에 형편없이 자만하고 오만했다. 거기에다 여자 문제에도 성공해서 더욱 어리석은 사람이 되어버렸다. 그는 논고에 대해 요청받자 금실로 꾸민 제복을 입은 우아한 몸을 자랑하듯 천천히 일으켜, 두 손으로 테이블을 짚고 약간 머리를 숙이며 피고들의 눈길을 피하면서 법정 안을 한 번 둘러본 다음, 천천히 입을 열었다.

"배심원 여러분, 여기서 여러분의 재량에 맡겨지고 있는 이 사건은." 하고 그는 기소장과 보고서를 읽는 사이에 대강 손질해놓은 논고를 읽기 시작했다. "만약 이러한 표현이 용인된다면, 이것은 매우 특색 있는 범죄입니다."

그의 의견에 따르면, 검사보의 논고라는 것은 이미 이름을 날리고 있는 변호사들의 훌륭한 변론과 마찬가지로 커다란 사회적 의의를 갖는 것이어야 했다. 하기야 방청석에는 재봉사 처녀와 여자 조리사와 시몬의 누이동생과 마부 한 사람이 있었을 뿐이지만, 그런 것은 아무래도 좋았다. 선인들의 명성도 이런 데서 비롯된 것이었다. 검사보의 신조는 언제나 자기 직업의 정상에 있겠다는 것, 즉 범죄의 심리적 의미를 깊이 추구하고, 사회의 해독을 들추어내는 데 있었다.

"배심원 여러분, 여러분이 지금 눈앞에 두고 계시는 사건은 세기말적 범죄라고도 할 만한 것으로서, 이를테면 현대 우리 사회가 직면하고 있는 부패의 참상이라는 특수한 양상을 띠고 있습니다. 그것이 이 심문의 신랄한 광선 아래 뚜렷이 폭로되고 있습니다."

검사보는 한편으로는 자기 머리에 떠오른 재치 있는 문구를 빠짐없이 생각해내느라고 애쓰면서 한편으로는—이것이 중요한 점이지만—잠시도 쉬지 않고 청산유수 같은 웅변을 토하며 장장 1시간 15분에 걸쳐 논고를 펼쳐나갔다. 그는 단 한 번 말이 막혀 잠시 침을 삼켰을 뿐, 곧 정상으로 돌아가 한층 더 능란한 웅변으로 막혔던 것을 회복했다. 그는 때로는 배심원석을 보고 발을 바꿔놓으며 부드러운 목소리로 말하는가 하면, 자기 노트에 눈을 떨어뜨리면서 조용히 사무적으로 말했다가 다시 갑자기 눈빛이 달라지며 큰 소리로 꾸짖는 듯 고발적인 말투로 방청석과 배심원석을 바라보았다. 다만 뚫어질 듯이 그를 쳐다보고 있는 세 사람의 피고에게만은 한 번도 눈길을 보내지 않았다. 그의 논고 속에는 그 무렵 법조계에서 유행해 지금도 학문의 최신 지식이라고 여겨지는 용어가 모두 담겨 있었다. 거기에는 유전도, 선천적 범죄성도, 롬브로소도, 타르드도, 진화론도, 생존경쟁도, 최면술도, 암시도, 샤르코도, 심지어 데카당까지도 튀어나오는 형편이었다.

검사보의 단정에 따르면 장사꾼 스멜리코프는 후한 성격의 늠름하고 순정적인 러시아인 타입으로, 의심할 줄 모르는 너그러움 때문에 타락한 사람들의 손아귀에 떨어져 희생되었다는 것이었다.

시몬 카르틴킨은 농노제도의 유전적인 산물로 교육도 안 받았고 생활 방침도 없고 종교마저 갖지 않은 비뚤어진 사람이고, 그의 정부인 옙페미야는 유전의 희생자로서 변질자의 온갖 특징을 엿볼 수 있었다. 그러나 이 범죄의 주요 원동력은 데카당의 저질 현상을 대표하는 마슬로바였다.

"저 여자는." 하고 검사보는 그녀 쪽은 보지도 않고 말을 이었다. "교육도 받았답니다……. 그것을 우리는 이 법정에서 여주인의 증언으로 알았습니다. 저 여자는 읽기와 쓰기를 할 줄 알 뿐만 아니라 프랑스어까지 알고 있습니다. 저 여자는 고아인 까닭에 이미 범죄의 싹을 안고 있었던 것이라 생각됩니다. 그러나 지식 계급의 귀족 가정에서 자랐으므로 올바른 노동으로 생활할 수가 있었을 텐데도, 은인을 저버리고 스스로 욕정에 몸을 던져 그것을 채우기 위해 유곽에 들어갔으며, 더구나 교양을 무기로 동료 여자들을 누르고 인기를 얻었습니다. 그리고 배심원 여러분, 여주인의 증언으로 밝혀졌듯이 그녀에게는 최근 과학적으로 연구된, 특히 샤르코 학파가 연구해 최면의 암시력이라는 이름으로 유명해진 신비한 기능으로 손님을 유혹하는 기술이 있었습니다. 이 기술로 저 여자는 러시아 민화의 호걸, 착하고 사람을 잘 믿는 전설 속의 주인공 삿코와 같은 손님을 농락하고, 신뢰를 이용해 먼저 돈을 훔치려다 끝내는 무정하게도 그의 생명을 빼앗았습니다."

"아니, 저 친구, 너무 우쭐한 것 같은데." 재판장은 쓴웃음을 지으면서 엄숙한 표정의 판사 쪽으로 얼굴을 돌리며 말했다.

"어이없는 바보로군요." 엄격한 판사가 말했다.

"배심원 여러분!" 검사보는 날씬한 허리를 우아하게 꿈틀거리며 말을 이었다. "이 피고들의 운명은 여러분의 손에 달려 있습니다. 아울러 어떤 의미에서는 사회의 운명 역시 여러분의 손에 달려 있습니다. 여러분의 판결에 사회가 영향을 받기 때문입니다. 바라건대 이 범죄의 의미와 마슬로바 같은 병원체에 의해 사회에 주어지는 위험을 충분히 고려하셔서 사회를 감염으로부터 지켜주시고, 이 사회의 죄 없고 건전한 사람들을 감염과 자주 생기는 파멸로부터 지켜주시기 바랍니다."

그러고 눈앞에 다가온 판결의 중대함에 스스로 숙연해진 듯, 논고에 감격한 듯, 검사보는 자리에 앉았다.

그의 논고의 요지는 복잡하고 지나치게 꾸민 문구를 빼면, 마슬로바가 장사꾼에게 최면을 걸어 완전히 신용을 얻은 다음 열쇠를 가지고 방으로 돈을 가지러 가서 모두 혼자 독차지하려 했으나 시몬과 옙페미야에게 들키자 셋이서 나누지 않으면 안 되게 되었고, 그 뒤 범죄의 흔적을 감추기 위해 다시 그 사람과 함께 호텔로 가서 그에게 약을 먹여 죽였다는 것이었다.

검사보의 논고가 끝나자, 변호인 자리에서 프록코트를 입고 풀이 빳빳한 와이셔츠의 가슴을 반원형으로 널찍하게 드러낸 마흔 살 안팎의 남자가 일어나더니 힘차게 카르틴킨과 보치코바 두 피고를 변호했다. 그는 300루블로 이 두 사람에게서 의뢰받은 변호사였다. 그는 두 사람을 변호하고 모든 죄를 마슬로바에게 뒤집어씌웠다.

그는 마슬로바가 돈을 훔쳤을 때 보치코바와 카르틴킨이 같은 방에 있었다는 그녀의 진술을 허위라고 부정하면서, 독살범이라는 죄상이 뚜렷이 드러난 사람의 증언 따위는 믿을 것이 못된다고 주장했다. 그리고 변호사는 다시 1800루블의 돈을 정직하고 근면한 두 사람이 일해서 번 것으로 인정해야 한다고 했다. 그들은 여관에 묵고 있는 손님들로부터 하루 3루블에서 5루블의 팁을 받고 있었다. 또한 그 장사꾼의 돈은 마슬로바가 훔쳐서 누구에게 주었든가 아니면 제정신이 아니었으므로 분실한 것이 틀림없다고 했고, 어쨌든 독살은 마슬로바 혼자 저지른 것이라고 부르짖었다.

그러므로 변호사는 돈을 훔친 범행에 있어서는 카르틴킨과 보치코바의 무죄를 인정해달라고 배심원에게 하소연했다. 그리고 만일 두 사람이 돈을 훔친 데 대해 죄를 인정한다손 치더라도 독살에는 관여하지 않았고 미리 꾸민 일도 없다고 했다.

변호사는 마지막으로 검사보에게 화살을 돌려, 유전에 관한 검사보의 뛰어난 견해는 유전학상의 여러 문제에 관한 과학적인 설명이 될지는 모르나 이 건에는 해당하지 않는다, 왜냐하면 보치코바는 부모가 분명하지 않은 고아이기 때문이라고 공박했다. 검사보는 화난 표정으로 노트에다 뭔가를 쓰고는 경멸하는 듯한 표정으로 어깨를 움츠렸다.

이어 마슬로바의 변호인이 일어나 조심조심 더듬거리면서 변호를 했다. 그는 마슬로바가 돈을 훔친 범행에 가담한 점에 대해서는 부정하지 않고, 다만 스멜리코프를 죽일 생각은 전혀 없었으며, 재우고 싶은 한 가지 마음만으로 가루약을 먹였다는 것만 주장했다. 그는 여기서 웅변의 묘미를 보이기 위해, 마슬로바는 남자에 의해 타락의 길로 빠져 들어간 것이며, 그 남자는 아무런 벌도 받지 않고 그녀만이 타락의 고통을 짊어지지 않으면 안 되었다는 사실의 개설을 시도했다. 그러나 심리적 분야에 대한 그의 긴 논고는 너무 지루하여 실패하고 말았다. 그가 남자의 비정과 여자의 무력함에 대해 어물어물 논하기 시작했을 때, 재판장은 차마 듣고 있을 수가 없어서 사건의 본질에서 너무 벗어나지 말라고 주의시켰다.

이어서 다시 검사보가 일어나 먼저 변호사에게 유전에 관한 자기의 의견을 해명했으며, 보치코바가 부모가 분명치 않은 고아였다 할지라도 유전학설의 진리는 조금도 손상되는 것이 아니다, 왜냐하면 유전의 법칙은 과학에 의해 완전히 기초가 세워져 있으며, 우리는 유전에서 범죄의 인자를 찾을 수 있을 뿐만 아니라 범죄에서 유전인자를 끌어낼 수도 있기 때문이라고 공박했다. 마슬로바가 가상의 유혹자(그는 특히 독살스럽게 '가상'이라는 말을 발음했다)에 의해 타락되었다는 가정에 관해서는 온갖 자료가 오히려 그녀야말로 많은 희생자를 그 손으로 타락에 이끈 유혹자였다는 것을 말해주고 있다, 이렇게 큰소리를 치고 거만하게 앉았다.

이어서 피고들에게 진술이 허락되었다.

보치코바는 아무것도 모르며 아무 일에도 관계하지 않았다는 것만 되풀이했고, 모든 것이 마슬로바가 혼자서 한 일이라고 끈덕지게 주장했다. 시몬은 단지 몇 번 이렇게 되풀이했을 뿐이었다.

"누가 뭐라고 해도 안 그랬습니다. 저는 아무 죄도 없습니다."

마슬로바는 아무 말도 하지 않았다.

무엇인가 변명할 것이 있으면 하라는 재판장의 말에 그녀는 다만 천천히 눈을 들어 쫓기는 짐승처럼 사람들을 돌아보다가 곧 눈을 떨어뜨리고는 큰 소리로 울음을 터뜨렸다.

"왜 그러십니까?" 네흘류도프의 옆자리에 앉았던 장사꾼이 네흘류도프가 갑자기 이상한 소리를 내는 것을 듣고 물었다. 그것은 통곡을 참는 소리였디.

네흘류도프는 지금에 와서도 여전히 현재 놓여 있는 처지가 무엇을 의미하는 것인지 잘 깨닫지 못하고 있었다. 그래서 간신히 참고 있는 통곡과 눈에 솟구친 눈물을 감추기 위해 코안경을 쓰고 손수건을 꺼내 코를 풀었다.

이 법정에 있는 모든 사람들에게 과거의 자기 행위가 알려진다면 얼마나 큰 창피를 당해야 할까 하는 두려움이 그의 마음속에 생기기 시작한 갈등을 억누르고 말았다. 처음 한순간은 이 두려움이 무엇보다도 강했다.

22

피고들의 최후 진술이 끝나고 질문 사항의 형식에 대해 검사 측과 변호인 측의 협의가 꽤 오랫동안 계속된 다음, 결정이 내려지자 재판장이 사건을 요약해 설명하기 시작했다.

사건을 설명하기에 앞서 그는 듣기 좋은 싹싹한 목소리로 배심원들에게, 강도는 강도이고 절도는 절도이며, 잠겨 있는 장소로부터의 약탈은 잠겨 있는 장소로부터의 약탈이고, 열려 있는 장소로부터의 약탈은 열려 있는 장소로부터의 약탈이라고 장황하게 설명했다. 이렇게 설명하면서 그는 특히 네흘류도프의 얼굴을 자주 바라보았다. 그것은 이 사람이야말로 자기가 말하는 중대한 진리를 이해해 동료들에게 납득시켜 주리라는 희망을 걸고 있었기 때문이었다. 그리고 배심원 모두가 충분히 이 진리를 깨달았다고 생각했는지, 이번에는 또 다른 진리를 덧붙여 알기 쉽게 설명하기 시작했다. 그것은 다름 아니라 살인이란 사람의 죽음을 불러일으키는 행위이므로, 독살도 살인 행위라는 것이었다. 이윽고 이 진리도 배심원들이 다 이해했다고 생각했는지, 그는 또 다음과 같이 설명했다. 만약에 절도와 살인이 한꺼번에 이루어졌다면 그런 형식의 범죄는 절도살인죄를 구성한다는 것이었다.

재판장 자신이 빨리 끝내고 싶었고 벌써 스위스 여자가 기다리고 있을 텐데도 그는 일이 너무나 몸에 배어 한번 지껄이기 시작하면 금방 끝낼 수가 없었다. 그래서 그는 배심원들을 향해 만일 여러분이 피고가 유죄라고 생각한다면 여러분은 유죄로 인정할 권리를 가지고 있으며, 만약 무죄라고 생각한다면 무죄로 인정할 권리가 있다, 만약 어떤 점에서 유죄라고 인정하더라도 다른 점에서 무죄라고 생각한다면, 한 가지 점에서는 유죄로 인정하고 다른 점에서는 무죄로 인정할 수도 있다는 것을 낱낱이 설명했다. 그리고 또 덧붙여서 여러분은 이런 권리를 부여받고 있기는 하지만 이성적으로 행사하지 않으면 안 된다고 설명했다. 그리고 그는 이 밖에도 만약에 배심원들이 제기된 질문에 긍정적으로 대답한다면 그 질문 속에 들어 있는 모든 것을 인정하는 것이 되지만, 만약에 질문에 제기되어 있는 모든 것을 인정하지 않는다면 인정하지 않는 까닭을 밝힐 필요가 있다는 점을 설명하고 싶었다. 그러나 시계가 벌써 3시 5분을 가리키는 것을 알고 곧 사건을 간추려 설명하기 시작했다.

"이번 사건의 개요는 다음과 같습니다." 하고 말한 다음 변호사와 검사보, 그리고 증인들이 이미 몇 번이나 말한 것을 간추려 되풀이했다.

재판장이 말하고 있을 때, 양쪽에 앉아 있는 배석판사들은 자못 의미심장한 표정으로 귀 기울이면서 재판장의 논술은 매우 훌륭하다, 마땅히 갖추어야 할 것은 다 갖추고 있다, 하지만 너무 길어서 탈이라고 생각하며 가끔 시계를 들여다보았다. 검사보와 그 외 법원 관리들도 법정에 있는 사람들도 역시 같은 생각이었다. 재판장은 말을 끝마쳤다.

이것으로 할 말을 다한 것처럼 느꼈다. 그러나 재판장은 좀처럼 자기의 발언권과 헤어질 수 없었다. 남의 가슴에 스며드는 자기의 목소리를 듣는 것이 매우 기분 좋았기 때문이었다. 그래서 그는 배심원에게 주어진 권리가 얼마나 중대한가 하는 것, 그 권리를 행사함에 있어서 주의 깊고 신중해야 하며 절대 함부로 해서는 안 된다는 것, 그들은 선서를 했다는 것, 그들은 사회의 양심이라는 것, 평의실의 비밀은 신성해야 한다는 것 등등에 대해서 몇 마디 더 주의를 환기할 필요를 느꼈다.

재판장이 간추려 설명을 시작했을 때부터 마슬로바는 한마디도 놓치지 않으려는 듯 눈을 떼지 않고 뚫어지게 그의 얼굴을 바라보았다. 때문에 네흘류도프는 그녀의 눈과 마주칠 염려 없이 그녀를 찬찬히 바라볼 수 있었다. 오랫동안 만나지 못한 사랑하는 사람의 얼굴을 보았을 때,

처음에는 헤어져 있는 동안 생긴 외부적인 변화에 놀라움을 느끼지만, 한참 보고 있으면 차츰 몇 해 전의 얼굴과 같은 모습이 되살아나 외부의 변화는 완전히 없어지고 마음의 눈에 그 사람만이 가지고 있는 특유의 정신적 개성의 표정이 떠오르는 법이다.

이러한 현상이 네흘류도프에게 나타났다. 그렇다. 죄수복을 입고 살이 쪄서 가슴이 풍만하게 솟아오르긴 했지만, 그리고 볼에서부터 턱 언저리가 토실토실하고 이마와 눈꼬리에 잔주름이 지고 눈이 약간 부어 있기는 했지만, 그것은 틀림없이 성스러운 그리스도의 부활절 아침에 사랑하는 기쁨과 생명의 충만함으로 방긋 웃던, 사랑에 넘치는 소녀의 눈으로 청순하게 그를 쳐다보던 바로 그 카튜샤였다.

'하지만 이 얼마나 놀라운 우연인가! 이 사건의 심리가 바로 내가 배심하는 날에 있을 줄이야. 그리고 10년 동안 한 번도 만나지 않은 그녀를 이 법정의 피고석에서 보아야 한다니! 그리고 이것은 어떤 결과를 가져올까? 빨리, 아, 빨리 끝나주었으면!'

그래도 그는 아직 내부에서 속삭이기 시작한 후회의 소리에 굴복하려 하지 않았다. 그는 이것이 아주 우연한 일이며, 곧 지나가 버리고 그의 생활을 파괴하는 일은 없을 것이라는 생각이 들었다. 그는 자신이 마치 방 안에서 오물을 흘렸다고 주인에게 멱살을 잡혀 자기가 더럽힌 곳에 콧등을 틀어박히는 강아지처럼 생각되었다. 강아지는 낑낑거리며 뒤로 물러나서 자기가 저지른 잘못에서 되도록 멀리 달아나 그것을 잊어버리려고 버둥거리지만 엄격한 주인은 도무지 놓아주지 않는다. 그와 같이 네흘류도프도 이제 자기가 저지른 일의 의미를 이해하지 못했고 주인마저 아직도 인식하지 못하고 있었다. 지금 눈앞에 있는 것이 자기가 뿌린 씨앗의 열매임을 그는 믿고 싶지 않았다. 그러나 그는 눈에 보이지 않는 손에 눌려 이미 달아날 수 없다는 것을 예감하고 있었다. 겉으로는 아직 약한 마음을 보이지 않고 몸에 밴 버릇으로 다리를 꼬면서 따분하다는 듯이 안경을 만지작거리며 자신 있는 자세로 앞줄 두 번째 의 자기 자리에 앉아 있었다.

그러나 마음속으로는 이미 자기의 그 행위뿐 아니라 거기서 이어지는 자기의 게으르고 나태하며, 퇴폐적이고 비정한, 그리고 자기의 만족만을 구해온 모든 생활의 냉혹함과 비겁함과 저열함을 뚜렷이 느끼고 있었 다. 그리고 그 죄와 거기서 이어진 생활을 하나의 기적이라고 할 수 있 는 우연이, 지난 12년 동안 줄곧 그의 눈을 가려온 무서운 장막을 이미 흔들리기 시작해, 막 뒤에 숨겨져 있던 것이 조금씩 엿보이는 것 같았다.

23

드디어 사건 심리를 끝낸 재판장은 점잖은 손짓으로 질문서를 집어 들어 그것을 배심원 의장에게 건네주었다. 배심원들은 이제야 퇴장할 수 있게 되었다고 기뻐하며 계면쩍은 듯 손을 어디다 둘 줄 몰라 하는 몸짓으로 줄줄이 평의실 쪽으로 걸어 나갔다. 그들 뒤에서 문이 닫히기 가 무섭게 한 사람이 나와서 군도를 뽑아 어깨에 메고 문 앞에서 보초 를 섰다. 재판관들도 퇴장했고, 피고들도 끌려 나갔다.

배심원들은 평의실에 들어가서 아까같이 먼저 담배부터 꺼내 피웠다. 그들은 배심원석에 앉아 있는 동안 모두들 뭔지 모르게 느끼고 있던 부 자연스럽고 어색했던 태도를 씻어버리고 가벼운 기분으로 자리를 차지 하고 앉았으며, 곧 활발하게 이야기가 시작되었다.

"그 여자는 죄가 없습니다. 끌려 들어간 거예요." 사람 좋은 장사꾼이 말했다. "정상 참작을 해줘야겠는데요."

"그것을 평의하자는 것이지요." 배심원 의장이 말했다. "개인적 인상에 좌우되어서는 안 됩니다."

"재판장의 요약 설명은 훌륭했습니다." 대령이 말했다.

"그렇지, 훌륭하더군! 난 하마터면 졸 뻔했다니까."

"중요한 점은 마슬로바가 공모하지 않았으면 그 두 사람이 돈의 소재를 알 수가 없었다는 것입니다." 유대인 점원이 말했다.

"그럼 당신 생각으로는 그 여자가 훔쳤다는 말입니까?" 배심원 한 사람이 물었다.

"그건 절대로 아닙니다." 하고 마음씨 좋아 보이는 장사꾼이 외쳤다. "이건 모두 그 눈이 빨간 악녀가 꾸민 일이라고요."

"다 대단한 사람들이더군." 대령이 말했다.

"하지만 그 여자는 방에 들어가지 않았다고 하지 않습니까?"

"그럼 당신은 그 여자를 믿는군요. 나는 그런 여자는 절대로 믿지 않아요."

"하지만 당신이 믿지 않는다는 것만으로는 설명이 안 되지 않습니까?" 점원이 대꾸했다.

"열쇠를 그 여자가 갖고 있었으니."

"가지고 있었으니 어떻다는 건가요?" 장사꾼이 말했다.

"그럼 반지는요?"

"그것은 그 여자가 말하지 않았습니까." 장사꾼이 또 거칠게 말했다. "장사꾼은 성질이 거칠고 취해 있어 그녀를 때린 거예요. 그런데 그 뒤에 흔히 있는 일이지만 불쌍해져서, '자 이걸 줄 테니 울지 마.' 하고 달랬겠지요. 아무튼 키가 2미터에 가깝고 체중이 130킬로그램이나 되는 거인이란 말이죠!"

"문제는 그런 데 있는 게 아닙니다." 표트르 게라시모비치가 가로막았다. "요는 이 범행을 꾸미고 죽인 것이 그 여자냐, 아니면 객실 담당 여자냐 하는 것입니다."

"객실 담당 여자는 혼자서 할 수 없지요. 열쇠를 그 여자가 가지고 있었으니까요."

이런 두서없는 이야기가 꽤 오래 이어졌다.

"자, 여러분!" 배심원 의장이 말했다. "자리에 앉아 심의하기로 합시다." 그는 의장석에 앉았다.

"그런 여자들은 다 지독히 닳고 닳은 여자들이죠." 점원은 이렇게 말하고 주범을 마슬로바로 보는 자기주장을 증명하는 예로, 한 창부가 가로수 길에서 그의 친구 시계를 훔친 이야기를 했다.

그러자 그의 말을 받아서 퇴역 대령이 은으로 만든 사모바르 도난 사건에 관한 더욱 놀라운 실례를 이야기했다.

"여러분, 질문 사항을 심의해주십시오." 연필로 책상을 두드리며 의장이 말했다. 모두 조용해졌다. 질문 사항은 다음과 같았다.

① 크라피벤스키 군 보르키 마을의 농민 시몬 페트로프 카르틴킨(33세)을, 188X년 1월 17일 N 시에서 금품 강탈을 목적으로 상인 스멜리코프의 살해를 도모해 다른 동료와 공모하에 독약을 단 코냑을 그에게 주어 스멜리코프를 죽게 하고 약 2500루블의 돈과 다이아몬드 반지 한 개를 훔친 건에 대해 유죄로 할 것인가?

② 평민 옙페미야 이바노브나 보치코바(43세)를 제1항에 쓰인 건에 대해 유죄로 할 것인가?

③ 평민 예카테리나 미하일로브나 마슬로바(27세)를 제1항에 쓰인 건에 대해 유죄로 할 것인가?

④ 만약 피고 옙페미야 보치코바가 제1항의 건에 대해 무죄라 한다면, 동 피고는 188X년 1월 17일 N 시 마브리타니야 호텔에 근무하면서

같은 호텔에 숙박 중이던 상인 스멜리코프의 방에 있었던 열쇠가 잠긴 가방 속에서 2500루블의 돈을 훔치기 위해 동 피고가 가진 열쇠로 가방을 열고 목적을 이룬 데 대해 무죄인가?

배심원 의장은 제1문을 읽었다.

"어떻습니까, 여러분?"

이 문제에는 곧 해답이 정해졌다. 모두 카르틴킨이 독살에도 강탈에도 가담했음을 인정하고, "네, 유죄지요." 하고 동의했다. 카르틴킨을 유죄라고 인정하는 데에 뜻을 달리한 사람은 협동조합원인 노인 한 사람뿐이었다. 특히 그는 모든 항복에 걸쳐 피고들을 감싸는 답변을 했다.

배심원 의장은 노인이 사건 내용을 잘 알지 못하는 줄 알고 카르틴킨과 보치코바가 유죄라는 것이 모든 점에서 의심의 여지가 없다는 것을 노인에게 설명했다. 그러자 노인은, 그것은 알고 있지만 동정을 해주는 것이 가장 좋은 일이 아니냐고 대답했다. "우리 자신이 신은 아니란 말입니다." 노인은 끈질기게 자기주장을 굽히지 않았다.

보치코바에 관한 제2문에 대해서는 긴 토의와 설명 끝에 '무죄'라는 답이 나왔다. 그녀가 독살에 가담했다는 뚜렷한 증거가 없었기 때문인데, 특히 그녀의 변호인이 그것을 완강하게 주장했다.

장사꾼은 마슬로바를 무죄로 변호하기 위해서 보치코바가 주모자라고 주장했다. 대개의 배심원들이 그의 뜻에 따랐으나 배심원 의장은 공정하기를 바란다면서 보치코바가 독살에 참가했다는 것을 인정할 근거가 없다고 우겼다. 오랜 토론 끝에 배심원 의장의 의견이 승리했다.

마슬로바에 관한 제3문은 심한 논쟁을 불러일으켰다. 배심원 의장은 독살에도 강탈에도 그녀의 유죄를 주장했다. 장사꾼은 그 말에 반대했고 대령, 점원, 협동조합원인 노인이 장사꾼을 지지했다. 다른 사람들은 우물쭈물했으나 배심원 의장의 의견이 차츰 우세해지기 시작했다. 배심원들이 다 지쳐 있어서 빨리 결정될 듯한, 따라서 빨리 해방시켜 줄 듯한 의견에 기꺼이 따랐기 때문이었다.

법정의 심리에서 볼 수 있었던 점들로 추측하거나 네흘류도프가 알고 있는 마슬로바의 성격으로 보더라도 그는 강탈에도 독살에도 그녀가 무죄임을 믿고 있었다. 그래서 처음에는 모두가 그것을 인정해줄 것으로 알았다. 그런데 장사꾼의 졸렬한 변호와(마슬로바의 육체가 마음에 든 모양이고 본인도 그것을 숨기려 하지 않았다) 그 속셈을 눈치챈 의장의 반론 때문에, 그리고 무엇보다도 모두가 지친 결과로 유죄 쪽으로 기울기 시작했다. 이것을 본 네흘류도프는 반론을 제기하려고 생각했다. 그러나 마슬로바를 변호한다는 것이 그로서는 무서웠다. 그녀와의 관계가 곧 모든 사람들에게 알려져 버릴 것 같았기 때문이었다. 그러나 아울러 그는 이대로 버려둘 수는 없다, 아무래도 반론하지 않으면 안 된다고 느꼈다. 그가 붉으락푸르락하며 입을 열려는 순간, 그때까지 잠자코 있던 표트르 게라시모비치가 배심원 의장의 억압적인 말투에 신경이 거슬렸던지 갑자기 그를 반대하며 네흘류도프가 말하려던 것과 똑같은 말을 꺼내기 시작했다.

"실례합니다." 하고 그는 말했다. "그 여자가 열쇠를 가지고 있었기 때문에 그 여자가 훔쳤다고 당신은 말씀하십니다만, 가령 호텔 하인들이 그 여자가 돌아간 뒤에 다른 열쇠로 가방을 열 수는 없었을까요?"

"그래요, 바로 그 점입니다." 장사꾼이 맞장구쳤다.

"그 여자는 돈을 훔칠 수 없었다고 봐야 할 것입니다. 왜냐하면 그런 입장에서는 돈을 숨겨둘 만한 데가 없으니까요."

"내가 말하고 싶은 것도 바로 그 점입니다." 장사꾼이 동조했다.

"오히려 그 여자가 왔던 것이 객실 담당 종업원들에게 힌트를 주어 그들이 그 기회를 이용했고, 나머지 모든 것을 그 여자에게 뒤집어씌웠다고 봐야 할 것입니다."

표트르 게라시모비치는 흥분된 목소리로 말했다. 그리고 이 흥분이
배심원 의장에게 옮아서, 그 때문에 그도 고집을 부려 자기의 반대 의견
을 고집했다. 그러나 표트르 게라시모비치의 말에는 강한 설득력이 있
었으므로 대다수 사람들이 그 의견에 뜻을 같이해, 마슬로바는 돈과 반
지를 훔친 것에 관계하지 않았으며 반지는 장사꾼이 직접 그녀에게 준
것임이 인정됐다. 그녀가 독살에 관계했느냐는 점에 논의가 옮겨지자
그녀의 열렬한 옹호자인 장사꾼은 그 여자가 그를 죽여야 할 까닭이 아
무것도 없었으니까 그 여자를 무죄로 봐야 한다고 주장했다. 배심원 의
장은 그 여자 자신이 가루약을 타준 것을 진술하고 있으니만큼 무죄로
인정할 수는 없다고 우겼다.

"약을 탔지만 아편인 줄 알았기 때문이죠." 장사꾼은 말했다.

"아편으로도 생명을 빼앗을 수 있습니다." 하고 문제에서 벗어나기를
좋아하는 대령이 참견하여, 처남댁이 아편중독으로 죽을 뻔했는데 의사
가 가까이 있어 응급치료를 했기 때문에 가까스로 목숨을 건졌다는 이
야기를 늘어놓았다. 그 이야기가 자못 감명 깊고 자신만만하며 위엄에
차 있었으므로 아무도 그 말을 가로막을 용기가 없었다. 다만 점원 혼자
길을 벗어난 이야기에 휩쓸려서 자기도 한 가지 이야기를 하겠다고 대
령의 말을 막았다.

"그 가운데에는 차츰 습관이 되어서." 하고 그는 말을 시작했다. "마흔
방울쯤 먹어봐야 아무 효과도 없는 사람이 있지요. 실제로 내 친척 가운
데……."

그러나 대령은 이런 일로 입을 다무는 사람이 아니었다. 그는 자기 처
남댁에게 나타난 아편 작용의 여러 가지 결과에 대해 계속 이야기했다.

"아, 벌써 4시가 지났습니다, 여러분." 배심원 하나가 말했다.

"그럼 어떻게 할까요, 여러분?" 배심원 의장이 그들을 둘러보았다. "유죄로 인정하나 강탈할 의도가 없었고 금품을 훔치지 않았다. 이렇게 되나요?"

표트르 게라시모비치는 자기 승리에 만족하여 동의했다.

"단, 정상을 참작해야 합니다." 장사꾼이 덧붙였다.

모두들 동의했다. 다만 협동조합원인 노인만이 '무죄'로 해야 한다고 주장했다.

"이것은 결국 무죄가 됩니다." 배심원 의장이 설명했다. "강탈할 의도가 없고 금품을 훔치지 않았다면, 즉 무죄가 되는 거지요."

"거기다 정상 참작을 한다면 나머지는 이제 마지막 손질뿐입니다." 장사꾼이 명랑하게 말했다.

그들은 모두들 완전히 지쳐 있었고 토론으로 머리가 혼란해져 있었으므로 답신서에 '유죄임. 단, 죽일 의도는 없었음.'이라고 덧붙여야 하는 것을 아무도 생각해내지 못했다.

네흘류도프도 완전히 흥분하여 역시 그것을 깨닫지 못했다. 결국 이런 형식으로 답신서가 쓰여 법정에 제출되었다.

라블레가 쓴 글에 이런 것이 있다. 어떤 법률가가 소송을 재결해야 했는데 온갖 법조문의 예를 들고 무미건조한 라틴어 법률서를 이십 쪽이나 읽은 끝에 배심원들에게 주사위를 던지라고 제안했다. 짝수가 나오면 원고가 이기고 홀수가 나오면 피고가 이긴다는 것이었다.

이 경우도 이와 다를 바 없었다. 바로 이 결의가 채택된 것은 배심원 일동의 의견이 일치했기 때문이 아니라 첫째, 재판장이 그토록 길게 요지를 설명했으면서도 이번 경우에는 웬일인지 언제나 말하던 일, 즉 배심원이 답신할 때 '유죄다, 단 죽일 의도는 없었다.'라고 대답할 수 있다는 주의를 주지 않았기 때문이며 둘째, 대령이 자기 처남댁에 대한 이야기를 너무 오래 했으므로 모두가 지루했기 때문이었다. 셋째로, 네흘류도프가 너무 흥분해 있었기 때문에 '죽일 의도는 없었음.'이라는 조항이 빠진 것을 모르고 '강탈할 의사는 전혀 없었음.'이라는 조항이 기소를 무효화할 수 있다고 생각했기 때문이며 넷째, 배심원 의장이 질문 사항과 답신서를 읽으면서 재확인을 요구했을 때 공교롭게도 표트르 게라시모비치가 밖에 나가 있었기 때문이었다. 그리고 마지막으로 가장 큰 이유는 모두가 지쳐버려서 한시라도 빨리 해방되고 싶어 빨리 끝낼 수 있는 의견에 동의하려는 마음이 짙었기 때문이었다.

배심원들은 벨을 울렸다. 칼을 빼들고 문 앞에 서 있던 헌병이 칼을 칼집에 도로 꽂고 옆으로 비켜섰다. 재판관들이 자리에 앉자 배심원들이 차례로 나왔다.

배심원 의장은 엄숙한 태도로 답신서를 받쳐 들고 재판장 앞으로 나가서 그것을 건네주었다. 재판장은 쭉 읽고 나자 놀란 듯이 두 손을 벌리고 판사들을 돌아보며 무엇인가 의논했다. 재판장이 놀란 것은 배심원들이 '강탈할 의사는 전혀 없었음.'이라고 첫째 조항은 붙여 놓고 '죽일 의도는 없었음.'이라고 둘째 조항을 붙이지 않았기 때문이었다. 다시 말해 배심원들의 결정에 따르면 마슬로바는 훔치지도 강탈하지도 않았으나 아무런 목적도 없이 사람을 죽인 것이 되는 셈이었다.

"좀 봐요, 이거 참, 어리석은 결론을 내렸군." 재판장이 왼쪽 판사에게 말했다.

"이렇게 되면 유형감인데……. 하지만 저 여자는 죄가 없어."

"아니, 어째서 죄가 없다는 겁니까?" 엄한 얼굴의 판사가 말했다.

"요컨대 죄가 없기 때문이지. 이것은 제818조에 적용되는 거예요." 제818조에는 재판관이 유죄 판결이 부당하다고 인정할 경우, 배심원의 결정을 파기할 수 있다고 규정되어 있었다.

"당신 의견은?" 재판장이 사람 좋은 판사를 돌아보았다.

사람 좋은 판사는 얼른 대답하지 않고 자기 앞에 놓여 있는 서류 번호의 숫자를 합쳐보았다. 셋으로 나누어지지 않았다. 셋으로 나누어지면 동의하려고 점을 쳤던 것이다. 나누어지지는 않았지만 그는 호인인 까닭에 동의했다.

"글쎄, 그게 타당하겠는데." 하고 그는 대답했다.

"당신은?" 재판장은 성 잘 내는 판사 쪽으로 얼굴을 돌렸다.

"절대로 반대입니다." 그는 딱 잘라 말했다. "그렇지 않아도 신문은 배심원들이 범죄자를 옹호한다고 쓰고 있습니다. 만일 재판관이 이것을 무죄로 한다면 또 무슨 소리를 떠들어댈지 몰라요. 나는 절대로 반대하겠습니다."

재판장은 시계를 보았다.

"불쌍하지만 하는 수 없군." 이렇게 말하고 재판장은 답신서를 배심원 의장에게 주어 읽으라고 재촉했다.

모두들 일어섰다. 배심원 의장은 발을 고쳐 디디고 기침을 하고는 질문서와 답신서를 읽었다. 서기와 변호사와 검사보까지 관계자 모두가 놀라는 기색을 보였다.

피고들은 답신서의 뜻을 모르는 모양인지 무관심한 얼굴로 앉아 있었다. 다시 모두들 앉았다. 재판장은 어떤 구형을 하겠느냐고 검사보에게 물었다. 검사보는 마슬로바에 관한 뜻밖의 성공을 기뻐하며 그것을 자기의 멋진 논고 때문이라 믿고, 법률서의 책장을 뒤져서 대충 읽더니 엉거주춤 일어나서 말했다.

"시몬 카르틴킨은 형범 제1452조 및 제1453조 제4항에 의거하여, 엡페미야 보치코바는 형법 제1659조에 의거하여, 예카테리나 마슬로바는 형법 제1454조에 의거하여 처형되어야 한다고 생각합니다."

그 형은 모두 생각할 수 있는 한 가장 엄한 것이었다.

"재판관은 판결문 작성을 위해 일단 퇴정합니다." 재판장이 일어서면서 말했다.

잇따라 모두 일어났다. 안도감과 임무를 훌륭히 끝마쳤다는 흐뭇함을 느끼면서 밖으로 나가는 사람도 있었고, 법정 안을 이리저리 서성거리는 사람도 있었다.

"우리가 정말 어처구니없는 실수를 해버렸군요." 표트르 게라시모비치가 네흘류도프 쪽으로 다가오면서 말했다. 마침 배심원 의장이 네흘류도프에게 무엇인가 얘기하고 있을 때였다. "우리는 그 여자를 징역으로 몰아넣고 말았습니다."

"뭐라고요?" 네흘류도프는 저도 모르게 소리쳤다. 이때만은 그도 이 교사가 가까운 척하는 것이 조금도 거슬리지 않았다.

"그렇지 않습니까?" 하고 그는 말했다. "우리는 답신서에 '유죄임. 단, 죽일 의도는 없었음.'이라는 보충 기재를 하지 않았어요. 방금 서기한테 들었는데, 검사보가 그 여자에게 15년 유형을 구형했다고 합니다."

"하지만 여러분이 그렇게 결정하신 거니까." 배심원 의장이 말했다.

표트르 게라시모비치는 그녀가 돈을 훔치지 않았으니까 생명을 빼앗을 의도를 가졌을 리 없다는 것은 너무 뻔하다고 대들기 시작했다.

"나는 법정에 나오기 전에 답신서를 다시 읽었습니다." 배심원 의장이 변명했다. "그런데 아무도 반대하지 않았잖습니까."

"나는 그때 방에 없었습니다." 표트르 게라시모비치가 말했다. "그런데 당신은 뭘 했습니까? 하품이라도 하고 계셨나요?"

"나는 전혀 깨닫지 못했어요." 네흘류도프는 말했다.

"깨닫지 못한 것으로는 일이 되지 않습니다."

"하지만 이런 것은 정정할 수 있을 겁니다." 네흘류도프는 말했다.

"이젠 안 될걸요. 끝났으니까요."

네흘류도프는 피고들을 보았다. 그들은 이미 운명이 결정된 줄도 모르고 임석 헌병의 감시를 받으며 격자 칸막이 너머 자기들 자리에 가만히 앉아 있었다. 마슬로바는 무엇 때문인지 킥킥거리며 웃고 있었다. 그 순간 네흘류도프의 마음속에 무엇인가 좋지 않은 감정이 꿈틀거렸다. 조금 전까지만 해도 그녀가 무죄가 되어 이 거리에 머물 것을 예측하고 그녀에 대해 어떤 태도를 취하면 좋을까 망설이고 있었다. 정말 그것은 힘들고 무거운 짐이었다. 그러나 유형과 시베리아가 그녀와의 연결 가능성을 깨끗이 없애주었다. 이제 숨이 채 안 끊어진 새가 구럭 속에서 아직 퍼덕거리며 살아 있다는 것을 느끼지 않아도 되었다.

24

표트르 게라시모비치의 예상은 옳았다. 회의실에서 돌아온 재판장은 판결문을 들고 읽기 시작했다.

"188X년 4월 28일, 황제 폐하의 명령에 의하여 N 지방법원 형사부는 배심원 여러분의 결의에 따라 형법 제771조 제3항, 제776조 제3항 및 제777조에 의거, 다음과 같이 선고한다.

농민 시몬 카르틴킨(33세) 및 평민 예카테리나 마슬로바(27세)에게서 공민권을 박탈하고, 카르틴킨을 징역 8년, 마슬로바를 징역 4년의 유형에 처한다. 다시 두 사람에게는 형법 제25조에 의한 항목을 추가한다. 평민 옙페미야 보치코바(43세)는 개인적 및 신분상의 모든 특권 및 재산을 박탈하고, 3년의 금고형에 처한다. 다시 형법 제49조에 의해 항목을 추가한다. 본 사건의 재판에 든 비용은 각 피고의 균등 부담으로 한다. 단, 치를 돈이 없을 경우에는 국가가 이를 부담한다. 본 사건의 증거물은 공매에 부치며, 반지는 되돌려주고 병은 없앤다."

카르틴킨은 여전히 몸을 쭉 펴고 두 손의 손가락을 펴서 바지 솔기에 꼭 갖다 대고는 볼을 실룩거리며 서 있었다. 보치코바는 태연해 보였다. 마슬로바는 판결을 듣고 얼굴이 새빨개졌다.

"난 죄가 없어요. 억울해요!" 갑자기 그녀가 온 법정 안이 울릴 만큼 큰 소리로 외쳤다. "너무합니다. 나한테는 죄가 없어요. 그런 일은 바라지도, 생각지도 않았어요. 거짓말이 아녜요. 정말이에요!" 이렇게 말하고 의자에 엎어져 울음을 터뜨렸다.

카르틴킨과 보치코바가 퇴정하고 나서도 그녀는 그냥 울고 있었다. 헌병은 하는 수 없이 그녀의 죄수복 소매를 잡아당겨 재촉했다.

"아니다. 이대로 내버려 둘 수는 없다." 네흘류도프는 조금 전의 좋지 않은 감정은 다 잊고 이렇게 중얼거렸다. 무엇 때문인지 자기도 모르게 다시 한 번 그녀를 보기 위해 재빨리 복도로 나갔다. 문간에는 일이 끝난 데 대해 만족한 배심원들과 변호사들이 밖으로 나가려고 꽉 차 있어서, 그는 한참 동안 사람 벽에 막혀 서 있었다. 가까스로 복도에 나와 보니, 그녀는 벌써 저 멀리 가고 있었다. 그는 사람들의 눈길을 끄는 것도 생각지 않고 빠른 걸음으로 쫓아가 그녀를 앞지른 다음 멈춰 섰다. 그녀는 이미 울음을 그쳤으나 가끔 훌쩍이면서 벌겋게 얼룩진 얼굴을 머릿수건 끝으로 닦으며, 돌아보지도 않고 그의 옆을 지나갔다. 그녀를 보내고 나서 그는 재판장을 만나기 위해 급히 되돌아왔으나 재판장은 이미 나가고 없었다.

네흘류도프는 수위실 앞에서 가까스로 그를 붙잡았다.

"재판장님." 그는 재판장에게 다가가면서 불렀다. 재판장은 벌써 밝은 외투를 입고 수위가 내미는 은손잡이가 달린 단장을 막 손에 드는 참이었다. "방금 판결된 사건에 대해 좀 말씀드리고 싶은 것이 있습니다. 저는…… 배심원입니다."

"네, 알고 있습니다. 네흘류도프 공작님이시지요? 정말 영광스럽습니다. 전에도 한 번 뵌 적이 있었지요." 그는 악수를 하면서 말했다. 그는 네흘류도프와 만난 야유회에서, 네흘류도프가 젊은이들 가운데 가장 멋지고 즐겁게 춤을 추었음을 흐뭇하게 회상했다.

"그래, 무슨 일이신지요?"

"마슬로바에 관한 답신서에 잘못된 점이 있었습니다. 그 여자는 독살에 대해 무죄입니다. 그런데도 유형 판결이 내려지고 말았습니다." 네흘류도프는 침울한 표정으로 말했다.

"법정은 여러분이 제출한 답신서에 따라 판결을 내렸을 뿐입니다." 재판장은 문 쪽으로 걸어가며 말했다.

"하기야 그 답신서가 우리 재판관들에게도 약간 타당성이 없는 것같이 여겨지긴 했습니다만."

그는 만약 답신서에 살의에 대한 부정 없이 그냥 '유죄임.' 하고 적혔을 때는 결과적으로 고의적 살의가 인정되는 법이라고 배심원들에게 설명하려 했는데 모두들 빨리 끝내려고 서두르는 바람에 그만 그것을 말하지 못했던 것이 생각났다.

"그건 압니다. 하지만 잘못을 고칠 수는 없을까요?"

"상소할 이유는 충분하지요. 변호사와 의논해보십시오."

재판장은 모자를 옆으로 비스듬히 쓰고 그대로 문 쪽으로 걸어가면서 말했다.

"하지만 좀 어렵지 않을까요?"

"사실은 말입니다. 마슬로바에게는 두 가지 길밖에 없습니다."

네흘류도프에게 되도록 공손하고 깍듯이 대하려고 생각하면서 재판장은 외투 깃 위로 단정히 구레나룻을 쓰다듬으며 말했다. 그리고 가볍게 상대방의 팔꿈치를 잡아 나가는 문 쪽으로 이끌면서 말을 이어갔다.

"공작님도 가시는 길이지요?"

"네." 네흘류도프는 얼른 외투를 입으면서 대답하고 그와 함께 걷기 시작했다.

그들은 상쾌한 햇빛 속으로 나갔다. 그러자 포장길을 달리는 마차의 수레바퀴 소리 때문에 서로 소리를 크게 지르지 않으면 들리지 않게 되었다.

"아시겠지만, 묘한 입장입니다." 재판장은 목소리를 높여 말했다. "마슬로바라는 여자에겐 길이 두 가지밖에 없었으니까요. 거의 무죄나 마찬가지가 되어 미결 기간을 포함해 금고 또는 단순한 구류로 끝나든지, 아니면 유형이든지……. 그 밖의 길은 없습니다. 만일 여러분이 '죽일 의도는 없었음.'이라는 말만 덧붙였더라면, 그 여자는 무죄가 되었을 것입니다."

"그것을 빠뜨리다니, 돌이킬 수 없는 실수를 저질렀습니다." 네흘류도프는 말했다.

"거기에 모든 초점이 있었습니다." 재판장은 싱글싱글 웃으면서 시계를 보며 말했다.

클라라가 지정한 시간까지 앞으로 45분밖에 안 남아 있었다.

"변호사를 찾아가 보십시오. 상소할 이유를 발견해야 하니까요. 그런데 그런 것은 반드시 발견되는 법입니다. 드보랸스카야 거리로 가자." 그는 마부에게 일렀다. "30코페이카 주마. 그 이상은 절대 안 돼."

"좋습니다, 나리."

"그럼 안녕히 가십시오. 혹시 제가 도와드릴 일이 있으면, 드보랸스카야 거리의 드보르니코프 아파트로 찾아오십시오. 기억하시기 쉽습니다."

그는 이렇게 상냥하게 인사하고는 떠났다.

25

재판장과의 대화와 상쾌한 바깥공기가 얼마만큼 네흘류도프의 기분을 가라앉혀 주었다. 그리고 얼마 전까지 느낀 답답한 감정은 아침부터 쭉 그런 익숙지 못한 상황 속에 있었기 때문에 과장된 것이라는 기분이 들었다.

'정말 놀랍도록 이상한 만남이다! 나는 그 여자의 벌을 덜어주기 위해서 할 수 있는 모든 일을 해야 한다. 한시라도 빨리 해주어야 한다. 지금 곧, 그렇지, 지금 당장 법원으로 돌아가 파나린이나 미키신의 주소를 알아봐야겠다.' 그는 두 사람의 이름난 변호사가 생각났다.

네흘류도프는 법원으로 되돌아가서 외투를 벗고 층계를 올라갔다. 첫 번째 복도에서 파나린을 만났다. 그를 붙잡고 상의할 일이 있다고 말했다. 파나린은 네흘류도프의 얼굴과 이름을 알고 있었으므로 기꺼이 돕겠노라고 말했다.

"실은 피로하기는 합니다만……. 오래 걸리지 않는 일이라면 말씀을 들어보기로 하겠습니다. 이리 오십시오."

이렇게 말하며 파나린은 네흘류도프를 옆방으로 인내했다. 어느 판사의 사무실인 듯했다. 두 사람은 탁자를 사이에 두고 마주 앉았다.

"그래, 용건은?"

"말하기 전에 먼저 부탁드리고 싶은 것은." 하고 네흘류도프는 말을 시작했다. "내가 이 문제에 관계하고 있다는 것을 아무에게도 말하지 말아 주십시오."

"그야 물론입니다. 그래서요……."

"나는 아까 배심원 노릇을 했습니다만, 죄 없는 여자를 유형에 처하고 말았습니다. 나는 그것이 괴로워서……."

네흘류도프는 자기도 모르게 얼굴을 붉히고 더듬거렸다.

파나린은 힐끗 보고 눈을 빛냈으나 다시 눈을 내리깔고 듣는 자세를 취했다.

"그렇군요."라고만 그는 말했다.

"죄 없는 여자를 유죄로 만들어버리는 잘못을 저질렀으니 최고 법정에 상소하고 싶습니다."

"원로원 말이군요?" 파나린은 고쳐 말했다.

"그래서 이 문제를 맡아주셨으면 합니다만."

네흘류도프는 가장 거북한 문제를 빨리 끝내버리려고 틈을 두지 않고 얼른 말했다.

"보수와 비용을 모두 맡겠습니다. 얼마가 들든 상관없습니다." 그는 얼굴이 벌게졌다.

"그것은 따로 얘기하기로 합시다." 미숙한 상대에게 따뜻한 미소를 보내며 변호사가 말했다. "그래 무슨 사건입니까?"

네흘류도프는 대충 이야기했다.

"알겠습니다. 내일 재판 기록을 조사해보지요. 그러니 모레, 아니 목요일 오후 6시에 우리 집으로 와주십시오. 대답해드리겠습니다. 그럼 되겠지요? 지금부터 좀 해야 할 일이 있어서……."

네흘류도프는 그와 헤어져 복도로 나갔다.

변호사와 이야기했다는 것, 마슬로바를 지키기 위해 손을 썼다는 것이 그의 기분을 더 가라앉혀 주었다. 그는 뜰로 나갔다. 아름답게 갠 날이었다. 그는 기쁜 마음으로 봄날 공기를 힘껏 들이마셨다. 전세 마차의 마부들이 마차를 타라고 불렀지만 그는 거절하고 걸었다. 그러자 곧 카튜샤에 대한 일과 자기 소행에 대한 추억과 상념이 무럭무럭 솟아올라 머릿속에서 빙글빙글 돌기 시작했다. 마음이 우울해지고 모든 것이 침울하게 보였다.

"아니다. 이건 나중에 잘 생각해보기로 하자." 그는 스스로에게 말했다. "지금은 오히려 이런 답답한 기억을 잊어야 한다."

그는 코르차긴 공작 댁의 만찬에 초대받은 생각이 나 시계를 보았다. 아직 늦지는 않았다. 지금부터라도 서두르면 시간에 맞게 갈 수 있을 것 같았다. 이때 철도마차의 방울 소리가 그의 곁을 흘러갔다. 그는 달려가서 마차에 뛰어올랐다. 광장에서 내려 훌륭한 전세 마차로 갈아타고 10분 뒤 코르차긴 댁의 웅장한 저택 앞에 이르렀다.

26

"어서 오십시오, 공작님. 여러분께서 기다리고 계십니다."

코르차긴 댁의 풍채 좋은 문지기가 영국제 돌쩌귀로 만든 소리 없이 열리는 정면 현관의 참나무 문을 열면서 싱글벙글 웃으며 말했다.

"식사가 시작되었습니다만, 공작님만은 모시라는 분부셨습니다."

문지기는 층계 아래로 가서 2층으로 연결된 초인종을 눌렀다.

"어떤 분이 와 계신가?" 네흘류도프는 외투를 벗으며 물었다.

"콜로소프 님과 미하일 세르게이비치 님입니다. 그 외에는 모두 집안 분들 뿐입니다." 문지기가 대답했다.

프록코트를 입고 흰 장갑을 낀 잘생긴 급사가 층계로 나와서 말했다.

"어서 오십시오, 공작님. 방으로 모시라는 분부십니다."

네흘류도프는 층계를 올라가서 낯익은 화려한 홀을 지나 식당으로 걸어갔다. 식당에는 자기 방에서 나온 적이 없는 여주인 소피야 바실리예브나 공작 부인을 뺀 온 가족이 모여 앉아 있었다. 윗자리에는 늙은 코르차긴 공작, 그와 나란히 왼편에는 의사, 오른편에는 손님인 이반 이바노비치 콜로소프가—이 사람은 이전 귀족회장으로서 지금은 은행 중역으로 있으며, 자유주의자인 코르차긴의 동료였다—앉아 있었다. 그리고 왼편에 미시의 막내 동생을 가르치는 가정교사 레데르 양과 네 살짜리 막내 동생, 그와 마주 보는 오른편에 미시의 동생으로 코르차긴 집안의 외아들인 중학교 6학년의 페탸—이 아이의 시험 때문에 온 가족이 이 도시에 머물러 있었다—그 옆자리는 가정교사인 대학생, 다시 왼편에는 카테리나 알렉세예브나—그녀는 마흔 살 난 노처녀로 슬라브주의자였다—의 자리가 있었다. 그와 마주 보는 자리는 미하일 세르게이비치와 미샤 텔레긴이라고 불리는 미시의 사촌 오빠뻘 되는 사람의 자리였고, 아랫자리에는 미시, 그리고 그 옆에는 아직 손대지 않은 한 사람분의 그릇이 놓여 있었다.

"마침 잘 오셨소. 자, 어서 앉으시오. 지금 막 생선이 나온 참이오."

늙은 코르차긴 공작은 의치로 조심조심 씹으면서 눈꺼풀이 없는 것 같은 벌겋고 탁한 눈을 네흘류도프 쪽으로 돌리며 말했다. "스테판." 하고 그는 입안에 음식을 가득히 문 채 뚱뚱하고 풍채가 좋은 급사를 향해 눈으로 빈 그릇을 가리켰다.

네흘류도프는 코르차긴 공작을 잘 알고 있었고 식사 자리에서도 여러 번 보았지만, 오늘따라 특히 조끼에 걸친 냅킨 위로 미끈미끈하게 움직이는 육감적인 입술의 붉은 얼굴과, 기름진 굵은 목, 특히 너무 먹어서 살찐 장군 타입의 모습이 왠지 그의 가슴에 불쾌감을 불러일으켰다. 네흘류도프는 이 위인의 잔인성에 대해서 들었던 이야기가 생각났다. 그가 지방 장관으로 있을 때, 무엇 때문인지 모르지만—왜냐하면 그는 부유한 데다가 워낙 집안이 좋았으므로 근무를 잘해가며 출세할 필요가 없었다—사람들을 함부로 태형에 처하기도 하고 교수형까지 처했다

129

는 것이었다.

"네, 가져갑니다, 공작님." 스테판은 은그릇이 놓여 있는 찬장에서 수프를 뜨는 국자를 집어 들고, 구레나룻을 기른 잘생긴 급사에게 눈짓했다. 급사는 곧 미시의 옆자리에 있는 손대지 않은 그릇에 음식을 차려놓았다. 그 그릇 위에는 문장이 보이도록 빳빳하게 풀을 먹여 맵시 있게접은 냅킨이 놓여 있었다.

네흘류도프는 차례차례 악수를 나누면서 식탁을 한 바퀴 돌았다. 늙은 공작과 부인들 말고는 모두 그가 다가가자 일어서서 맞이했다. 식탁을 돌면서 대부분 한 번도 말해본 적이 없는 사람들과 이렇게 악수를나누는 것이 지금의 그에게는 별나게 불쾌하고 우스꽝스러운 일로 여겨졌다.

그가 늦어진 데 대해서 사람들에게 사과하고 식탁 끝의 미시와 카테리나 알렉세예브나 사이의 빈자리에 앉으려 하자, 코르차긴 노인은 보드카는 들지 않더라도 새우, 생선을 절인 이크라, 치즈, 청어가 놓여 있는 저쪽 식탁으로 가서 들라고 했다. 네흘류도프는 시장한 줄 몰랐으나빵에 치즈를 곁들여 먹다 보니 그만둘 수가 없어 억지로 집어 먹었다.

"어떻습니까, 기초를 뒤집어 엎으셨습니까?" 콜로소프가 비꼬는 투로배심원 제도에 반대하는 보수 계통의 신문에 나타난 표현을 쓰면서 말했다. "죄 있는 자는 무죄로 하시고, 죄 없는 자를 유죄로 만드신 게 아닙니까, 네?"

"기초를 뒤집는다……. 기초를 뒤집는다……." 자유주의자인 친구의두뇌와 학식에 무한한 신뢰를 품고 있는 늙은 공작은 웃으면서 이렇게되풀이했다.

네흘류도프는 실례인 줄 알면서도, 콜로소프에게 아무 대답도 하지않고 김이 무럭무럭 나는 수프를 잠자코 먹었다.

"이분에게 잡수실 시간을 좀 드리세요." 미시는 이분이라는 대명사로 자기들의 친밀함을 나타내면서 웃는 얼굴로 말했다.

콜로소프는 그동안에도, 그를 분개시킨 배심원 제도를 공격한 신문의 논문 내용을 큰 소리로 지껄여댔다. 조카 미하일 세르게이비치가 그 말에 맞장구치면서 그 신문에 실린 또 하나의 논문에 대해 말하기 시작했다.

미시는 여느 때처럼 매우 우아하고 아름답게 차려입고 있었으나 눈에 두드러지지 않는 고상한 차림이었다.

"피곤하셨나 봐요. 시장도 하시고." 그녀는 네흘류도프가 수프를 다 먹기를 기다렸다가 상냥하게 말했다.

"뭐, 그렇지도 않습니다. 전람회에는 가셨었습니까?" 그는 물었다.

"아니에요, 다음으로 미뤘어요. 오늘은 살라마토프 씨 댁에 가서 테니스를 쳤어요. 크룩스 씨는 놀랄 정도로 정말 잘하세요."

네흘류도프가 이리로 온 것은 기분 전환을 하기 위해서였다. 이 집에 있으면 언제나 즐거웠다. 그것은 이 집 구석구석에서 넘치는 고상하고 사치스러운 분위기가 그의 감정에 기분 좋게 작용하기 때문이기도 했지만, 주제넘지 않게 그를 둘러싸고 있는 아양과 응석의 분위기 때문이기도 했다. 그런데 오늘은 이상하게도 이 집 안의 모든 것이 싫었다. 문지기로부터 널찍한 층계, 꽃다발, 급사, 식탁 장식, 나아가서 미시에 이르기까지 모든 것이 그의 가슴에 혐오감을 주었다. 미시까지도 오늘 그에게는 매력이 없었으며, 부자연스럽게 뽐내고 있는 듯 보였다. 콜로소프의 자유주의자인 척하는 말투도 언짢았고, 늙은 공작의 황소같이 거만한 호색적인 모습도, 슬라브주의자인 알렉세예브나의 프랑스 말도, 가정교사들의 비굴한 얼굴도, 그리고 미시가 이분이라는 대명사로 그를 부른 것은 특히 불쾌해서 견딜 수가 없었다.

네흘류도프는 미시에 대해서 언제나 두 가지 감정 사이를 헤매왔다. 때로는 눈을 가늘게 뜨고 보거나 어스름 달빛 속에서 보는 것처럼 그녀의 모든 것이 그지없이 아름답게 보였다……. 그리고 어떤 때는 밝은 햇빛 아래 드러내놓은 것처럼 그녀의 부족한 점이 보였으며, 보지 않으려고 해도 자꾸만 눈에 띄었다. 오늘은 그런 날이었다. 그녀 얼굴의 잔주름이 모두 보였고, 그녀의 머리 모양도 눈에 거슬렸으며, 엄지손가락의 넓적한 손톱도 눈에 띄었다. 그것은 그녀 아버지의 손톱을 떠오르게 하는 손톱이었다.

"그건 지루하기 짝이 없는 놀이지요." 콜로소프가 테니스를 평했다. "우리가 어릴 때 하던 크리켓이 훨씬 재미있습니다."

"아니에요. 해보지 않아서 그러세요. 얼마나 재미있는 놀이인데요." 미시가 반박했다. 네흘류도프에게는 '얼마나'라는 말이 유난히 부자연스럽게 발음된 것같이 느껴졌다.

이렇게 논쟁이 벌어지자 미하일 세르게이비치와 카테리나 알렉세예브나도 끼어들었다. 가정교사들과 아이들만 침묵을 지키고 있었는데, 따분한 게 분명했다.

"만나기만 하면 말다툼을 하는군." 늙은 공자이 껄껄 웃더니 조끼에서 냅킨을 떼고 요란스레 의자를 덜거덕거리며 일어났다. 급사가 곧 달려와 의자를 붙잡았다. 이어 다른 사람들도 자리에서 일어나 향긋한 더운 물이 담긴 양칫물 그릇이 놓여 있는 탁자 앞으로 가서 양치질을 한 다음 다시 흥미도 없는 논쟁을 계속했다.

"그렇지 않아요?" 미시는 네흘류도프를 돌아보며 게임만큼 사람의 성격이 나타나는 것은 없다는 자신의 의견에 동의를 구했다. 그녀는 그의 얼굴에서 진지한 비난의 표정을 본 것 같은 기분이 들었다. 그의 그런 표정은 그녀가 평소에도 두려워하던 것이어서 그 원인이 알고 싶었다.

"글쎄, 모르겠는데요. 그런 것은 아직 생각해본 적이 없어서요." 네흘류도프는 대답했다.

"어머니한테 가시겠어요?"

"그러지요." 그는 담배를 꺼내면서 말했으나 틀림없이 별로 가고 싶지 않은 말투였다.

그녀는 잠자코 의아한 눈으로 그를 보았다. 그는 마음에 걸렸다. '틀림없이 이건 실례야. 남의 집에 찾아와서 사람들을 언짢게 만들다니.' 그는 반성하고 애써 웃는 얼굴을 지으며 공작 부인께서 괜찮으시다면 기꺼이 가 뵙겠다고 말했다.

"그럼요, 괜찮으시고말고요. 어머니도 아마 기뻐하실 거예요. 그 방에서도 담배는 피우실 수 있어요. 이반 이바노비치도 그곳에 있어요."

이 집 여주인 소피야 바실리예브나 공작 부인은 늘 자리에 누워 있는 환자였다. 레이스와 리본으로 치장하고 벨벳, 금박, 상아, 칠기, 화초 등에 둘러싸여 손님이 있어도 일어나지 않고, 그녀의 말에 따르면 이른바 '친한 친구', 즉 어딘지 보통 사람보다 뛰어난 사람들만 만났다. 네흘류도프도 이 친한 친구들 중의 한 사람으로 대우받고 있었는데, 그것은 그가 총명한 젊은이로 여겨지고 있다는 것과 그의 어머니가 이 집안과 친한 사이였다는 것, 그리고 미시가 그와 결혼하는 것을 바람직스럽게 여기기 때문이었다.

소피야 바실리예브나 공작 부인의 방은 큰 응접실과 작은 응접실을 지나 안쪽에 있었다. 큰 응접실에 들어가더니 네흘류도프의 앞장을 섰던 미시가 걸음을 멈추고 작은 금박 의자 등받이를 잡으면서 물끄러미 그를 바라보았다.

미시는 그와의 결혼을 몹시 바라고 있었고 또 네흘류도프라면 어울리는 배필이었다. 게다가 그녀는 그를 좋아하고 있었기 때문에 그가 자기 것이 되리라고 생각해왔다. 그녀가 그의 것이 되는 것이 아니라 그가 그녀의 것이 되는 것이다. 그녀는 이 생각에 젖어서 정신병자에게 흔히 볼 수 있듯 무의식중에 집요하고 교묘한 지혜를 써서 목적을 달성해나갔던 것이다. 지금도 그녀는 그의 본심을 털어놓게 하려는 생각에서 슬쩍 말을 걸었다.

"무슨 일이 있었던 것 같아요. 무슨 일이세요?"

그는 법정에서 카튜사와의 우연한 만남을 생각하고 눈살을 찌푸리며 얼굴을 붉혔다.

"네, 있었습니다." 그는 정직하려고 애쓰면서 말했다.

"기묘하고도 야릇한, 그리고 중대한 사건입니다."

"무슨 일인데요? 상관없으시면 얘기해주시지 않겠어요?"

"지금은 말할 수 없습니다. 용서하십시오. 그 일의 의미가 아직도 내 머릿속에서 제대로 정리되지 않고 있습니다."

그는 차츰 더 얼굴을 붉혔다.

"그럼 저한테도 얘기해주시지 않겠다는 말씀이군요?" 그녀는 얼굴 근육이 꿈틀하더니 손을 얹고 있던 의자를 움직였다.

"네, 지금은 아직." 그는 대답했다. 이 대답이 정말 자기에게 어떤 중요한 일이 일어난 것을 스스로에게 대답한 것이나 다름없다고 그는 느꼈다.

"그러세요? 그럼 가세요."

그녀는 쓸데없는 생각을 털어버리려는 듯 머리를 한 번 흔들고는 여느 때보다 빠른 걸음으로 앞서 걷기 시작했다.

그녀가 눈물을 참기 위해 억지로 입술을 꼭 다문 것같이 여겨졌다. 그는 그녀를 슬프게 한 것이 마음에 걸렸다. 그러나 조금이라도 약한 마음을 갖는다면 자기 자신이 파멸하게 된다는, 즉 그녀에게 얽매여버린다는 것을 그는 알고 있었다. 지금은 그것이 무엇보다도 두려웠다. 그래서 그는 말없이 그녀를 따라 부인의 방으로 갔다.

27

소피야 바실리예브나 공작 부인은 그때 막 정성껏 만들어진 영양가 높은 식사를 끝마친 후였다. 부인은 이 볼썽사나운 꼴을 아무에게도 보이기 싫어 언제나 혼자 식사했다. 긴 의자 머리맡의 작은 탁자에 커피 잔이 놓여 있었고, 부인은 가느다란 옥수수 엽궐련 파치토스를 피우고 있었다. 소피야 바실리예브나 공작 부인은 키가 크고 호리호리한 몸매에 검은 머리를 젊어 보이게 꾸미고, 긴 의치와 크고도 까만 눈을 하고 있었다.

지금 항간에는 부인과 의사와의 사이에 좋지 않은 소문이 나돌고 있었다. 네흘류도프는 여느 때는 그런 것을 잊고 있었으나, 오늘은 그것이 생각났을 뿐 아니라 기름을 발라 번질번질한 턱수염을 좌우로 갈라 붙이고 부인 곁에 앉아 있는 의사를 보니 견딜 수 없이 혐오감이 일어났다.

머리맡 작은 탁자 앞에 있는 낮고 푹신한 안락의자에 콜로소프가 앉아서 커피를 젓고 있었다. 작은 탁자 위에는 리큐어 술잔이 한 개 놓여 있었다.

미시는 네흘류도프와 함께 어머니한테 갔으나 방에 머물지는 않았다. "어머니가 피로해서 싫어하는 기색을 보이시거든 저한테 오세요." 미시는 그들 사이에 아무 일도 없었다는 듯이 말하고, 콜로소프와 네흘류도프에게 쾌활하게 미소를 지으면서 두꺼운 양탄자 위를 사뿐사뿐 밟고 방에서 나갔다.

"어서 와요. 자, 앉아서 이야기나 해주세요." 부인은 진짜와 혼동될 만큼 교묘하게 해 넣은 아름다운 긴 의치를 보이면서 마음에도 없는 부자연스러운 미소를 띠고 말했다. "얘기를 들으니까 몹시 우울한 기분으로 법원에서 돌아오셨다면서요? 그럴 거예요. 그런 일은 인정이 있는 분에게는 퍽 괴로운 일일 테니까." 부인은 프랑스어로 말했다.

"네, 그렇습니다." 네흘류도프는 대답했다. "줄곧 나 자신의 부덕이…… 아니, 나는 남을 재판할 자격이 없다는 생각이 자꾸만 들어서……."

"정말 그럴 거예요." 부인은 언제나처럼 교묘하게 그의 마음을 간질이면서 그의 말의 진실성에 감동한 듯 말했다. "그런데 그림은 그 뒤에 어떻게 되었나요? 나는 무척 흥미를 가지고 있어요." 하고 부인은 덧붙였다. "내가 몸만 이렇지 않았더라면 벌써 보러 갔을 텐데."

"그건 모두 그만뒀습니다." 네흘류도프는 무뚝뚝하게 대답했다. 지금의 그에게는 부인의 아첨이 숨기려고 애쓰고 있는 나이처럼 다 들여다보이는 것만 같았다. 그는 상냥하게 대하려고 애써도 도저히 그럴 수가 없었다.

"저런 아까워라! 당신에겐 좋은 소질이 있다고 레핀 씨도 나한테 말해주었는데." 부인은 콜로소프 쪽으로 얼굴을 돌리고 말했다.

'어쩌면 저렇게 낯빛도 바꾸지 않은 채 거짓말을 할 수 있을까?' 네흘류도프는 얼굴을 찡그리며 생각했다.

네흘류도프의 기분이 좋지 않아 즐겁고 지적인 대화로 끌어들일 수 없다는 것을 눈치챈 부인은 콜로소프를 돌아보며 새 희곡에 대한 그의 의견을 물었다. 마치 콜로소프의 의견이야말로 모든 의문을 해결해주고 그 한마디 한마디가 틀림없는 평가를 내려줄 것이라고 기대하는 듯한 말투였다. 콜로소프는 그 희곡을 혹평하고는 덧붙여서 자기의 예술에 관한 견해를 큰 소리로 말했다. 부인은 그의 비평이 정확한 데 감탄하면서 그 희곡작가에 대해 훌륭한 점을 늘어놓다가는 곧 항복하여 절충설을 내놓는 등 갈팡질팡했다. 네흘류도프는 이 두 사람을 보며 이야기를 듣고 있었으나 눈과 귀에 보이고 들리는 것은 눈앞에 펼쳐진 것과는 전혀 다른 것이었다.

부인과 콜로소프의 이야기를 번갈아 들으면서 네흘류도프가 느낀 것은 이랬다. 첫째로 부인이나 콜로소프에게 희곡 따위는 정말 아무래도 좋았고 이야기 상대가 누구든 상관없었다. 이야기하는 것은 단지 식사 뒤에 혀와 목의 근육을 움직이는 생리적 욕구를 채우기 위한 운동이었다. 둘째는 콜로소프는 보드카와 포도주와 리큐어를 마셔서 약간 취해 있었다. 그것도 어쩌다 마시게 된 남자가 취한 정도가 아니라 언제나 술을 마시는 사람의 취기여서 다리도 비틀거리지 않고 주정도 하지 않았지만 정상은 아니었으며, 들뜨고 대담해져 있었다. 셋째로 부인이 이야기하는 사이사이에 불안스레 자꾸만 창문을 바라보는 것을 네흘류도프는 깨달았다. 그것은 창문으로 비쳐 드는 석양빛이 서서히 부인에게까지 닿아 얼굴의 주름을 무참하게 드러낼까 걱정스러웠기 때문이었다.

"정말 그래요." 부인은 콜로소프의 어떤 말에 아무 생각 없이 그저 감탄해놓고는 안락의자 옆 벽에 달려 있는 초인종 단추를 눌렀다.

그러자 의사가 일어나 마치 이 집 가족처럼 아무 말도 하지 않고 방을 나갔다. 부인은 눈으로 그를 지켜보면서 이야기를 계속했다.

"필리프, 저 커튼을 좀 내려다오." 벨 소리를 듣고 그 잘생긴 급사가 들어오자 부인은 눈으로 창문 커튼을 가리키며 말했다.

"아녜요. 뭐라고 말씀하셔도 거기에는 신비로운 것이 있어요. 신비로운 것이 없으면 시가 없거든요." 까만 한쪽 눈으로 커튼을 내리는 급사의 동작을 답답한 듯 바라보면서 부인이 말했다.

"시 없는 신비주의란 미신이고 신비주의 없는 시는 산문이에요." 부인은 커튼 주름을 만지고 있는 급사에게 눈을 떼지 않고 서글프게 웃으면서 말했다. "필리프, 그 커튼이 아니야. 큰 창문 쪽이야." 이런 것까지 일일이 말해야 하는 자기 자신이 불쌍하다는 듯 부인은 쓸쓸하게 말했다. 그리고 곧 마음의 괴로움을 풀기 위해 값진 반지를 잔뜩 낀 손으로 향긋한 연기를 내고 있는 담배를 입으로 가져갔다.

가슴팍이 넓고 늠름한 체격의 필리프는 사죄하듯 가볍게 머리를 숙이고는 장딴지가 팽팽한 힘센 다리로 조심스럽게 양탄자를 밟으며 묵묵히 다른 창문 앞으로 걸어가, 주의 깊게 부인의 얼굴을 지켜보면서 한 줄기의 빛도 그 얼굴에 비치지 않게끔 커튼을 조절하기 시작했다. 그러나 역시 제대로 되지 않자 짜증이 난 부인은 신비주의에 대한 이야기를 멈추고 자기를 무자비하게 괴롭히는 눈치 없는 필리프에게 다시 일을 시키지 않으면 안 되었다. 순간 필리프의 눈이 번득였다.

'어떻게 하란 말이야, 이 빌어먹을 할망구야 똑똑히 말해……. 아마 속으로 이렇게 소리치고 있겠지.' 아까부터 쭉 지켜보고 있던 네흘류도프는 문득 이렇게 생각했다. 그러나 잘생기고 힘이 센 필리프는 화가 치미는 것을 꾹 참으면서 지치고 힘없는, 온몸이 겉치레 일색인 부인이 시키는 대로 얌전히 다시 조절하기 시작했다.

"그야 물론 다윈의 학설에는 상당한 진리가 있습니다."

콜로소프는 낮은 의자에서 몸을 일으켜 게슴츠레 풀린 눈으로 소피야 바실리예브나 공작 부인을 바라보면서 말했다.

"하지만 그 사람은 좀 지나친 데가 있어요. 정말이에요."

"어때요, 당신은 유전설을 믿으시나요?" 네흘류도프가 잠자코 있어 갑갑함을 느꼈는지 부인이 물었다.

"유전 말씀입니까?" 네흘류도프는 되물었다. "아니요, 믿지 않습니다." 왠지 모르게 그때 그의 머릿속에 그려진 묘한 형상에 온통 마음을 빼앗겨서 그는 생각 없이 말했다. 그림의 모델로 삼고 싶을 만큼 늠름한 체격의 잘생긴 필리프와 나란히, 수박처럼 배가 불룩하고 대머리인 데다 채찍 같은 힘줄투성이의 손을 가진 콜로소프의 나체를 그려보았던 것이다. 지금은 또 비단과 벨벳에 감추어진 부인의 어깨도, 실지로 이럴 것이라는 모습으로 그의 상상 속에 떠올랐다. 그러나 그 모습이 너무나 끔찍해 그는 털어버리려고 애썼다.

부인은 알 수 없다는 듯이 그를 바라보았다.

"자, 미시가 기다리고 있을 거예요." 부인이 말했다.

"가보세요. 그리그의 새 곡을 들려드리겠다고 했으니까……. 아주 좋은 곡이랍니다."

'그녀는 피아노를 치고 싶다는 말은 하지도 않았다. 이 여자는 무슨 생각으로 거짓말만 하고 있지?' 네흘류도프는 일어나, 반지로 꾸민 뼈가 앙상하고 투명한 부인의 손을 잡으며 생각했다.

응접실에서 카테리나 알렉세예브나가 그를 보고 곧 말을 건넸다.

"아무튼 배심원의 임무가 퍽 고달팠던 모양이군요."

"네, 용서하십시오. 오늘은 왠지 기분이 우울해져서 견딜 수가 없습니다. 남까지 불쾌하게 해드릴 권리도 없고요." 네흘류도프는 말했다.

"왜 그러시죠?"

"제발 그건 묻지 말아 주십시오." 그는 모자를 찾으면서 말했다.

"하지만 기억하세요? 언제나 진실을 말하지 않으면 안 된다고 공작님이 말씀하신 것을. 그리고 그때 저희들에게 그야말로 가혹한 진실을 말씀해주셨어요. 그런데 어째서 오늘은 말씀하시지 않는 거예요? 기억하지, 미시?" 카테리나 알렉세예브나는 두 사람에게 다가온 미시에게 물었다.

"그것은 농담이었으니까요." 네흘류도프는 진지하게 말했다. "농담이라면 할 수 있지요. 하지만 현실에서 우리는, 아니 나는 너무나 추악하기 때문에……. 적어도 나는 진실을 말할 수가 없도록 그렇게 추악하다는 거죠."

"솔직히 우리의 어디가 그렇게도 추악한지 가르쳐주세요." 그녀는 네흘류도프의 심각한 말투를 깨닫지 못했는지 우스갯소리로 말했다.

"자신의 불쾌함을 인정하는 것만큼 나쁜 일은 없어요." 미시가 말했다. "나는 결코 그런 것을 자인하지 않아요. 그래서 언제나 기분 좋게 있을 수 있는 거예요. 자, 제 방으로 가세요. 우리가 공작님의 불쾌함을 쫓아드리겠어요."

네흘류도프는 마치 말에 재갈을 물리고 마차에 매기 전 주인이 목덜미를 토닥거려줄 때 말이 경험하는 것 같은 그런 기분을 느꼈다. 오늘 그는 유별나게 여느 때보다도 더 그런 마차를 끌 기분이 나지 않았다. 그는 집에 볼일이 있다면서 사과하고 작별 인사를 했다. 미시는 평소보다 오랫동안 그의 손을 잡고 놓지 않았다.

"공작님한테 소중한 것은 친한 친구한테도 소중하다는 것을 잊지 마세요." 그녀는 말했다. "내일 오시겠어요?"

"글쎄요." 네흘류도프는 말했다. 그리고 자기에 대해서인지 아니면 그녀에 대해서인지 모르는 부끄러움이 느껴져 얼굴을 붉히면서 재빨리 밖으로 나갔다.

"웬일일까? 아무래도 수상한데요." 네흘류도프가 떠나자 카테리나 알렉세예브나가 말했다. "꼭 알아내야지. 틀림없이 무슨 자존심 상하는 일이 있었나 봐. 금방 흥분하는 분이니까."

'그보다도 불결한 연애가 얽힌 일인가 봐.'라고 미시는 말하고 싶었으나 입 밖에 내지 않았다. 그녀는 네흘류도프를 볼 때와는 전혀 다른 침울하게 가라앉은 얼굴로 허탈하게 앞쪽을 바라보고 있었다. 그녀는 카테리나 알렉세예브나에게조차도 이런 상스러운 농담은 하지 못하고 그저 이렇게만 말했을 뿐이었다.

"누구에게나 기분 나쁜 날도 있고 좋은 날도 있는 법이니까요."

'그이도 나를 속이나?' 하고 그녀는 문득 생각했다. '이렇게까지 됐는데도 그렇게 한다면 그이를 용납할 수 없어.'

'이렇게까지 됐는데도'라는 말이 어떤 의미를 갖고 있는지 설명해야 한다면 미시는 한마디도 또렷하게 말하지 못했을 것이다. 그러나 그녀는 그가 그녀의 가슴에 희망을 불러일으켰을 뿐 아니라 이제는 그녀에게 앞날을 약속한 것이나 다름없다는 것을 조금도 의심치 않았다. 그것은 모두 뚜렷한 형체를 취한 것이 아니라 눈길, 미소, 암시, 소리 없는 말에 지나지 않았다. 그러나 그녀는 그를 자기 것으로 생각하고 있었으며 그를 잃는다는 것은 더없이 괴로운 일이었다.

28

'부끄럽고 더러운 일이다. 더럽고 부끄러운 일이다.' 네흘류도프는 집을 향해 늘 다니는 거리를 걸어가면서 이렇게 생각했다. 미시와의 이야기에서 느낀 답답함이 그의 가슴에서 떠나지 않았다. 만약 이런 표현이 허용된다면, 형식적으로는 자기가 그녀에게 아무 잘못도 저지르지 않았다는 것을 그는 알고 있었다. 자기가 속박당할 말은 그녀에게 한마디도 하지 않았고 그녀에게 청혼한 것도 아니었다. 그러나 실질적으로는 자기를 그녀에게 연결시켰고 약속한 것이나 마찬가지였다. 그런데 지금 그는 자기가 그녀와 결혼할 처지가 못 된다는 것을 뼈저리게 느꼈다. '부끄럽고 더러운 일이다. 더럽고 부끄러운 일이다.' 그는 미시와의 관계뿐만 아니라 자기의 모든 것이 그렇다고 느끼면서 마음속으로 같은 말만 되풀이했다. "모든 것이 지저분하고 부끄럽다." 자기 집 현관에 들어서면서도 그는 이렇게 중얼거렸다.

"저녁은 안 먹겠어." 그는 식당으로 따라 들어온 코르네이에게 말했다. 식탁에는 그릇이 놓여 있고 차가 준비되어 있었다. "물러가도 좋아."

"네." 코르네이는 말했으나 물러가지 않고 식탁을 치우기 시작했다. 그런 코르네이를 보고 있으려니 슬며시 화가 치밀었다. 아무 말 말고 내버려 두면 좋으련만 사람들이 일부러 심술궂게 자기만 따라다니는 것처럼 여겨졌다. 코르네이가 그릇을 들고 나가기를 기다렸다가 네흘류도프는 차를 따르려고 사모바르가 있는 데로 갔다. 그때 아그라페나 페트로브나의 발소리가 들려, 그는 그녀를 만나지 않으려고 얼른 응접실로 들어가 문을 잠갔다.

응접실은 석 달 전에 그의 어머니가 숨을 거둔 곳이었다. 두 개의 램프가 하나는 아버지의 초상 앞에, 또 하나는 어머니의 초상 앞에 비치고 있는 이 방에 들어서자, 그는 어머니에 대한 자기의 마지막 태도가 생각났다. 그 태도는 부자연스럽고 언짢은 것이었다. 그것도 부끄럽고 더러웠다. 어머니의 병세가 절망적이었을 때 그는 진심으로 어머니의 죽음을 바랐다. 어머니를 고통에서 벗어나게 해주기 위해서라고 스스로에게 말하고 있었지만, 사실은 자기가 어머니의 고통을 보는 것에서 벗어나고 싶기 때문이었다.

그는 어머니에 대한 좋은 추억을 되살려보려고 유명한 화가에게서 5천 루블을 주고 그렸던 어머니의 초상화를 물끄러미 바라보았다. 그것은 가슴이 움푹 팬 까만 벨벳 옷을 입은 모습을 그린 것이었다. 화가는 틀림없이 가슴과 두 유방 사이의 움푹한 곳과 눈부시도록 흰 어깨, 그리고 목을 특히 공들여서 그린 모양이었다. 이것은 정말 창피스럽고 정나미 떨어지는 일이었다. 반나체 미녀로 그려진 이 어머니의 모습에는 혐오감을 불러일으키는 모욕적인 것이 있었다.

더구나 바로 이 방에서 석 달 전 어머니가 미라처럼 앙상하게 누워서 이 방뿐 아니라 온 집 안에 참을 수 없는 답답한 죽음의 악취를 뿜고 있었다고 생각하니, 그림이 차츰 더 혐오스럽게 느껴졌다. 그는 지금도 그 죽음의 냄새를 맡을 수 있었다. 그러자 죽기 전날 어머니가 뼈와 가죽만 남은 거무스름한 손으로 그의 희고 억센 손을 잡고 물끄러미 그의 눈을 쳐다보면서 "미탸, 내가 한 일에 잘못이 있었더라도 나를 책망하지 말아다오." 하며 병고에 시든 눈에 눈물을 글썽이던 모습이 생각났다. '아, 추악하구나!' 그는 풍만하고 대리석 같은 어깨와 팔을 내놓고 자랑스러운 미소를 띤 반나체의 여인을 물끄러미 바라보면서 다시 중얼거렸다.

초상화에 그려져 있는 드러난 가슴은 며칠 전 그가 똑같은 모양으로 본 일이 있는 어느 젊은 여자를 떠올리게 했다. 그 여자는 바로 무도회에 갈 야회복을 보여주고 싶다는 구실로 밤에 그를 집에 초대한 미시였다. 그는 혐오감을 느끼면서 그녀의 요염한 어깨와 팔을 생각했다. 그리고 그처럼 지난날 잔인하고 거칠고 동물적이었던 그녀의 아버지와, 좋지 못한 소문을 퍼뜨리며 '아름다운 정신'이라고 빈정대서 불리는 그녀의 어머니, 이 모든 것이 메스껍고 부끄럽게 여겨졌다. '부끄럽고 더럽다. 더럽고 부끄럽다.'

'아니다, 벗어나야 한다. 코르차긴 집안과 마리야 바실리예브나와 유산과 그 밖의 모든 것과, 이 모든 거짓된 관계에서 해방되어야 한다. 그리고 자유로이 편하게 숨 쉬어야 한다. 외국으로 가자……. 로마로, 그리고 그림에 빠져보자…….' 그는 자기 재능에 대한 회의가 생각났다. '그래, 아무래도 좋아. 자유로이 숨만 쉴 수 있다면. 먼저 콘스탄티노플로 가자. 그리고 나서 로마로 가야지. 되도록 빨리 배심원의 의무에서 벗어나야 한다. 그러려면 변호사와 이 문제를 처리해야겠지.'

이때 갑자기 그의 머릿속에 사시의 까맣게 빛나는 눈을 가진 여죄수의 모습이 너무나도 선명하게 떠올랐다. 피고로서 마지막 발언이 허락되었을 때 얼마나 비통하게 울며 쓰러졌던가! 그는 얼른 그 모습을 지워버리려고 다 태운 담배를 재떨이에 비벼 끄고는, 곧 새 담배에 불을 붙여 물고 방 안을 왔다 갔다 하기 시작했다. 그러자 그녀와 함께 지냈던 여러 가지 일들이 차례차례 그의 뇌리에 되살아났다. 그녀와의 마지막 밀회 때 그를 사로잡았던 동물적인 욕정, 그리고 그것이 채워졌을 때 그를 엄습했던 환멸이 생각났다. 하얀 옷과 파란 리본이 생각났다. 부활절 때의 일이 생각났다.

'나는 그날 밤에 그녀를 사랑하고 있었다. 아름답고 깨끗한 애정으로 그녀를 사랑했던 것이다. 훨씬 전부터, 그렇지, 고모네 집에 가서 논문을 쓸 때부터 벌써 그 여자를 사랑했었다.' 그러자 그 무렵의 자신이 생각났다. 그리고 싱싱하고 상쾌했던 생명의 충일감이 그의 마음속에 다시 스며들었다. 그는 쓸쓸한 생각으로 가슴이 꽉 메워지는 기분이었다.

당시의 자기와 현재의 자기와의 사이에는 커다란 차이가 있었다. 그 차이는 성당에서 기도하고 있던 그때의 카튜샤와 오늘 재판을 받은, 장사꾼을 상대로 술을 진탕 마시는 매춘부 카튜사와의 차이보다 그저 않다 하더라도 그리 다를 것이 없었다. 그 무렵의 그는 발랄하고 자유로운 인간이었고 나아갈 길에 끝없는 가능성이 열려 있었다. 그런데 지금의 그는 어리석고 공허하고 목적도 없는 하찮은 인생의 굴레를 덮어쓴 채 거기서 빠져나갈 구멍도 찾지 못했고 빠져나가려는 생각도 거의 하지 않았다. 그는 지난날의 자기가 곧은 마음을 자랑으로 삼았고 언제나 진실을 말하는 것을 신조로 삼았으며 실지로 성실했다고 생각했다. 그러나 지금은 모두가 허위로 둘러싸여 있었다. 그것은 가장 무서운 허위, 주위의 모든 사람들 눈에는 진실로 보이는 허위였다. 이 허위에서 빠져나갈 구멍은 없었다. 적어도 그의 눈에는 이것이 보이지 않았다. 더욱이 그는 그 속에 흠뻑 빠져 익숙해졌으며 그 속에서 안일하게 지내고 있었다.

'마리야 바실리예브나와 그 남편과의 관계를 그들과 아이들 앞에서 부끄럽지 않게 해결하려면 어떻게 하면 좋을까? 거짓 없이 미시와의 사이를 깨끗이 끝내려면 어떻게 하면 좋을까? 토지 사유가 불법이라고 인정하면서도 어머니의 유산을 차지하고 있는 모순으로부터 어떻게 빠져나가면 좋을까? 카튜샤에 대한 죄를 보상할 수 있을까? 이것을 이대로 버려둘 수는 없다. 사랑하던 여인을 버리고 변호사에게 돈을 주어 억울하게 과해진 유형으로부터 그 여자를 구해주는 것만으로 할 일을 했다고 생각할 수는 없다. 그때 그녀에게 돈을 주어 할 일을 다했다고 생각했듯이 돈으로 속죄할 수는 없다!'

그러자 그는 복도에서 그녀를 붙잡고 억지로 돈을 쥐여주고 달아났던 일이 생생하게 떠올랐다.

'아, 그 돈!' 그는 당시에 느꼈던 것과 같은 두려움과 혐오감을 느끼면서 그때를 생각했다. "아아! 더럽다, 더러워!" 그는 그때처럼 소리 내어 말했다. "비열한 인간이다. 짐승 같은 인간이다. 그런 짓을 할 수 있는 것은!" 하고 외쳤다. '그렇다면 나는 정말.' 그는 걸음을 멈췄다. '나는 정말 짐승 같은 인간일까? 그렇지 않으면 뭐란 말인가?' 그는 스스로에게 대답했다. '그리고 이것뿐일까?' 그는 자기의 죄를 들추어내기 시작했다. '마리야 바실리예브나와 그 남편에 대한 네 태도는 더럽지 않은가? 비열하지 않은가? 또 재산에 대한 네 태도는 어떤가? 어머니의 유산을 구실로 불법이라 여기는 부를 향유하고 있다. 그리고 아무 일도 하지 않고 먹기만 하는 더러운 너의 생활, 그 가운데서도 가장 더러운 것은 카튜샤에 대한 너의 소행이다. 짐승 같은 인간, 비열한 인간! 사람들이 너를 뭐라고 욕하든 상관없다. 그들은 속일 수 있다. 그러나 너 자신을 속

일 수는 없다.'

그는 문득 그가 요즘 사람들에게 느끼는 혐오가, 특히 오늘 늙은 공작에게, 소피야 바실리예브나에게, 미시에게, 코르네이에게 느낀 혐오가 실은 자기 자신에 대한 혐오였다는 것을 깨달았다. 그런데 이상하게도 자기의 비열함을 스스로 인정하는 이 감정 속에는 무엇인지 고통스러우면서도 마음을 기쁘게 하고 안정시키는 것이 있었다.

네흘류도프의 생활에는 지금까지 몇 번이나 그가 '영혼의 정화'라고 부르는 현상이 나타났다. 그가 영혼의 정화라고 부르는 것은, 상당한 시일이 경과한 후 느닷없이 내면생활의 정체나 정지를 깨닫고서 마음속에 가라앉아 이 정체의 원인이 된 찌꺼기를 말끔히 없애기 시작하는 때의 심경이었다.

그러한 깨달음 후에 반드시 자기의 생활신조를 만들어 영원히 이것을 지킬 것을 결심했다. 일기를 쓰고, 새 생활을 시작해 앞으로는 절대로 배반하지 않으리라 마음먹었다. 그가 스스로에게 타이른 표현을 빌리면 '새로운 페이지'를 넘기는 것이었다. 하지만 언제나 현실 생활의 유혹에 끌려 자기도 모르는 사이에 다시 타락했다. 그리고 전보다 더 깊은 곳으로 굴러떨어지기 일쑤였다.

이렇게 그는 새로운 삶을 살려고 마음먹은 적이 몇 번인가 있었다. 그 첫 번째는 그가 여름방학에 고모 집에 가 있을 때였다. 그것은 가장 생기 넘치고 기쁨에 가득 찬 깨달음이었다. 그리고 그것은 상당히 오래 계속되었다. 다음으로 이 같은 깨달음이 있었던 것은 그가 문관의 일자리를 버리고 목숨을 바칠 각오로 전시의 군대에 입대했을 때였다. 그러나 그때는 녹스는 것이 무척 빨랐다. 그다음의 깨달음은 그가 군대 근무에서 벗어나 외국으로 가서 그림을 공부하기 시작했을 때였다.

그때부터 오늘까지 정화의 기회가 없이 오랜 기간이 흘렀다. 그래도 여태껏 이처럼 진흙투성이가 된 적은 없었다. 양심이 찾고자 하는 것과 현실에서 보내는 생활의 차이가 이처럼 커진 적은 없었다. 그 간격을 느끼자 그는 전율을 느꼈다.

그 간격은 너무 크고 너무나 오염이 심했으므로 처음에 그는 정화의 가능성에 대해 절망했다. '나 자신을 향상시키자. 보다 훌륭한 사람이 되자고 벌써 몇 번이나 시도했지만 결국 아무것도 안 되지 않았나.' 하고 그의 마음속에서 유혹하는 목소리가 들렸다. '그러니 다시 시도해봐야 별수 없다. 너뿐이 아니다, 모두가 다 그렇단 말이다. 그것이 결국 인생인 것이다.' 그러나 오직 하나밖에 없는 영원히 자유로운 정신적인 존재가 이미 네흘류도프의 내부에서 눈뜨고 있었다. 그는 그것을 믿지 않을 수 없었다. 그의 현실과 그가 바라는 모습과의 간격이 아무리 크다고 할지라도, 한번 눈뜬 정신적 존재로서는 모든 것이 가능한 것 같았다.

"어떤 희생을 치르더라도 나를 얽매고 있는 이 허위를 끊자. 그리고 모든 것을 있는 그대로 인정하고 사람들에게 진실을 말하자." 그는 결연히 소리 내어 말했다. "나는 타락한 인간이며 결혼할 자격도 없는데 당신의 마음을 어지럽혀 미안하게 되었다고 미시에게 진실을 말하자. 귀족회장 부인 마리야 바실리예브나에게도 말하자. 아니, 그 여자에게는 아무 할 말이 없지. 그보다도 나는 비열한 사람이며 당신을 속이고 있었다고 그 남편한테 말해야 한다. 진실에 따라 유산도 처분하자. 카튜샤에게도 나는 비열한 남자이며 지금까지 당신한테 지은 죄가 한량없으므로 당신의 운명을 편안하게 해주기 위해 할 수 있는 일은 다하겠다고 떳떳이 말하자. 그렇다, 그녀를 만나자. 그리고 용서를 빌자. 그래, 아이들이 사과하듯이 용서를 빌자." 그는 멈춰 섰다. "만약 필요하다면 그 사람과 결혼하자!"

그는 어릴 때 하던 것처럼 두 손을 가슴에 포개고 하늘을 우러르며 말했다.

"주여, 저를 구하소서. 저를 가르쳐주소서. 제 가슴속에 들어오셔서 저의 더러움을 씻어주소서!"

그는 기도했다. 신에게 구원을 청했다. 자기 몸에 깃들어 더러움을 씻어달라고 빌었다. 이때 이미 그가 바란 것은 이루어져 있었다. 그의 내부에 잠들어 있던 신이 그의 의식 속에서 눈을 뜬 것이다. 그는 자기 내부에서 신이 눈뜬 것을 느꼈다. 그렇기 때문에 자유와 용기와 삶의 기쁨을 느꼈을 뿐 아니라 선의 힘을 뚜렷이 느꼈다. 그는 지금 사람이 할 수 있는 가장 선한 일은 어떤 일이든지 다 할 수 있는 자신을 느꼈다. 그가 자기 자신에게 이렇게 말했을 때, 그의 눈에서 눈물이 흘러내렸다. 그것은 선한 눈물이기도 하고 악한 눈물이기도 했다. 선한 눈물이라 함은 지난 몇 해 동안 그의 마음속에 깊이 잠들어 있던 정신적 인격의 각성에 대한 기쁨의 눈물이기 때문이었고, 악한 눈물이라 함은 그것이 자기 본래의 미덕에 대한 감동의 눈물이기 때문이었다.

그는 몸이 뜨거워짐을 느꼈다. 창가로 다가가 창문을 열었다. 창은 뜰을 향하고 있었다. 달이 밝은 고요한 밤이었다. 마차가 거리를 큰 소리 내며 지나간 뒤, 거리는 다시 쥐 죽은 듯이 조용해졌다. 창문 바로 밑에 키가 크고 앙상한 포플러 나무 그림자가 보였다. 갈라진 가지의 그림자 하나하나가 깨끗이 비질이 된 뜰 위에 뚜렷이 비치고 있었다. 왼편에는 헛간 지붕이 밝은 지붕에 젖어서 하얗게 드러났으며, 앞쪽에는 나뭇가지들이 뒤엉켜 있는 사이로 담장 그림자가 시커멓게 비쳐 보였다. 네흘류도프는 달빛에 비친 뜰과 지붕과 포플러 나무 그림자를 바라보았다. 그리고 마음을 씻어주는 상쾌한 공기를 들이켰다.

"멋있다! 참으로 멋있다! 오, 어쩌면 이렇게도 기분이 좋을까!" 그는 자기 마음속에 일어난 변화를 이렇게 표현했다.

29

카튜샤는 저녁 6시가 되어서야 겨우 자기 감방으로 돌아왔다. 평소에는 걷지 않던 다리로 15킬로미터나 되는 돌길을 걸어왔으므로 지칠 대로 지쳐 발이 아팠을 뿐 아니라, 뜻밖에도 가혹한 선고를 받아 맥이 풀렸으며 무엇보다도 배가 고팠다.

휴식 시간에 법원경위들이 그녀 옆에서 빵과 삶은 달걀을 먹기 시작했을 때 그녀는 입안에 침이 가득 괴고 배고픔을 느꼈으나 그들에게 구걸하는 것은 치사한 일이라고 생각했다. 그리고 다시 3시간이 지나자 그녀는 먹고 싶은 생각도 없어지고 그저 피로감만 느낄 뿐이었다. 그런 상태에서 뜻밖의 선고를 들었다. 처음 한순간 그녀는 자기가 잘못 들은 줄 알았다. 자기 귀로 들은 것이 도저히 믿어지지 않았고 유형수라는 관념을 자기와 결부할 수 없었다. 그러나 이 선고를 아주 당연한 것으로 받아들이는 재판관들과 배심원들의 침착하고 사무적인 표정을 보자, 그녀는 그만 분통이 터져서 법정 안이 떠나가도록 자기는 죄가 없다고 고함을 쳤다. 그리고 자기의 고함 역시 예측된 것이며 판결을 바꿀 만한 힘이 없다는 것을 알자, 자기에게 가해진 이 잔인한 부정에 굴복할 수밖에 없음을 깨달아 울음을 터뜨리고 말았다.

특히 그녀를 놀라게 한 것은 자기에게 이런 잔인한 판결을 내린 것이 남자, 그것도 늙은이가 아니라 젊은 사나이들, 더구나 자기를 호기심으로 바라보던 남자들이라는 점이었다. 단 한 사람, 검사보만은 아주 다른 기질임을 그녀도 알아차릴 수 있었다. 그녀가 개정을 기다리며 죄수실에서 대기하고 있었을 때도 휴식 시간에도, 이 남자들은 무슨 볼일이라도 있는 것처럼 문 앞을 지나가기도 하고 방 안에 들어오기도 했는데, 사실은 그저 그녀를 보기 위해서 그랬던 것이었다. 이런 남자들이 무엇 때문인지 갑자기 그녀에게 징역형을 선고했다. 더욱이 그녀는 그 범행에 대해서는 아무런 죄도 없지 않은가. 그녀는 울었다. 그러나 얼마 뒤에는 눈물을 거두고 아주 넋을 잃은 사람처럼 죄수석에서 호송을 기다리며 앉아 있었다.

그녀가 지금 바라는 것은 오직 한 가지, 담배를 피우는 것뿐이었다. 그녀가 이런 상태일 때, 보치코바와 카르틴킨이 들어왔다. 두 사람은 선고를 받은 다음 같은 죄수실로 끌려왔던 것이다. 보치코바는 느닷없이 카튜샤에게 욕을 퍼부어대면서 유형수라고 불렀다.

"좋아, 기분이 어떠냐? 어차피 빠져나갈 수 없단 말이야, 이 더러운 년아! 제 잘못으로 그렇게 되었으니 할 수 없는 노릇이지."

카튜샤는 두 손을 죄수복 소매에 쑤셔 넣고 앉아 고개를 푹 숙이고 두어 걸음 앞의 마룻바닥을 바라보면서 다만 이렇게 말할 뿐이었다.

"나는 당신 일에 참견하지 않잖아요. 당신도 내 일에 참견하지 마요. 나는 아무 말도 하지 않잖아요." 그녀는 두 번 되풀이하다가 입을 꼭 다물어버렸다. 보치코바와 카르틴킨이 끌려 나간 뒤 간수가 들어와 3루블의 돈을 그녀에게 주었을 때 그제야 그녀는 기운을 약간 차렸다.

"네가 마슬로바냐? 자, 이것 받아. 어떤 부인이 보내주는 기야." 간수는 돈을 주며 말했다.

"어떤 부인이신데요?"

"잔말 말고 받아둬라. 너희들하고 얘기하고 있을 시간 없다."

이 돈은 유곽 주인 키타예바가 보내준 것이었다. 법원에서 돌아오는 길에 그녀는 경위를 붙잡고 마슬로바에게 돈을 좀 전해줄 수 없겠느냐고 물어보았다. 경위는 문제없다고 대답했다. 이렇게 허락을 얻자 단추가 세 개 달린 양가죽 장갑을 벗고 통통한 흰 손으로 비단 치마 뒷주머니에서 요즘 크게 유행하는 지갑을 꺼내어, 벌어둔 공채에서 갓 끊어 온 듯싶은 꽤 많은 이자표 가운데에서 2루블 50코페이카짜리 한 장을 골라내고 20코페이카짜리 두 장과 10코페이카짜리 은화 한 닢을 더 보태어 경위에게 주었다. 경위는 간수를 불러 그녀가 보는 데서 이 돈을 간수에게 주었다.

"꼭 좀 전해주세요." 키타예바는 간수에게 말했다.

간수는 자기를 믿지 않는 말투에 화가 나 화풀이로 카튜샤에게 퉁명스럽게 대했다. 카튜샤는 돈을 보자 매우 기뻤다. 왜냐하면 그 돈은 지금 그녀가 가지고 있는 유일한 소망을 풀어줄 수 있기 때문이었다.

'어떻게 해서든지 담배를 한 대 피웠으면.' 그녀는 속으로 생각했다. 지금 그녀의 온 신경은 오직 담배 한 대를 피우는 데에만 집중되어 있었다. 못 견디게 담배가 피우고 싶어 다른 방으로부터 복도로 흘러나오는 담배 냄새를 맡았을 때 그 공기를 마구 들이켰다. 그러나 그녀는 다시 오랫동안 기다려야 했다. 그녀를 돌려보내야 할 서기가 피고의 일은 잊어버리고 변호사 한 사람과 금지된 논문에 관해 이야기하느라 정신이 없었으며, 그러다가 마침내 논쟁까지 벌였기 때문이었다.

이윽고 5시가 넘어서야 호송 허가가 내려져 니즈니노브고로드 출신과 추바시 출신의 두 호위병이 법원 뒷문으로 그녀를 끌고 나왔다. 법원 정문을 나서기도 전에 그녀는 20코페이카를 주면서 빵 두 개와 담배를 사달라고 부탁했다. 추바시 사람은 웃으면서 돈을 받더니 "그래, 사다주지." 하고 말했다. 그리고 정직하게 담배와 빵을 사 왔으며 거스름돈까지 내주었다. 걸어가면서 피울 수는 없었으므로 카튜샤는 여전히 담배를 피우고 싶은 소망을 품은 채 감옥으로 돌아왔다. 그녀가 정문 앞까지 왔을 때 기차에 실려 온 백 명쯤 되는 새로운 죄수가 도착했다. 문을 들어설 때 그녀는 이 대열과 만났다.

죄수들은—턱수염을 기른 자, 수염을 깎은 자, 늙은이, 젊은이, 러시아인, 외국인, 그중에는 머리를 반만 깎은 자도 있었다—차꼬를 철거덕거리면서 먼지와 시끄러운 발소리와 말소리와 코를 찌르는 땀 냄새로 통로를 가득 메웠다. 카튜샤 곁을 지날 때 죄수들은 모두 굶주린 눈으로 힐끔힐끔 그녀를 쳐다보았다. 그중에는 욕정에 일그러진 얼굴로 다가와서 만져보는 자도 있었다.

"야, 미인인데!" 죄수 하나가 말했다.

"아가씨, 잘 있었어?" 또 하나가 한쪽 눈을 찡긋하면서 말했다. 뒷머리를 파랗게 밀고 가무잡잡한 얼굴에 콧수염만 남긴 사나이가 차꼬를 철거덕거리면서 달려들어 그녀를 껴안았다.

"아니, 옛 애인을 몰라본단 말이야! 시치미 떼지 말라고." 카튜샤가 떠다밀자 그는 이를 드러내고 눈을 번들거리면서 소리쳤다.

"이 자식, 무슨 짓이야!" 뒤에서 다가온 부소장이 소리쳤다.

죄수는 몸을 움츠리고 얼른 물러섰다. 부소장은 카튜샤에게 다가섰다.

"너는 왜 여기 서 있나?"

카튜샤는 법원에서 지금 막 돌아오는 길이라고 말하고 싶었으나 아주 녹초가 되어 말하기도 귀찮았다.

"법원에서 돌아오는 길입니다." 호송 반장이 지나기는 사람들 틈에서 뛰어나와 경례하며 말했다.

"그럼 빨리 간수장에게 넘겨줘라. 무슨 몹쓸 짓이야!"

"네, 알겠습니다."

"소콜로프! 인수해라." 부소장은 소리쳤다.

간수장이 옆으로 다가와서 화난 듯 카튜샤의 어깨를 툭 치고 고개를 끄덕이더니 여자 감방 복도로 끌고 갔다. 복도에서 그녀의 온몸을 더듬어보고 구석구석까지 검사했으나 아무것도 찾을 수 없자—담뱃갑은 빵 속에 쑤셔 넣었다—오늘 아침에 나온 그 감방으로 다시 밀어 넣었다.

30

카튜샤가 있는 감방은 길이 6미터 30센티미터, 너비 5미터 남짓의 길쭉한 방으로 창문이 두 개 있고 칠이 벗겨진 난로가 하나 툭 튀어나와 있었으며, 결이 갈라진 나무 침대가 늘어 놓여 방의 3분의 2쯤을 차지하고 있었다. 문을 들어선 바로 앞에 꺼멓게 그을린 성상이 놓여 있고 그 앞에 촛불이 하나 타고 있었으며, 먼지투성이인 국화 꽃다발 하나가 걸려 있었다. 문 뒤 왼편으로 바닥이 꺼멓게 더러워진 데가 있었는데 거기에 악취를 풍기는 변기가 놓여 있었다. 지금 막 점호가 끝났으니 여죄수들은 이제 또 아침까지 갇히는 것이었다.

이 감방의 죄수는 열다섯 명으로, 어른이 열두 명이었고 세 명은 아이였다.

아직도 날이 밝았으므로 두 명의 여죄수만 나무 침대에 누워 있을 뿐이었다. 하나는 죄수복을 머리까지 뒤집어쓰고 있었는데 여행증이 없어 붙잡힌 백치 여자로서 언제나 거의 누워만 있었다. 또 하나는 절도범으로 형기가 거의 다 차가는 폐병 환자였다. 그녀는 자는 것이 아니라 그저 누워 있을 뿐이며, 죄수복을 베고 눈을 크게 뜨고는 목에 걸려 그르렁거리는 가래와 기침을 가까스로 참고 있었다. 다른 여자들은 모두 맨머리에 뻣뻣한 삼베 속옷만 입고 있었는데, 나무 침대에 앉아 바느질하는 여자들도 있고 창가에 서서 뜰을 지나가는 남자 죄수들을 지켜보는 여자들도 있었다.

바느질하는 세 여자 가운데 한 사람은 카튜샤를 전송한 노파 코라블료바였다. 그들은 쭈글쭈글한 얼굴을 언제나 침울하게 찡그렸고 턱 밑이 주머니처럼 축 늘어져 있었다. 키가 크고 완고한 이 노파는 관자놀이 언저리의 아마 빛깔 머리털을 짧게 땋아 틀어 올렸고 한쪽 볼에는 털이 송송 난 사마귀가 붙어 있었다. 이 노파는 도끼로 남편을 죽인 죄로 유형 선고를 받고 있었다. 그녀가 남편을 죽인 것은 남편이 그녀가 데리고 간 딸에게 손을 댔기 때문이었다. 이 노파가 감방의 반장이었으며 술을 몰래 팔고 있었다. 그녀는 안경을 쓰고 일감을 펼쳐놓고는 농사일에 익숙한 커다란 손으로 농부들이 하듯 세 손가락으로 바늘을 쥔 다음 바늘끝을 자기 앞쪽으로 향해 잡고 홈질을 하고 있었다.

그 옆에서 눈이 조그맣고 까만, 사람 좋고 수다스러우며 납작코에 거무튀튀한 여자가 역시 범포로 자루를 깁고 있었다. 이 여자는 건널목지기였는데, 기차가 왔을 때 신호등을 들고 나가지 않는 바람에 재수 없게도 사고가 일어나 석 달의 금고형을 받았다.

또 하나 바느질을 하고 있는 여자는 페도샤라고 하는—사람들은 페니치카라고 불렀다—살결이 희고 볼이 빨간, 어린애처럼 맑고 푸른 눈의 귀여운 여자로서, 머리칼을 두 갈래로 땋아 조그만 머리에 칭칭 둘러 감고 있었다. 그녀도 남편을 죽이려던 죄로 복역하고 있었다. 열다섯 살에 시집가서 가자마자 남편을 죽이려 했으나, 보석으로 풀려나 재판을 기다리던 여덟 달 동안에 남편과 화해했을 뿐 아니라 사이가 아주 좋아져서 재판받을 무렵에는 남편과 진심으로 사랑하게 되어 정답게 지내고 있었다. 남편과 시아버지가, 특히 그녀를 사랑한 시어머니가 재판 때 그녀의 무고함을 증명하기 위해 온 힘을 다해서 변호했지만 결국 그녀는 시베리아 유형의 징역형을 언도받고 말았다. 마음씨가 상냥하고 쾌활한, 언제나 미소를 머금고 있는 페도샤의 나무 침대는 카튜샤 옆에 있었고, 또 카튜샤를 사랑했을 뿐 아니라 보살펴주는 것을 자기 책임처럼 생각하고 있었다.

그 밖의 두 여자가 하릴없이 멀거니 나무 침대에 앉아 있었다. 한 사람은 마흔 안팎의 얼굴이 여위고 창백한 여자인데, 지금은 여위었지만 전에는 상당한 미인이었을 것 같았다. 젖먹이를 안고서 희고 축 늘어진 유방을 드러내어 젖을 먹이고 있었다. 그녀의 죄는 이랬다.

그녀의 마을에서 신병이 한 사람 징집되었을 때 농부들이 부당한 처사라고 항의하면서 경관을 밀치고 끌려가는 신병을 가로채버렸는데, 그 사건에 연루되었다. 불법으로 징집된 젊은이의 고모였던 그녀가 신병이 탄 말고삐에 맨 먼저 손을 댔다는 것이었다.

또 한 사람은 마음씨 좋고 주름살투성이이며 온통 머리가 센 데다가 등이 굽은 조그만 노파였다. 이 노파는 벽난로 옆에 있는 걸상에 앉아서, 네 살 남짓 된 배가 불룩한 까까머리 사내아이가 깔깔거리며 내빼는 것을 붙잡는 시늉을 하고 있었다. 셔츠 하나만 걸친 사내아이는 노파 앞을 달려가면서 "용용 죽겠지!" 하고 줄곧 같은 말로 놀리고 있었다. 아들과 함께 방화죄로 몰린 이 노파는 놀랄 만큼 온순하게 복역하면서 오로지 같이 투옥된 아들과 집에 남기고 온 영감을 걱정했는데, 며느리가 달아나 빨래해줄 사람도 없이 이나 끓고 있지 않을까 마음 졸이고 있었다. 이들 일곱 명의 여자 이외에도 나머지 네 명이 단 하나 열려 있는 창문의 쇠창살을 붙잡고 뜰을 지나가는 남자 죄수들과 서로 눈짓을 하기도 하고 소리를 질러대며 이야기를 주고받고 있었다. 그중 절도범으로서 복역 중인 한 여자는 큰 몸집에 살이 축 늘어졌으며, 빨간 머리에다 주근깨투성이의 누르스름한 얼굴을 하고 누렇게 뜬 손과 굵다란 목을 드러내놓고 있었다. 그녀는 창밖을 향해 쉰 목소리로 상스러운 말을 내뱉고 있었다.

그와 나란히 열 살 소녀 키밖에 되지 않는, 허리가 길고 다리가 짧아 아주 꼴불견인 살결 검은 여자가 서 있었다. 그녀의 얼굴은 붉고 부스럼이 났던 흔적투성이였으며, 새까만 두 눈은 멀찍이 떨어져 있는 데다가 입술은 두껍고 인중이 짧아, 허연 뻐드렁니가 삐죽이 나와 있었다. 그녀는 마당에서 일어나는 일을 보고 소란스럽게 웃어대고 있었다. 멋을 부리기 때문에 '미인'이라는 별명이 붙은 이 여죄수는 절도와 방화 혐의로 재판받고 있는 중이었다.

그 뒤에서 몹시 더러운 잿빛 속옷을 입은, 바싹 마르고 심술투성이인 여자가 서 있었다. 배가 불룩한 임신부였는데, 이 미결수는 장물은닉죄로 재판받고 있었다. 이 여자는 잠자코 있었지만 마당에서 일어나고 있는 일에 대해 재미있는 듯 시종 히죽히죽 웃고 있었다.

또 한 사람은 술을 몰래 팔다 붙잡혀 온 농사꾼의 아내로서, 작달막한 키에 눈이 몹시 튀어나왔지만 인상이 좋고 머지않아 출감될 여자였다. 이 여자는 노파하고 장난치고 있던 사내아이와 또 하나 감방 안에 있는 일곱 살 난 여자아이의 어머니인데, 아이들을 맡길 데가 없어 같이 데리고 와 있었다. 다른 세 여자와 마찬가지로 창밖을 바라보고 있었지만 양말 뜨는 손을 쉬지 않고 놀렸으며, 밖에서 남자 죄수들이 던지는 말은 숫제 못 들은 척하면서 언짢다는 듯 얼굴을 찡그렸다. 그녀의 딸인, 희끄무레한 머리를 푸석하게 풀어 헤친 일곱 살 여자아이는 속옷 바람으로 빨간 머리 여자 곁에 서서 가느다랗고 조그만 손으로 치마에 매달린 채, 열심히 밖을 내다보며 여자들이 남자 죄수들과 주고받는 음탕한 욕지거리에 주의를 기울이고 있었다. 그리고 그 말을 외기라도 하듯 작은 소리로 되뇌곤 했다.

열두 번째 여죄수는 성당지기 딸인데, 아비 없는 자식을 낳아 우물에 빠뜨려 죽인 죄로 들어와 있었다. 그녀는 날씬한 몸매에다 짧고 굵게 땋아 내린 갈색의 머리털이 헝클어져 있었고, 튀어나온 눈으로 앞을 똑바로 바라보고 있었다. 그녀는 옆에서 벌어지고 있는 일에는 조금도 관심을 보이지 않고 더러운 속옷 바람에 맨발로 감방 안의 빈 곳을 오갔는데, 벽까지 걸어가서는 갑자기 휙 돌아서 오곤 했다.

31

철거덕거리는 자물쇠 소리가 들리면서 카튜샤가 감방 안으로 들어오자 그들은 일제히 그쪽을 돌아보았다. 성당지기의 딸까지도 한순간 우뚝 서서 눈썹을 치켜뜨고 카튜샤를 바라보았으나 이내 아무 말도 하지 않고 다시 성큼성큼 걷기 시작했다. 코라블료바는 조심조심 뻣뻣한 아마천에 바늘을 꽂고 안경 너머로 궁금해하는 눈길을 카튜샤에게 보냈다.

"원, 저런! 도로 돌아왔구먼. 난 틀림없이 석방될 줄 알았는데." 그녀는 나직하고 사내 같은 쉰 목소리로 말했다. "아마 유형을 선고받은 모양이지?"

그녀는 안경을 벗고 바느질감을 옆으로 밀어놓았다.

"우리는 지금 아주머니랑 얘기하고 있었어. 거기서 그대로 석방될지도 모른다고 말이야. 그런 일도 있다고 했으니까 재수가 좋으면 돈까지 받고 말이야." 노래하듯 건널목지기가 재빨리 말하기 시작했다. "그게 우리 예상하고 어긋난 모양이군. 하느님께서는 하느님의 뜻이 따로 또 있겠지, 뭐. 가엾어라." 그녀는 상냥하게 듣기 좋은 말로 지껄여댔다.

"그래, 형은 언도받았어?" 페도샤가 어린애같이 파랗고 맑은 눈에 동정을 담아 카튜샤를 보면서 물었다. 그 명랑하고 앳된 얼굴이 금방 울음을 터뜨릴 것같이 일그러졌다.

카튜샤는 아무 말도 하지 않고 끝에서 두 번째인 코라블료바 옆 자기 자리로 가서 침대에 걸터앉았다.

"아직 식사도 못 했겠네?" 페도샤가 일어나 카튜샤 쪽으로 가면서 말했다.

카튜샤는 아무 대답도 하지 않고 오다가 사 온 흰 빵을 침대 머리맡에 놓고는 옷을 벗기 시작했다. 먼지투성이 죄수복과 곱슬곱슬한 검은 머리에서 삼각 수건을 벗고 앉았다.

맞은편 구석에서 사내아이와 장난치고 있던 꼬부랑 노파도 가까이 와서 카튜샤 앞에 섰다.

"쯧쯧쯧!" 가엾다는 듯 머리를 흔들며 노파는 혀를 찼다.

사내아이도 노파를 따라와서 눈을 크게 뜨고 입을 뾰족 내밀며 카튜샤가 갖고 온 흰 빵을 물끄러미 바라보았다. 오늘 당한 여러 가지 일 뒤에 동정 어린 여러 사람들의 얼굴을 대하자 카튜샤는 소리 내어 울지 않으려고 노파와 사내아이가 앞에 올 때까지는 그럭저럭 참고 있었다. 그런데 노파의 상냥하고 동정 어린 혀 차는 소리를 듣고 특히 흰 빵을 뚫어지게 바라보는 사내아이의 천진한 시선을 보자, 그녀는 더 이상 참을 수 없어 온 얼굴 근육이 일그러지더니 엎어져서 소리 내어 울기 시작했다.

"그러기에 내가 뭐래. 똑똑한 변호사한테 부탁하라고 그랬잖아." 코라블료바가 말했다. "어떻게 됐어, 유형이야?" 하고 그녀는 물었다.

카튜샤는 대답하려고 했지만 말이 나오지 않았다. 그리고 흐느껴 울며 흰 빵 속에서 담뱃갑을 꺼내어—담뱃갑에는 머리를 수북이 높게 빗어 올리고 삼각형으로 널찍하게 가슴을 드러낸, 볼에 연지를 찍은 귀부인이 그려져 있었다—코라블료바에게 주었다. 코라블료바는 그림을 보고는 쓸데없이 이런 것에 돈을 써버린 카튜샤를 탓하듯 머리를 내저었다. 그리고 한 개비 뽑아 들고 등잔불에 댕겨 한 모금 빤 다음 카튜샤의 손에 쥐여주었다. 카튜샤는 흐느껴 울면서 몇 모금 계속해서 빨아대고는 연기를 내뿜었다.

"유형이래요." 그녀는 흐느끼며 말했다.

"하늘이 무섭지도 않은가 봐, 그 기생충들, 저주받은 마귀 놈들 같으니." 코라블료바가 말했다. "죄 없는 여자에게 벌을 주다니."

그때 창가에 몰려 있던 여자들이 와 하고 웃음을 터뜨렸다. 소녀도 따라 웃었다. 그 가냘프고 앳된 웃음소리가 다른 세 여자들의 깨진 듯한 쉰 웃음소리와 범벅이 되었다. 밖에 있던 남자 죄수가 창문으로 내다보는 여자들을 웃기려고 무슨 추잡스러운 짓을 해 보인 모양이었다.

"개자식 같으니! 무슨 꼬락서니람." 빨간 머리 여자가 말하더니, 뚱뚱한 몸을 흔들면서 쇠창살에 얼굴을 갖다 대고 망측스러운 상소리로 떠들어댔다.

"정말 북 가죽 같은 계집이야! 무얼 또 떠들어대고 있어!" 코라블료바는 빨간 머리 쪽을 보고 머리를 흔들며 꾸짖었다. 그러나 곧 다시 카튜샤 쪽으로 얼굴을 돌렸다.

"몇 년이지?"

"4년." 카튜샤는 말했다. 그러자 눈물이 왈칵 쏟아지고 그 한 방울이 담배에 떨어졌다. 카튜샤는 화난 듯 담배를 손가락으로 뭉개버리고는 새 담배를 꺼냈다.

건널목지기 여자는 담배를 피우지도 않으면서 담배꽁초를 얼른 주워 들고 구김살을 펴며 이야기를 계속했다.

"역시 그랬구나." 하고 그녀는 말했다. "요즘 세상에 진실이 어디 있어. 제멋대로들 노는 판인데. 코라블료바 할머니는 풀려날 거라고 했지만 난 아냐. 내 짐작으로는 가엾지만 그네들이 못살게 굴 거라고 말했어. 그대로 되었잖아." 그녀는 자기 목소리에 도취된 듯 말했다.

이때 마당을 지나가던 남자 죄수들이 다 지나가 버리자, 그들과 말을 주고받던 여죄수들도 창가를 떠나 카튜샤 둘레로 몰려들었다. 먼저 다가온 것은 딸을 데리고 와 있는 눈이 튀어나온 밀주 장수 여자였다.

"뭐, 중형을 받았다고?" 그 여자는 카튜샤 곁에 앉아 부지런히 양말을 뜨면서 말을 걸었다.

"돈이 없기 때문이지. 돈만 있었다면 말 잘하는 변호사를 대서 틀림없이 무죄가 되었을 텐데 말이야." 코라블료바가 말했다. "거, 뭐라고 하더라. 코가 큰 털보 녀석 말이야. 그 녀석은 물속에서도 젓지 않고 나오는 사내라는데, 그 녀석한테 부탁할 걸 그랬어."

"어이구 참, 어떻게 부탁해요." 곁에 앉은 미인이 이를 드러내며 말했다. "그 녀석은 100루블 이하는 콧방귀도 안 뀐단 말이에요."

"글쎄, 이렇게 되는 게 네 팔자인지도 모르지." 방화범 노파가 끼어들었다. "누군들 안 괴롭겠어. 내 아들 역시 며느리하고 떨어져 이런 감옥에 들어와서 이가 버글버글 끓고 있다고. 나 같은 늙은이까지 말이야." 노파는 벌써 백 번도 더 했을 신세타령을 늘어놓기 시작했다. "나는 감옥이나 거지 신세에서 벗어날 수 없는 모양이야. 거지 노릇이 아니면 감옥이거든."

"그 사람들이 하는 짓이 다 그렇지." 밀주 장수 여자가 말했다. 그녀는 여자아이의 머리를 보더니 뜨던 양말을 옆에 내려놓고, 여자아이를 끌어다가 다리 사이에 끼고는 손가락 끝을 부지런히 놀려 이를 잡기 시작했다. "왜 술을 파느냐고? 그럼 자식을 어떻게 먹여 살리란 말이야?" 그녀는 익숙하게 이 잡기를 계속하면서 말했다.

이 말이 카튜샤에게 술 생각이 나게 했다.

"술이나 마셨으면." 그녀는 죄수복 소매로 눈물을 훔치고 여전히 흐느끼면서 코라블료바에게 말했다.

"보드카 말이지? 아무렴, 마셔봐." 코라블료바가 말했다.

32

카튜샤는 주인아주머니가 몰래 보내준 돈을 흰 빵 속에서 꺼내어 코

라블료바에게 주었다. 코라블료바는 그 돈을 받아 들고 이리저리 뒤적
였다. 글을 읽을 줄 몰랐지만 2루블 50코페이카에 해당한다고 하는, 뭐
든지 잘 아는 미인의 말을 듣고 환기 구멍에 감추어둔 술병을 가지러
갔다. 그것을 보더니 카튜샤의 양쪽 옆자리가 아닌 사람들은 모두 제자
리로 돌아갔다. 카튜샤는 그동안에 수건과 죄수복의 먼지를 털고 침대
에 앉아 흰 빵을 먹기 시작했다.

"당신 몫으로 차를 얻어두었는데 아마 식었을 거야." 각반으로 싼 함
석 찻주전자와 컵을 선반에서 내리며 페도샤가 말했다.

차는 식어빠져서 차 맛보다 함석 냄새가 더 났지만, 그래도 카튜샤는
컵에 따라 마셨다.

"피나시카야, 이것 먹어." 그녀는 빵을 떼어 그녀의 입을 물끄러미 쳐
다보고 있는 사내아이에게 주었다.

그동안 코라블료바가 술병과 컵을 꺼내 왔다. 카튜샤는 코라블료바와
미인에게도 술을 권했다.

이 세 사람은 돈을 갖고 있었고 서로 빌려주기도 했으므로 이 감방
안에서 하나의 특권계급을 만들어놓고 있었다.

조금 있자 카튜샤는 기운이 나서 검사보의 말투를 흉내 내고, 법정에
서 특히 자기를 놀라게 한 일들을 이야기했다. 법정에서는 모두들 호기
심에 번들거리는 눈으로 그녀를 쳐다보았고, 그녀를 보기 위해 볼일도
없는 죄수 대기실을 쉬지 않고 기웃거리더라고 그녀는 말했다.

"호송병도 말했지만, 그건 모두 나를 보러 온 거래요. 점잖은 얼굴을
하고 들어와서 이러이러한 서류는 어디 있더라 하고 말하지만, 서류 같
은 건 아무래도 좋은지 나만 흘끔흘끔 쳐다보지 않겠어요." 그녀는 싱글
벙글 웃으면서 의아한 듯이 고개를 저으며 말했다. "어쩌면 그렇게도 연
극이 서투른지, 원."

"정말이지, 다 그래." 건널목지기 여자가 말을 가로챘다. 금방 노래하는 듯한 목소리가 흘러나왔다. "설탕에 끼는 파리 같은 것들이야. 다른 것에는 달려들지 않으면서, 이것만 보면 오금을 못 쓰거든. 정말이지, 세 끼 밥은 안 먹어도……."

"여기도 마찬가지야." 카튜샤가 그녀를 가로막았다. "나는 여기서도 봉변을 당했는걸. 아까 이리 올 때 역에서 온 죄수들을 만났는데, 다짜고짜로 나를 둘러싸서 어떻게 빠져나오면 좋을지 모르겠더라고. 운 좋게 부소장이 쫓아주긴 했지만, 그중 한 놈은 무턱대고 끌어안는 바람에 가까스로 뿌리쳤어."

"어떤 놈인데?" 미인이 물었다.

"거무튀튀하고 콧수염을 기른 녀석이야."

"틀림없이 그놈이야."

"그놈이라니?"

"시체글로프야, 방금 여기를 지나간."

"시체글로프가 누군데?"

"시체글로프 몰라? 두 번이나 유형지에서 탈옥한 사나이야. 이번에도 붙잡혔지만 또 달아날 거야. 간수들도 겁을 먹고 있어." 남자 죄수들의 편지를 전달해주고 있어 감옥 안의 사정을 빠짐없이 알고 있는 미인이 말했다. "두고 봐, 반드시 도망칠 테니까."

"달아나더라도 우리를 데려가 주지는 않아." 코라블료바가 말했다. "그보다도 어떻게 됐어?" 그녀는 카튜샤에게 물었다. "변호사는 상소하라고 했겠지? 앞으로 상소하지 않을 거야?"

카튜샤는 그런 것은 아무것도 모른다고 대답했다.

그때 빨간 머리 여자가 주근깨투성이 두 손을 숱 많고 헝클어진 붉은 머리카락 속에 찔러 넣어 손톱으로 긁적거리면서, 술을 마시고 있는 세 사람 쪽으로 다가왔다.

"카테리나, 내가 다 가르쳐줄게." 하고 그녀는 말했다. "우선 첫째로, 판결에 불복한다는 서류를 작성하고 검사한테 신청해야 해."

"아니, 왜 왔어?" 코라블료바가 화난 듯 굵직한 소리로 말하며 그쪽을 보았다. "술 냄새 맡고 왔지? 거짓말해도 소용없어. 아니라고 해도 그런 것쯤은 다 알고 있어. 저리 가라고!"

"너한테 얘기하는 거 아니야. 쓸데없이 참견 마."

"술이 먹고 싶어진 거지? 살금살금 온 걸 보니."

"어때요, 한잔 주지 뭐." 언제나 가진 것을 모조리 나누어 주는 카튜샤가 말했다.

"이런 년한테 줄 술이 어디 있어!"

"뭐, 뭐라고!" 빨간 머리가 코라블료바에게 대들면서 말했다. "너 같은 건 무섭지 않아."

"이 감옥의 화냥년이!"

"너는 어떻고."

"빌어먹을 년!"

"내가 뭘 빌어먹어! 유형수, 살인범!" 빨간 머리가 악을 썼다.

"썩 꺼지지 못해!" 코라블료바가 험상궂게 말했다.

그러나 빨간 머리는 더욱 억지로 대들 뿐이었다. 코라블료바는 드러난 그녀의 살찐 가슴팍을 떼밀었다. 빨간 머리는 기다렸다는 듯이 잽싸게 한 손으로 코라블료바의 머리채를 휘어잡고, 다른 손으로 상대방의 얼굴을 갈기려 했다. 그러나 코라블료바가 그 손을 붙잡았다. 카튜샤와 미인이 빨간 머리의 손을 잡고 떼어놓으려 했으나, 빨간 머리는 손을 놓지 않았다. 빨간 머리가 한순간 주먹을 풀었다. 그러나 그것은 머리채를 손에 감아쥐기 위해서였다. 코라블료바는 머리를 끌린 채, 한 손으로 빨간 머리의 몸을 할퀴고 이로 손을 물었다.

여죄수들은 맞붙은 두 사람을 둘러싸고 갈라놓으려 소리를 질렀다. 폐병쟁이 여자도 옆으로 와 쿨룩거리면서 싸우는 두 사람을 지켜보았다. 아이들은 서로 얼싸안고 울었다. 이 소동을 알고 여자 간수가 남자 간수를 데리고 달려왔다. 코라블료바는 땋아 내린 희끗희끗한 머리를 풀고 쥐어뜯긴 머리 뭉치를 골라내면서, 빨간 머리는 너덜너덜하게 찢긴 속옷으로 누런 가슴을 여미면서, 제각기 변명과 넋두리를 늘어놓았다.

"다 알겠어. 이건 술 때문이야. 내일 소장님한테 말해서 혼쭐을 내줘야지. 이것 봐, 온통 술 냄새잖아." 여간수가 말했다. "알겠나, 깨끗이 치워둬. 안 그랬다가는 성가신 일이 생길 테니까. 너희들 말을 들어줄 짬은 없다. 자, 모두 제자리로 들어가서 조용히들 해."

그러나 조용해지기까지는 오랜 시간이 걸렸다. 여자들은 한참 동안 욕을 해대며, 어떻게 싸움이 시작되었고 누가 나쁜가를 따졌다. 이윽고 간수들이 나가자 여자들은 지껄이다 지쳐 조용히 자리에 눕기 시작했다. 노파가 성상 앞으로 가더니 기도하기 시작했다.

"유형수가 두 년이나 모여 있으니." 빨간 머리가 갑자기 건너편 구석 침대에서 말끝마다 악에 찬 욕설을 쉰 목소리로 퍼붓기 시작했다.

"조심해, 혼나고 싶지 않거든." 코라블료바도 지지 않고 대꾸했다.

"말리지만 않았더라면 눈깔을 후벼 파 주는 건데." 빨간 머리가 또 말했다. 곧 코라블료바의 비슷한 대꾸가 돌아갔다.

다시 침묵의 시간이 약간 오래 계속되더니 또 욕지거리가 시작되었다. 그러나 그 간격이 차츰 멀어지더니 마침내 조용해졌다.

모두 자리에 누워 있었다. 여기저기서 코 고는 소리가 들리기 시작했다. 언제나 긴 기도를 드리는 노파는 아직도 성상 앞에서 머리를 숙이고 있었다. 그리고 또 한 사람, 성당지기의 딸이 간수가 나가자 곧 일어나서 다시 감방 안을 왔다 갔다 하기 시작했다.

카튜샤는 잠이 오지 않아 자기가 유형수라는 것을 곰곰이 생각하고 있었다. 벌써 두 번이나 그렇게 불렸다. 한 번은 보치코바에게, 또 한 번은 빨간 머리에게. 그러나 그녀는 결코 그 말을 받아들일 수 없었다. 그녀에게 등을 돌리고 있던 코라블료바가 돌아누웠다.

"이럴 줄은 꿈에도 생각 못했어요." 카튜샤는 나직이 말했다. "별짓을 다 하고도 아무렇지 않은 사람도 있는데, 나는 아무 죄도 없이 괴로움당해야 하다니!"

"걱정할 필요 없어. 시베리아에도 사람은 살고 있으니까. 그리고 거기 간다고 다 죽는 건 아니니까." 코라블료바가 위로했다.

"그건 알지만, 역시 억울해요. 내가 바라는 건 이런 운명이 아니에요. 나는 편한 생활이 몸에 배어버렸거든요."

"하느님을 저버릴 수는 없어." 코라블료바는 한숨을 쉬면서 말했다. "하느님을 저버릴 수는 없는 거야."

"알아요, 하지만 괴로워요."

두 사람은 잠시 잠자코 있었다.

"들리니? 저건 그 돼먹지 못한 년이 내는 소리야."

코라블료바는 맞은편 구석에서 들려오는 묘한 소리에 카튜샤의 생각을 돌리려 했다.

그 소리는 빨간 머리 여자가 흐느껴 우는 소리였다. 빨간 머리 여자는 지금 욕을 먹고, 얻어맞고, 그리고 그토록 먹고 싶었던 술을 얻어먹지 못한 것이 억울해서 울고 있었다. 그녀는 일생 동안 욕지거리와, 비웃음과, 모멸과, 매질 말고는 조금도 좋은 일을 겪어보지 못한 게 슬퍼 울고 있었다. 그녀는 직공 펫카 몰로덴코프와의 첫사랑을 떠올리며 스스로를 달래려 했다. 그런데 그 사랑을 떠올리니 슬픈 마지막이 생각났다. 그것은 지독한 짓이었다. 사랑하는 펫카가 술에 취해 돌아와, 장난삼아 그녀의 몸에서 가장 민감한 곳에 살충제로 쓰는 명반수를 발라놓고는 그녀가 너무 따가워 몸부림치며 괴로워하는 모습을 친구들과 보고 웃어댔던 것이다. 그것을 생각하니 자신이 가엾어졌다. 아무도 듣고 있는 사람이 없는 줄 알고 울기 시작해, 어린애처럼 신음하기도 하고 훌쩍거리며 찝찔한 눈물을 삼키기도 하면서 흐느껴 울었다.

"가엾어요." 카튜샤가 말했다.

"그야 가엾기는 하지만, 참견하지 않는 게 좋을 거야."

33

이튿날 아침, 네흘류도프가 눈을 뜨고 가장 먼저 느낀 것은 자기 자신에게 무엇인가 일어났다는 깨달음이었다. 그리고 무슨 일이 일어났는지 아직 생각도 하기 전에 중대한, 특히 좋은 일이 일어났다는 것을 그는 알아차렸다. 카튜샤, 재판, 그렇다. 이젠 거짓말을 집어치우고 진실을 다 말해야 한다. 그런데 이 무슨 우연의 일치인가. 그날 아침 마침내, 그렇게 오랫동안 기다렸던 귀족회장 부인 마리야 바실리예브나한테서 편지가 온 것이다. 지금의 그에게는 특히 필요한 편지였다. 그녀는 그에게 자유를 인정해주면서 곧 다가올 결혼의 행복을 빈다고 썼다.

"결혼이라!" 그는 스스로를 비웃듯 중얼거렸다. "지금 나한테는 까마득한 얘기지!"

그리고 그는 모든 사실을 그녀의 남편에게 털어놓아 지난날의 잘못을 용서받고 어떤 속죄라도 하겠다고 말하려던 어제의 결심이 생각났다. 그런데 막상 오늘 아침이 되고 보니 그것은 어제 생각한 만큼 쉬운 일이 아닌 것 같았다. '더구나 모르고 있는 것을 굳이 알려서 불행하게 할 필요가 있을까? 만약 묻는다면 그때는 분명히 말하자. 하지만 이쪽에서 일부러 말하러 갈 필요가 있을까? 아니, 그럴 필요는 없다.'

그와 마찬가지로 미시에게 모든 사실을 털어놓는다는 것도 오늘 아침에 생각해보니 역시 어려운 일로 여겨졌다. 이것도 말해서는 안 된다. 모욕이 될지도 모른다. 어쨌든 사람 사이의 관계라는 것은 자칫 잘못하면 오해가 남는 것을 피할 수 없는 것 같다. 그는 굳게 마음먹었다. 오늘 아침부터는 그 사람들 집에 가지 말자, 그리고 묻는다면 진실을 말하자. 그 대신 카튜샤에 대한 일만은 애매하게 남겨두어서는 안 된다.

'감옥으로 가서 그녀를 만나 용서를 빌자. 그리고 필요하다면, 그렇다, 필요하다면 그녀와 결혼하자.' 하고 그는 생각했다.

정신적 만족을 위해 모든 것을 희생하고 그녀와 결혼하려는 이 생각이 오늘 아침 유달리 그를 감동시켰다.

그가 이처럼 충일된 기분으로 아침을 맞이한 것은 오랫동안 없었던 일이었다. 방에 들어온 아그라페나 페트로브나에게 그는 순간적으로 자기도 예기하지 못했던 결연한 태도로, 이 집과 그녀의 시중이 앞으로는 필요 없게 되었다고 말했다. 그가 이 호화로운 저택을 가지고 있는 것은 미시와 결혼하기 위해서라는 것이 묵계로 정해져 있었다. 그러므로 이 집을 내놓는다는 것을 특별한 의미를 가졌다. 아그라페나 페트로브나는 어처구니없다는 듯 그를 쳐다보았다.

"아그라페나 페트로브나, 당신한테는 여러 가지로 신세를 져서 정말 고맙게 생각합니다. 하지만 나는 이제 이런 큰 집도, 많은 고용인도 필요 없어요. 그러니 만일 나를 도와줄 생각이 있거든, 어머니가 살아 계실 때 했듯이 물건들을 정리해 당분간 치워주세요. 나타샤가 와서 처리할 테니까." 나타샤는 네흘류도프의 누이였다.

아그라페나 페트로브나는 머리를 흔들었다.

"왜 정리를 하세요? 곧 필요하실 텐데." 그녀는 말했다.

"아니, 필요 없어요, 아그라페나 페트로브나. 아마 쓸 일이 없을 겁니다." 그녀가 머리를 흔들며 말하자 네흘류도프는 말했다. "그리고 코르네이에게도 월급을 두 달 치 미리 줄 테니, 가도 좋다고 일러줘요."

"그런 쓸데없는 행동을 하시면 안 돼요, 드미트리 이바노비치." 그녀는 타일렀다. "외국에 가시더라도 어차피 집은 필요하니까요."

"잘못 생각하고 있어요, 아그라페나 페트로브나. 나는 외국에는 안 갑니다. 가더라도 전혀 딴 곳으로 갈 겁니다!"

그는 갑자기 얼굴이 새빨개졌다.

'그렇다, 이 여자한테는 말해줘야 한다.' 하고 그는 생각했다. '뭐, 잠자코 있을 필요는 없다. 사람들한테 죄다 말해버려야 한다.'

"사실은 어제 나한테 뜻하지 않은 중대한 일이 일어났습니다. 마리야 이바노브나 고모 집에 있던 카튜샤를 알고 있지요?"

"알고말고요. 제가 바느질을 가르쳐준걸요."

"어제 법원에서 카튜샤가 재판을 받았는데, 내가 배심원이었어요."

"저런 가엾어라!" 아그라페나 페트로브나가 말했다. "대관절 무슨 죄를 지었대요?"

"살인 혐의를 받고 있어요. 그런데 그것이 다 근본을 따지면 내 책임이었던 겁니다."

"아니, 도련님이 무슨 나쁜 짓을 하셨다는 거예요? 이상한 말씀만 하시는군요." 그녀의 늙은 눈에 장난꾸러기 같은 빛이 반짝였다.

그녀는 카튜샤에 대한 그의 잘못을 알고 있었다.

"그래요, 내가 모든 원인이었습니다. 그리고 이것이 나의 계획을 다 바꾸고 말았지요."

"그런 일 때문에…… 무엇을 어떻게 바꿔야 하죠?"

애써 웃음을 참으면서 그녀는 말했다.

"그야 그 사람이 이런 길을 밟게 된 원인이 나였으니까, 나는 그 사람을 구하기 위해서 할 수 있는 모든 일을 다해야지요."

"그건 좋은 생각이십니다. 그렇지만 그건 도련님 죄가 아니에요. 그런 일은 누구나 흔히 저지를 수 있는 일이며, 또 정신만 차리면 모든 것을 보상하고 차츰 잊게 되어 평온하게 살아갈 수 있어요." 그녀는 얼굴빛을 바꾸며 말했다. "그러니 도련님께서도 그런 것을 자기 탓으로 돌릴 필요는 없으세요. 그 여자가 잘못되었다는 소문은 저도 전에 들었어요. 그런 것은 누구의 잘못도 아닙니다."

"내가 나빴어요. 그러니 올바른 길로 이끌어줘야 합니다."

"하지만 다시 착한 사람으로 만든다는 것은 이젠 어려울걸요."

"그것은 내 문제지요. 그러니 만약 당신이 당신 자신의 문제를 생각한다면, 어머니가 바라셨듯이……."

"저는 제 몸 같은 것은 생각지도 않습니다. 돌아가신 마님의 태산 같은 은혜를 입었으니 이 이상 아무것도 바라지 않습니다. 시집간 조카딸 리젠카가 오라고 하니, 가게 되면 그리로 가지요, 뭐. 도련님이 그런 걱정을 하시는 것은 쓸데없어요. 누구에게나 있을 수 있는 일이니까요."

"하지만 나는 그렇게 생각하지 않아요. 어쨌든 미안하지만 이 집을 내놓고 가구 정리를 도와주어요. 제발 기분 나쁘게는 생각지 마요. 나한테 정말 잘해주어서 참으로 고맙게 생각하고 있습니다."

네홀류도프는 이상하게도 자기 자신을 옳지 않은 인간이라고 느낀 뒤부터는 갑자기 다른 사람들이 조금도 싫지 않았다. 그뿐만 아니라 아그라페나 페트로브나와 코르네이에게 정다운 존경심마저 느꼈다. 그는 코르네이에게도 사과하고 싶은 심정이었으나, 그의 태도가 너무 엄격하고 공손해서 말을 꺼내지 못하고 말았다.

언제나 타는 마차를 타고, 늘 가는 길을 지나 법원으로 가는 동안, 네흘류도프는 자신에 대해 스스로 놀랐다. 그는 마치 딴사람 같은 자신을 느꼈다.

바로 어제까지만 해도 그토록 가까이 여겨지던 미시와의 결혼이 오늘 그에게는 전혀 불가능한 것으로 보였다. 그는 어제까지만 해도 자기 처지를 생각해 그녀가 자기와 결혼하면 행복하게 될 것이 틀림없다고 믿었다. 그런데 지금 그는 결혼은커녕 그녀와 가까이 지낼 자격조차 없다고 생각했다.

'만약 내가 어떤 사람이라는 것을 안다면, 그 여자는 결코 나를 받아들이지 않을 것이다. 그런데도 나는 그 여자가 딴 남자에게 마음을 허락한 일이 있었을 것이라고 비난하고 있었으니. 아니, 안 된다. 그 여자가 이런 나와 결혼해준다고 해도 나는 카튜샤가 감옥에 있다는 것을, 그리고 내일모레라도 호송되는 죄수 행렬에 끼여 시베리아로 간다는 것을 알고 있는 한 행복해질 수도, 마음 편해질 수도 없다. 또 나로 말미암아 신세를 망친 여자가 유형지로 가고 있는데, 나는 여기서 축복을 받고 새 아내와 함께 인사를 하러 돌아다닌단 말인가! 게다가 나와 그 부인이 함께 속였던 귀족회장과 같이 총회에서 지방 장학 제도와 그 밖의 안건에 대해 찬부 표를 세고, 그 뒤에 그 부인과 몰래 또 만난다! 아, 이 무슨 더러운 짓인가? 아니면 또, 결코 이룰 수 없다는 것을 알면서 그림을 계속한다? 나는 그런 하찮은 작품을 그리고 있을 수도 없고, 어차피 지금 그런 것을 그려본들 무슨 소용이 있겠는가.' 그는 스스로에게 말했다. 그리고 지금 깨닫고 있는 내면의 변화에 끊임없는 기쁨을 느꼈다.

'먼저 지금부터 변호사를 만나 그의 말을 들은 다음 감옥으로 가서 그녀를, 어제의 그 여죄수를 만나 모든 것을 이야기하자.'

그리고 자기가 그녀를 만나 모든 것을 이야기하고 자기 죄를 사과한 뒤, 자기가 할 수 있는 일을 다할 것이고 자기 죄를 속죄하기 위해서라면 결혼해도 좋다고 말할 때의 자기 모습을 상상하니, 갑자기 말할 수 없는 감동이 그를 사로잡아 눈물이 솟았다.

34

법원에 다다른 네흘류도프는 복도에서 어제의 그 경위를 만났다. 그는 어제의 공판에서 선고받은 피고들이 어디에 갇혀 있는지, 면회를 하려면 누구의 허가를 받아야 하는지 물어보았다. 경위는 피고가 갇혀 있는 장소는 여러 곳이며, 면회하려면 판결이 마지막 형식으로 공표될 때까지 검사의 허가를 얻어야 한다고 대답했다.

"재판이 끝난 다음에 가르쳐드리겠습니다. 제가 안내해드리지요. 검사는 아직 나오지 않으셨습니다. 그럼 재판이 끝난 다음에 뵙겠습니다. 지금은 먼저 법정으로 가십시오. 곧 시작됩니다."

네흘류도프는 오늘따라 유난히 초라해 보이는 경위의 친절에 감사하면서 배심원 대기실로 갔다.

그가 대기실로 다가갔을 때, 배심원들이 법정에 들어가려고 방에서 나오고 있었다. 장사꾼은 어제와 마찬가지로 얼근하게 취해서 마치 옛 친구라도 만난 듯 반갑게 네흘류도프를 맞았다. 표트르 게라시모비치의 버릇없는 태도와 너털웃음도 오늘 네흘류도프에게는 전혀 언짢게 여겨지지 않았다.

네흘류도프는 배심원들에게도 어제의 여죄수와 자기와의 관계를 이야기하고 싶었다. '사실대로 말하면.' 하고 그는 생각했다. '어제 재판 때,

일어서서 내 죄를 여러 사람 앞에서 털어놓았어야 했다.' 그러나 그가 다른 배심원들과 함께 법정에 들어갔을 때, 역시 어제와 같은 형식과 절차가 시작되었다. "개정!"이라고 외치는 소리와 함께 금줄로 깃을 두른 세 명의 판사가 단상에 나타나고, 물을 끼얹은 듯 조용해지고, 배심원들이 등받이가 높은 의자에 앉고, 임석 헌병이 들어오고, 사제가 나타나자, 그는 필요하긴 해도 이 엄숙한 분위기를 깨뜨릴 수 없다고 느꼈다.

재판 준비는 어제와 똑같았다. 다만 배심원 선서와 그들에 대한 재판관의 훈시는 없었다.

오늘 사건은 집 안에 들어온 절도범에 관한 것이었다. 칼을 빼든 헌병 두 사람의 호위를 받으며 들어온 피고는 잿빛 죄수복을 입고, 핏기 없는 잿빛 얼굴에 어깨가 좁고 말라빠진 스무 살쯤 되어 보이는 젊은이였다. 그는 혼자 피고석에 앉아, 들어오는 사람들을 치켜뜬 눈으로 힐끗힐끗 쳐다보았다. 이 젊은이는 친구와 함께 자물쇠를 부수고 남의 광 속에 들어가서 3루블 60코페이카짜리 헌 돗자리를 훔쳐낸 혐의로 기소되었다. 기소장에 따르면, 이 젊은이는 헌 돗자리를 멘 친구와 함께 걸어가고 있을 때 경찰에게 불심검문을 당했다. 젊은이와 그 친구는 곧 죄를 털어놓았고 두 사람은 수감되었다. 그러니 공범인 자물쇠 직공은 감옥에서 죽었으므로 지금 젊은이 혼자만 재판을 받고 있었다. 헌 돗자리는 증거물로 탁자 위에 놓여 있었다.

공판은 어제와 똑같은 순서대로 증거 서류, 증거물, 증인 선서, 심문, 감정인 대질심문 등으로 질서 정연하게 진행되었다. 증인인 경찰은 재판장, 검사, 변호인의 물음에 대해 무뚝뚝하게 "그렇습니다." "모릅니다." 또는 "그렇습니다." 하고 대답했다.

그러나 그 군대식 둔한 신경과 기계적인 태도에도 불구하고, 경찰은 어쩐지 젊은이를 불쌍히 여기는 듯 체포 경위에 대해서 마음 내키지 않는 말투로 설명했다.

또 한 사람의 증인이며 피해자인 노인은 집주인인 동시에 헌 돗자리의 소유자였는데 얼핏 보기에도 신경질적인 사람이어서, 이 헌 돗자리가 너의 것이냐고 질문받았을 때 아주 말하기 싫은 듯한 태도로 "제 것입니다."라고 대답했다. 검사가 이 헌 돗자리를 무엇에 쓰려고 했느냐, 매우 필요한 것이었느냐 물었을 때는 몹시 화를 내며 말했다.

"그따위 헌 돗자리가 어떻게 되든 아무 상관 없소. 그런 건 조금도 필요 없어요. 그런 쓸데없는 것 때문에 이렇게 말썽이 일어날 줄 알았다면 찾지도 않았을뿐더러, 오히려 10루블짜리 지폐라도 한두 장 붙여서 내주었을 거요. 그러면 이런 심문에 끌려 나오지도 않았을 텐데. 마차 값만 5루블이나 들었소. 게다가 나는 몸이 성하지 않단 말이오. 치질과 류머티즘까지 앓고 있단 말이오."

증인들의 진술은 이런 식이었다. 그런데도 피고는 모든 죄상을 인정하고 마치 사냥꾼에게 붙잡힌 조그만 짐승처럼 멍청하게 사방을 둘러보며 떠듬떠듬 사실대로 말했다.

사건이 훤히 드러났는데도 검사보는 어제와 마찬가지로 양어깨를 들썩이며 교활한 범인이 빠져나갈 길을 막고야 말겠다는 듯 이상한 질문을 퍼부었다. 그는 논고에서 이 절도 행위는 사람이 살고 있는 건물 안에서, 그것도 잠긴 문을 부수고 저지른 것이기 때문에 피고를 중형에 처해야 한다고 주장했다. 그러자 관선 변호사가 범죄 사실을 부정할 수 없지만 절도가 이루어진 곳은 사람이 살고 있는 건물 안이 아니었으므로 검사보가 단언한 바와 같이 사회적으로 경종을 울려야 할 사건은 아니라고 변호했다.

재판장은 역시 어제처럼 자기가 마치 공평과 정의 그 자체인 것처럼 이미 배심원들이 다 알고 있는 일을 꼭 알아두어야 할 일이라며 지루하게 설명했다.

어제와 같이 휴정이 선언되고, 어제와 같이 담배를 피워 물었으며, 어제와 같이 경위가 "재판관 입장."이라고 외치고, 어제와 같이 헌병들이 졸지 않으려고 애쓰면서 칼을 빼들고 피고들을 위협하며 서 있었다.

조서에 따르면, 이 젊은이는 어릴 때 담배 공장에 들어가 5년 동안 일해왔다. 그런데 올해 초에 공장주와 노동자 사이에 쟁의가 일어나자 이에 관련되어 내쫓기고 말았다. 직장에서 쫓겨난 뒤, 몇 푼 안 되는 돈을 털어 술을 마시며 거리를 떠돌아다니다가 어떤 선술집에서 실직자로 보이는 선배 격인 어느 자물쇠 직공과 사귀어 친하게 되었다. 이 사람도 역시 술을 몹시 즐기는 사람이었는데, 두 사람은 술이 취한 끝에 의견이 맞아 그날 밤 그 광의 자물쇠를 부수고 들어가 닥치는 대로 훔쳤다. 그들은 곧 붙들려 모든 것을 털어놓았다. 그래서 감옥에 갇히는 몸이 되었는데, 그 자물쇠 직공은 공판이 시작되기 전에 죽고 말았다. 그래서 지금 이 젊은이는 사회에서 격리시킬 필요가 있는 위험인물로서 재판을 받고 있었다.

'이 사람도 어제의 그 여죄수와 마찬가지로 위험인물이란 말이군.' 하고 네흘류도프는 지금 자기 눈앞에서 진행되고 있는 일을 시켜보며 생각했다. '그들을 위험하다고 한다. 그렇다면 우리 자신은 위험하지 않단 말인가? 나는 음탕하고 거짓말쟁이다. 우리 모두가 마찬가지다. 그런데도 여러 사람들은 그런 것을 알면서도 나를 경멸하지 않을 뿐 아니라 오히려 존경하고 있지 않는가?'

이 젊은이는 특별한 악당이 아니라 세상에 흔히 있는 사람 가운데 하나임이 분명했다. 이 점은 그를 보기만 해도 알 수 있었다. 그가 지금과 같은 처지에 놓이게 된 것은 다만 환경이 나빴기 때문이다. 그렇다면 이런 젊은이가 없어지기 위해서 먼저 이런 불행한 사람을 만들어내는 환경을 없애도록 힘쓰지 않으면 안 된다. 이것은 뚜렷한 사실이다.

그런데 우리는 대체 무엇을 하고 있는가? 우리가 하고 있는 것은 이런 사람들이 몇천 명이나 붙들리지 않고 그대로 방치되어 있다는 것을 너무나 잘 알면서도, 어쩌다가 덫에 걸린 한 젊은이를 붙잡아 역시 삶에 지치고 타락한 사람들이 떼거리로 몰려 있는 감옥 속에 처넣은 후, 완전한 무위나 가장 불건전하고 가치 없는 노동을 강요하는 조건 속에 몰아넣었다가 모스크바 현에서 이르쿠츠크 현으로 국비를 낭비해가며 실어 나르는 게 아닌가?

우리는 이런 사람들을 낳는 갖가지 조건을 없애기 위해 아무것도 하지 않고, 다만 그들을 만들어내는 시설만 장려하고 있지 않는가? 크고 작은 공장, 제작소, 요릿집, 선술집, 유곽 등 말이다. 우리는 이 같은 시설을 없애기는커녕 없어서는 안 되는 것인 양 오히려 키우고 정비하고 있다.

우리는 이런 사람들을 수백만씩 길러서 그중 한 사람만을 체포하고 세상을 위해 뭔가 좋은 일이라도 한 것처럼 상상하며, 그것으로 이제 안심이다, 그놈을 모스크바 현에서 이르쿠츠크 현으로 쫓아버렸으니 이것으로 마음 놓고 잠잘 수 있다, 이렇게 생각하고 있는 것이다. 네홀류도프는 대령 옆 자기 자리에 앉아 그들의 자신만만한 동작을 바라보았다. 그리고 넓은 법정과 황제의 초상과 조명과 안락의자와 법복과 두꺼운 벽과 창문을 둘러보면서, '이 기만을 위해 얼마나 많은 노력과 겉치레의 비용이 들었는가?' 하고 생각하기 시작했다. 이 건물의 크기라든가, 그보다도 더 큰 재판제도 그 자체라든가, 여기뿐 아니라 온 러시아에서 아무에게도 필요 없는 이 희극을 연출하기 위해 봉급을 받고 있는 관리와 서기와 수위와 사환 등의 거대한 편성을 떠올렸다. '만일 우리가 이러한 노력의 100분의 1이라도, 우리의 안전과 편의를 위해서는 꼭 필요하다고 생각하면서도 한낱 팔다리로밖에 여기지 않는 그런 버림받은 사람들을 위해서 쓴다면 어떻게 될까? 이 젊은이만 하더라도……' 하고, 젊은이의 딱하도록 겁에 질린 얼굴을 바라보며 생각했다.

'가난 때문에 시골에서 도시로 나왔을 때, 누군가 그를 불쌍히 여기고 그의 생활고를 위해 힘써줄 사람이 있었더라면, 아니 그가 도회지 생활을 시작해 하루 1시간 이상 공장에서 일하고 난 뒤 나이 많은 동료들에게 끌려서 술집에 드나들게 된 다음에라도, 누구든 친절한 사람이 "바냐, 술집에 다니는 것은 좋지 않아." 하고 충고해주었더라면, 이 젊은이는 술집에 가지 않았을 것이고, 타락하지도 않았을 것이며, 따라서 그런 나쁜 짓도 저지르지 않았을 것이다.

하지만 그가 마치 조그만 짐승처럼 지난 몇 해 동안 도시에서 견습공으로 생활하는 동안, 그리고 머리에 이가 끓지 않도록 머리를 짧게 깎고 선배 직공들의 심부름을 하며 지내는 동안, 그를 보살펴줄 사람은 끝내 나타나지 않았다. 그뿐 아니라 그가 도시 생활을 시작한 뒤로 동료들이나 선배들이 들려준 이야기는 모두 사람을 속이고, 술을 마시고, 욕지거리를 하고, 사람을 때리고, 방탕한 짓을 하는 사람이 잘난 사람이라는 것이었다.

이런 그가 건강을 해치는 노동과 음주와 빙당 때문에 몸이 쇠약해질 대로 쇠약해져 거의 환자 같은 상태에서 꿈꾸는 듯 몽롱한 기분으로 거리를 이리저리 떠돌아다니다가, 어떤 집 광으로 저도 모르게 빨려 들어가 거기서 그다지 쓸모도 없는 헌 돗자리 한 장을 꺼냈을 때, 사람들은 이 젊은이를 현재와 같은 환경에 몰아넣은 원인을 뿌리 뽑으려고는 하지 않고, 오히려 이 어린애같이 순진한 젊은이를 처벌함으로써 사태를 바로잡으려 하고 있다.

'무서운 일이다!'

네홀류도프는 눈앞에서 벌어지고 있는 일에는 귀 기울이지 않고 오로지 그 생각에만 잠겨 있었다. 그리고 자기 마음의 눈앞에 펼쳐진 계시에 두려움을 느꼈다. '어째서 여태까지 이것을 모르고 지내왔을까. 어째서 다른 사람들도 이런 사실을 모르고 있는 것일까.' 그는 한심한 생각이 들었다.

35

첫 번째 휴정이 선포되자 네흘류도프는 곧 자리에서 일어나 다시는 법정에 돌아오지 않겠다고 생각하며 복도로 나갔다. '마음대로들 하라지. 그렇지만 이 끔찍하고, 혐오스럽고, 어리석은 연극에 내가 더 끼어들 수는 없다.' 하고 생각했다.

네흘류도프는 검사의 방을 물어서 찾아갔다. 사환은, 지금 검사님이 바쁘다면서 그를 들여놓지 않으려 했다. 그러나 네흘류도프는 들은 척도 않고 그냥 방 안으로 들어갔다. 그리고 관리에게 자기는 배심원이라고 밝힌 다음 매우 중대한 일로 검사를 만나고 싶으니 전해달라고 말했다. 공작이라는 칭호와 훌륭한 옷차림이 도움 되었다. 관리가 검사에게 가서 말을 전하자 네흘류도프는 안으로 안내되었다. 검사는 네흘류도프가 면회를 강요한 사실이 불쾌하다는 듯 일어선 채로 그를 맞았다.

"무슨 일입니까?" 검사는 굳은 표정으로 물었다.

"저는 배심원으로 네흘류도프라고 합니다. 피고 마슬로바를 꼭 만나보고 싶어서 그럽니다." 네흘류도프는 앞으로의 일생에 결정적인 영향을 미칠 행동을 단행하고 있다는 느낌에 얼굴을 붉히면서도 서슴지 않고 재빠르게 말했다.

검사는 희끗희끗한 머리를 짧게 깎고, 앞으로 튀어나온 아래턱에는 숱이 많은 짧은 수염을 단정하게 기르고 있었으며, 눈빛이 날카로운 눈동자를 빨리 움직이는, 키가 작고 살빛이 거무스름한 사내였다.

"마슬로바요? 물론 알고 있습니다. 독살 혐의로 기소된 여자지요." 검사는 태연스레 말했다. "그런데 무엇 때문에 그 여자를 만나려고 하십니까?" 그러고 나서 약간 부드러운 목소리로 덧붙였다. "그 까닭을 알기 전에는 허가해드릴 수 없는데요."

"극히 중요한 용건 때문에 만나지 않으면 안 됩니다." 네흘류도프는 얼굴이 새빨개지면서 말했다.

"아, 그렇습니까?" 검사는 빈정대듯 말하고 나서 눈을 치켜뜨고 주의 깊게 네흘류도프를 훑어보았다. "그 여자는 이미 공판에 회부되었습니까? 아니면 아직 그냥 있습니까?"

"어제 공판이 있었습니다. 4년 유형이 선고되었습니다만, 부당한 판결이었습니다. 그 여자는 죄가 없습니다."

"그렇습니까? 어제 선고를 받았다면." 검사는 마슬로바가 무죄라는 네흘류도프의 말에 조금도 개의치 않고 말을 이어갔다. "최종 판결의 선고가 있을 때까지는 역시 미결감에 남아 있게 될 것입니다. 거기서는 지정된 날 이익에는 면회가 허가되지 않습니다. 그곳에 가서 의논해보시는 게 좋을 것 같은데요."

"그렇지만 저는 한시바삐 그 여자를 만나지 않으면 안 됩니다." 바야흐로 모든 것을 결정할 순간이 닥쳐온 것을 느끼며 네흘류도프는 아래턱을 덜덜 떨면서 대답했다.

"그것은 또 무엇 때문이지요?" 검사는 약간 불안하게 눈썹을 치키며 되물었다.

"그 여자가 아무 죄도 없는데 유형을 선고받았기 때문입니다. 그리고 그 원인은 저한테 있습니다." 네흘류도프는 떨리는 목소리로, 그러나 꼭 해야 할 말을 하고 있다고 느끼면서 대답했다.

"그건 또 무슨 까닭입니까?" 검사가 물었다.

"그 여자를 농락해 지금 같은 처지에 빠지게 한 원인이 제게 있기 때문입니다. 만일 그 여자가 내게 버림받지 않았더라면 이런 처지에 빠졌을 리도 없고, 또 이번 경우처럼 범죄 혐의도 받지 않았을 겁니다."

"설사 그렇다 하더라도 그것과 면회가 어떤 관계가 있는지 납득이 잘 안 가는데요."

"어떤 관계가 있느냐고요? 솔직히 말씀드리자면, 저는 그 여자를 시베리아까지 쫓아갈 생각입니다. 그리고 결혼할 작정입니다." 네흘류도프는 똑똑히 말했다. 그러자 이 말을 하는 순간 여느 때와 마찬가지로 그의 눈에 눈물이 핑 돌았다.

"아, 그렇습니까?" 검사는 말했다. "그건 참으로 놀라운 일입니다. 공작님은 저 크라스노페르스크 지방의 자치의회 의원이시지요." 검사는 이런 묘한 이야기를 하는 네흘류도프에 대한 말을 전에도 들은 적이 있었던 생각이 나서 물었다.

"실례지만, 그 질문과 내 부탁과는 아무 관계도 없다고 생각하는데요." 네흘류도프는 은근히 화가 나서 신경질적인 목소리로 말했다.

"그야 물론 없습니다." 검사는 조금도 당황하지 않고 보일 듯 말듯 미소를 지으면서 말했다. "그렇지만 공작님의 말씀이 너무나 뜻밖이고 상식적인 태도를 벗어난 것이라서……."

"그래서, 허가해주시겠습니까?"

"허가요? 네, 곧 통행증을 내드리도록 하겠습니다. 잠깐만 기다리십시오."

그는 테이블 앞으로 가서 앉더니 쓰기 시작했다.

"좀 앉으십시오."

네흘류도프는 그대로 서 있었다.

통행증을 다 쓰고 난 검사는 그것을 네흘류도프에게 건네주면서 호기심에 찬 눈으로 그를 살펴보았다.

"또 한 가지 말씀드릴 게 있습니다." 네흘류도프는 말했다. "저는 더 이상 배심원으로 공판에 참석할 수 없습니다."

"그러시다면 아시다시피 이유서를 첨부해서 제출해야 합니다."

"그 까닭은 다른 게 아닙니다. 모든 재판이 무익할 뿐 아니라 부도덕하다는 것을 깨달았기 때문입니다."

"그래요?" 검사는 은근한 미소를 띠며 대답했다. 이 미소는 그런 종류의 견해는 그다지 기발한 것도 아니며, 벌써 몇 번이나 들어온 난센스에 지나지 않는다는 것을 상대편에게 은근히 나타내기 위한 웃음 같았다.

"그렇게 생각하실 수도 있겠지요. 하지만 공작님도 아시다시피 나는 법원의 검사로서 그 의견에 동의할 수 없습니다. 그러니까 그것을 법정에서 분명하게 밝히시는 게 좋겠습니다. 법정에서 공작님의 의견이 정당한지 부당한지를 판결해줄 겁니다. 만약 공작님의 생각이 부당하다고 인정될 때에는 물론 벌금형을 받으셔야 합니다. 어쨌든 법정에 제출하십시오."

"지금 이 자리에서 선고했으니까 그 일로 다른 데를 찾지는 않겠습니다." 네흘류도프는 퉁명스럽게 대꾸했다.

"안녕히 가십시오." 검사는 어서 이 괴상한 손님으로부터 해방되고 싶다는 듯 머리를 숙이며 말했다.

"저 사람이 누굽니까?" 네흘류도프가 밖으로 나가자 엇갈려서 방으로 들어온 배석판사가 물었다.

"네흘류도프입니다. 왜 지난번 크라스노페르스크 군 의회에서 여러 가지 기묘한 의견을 내놓은 친구 말입니다. 이야기가 걸작입니다. 그자는 지금 여기서 배심원 노릇을 하고 있는데, 이번에 유형 선고를 받은 어떤 아가씬지 계집인지가 전에 자기가 농락한 여자라면서 이번에 그 여자와 결혼하기로 마음먹었다는 겁니다."

"네? 설마?"

"본인이 직접 나한테 말했습니다. 괜히 흥분하면서 말이에요."

"요즘 젊은 녀석들은 어딘가 좀 비정상적인 구석이 있단 말이야."

"그런데 그 사람은 젊은 축에 끼지도 않잖소."

"그건 그렇고, 당신네 그 악명 높은 이바셴코프 검사란 자, 정말 지긋 지긋한 친구더군. 한번 말을 꺼내면 도대체 끝이 없으니 말이야."

"그런 자는 사정없이 발언을 못하도록 막아버려야 해요. 그건 일종의 의사 방해로 볼 수 있으니까요……."

36

네흘류도프는 검사와 헤어지자 곧장 미결 구치소로 마차를 달리게 했다. 그러나 거기에는 마슬로바라는 여죄수가 없었다. 소장은 그 여죄 수는 아마 오래된 유형수 감옥에 있을 것이라고 일러주었다. 네흘류도 프는 그곳으로 갔다.

과연 예카테리나 마슬로바는 거기에 수용되어 있었다. 6개월 전에 극 도로 부풀었던 정치적 불만이 경찰의 고의적인 도발로 폭발하는 바람 에 미결감은 학생과 의사, 노동자, 여학생, 간호사들로 만원이라는 사실 을 검사는 깜박 잊고 있었다.

미결감에서 유형수 감옥까지 거리는 꽤 멀어서 네흘류도프가 거기에 닿았을 때는 이미 저녁때가 다 되어 있었다. 그가 거대하고 음침한 건물의 문 앞쪽으로 가려 하자 보초가 들여보내지 않고 벨을 눌렀다. 벨 소리에 간수가 나왔다. 네흘류도프가 허가증을 보이자 간수는 소장의 허가 없이는 들여보낼 수 없다고 말했다. 네흘류도프는 소장 관사로 갔다. 그가 층계를 중간쯤 올라가고 있을 때, 뭔지 복잡하고 웅장한 곡의 피아노 소리가 들려왔다. 한쪽 눈에 안대를 한 하녀가 투덜거리며 문을 여는 순간, 그 피아노 소리가 왈칵 문간으로 쏟아져 나와 네흘류도프의 귀를 때렸다. 그것은 싫증나도록 들은 리스트의 랩소디로, 상당히 능숙한 연주였으나 웬일인지 한 부분만 되풀이하고 있었다. 그 부분의 끝까지 가면 다시 처음부터 시작되었다. 네흘류도프는 안대를 한 하녀에게 소장이 집에 계시느냐고 물었다. 하녀는 없다고 대답했다.

"곧 돌아오십니까?"

랩소디가 멎다가 다시 화려하고 소란스러운 소리를 내며 그 마법에라도 걸린 듯한 대목까지 되풀이되었다.

"잠깐 여쭤보고 오겠어요." 이렇게 말하고 하녀는 들어갔다.

그리고 또다시 랩소디가 요란하게 시작되었으나 그 저주의 대목까지 가기 전에 갑자기 딱 멎었다.

"안 계신다고, 오늘 밤에는 돌아오시지 않는다고 그래. 쵸대받고 가셨다고. 귀찮아죽겠네." 여자의 문소리가 문 안에서 들렸다. 그리고 다시 랩소디가 울리다가 멎더니 의자를 움직이는 소리가 났다. 아마 화가 난 피아니스트가 끈덕진 불청객을 직접 쫓아낼 작정인 모양이었다.

"아버지는 안 계세요." 나오자마자 짜증 나게 말한 것은 흐트러진 머리에다 핏발 선 눈 밑에 파리한 자국이 드러나 창백하고 별로 예쁘지 않은 처녀였다. 그러나 훌륭한 외투를 입은 신사를 보자 그녀는 갑자기 상냥해졌다.

"어서 들어오세요……. 무슨 볼일이시죠?"

"어떤 여죄수를 만나볼까 해서요."

"그러세요, 정치범이겠죠!"

"아니, 정치범은 아닙니다. 검사의 허가증을 갖고 왔습니다만……."

"하지만 저는 모르겠어요. 아버지가 안 계셔서. 아무튼 잠깐 들어오세요." 그녀는 다시 좁은 현관에서 그를 불러들이려 했다. "바쁘시면 부소장님한테 물어보시는 게 어떠세요? 그분은 지금 사무실에 있으니 그분한테 말씀해보세요. 성함이 어떻게 되시죠?"

"고맙습니다."

그녀의 물음에는 대답하지 않고 네흘류도프는 현관에서 나왔다. 현관문이 채 닫히기도 전에 벌써 아까와 같은 활발하고 떠들썩한 피아노 소리가 들리기 시작했다. 그 소리는, 연주되고 있는 장소나 끈기 있게 연습하고 있는 별로 예쁘지 않은 처녀의 얼굴과는 전혀 어울리지 않는 음조였다. 마당에서 네흘류도프는 염색한 콧수염을 뻣뻣하게 세운 젊은 장교를 만나 부소장에 대해서 물었다. 그가 바로 부소장이었다. 그는 허가증을 받아 들고 들여다보더니, 미결감 통행증을 가지고 이곳 통행을 허가한다는 것은 혼자서 결정하기 어렵다고 말했다. 게다가 이미 시간이 늦었다고 했다.

"내일 와주십시오. 내일 10시에 일반 면회가 허가됩니다. 소장님도 계실 겁니다. 내일은 일반 면회자와 함께 면회할 수 있고, 소장님 허가가 있으면 특별히 사무실에서도 만나볼 수 있습니다."

이리하여 네흘류도프는 이날은 끝내 카튜샤를 만나지 못하고 집으로 돌아갔다. 그녀를 만난다는 생각에 가슴 두근거리며 그는 길을 걸었다. 지금은 재판에 관한 것이 아니라 검사와 부소장과 이야기한 것들이 생각났다. 그녀와의 면회 허가를 얻으려고 뛰어다닌 일이며, 자기의 의도를 검사에게 이야기한 일이며, 그녀를 만나려고 두 군데 감옥을 찾아간

일, 그 모두가 그의 마음을 흥분시켜서 오랫동안 마음이 가라앉지 않았다. 집으로 돌아온 그는 곧 오래전부터 손대지 않았던 일기장을 꺼내어 여기저기 읽어본 다음, 다음과 같이 적었다.

나는 2년 동안이나 일기를 쓰지 않았다. 그리고 다시는 이런 어린애 같은 장난으로 돌아가는 일은 없으리라고 생각했었다. 하지만 이것은 어린애 같은 장난이 아니었다. 모든 사람의 마음속에 살고 있는 참답고 거룩한 자기와의 대화였다. 지난 2년 동안 이 마음속의 '내'가 오랫동안 잠들어 있었기 때문에 나는 이야기할 상대가 없었다. 내가 배심원으로 나갔던 4월 28일, 이상한 우연이 법정에서 내 자아의 잠을 눈뜨게 해주었다. 나는 배심원석에서 죄수복을 입은 그녀를, 나에게 배반당한 카튜샤를 보았다. 이상한 오해와 나의 과오 때문에 그녀는 유형 판결을 받았다. 나는 오늘 검사를 찾아갔으며 감옥에도 다녀왔다. 면회는 허용되지 않았으나, 나는 그녀를 만나 지난날의 잘못을 뉘우치고, 그녀와 결혼해서라도 나의 죄를 속죄하기 위해 있는 힘을 다할 결심을 했다. 주여, 저에게 힘을 주소서! 나는 뭐라 말할 수 없이 기분이 상쾌하다. 마음이 온통 기쁨으로 넘쳐 있다

37

그날 밤 마슬로바는 오랫동안 잠을 이루지 못했다. 그래서 눈을 뜨고 누운 채 성당지기 딸이 왔다 갔다 할 때마다 가로막히는 문을 가만히 바라보거나 빨간 머리의 숨소리를 들으면서 이것저것 생각에 잠겼다.

사할린 같은 데 유형을 가더라도 결코 죄수 따위와는 결혼하지 말자,

어떻게 해서든지 감옥의 관리나 서기, 아니면 간수도 좋고 조수라도 괜찮으니 그런 상대를 찾아야겠다고 생각했다. 그들은 모두 색에는 약하다. '다만 여위지 않도록 조심해야지. 여자다움을 잃으면 끝장이야.' 그녀는 변호사가 그녀를 열띤 눈으로 바라보던 일이며, 재판장의 눈과, 지나가다 만난 사람들과, 법원에서 일부러 옆을 지나가던 사람들의 눈빛이 생각났다. 키타예바의 유곽에 있을 때 그녀에게 반한 학생이 찾아와서 그녀에 관해 여러 가지 소식을 묻고는 몹시 섭섭해하더라고, 면회 왔던 베르타가 말해준 일이 생각났다. 그리고 빨간 머리와 싸운 일이 생각나서 그녀가 불쌍해졌다. 그러자 빵을 하나 덤으로 준 빵집 주인 얼굴이 떠올랐다. 여러 가지 생각이 났지만 네흘류도프의 사랑에 대한 것은 한 번도 생각한 적이 없었다. 그것은 너무나도 고통스러웠다. 그런 추억은 마음속 깊숙한 밑바닥에 가만히 가라앉아 있었다. 꿈에서조차 한 번도 네흘류도프를 보지 못했다.

오늘 법정에서 그를 알아보지 못한 것도, 마지막으로 만났을 때 그가 군복 차림으로 짧은 콧수염을 길렀을 뿐 턱수염도 없었고 길지는 않았지만 숱이 많은 고수머리였는데, 지금은 점잖은 얼굴을 하고 턱수염을 기른 탓도 있었으나, 그보다는 그녀가 한 번도 그를 생각한 적이 없었기 때문이었다. 그녀는 과거에 있었던 그와의 모든 추억을, 그가 싸움터에서 돌아오는 길에 고모 집에 들르지 않고 그대로 지나쳐 간 그 무섭고도 어두운 밤 속에 묻어버렸다.

그날 밤까지 그녀는 그가 틀림없이 집에 들르리라고 기대하고 있었다. 그래서 배 속의 아이를 괴롭게 생각하지 않았을 뿐 아니라, 배 속에서 부드럽게, 때로는 갑자기 세게 꿈틀거릴 때면 놀라고 감동까지 했다. 그러나 그날 밤 이후 모든 것이 바뀌어버렸다. 그리고 태어날 아이는 귀찮은 존재에 지나지 않게 되었다.

고모들은 네흘류도프를 기다리다 못해 들르라고 편지를 보냈지만, 그는 시일이 급해서 페테르부르크에 닿아야 하므로 들를 수 없다는 전보를 보내왔다. 그것을 안 카튜샤는 하다못해 한번 보기라도 하려고 역에 나갈 결심을 했다.

기차는 밤 2시에 지나가기로 되어 있었다. 카튜샤는 여주인들이 잠든 뒤에 찬모의 딸인 마시카라는 소녀와 같이 헌 구두를 신고 수건으로 머리를 싸고는 옷자락을 걷어 올리고 역으로 달려갔다.

거센 비바람이 몰아치는 캄캄한 가을밤이었다. 굵은 빗방울이 한차례 퍼붓고는 멈췄다. 들판은 발밑의 길도 보이지 않았고 숲 속은 벽난로 속처럼 캄캄했다. 카튜샤는 익숙한 길이었는데도 숲 속에서 길을 잃었다. 그래서 기차가 3분밖에 정차하지 않는 조그만 역에 닿은 것은, 일찌감치 미리 가 있겠다던 그녀의 희망도 헛되이 두 번째 벨이 울린 뒤였다.

플랫폼으로 달려 올라간 카튜샤는 곧 일등실 창문으로 그의 모습을 보았다. 그 차 안은 한층 더 밝았다. 벨벳으로 된 시트에 웃옷을 벗은 두 장교가 마주 앉아 트럼프를 치고 있었다. 창가의 작은 탁자 위에는 촛농이 흐르는 굵은 촛불이 몇 개나 켜져 있었다. 그는 몸에 딱 붙은 군복 바지에 흰 셔츠 차림으로 외지 팔걸이에 걸터앉아 무엇 때문인지 웃고 있었다. 그녀는 그의 모습을 발견하자 재빨리 얼어붙은 손으로 창문을 두드렸다.

그때 세 번째 벨이 울려 기차가 천천히 움직이기 시작했다. 처음에는 덜컹하고 뒤로 흔들렸다가 이윽고 객차와 객차가 부딪치면서 하나씩 앞으로 나가기 시작했다. 트럼프를 치고 있던 한 사람이 카드를 손에 든 채 일어나서 창문 쪽을 바라보았다. 그녀는 한 번 더 창문을 두드리고 유리창에 얼굴을 밀어댔다. 그때 그 차량도 끌려서 움직이기 시작했다. 장교는 창문 커튼을 내리려 했으나 걸려서 잘 내려가지 않았다. 네흘류도프가 일어나서 그 장교를 밀어내고 커튼을 내리기 시작했다. 기차가 차츰 빨라졌다. 그녀는 창에서 눈을 떼지 않고 처지지 않게 종종걸음으로 달렸다. 기차는 자꾸만 더 속도가 빨라졌다. 그리고 창문의 커튼이 내려진 그 순간 차장이 그녀를 밀어내고 트랩에 올랐다.

카튜샤는 혼자 남았다. 그러나 여전히 플랫폼의 젖은 널빤지 위를 계속 달리고 있었다. 마침내 플랫폼이 끝났다. 카튜샤는 넘어지지 않으려고 기를 쓰며 층계를 뛰어내렸다. 그녀는 달렸다. 그러나 일등실 차량은 이미 아득히 앞쪽에 가 있었다. 그녀 옆을 이등실 차량이 달리고 잇따라 삼등실 차량이 더 빠른 속도로 지나갔다. 그래도 그녀는 정신없이 달렸다. 신호등을 단 마지막 차량이 지나갔을 때, 그녀는 벌써 울타리를 벗어나 급수 탱크 앞까지 와 있었다. 바람이 심하게 불어 머릿수건이 날아가고 치맛자락이 다리에 휘감겼다. 그래도 그녀는 계속 달렸다.

"아줌마, 카튜샤 아줌마!" 가까스로 그녀 뒤를 따라오면서 소녀가 소리쳤다. "수건이 날아갔어요!"

카튜샤는 걸음을 멈췄다. 그리고 뒤돌아서서 느닷없이 소녀를 꽉 껴안고 울음을 터뜨렸다.

"아, 가버렸어!" 그녀는 소리쳤다.

'그이는 환한 차 속에서 부드러운 벨벳 좌석에 앉아 농담하며 술을 마시고 있는데, 나는 이런 캄캄한 진탕에 서서 비바람을 맞으며 울고 있다니.' 이렇게 생각하면서 카튜샤는 땅바닥에 털썩 주저앉아 통곡하기 시작했다. 그 소리가 너무 커서 소녀는 깜짝 놀라 젖은 옷 위로 그녀를 껴안았다.

"아줌마, 집에 가요!"

'이번에 기차가 오면……. 뛰어들자. 그러면 다 끝난다.'

소녀의 말에는 아랑곳없이 카튜샤는 이런 생각을 하고 있었다.

그녀는 그렇게 하기로 결심했다. 그러나 그때 흥분이 지나고 최초의 진정된 마음이 찾아오면 흔히 있듯이, 아이가—배 속에 있는 그의 아이가—갑자기 꿈틀하더니 툭 부딪쳤다가는 쭉 몸을 펴고, 다시 뭔가 가늘고 보드라운 뾰족한 것으로 콕콕 찌르기 시작했다. 그러자 갑자기 바로 얼마 전까지도 도저히 살 수 없다고 생각될 만큼 그녀를 괴롭히던 것도, 그에 대한 증오심도, 죽어서라도 그에게 복수해주겠다던 저주도 어디론가 사라져버렸다. 마음이 가라앉은 그녀는 옷매무새를 고치고 수건을 쓰고는 재빨리 집으로 돌아갔다.

그녀는 피로에 지치고, 비에 젖고, 흙투성이가 되어서 돌아왔다. 그리고 그날부터 그녀의 내부에 정신적인 변화가 시작되고, 그것이 그녀를 오늘과 같은 여자로 만들었다. 그 무서운 밤 후로 그녀는 선을 믿지 않게 되었다. 그때까지는 스스로도 선을 믿었고, 남들도 선을 믿는 줄 알고 있었다. 그러나 그날 밤 후, 아무도 선 따위는 믿지 않으며, 신이나 선을 운운하는 것은 단지 사람들을 속이기 위해서일 뿐이라고 생각하게 되었다.

그녀가 사랑했고 또 그녀를 사랑한 네흘류도프는—그녀는 그렇게 믿고 있었다—그녀의 육체를 향락하고 그녀의 순정을 희롱하고는 그녀를 버렸다. 그래도 그는 그녀가 아는 사람들 가운데서 가장 뛰어난 사람이었다. 다른 사람들은 모두 더 나빴다. 그 후 그녀 자신에게 일어난 일들이 그것을 증명해주었다.

그의 고모들은 신앙심 깊은 노부인들이었으나, 그녀가 이제 여느 때처럼 일을 못하게 되자 내쫓아버렸다. 그녀가 만난 여자들은 다 그녀를 이용해 돈을 벌려고 애썼고, 남자들은 늙은 경찰서장을 비롯해 감옥의 간수에 이르기까지 그녀를 즐기는 대상으로 바라보았다. 어떤 남자에게나 바로 이 쾌락 말고는 아무것도 없었다. 이러한 확신은 그녀가 자유로운 생활을 시작한 지 2년째 되던 해에 만난 늙은 작가에 의해 확실해졌다. 그는 행복이야말로—그는 이것을 시이자 아름다움이라고 불렀다—쾌락에 있다고 그녀에게 단언했다.

사람들은 모두 자기 자신을 위해, 자기의 즐거움만을 위해 살고 있었다. 그리고 신이나 선에 대한 말은 다 거짓이었다. 왜 이 세상은 서로 나쁜 짓을 하고 모두가 괴로워하는 어리석은 구조로 되어 있을까 하는 의문이 생겨도, 그런 것은 일절 생각지 않는 것이 좋았다. 쓸쓸해지면 그녀는 담배를 피우거나 술을 마셨다. 아니, 가장 좋은 방법은 남자들과 재미를 보는 것이었다. 그러면 모든 괴로움이 사라져버렸다.

38

이튿날은 일요일이었다. 여느 때처럼 새벽 5시가 되자 어김없이 기상을 알리는 호각 소리가 여죄수 감방 복도에서 요란스럽게 울렸다. 이미 잠이 깨어 눈을 뜨고 있던 코라블료바가 마슬로바를 흔들어 깨웠다.

'이제 난 유형수다!' 문득 이런 생각에 가슴이 철렁 내려앉으며 마슬로바는 눈을 비비면서 아침이면 지독하게 악취가 감도는 감방 공기를 얼떨결에 깊이 들이마셨다. 다시 잠들어 무의식의 세계로 달아나고 싶었으나 이미 습관이 되어버린 두려움 때문에 잠이 달아난 그녀는, 몸을 일으켜 침대 위에 쪼그리고 앉아 여기저기 둘러보았다. 여죄수들은 벌써 일어났고 아이들만 아직 자고 있었다.

눈이 툭 튀어나온 밀주 장수 여자는 아이를 깨우지 않으려고 조심조심 아이 밑에 깔린 죄수복 옷자락을 빼내고 있었다. 공무집행방해죄로 투옥된 여자는 벽난로 앞에 기저귀로 쓰는 누더기를 널고 있었고, 그녀의 아이는 푸른 눈을 가진 페도샤의 품에 안겨 악을 쓰고 있었다. 페도샤는 부드러운 목소리로 어린애를 달래면서 몸을 좌우로 흔들고 있었다. 폐병쟁이 여자는 가슴을 부둥켜안고 얼굴이 새빨개져서 잇따라 기침을 하다가는 사이사이 고통스러운 소리를 질렀다. 빨간 머리 여자는 눈을 뜨고 그냥 번듯이 드러누워 큰 소리로 어젯밤 꿈 이야기를 재미나게 하고 있었다. 방화범 노파는 보통 때와 마찬가지로 성상 앞에 서서 똑같은 말을 되풀이하며 성호를 긋고 절을 했다. 성당지기 딸은 침대에 걸터앉아 꼼짝도 않고 잠이 덜 깬 게슴츠레한 눈으로 멀거니 앞을 보고 있었다. 미인은 기름을 바른 빳빳한 검은 머리칼을 손가락으로 곱슬곱슬하게 만들고 있었다.

복도에서 무거운 털 장화 끄는 소리가 나더니 자물쇠를 여는 소리가 들리고, 이어서 짧은 웃옷에 발목에서 훨씬 올라간 짧은 잿빛 바지를 입은 변기 소제부 죄수가 두 명 들어왔다. 그들은 굳은 얼굴로 악취가 풍기는 통을 막대기에 둘러 꿰어 어깨에 메고는 감방 밖으로 나갔다. 여죄수들은 세수를 하려고 수도꼭지가 있는 복도로 몰려 나갔다. 빨간 머리 여자는 여기서 또 옆방 여죄수와 한바탕 싸움을 벌였다. 그녀는 욕설을 퍼붓고 고함치며 울부짖었다.

"독방에 처박아야 알겠어?" 간수가 빨간 머리의 투실투실하고 벌거벗은 잔등을 복도 끝까지 울리도록 힘껏 후려치며 말했다. "조용히 못해!"

"아이, 영감님, 힘도 좋으셔." 빨간 머리는 그 매를 애교로 받아넘기며 말했다.

"자, 빨리! 미사드릴 준비들 해."

마슬로바가 머리를 다 빗기도 전에 소장이 직원들을 거느리고 들어왔다.

"점호!" 간수가 외쳤다.

다른 감방에서도 여죄수들이 나왔다. 그들은 복도에 두 줄로 늘어섰고, 뒷줄의 여자는 앞줄의 여자 어깨에 두 손을 얹었다. 모두 점호를 받았다.

점호가 끝나자 여간수가 와서 여죄수들을 성당으로 데리고 갔다. 마슬로바와 페도샤도 감방들에서 쏟아져 나온 백 명도 넘는 행렬 속에 끼여 있었다. 모두 흰 수건에 흰 웃옷과 흰 치마를 입고 있었으나 그중에는 옷을 제멋대로 입은 사람들도 어쩌다 섞여 있었다. 남편을 따라 유형지로 가는 아내들과 아이들이었다. 층계가 이들의 행렬로 메워졌다. 뒷굽이 없는 반장의 가벼운 발소리와 이야기 소리, 그리고 간간이 웃음소리도 들렸다. 마슬로바는 길모퉁이에서 자기의 적인 보치코바를 발견하고 페도샤에게 알려주었다. 층계 아래에서 여죄수들은 입을 다물고 성호를 그으며 절을 한 다음 금빛 찬란한 텅 빈 성당 문 안으로 들어갔다. 여죄수들의 좌석은 오른쪽이었다. 그들은 서로 밀리면서 자리를 잡고 나란히 앉았다. 그들의 뒤를 이어 잿빛 죄수복을 입은 남자 죄수들이—호송 중인 자, 복역 중인 자, 선고로 유형을 받은 자들—헛기침을 해대면서 들어와 성당의 중앙과 왼쪽에 무리 지어 자리 잡았다. 위쪽의 성가대 자리에는 먼저 온 죄수들이 늘어서 있었다. 한쪽에는 마치 자기들 존재를 알리기라도 하듯 머리를 절반쯤 깎은 유형수들이 발에 찬 쇠고랑을 철거덕거렸고, 그 맞은편에는 아직 머리도 깎지 않고 쇠고랑도 차지 않은 미결수들이 서 있었다.

감옥소의 성당은 얼마 전 어느 돈 많은 상인이 수만 루블을 기부해 새로 지은 것으로, 밝은 색채의 금빛으로 찬란하게 꾸며져 있었다.

잠시 성당 안에 침묵이 감돌았다. 단지 코를 훌쩍거리는 소리와 기침 소리, 아이들이 보채는 소리와 쇠고랑 소리만이 이따금 들렸다. 이윽고 중앙에 자리 잡은 죄수들이 어수선해지더니 가운데에 길을 텄다. 그 통로를 소장이 천천히 걸어 들어와 사람들이 똑바로 보이는 성당의 한가운데에 자리 잡았다.

39

미사가 시작되었다.

미사는 매우 이상하고 거추장스러운 금빛 찬란한 비단 제의를 입은 사제가 여러 성인들의 이름과 기도문을 번갈아 외면서 접시에 빵을 잘게 썰어 늘어놓은 다음, 다시 이 빵 조각을 포도주가 담긴 잔 속에 넣는 순서로 시작되었다. 그동안 부제는 끊임없이 자기도 잘 모르는 슬라브어로 된 기도문을 외었고, 그다음에는 죄수들로 이루어진 성가대가 번갈아가며 노래를 불렀다. 그 기도문은 본디 어려운 데다 너무 속도가 빨랐기 때문에 아무도 알아들을 수 없었으나, 요컨대 내용은 대개 황제 폐하와 그 일족의 행복을 비는 것이었다. 이 기도문은 다른 기도문과 함께, 혹은 특별히 단독으로 여러 번 되풀이되었는데 그때마다 사람들은 무릎을 꿇었다. 부제는 이 밖에도 사도행전 가운데 몇 구절을 낭독했는데, 목소리가 지나치게 긴장되어 있어서 역시 알아듣기가 힘들었다. 그러나 사제는 아주 똑똑한 목소리로 마르코복음서 중 한 구절을 읽었다. 그것은 '부활하신 예수 그리스도께서 하늘에 오르셔서 하느님 아버지의 오른쪽에 앉기 전에 먼저 막달라 마리아에게 나타나, 그 몸에서 일곱 악령을 쫓아내시고 열한 명의 제자들에게 나타나 말씀하시되 온갖 천지 만물에게 복음을 전하라, 믿지 않는 자는 벌을 받고 믿고 세례를 받는 자는 구원을 얻으리라 하시고, 병든 자에게 손을 얹음으로써 병을 낫게 하고, 새로운 말로 이야기하며, 뱀을 맨손으로 잡을 뿐 아니라 독을 마셔도 죽지 않고 여전히 건강하시더라.' 하는 내용이었다.

이 미사의 핵심은 사제가 잘게 썰어 포도주에 담근 빵 조각이 일정한 동작과 기도를 거쳐 하느님의 살과 피로 바뀐다고 생각되는 데 있었다. 일정한 동작이라는 것은 곧 사제의 행동이었다. 그것은 사제가 거추장스러운 금빛 찬란한 제의 자락이 방해가 되는데도 두 손을 높이 쳐들고 한참 동안 그대로 서 있다가 그 자세로 꿇어앉아 테이블과 그 위에 놓여 있는 물건에 입을 맞추는 것이었다. 그 가운데서도 가장 중요한 동작은 사제가 접혀 있는 하얀 냅킨을 두 손으로 펴 접시와 금잔 위에서 흔드는 것이었다. 바로 이때 포도주와 빵이 하느님의 살과 피로 변한다고 알려져 있으므로, 미사 가운데서도 특히 이 대목이 가장 엄숙하게 꾸며져 있었다.

"가장 거룩하시고 정결하시며 다복하신 성모를 위하여." 사제는 휘장 뒤로 가서 우람한 소리로 기도문을 읽었다. 그러면 성가대가 그 뒤를 받아 장엄하게 순결한 처녀의 몸으로 그리스도를 낳은 동정녀 마리아를 찬송하고 마리아는 천사 케루빔보다 더한 존경과 세라핌보다 더한 영예를 받을 만하다는 뜻의 노래를 불렀다.

이 노래가 끝나면 일단 성찬의 기적이 이루어진 것으로 생각하고 사제는 접시에서 하얀 냅킨을 걷어치운 다음 가운데의 빵 조각을 넷으로 잘라 먼저 포도주 속에 넣고 다음에는 자기 입에 넣었다.

이로써 그는 하느님의 살 한 점을 먹고 피 한 모금을 마신 셈이 되는 것이었다. 이 의식을 끝낸 사제는 휘장을 걷고 가운데 문을 연 다음 한 손에 금잔을 들고 무리들 앞으로 나와서 잔 속에 있는 하느님의 피와 살을 먹고 싶은 사람은 앞으로 나오라고 말했다.

이 부름에 따라 아이들 몇 명이 앞으로 나갔다. 사제는 먼저 아이들의 이름을 하나하나 물어보고 나서 침착한 태도로 잔 속에서 포도주에 적신 빵 조각을 숟가락으로 떠내어 하나씩 아이들의 입에 넣어주었다. 그러면 옆에서 부제가 아이들의 입을 닦아주며 아이들이 하느님의 살을 먹고 피를 마셨다는 뜻의 노래를 불렀다. 그것이 끝나자 사제는 다시 잔을 휘장 뒤로 가지고 가서 잔에 아직 남아 있는 피와 살을 깨끗이 먹어치운 다음 콧수염을 핥고, 입과 잔을 말끔히 닦아낸 뒤 만족스러운 듯 엷은 송아지 가죽 구두의 얇은 뒤축을 가볍게 울리며 휘장 뒤에서 성큼성큼 걸어 나왔다.

이것으로 러시아 정교의 주요 미사 절차가 모두 끝났다. 그러나 사제는 불행한 죄수들을 위해서 보통 미사 의식 외에 또 다른 특별한 의식을 준비해놓고 있었다. 이 특별한 의식에 따라 지금 막 자기가 먹은 하느님의 모습을 본따 만든 도금한—얼굴과 손은 검었다—성상과 열 자루의 촛불 앞에 서서, 노래도 아니고 설교도 아닌 묘한 어조로 다음과 같은 말을 시작했다.

"자비로우신 예수님, 사도의 영광이시며 순교자의 찬송이시고 전지전능하신 예수님이시여, 우리를 구원해주시옵소서. 우리의 구원자이시며 가장 아름다우신 주 예수여, 당신을 그리며 모여드는 모든 자들을 구원하소서. 우리 구주이신 주 예수여, 당신을 낳으신 자와 당신의 거룩하신 뭇 예언자들의 기도에 의하여 우리를 긍휼히 여기소서. 우리 구주 예수여, 천국의 기쁨을 우리에게 베풀어주시옵소서. 모든 인간을 사랑하시는 주 예수여!"

사제는 여기서 잠시 말을 멈추고 성호를 긋더니 허리 굽혀 절을 했다. 죄수들은 그의 행동에 따랐다. 소장도 간수도 죄수도 다들 머리를 숙였다. 왼쪽에 자리 잡은 죄수들 사이에서 족쇄의 철거덕거리는 소리가 한결 더 시끄럽게 들려왔다.

"모든 천사의 창조자이시고 절대의 권위를 지니신 주여." 사제는 다시 말을 계속했다. "참으로 영묘하신 예수여, 모든 천사의 놀라움, 우리 조상의 구원이신 참으로 힘세신 예수여, 자비로우시고 온 족장의 찬송 받으시는 예수여, 모든 왕들 위에 군림하시는 왕 가운데 왕이신 예수여, 모든 예언자들의 실증이신 예수여, 기적을 이룬 모든 순교자들의 기둥이신 예수여, 온화하고 모든 수도자의 기쁨이신 예수여, 너그러우시고 수도자의 계율이신 마음 착한 예수여, 모든 성인 성녀의 기쁨이시고 동경이신 예수여, 동정인 사람들의 수호자이신 정결하신 예수여, 영원하시고 모든 죄인들의 구원자이신 예수여, 하느님 아버지의 독생자이신 예수여……. 우리를 긍휼히 여기소서."

사제는 예수라는 말을 되풀이할 때마다 차츰 더 말꼬리를 높여 나중에는 휘파람 소리를 내면서 겨우겨우 마쳤다. 그는 한쪽 손으로 비단 안감을 댄 옷자락을 붙들고 한쪽 무릎만을 굽혀 이마가 마루에 닿도록 깊이 절했다. 성가대는 사제의 마지막 말을 노래로 부르기 시작했다.

"하느님 아버지의 독생자이신 예수여, 우리를 긍휼히 여기소서……." 죄수들은 반쯤 깎은 머리를 흔들며 발에 찬 쇠고랑과 사슬을 쩔그렁거리면서 계속 꿇어앉았다 일어났다 했다.

이런 식으로 미사는 매우 오랫동안 계속되었다. 성가대는 처음에 '우리를 긍휼히 여기소서.'라는 말로 끝나는 노래를 부르더니 이어 '할렐루야'로 끝나는 새로운 찬송가를 불렀다. 죄수들은 성호를 긋고 절을 했다. 처음에는 찬송가 하나가 끝날 때마다 머리를 숙였으나 나중에는 한 번씩 걸러서 머리를 숙였고, 마침내는 두 번씩 걸러서 머리를 숙였다. 그리하여 노래가 다 끝났을 때는 모두가 가슴을 쓰다듬으며 좋아했다. 사제도 안도의 숨을 내쉬고는 기도서를 덮고 휘장 뒤로 들어갔다. 이제 마지막으로 한 가지 일이 남아 있었다. 사제는 큰 테이블에서 끝에 칠보 메달을 새긴 금 십자가를 집어 들고 성당 한가운데로 걸어 나왔다. 먼저 소장이 사제 앞으로 걸어 나가 십자가에 입을 맞추고 그다음에는 부소장, 이어서 간수들이 입을 맞췄다. 그 뒤를 죄수들이 서로 밀치면서 나직이 욕지거리를 내뱉으며 사제 앞으로 나아갔다. 사제는 소장과 잡담을 나누면서 십자가를 죄수들의 입에 내밀기도 하고 십자가와 자기의 손을 죄수의 코에 들이대기도 했다. 죄수들은 십자가와 사제의 손에 입을 맞추려고 열심이었다. 이런 식으로 길 잃은 어린 양들을 위로하고 교화하기 위해서 베풀어지는 미사 의식은 마침내 끝났다.

40

이 미사에 참석한 사람들은 사제와 소장을 비롯해 마슬로바에 이르기까지, 사제가 온갖 묘한 말로 찬송하면서 휘파람 소리 같은 목소리로 수없이 그 이름을 되풀이했던 예수 그 자신이, 이 자리에서 벌어진 바로 그런 일을 모두 금했다는 사실을 생각한 사람은 없었다.

예수는 사제나 교직자들이 빵과 포도주를 가지고 행하는 무의미하고 모독적인 푸닥거리를 금했을 뿐 아니라 어떤 사람들이 다른 사람들을 스승이라고 부르는 것도 명백히 금했으며, 성당 안에서의 요란한 기도 대신 한 사람 한 사람이 혼자서 기도하라고 명령했다. 예수는 또한 회당 자체를 금하고, 자기는 제단을 헐어버리기 위하여 왔으며 기도는 회당 안에서 하는 것이 아니라 마음과 진리 속에서 해야 한다고 말했다. 특히 이곳에서 벌어지고 있는 것같이 사람을 재판하고 감금하고 괴롭히고 욕보이고 고문하는 것을 금했고, 타인에 대한 폭력을 금했으며, 죄수들을 자유롭게 해방시켜주기 위하여 왔노라고 말했다.

이 자리에 참석한 사람 가운데 누구 한 사람도, 여기서 벌어진 일들이 그리스도의 이름으로 진행되었지만 사실은 그리스도에 대한 가장 큰 모독이자 비웃음이라는 생각을 하지 않았다. 사제가 죄수들에게 입 맞추게 한, 칠보 메달이 끝에 새겨진 금 십자가만 하더라도 예수가 그와 같은 짓을 금한 대가로 사형을 받았을 때 사용한 바로 그 형구를 본뜬 것이라는 생각을 한 사람은 하나도 없었다. 그리고 빵과 포도주의 형태로 그리스도의 살과 피를 먹었다고 생각하는 사제라는 사람들이, 사실은 빵과 포도주로서가 아니라 그리스도가 아닌 사람들의 살과 뼈를 먹고 있다는 것을 생각한 사람도 없었다. 그들은 그리스도가 자기 몸처럼 여기던 약한 사람들을 현혹하고 있을 뿐 아니라 그리스도가 이 세상에 편 복음을 그들이 보지 못하게 가림으로써 그들로부터 가장 큰 행복을 빼앗고 그들로 하여금 가장 잔인한 고통 속에 빠지게 함으로써 실제로 그리스도의 살을 뜯어 먹고 피를 마시고 있었다.

사제는 방금 행한 모든 일에 대해 털끝만큼도 양심의 가책을 느끼지 않았다. 그것은 그가 어릴 때부터 이것이 옛날 성자들이 믿어왔고 지금도 종교계나 속세의 높은 사람들이 믿고 있는 오직 하나의 참된 종교라고 배워왔기 때문이었다. 그는 빵이 정말 살로 바뀐다든가, 될 수 있는 대로 말을 길게 늘어놓는 것이 영혼을 구제하는 데 더 효과적이라든가, 또는 지금 먹은 것이 정말로 하느님의 살이라고 믿는 것은 아니었다. 그런 것을 어찌 믿을 수 있겠는가. 다만 그는 이런 신앙을 믿어야 한다는 것을 믿을 뿐이었다. 그로 하여금 이 신앙을 믿도록 만든 가장 큰 이유는, 이러한 성례를 실행함으로써 이미 18년 동안이나 일정한 보수를 받아왔으며 이 보수로 아들을 중학교에, 딸을 신학교에 보내고 있다는 사실이었다. 이런 점에서 본다면 부제는 사제보다 더 굳게 이것을 믿고 있었다. 왜냐하면 그는 신앙의 본질과 교리 따위는 완전히 잊어버렸지만 그저 장례식이나 추도식이나 미사나 보통의 기도식을 막론한 그의 봉사에 일정한 값이 붙어 있어서 진짜 그리스도교도라면 기꺼이 그 돈을 지불한다는 사실밖에 모르기 때문이었다. 그래서 그는 마치 장사꾼이 장작이나 밀가루나 감자를 파는 것과 같은 태연한 심정으로 자기가 해야 할 일의 필요성을 냉정하게 확신하고 있었으므로 "주여, 긍휼히 여기소서." 하고 외치기도 하고 판에 박은 일정한 구절의 노래를 부르기도 하고 큰 소리로 낭독하기도 했다. 하물며 소장이나 간수들에 이르러서는 이러한 의식의 의의가 정말 어디에 있는지, 교회에서 진행되는 일이 무슨 의미가 있는지 그런 것은 전혀 몰랐으며, 또 이해하려고 하지도 않았다. 상관은 물론 황제도 이 종교를 믿고 있으니 자기도 꼭 믿어야 하는 것이라고 믿을 뿐이었다. 그뿐 아니라 그들은 어렴풋이나마 이 신앙이 그들의 직무를 변호해주고 있다는 느낌을 갖고 있었다. 그러나 그들 가운데에서 왜 그렇게 되는지 뚜렷하게 설명할 수 있는 사람은 아무도 없었을 것이다. 만일 이러한 신앙마저 없었더라면 그들은 남을 괴롭히는 일을 그토록 편안한 마음으로 전력을 기울여서 해치울 수 없었을 것이다. 아마도 그것은 곤란할 뿐 아니라 불가능한 일이었을 것이다.

이 감옥의 소장만 해도 실은 몹시 선량한 사람이었으므로 만약 이 신앙에서 마음의 의지를 얻지 못했더라면 이런 직무를 감당해낼 수 없었을 것이다. 그래서 그는 아까도 꼿꼿이 선 채로 열심히 머리를 숙이기도 하고 성호를 긋기도 했다. 그뿐 아니라 '케루빔과 함께'라는 노래를 부를 때에는 짐짓 감동하려고 노력했고, 또 사제가 성찬을 나눠줄 때는 앞으로 걸어 나가서 성찬을 받은 아이들을 안아 사제 쪽으로 밀어주기도 했다.

이 신앙이 사람들에게 미치는 기만성을 명확히 꿰뚫어 보고 속으로 비웃는 몇몇 사람들을 제외한 대다수 일반 죄수들은 이들 금빛 찬란한 성상과 양초와 술잔과 제의와 십자가와 "전능하신 예수." "긍휼히 여기소서." 하고 수없이 되풀이되는 묘한 말 속에 무언가 신비로운 힘이 깃들어 있어서 그것에 의해 현세와 내세에서 많은 행복을 얻을 수 있다고 믿고 있었다. 물론 그들 대부분은 기도나 양초 헌납이나 미사 등의 방법으로 이 세상에서 행복을 얻으려고 여태껏 노력해왔으며, 대개는 그 효과를 보지 못했었다. 그러나 그들은 비록 자기의 기도가 이루어지지 못했더라도 그것은 있을 수 있는 일이며, 더욱이 학자나 사제들이 권장하는 교회라는 것은 저승에 가서도 꼭 필요하고 매우 중요한 제도라고 굳게 믿고 있었다.

마슬로바 역시 그렇게 믿고 있었다. 그녀도 미사가 진행되는 동안 다른 사람들과 마찬가지로 경건함과 지루함이 뒤섞인 감정을 줄곧 느끼고 있었다. 그녀는 처음에는 벽 뒤에 몰려 있는 사람들 사이에 서 있었으므로 자기의 동료들밖에 볼 수가 없었다. 그러나 성찬을 받을 차례가 되어 페도샤와 함께 앞으로 나갔을 때, 그녀의 눈에는 소장과 저쪽에 서 있는 간수들 틈에 하얀 수염을 기른 아마 빛깔 머리를 한 농부가 눈에 띄었다. 페도샤의 남편이었다. 뚫어지게 자기 아내를 바라보고 있었다. 마슬로바는 성모송을 부르는 동안 열심히 그를 살펴보면서 페도샤와 소곤거렸으며, 다른 사람들이 성호를 긋거나 절을 할 때만 따라 했다.

41

네흘류도프는 아침 일찍 집을 나섰다. 근처 골목에 살고 있는 농사꾼들이 아직도 짐마차를 타고 지나가면서 요란스레 외치고 있었다.

"우유요, 우유! 우유요, 우유!"

전날 밤에 처음으로 따뜻한 봄비가 내렸다. 포석이 깔리지 않은 곳 어디에나 풀들이 파릇파릇한 싹을 내밀기 시작했다. 집 마당에 서 있는 자 작나무에 파르스름한 솜털이 온통 돋아났으며, 벚나무와 포플러에는 길 쭉한 이파리가 싱그럽게 돋아나고 있었다. 살림집이나 가게나 모두 창 문을 빼내어 닦고 있었다. 네흘류도프가 지나가는 고물 시장에는 한 줄 로 늘어선 수많은 사람들이 법석대고 있었다. 겨드랑이에 장화를 낀 사 람들이며 줄이 선 바지와 조끼를 어깨에 걸친 누더기 옷차림의 사람들 이 시장 바닥을 돌아다니고 있었다.

술집 근처는 벌써부터 공장에서 놀러 나온 직공들로 붐비고 있었다. 남자는 말쑥한 반코트에 번쩍거리는 장화를 신었으며, 여자는 화려한 비단 스카프로 머리를 싸매고 유리구슬 장식이 달린 외투를 입고 있었 다. 노란 권총 혁대를 찬 경찰들이 저마다 자기 담당 장소에 서서 무슨 심심풀이 사건이라도 일어나지 않나 기대하는 눈으로 여기저기 두리번 거리고 있었다. 그리 넓지 않은 가로수 길이나 파릇파릇 잔디가 돋아나 기 시작한 잔디밭에는 아이들과 개들이 한데 어울려 뛰놀고 있었으며, 유모들은 벤치에 나란히 앉아서 서로 즐겁게 잡담을 나누고 있었다.

그늘진 왼쪽은 아직도 냉랭하고 습기가 차 있었지만 길 한복판이 말 라 있는 차도 위에는 무거운 짐마차가 끊임없이 요란한 소리를 울리며 서 달려가고 있었고, 승용 마차의 삐걱거리는 소리와 철도마차의 방울 소리가 온 거리를 휘덮고 있었다. 사방에서 들려오는 여러 소리와 지금 감옥에서 벌어지고 있는 것 같은 예배에 사람들을 불러들이기 위한 성 당 종소리가 울려 퍼지고 있었다.

네흘류도프를 태운 마차는 감옥 정문 앞까지 가지 않고 감옥으로 가 는 길모퉁이에서 멈췄다. 보따리를 옆에 낀 몇 명의 남녀가 감옥에서 백 걸음 쯤 떨어진 이 길모퉁이에 서 있었다. 길 오른쪽에는 그리 크지 않 는 목조 건물들이 늘어서 있고 왼쪽에는 무어라고 간판을 내건 이층집이 한 채 서 있었다. 그 앞의 석조 건물인 감옥에는 면회자들이 바로 앞까지 다가가는 것이 금지되어 있었다. 총을 멘 보초가 왔다 갔다 하면서 그 앞을 가로질러 가려는 행인들에게 호통치고 있었다. 보초 맞은편에 있는 오른쪽 목조 건물 곁에서는 소매에 금줄이 달린 제복을 입은 수위가 수첩을 펴 들고 벤치에 앉아 있었다. 면회자가 그 앞에 가서 만나고 싶은 사람의 이름을 대면 그 이름을 수첩에 적었다. 네흘류도프도 수위 앞에 가서 예카테리나 마슬로바의 이름을 댔다. 금줄이 달린 제복을 입은 수위가 수첩에 적었다.

"왜 아직 들어갈 수 없습니까?" 네흘류도프는 물었다.

"지금 미사를 보고 있는 참입니다. 끝나는 대로 곧 들어갈 수 있을 겁니다."

네흘류도프는 기다리고 있는 면회자들 쪽으로 걸어갔다. 그때 갑자기 사람들 속에서 남루한 옷차림에 헐어빠진 모자를 쓰고 맨발에 슬리퍼를 신은 사나이가 온통 얼굴을 붉히며 허둥지둥 뛰어나와 감옥 쪽으로 가려고 했다.

"이봐, 어디 가는 거야?" 총을 멘 보초가 그를 보고 소리쳤다.

"네놈은 또 뭐가 잘났다고 떠들어, 떠들기는!" 그자는 보초의 고함에 조금도 기죽지 않고 대꾸하면서 되돌아왔다. "들여보내 주지 않겠으면 그만둬. 기다리면 되지! 쳇, 뭐 대단한 것처럼 호령을 하고 야단이람. 자기가 무슨 장군이나 된 것처럼 말이야."

모인 사람들 속에서 그 말 한번 잘했다는 듯이 와 하고 웃음소리가 일었다. 대체로 면회자들은 초라한 옷차림이었고 그중에는 누더기를 걸친 사람도 더러 있었으나 몇 명은 점잖은 차림이었다. 네흘류도프의 바로 옆에 서 있는 혈색 좋고 뚱뚱한 남자만 해도 훌륭한 옷차림에 말쑥이 면도까지 하고 있었다. 손에 든 보따리는 속옷 같아 보였다. 네흘류도프는 그 남자에게 면회를 처음 왔느냐고 물어보았다. 그는 일요일마다 온다고 대답했다. 두 사람은 여러 가지 이야기를 나누었다. 그는 어느 은행의 수위인데 사기죄로 갇혀 있는 형을 만나러 왔노라고 했다. 사람 좋아 보이는 그는 먼저 자기의 신상 이야기를 네흘류도프에게 모조리 털어놓은 다음 그에게도 꼬치꼬치 캐물었다. 그런데 그때 마침 체구가 당당한 검정 순종 말이 끄는 마차가 다가와 그들의 눈길은 자연 그리로 쏠렸다. 마차에는 대학생 하나와 얼굴에 베일을 쓴 아가씨 한 명이 타고 있었는데, 대학생은 큼직한 보따리를 안고 있었다. 그는 마차에서 내려 네흘류도프에게로 와서, 자기는 좋은 일을 할 목적으로 빵을 가지고 왔는데 줄 수 있는지, 그러려면 어떤 절차를 밟아야 하는지 물었다.

"이것은 제 약혼녀가 바라는 일입니다. 이 사람이 제 약혼녀지요. 이 사람의 부모님께서 죄수들에게 빵을 나눠 주라고 권하셨습니다."

"나도 오늘 처음 왔기 때문에 잘 모르겠습니다만, 저기 저 사람한테 물어보면 알 수 있을 겁니다." 네흘류도프는 수첩을 꺼내 들고 오른편 벤치에 앉아 있는, 금줄 달린 제복을 입은 수위를 가리켰다.

네흘류도프가 대학생과 이야기하고 있을 때 한가운데 조그만 창문이 달린 커다란 철문이 무겁게 열리더니 그 속에서 군복을 입은 간수장이 간수 한 사람을 데리고 나타났다. 명부를 손에 든 간수가 면회자들에게 입소가 시작되었다고 알렸다. 수위는 옆으로 물러났다. 그러자 한꺼번에 면회자들 무리가 뒤처질세라 재빨리 문으로 밀려들었다.

달려가는 사람도 있었다. 문 옆의 간수 한 사람이 서서, 면회자가 그 앞을 지나갈 때 "열여섯, 열일곱." 하고 큰 소리로 세었다. 건물 입구에 또 한 명의 간수가 서서 다음 문으로 가는 사람을 하나하나 몸수색해가며 세고 있었다. 이것은 수를 세었다가 면회자가 돌아갈 때 한 사람이라도 감옥 안에 남거나 단 한 사람의 죄수라도 섞여 도망가지 못하게 하

202

기 위해서였다. 그 간수는 앞을 지나가는 사람의 얼굴은 거들떠보지도 않고 네흘류도프의 등을 손바닥으로 툭 쳤다. 이 간수의 손이 닿았을 때 모욕감을 느낀 것이 그는 부끄러웠다.

문을 들어서니 쇠창살이 달린 조그만 창이 몇 개나 있는 둥근 천장의 방이 있었다. 이곳은 집회소라 불리는 방으로, 네흘류도프는 이곳에서 뜻밖에도 우묵하게 들어간 벽에 걸려 있는 큼직한 그리스도 상을 보았다.

'어떻게 이것이?' 그는 문득 생각했다. 그는 상상 속에서 무의식적으로 그리스도 상을 죄수들이 아니라 자유로운 사람들과 결부해서 생각하고 있었다.

네흘류도프는 앞다투며 걸어가는 면회자들의 뒤에 처져 여기 갇혀 있는 흉악한 죄수에 대한 두려움과 카튜샤 같은 억울한 사람들에 대한 동정이 섞인 야릇한 감정에 사로잡히면서 천천히 걸어갔다. 그의 마음속에는 눈앞에 닥친 면회에 대한 감동과 착잡함이 뒤섞여 있었다. 이 방을 지나갈 때 출구에 서 있던 간수가 그에게 뭐라고 말했으나 네흘류도프는 자기 생각에 사로잡혀 무심히 흘려듣고 면회자들이 많이 가는 쪽으로 따라갔다. 그쪽은 여죄수 감방 쪽이 아니라 남자 죄수 감방이었다.

서두르는 사람들을 먼저 보내고 그는 맨 나중에 면회실로 들어갔다. 문을 열고 들어가는 순간 먼저 그를 놀라게 한 것은 수백 명에 가까운 사람들이 외치는 소리가 하나로 뒤섞인, 귀가 멍해지도록 우렁찬 아우성이었다. 설탕에 낀 파리 떼처럼 철망에 달라붙은 사람들 곁에 가까이 가보고서야 네흘류도프는 사정을 알았다. 바로 앞 벽에 몇 개의 창문이 있는 이 방은 바닥에서 천장까지 철망을 쳤는데—그것도 한 장이 아니라 두 장이었다—그 사이의 통로를 간수들이 왔다 갔다 하고 있었다. 철망 저쪽에는 죄수들이 있고 이쪽에는 면회자들이 있었다. 그들 사이에 가로놓인 두 겹으로 된 철망은 3미터 남짓 거리가 있었으므로 물건을 건네주기는커녕 눈이 몹시 나쁜 사람은 얼굴을 자세히 볼 수도 없었다. 말을 하기도 어려워서 상대방에게 들리게 하려면 목청껏 소리쳐야만 했다. 서로 자세히 보고 필요한 말을 주고받으려고 기를 쓰는 아내와 남편, 아버지와 어머니, 그리고 아이들의 얼굴들이 양편 철망에 얼굴을 대고 매달려 있었다. 그러나 저마다 상대방에게 들리게 하려고 기를 쓰는 데다가 옆 사람도 같은 생각이라 서로의 소리가 방해를 했다. 그래서 서로가 옆 사람 소리를 이기려고 고함을 질렀다. 이 방에 들어선 순간 네흘류도프를 놀라게 한 괴상한 아우성은 이 때문이었다. 그들이 지껄이는 말의 내용을 알아듣는다는 것은 불가능했다. 그저 그들의 표정을 봄으로써 그 말이 무슨 뜻인지 또 어떤 사이인지 짐작할 수밖에 없었다.

네흘류도프의 바로 옆에서는 수건을 쓴 노파가 철망에 얼굴을 갖다 대고 턱을 떨면서 머리를 절반쯤 깎은 창백한 젊은이에게 뭔가 외치고 있었다. 젊은 죄수는 눈썹을 치켜세우고 상을 찌푸리며 열심히 그 말을 듣고 있었다. 노파 옆에는 짧은 망토를 입은 젊은 남자가 서 있었다. 그는 지친 얼굴에 희끗희끗한 턱수염을 기른, 그를 닮은 죄수가 외쳐대는 말을 귀에 손을 갖다 대고 머리를 끄덕이면서 듣고 있었다.

그 옆에는 누더기를 입은 남자가 손을 흔들면서 뭐가 외치며 웃고 있었다. 그 옆에는 고급 모직 숄을 두른 여자가 어린아이를 안고 바닥에 앉아 흐느껴 울고 있었다. 아마도 철망 안에서 죄수복을 입고 머리를 깎고 족쇄를 차고 서 있는 백발의 죄수를 처음 만나러 온 모양이었다. 그 옆에는 아까 밖에서 기다리고 있을 때 네흘류도프와 이야기를 나눈 은행 수위가 눈이 번들거리는 대머리 죄수에게 큰 소리로 외치고 있었다. 네흘류도프는 자기도 이런 조건 아래서 이야기해야 한다는 것을 깨달았을 때, 이런 제도를 만든 사람들, 그리고 그것을 지키고 있는 사람들에게 분노가 치밀어 오름을 느꼈다.

이런 무서운 상태, 인간의 감정에 대한 이와 같은 우롱에 아무도 모욕을 느끼지 않는 것이 그는 놀라웠다. 수위도, 소장도, 면회자들도, 죄수들도 이것이 당연한 것처럼 인정하고 또 예사로 그런 행동을 하고 있는 것이었다.

네흘류도프는 안타까움과 자기의 무력함을 자각하고 사회와의 괴리를 의식하면서 묘한 감정에 사로잡혀 5분쯤 그 방에 머물러 있었다. 뱃멀미 같은 마음의 구토증이 그를 메스껍게 했다.

42

'어쨌든 온 목적을 이루어야 한다.' 하고 네흘류도프는 스스로를 격려했다. '그런데 어떻게 하면 좋을까?'

그는 사방을 두리번거리며 담당 관리를 찾기 시작했다. 장교 견장을 달고 턱수염을 기른, 키 작고 여윈 남자를 발견하고 그쪽으로 갔다.

"잠깐 말씀 좀 묻겠습니다." 그는 특히 공손한 태도로 말했다. "여죄수는 어디 있습니까? 그리고 면회는 어디서 해야 하는지요?"

"여죄수 감방에 볼일이 있습니까?"

"네, 어떤 여죄수를 만나볼까 하고……." 네흘류도프는 역시 긴장된 공손한 태도로 대답했다.

"그러시다면 아까 집합소에서 그렇게 말씀하실 걸 그랬습니다. 누구를 만나시려고요?"

"예카테리나 마슬로바를 만나고 싶습니다."

"정치범입니까?" 부소장은 물었다.

"아닙니다. 보통의……."

"그럼 형을 받았습니까?"

"네, 그저께 선고받았습니다." 네흘류도프는 자기에게 호의를 보이는 듯한 부소장의 기분을 건드려서는 안 되겠다고 생각하며 순순히 대답했다.

"그러시다면 이쪽으로 오십시오." 부소장은 네흘류도프의 풍채에서 이 사람은 정중히 다룰 필요가 있다고 여겼는지 이렇게 말했다. "시도로프!" 하고 그는 가슴에 훈장을 여럿 달고 수염 난 하사를 불렀다.

"이분을 여죄수 감방으로 안내해드려."

"네."

이때 철망 앞에서 가슴을 도려내는 듯한 누군가의 통곡 소리가 들려왔다. 그러나 무엇보다도 기이하게 여겨진 것은 부소장과 간수장에게, 이 건물 안에서 벌어지고 있는 모든 잔혹한 행위의 실행자들에게 은혜를 느끼고 감사해야 하는 입장에 빠졌다는 점이었다.

간수장은 네흘류도프를 데리고 남자 죄수 면회실에서 복도로 나가 곧 반대쪽 문을 열고 여죄수 면회실로 그를 인도했다.

이 방도 남자 죄수 면회실과 마찬가지로 두 장의 철망에 의해 세 칸으로 나뉘어 있으나 방은 훨씬 더 작고 면회실과 죄수도 적었다. 그러나 아우성은 남자 죄수 면회실과 마찬가지였다. 역시 철망 사이를 간수가 왔다 갔다 하고 있었다. 이곳의 여자 간수는 소매 끝에 금줄과 전체에 푸른 테 장식을 두른 제복을 입고, 남자 간수와 같은 혁대를 매고 있었다. 여기도 남자 죄수 면회실과 마찬가지로 사람들이 철망 양쪽에 다닥다닥 붙어 있었다. 이쪽에는 온갖 차림의 시민들, 저편에는 여죄수들이라 흰 죄수복 차림도 있고 사복을 입은 사람도 있었다. 철망은 사람들로 가득 메워져 있었다. 발돋움하고 서서 남의 머리 너머로 외치는 사람도 있고, 바닥에 앉아 이야기를 주고받는 사람도 있었다.

귀청이 떨어질 듯한 소리나 외모 가운데서 가장 눈에 띈 것은, 스카프가 흘러내려 곱슬머리가 마구 헝클어진 채 철망 저쪽 방 한복판의 기둥 옆에 있는 여윈 집시 여자였다. 그런데 그녀는, 푸른 프록코트를 입고 허리 아래쪽에 혁대를 단단히 맨 집시 남자에게 몸짓과 손짓을 섞어가며 뭔가 소리치고 있었다. 집시 남자 옆에는 한 병사가 마룻바닥에 웅크리고 앉아서 여죄수와 말을 주고받고 있었다. 그 옆에는 숱이 적은 턱수염을 기르고 짚신을 신은 젊은 농사꾼이 간신히 눈물을 참는 듯 빨개진 얼굴로 철망에 매달려 있었다. 그와 이야기하는 사람은 사랑스러운 금발의 여죄수였으며 맑은 푸른 눈으로 지그시 남자를 바라보고 있었다. 페도샤와 그 남편이었다. 그 옆에서는 누더기를 입은 남자가 푸석하게 머리를 풀어 헤친, 얼굴이 큰 여자와 이야기하고 있었다.

그다음에는 여자가 둘, 그리고 남자, 그리고 여자가 있었고, 저마다의 짝들이 여죄수와 마주 보고 있었다. 그 속에 카튜샤의 모습은 보이지 않았다. 그러나 여죄수들 뒤에 다른 여자가 한 사람 서 있었다. 네흘류도프는 순간 그녀가 카튜샤임을 깨달았다. 갑자기 가슴의 고동이 심해지고 숨이 막혀옴을 느꼈다. 결정적인 순간이 왔다. 그는 철망 앞으로 다가갔다. 정말 그녀였다. 그녀는 푸른 눈의 페도샤 뒤에 서서 미소 지으며 그녀가 이야기하는 것을 들었다. 카튜샤는 그저께 같은 죄수복 차림이 아니라 흰 스웨터를 입었고, 허리를 졸라매어 가슴이 볼록하게 솟아올라 보였다. 수건 밑으로는 법정에서처럼 물결치는 검은 머리가 흘러내려와 있었다.

'이제는 모든 것이 결정된다.' 그는 생각했다. '어떻게 할까, 내가 부를까? 아니면 저쪽에서 이리로 올까?'

그러나 그녀 쪽에서는 오지 않았다. 그녀는 친구인 클라라가 면회 와주기를 기다리고 있었다. 이 남자가 그녀를 만나러 온 줄은 꿈에도 생각지 않고 있었다.

"누구를 만나러 오셨습니까?" 철망 사이의 통로를 왔다 갔다 하고 있던 여간수가 네흘류도프 앞으로 다가오면서 물었다.

"예카테리나 마슬로바입니다." 네흘류도프는 겨우 말할 수 있었다.

"마슬로바, 면회야!" 여간수가 외쳤다.

카튜샤가 이쪽을 보았다. 그리고 머리를 젖히고 가슴을 내밀듯이 하면서 낯익은 침착한 표정으로 철망 앞으로 다가왔으나, 그가 네흘류도프인 줄 모르고 놀란 듯 의아한 눈으로 바라보았다. 그러나 그의 옷차림으로 부자라는 것을 눈치채고 그녀는 방긋이 웃어 보였다.

"당신이세요, 저를 만나러 오신 분이?" 하고 얼굴을 철망에 갖다 대며 말했다.

"내가 온 것은……." 네흘류도프는 '당신'이라고 불러야 할지 잠시 망설이다가 결국 '당신'이라고 부르기로 했다. 그는 여느 때보다 높지도 낮지도 않은 목소리로 말하기 시작했다. "당신을 만나서…… 나는……."

"우물쭈물하는 소리 하지 마라!" 그의 곁에서 누더기를 입은 남자가 외쳤다. "훔쳤어, 안 훔쳤어?"

"이젠 죽게 되었는데 더 무슨 말을 하려는 기야?" 여죄수 쪽에서 누가 외쳤다.

카튜샤는 네흘류도프의 말을 알아들을 수는 없었지만, 말하고 있을 때의 얼굴 표정이 갑자기 그를 생각나게 했다. 그러나 그녀는 자기 눈을 믿을 수 없었다. 미소가 그녀의 얼굴에서 사라지고 이마에 고뇌의 빛이 어리기 시작했다.

"안 들려요, 무슨 말씀이신지." 그녀는 눈을 가늘게 뜨고 차츰 더 이마의 주름을 깊게 새기면서 소리쳤다.

"내가 온 것은……."

'그렇다. 나는 지금 해야 할 일을 하고 있다. 나는 참회하고 있다.' 네흘류도프는 문득 생각했다. 이렇게 생각하는 순간 눈물이 솟구쳐 오르고 목이 메어 그는 철망을 꼭 붙잡은 채 울지 않으려고 기를 쓰며 입을 꽉 다물었다.

"무엇 때문에 만났나? 나쁜 줄 알면서……." 이쪽에서 어느 남자가 외쳤다.

"난 하느님을 믿어요. 난 정말 아무것도 몰라요." 맞은편에서 여죄수가 외쳤다.

카튜샤는 그의 흥분을 깨달았다. 그러자 그것이 그녀에게로 옮아왔다. 그녀의 눈이 빛나고 하얗고 통통한 볼이 붉게 물들기 시작했는데, 표정은 여전히 엄하고 사팔눈은 옆을 바라보고 있었다.

"아는 얼굴 같지만, 모르겠는데요." 그를 보지도 않으면서 그녀는 외쳤다. 그러자 갑자기 붉어졌던 얼굴이 차츰 더 침울해졌다.

"나는 당신한테 용서를 빌러 왔소." 그는 외기라도 하듯 억양 없이 크게 외쳤다.

이렇게 외치고 그는 부끄러워서 옆을 둘러보았다. 그러나 곧 부끄러운 게 당연하므로 부끄러움을 느끼는 편이 오히려 낫다고 생각했다. 그는 큰 소리로 계속해서 말했다.

"나를 용서해주시오. 나는 정말 나쁜 짓을……." 그는 외쳐댔다.

그녀는 가만히 선 채로 사팔눈을 그의 얼굴에서 떼지 않았다.

그는 더 이상 아무 말도 할 수 없어 가슴에 솟구쳐 오르는 통곡을 누르기 위해 철망에서 물러났다.

조금 전 네흘류도프를 이곳으로 데리고 온 부소장이 그에게 흥미를 느꼈던지 면회실에 들어왔다. 그리고 네흘류도프가 철망에서 물러나 있는 것을 보더니, 왜 만나려는 사람과 이야기하지 않느냐고 물었다. 네흘류도프는 코를 풀고 머리를 흔들고 나서 되도록 침착하게 대답했다.

"철망 너머로는 얘기할 수가 없습니다. 아무 말도 들리지 않는군요."

부소장은 잠시 생각했다.

"거참 난처하군요. 그럼 잠깐 이리로 데려와도 좋습니다."

"마리야 카를로브나!" 그는 여간수를 불렀다. "마슬로바를 이리로 데려와요."

43

곧 옆문으로 카튜샤가 나왔다. 그녀는 부드러운 걸음걸이로 네흘류도프 바로 앞에까지 오더니 걸음을 멈추고 눈썹을 치키며 그를 보았다. 까만 고수머리가 그저께처럼 수건 밑으로 빠져나와 있었고, 병색을 느끼게 하는 희고 푸석한 얼굴은 아름다웠으며 침착해 보였다. 다만 윤기 있는 검은 사팔눈만이 약간 부은 듯한 눈꺼풀 밑에서 이상하게 번쩍이고 있었다.

"여기서 이야기하셔두 좋습니다." 부소장은 이렇게 말하고 물러갔다.

네흘류도프는 벽 끝의 긴 의자로 갔다. 카튜샤는 의아하게 부소장을 보았으나, 곧 어깨를 으쓱하고는 네흘류도프를 따라 긴 의자로 가서 치마를 여민 다음 그 옆에 앉았다.

"용서해달라고 해봐야 무리라는 것을 알고 있소." 네흘류도프는 말을 꺼냈다. 그러나 또 눈물이 솟구칠 것만 같아 입을 다물었다. "하지만 옛날로 돌이킬 수는 없더라도 앞으로 내가 할 수 있는 모든 일을 하고 싶소. 제발……"

"어떻게 제가 여기 있는 걸 아셨어요?" 그의 물음에는 대답하지 않고 사팔눈으로 그를 보는 듯 안 보는 듯 하면서 그녀는 물었다.

'오, 하느님! 저를 도와주소서! 어떻게 하면 좋을지 가르쳐주소서!' 네흘류도프는 이렇게 추하게 변해버린 그녀의 얼굴을 보면서 속으로 빌었다.

"나는 그저께 배심원으로 법정에 나갔었소." 그는 말했다. "당신은 재판 때 나를 알아보지 못했소?"

"아뇨, 몰랐어요. 볼 겨를도 없었고, 아무것도 눈에 들어오지 않았어요."

"아이를 낳았을 텐데?" 그는 물었다. 그리고 얼굴이 붉어지는 것을 느꼈다.

"고맙게도 낳자마자 죽었어요." 그녀는 눈길을 돌리면서 짤막하게 가시 돋친 말투로 대답했다.

"아니, 어떻게?"

"저까지도 병들어 죽을 뻔했는걸요."

그녀는 눈을 내리깐 채 말했다.

"왜 고모들이 당신을 내보냈소?"

"아이 가진 하녀를 누가 그대로 두겠어요. 눈치채자마자 곧 쫓겨났죠, 뭐. 하지만 이런 말을 해서 무슨 소용이 있겠어요. 아무것도 기억하고 있지 않아요. 모두 잊어버렸어요. 그건 이미 끝난 일인걸요."

"아니, 아직 끝나지 않았소. 나는 이 일을 이대로 둘 수 없소. 나는 지금부터라도 속죄할 생각이오."

"속죄할 건 없어요. 옛날 일은 옛날 일, 다 지나가 버린 일이에요." 그녀는 말했다. 그리고 그는 전혀 예기치 못한 것을 보았다. 그녀가 갑자기 그를 유혹하는 듯, 호소하는 듯, 불쾌한 듯 야릇하게 미소 띤 얼굴로 그를 바라보았다.

카튜샤는 무엇보다도 지금 이런 곳에서 그를 만날 줄은 꿈에도 생각지 못했다. 그래서 처음 보았을 때는 깜짝 놀랐으며, 여태까지 까맣게 잊고 있던 일들을 생각하게 되었다. 그녀는 한순간 자기가 사랑하고 사랑받던 훌륭한 청년에 의해 처음으로 마음속에서 눈떴던 새롭고 오묘한 감정과 사랑의 세계를 막연히 회상했다. 그 추억은 그의 이해할 수 없는 매몰찬 행동과 그 기적 같은 행복이 있은 뒤에 몰아쳐 왔던 갖가지 굴욕과 고통으로 옮아갔다. 그녀는 가슴이 아팠다. 그러나 그것을 끝까지 생각하지 않은 채 그녀는 언제나 해오던 대로 지금도 행동했다. 그것은 이러한 추억을 털어버리고 타락한 생활의 특수한 안개 속에 그것을 덮어버리려고 노력하는 일이었다. 그녀는 지금도 그렇게 행동했다. 처음 한동안 그녀는 지금 눈앞에 앉아 있는 남자를 자기가 전에 사랑한 그 청년과 연관해보려고 했다. 그러나 잠시 뒤 그것이 너무나 고통스러운 일이라는 것을 알자 그만두었다. 그리고 이제 이 훌륭한 차림을 하고 턱수염에까지 향수 냄새가 나는 고상한 신사는 그녀에게 있어 예전에 사랑한 그 네흘류도프가 아니라, 필요하면 그녀 같은 여자를 이용하는 사나이에 불과했다. 그러므로 이런 사나이는 자기로서도 될 수 있는 대로 유리하게 이용하지 않으면 안 되었다. 그래서 그녀는 짐짓 유혹하는 눈웃음을 지어 보였다. 그녀는 이 남자를 어떻게 이용해야 할까 생각하면서 그대로 잠자코 있었다.

"그 일은 이제 끝나버렸어요." 그녀는 말했다. "이미 유형 판결을 받은 걸요."

이 무서운 말을 할 때 그녀의 입술은 파르르 떨렸다.

"나도 알고 있소. 당신한테 죄가 없다는 것도 믿고 있소." 네흘류도프가 말했다.

"물론 죄 없어요. 제가 어떻게 도둑질을 하고 사람을 죽이겠어요. 모두들 말하더군요. 다 변호사한테 달렸다고······.” 그녀는 말을 이었다. “상소해야 한대요. 하지만 돈이 굉장히 많이 드나 봐요.”

“그렇고말고. 절대로 상소해야 하오.” 네흘류도프는 말했다. “이미 변호사에게 부탁해두었소.”

“돈을 아끼지 말고 훌륭한 변호사에게 부탁해야 할 거래요.” 그녀는 말했다.

“내가 할 수 있는 일은 다하겠소.”

잠시 침묵이 흘렀다.

그녀는 다시 유혹하듯 미소를 지어 보였다.

“저, 부탁이 있는데요······. 괜찮으시다면 돈을 좀 주시겠어요······? 10루블쯤, 그것만 있으면 되는데요.” 갑자기 그녀가 말했다.

“아, 그러지.” 어리둥절해하며 네흘류도프는 지갑에 손을 가져갔다.

그녀는 방 안을 왔다 갔다 하고 있는 부소장의 눈치를 재빨리 살폈다.

“지금은 안 돼요. 부소장이 저리 가거든 주세요. 그러지 않으면 뺏겨요.”

네흘류도프는 부소장이 저쪽으로 돌아서기를 기다렸다가 얼른 지갑을 꺼냈으나 10루블짜리 지폐를 채 주기도 전에 부소장이 다시 이쪽으로 돌아섰다. 그는 지폐를 손에 움켜쥐었다.

‘안 되겠다. 이 여자는 이미 썩을 대로 썩었다.’ 전에는 가련했으나 이제 더러워질 대로 더러워진 푸석한 얼굴과, 부소장과 지폐를 움켜쥔 그의 손을 번갈아 보고 있는, 음란한 빛이 깃든 새까만 사팔눈을 보면서 네흘류도프는 생각했다. 그러자 망설임이 몰려왔다.

또다시 어젯밤 그에게 속삭이던 그 유혹의 소리가 그의 마음속에 떠올랐다. 평상시처럼 무엇을 해야 하느냐는 문제에서 그를 떼어놓고, 그런 짓을 해본들 무슨 소용이 있겠느냐, 무슨 이익이 되겠느냐 하는 쪽으로 마음을 돌리려고 애쓰는 소리였다.

'이런 여자는 이제 어떻게 할 수 없어.' 그 목소리는 말했다. '네 목에 무거운 돌을 달 뿐이야. 그리고 그것은 너를 물속에 가라앉게 하고, 네가 남을 위해 유익한 존재가 되는 걸 방해할 뿐이다. 가진 돈을 몽땅 그녀에게 주어 그것으로 깨끗이 손을 씻고, 영원히 인연을 끊는 것이 좋지 않을까?' 이런 생각이 그의 가슴에 떠올랐다.

그러나 바로 이 순간에 그는 가장 중대한 어떤 일이 일어나고 있다는 것과, 그의 내면생활이 지금 조그만 힘으로도 어느 편으로나 기우는 불안정한 저울 위에 얹혀 있는 것이나 다름없다는 것을 느꼈다. 그래서 어제 자기 마음속에 느낀 그 신을 부르면서 그쪽으로 이 힘을 가했다. 그러자 곧 그의 내부의 신이 대꾸했다. 그는 지금이야말로 그녀에게 모든 것을 이야기하자고 마음을 굳혔다.

"카튜샤! 나는 너한테 용서를 빌러 왔어. 그러니 이미 용서해주었는지, 아니면 언젠가는 용서해주겠는지 대답해다오."

그는 갑자기 '너'라고 바꾸어 부르면서 말했다.

그녀는 듣고 있지 않았다. 그녀는 다만 그의 손과 부소장에게 바쁜 눈길을 보내고 있었다. 부소장이 돌아서자 그녀는 재빨리 손을 뻗쳐 네흘류도프에게서 지폐를 빼앗아 얼른 허리띠 사이에 쑤셔 넣었다.

"알 수 없는 말씀을 하시네요." 그녀는 방긋 웃으면서—그 웃음이 그에게는 모욕적으로 느껴졌다—아무 생각 없이 말했다.

네흘류도프는 그녀의 내부에 그를 정면으로 적대시하는 감정이 있어 현재의 그녀를 유지하게 하며, 그가 그녀의 마음속에 침투하는 것을 가로막는 것이 있다는 것을 느꼈다. 그런데 이상하게도 그것이 그를 밀어내지 않았을 뿐 아니라, 어떤 특별한 새로운 힘으로 차츰 더 그를 그녀 쪽으로 끌어당겼다. 그는 그녀를 정신적으로 눈뜨게 해줘야 한다는 것을, 그리고 그것이 굉장히 어려운 일이라는 것을 느끼고 있었다.

그러나 이 일의 어려움 그 자체가 그를 더한층 끌어당겼다. 그는 여태껏 그녀에게는 물론 다른 누구에게도 느껴보지 못한 감정을 그녀에게 느끼고 있었다. 이 감정에는 사사로운 것이 조금도 없었다. 그는 그녀에게서 아무것도 바라지 않았다. 다만 그녀가 현재 같은 상태를 떨쳐버리고 마음을 고쳐먹어서 옛날의 그녀로 돌아가 주기만을 바랄 뿐이었다.

"카튜샤, 왜 그런 말을 하는 거야? 나는 너에 대한 일을 생각하고 있어. 기억하고 있어? 네가 그때 파노보에서……."

"지나간 일을 얘기한들 무슨 소용이에요." 그녀는 무뚝뚝하게 말했다.

"내가 이런 말을 하는 것은 내 죄를 속죄하고 싶기 때문이야. 카튜샤." 그는 계속하여 그녀와 결혼할 작정이라고 말하려 했으나 그녀의 시선과 부딪치자 그 속에 자기를 떼밀어내는 몸서리쳐지도록 거친 번쩍거림이 있는 것을 눈치채고는 그 말을 꺼낼 수 없었다.

그때 면회자들이 나가기 시작했다. 부소장이 네흘류도프에게로 와서 면회 시간이 끝났다고 알려주었다. 카튜샤는 일어나서 그가 돌아가기를 조용히 기다렸다.

"잘 있어. 할 말이 산더미 같지만 시간이 없어 할 수 없군." 네흘류도프는 손을 내밀었다. "또 올게."

"다 말씀하신 것 같은데……."

그녀는 손을 내밀었지만 쥐지는 않았다.

"아니야, 다시 너를 만나도록 노력할 거야. 좀 더 천천히 얘기할 수 있는 장소에서. 그리고 너한테 해야 할 매우 중대한 말을 할 작정이야." 네흘류도프는 말했다.

"아, 그러세요? 그럼 또 오세요." 호감을 사고 싶은 남자에게 보이는 그런 미소를 지으면서 그녀는 말했다.

"너는 나한테 누이보다 더 가까운 사람이야." 네흘류도프는 말했다.

"그래요?" 그녀는 되풀이했다. 그리고 고개를 갸웃거리면서 철망 저쪽으로 사라졌다.

44

네흘류도프는 첫 면회에서 카튜샤가 자기를 만나 그녀를 위해 힘을 다하려는 자기의 뜻과 참회를 듣고 나면, 큰 기쁨과 감동에 싸여 다시 본디의 카튜샤가 되어 주겠거니 하고 기대했었다. 그러나 그는 끔찍하게도 옛날의 카튜샤는 이미 없고 남아 있는 것은 타락한 마슬로바라는 여자뿐이라는 것을 알았다. 이것은 그를 놀라게 했고 두려움을 느끼게 했다.

특히 그를 놀라게 한 것은 마슬로바가 자기의 입장을—여죄수의 입장이 아니라(그것은 그녀도 부끄러워하고 있었다) 매춘부의 입장을—부끄러워하지 않았을 뿐만 아니라 그것에 만족하며 자랑으로까지 삼는 듯하다는 것이었다. 그러나 그것은 어쩔 수 없는 일이기도 했다. 사람은 누구나가 진심으로 일하기 위해서는 그것이 중요하고 훌륭한 일이라고 믿지 않으면 안 된다. 그러므로 사람은 어떤 처지에 있더라도 자기의 행위가 중요하고 훌륭한 것으로 여기는 인생관을 갖도록 노력해야 하는 법이다.

도둑이나, 살인자나, 스파이나, 매춘부 같은 사람들은 일반적으로 자기의 직업을 나쁜 것으로 여기고 그것을 부끄러워할 것이라고 생각하기 쉽다. 그러나 실제로는 전혀 그 반대다. 사람들은 운명이나 자기 잘못으로 어떤 위치에 놓이면, 그것이 아무리 그릇된 것일지라도 삶에 대한 견해와 자기의 입장을 훌륭하고 존경할 만한 것으로 보도록 인생관을 채택하는 법이다. 또한, 그런 인생관을 유지하기 위해서 사람은 본능적으로 자기의 관념을 인정해주는 패거리 속에 혼합된다. 도둑이 솜씨를 자랑하거나, 매춘부가 음란함을 뽐내거나, 살인자가 잔인성을 으스대는 것을 들으면 우리는 놀란다. 그러나 우리가 그것에 놀라는 것은, 다만 그 패거리의 분위기가 너무 좁고 특수하기 때문이며, 요컨대 우리가 그 밖에 있기 때문이다.

하지만 그 재물을, 즉 약탈을 자랑하는 부자들이나, 승리를, 즉 살인을 뽐내는 사령관들이나, 자기의 위력을, 즉 폭력을 으스대는 권력자들 사이에 이와 같은 현상이 일어나고 있는 것은 아닐까? 우리가 이런 사람들 속에서 자기 입장을 정당화하기 위한 인생관이나 선악관을 왜곡하는 행위를 깨닫지 못하는 것은, 그런 사람들의 사회가 더 크고 우리 자신이 바로 그에 속해 있기 때문이다.

마슬로바에게도 자기 인생과 사회 속의 자기 위치에 대해 이와 같은 견해가 만들어져 있었다. 그녀는 유형 판결이 내려진 매춘부였지만, 아직도 자기를 시인하고, 사람들에게 자기의 입장을 자랑조차 할 수 있는 자기 나름대로의 인생관을 만들어놓고 있었던 것이다.

그 인생관이란 다음과 같은 것이었다. 말하자면 모든 남자의—늙은 이도 젊은이도, 중학생도, 장군도, 학식이 있는 자도, 없는 자도, 한 사람의 예외도 없이—가장 큰 행복은 매력 있는 여자와의 성행위에 있다는 것이다. 그렇기 때문에 모든 남자들은 다른 일에 깊이 빠져 있는 체하고 있지만 본심은 오로지 이것만 바라고 있다. 그녀는 매력 있는 여자니까 남자들의 이 소망을 채워줄 수도 있고, 채워주지 않아도 상관없다. 그러므로 그녀는 소중하고도 필요한 사람이라는 것이다. 그녀의 여태까지 생활은 이 생각이 옳다는 것을 증명하고 있었다. 그녀는 10년 동안 어디에 있건 여기저기에서, 네흘류도프나 늙은 경찰서장을 비롯해 감옥 간수들에 이르기까지 사내란 사내는 모조리 그녀를 요구하는 것을 보아왔다.

그녀는 그녀를 탐하지 않는 남자는 보지도 못했고 알지도 못했다. 그러므로 그녀에게는 온 세계가, 여기저기서 그녀를 노려 기만과 폭력과 돈과 교활한 지혜 등 온갖 가능한 수단을 써서 그녀를 가지려고 기를 쓰는, 성욕에 사로잡힌 남자들의 집합체로 비쳤다.

마슬로바는 인생을 이와 같이 이해하고 있었다. 그러므로 자기는 가장 밑바닥에 있는 인간이 아닐뿐더러 매우 중요한 인간이라고 생각했다. 마슬로바는 이런 인생 해석을 세상에서 가장 존귀한 것으로 알고 있었고, 또 그렇게 생각하지 않을 수 없었다. 이 인생 해석을 바꾼다면 이 때문에 사람들 사이에서 확보하고 있던 그녀의 의의를 잃어버리기 때문이었다. 그래서 사회에 있어서 자기 의의를 잃지 않기 위해 그녀는 자기와 마찬가지로 인생을 보고 있는 사람들의 패거리에 본능적으로 매달렸다.

네흘류도프가 그녀를 다른 세계로 끌어내려는 것을 눈치채고, 그녀는 그가 이끌려는 세계로 들어가면 지금까지 그녀에게 자신감과 자존심을 주어온 인생에 있어서의 자기 위치를 잃어버릴 것이 틀림없다는 것을 재빨리 알아차렸으므로 그에게 반항했다. 이런 까닭으로 그녀는 네흘류도프와 사랑하던 청춘의 기억을 머릿속에서 털어내 버린 것이었다. 이 추억은 그녀의 현재의 인생관과 맞지 않았다. 그래서 그녀의 기억으로부터 전부 말살되고 있었다.

말살됐다기보다 오히려 닿아서는 안 되는 것으로 그녀의 기억 속 어딘가에 밀폐되어 있었다. 그것은 너무나 두껍게 덧칠되어 있어서 마치 꿀벌이 자기들의 작업을 모두 망치지 않을까 겁이 나, 절대로 나오지 못하도록 애벌레 집을 밀봉해버리는 것과 다름없었다. 그러므로 지금의 네흘류도프는 그녀에게 있어, 자기가 일찍이 청순한 사랑을 바쳤던 그 사람이 아니라 단순히 이용할 수 있고 이용하지 않으면 손해를 보는 모든 남자들과 똑같은 관계밖에 가질 수 없는, 돈 많은 신사에 지나지 않았다.

'아뿔싸, 중요한 말을 하지 못했구나.' 면회자들과 섞여 출구 쪽으로 가면서 네흘류도프는 생각했다. '결혼할 생각이라는 말을 하지 않았어. 말하지는 않았지만, 꼭 결혼해야지.' 하고 그는 스스로에게 말했다.

간수들이 문간에 서서 공연한 사람이 들어가거나 감옥 안에 남는 일이 없도록 면회자들을 내보내며 두 손으로 세고 있었다. 이번에는 간수의 손이 그의 등을 때려도 그는 화를 내지 않았을 뿐 아니라 그것을 깨닫지도 못했다.

45

네흘류도프는 자기의 외면적인 생활을 바꾸고 싶었다. 지금 살고 있는 이 커다란 저택을 세놓고 하인들도 내보낸 다음 하숙 생활을 하려고 계획했다. 그러나 아그라페나 페트로브나는 겨울까지는 생활양식을 바꾸는 것이 무의미하다고 타일렀다. 여름에는 세들 사람도 없을뿐더러, 어디서 생활하든지 가구가 꼭 있어야 한다고 차근차근 이유를 들어 반대했다. 그래서 결국 외면적 생활을 바꿔보려던 네흘류도프의 계획은 (처음에 그는 그저 간소한 학생 같은 생활을 할 생각이었다) 흐지부지 되고 말았다. 그의 모든 시도는 헛되이 끝났다. 모든 것이 그대로 남았을 뿐 아니라 집 안에서는 한술 더 떠서 모직류와 모피류를 햇볕에 소독시키는 등 큰 소동이 벌어졌다. 저택지기도, 그의 조수도, 식모도, 그리고 코르네이까지도 이 작업에 동원되었다. 처음에는 아직 한 번도 입어보지 않은 제복류와 이상한 모피류를 내다가 길게 쳐놓은 줄에 걸어놓고, 그다음에는 양탄자와 가구 따위를 걸어놓고서 저택지기와 그의 조수가 소매를 걷어붙여 근육이 불끈불끈 솟은 팔뚝을 드러내고는 박자를 맞추어가면서 막대기로 열심히 먼지를 털었다. 방마다 나프탈렌 냄새로 가득 찼다.

네흘류도프는 뜰을 지나고 창문으로 내다볼 때마다 세간이 엄청나게 많은 데 놀랐고, 또 그것들이 하나같이 필요 없는 것들뿐이라는 데에 다시 놀랐다. '이 물건들의 유일한 용도와 사명은 오직 아그라페나 페트로브나와 저택지기와 그의 조수와 코르네이와 가정부에게 이따금 운동할 기회를 주는 것이다.' 네흘류도프는 생각했다. '하기야 카튜샤 문제가 해결될 때까지는 구태여 생활양식을 바꿀 필요도 없겠지. 게다가 이것은 정말 어려운 일이니까. 그렇지만 카튜샤가 풀려나든지, 아니면 유형을 떠나게 되어 내가 따라가게 된다면, 이런 생활양식은 자연히 바뀌고 만다.'

변호사 파나린과 약속한 날, 네흘류도프는 그의 집으로 찾아갔다. 파나린의 집 뜰에는 벼락부자들의 집이 다 그렇듯 불로소득으로 얻은 돈이 있는 것을 증명하는 값진 새 가구로 꾸며져 있었다. 네흘류도프는 그 호화로운 저택 안으로 들어갔다. 응접실에 들어서니, 마치 병원 대기실 같이 무료함을 잊게 하기 위한 화보 잡지가 놓여 있는 둥근 테이블 둘레에 차례를 기다리는 서너 명의 소송 의뢰인들이 따분하게 앉아 있었다. 높은 테이블 위에 앉아 있던 변호사의 비서는 네흘류도프를 보자 얼른 다가와서 상냥하게 인사한 다음, 선생님께 말씀드리겠다고 말했다.

그러나 비서가 방문까지 채 가기도 전에 안쪽에서 문이 열리며, 붉은 얼굴에 콧수염을 기르고 새 옷을 입은 다부진 중년 남자와 집주인인 파나린이 떠들썩하게 말을 주고받으면서 응접실로 나왔다. 두 사람의 얼굴에는 뭔가 부정한 돈벌이를 하고 난 사람에게서 볼 수 있는 표정이 감돌고 있었다.

"그건 당신이 나빠요." 파나린이 빙글빙글 웃으면서 말했다.

"천당에 가고 싶지만 용서받지 못할 죄를 진 몸이라서 말씀이야."

"그야 나도 알지, 나도 알고 있다네."

두 사람은 쑥스러운 듯 웃었다.

"아, 공작님, 어서 오십시오." 파나린은 네흘류도프를 알아보고는 이렇게 말하더니, 돌아가는 장사꾼에게 한 번 더 인사하고 나서 그를 으리으리한 사무실로 안내했다.

"담배 피우시지요." 변호사는 네흘류도프의 맞은쪽에 앉았다. 그는 조금 전의 사건에서 거둔 성공으로 저도 모르게 떠오르는 미소를 누르면서 말했다.

"감사합니다. 실은 마슬로바 사건에 대해 알아보려고 왔습니다만."

"아, 알고 있습니다. 곧 말씀드리지요. 그런데 보셨지요? 지금 나간 우쭐대는 친구 말입니다. 그 사람은 욕심이 대단한 사람이랍니다. 1200만 루블이나 되는 재산을 가지고 있으면서도 표준말 한마디 제대로 못하는 친구랍니다. 만일 공작님한테서 25루블짜리 지폐 한 장이라도 얻을 수 있다면 물고 늘어져서라도 뜯어갈 작자지요."

'그 사람을 표준말 한마디 제대로 못하는 친구라고 흥보지만 너 자신도 25루블짜리 지폐라는 엉터리 같은 말을 하고 있지 않느냐?' 하고 네흘류도프는 생각하면서, 자기와 그와는 같은 계급에 속하는 사람이지만, 저쪽에서 기다리고 있는 의뢰인이라든가 그 밖의 사람들은 자기들과는 계급부터가 다르다는 것을 은연중에 암시하려는 무례한 그에게 참기 어려운 혐오감을 느꼈다.

"정말 그자한테 혼이 났습니다. 말할 수 없는 악당이지요. 마침 한숨 돌리고 싶던 참이었습니다." 변호사는 용건 이외의 이야기를 한 것을 변명하듯 말했다. "그건 그렇고, 공작님의 사건은⋯⋯. 거기에 관해서는 한 벌의 서류를 잘 읽어보았습니다만, 투르게네프의 말대로 타당한 이유를 발견할 수 없더군요. 변호사가 시원치 않아서 상소의 이유를 모조리 놓쳐버리고 말았더군요."

"그래서 어떻게 하실 생각이십니까?"

"잠깐 실례합니다. 그 사람에게 이렇게 전해주게." 변호사는 방 안에 들어온 비서를 보고 말했다. "내가 제시한 조건에 따르든지, 아니면 다른 사람에게 부탁하든지 하라고 말이야."

"싫답니다."

"그럼 그만둬." 변호사가 말했다. 지금까지 쾌활하고 선량해 보이던 그의 표정이 침울하고 화난 표정으로 바뀌었다.

"변호사는 돈을 거저먹는다고들 말합니다만." 그는 아까의 그 유쾌한 표정으로 돌아가면서 말했다. "어떤 사람이 억울하게 파산 선고를 받은 것을 제가 뒤집어놓았더니 이젠 모두 저한테 의뢰하러 몰려드는군요. 하지만 이런 사건은 몹시 골치가 아파서요⋯⋯. 사실 어느 작가가 말했듯이 우리도 가슴의 피로 글을 쓰며 살아가는 신세란 말입니다. 그런데 댁의 사건, 아니 댁에서 흥미를 느끼고 계시는 그 사건은." 하고 그는 말을 이었다. "도대체 처리가 뒤죽박죽되어서 상소할 만한 적당한 까닭을 찾기 힘들었습니다. 하지만 어쨌든 상소를 시도해볼 수 있는 일이어서 제 나름대로 이렇게 서류를 꾸며보았습니다."

변호사는 새까맣게 글씨를 써넣은 서류를 집어 들더니 재미없고 형식적인 말은 우물우물 넘기고, 중요한 대목만 억양을 넣어가며 읽어 내려갔다.

"원로원 형사부에 대해 운운, 여차여차한 안건에 대한 상소의 건. 모년 모월 모일 모 지방법원에서 선고된 판결에 의해 마슬로바 아무개라는 여죄수는 유죄로 인정된다. 형법 제1454조에 의거 운운, 여차여차한 유형 판결을 받았는바 운운."

그는 일단 읽기를 멈추고, 늘 해오는 일이라 익숙할 텐데도 역시 자기의 낭독에 큰 만족감을 느끼는지 귀를 기울이고 음미했다.

"이 판결은, 아주 중대한 절차상의 위반과 착오를 범한 결과이므로." 그는 힘을 주어가면서 계속했다. "마땅히 취소되어야 함. 그 까닭은 첫째, 스멜리코프의 시체 해부에 관한 보고서 낭독이 시작되자마자 재판장에 의하여 중지되었음. 이것이 그 하나입니다."

"하지만 그 낭독은 검사가 요구한 것이었는데요." 네흘류도프가 놀라면서 말했다.

"상관없습니다. 변호사도 같은 요구를 할 수 있으니까요."

"하지만 그 낭독은 사실상 아무 필요도 없는 것이었습니다."

"그렇지만 상소할 까닭은 될 수 있습니다. 그다음은…… 둘째로, 마슬로바의 관선 변호사가." 그는 읽어나갔다.

"변론할 때, 피고의 성격을 설명하기 위하여 타락한 내적 원인에 대해 언급하자 재판장은 이 사건과 직접 관계가 없는 일이라고 해서 변호사의 발언을 가로막은 바 있음. 그러나 형사사건에 있어서는 원로원이 누누이 지적한 바와 같이 피고의 성격과 일반적인 심정을 밝히는 것이 일차적인 의의를 가지는 것으로서, 책임의 소재를 밝히는 데도 중대한 의미가 있음. 이것이 두 번째 이유입니다." 그는 네흘류도프를 쳐다보면서 말했다.

"그 변호사는 변론이 워낙 서툴러서 무슨 얘기를 하고 있는지 알아들을 수가 없더군요." 네흘류도프는 차츰 더 어이가 없다는 듯이 말했다.

"그야 아직도 풋내기이고 바보라서 이치에 닿는 말은 한마디도 못했 겠지요." 파나린은 웃으면서 말했다. "하지만 상소의 이유로서는 성립이 됩니다. 그러면 그다음…… 셋째로, 재판장은 결심에 있어서 형사소송 법 제801조 제1항의 명백한 지시 사항을 위반하고 유죄의 개념을 규정 하는 법률상의 모든 요소를 배심원들에게 설명하지 않았으며, 또 마슬 로바가 스멜리코프에게 독약을 준 사실을 인정함에 있어서도 그녀에게 살해 의사가 전혀 없었을 때는 그 행위만으로 그녀를 처벌하는 것이 부 당할 뿐만 아니라 또한 배심원 모두에게 과실 치사의 경우도 성립될 수 있다는 사실에 대해 주의를 환기하지 않았음. 이것이 가장 중요한 이유 입니다."

"그것은 배심원들한테도 책임이 있습니다. 우리도 그쯤은 알고 있어 야 했으니까요."

"마지막으로 넷째 이유는." 변호사는 말을 계속했다. "마슬로바의 유 죄 답신서는 그 자체에 뚜렷한 모순을 가지고 있음. 즉, 마슬로바는 오 직 물욕 때문에 고의로 스멜리코프를 독살한 것으로 기소되었기 때문 에 유일한 살해 동기가 다만 금전욕에 있다고 인정되어 있음에도 불구 하고, 배심원들은 답신서에서 마슬로바가 절도의 의사가 있었다는 것과 절도 행위에 가담하지 않았다는 사실을 부정하는 모순을 드러내었음. 이로써 미루어볼 때 피고에게는 살해할 의사가 없었다는 것을 충분히 인정하면서도 재판장의 불완전한 결론으로 말미암아 생긴 오류를 답신 서에 뚜렷하게 밝혀놓지 않은 것이 명백. 따라서 이와 같은 배심원의 답신은 형사 소송법 제816조 및 제808조의 적용이 요망됨. 즉, 재판장 은 배심원 모두에 대하여 그들이 저지른 잘못을 지적하고 답신서를 되 돌려줌으로써 피고의 유죄 여부에 대해 새로운 심의를 거쳐 새로운 답신서를 작성, 제출케 해야 할 것임." 하고 파나린은 계속해서 읽어 내려갔다.

"그런데 왜 재판장은 그런 조치를 취하지 않았을까요?"

"저 역시 왜 그랬는지 그 까닭을 알고 싶습니다." 파나린은 웃으면서 대답했다.

"그럼 원로원이 이 잘못을 고쳐주겠군요?"

"그것은 그때의 담당자에게 달려 있지요. 그래서 저는 이렇게 덧붙여 놓았습니다. '이와 같은 판결은 법정에 대하여.'" 그는 빠른 속도로 뒤를 이었다. "'마슬로바를 처벌할 권리가 부여되지 않는 것으로 헤아려짐. 덧붙여 말하면, 동 피고인에 대한 형사소송법 제771조 제3항의 적용은 우리 형법 정신에 대해 뚜렷하고도 중대한 위반을 한 것임. 상술한 이유로써 형사소송법 제909조, 제910조, 제912조 제2항 및 제928조에 의거해 원판결을 폐기하고…… 또한 본건을 재심하기 위해 동 법원의 타 법정으로…… 이관을 신청하는 바임.' 이것으로 제가 할 수 있는 일은 모두 한 셈입니다. 그렇지만 솔직히 말씀드려서 성공할 가능성은 매우 적습니다. 모든 것이 원로원 담당자들한테 달려 있으니까요. 혹시 줄을 댈 만한 곳이 있으면 미리 부탁해두는 게 좋을 겁니다."

"좀 아는 사람이 있긴 합니다만."

"그러면 빨리 손을 쓰십시오. 안 그러면 그 사람들 전부 치질을 치료하러 떠날 겁니다. 그럼 석 달은 기다려야 합니다. 만일 그래도 성공하지 못할 때는 마지막으로 황제 폐하께 청원하는 방법이 남아 있습니다만, 그건 그때 가서 다시 도와드리기로 하지요. 배후 운동이 아니라 청원서 작성에 대해서 말입니다."

"감사합니다. 그런데 사례금은……."

"비서가 정서한 상소장을 드릴 때 말씀드릴 것입니다."

"한 가지만 더 여쭤보겠습니다. 검사로부터 마슬로바에 대한 면회 허가증을 받고 감옥으로 찾아갔더니, 그곳 사람들의 얘기로는 면회일이 아닌 보통날에 면회소 밖의 장소에서 죄수를 만나자면 현지사의 특별 허가가 필요하다던데 그게 사실입니까?"

"아마 그럴 겁니다. 그런데 지금은 지사가 자리에 없어서 부지사가 직무를 대리하고 있지요. 그렇지만 그 사람은 너무 멍청해서 만나보셔야 그리 쓸모가 없을 겁니다."

"마슬렌니코프 말씀인가요?"

"그렇습니다."

"그 사람은 제가 압니다."

네흘류도프는 돌아가려고 자리에서 일어섰다. 이때 빼빼 마르고 작달막한, 들창코에 얼굴빛이 누렇고 지독히도 못생긴 여자가 종종걸음으로 사무실 안으로 들어왔다. 변호사의 아내인데, 자기가 못생겼다는 사실을 비관하는 기미도 없이 벨벳과 비단과 울긋불긋한 옷감으로 온몸을 휘감은 괴상한 옷차림을 하고 있었다. 게다가 숱이 적은 머리를 별나게 지져 붙이고 있었다. 그녀는 의기양양하게 방 안으로 뛰어 들어왔다.

그녀를 뒤따라 키가 크고 검은 얼굴에 비단 깃의 프록코트를 입고 흰 넥타이를 맨 남자가 미소 지으면서 천천히 들어왔다. 네흘류도프도 안면이 있는 사람이었다.

"아나톨리!" 그녀는 문을 열자마자 외쳤다. "내 방으로 갑시다. 세묜 이바노비치께서 자작시를 낭독하신데요! 그 대신 당신은 가르신을 낭독해주셔야 해요."

네흘류도프가 나가려고 하자 변호사의 아내는 남편과 귓속말을 주고받더니 곧 그에게로 와서 말을 걸었다.

"잘 오셨습니다. 공작님…… 저는 공작님을 잘 알고 있으니까 따로 소개는 필요 없다고 생각합니다. 저희들의 문학 모임에 참석해주시겠어요? 정말 재미있는 모임이랍니다. 아나톨리도 낭독을 썩 잘하고요."

"어떻습니까, 제 일도 꽤 폭이 넓은 셈이지요?" 파나린은 두 팔을 벌리고 미소 지으면서 이런 매력 있는 여인에게는 아무런 반대도 할 수 없다는 듯이 자기 아내를 가리키며 말했다.

네흘류도프는 변호사 부인에게 침울하고 심각한 얼굴로 아주 공손하게, 초대해주셔서 감사하지만 그럴 시간적 여유가 없다고 말하고 응접실을 나갔다.

"어쩜 저렇게 침울한 얼굴을 하고 있을까!" 변호사의 아내는 그가 나가자 말했다.

응접실에서 비서가 네흘류도프에게 미리 준비해둔 정서한 상소장을 내주었다. 사례금에 대해서 묻자, 그는 아나톨리 페트로비치가 1천 루블을 받으라고 했다고 대답한 다음, 아나톨리 페트로비치는 보통 이런 사건은 맡지 않지만 특별히 공작님을 생각해서 맡아준 것이라고 덧붙였다.

"이 상소장에는 누가 서명합니까?" 네흘류도프는 물었다.

"피고 자신이 하게 되어 있습니다만, 그게 어려울 경우에는 본인의 위임장을 받아 아나톨리 페트로비치가 해도 됩니다."

"아니, 그럴 필요 없습니다. 내가 피고한테 가서 서명을 받아 오지요." 네흘류도프 지정된 면회일 이전에 카튜샤를 만나볼 기회가 생긴 것을 기뻐하며 말했다.

46

감옥에서는 여느 날과 같은 시각에 간수들의 호각 소리가 감방 복도에서 요란하게 울려 퍼졌다. 자물쇠 철그렁거리는 소리와 함께 복도와 감방 문이 열리자, 맨발로 걷는 소리와 장화 뒤축을 질질 끄는 소리가 들리고 이어 변기통 담당 죄수들이 악취를 풍기면서 변기통을 메고 복도를 지나갔다. 남자 죄수들 여자 죄수들은 세수를 하고 옷을 갈아입은 뒤, 점호를 받기 위해 복도로 나갔다. 점호가 끝난 다음에는 더운 차를 가지러 갔다.

차를 마시는 동안 이날의 화제는 어느 감방을 막론하고 모두 오늘 곤장을 맞게 된 죄수 두 사람에 대한 이야기였다. 그중 한 사람은 바실리예프라는 교육도 받은 젊은 점원으로, 질투로 자기 애인을 죽이고 체포되었다. 그는 쾌활한 성미에 그리 인색하지 않았고 간수들에게 조금도 꿀리지 않았기 때문에 감방 안의 친구들은 누구나 그를 좋아했다. 그러나 그가 감옥의 규칙을 잘 알고 있어서 간수들에게 그 실행을 요구했기 때문에 간수들은 그를 좋아하지 않았다. 3주일 전에 간수 한 사람이 변기통 담당 죄수가 잘못해 자기의 새 제복을 더럽혔다고 그 죄수를 마구 때린 일이 있었다. 마침 그 자리에 있던 바실리예프는 감옥의 규칙에 죄수를 때리라는 조항은 없다고 따지며 그 죄수를 두둔했다.

"그럼 진짜 규칙을 보여주마!" 간수는 바실리예프에게 욕설을 퍼부었다. 바실리예프도 지지 않았다. 간수가 때리려고 주먹을 쳐들었으나 그는 간수의 두 손을 3분 동안이나 꽉 붙잡고 있다가 몸을 홱 돌려 문 밖으로 밀어내 버렸다. 간수가 이 사실을 소장에게 낱낱이 알렸으므로 소장은 바실리예프를 특별 감방에 가두도록 명령했다.

특별 감방이란 밖에서 빗장을 지른 지하 헛간 같은 캄캄한 독방이 여러 개 이어진 곳이었다. 여기 갇히는 사람은 별수 없이 더러운 땅바닥에 그냥 앉거나 누울 수밖에 없었다. 감방 안에는 쥐가 들끓어 겁도 없이 사람의 몸을 타 넘기도 하고 기어오르기도 해서 빵도 제대로 둘 수 없었다. 쥐들은 죄수가 손에 쥔 빵을 뜯어 먹는 정도가 아니라 몸을 움직이지 않고 있으면 사람까지 물어뜯는 형편이었다.

바실리예프는 자기에겐 아무 죄도 없으니 특별 감방에는 가지 않겠다고 버텼으나 간수는 강제로 끌고 나가려고 했다. 그가 간수를 뿌리치려 했을 때, 같은 감방에 있는 죄수 두 명이 그에 합세하여 간수를 밀어냈다. 그러나 곧 다른 간수들이 우르르 달려왔고, 죄수들은 힘이 엄청나게 센 페트로프라는 간수에게 잔뜩 얻어맞고서 모두 특별 감방에 갇히는 신세가 되었다. 이 사건은 곧 폭동이라도 일어난 것처럼 현지사에게 보고되었고, 그 결과 주동자 두 명을―바실리예프와 떠돌이 네폼냐시치―삼십 대씩 곤장 치라는 지시가 내려왔다.

곤장은 여죄수 면회실에서 치게 되어 있었다. 이 사건은 그 전날부터 감옥 안에 있는 사람들에게 알려졌으므로 감방마다 곧 집행될 이 형벌 이야기로 한창 떠들썩했다.

코라블료바, 미인, 페도샤, 그리고 마슬로바는 감방 한쪽 구석에 모여 앉아 술을 마시고 다들 얼굴이 빨개져서 떠들어대고 있었다. 요즘 마슬로바는 보드카가 떨어지는 일이 없었으며, 그녀는 또 아낌없이 동료들에게 나누어 주었다.

"그 사람이 무슨 짓을 했다고 그러는지 몰라." 코라블료바가 단단한 이로 조그만 설탕 조각을 깨물어 부수면서 바실리예프에 대해 말했다. "그 사람은 그저 자기 친구를 감쌌을 뿐이잖아? 더구나 요즘에는 죄수를 함부로 때리지 못하게 되어 있다는데 말이야!"

"좋은 청년이라던데." 찻주전자가 놓여 있는 침상 맞은편 나무판자에 앉아 있던 머리를 길게 땋아 내린 페도샤가 말했다.

"이런 일은 그분한테 말씀드려도 좋을 거야." 건널목지기 여자가 '그분'이란 말로 네흘류도프를 가리키면서 마슬로바에게 말했다.

"말하지, 뭐. 그분은 날 위해서라면 무슨 일이든지 다 들어주시니까."
카튜샤는 생글생글 웃으면서 머리를 갸웃거리며 대답했다.

"하지만 언제 오실는지 알아? 그 사람은 곧 끌려 나갈 모양이던데."
페도샤가 말했다. "아이 무서워." 그녀는 한숨을 내쉬면서 덧붙였다.

"나는 전에 시골에서 어떤 농사꾼이 곤장 맞는 걸 본 적이 있어. 내가
시아버지 심부름으로 동사무소에 갔더니⋯⋯." 건널목지기가 긴 이야
기를 꺼내기 시작했다. 그러나 그녀의 이야기는 2층 복도에서 들려오는
말소리와 발소리 때문에 멈춰지고 말았다.

여죄수들은 숨을 죽이고 귀를 기울였다.

"끌어내고 있어. 망할 자식들!" 미인이 말했다. "굉장히 때릴 거야. 바
실리예프는 고분고분하지 않아서 간수들이 몹시 미워하니까."

이윽고 2층이 조용해지자 건널목지기는 아까 꺼내다가 만 이야기를
다시 계속했다. 동사무소 헛간에서 농사꾼이 얻어맞는 것을 보고 자기
는 놀라서 간이 벌벌 떨리더라고 했다. 미인도 태형 광경을 보았는데,
시체글로프라는 사람이 채찍으로 얻어맞으면서도 신음 소리 한마디 내
지 않더라고 했다. 그럭저럭 이야기가 대충 끝나서 페도샤는 일어나 찻
잔을 거두었고, 코라블료바와 건널목지기는 바느질을 시작했다. 마슬로
바는 매우 따분한 기분으로 두 팔로 무릎을 껴안고 침대 위에 앉아 있
었다. 이윽고 그녀가 드러누워 한잠 자려 하는데, 여간수가 들어오더니
사무실에 면회자가 와 있다고 알려주었다.

"우리 사정을 꼭 전해줘." 방화범 노파가 수은이 절반이나 벗겨진 낡
은 거울 앞에서 머릿수건을 매만지고 있는 마슬로바에게 말했다.

"불을 지른 건 우리가 아니라 바로 그 자식이었거든. 내 아들이 보았
지. 그 아이는 거짓말 따위로 자기 영혼을 더럽힐 애가 아니야. 그분에
게 드미트리를 만나 물어보시라고 말씀드려. 그러면 드미트리는 모든

230

사실을 하나도 숨김없이 말해 올릴 거야. 이건 정말 너무해. 우리는 아무 죄도 없이 감옥에 처박혀 있고, 그 악당 놈은 남의 유부녀와 붙어 술집에서 해롱거리고 있으니 말이야!"

"정말 있을 수 없는 일이지!" 코라블료바가 맞장구쳤다.

"말할게요, 꼭 말할게요." 마슬로바는 대답했다. "용기를 내기 위해서 한잔하고 가야지." 그녀는 한쪽 눈을 찡긋하면서 덧붙였다.

코라블료바가 보드카를 반쯤 따라주었다. 마슬로바는 그것을 받아 쭉 들이켜고는 아주 기분이 좋아져서 "용기를 내기 위해서." 하고 자기가 방금 한 말을 중얼거리며, 웃는 얼굴로 머리를 흔들면서 여간수를 뒤따라 복도를 걸어갔다.

47

네흘류도프는 벌써 오랫동안 현관 대기실에서 기다리고 있었다. 그는 감옥에 도착하자 입구의 벨을 눌러 당직 간수에게 검사의 입소 허가증을 내보였다.

"누구를 만나시렵니까?"

"여죄수 마슬로바입니다."

"지금은 안 됩니다. 소장님이 바쁘시다니까요."

"사무실에 계십니까?"

"아니, 여기 면회실에 계십니다." 간수는 대답했으나 네흘류도프에게는 그 태도가 어쩐지 당황해하는 것같이 여겨졌다.

"그럼 오늘도 면회가 허락되는 날입니까?"

"아닙니다. 특별한 볼일이 계셔서." 간수가 말했다.

"어떻게, 소장님을 뵐 수 없을까요?"

"곧 나오실 테니 그때 말씀하십시오. 조금만 더 기다리십시오."

그때 옆문으로 번들번들한 얼굴에 담배 연기가 밴 콧수염을 세우고 깃에 단 휘장이 번쩍이는 상사가 들어왔다. 그리고 다짜고짜 간수를 꾸짖어댔다.

"왜 이런 데로 모셨나? 사무실로 안내해……."

"소장님이 여기 계시다기에 왔습니다." 상사에게서도 어딘지 불안한 표정을 보았으므로 수상쩍게 여기며 네흘류도프는 말했다.

그때 안쪽 문이 열리더니 땀투성이가 된 간수 페트로프가 상기된 얼굴로 들어왔다.

"이젠 뼈에 사무치도록 깨달았을 겁니다." 그가 상사에게 말했다.

상사는 눈짓으로 네흘류도프를 가리켰다. 그러자 페트로프는 입을 다물고 얼굴을 찡그리더니 뒷문으로 나가버렸다.

'누가 무엇을 뼈에 사무치도록 깨달았단 말인가? 왜 사람들이 이렇게 서먹서먹해하는 것일까? 왜 상사는 그에게 이상한 눈짓을 했을까?' 네흘류도프는 여러 가지로 궁금했다.

"여기서는 기다리실 수 없으니 사무실로 가시지요." 상사가 네흘류도프에게 말했다. 네흘류도프가 나가려 할 때 안쪽 문이 열리더니 부하들보다 한층 더 당황한 듯한 소장이 들어왔다. 그는 줄곧 한숨만 쉬고 있었다. 네흘류도프를 보자 그는 간수에게 말했다.

"페트로프, 여죄수 제5호 감방의 마슬로바를 사무실로 데리고 와."

"이리 오십시오." 그는 네흘류도프를 재촉했다. 그들은 좁다란 층계를 올라가 창이 하나밖에 없는 조그만 방으로 들어갔다. 책상 하나와 의자 몇 개가 놓여 있었다. 소장이 앉았다.

"정말 괴롭고 힘든 직무입니다." 소장은 굵은 담배를 꺼내면서 네흘류도프 쪽을 돌아보고 말했다.

"무척 피곤하신 모양이군요." 네흘류도프가 말했다.

"지겨운 일뿐이랍니다. 정말 어려운 직업이지요. 좀 편해지고 싶지만 차츰 더 일이 많아질 뿐입니다. 어떻게 해서라도 여기를 빠져나갈 궁리만 하고 있는 형편이지요. 정말 괴로운 직무예요."

네흘류도프는 소장이 무엇 때문에 그렇게 괴로워하고 있는지 알 수 없었으나, 오늘의 소장은 왠지 유별나게 측은하고 쓸쓸하고 절망적인 기분이라는 것을 눈치챘다.

"그러시겠지요. 확실히 힘든 직무라고 짐작이 갑니다." 하고 그는 말했다. "그러시다면 왜 그만두시지 않습니까?"

"재산은 없고 거기다가 딸린 가족이 있으니."

"하지만 그토록 괴로우시다면……."

"이것은 좀 외람된 말씀 같지만 그래도 나는 여러분을 위해서 일하고 있습니다. 할 수 있는 데까지 도움을 주려고 말이지요. 다른 사람 같으면 그렇게 관대하지 않을 겁니다. 정말 쉬운 일이 아니거든요. 2천 명이상의, 더구나 저런 죄수들이 상대가 아닙니까. 다루는 방법을 알아야하고, 역시 사람이니 동정해주지 않으면 안 됩니다. 그렇다고 너무 풀어주어서도 안 되고요."

소장은 요즘 죄수들끼리 싸워서 살인이 난 사건을 이야기하기 시작했다.

그의 이야기는 간수를 따라 마슬로바가 들어오는 바람에 멈췄다.

네흘류도프가 문턱의 그녀를 보았을 때, 그녀에게는 아직 소장의 모습이 보이지 않았다. 그녀의 얼굴은 빨갛게 되어 있었다. 그녀는 머리를 흔들고 줄곧 생글생글 웃으며 간수를 뒤따라 들어왔다. 소장을 보자 그녀는 섬뜩한 얼굴이 되며 그를 쏘아보더니 곧 태연하고 쾌활하고 명랑하게 네흘류도프에게 말을 건넸다.

"안녕하셨어요." 그녀는 노래하듯이 말하고는 생긋 웃으며 전날과는 달리 힘을 주어 그의 손을 꼭 쥐었다.

"이 상소장에 당신 서명을 받으러 왔소." 그녀의 경박해진 태도에 약간 놀라면서 네흘류도프는 말했다.

"변호사가 상소장을 작성해주었으니, 당신 서명을 받아서 페테르부르크에 보내야겠소……."

"좋아요, 서명이야 하지요. 뭐든지 하겠어요." 그녀는 한쪽 눈을 찡긋하고 웃으면서 말했다.

네흘류도프는 호주머니에서 접은 상소장을 꺼내 들고 책상 쪽으로 갔다.

"여기서 서명해도 좋습니까?" 네흘류도프가 서장에게 물었다.

"이리 와서 앉아요." 소장이 말했다. "자, 펜 여기 있어. 쓸 줄 아나?"

"옛날엔 쓸 줄 알았죠." 그녀는 생글거리며 치마와 스웨터의 소매를 매만지고 책상 앞에 앉아, 조그마한 손에 힘주어 서툴게 펜을 쥐었다. 그리고 또 웃으며 네흘류도프를 돌아보았다.

그는 서명할 곳을 그녀에게 가르쳐주었다. 그녀는 조심스럽게 펜을 잉크에 적신 다음 자기 이름을 썼다.

"이것만 쓰면 돼요?" 그녀는 펜을 잉크병 속에 꽂았다 종이 위에 얹었다 하면서 네흘류도프와 소장을 번갈아 보며 물었다.

"나 당신한테 할 말이 좀 있는데." 그녀의 손에서 펜을 받아 들고 네흘류도프는 말했다.

"그러세요? 말씀하세요." 그녀는 이렇게 말하고는 별안간 무슨 생각이 떠올랐는지, 아니면 졸음이 오기라도 하는 건지 얼굴빛이 달라졌다.

소장이 밖으로 나가자 네흘류도프는 그녀와 마주 보는 자리로 갔다.

48

마슬로바를 데리고 온 간수는 책상에서 떨어져 문턱에 앉았다. 네흘류도프에게 결정적인 순간이 왔다. 그는 첫 면회 때 중요한 것을, 즉 그녀와 결혼할 작정이라는 것을 그녀에게 말하지 못한 데 대해 줄곧 자신을 책망했었다. 그리고 오늘은 그 말을 해야겠다고 굳게 마음먹었다. 그녀와 네흘류도프는 책상을 사이에 두고 마주 앉아 있었다. 방 안은 밝았다. 네흘류도프는 처음으로 가까운 곳에서 찬찬히 그녀의 얼굴을 들여다보았다. 눈꼬리와 이마에 잔주름이 잡히고 눈이 약간 부어 있었다. 그러자 그는 지금까지보다 더한층 그녀가 불쌍하게 생각되었다.

문턱에 앉아 있는, 수염이 희끗희끗한 유대인 같은 간수에게 들리지 않게 그는 책상에 팔꿈치를 짚고 그녀에게만 들리도록 말했다.

"만약 이 상소가 잘 안 되면 황제께 직접 상소할 참이오. 할 수 있는 데까지 힘써보겠소."

"처음부터 버젓한 변호사를 대었더라면……." 그녀는 그의 말을 가로막았다. "그런데 지난번 그 변호사는 아주 바보라서 저한테 알랑거리기만 했어요." 그녀는 키득키득 웃었다. "그때 제가 공작님하고 아는 사이라는 것을 알았더라면 이렇게는 안 되었을 거예요. 그런데 글쎄 모두들 나를 도둑년으로 알고 있잖아요."

'오늘 이 사람은 아무래도 이상하다.' 하고 네흘류도프는 속으로 생각했다. 그가 다시 자기 말을 꺼내려고 입을 열려 하자 그녀는 또다시 지껄이기 시작했다.

"정말은 부탁이 하나 있어요. 우리 감방에 좋은 할머니 한 분이 있는데, 아무 죄도 없이 들어와 있어요. 아들까지도요. 방화죄로 들어왔는데, 두 사람 다 죄가 없다는 것은 누구나 다 알고 있어요. 실은 그 할머니가 내가 공작님을 잘 안다는 말을 듣고." 카튜샤는 얼굴을 기울여 네흘류도프의 얼굴을 살피듯이 하면서 말했다. "나한테 이렇게 말하지 않겠어요. '우리 아들을 좀 만나주시도록 그분에게 부탁 좀 해줘. 그러면 아들이 죄다 이야기할 테니까.'라고요. 멘쇼프라고 하는데 만나주시겠어요? 정말 좋은 할머니예요. 만나보면 금방 죄가 없다는 걸 알 수 있어요. 수고 좀 해주세요." 그의 얼굴을 찬찬히 보더니, 눈을 내리깔고 방긋이 미소를 지으면서 말했다.

"좋아, 만나서 자세한 얘기를 들어봅시다." 그녀의 친근해진 태도에 차츰 더 놀라움을 느끼며 네흘류도프는 말했다. "그런데 나도 당신한테 할 말이 있는데, 그때 내가 한 말을 기억하고 있는지?" 그는 말했다.

"여러 가지 말씀을 하셨어요. 무슨 얘기더라?" 그녀는 여전히 미소를 머금은 채 얼굴을 좌우로 갸웃거리면서 말했다.

"내가 한 말은, 당신한테 용서를 빌러 왔다는 것이었소." 그는 말했다.

"뭘 그러세요. 자꾸만 용서를 하느니 않느니 하시는데, 그런 건 아무려면 어때요……. 그보다도 저……."

"나는 내 죄를 속죄하고 싶소." 네흘류도프는 말을 이었다. "말로써가 아니라 행동으로써 속죄하고 싶소. 나는 당신과 결혼할 생각이오."

그녀의 얼굴에 놀라는 기색이 엿보였다. 사팔눈이 딱 멈췄고 그를 보고 있는지 안 보고 있는지 알 수 없는 시선을 던졌다.

"어째서 그렇게까지 하지 않으면 안 되나요?" 그녀는 원망스러운 듯이 눈살을 찌푸리며 말했다.

"하느님 앞에서 그렇게 해야 한다고 느꼈소."

"어떤 하느님을 발견하셨어요? 공작님은 언제나 당치도 않은 말씀만 하세요. 하느님이라고요? 어떤 하느님이죠? 공작님은 그때 하느님을 생각하셔야 했었어요." 그녀가 말했다. 그리고 입을 벌린 채 다음 할 말을 잊어버렸다.

네흘류도프는 그제야 그녀의 입에서 독한 술 냄새가 나는 것을 느끼고 그녀가 흥분해 있는 까닭을 알았다.

"마음을 가라앉혀요."

"가라앉히려고 해도 그럴 만한 게 없어요. 내 마음은 조용하니까요. 내가 취한 줄 아시나요? 네, 취했어요. 하지만 무얼 말하고 있는지는 알고 있어요." 그녀는 갑자기 말이 빨라지더니 얼굴이 새빨개졌다. "나는 유형수라고요, 나리⋯⋯. 당신은 나리고 공작님인데, 나 같은 것하고 함께 더러워질 필요는 없다고요. 끼리끼리 공작 아가씨한테나 가세요. 내 몸값은요⋯⋯ 10루블짜리 지폐 한 장이라고요."

"네가 아무리 잔혹한 말을 해도⋯⋯ 내 마음을 다 알 수 없을 거야." 네흘류도프는 온몸을 떨면서 조용히 말했다. "너에 대해서 내가 얼마만큼 가책을 느끼고 있는지, 넌 상상도 못할 거야!"

"가책을 느끼고 있어⋯⋯." 그녀는 표독스레 비웃었다. "그때는 가책을 느끼지 못해서 100루블짜리 한 장을 쑤셔 넣어 주셨군요. 그게⋯⋯ 그게 당신이 흥정한 내 몸값이라고요⋯⋯."

"알고 있어, 알고 있다고. 하지만 이제 와서 어떻게 하면 좋지?" 네흘류도프가 말했다. "이제 다시는 너를 버리지 않을 결심이야." 그는 거듭 말했다. "내가 한 말은 꼭 실행하겠어."

"하지만 그렇게 못할걸요." 그러고 그녀는 깔깔 웃었다.

"카튜샤!" 그는 그녀를 부르며 손을 잡으려 했다.

"만지지 마요, 나는 유형수, 당신은 공작. 이런 곳에 찾아올 것 없잖아요." 그녀는 분노에 얼굴이 일그러지면서 그의 손을 뿌리치며 외쳤다.

"당신은 나를 미끼로 구원받겠다는 건가요?" 그녀는 마음속에 솟구쳐 오른 것을 죄다 털어놓아 버리려는 듯 떠들어댔다. "이 세상에서 나를 노리개로 만들어놓고 저 세상에서 나를 미끼로 구원받고 싶다, 이 말인 가요! 당신, 꼴도 보기 싫어요! 그 안경, 그 기름진 더러운 상판대기! 돌아가, 돌아가라니까!" 거칠게 일어서면서 그녀는 외쳤다.

간수가 뛰어왔다.

"왜 이리 떠들어! 자기 분수를 지켜야지……."

"제발, 가만히 두십시오." 네흘류도프가 말했다.

"혼 좀 나야 알겠어?" 간수가 말했다.

"아닙니다. 조금만 더 기다려주십시오, 제발." 네흘류도프가 말했다.

간수는 다시 창가로 갔다.

카튜샤는 다시 앉았다. 그리고 눈을 내리깐 채 팔짱을 끼고 손가락으로 팔꿈치를 움켜쥐었다.

네흘류도프는 어떻게 해야 좋을지 몰라 그 앞에 우두커니 서 있었다.

"나를 믿어주지 않는군."

"당신이 결혼하고 싶다고요? 거절하겠어요. 차라리 목을 매는 편이 나을 거야! 이것이 내 대답이라고요."

"그래도 나는 너를 위해서라면 뭐든지 다 하겠어."

"글쎄, 그건 당신 마음대로예요. 나는 다만 당신한테 아무것도 바라지 않아요. 이것만은 똑똑히 말해두겠어요." 그녀는 말했다. "그때 왜 죽어버리지 않았는지 몰라." 그녀는 이렇게 덧붙이더니 원망스럽게 울기 시작했다.

네흘류도프는 아무 말도 할 수 없었다. 그녀의 눈물이 그의 마음속으로 스며드는 듯했다. 그녀는 얼굴을 들고 놀란 듯 그를 쳐다보았다. 그리고 머릿수건으로 볼에 흘러내리는 눈물을 닦기 시작했다.

간수가 다가와서 시간이 되었다는 것을 알렸다. 카튜샤는 일어섰다.

"당신은 흥분하고 있어. 가능하면 내일 다시 올 테니 잘 생각해봐요."

네흘류도프가 말했다.

그녀는 아무 대답도 하지 않았다. 그리고 그를 보지도 않고 간수를 따라 나갔다.

"애야, 넌 이제 팔자가 피었어." 그녀가 감방으로 돌아가자 코라블료바가 말했다. "아마 너한테 홀딱 반한 모양이야. 찾아오는 동안 빈틈없이 해둬. 반드시 여기서 꺼내줄 거야. 부자는 무슨 짓이라도 할 수 있거든."

"정말 그래." 건널목지기가 노래하듯 지껄였다. "가난뱅이는 색시를 얻어도 밤이 짧아서 제대로 잠잘 틈도 없지만, 부자는 마음만 먹으면 뭐든지 바라는 대로 할 수 있다고. 우리 마을에 돈 많은 사람이 있었는데, 그이가 말이야……."

"어때, 내가 부탁한 것 말해봤어?" 노파가 끼어들었다.

그러나 카튜샤는 동료들에게 대꾸도 하지 않고 침대에 드러누운 채 사팔눈으로 한구석만을 쏘아보면서 꿈쩍도 하지 않았다. 그녀의 마음속에서 괴로운 싸움이 벌어지고 있었다. 네흘류도프가 한 말이 그녀를 다시 옛날로 돌아가게 했다. 너무나 괴로운 나머지 이해도 못한 채 증오에 사로잡혀 떠나버린 그 세계로, 그녀는 이제 지금까지 살아온 모든 기억을 잃어버렸다. 과거에 있었던 일의 또렷한 기억을 안고 산다는 것은 너무나 괴로운 일이었다. 그날 밤, 그녀는 다시 술을 사서 동료들과 마셨다.

49

'그래, 이렇게 되는 게 당연하지, 당연해.' 네흘류도프는 감옥 문으로 걸어가면서 생각했다. 그리고 비로소 자기 죄의 모든 것을 샅샅이 본 느낌이 들었다. 만약 그가 자기 행위를 속죄하려고 시도하지 않았던들 그 행위가 얼마나 죄 많은 것인지 영원히 몰랐을 터다. 그뿐 아니라 그녀 역시 자기가 받은 악이 얼마만큼 큰 것인지 느끼지 못했을 터다. 이제 비로소 그 모든 것이 무서운 전모를 드러냈다.

그는 이제야 비로소 자기가 이 여자의 영혼에 어떤 짓을 했는지 깨달았고 그녀도 자기가 어떤 짓을 당했는지를 깨달았다. 지금까지 네흘류도프는 자기 자신과 회한의 감정을 즐기고 있었다. 이제 그는 그저 두렵기만 했다. 그는 그것을 느끼고 있었다. 그러나 아울러 그녀와의 관계를 어떻게 이루어가야 할지 상상할 수 없었다.

훈장과 메달을 잔뜩 단 간수가 문에서 네흘류도프 앞으로 다가와 아첨하는 듯 불쾌한 헛웃음을 지으면서 살그머니 편지 한 통을 내밀었다.

"이걸 어떤 여자한테서 공작님께 전해달라는 부탁을 받았습니다." 간수가 말했다.

"누구요?"

"읽어보시면 압니다. 여기 있는 정치범입니다. 저는 그 감방의 담당자죠. 그래서 부탁을 받았습니다. 이런 일은 금지되어 있습니다만, 인정상 할 수 없이." 간수가 어색하게 말했다.

정치범 담당 간수가 감옥 안에서 이토록 공공연히 편지를 건네주는 데 대해 네흘류도프는 놀랐다. 그는 그때까지 이 남자가 가장한 스파이라는 것을 알지 못했다. 그는 편지를 받아 들고 밖에 나가서 읽었다. 편지에는 연필로 다음과 같이 흘려 씌어 있었다.

공작님이 어떤 형사범에게 관심을 가지고 가끔 찾아오시는 것을 알고 만나 뵙고 싶어졌습니다. 저에게 면회를 신청해주십시오. 공작님이라면 허락될 것입니다. 공작님이 돌보고 계시는 분에게도, 우리 동료들에게도 중대한 정보를 드리고 싶습니다.

베라 보고두홉스카야 올림

베라 보고두홉스카야는 언젠가 네흘류도프가 친구들과 곰 사냥을 간 적이 있는 노브고로드 현 벽촌의 여교사였다. 그때 이 교사는 대학에 가고 싶으니 학비를 보태달라고 네흘류도프에게 부탁했었다. 네흘류도프는 돈을 그녀에게 주었으며, 그 뒤 잊어버렸다. 그런데 지금 그 여인이 정치범으로 투옥되어 있다가 여기서 그의 이야기를 들었는지, 이렇게 은혜를 갚으려고 자청해온 모양이었다. 그 무렵에는 모든 일이 단순하고 간단했다. 그에 비해 지금은 모든 것이 얼마나 힘들고 복잡한가.

네흘류도프는 그 무렵의 일과 보고두홉스카야와 알게 된 동기 같은 것을 생생하게 떠올리고 흐뭇해졌다. 그것은 사육제를 앞두고 철도에서 60킬로미터나 떨어진 두메산골에서 일어난 일이었다. 사냥 성과가 좋아 곰을 두 마리나 잡고 식사를 끝낸 뒤 막 떠나려고 하는데, 그들이 묵었던 농가의 주인이 들어와서 네흘류도프 공작님을 뵙겠다며 부제의 딸이 찾아왔다고 알렸다.

"미인인가?" 누군가가 물었다.

"그만해!" 네흘류도프는 이렇게 말하고 진지한 얼굴로 식탁에서 일어났다. 그리고 입술을 닦고는 부제의 딸이 대관절 무슨 일로 자기를 만나려고 하는지 의아해하면서 안채로 갔다.

방에는 펠트 모자를 쓰고 털외투를 입은 한 처녀가 있었다. 전체적으로 깡마른 느낌이 들고 볼이 해쓱하여 볼품없는 생김새였지만, 치켜 올라간 눈썹 아래 눈만은 무척 아름다웠다.

"자, 베라 예프레모브나, 부탁해봐요." 주인 노파가 말했다. "이분이 바로 그 공작님이셔. 그럼 난 가보겠다."

"무슨 일이신지?" 네흘류도프가 물었다.

"저…… 저, 공작님은 부자셔서 사냥같이 쓸데없는 일에 돈을 마구 써 버리고 계십니다. 저는 잘 알고 있습니다." 처녀는 몹시 수줍어하면서 말을 꺼냈다. "저는 다만 사람들에게 쓸모 있는 사람이 되고 싶어 그것 만을 바라고 있지만, 아는 것이 없어서 아무 일도 할 수가 없습니다."

눈이 맑고 선량하며 굳은 결의와 수줍은 표정이 몹시 감동적이어서, 네흘류도프는 저도 모르게 상대방의 입장이 되어 그 깊은 마음을 이해 하고 가엾어졌다.

"내가 할 수 있는 일이라면?"

"저는 여교사예요 대학교에 가고 싶지만 갈 수가 없어요. 집에서 보 내주지 않는 것이 아니에요. 가라고는 하지만 학비가 없습니다. 돈을 좀 꿔주실 수 없을까요? 졸업하면 갚아드리겠어요. 돈 많은 사람들은 곰을 잡거나 농사꾼들한테 술을 먹이거나 하지요. 그런 짓은 좋지 않다고 생 각합니다. 왜 좋은 일을 하시지 않을까요? 제가 필요한 것은 겨우 80루 블이에요. 싫으시다면 아무래도 괜찮습니다." 그녀는 진지하게 말했다.

"천만에요. 당신이 이런 기회를 주신 것에 감사합니다. 잠깐 기다리 십시오. 곧 가져오겠습니다." 네흘류도프는 말했디. 그기 승닉해준 것을 알고 그녀는 얼굴이 빨개지면서 입을 다물었다.

그는 밖으로 나가자 곧 엿듣고 있던 친구와 마주쳤다. 그는 친구의 비 꼬는 말에는 대꾸도 하지 않고 가방에서 돈을 꺼내어 그녀에게 갖다 주 었다.

"자, 어서 받으십시오. 인사는 필요 없습니다. 도리어 내가 감사해야 할 테니까요."

네흘류도프는 지금 이런 여러 가지 일을 떠올리고는 매우 기뻤다. 그 는 그의 호의를 잘못 짐작하고 놀리려던 장교와 하마터면 싸울 뻔한 일이며, 그를 편들어준 다른 한 친구와 그것이 계기가 되어 두 사람이 더 친해진 일이며, 전체적으로 사냥 성적이 좋아 밤이 늦어서야 철도역으로 돌아오던, 참으로 상쾌했던 일들이 생각났다. 말 두 필이 끄는 썰매의 행렬이 소리도 없이 달리고, 높고 낮은 숲을 빠져나가 온통 눈을 뒤집어쓴 전나무의 수빙樹氷 사이를 누볐다. 어둠 속에 빨간 불빛을 남기며 누군가가 향기로운 궐련을 피웠다. 몰이꾼 오시프가 무릎까지 눈에 빠지면서 이 썰매에서 저 썰매로 돌아다니며 시중을 들고, 지금쯤 깊은 눈 속을 헤치고 고리버들 껍질을 벗겨 먹고 있을 큰 사슴 얘기며, 겨울 잠 자는 굴속에 틀어박혀 숨구멍으로 따뜻한 숨결을 토해내고 있는 곰 이야기를 해주었다.

네흘류도프는 이런 여러 가지 추억 중에서도 특히 건강과 젊은 힘과 평온을 의식하던 그 행복한 감정을 회상하고 있었다. 가슴으로는 털외투가 꽉 죌 정도로 얼음 같은 공기를 빨아들이고, 화살대에 걸린 나뭇가지에서 가루 같은 눈이 얼굴에 떨어지고, 몸은 따뜻하고, 얼굴은 상쾌하며 마음에는 걱정도 불안도 두려움도 욕망도 없었다. 얼마나 멋졌던가! 그런데 지금은? 아, 모든 것이 어쩌면 이렇게도 괴롭고 어려운 것일까!

아마 베라. 보고두홉스카야는 혁명가가 되어 혁명 운동을 하다가 그 때문에 지금 투옥되어 있는 게 틀림없다. 꼭 만나야 한다. 특히 카튜샤의 문제에 도움을 주겠다고 약속하고 있지 않는가.

50

이튿날 아침 눈을 뜬 네흘류도프는 어제 있었던 일을 하나하나 생각해보았다. 그러자 무서워졌다. 그러나 무서움에도 불구하고 여태까지보다 더한층 굳게, 일단 시작한 일은 무슨 일이 있더라도 밀고 나가야 한다고 결심했다.

이렇게 자신의 의무를 의식하면서 그는 집을 나와 마차로 부지사 마슬렌니코프의 집으로 향했다. 카튜샤에게 부탁받은 노파 및 그 아들과의 면회 허가를 받기 위해서였다. 그 밖에도 카튜샤를 구하는 데 도움이 될지도 모르는 보고두홉스카야와의 면회도 부탁해볼 작정이었다.

네흘류도프는 마슬렌니코프와 오래전 연대에 있을 무렵부터 아는 사이였다. 마슬렌니코프는 그 무렵 연대의 경리장교를 지내고 있었다. 그는 군대와 황실 말고는 아무것도 몰랐고, 알려고도 하지 않는 보기 드물게 순진한 장교였다. 지금 네흘류도프가 만나려는 그는 연대에서 현으로 자리를 바꾸어 행정관이 되어 있었다. 그는 돈 많은 집의 말괄량이 딸과 결혼했는데, 이 아내가 그를 군대 근무에서 관리직으로 옮기게 했다.

그녀는 길들인 애완용 동물처럼 그를 놀리고 귀여워했다. 네흘류도프는 지난겨울에 한 번 그를 찾아간 적 있었으나 이 부부가 몹시 불쾌하게 여겨져서 그 뒤로 다시 찾아가지 않았다.

네흘류도프를 보자 마슬렌니코프는 얼굴 가득 웃음을 담았다. 기름진 붉은 얼굴도, 뚱뚱한 몸도, 군대에 있을 때처럼 사치스러운 차림새도, 그대로였다. 군대에 있을 무렵에는 늘 어깨와 가슴이 꼭 들어맞는 최신 유행의 번들거리는 제복이나 사복을 입고 있었는데, 지금도 역시 최신 유행에 맞춘 문관복이 뚱뚱한 몸과 불룩하게 솟은 넓은 가슴을 꼭 맞게 감싸고 있었다. 그는 약식 복장을 하고 있었다. 나이는 다르지만(마슬렌니코프는 마흔 살에 가까웠다) 두 사람은 너 나 하는 사이였다.

"참 잘 왔다. 처한테로 가자. 회의에 나갈 때까지 꼭 10분 남았군. 지사가 부재중이라 내가 현의 일을 맡고 있지." 그는 기쁨을 참을 수 없다는 태도로 말했다.

"자네한테 볼일이 있어서 왔어."

"무슨 일인데?" 갑자기 경계하듯 움찔하면서, 마슬렌니코프는 다소 굳은 목소리로 물었다.

"이곳 감옥에 내가 매우 관심 갖고 있는 죄수가 한 사람 있는데(감옥 이라는 말을 듣고 마슬렌니코프의 얼굴은 더 굳어졌다), 그 사람을 일반 면회실이 아니라 사무실에서, 그것도 정해진 면회일만이 아니라 좀 더 자주 만나고 싶어서 그래. 그러려면 자네의 허가가 있어야 한다는군."

"물론, 자네를 위해서라면 뭐든지 해주겠네." 그는 자기의 위엄을 누 그러뜨리려고 두 손으로 네흘류도프의 팔꿈치를 누르면서 프랑스어로 말했다. "그런데 가능한 일이기는 하지만, 보다시피 나야 임시 주인에 지나지 않는단 말일세."

"그래도 그 여자와 면회할 수 있는 허가증을 줄 수는 있겠지?"

"뭐, 여자야?"

"그래."

"뭘 했는데?"

"독살이야. 하지만 잘못된 판결이었어."

"그렇다니까. 이게 그들이 말하는 올바른 재판이라는 거야. 배심원들 이 하는 짓이라니." 하고 그는 무엇 때문인지 갑자기 프랑스어로 말했 다. "자네가 동의하지 않는 것은 알지만 하는 수 없어. 이것이 나의 신념 이니까." 그는 1년 동안 반동적인 보수계 신문에 여러 가지 형태로 실린 의견을 그대로 늘어놓으면서 이렇게 덧붙였다. "자네가 자유주의자라는 건 나도 알고 있어."

"내가 자유주의자인지 아닌지는 모르겠네만." 네흘류도프는 웃으면서 말했다. 그는 늘 사람을 판단할 경우 먼저 그 사람의 말을 잘 들어볼 필 요가 있다든가, 법 앞에는 모든 사람이 평등하다든가, 원칙적으로 사람을 괴롭히거나 때려서는 안 되지만 특히 아직 유죄로 결정되지 않은 사람에게 그래서는 안 된다고 말했을 뿐인데, 단지 그 까닭만으로 사람들이 그를 어떤 종류의 무리와 결부해 자유주의자라고 간주하는 데는 당황하지 않을 수 없었다. "내가 자유주의자인지 아닌지는 모르겠지만, 현행 재판 제도가 아무리 졸렬하더라도 역시 구제도보다 낫다는 것만은 나도 알고 있어."

"그래, 어느 변호사한테 부탁했나?"

"파나린이야."

"뭐, 파나린!" 마슬렌니코프는 언짢은 얼굴을 했다. 그가 지난해에 파나린에 의해 증인으로 법정에 불려 나갔을 때, 30분에 걸쳐 그의 아주 은근무례한 태도 때문에 자신이 웃음거리가 되었던 일이 생각났다. "나 같으면 그런 녀석을 자네한테 권하고 싶지 않아. 그 녀석은 평판이 좋지 않은 녀석이야."

"또 한 가지 부탁이 있어." 그의 말에는 대꾸도 하지 않고 네흘류도프는 말했다. "벌써 오래전부터 알고 있는 한 여교사가 있어. 아주 불쌍한 여자지. 그 여자도 감옥에 들어가 있는데, 나를 만나고 싶다는군. 그 면회 허가증도 내줄 수 있겠나?"

"그건 정치범이겠지?"

"응, 그런 모양이야."

"정치범의 면회는 친척에게만 허용되어 있지만 자네한테 통용될 수 있는 허가증을 내주지. 자네가 나쁜 데 쓸 일은 없을 테니까. 그래, 이름은……? 보고두홉스카야? 미인인가?"

"못생겼어."

마슬렌니코프는 의심스럽다는 듯이 머리를 저으며, 책상으로 가서 허가증이라고 인쇄되어 있는 정식 용지에 '본 증명서의 지참자인 공작 드미트리 이바노비치 네흘류도프에게 수감 중인 평민 마슬로바 및 병원 잡역부 보고두홉스카야와 옥내 사무실에서의 면회를 허가함.'이라고 쓰고, 굵은 필체로 서명했다.

"자, 이것으로 그곳의 질서가 어떤 것인가 자네도 볼 수 있을 거야. 하지만 그 질서를 지킨다는 건 매우 어려워. 호송 죄수가 있기 때문에 초만원이거든. 하지만 나는 엄중히 감독하고 있지. 어쨌든 이 일이 마음에 드네. 자네도 보면 알겠지만, 아주 쾌적해서 죄수들이 모두 흐뭇해하고 있다고. 다만 그들을 다룰 줄 알아야 해. 며칠 전에도 재미없는 사건이 일어났지. 명령 거부야. 다른 사람 같았으면 폭동으로 여기고 많이 처벌했겠지만, 거기서는 다행히 대단한 일 없이 끝났어. 그만하면 잘 마무리된 셈이야. 한쪽으로는 세심한 배려, 다른 쪽으로는 단호한 힘, 이것이 필요하다고." 그는 금 커프스단추가 달린 희고 뻣뻣한 소매 끝 밖으로, 터키석 박은 반지를 낀 두툼한 흰 주먹을 불끈 쥐면서 말했다. "배려와 단호한 힘!"

"난 두 번이나 가봤지만, 뭐라고 말할 수 없는 무거운 기분이 들더군."

"그래! 그럼 자네는 파세크 백작 부인과 사귈 필요가 있어." 흥이 나기 시작한 마슬렌니코프가 말을 이었다. "부인은 이 일에 온몸을 다 바치고 있어. 그 희생은 엄청난 거야. 허물없이 말하지만, 내가 모든 면에 걸쳐서 좀 더 낫게 바꿀 수 있었던 것도 그 부인 덕택이라고 할 수 있을 거야. 그전의 끔찍한 상태를 없애고, 죄수들이 참으로 기분 좋게 살 수 있도록 바꾸었지. 가보면 알 거야. 그런데 파나린 말인데, 나는 개인적으로는 그를 알지도 못하고 또 나의 사회적 지위를 보더라도 서로 합치될 리 없지만, 아무튼 그자는 좋지 않은 사람이야. 더구나 법정에서 뻔뻔스럽게도 덜된 소리를 마구 지껄여대고……."

"그럼 고맙네." 네흘류도프는 허가증을 집어넣고는, 끝까지 듣지도 않고 옛 친구에게 작별 인사를 했다.

"아니, 집사람을 만나지 않겠나?"

"실례하겠네. 지금은 그럴 틈이 없어."

"어쩐다, 집사람이 나를 가만두지 않을걸." 마슬렌니코프는 층계참까지 옛 친구를 따라 나오면서 말했다. 그는 가장 소중한 손님이 아니라 2급 정도의 손님일 경우 여기까지 배웅하기로 하고 있었다. 네홀류도프가 그 2급이었다. "안 돼, 잠깐만이라도 들렀다 가게."

그러나 네홀류도프는 끝내 응하지 않았다. 그리고 하인과 문지기가 외투와 단장을 내주고 밖에 경관 한 사람이 입초를 서고 있는 현관문이 열렸을 때, 그는 거듭 지금은 아무래도 만날 수 없다고 해명했다.

"그럼 목요일에 꼭 와주게. 그날은 아내가 손님을 대접하는 날이야. 그렇게 말해둘 테니까!" 마슬렌니코프는 층계참에서 외쳤다.

51

그날 마슬렌니코프의 집에서 곧장 감옥으로 간 네홀류도프는 이미 알고 있는 소장 관사로 찾아갔다. 그때처럼 또 낡은 피아노 소리가 들렸으나, 오늘은 랩소디가 아니라 클레멘티의 연습곡으로 여전히 놀랄 만큼 힘차고 명확하고 빠른 템포로 연주되고 있었다. 한쪽 눈에 안대를 한 하녀가 문을 열고서 소장님은 집에 계시다며 네홀류도프를 조그만 응접실로 안내했다. 소파가 하나 놓여 있고, 테이블 위에는 털실로 싼 작은 깔개 위에 장밋빛 종이갓 한쪽이 까맣게 눌은 큼직한 램프가 놓여 있었다. 소장은 지치고 어두운 얼굴로 나왔다.

"앉으십시오. 무슨 볼일이신지?" 그는 제복 한가운데 단추를 채우면서 말했다.

"지금 부지사한테 갔다 왔는데, 이것이 허가증입니다." 네흘류도프는 허가증을 내밀면서 말했다. "마슬로바를 만날까 합니다."

"마르코바?" 피아노 소리 때문에 잘못 듣고 소장이 되물었다.

"마슬로바입니다."

"아, 참! 그랬지요!"

소장은 일어나서 클레멘티의 빠른 연주음이 들려오는 문으로 갔다.

"마루샤, 잠깐만 멈춰라." 그는 말했는데, 그 목소리에는 이 음악이 그의 삶에 지워진 고난의 십자가라는 탄식이 스며 있는 것 같은 느낌이 들었다. "이야기를 할 수가 없구나."

피아노 소리가 멎더니 불만스러운 발소리가 들리기 시작했다. 그리고 누군가가 문틈으로 들여다보았다.

소장은 음악이 멎어 마음을 놓았는지, 그다지 독하지 않은 굵직한 엽 궐련에 불을 붙이고 네흘류도프에게도 권했다. 네흘류도프는 사양했다.

"아까 말씀드렸듯이 마슬로바를 만나고 싶습니다만."

"마슬로바 면회가 오늘은 어려운데요."

"왜지요?"

"그것은 공작님의 잘못 때문입니다." 약간 쓴웃음을 지으면서 소장이 말했다. "그 여자에게 직접 돈을 주지 마십시오. 주시려면 제게 맡기십시오. 그러면 다 그 여자의 것이 되니까요. 어제도 돈을 주신 것 같은데, 그 여자가 술을 사서 말이죠. 이런 나쁜 짓을 아무래도 뿌리 뽑지 못하고 있습니다만. 오늘은 잔뜩 취해가지고 마구 설쳐대는 형편이랍니다."

"설마?"

"설마 하시겠지만, 그게 엄중한 조치를 하지 않으면 안 될 정도라서……. 지금 딴 감방으로 옮겨놓았습니다. 평소에는 얌전한 여자인데 이러니 제발 돈만은 주지 마십시오. 본디 그런 사람들이라서…….”

네흘류도프는 어제 일이 또렷하게 생각났다. 그리고 또 무서워졌다.

“그럼 정치범인 보고두홉스카야는 만나볼 수 있을까요?” 잠깐 사이를 두었다가 네흘류도프는 물었다.

“아, 그건 상관없습니다.” 소장은 말했다. “아니, 왜 왔지?” 마침 방에 들어온 대여섯 살 난 여자아이를 돌아보며 그가 말했다. 여자아이는 네흘류도프에게서 눈을 떼지 않고 걸음만 아버지에게로 옮겨놓았다. “이거 넘어지겠네.” 여자아이가 걸려 넘어질 듯하면서 자기 앞으로 달려오는 것을 보고 소장은 웃으며 말했다.

“그럼 괜찮으시다면 곧 가보고 싶습니다만.”

“네, 가보십시오.” 소장은 네흘류도프 쪽을 보고 있는 여자아이를 안아 올리면서 말했다. 그리고 살며시 여자아이를 옆에 내려놓고 현관 쪽으로 걸어가기 시작했다.

소장이 안대를 한 하녀가 내주는 외투를 입고 아직 현관도 채 나서기 전에 다시 클레멘티 곡이 재빠르게 울리기 시작했다.

“음악 학교에 다니고 있습니다만, 학교 규율이 워낙 엉망이라서요. 소질은 꽤 있는 편입니다.” 소장은 층계를 내려가면서 말했다. “연주회에 나가고 싶어 한답니다.”

소장과 네흘류도프는 감옥 문 쪽으로 걸어갔다. 소장이 다가가자 작은 통용문이 활짝 열렸다. 수위들이 거수경례를 하고 소장은 눈으로 전송했다. 머리를 반쯤 깎인 죄수 네 명이 입구에서 뭔가 들어 있는 통을 메고 오다가 소장을 보더니 움찔하며 걸음을 멈췄다. 한 사람은 특히 움츠리고 얼굴을 찡그리며 까만 눈을 반짝거렸다.

“물론 소질은 길러주어야 합니다. 파묻어 버려서는 안 되지요. 하지만 아시다시피 집이 좁아서 견딜 수 없을 때가 많습니다.” 소장은 죄수들을 거들떠보지도 않고 이야기를 계속했다. 그리고 힘들게 다리를 끌며 집회실로 들어갔다.

"누구를 만나시겠다고 하셨죠?"

"보고두홉스카야입니다."

"그 여자는 탑 쪽에 있을 텐데요. 좀 기다리셔야 합니다." 그는 네흘류도프를 돌아보았다.

"그럼 그동안에 멘쇼프라는 죄수를 만날 수는 없을까요? 어머니와 아들이 함께 방화죄로 들어와 있다는데요."

"아, 그건 21호 감방이군요. 좋습니다. 만나십시오."

"될 수 있으면 감방에서 멘쇼프를 만나고 싶은데요."

"면회실이 더 조용할 텐데요."

"아니, 그게 더 흥미가 있습니다."

"흥미라니, 놀라운데요."

그때 옆문에서 말쑥하게 차린 부소장이 나왔다.

"마침 잘됐군. 공작님을 멘쇼프의 감방으로 안내해드려요. 21호 감방이야." 소장이 부소장에게 말했다.

"그러고 나서 사무실로 모셔다 드리도록. 그동안에 불러두지요 이름이 뭐라고 하셨습니까?"

"베라 보고두홉스카야입니다." 네흘류도프가 말했다.

부소장은 콧수염을 물들인 금발의 젊은 장교로, 무슨 꽃 향수의 향기를 풍기고 있었다.

"이리 오십시오." 그는 기분 좋은 미소를 띠고 네흘류도프를 이끌었다. "이런 데 흥미가 있으십니까?"

"네, 그리고 그 남자한테도 흥미를 가지고 있지요. 아무 죄도 없이 여기 들어와 있다는 말을 들었기 때문이죠."

부소장은 어깨를 움츠렸다.

"네, 그런 일도 있지요." 악취가 물씬거리는 넓은 복도로 공손히 손님을 안내하면서 그는 아무렇지 않게 말했다.

"하지만 놈들이 거짓말하는 경우도 가끔 있습니다. 자. 이리 오시죠."

감방 문이 열려 있고 몇 명인가 죄수들이 복도에 나와 있었다. 간수들에게 가볍게 눈짓으로 인사하고서 벽을 따라 몸을 웅크리고 자기 감방으로 돌아가는 죄수들과, 문 옆에 버티고 서서 두 손을 바지 솔기에 착 갖다 대고는 군대식으로 자기를 눈으로 좇는 죄수들을 곁눈으로 보면서, 부소장은 네흘류도프를 데리고 복도를 빠져나가, 왼쪽으로 꼬부라져 철문이 있는 다음 복도로 들어갔다.

그곳은 금방 나온 복도보다 좁고 어두웠으며, 한층 더 악취가 심했다. 복도를 향해 양쪽에 자물쇠가 달린 문이 이어져 있었다. 문에는 '눈'이라고 부르는 직경 3센티미터 남짓한 구멍이 뚫려 있었다. 복도에는 쭈글쭈글하고 음침한 얼굴의 늙은 간수밖에 보이지 않았다.

"멘쇼프는 어딘가?" 부소장이 간수에게 물었다.

"왼쪽으로 여덟 번째 방입니다."

"이 감방에는 사람이 모두 꽉 차 있습니까?" 네흘류도프가 물었다.

"네, 한 방만 빼놓고 모두 차 있습니다."

52

"들여다봐도 괜찮습니까?" 네흘류도프가 물었다.

"네, 보십시오." 부소장은 미소를 띠면서 말하고는 간수에게 무엇인가 묻기 시작했다. 네흘류도프는 한 구멍을 들여다보았다. 검은 턱수염을 기른 셔츠 바람의 젊은 사나이가 부지런히 왔다 갔다 하고 있었다. 문간에 인기척을 느끼고 힐끗 쏘아보았으나 얼굴을 잠깐 찌푸렸을 뿐 그대로 계속 걸어 다녔다.

네흘류도프는 다음 구멍을 들여다보았다. 그의 눈은 안에서 내다보는 크게 뜬 눈과 마주쳤다. 그는 깜짝 놀라 그곳을 떠났다. 세 번째 구멍을 들여다보니 널빤지 침상 위에 매우 작은 사나이가 머리부터 죄수복을 뒤집어쓴 채 오그리고 누워 있었다. 네 번째 감방에는 얼굴이 넓적한 사나이가 침상에 앉아 무릎에 팔꿈치를 짚고 고개를 푹 숙이고 있었다. 그는 발소리를 듣고 얼굴을 들어 이쪽을 보았다. 얼굴 가득히, 특히 커다란 눈에 절망적인 우수가 깃들어 있었다. 누가 들여다보는지 알고 싶지도 않은 것 같았다. 누가 들여다보건 아무에게서도 반가운 소식을 기대할 수 없다고 체념하고 있는 태도였다.

네흘류도프는 더럭 겁이 났다. 그는 들여다보는 것을 그만두고 멘쇼프가 있는 21호실로 갔다. 간수가 자물쇠를 풀고 문을 열었다. 착해 보이는 둥근 눈에 조금 턱수염을 기른, 목이 길고 다부진 젊은 사나이가 침상 곁에 서서 급히 죄수복을 입으며 깜짝 놀란 얼굴로 들어온 사람들을 바라보았다. 특히 네흘류도프를 놀라게 한 것은 의아해하고 두려워하며 그와 간수와 부소장을 번갈아 쳐다보는 둥글고 맑은 눈이었다.

"이 어른이 네 일에 대해서 여러 가지 물어보고 싶어 하신다."

"일부러 이렇게 와주셔서 감사합니다."

"당신 사건에 대해 여러 가지 들은 말이 있어서요." 네흘류도프는 방 안쪽의 쇠창살이 박힌 더러운 창가로 가면서 말했다. "그래서 당신한테 직접 말을 들어볼까 하고 찾아왔습니다."

멘쇼프도 창가로 와서 곧 이야기를 꺼냈다. 처음에는 부소장 쪽을 흘끔흘끔 보면서 겁을 내더니 차츰 겁이 없어지고, 부소장이 뭔가 지시하기 위해 복도로 나가자 아주 대담해졌다. 이야기하는 그의 말씨와 태도는 아주 소박하고도 선량한 시골의 젊은이다웠다. 그리고 네흘류도프는 감방 안에서 수치스러운 죄수복 차림의 사람에게서 이런 말을 듣는 것에 뭐라 말할 수 없이 야릇한 기분이 들었다.

네흘류도프는 젊은이의 이야기를 들으면서 짚 이불을 깐 낮은 널빤지 침상이며, 굵은 쇠창살이 박힌 창이며, 더럽고 끈적거리는 벽이며, 죄수화에 죄수복 차림을 한 흉한 꼴의 불쌍한 농사꾼의 비참한 모습을 보고 있자니 차츰 마음이 어둡고 우울해졌다. 그는 이 선량해 보이는 젊은이가 말하고 있는 것이 진실이라고 믿고 싶지 않았다. 사람들이 아무 까닭도 없이, 단지 욕을 보이기 위해 어떤 사람을 붙잡아다가 죄수복을 입혀서 이런 무서운 장소에 가둘 수 있다고 생각한다는 것은 너무나 끔찍했기 때문이다. 그러나 이렇게 선량해 보이는 얼굴로 말하는, 정말인 것 같은 이야기를 거짓말이라고 생각한다는 것은 더 끔찍했다. 그 이야기는 이런 것이었다.

그는 갓 결혼한 아내를 술집 주인에게 빼앗겼다. 그래서 그는 여기저기 하소연하여 재판을 걸었으나, 그때마다 술집 주인이 관리를 매수해 그가 언제나 지고 말았다. 한번은 그가 강제로 아내를 데려왔으나 이튿날 아내가 도망치고 말았다. 그래서 그는 아내를 내놓으라고 담판을 하러 갔다. 그러나 술집 주인은 네 여편네는 없으니까 돌아가라고 말했다(그는 들어갈 때 아내를 보았다). 그는 그 자리에서 움직이지 않으려고 했다. 술집 주인은 일꾼과 둘이서 그를 피투성이가 되도록 두들겨 팼다. 그 이튿날 술집에서 불이 났다. 그와 늙은 어머니가 불을 질렀다는 혐의를 받았으나, 그는 불을 지르지 않았을 뿐만 아니라 그때 대부 집에 가 있었다.

"그럼 당신은 정말로 불을 지르지 않았단 말이지."

"그렇습니다, 나리. 그런 것은 생각해본 적도 없습니다. 틀림없이 그 악당이 불을 질렀을 겁니다. 말을 들으니, 얼마 전에 보험에 들었다고 하니까요. 그런데 저하고 어머니가 고함치며 불을 지르겠다고 협박했다는 소문을 퍼뜨렸습니다. 그건 정말입니다. 전 그때 도저히 참을 수가 없어 그놈한테 마구 욕을 퍼부었죠. 하지만 정말로 불을 지르다니, 당치도 않습니다. 불이 났을 때, 저는 거기 있지도 않았습니다. 저하고 어머니가 욕을 해대던 날을 노려서 그놈이 불을 지른 겁니다. 보험금을 타 먹기 위해서 제 놈이 불을 질러놓고 저하고 어머니한테 뒤집어씌운 겁니다."

"설마?"

"정말입니다. 하느님께 맹세합니다, 나리. 제발 도와주십시오!" 그는 바닥에 엎드리려고 했다. 네흘류도프는 한사코 말렸다. "제발 살려주십시오. 아무 짓도 하지 않았는데 이렇게 일생을 망쳐야 하다뇨." 그는 계속 간청했다. 그리고 갑자기 볼을 실룩거리더니 울음을 터뜨렸다. 그리고 죄수복 소매를 걷고 더러운 셔츠 소매로 눈물을 닦기 시작했다.

"끝났습니까?" 부소장이 물었다.

"네. 너무 비관하지 마세요. 할 수 있는 한 힘써줄 테니." 네흘류도프는 감방을 나왔다. 멘쇼프는 문가에 서 있었기 때문에 간수가 닫는 문에 부딪혔다. 간수가 문에 자물쇠를 채우는 동안 멘쇼프는 문구멍으로 내다보았다.

53

넓찍한 복도를 돌아오면서(점심시간이라 감방 문은 열려 있었다) 옆은 노란색 죄수복을 입고 헐렁한 짧은 바지에 죄수화를 신은 사람들이 뚫어지게 보고 있는 사이로 지나가고 있으니, 네흘류도프는 야릇한 기분이 들었다. 그것은 여기 갇혀 있는 사람들에 대한 동정과 그들을 이곳에 가두어두는 사람들에 대한 두려움과 의혹, 그리고 이런 것을 태연하게 바라는 자기 자신에 대한 부끄러움이었다.

한 곳에 이르니, 죄수 하나가 죄수화를 퍼덕거리면서 감방 문 안으로 달려 들어갔다. 그러자 거기서 죄수들이 우르르 몰려나와 허리를 굽실대며 네흘류도프 앞을 막아섰다.

"누구신지는 모르겠습니다만, 나리, 제발 저희들 문제를 빨리 결정짓도록 명령해주십시오."

"나는 관리가 아니어서 아무것도 모릅니다."

"어쨌든 누구든지 높은 분에게 말씀해주십시오." 그는 애타는 목소리로 말했다. "아무 죄도 없는데 벌써 두 달 가까이 이런 데 갇혀 있습니다."

"아니, 왜요?" 네흘류도프가 물었다.

"다짜고짜 갇혀버렸습니다. 벌써 두 달 가까이 됩니다만, 무슨 죄인지도 저희는 모릅니다."

"아니, 이건 우연입니다." 부소장이 말했다. "이 사람들은 여권이 없어서 붙잡혔습니다. 소속 현으로 되돌려 보내야 합니다만, 공교롭게도 그곳 감옥에 불이 나, 현 당국에서 얼마 동안만 이곳에 구치해달라는 통지가 왔습니다. 다른 현 사람들은 모두 되돌려 보냈습니다만, 이 사람들만은 보낼 곳이 없습니다."

"단지 그런 까닭뿐입니까?" 문간에서 걸음을 멈추며 네흘류도프가 물었다.

죄수복을 입은 40여 명이 네흘류도프와 부소장을 에워쌌다. 몇 사람 목소리가 한꺼번에 지껄여댔다. 부소장은 걸음을 멈췄다.

"누구 한 사람만 말해요."

그러자 쉰 남짓한 키 크고 잘생긴 농사꾼이 앞으로 나섰다. 그들은 여권을 갖고 있지 않았기 때문에 붙들려 옥에 갇힌 것이라고 그가 네흘류도프에게 설명했다. 사실은 여권을 가지고 있었지만 기한이 2주일쯤 지나 있었다. 여권 기한이 경과하는 경우는 해마다 있었고 이제까지 문책받았던 적이 없었는데 올해에는 붙들려 이렇게 두 달 가까이나 옥에 갇혀 범죄자 취급을 받고 있다는 것이었다.

"우리는 모두 석공인데, 같은 조합원입니다. 현의 감옥이 타버렸다고 하지만 그런 것은 우리가 알 바 아닙니다. 제발 도와주십시오."

네흘류도프는 듣고 있었지만, 잘생긴 노인의 말이 머리에 들어오지 않았다. 그의 모든 주의력이 노인의 구레나룻 사이를 기어 다니고 있는, 발이 많이 달린 커다랗고 거무튀튀한 이에 쏠렸기 때문이었다.

"그런 일이 있을 수 있습니까? 정말 단지 그 이유뿐입니까?" 네흘류도프는 부소장을 돌아다보았다.

"그렇습니다. 당국에서도 실수가 있긴 합니다. 이 사람들을 송환해서 거주지에 머물도록 해줘야 합니다."

부소장이 말을 끝내자, 사람들 속에서 역시 죄수복을 입은 자그마한 사나이가 뛰어나와 괴상하게 입을 씰룩거리며 아무 죄도 없이 여기서 고생하고 있다고 부르짖기 시작했다.

"개보다도 더 심한 취급이라……."

"이봐, 쓸데없는 소리 말고 잠자코 있어. 그러지 않으면……."

"어쩌겠다는 거요." 몸집이 작은 사나이가 될 대로 되라는 식으로 외쳤다. "우리한테 무슨 죄가 있단 말이야?"

"닥쳐!" 부소장이 소리를 꽥 질렀다. 작은 사나이는 입을 다물었다.

"대체 어떻게 된 일일까?" 네흘류도프는 감방 안에서 내다보는 죄수들, 또는 도중에서 만나는 죄수들의 몇백 개나 되는 눈에 쫓겨 채찍의 행렬 사이를 지나는 느낌으로 감방에서 나와 혼자 중얼거렸다.

"아무 죄도 없는 사람들을 저렇게 가둬두어도 괜찮은가요?" 복도에서 나오며 네홀류도프는 부소장에게 물었다.

"하지만 어떻게 하라는 말씀입니까? 첫째, 저 친구들이 하는 말은 거의가 거짓말입니다. 듣고 있으면 죄 있는 자는 하나도 없지요." 부소장이 말했다.

"하지만 사실상 그 사람들은 아무 죄도 없지 않습니까?"

"그 친구들은 그렇지요. 하지만 근성이 비뚤어진 놈들뿐이라서…… 엄격히 하지 않으면 당할 수가 없습니다. 조금도 마음을 놓을 수 없는 망나니들이 있으니까요. 어제도 하는 수 없이 두 명이나 처벌했습니다만."

"처벌이라니요?" 네홀류도프는 물었다.

"명령에 의해서 채찍으로 때렸지요……."

"체형은 폐지되었을 텐데요?"

"그것은 공민권을 박탈당하지 않은 자에 한해서지요. 저놈들은 다릅니다."

네홀류도프는 어제 대기실에서 기다리고 있을 때 목격한 일들이 생각났다. 그리고 마침 그때 체형이 집행되고 있었다는 것을 깨달았다. 그러자 호기심과 환멸과 회의와 거의 육체적인 것으로까지 옮아가려는 마음의 구토가 뒤섞인 그 묘한 감정이 세찬 힘으로 그를 짓눌렀다. 그것은 전에도 종종 있었던 일이지만, 지금처럼 전신을 휩쓴 적은 일찍이 없었다.

그는 부소장의 말에 귀 기울이지 않고, 한눈팔지 않고 빨리 복도에서 나와 사무실로 갔다. 소장은 사무실 앞 복도에 있었으나 다른 일이 바빠 보고두홉스카야를 부르는 것을 깜빡 잊고 있었다. 그는 네홀류도프를 보고 비로소 약속한 일이 생각났다.

"곧 부르러 보낼 테니, 거기 좀 앉으십시오." 하고 그는 말했다.

54

사무실은 두 개의 방으로 되어 있었다. 첫 번째 방에는 칠이 벗겨진 커다란 벽난로가 튀어나와 있고, 더러운 창문이 두 개 달려 있었다. 한쪽 구석에 죄수의 키를 재는 꺼멓게 때 묻은 기둥이 세워져 있고, 반대편 구석에는—대개 사람을 괴롭히는 장소에는 반드시 있기 마련이며 마치 그 가르침을 비웃기나 하는 듯이—커다란 그리스도 성상이 걸려 있었다. 옆방에는 스무 명 남짓한 남녀가 몇 명씩 뭉쳐 있거나 단둘이 마주 보고 벽 가장자리 앞에 앉아 나직하게 이야기를 나누고 있었다. 창가에 책상이 하나 놓여 있었다.

소장은 책상 앞에 가 앉더니, 네흘류도프에게 옆에 있는 걸상을 권했다. 네흘류도프는 앉아서 방 안에 있는 사람들을 살펴보기 시작했다.

먼저 그의 눈길을 끈 것은 짧은 재킷을 입고 얼굴이 아름다운 한 청년이었는데, 눈썹이 검은 중년 부인 앞에 서서 손짓을 해가며 무언지 열심히 지껄이고 있었다. 그 옆에는 파란 안경을 쓴 노인이 죄수복 차림의 젊은 여자의 손을 맞잡고, 여자가 지껄이는 말을 꼼짝도 않고 듣고 있었다. 실업학교 제복을 입은 소년이 겁먹은 굳은 얼굴로 빤히 노인을 쳐다보고 있었다. 그 바로 앞 한쪽 구석에는 연인인 듯한 젊은 남녀가 앉아 있었다. 여자는 금발을 짧게 자르고 고집이 세어 보이는 미모였는데, 아직 소녀티가 가시지 않은 젊은 처녀로 유행하는 옷차림을 하고 있었다. 남자는 머리칼이 물결치고 얼굴이 우아한 청년으로, 고무를 입힌 점퍼를 입고 있었다. 그들은 한구석에 앉아서, 사랑에 깊이 빠져 정신없이 속삭이고 있었다.

누구보다도 책상에 가깝게 앉아 있는 사람은 검은 옷을 점잖게 입고 머리가 희끗희끗한 어머니 같은 부인이었다. 그녀는 눈을 크게 뜨고 자기와 같은 재킷을 입은 폐병 환자인 듯한 청년을 물끄러미 바라보며 뭔가 말하려 했지만, 눈물 때문에 말이 되지 않아 말을 꺼내려다가는 입술을 깨물곤 했다. 청년은 성난 얼굴로 어찌할 바를 몰라 종잇조각을 손에 쥐고 접었다 폈다 하고 있었다. 그 옆에는 잿빛 옷을 입고 장갑을 낀, 무척 큰 눈에 토실토실 살찌고 혈색 좋은 아름다운 처녀가 앉아 있었다. 그녀는 울고 있는 어머니 곁에서 상냥하게 어깨를 어루만져주고 있었다. 이 처녀는 크고 흰 손도, 깨끗하게 손질한 물결치는 머리칼도, 선이 굵은 코도 입술도 모두 아름다웠는데, 그 얼굴의 가장 큰 매력은 양같이 선량하고 정직해 보이는 갈색 눈이었다. 그 아름다운 눈이, 네흘류도프가 방 안에 들어섰을 때 어머니의 얼굴에서 떠나 그의 눈길과 마주쳤다. 그러나 그녀는 곧 눈길을 돌려 어머니에게 다시 무엇인지 이야기하기 시작했다.

한 쌍의 연인들에서 그리 떨어지지 않은 곳에, 음울한 얼굴의 가무잡잡한 털북숭이 사나이가 거세 종파 신도 같이 보이는 수염 없는 면회자에게 성나서 지껄이고 있었다. 네흘류도프는 소장과 나란히 앉아 호기심에 찬 눈으로 옆을 둘러보았다. 머리를 짧게 깎은 한 소년이 가까이 와서 말을 거는 바람에 그는 깜짝 놀라 제정신으로 돌아왔다.

"아저씨는 누구를 기다리는 거야?"

네흘류도프는 깜짝 놀랐으나 소년의 조심성 있고 싱싱하게 빛나는 눈과 생각이 깊어 보이는 성실한 얼굴을 대하고는, 아는 여자를 기다리고 있다고 솔직히 말해주었다.

"그 사람, 아저씨 누이동생이야?" 소년이 다시 물었다.

"아니, 누이가 아니란다." 네흘류도프는 어리둥절해하며 대답했다. "그래, 넌 누구하고 여기 왔니?" 그는 소년에게 물었다.

"엄마하고요. 엄마는 정치범이에요." 소년은 자랑스레 대답했다.

"마리야 파블로브나, 콜랴를 저리 데려가요." 네흘류도프와 소년과의 이야기를 불법으로 인정했는지 소장이 주의시켰다.

마리야 파블로브나는 아까 네흘류도프와 눈길이 마주친 그 양 같은 눈의 아름다운 여자였다. 그녀는 늘씬한 몸을 쭉 펴고 일어나더니, 남자처럼 힘찬 걸음걸이로 성큼성큼 네흘류도프와 소년 쪽으로 다가왔다.

"얘가 뭐라고 물었죠? 선생님은 누구세요?" 그녀는 옅은 미소를 머금고 신뢰하는 눈으로 네흘류도프를 보면서 물었다. 그것은 그녀가 누구하고나 다정하고 상냥한 형제 같은 관계를 유지해왔고, 현재도 그러하며, 앞으로도 반드시 그래야 한다는 것을 확신하는 정직한 눈이었다. "얘는 뭐든지 알아야만 직성이 풀린답니다." 그녀는 소년을 보고 환하게 웃었다. 그 웃음이 너무나 선량하고 상냥했으므로 소년도 네흘류도프도 저도 모르게 따라 웃었다.

"네, 누구를 만나러 왔느냐고 묻더군요."

"마리야 파블로브나, 관계없는 분과 이야기해서는 안 돼. 잘 알잖아." 소장이 말했다.

"네, 네." 그녀는 아직도 그녀의 얼굴에서 눈을 떼지 않고 있는 콜랴의 조그마한 손을 잡고 폐병을 앓고 있는 이 청년의 어머니한테로 돌아왔다.

"누구의 아들입니까?" 네흘류도프가 소장에게 물었다.

"어느 정치범 여죄수의 아들인데, 이 감옥에서 태어났지요." 자기 감옥의 특이한 예라도 이야기하듯 소장은 약간 자랑스럽게 말했다.

"정말입니까?"

"그럼요. 머지않아 어머니와 시베리아로 갈 겁니다."

"그럼 저 처녀는?"

"그건 말씀드릴 수 없는데요." 소장은 어깨를 움츠리면서 말했다.

"아, 보고두홉스카야가 왔군요."

<h1 style="text-align:center">55</h1>

안쪽 문에서 머리를 짧게 자른, 여위고 누렇게 얼굴이 뜬 베라 보고두홉스카야가 선량하고 커다란 눈을 반짝이며 종종걸음으로 들어왔다.

"정말 고맙습니다. 잘 와주셨습니다." 그녀는 네흘류도프의 손을 잡으며 말했다. "저를 아시겠어요? 자, 앉으시죠."

"이렇게 당신을 만날 줄은 몰랐습니다."

"어머, 저는 무척 기뻐하고 있는걸요! 얼마나 멋진지 이 이상 더 바랄게 없을 정도예요." 보고두홉스카야는 착해 보이는 크고 둥근 눈으로 깜짝 놀란 듯이 네흘류도프를 쳐다보며 꾀죄죄하고 초라한 웃옷 깃 밖으로 몹시 가느다랗고 뼈뿐인 파리한 목을 흔들면서 말했다.

네흘류도프는 그녀가 수감된 내력을 물었다. 이 말에 그녀는 아주 활기를 띠고 자기의 운동에 대해 이야기하기 시작했다. 그녀의 이야기에는 선전이니, 해체니, 그룹이니, 분회니, 소분회니 하는 낯선 단어가 많이 섞여 있었다. 그녀는 그런 말을 누구나 다 알고 있다고 생각하는 모양이었지만, 네흘류도프는 이제까지 한 번도 들어본 적이 없었다.

그녀는 네흘류도프가 '인민의지파' 움직임에 큰 관심을 갖고 그 비밀을 알고 싶어 하는 줄 알고서 그런 태도로 이야기했다. 그러나 네흘류도프는 그녀의 가느다란 목과 숱이 적은 헝클어진 머리칼을 보면서 왜 그런 짓을 하고 또 이야기하는지 속으로 놀라고 있었다. 그는 그녀를 불쌍하게 생각했지만, 그것은 아무 죄도 없이 악취에 가득 찬 옥에 갇혀 있는 농사꾼 멘쇼프를 불쌍히 여기는 감정과는 전혀 다른 것이었다. 무엇보다도 그녀가 불쌍한 것은, 머리를 꽉 닫고 있는 뚜렷한 사상의 혼란 때문이었다. 그녀는 틀림없이 자기를 운동의 성공을 위해 생명을 아까워하지 않고 내던질 수 있는 영웅이라고 생각하고 있는 듯했지만, 그러면서도 그 운동의 본질이 무엇이고 그 성공이 어떤 것인지 아는 것 같지 않았다.

그녀가 네흘류도프에게 말하고 싶었던 것은 이런 것이었다. 그녀의 말에 따르면 지부에 속하지도 않았던 슈스토바라는 여자 친구가 다만 보관을 부탁받았던 책과 서류가 그녀의 방에서 발견되었다는 이유만으로, 다섯 달 전에 그녀와 함께 체포되어 페트로파블롭스크 요새 감옥에 감금되었다. 그녀는 슈스토바가 구금된 책임 일부가 자기에게도 있다고 생각하여, 연줄이 있는 네흘류도프에게 그녀의 석방을 간곡히 부탁했다. 또 하나의 부탁은, 페트로파블롭스크 요새 감옥에 수감되어 있는 구르케비치라는 남자가 부모와의 면회 및 연구에 필요한 학문적인 서적 차입에 대한 허가를 받을 수 있게 수고해달라는 것이었다.

네흘류도프는 페테르부르크에 가면 될 수 있는 대로 힘써보겠다고 약속했다.

그녀는 자기 이야기를 했다. 그녀는 산파 학교를 졸업하자 '인민의지파' 사람들과 알게 되어 함께 활동하기 시작했다. 처음 얼마 동안은 모든 것이 순조롭게 진행되어 선언서를 쓰기도 하고 공장에서 선전을 하기도 했으나, 그러는 동안 간부 한 사람이 체포되어 서류를 몽땅 빼앗기는 바람에 죄다 검거되기 시작했다.

"저도 그때 붙들렸어요. 머지않아 시베리아로 가게 됩니다." 그녀는 자기 이야기를 끝맺었다. "하지만 이런 것은 아무것도 아니에요. 저는 아주 기뻐요. 올림포스의 신이라도 된 것 같은 심정이에요." 하고 그녀는 쓸쓸하게 웃었다.

네흘류도프는 양 같은 눈을 한 처녀에 대해서 물었다. 베라의 말에 따르면, 그녀는 어떤 장군의 딸로 오래전부터 혁명당에 소속해 있다가 헌병을 저격했다는 누명을 뒤집어쓰고 체포되었다. 그녀는 인쇄소로 위장된 비밀 아지트에 살고 있었다. 한밤중에 가택수색을 하러 헌병들이 들이닥쳤을 때, 아지트의 동지들이 몸을 지키려고 불을 끄고 증거물을 없애기 시작했다. 헌병들이 집 안으로 들어오자 동지 한 사람이 권총을 쏘아 헌병에게 중상을 입혔다. 총을 쏜 범인에 대해 추궁이 시작되자 그녀는 자기가 쏘았다고 나섰다. 사실은 권총을 만져본 적도 없을뿐더러 거미 한 마리 죽여본 적도 없었다. 결국 그녀가 죽인 것으로 되어버렸다. 그리하여 이번에 시베리아로 끌려갈 것이라고 했다.

"남을 위하는 일밖에 모르는 훌륭한 여자예요……." 그녀는 고개를 끄덕이며 말했다.

그녀가 말하고 싶었던 세 번째 부탁은 카튜샤에 관한 것이었다.

감옥 안에 쫙 퍼져서 그녀도 카튜샤에 관한 것이라든가, 카튜샤와 네흘류도프의 관계를 알고 있다며 그녀를 정치범 감방으로 옮기든가, 아니면 마침 지금 환자가 많아 일손을 필요로 하고 있으니 어떻게 해서라도 부속 병원의 잡역부가 되도록 힘쓸 것을 권했다.

네흘류도프는 그녀의 충고에 감사하고 꼭 그렇게 해보겠노라고 대답했다.

56

두 사람의 이야기는 소장에 의해 멈췄다. 소장이 일어나 면회 시간이 끝났으니 돌아가 달라고 말했기 때문이었다. 네흘류도프는 일어서 베라 보고두홉스카야와 헤어져 문 쪽으로 가서, 눈앞에 벌어지고 있는 정경을 바라보았다.

"여러분, 시간이, 이제 시간이 다 됐습니다." 소장이 일어섰다 앉았다 안절부절못하며 말했다.

소장의 재촉은 방 안에 있는 죄수와 면회자들을 한층 더 흥분시켰을 뿐, 누구 하나 헤어질 생각을 하지 않았다. 일어나기는 했으나 선 채로 이야기하는 사람도 있었다. 헤어지게 되어 우는 사람도 있었다. 특히 감동을 준 것은 어머니와 폐병을 앓는 아들이었다. 청년은 줄곧 종잇조각을 만지작거리고 있었지만, 얼굴이 차츰 더 험악해졌다. 어머니의 감정에 끌려 들어가지 않으려고 안간힘을 쓰고 있었다. 어머니는 헤어질 시간이 되었다는 말을 듣더니 청년의 어깨에 얼굴을 묻고 코를 훌쩍거리며 흐느껴 울었다.

양 같은 눈을 가진 처녀는—네흘류도프는 자기도 모르게 그녀의 모습을 주시하고 있었다—흐느껴 우는 어머니 앞에 서서 달래고 있었다. 파란 안경을 쓴 노인은 딸의 손을 쥐고, 딸이 하는 말에 고개를 끄덕이며 서 있었다. 젊은 연인들은 일어나서 손을 마주 잡은 채 잠자코 서로의 눈을 들여다보고 있었다.

"저 두 사람뿐이군요. 즐거워 보이는 것은." 네흘류도프 곁에 서서, 역시 헤어짐을 슬퍼하는 사람들을 바라보고 있던, 짧은 재킷을 입은 청년이 연인들을 눈으로 가리키며 말했다.

네흘류도프와 청년의 눈길을 느낀 연인들은—고무를 입힌 점퍼를 입은 청년과 금발의 귀여운 처녀—서로 마주 잡은 손을 앞으로 뻗어 상체를 뒤로 젖히고 웃으면서 빙글빙글 돌기 시작했다.

"오늘 밤, 이 감옥 안에서 결혼식을 올립니다. 그리고 저 처녀도 함께 시베리아로 간답니다." 청년이 말했다.

"저 청년은 어떤 사람인데요?"

"유형수입니다. 하다못해 저 두 사람만이라도 즐거워해야지요. 나머지 사람들은 너무 우울하거든요." 폐병을 앓는 청년의 어머니 울음소리에 귀 기울이며 청년은 덧붙였다.

"여러분! 자, 어서! 내가 강제 수단을 쓰지 않게 해주시오." 소장은 몇 번이나 같은 말을 되풀이했다. "제발, 자, 어서요!" 그는 힘없이 망설이면서 말했다. "왜들 이러십니까? 자, 벌써 시간이 지나지 않았습니까? 이래서는 난처한데요. 이제 마지막 경고입니다." 소장은 메릴랜드 담배를 피워 물었다가 재떨이에 비벼 껐다가 하면서 안타깝게 그 말을 되풀이했다.

스스로 책임을 느끼는 일 없이 남에게 악을 행할 수 있는 논거가 아무리 교묘하게 만들어졌고, 오래전부터 존재했으며, 이제는 모두 관례가 되어버렸다고는 하나, 소장은 자신이 이 방을 가득 채운 슬픔의 책임자 한 사람이라는 것을 인정하지 않을 수 없었다.

드디어 죄수와 면회자가 한쪽은 안쪽 문으로, 한쪽은 바깥쪽 문으로 저마다 헤어지기 시작했다. 남자들, 고무 점퍼를 입은 청년, 폐병쟁이 청년, 그리고 가무잡잡한 털북숭이 남자가 들어갔다. 마리야 파블로브나도 감옥에서 만난 소년의 손을 끌고 문 안으로 사라졌다.

면회자들도 떠나기 시작했다. 파란 안경을 쓴 노인이 무거운 발걸음으로 나갔다. 그 뒤에서 네흘류도프도 걷기 시작했다.

"정말 놀라운 제도입니다." 이야기를 좋아하는 청년은 네흘류도프와 나란히 층계를 내려가면서 중단된 이야기를 이어가듯 말했다. "그 소장이라서 그나마 괜찮습니다. 마음이 착해 규칙대로 할 수가 없는 거죠. 실컷 할 말을 하고 나면…… 마음이 풀리니까요."

"그럼 다른 감옥에서는 이런 면회가 허락되지 않나요?"

"전혀 안 됩니다. 한 사람씩, 그것도 철망 너머로나 할 수 있는 정도지요." 이야기를 좋아하는 청년은 메딘체프라고 자기소개를 했다. 네흘류도프가 이 청년과 이야기하면서 현관으로 내려서자 피로에 지친 소장이 쫓아 나왔다.

"마슬로바의 면회를 바라신다면, 내일 오십시오." 네흘류도프에게 친절을 베풀려는 듯이 소장이 말했다.

"고맙습니다." 네흘류도프는 얼른 인사하고 문을 나섰다.

멘쇼프의 억울한 고생은 틀림없이 무서운 것이었다. 육체적 고통도 고통이지만 그보다 더 무서운 것은 이유 없이 그를 괴롭히는 사람들에게서 그가 느낄 선과 신에 대한 의혹과 불신이었다. 여권에 써진 기한이 넘었다는 이유 하나만으로 아무 죄도 없는 백 명 남짓한 사람들에게 가해지고 있는 굴욕과 고통도 무서운 것이었다.

자기 동포들을 괴롭히는 데 전념하면서 훌륭하고 중요한 일을 하고 있는 것처럼 믿는, 양심이 마비된 간수들도 무서웠다. 그러나 네흘류도프가 무엇보다도 무섭다고 생각한 것은 자기도 늙어가는 약한 몸이면서 어머니와 아들을, 아버지와 딸을, 마치 자기와 자기 자식들과 같은 사람들을 억지로 떼어놓지 않으면 안 되는 마음 착한 그 소장의 입장이었다.

'이것은 대체 무슨 까닭일까?' 네흘류도프는 감옥에 올 때면 언제나 느끼는, 육체적인 것으로 옮아가려는 마음의 구토증을 느끼면서 스스로에게 물어보았다. 그러나 대답을 얻을 수는 없었다.

57

이튿날 네흘류도프는 변호사를 찾아가 멘쇼프와 그 어머니의 사건에 관해서 이야기하고 변호를 맡아달라고 부탁했다. 변호사는 이야기를 다 듣더니, 사건을 조사해보고 네흘류도프가 말한 것이 사실이라고 드러나면 그때는 무보수로 변호를 맡겠노라고 말했다. 네흘류도프는 또 하찮은 잘못으로 갇혀 있는 130명이나 되는 사람들 이야기를 하고 이것은 누구의 책임이냐고 물었다. 변호사는 정확하게 대답할 생각이었는지 잠간 생각했다.

"누구에게 책임이 있느냐고요? 아무에게도 없습니다." 그는 말했다. "검사에게 말해보십시오. 현지사의 책임이라고 하겠지요. 지사에게 말하면 검사 책임이라고 말할 겁니다. 다시 말해서, 아무에게도 책임이 없다는 이야기지요."

"지금부터 마슬렌니코프를 찾아가 말해보지요."

"아마 소용없을 겁니다." 변호사는 빙그레 웃으면서 반대했다. "그자는—설마 친척이나 친구는 아니시겠지요?—솔직히 말해서 멍텅구리인 데다가 교활한 작자입니다."

네흘류도프는 마슬렌니코프가 변호사를 헐뜯던 것을 상기하며, 아무 대답도 없이 작별 인사를 하고 마슬렌니코프의 집으로 향했다.

네흘류도프는 마슬헨니코프에게 부탁해야 할 것이 두 가지 있었다. 카튜샤를 병원으로 옮기는 일과 여권 기한이 넘었다는 이유만으로 죄없이 감옥에 갇혀 있는 130명이나 되는 사람들에게 대한 일이었다. 존경하지도 않는 사람에게 부탁한다는 것이 못 견디게 괴롭기는 했으나, 달리 목적을 이룰 방법이 없었으므로 아무래도 그곳을 거치지 않으면 안 되었다.

마슬렌니코프의 집 가까이에 이르렀을 때 네흘류도프는 현관 앞에 사륜마차, 포장마차, 유개마차 등 여러 대의 승용 마차가 머물러 있는 것을 보았다. 그리고 오늘이 마침 마슬렌니코프가 꼭 와달라고 그를 초대한, 부인이 손님들을 청하는 날이라는 것을 깨달았다. 네흘류도프의 마차가 문 앞에 이르렀을 때, 한 대의 유개마차가 서 있었으며, 휘장 달린 모자를 쓰고 짧은 외투를 입은 하인이, 현관에 나타난 한 귀부인을 마차에 태우는 참이었다. 귀부인은 긴 치맛자락을 치켜들고 작은 구두를 신은 채 검은 양말에 쌓인 가는 복사뼈를 내보이며 마차에 올라탔다.

그는 죽 늘어서 있는 마차 속에 코르차긴 댁의 호화로운 사륜마차가 있는 것을 보았다. 흰머리의 혈색 좋은 마부가 그를 보고 특히 가까운 나리를 만났다는 듯이 모자를 벗고 공손하고도 상냥하게 인사했다.

네흘류도프가 문지기에게 미하일 이바노비치 마슬렌니코프는 어디 있느냐고 물어보려 하고 있는데, 이번에는 본인이 직접 층계참까지가 아니라 밑에까지 배웅해야만 하는 1순위에 속하는 매우 중요한 손님을 배웅하러, 양탄자가 깔려 있는 층계에 나타났다. 귀중한 손님인 듯한 군인이 층계를 내려가면서 시가 주최하는 양육원 자금 모집을 위한 복권 추첨에 대해 프랑스 말로 이야기하며, 이것은 부인들에게 안성맞춤인 사업이라는 의견을 늘어놓았다.

"부인들한테는 재미도 있고 돈도 생기니까요."

"재미도 보고 하느님의 축복도 받는 셈이지요……. 아, 네흘류도프, 잘 있었는가! 오랜만일세." 군인이 네흘류도프에게 말했다. "자, 가서 부인께 경의를 표하게. 코르차긴 댁에서도 와 있더군. 그리고 나디네 북스헤브덴도. 온 시의 미인들이 다 모였네." 금줄을 두른 제복 차림의 문지기가 내미는 외투를, 약간 추켜올린 군복의 어깨에 받으면서 말했다. "그럼 이만!" 그는 다시 마슬렌니코프와 악수했다.

"자, 위로 가세, 잘 왔네!" 마슬렌니코프는 네흘류도프의 팔을 붙들고, 뚱뚱한 몸에 어울리지 않게 가벼운 발걸음으로 그를 안내했다.

마슬렌니코프는 여느 때와 달리 신이 나 있었다. 귀한 손님들이 많이 방문했기 때문이었다. 마슬렌니코프는 황실에 가까운 근위 연대에 근무했으므로 황족과의 교제에 어지간히 익숙해질 만도 한데, 비굴한 근성은 이런 일의 되풀이로 차츰 더 강해지는 것인지, 그런 높은 분으로부터 호의를 받으면 일종의 환희를 느끼게 되었다. 그것은 마치 애완용 개가 주인이 어루만져주거나, 토닥거려주거나, 귀 뒤를 긁어줄 때 느끼는 그런 환희와 같았다. 개는 꼬리를 흔들고 몸을 웅크리고 비비 꼬며 귀를 찰싹 갖다 붙이고, 머리가 어떻게 된 것처럼 막 돌아다닌다. 마슬렌니코프도 능히 이런 짓을 할 만한 자였다. 그는 네흘류도프의 얼굴에 나타난 심각한 표정도 눈치채지 못하고 그의 말도 들리지 않는지, 네흘류도프를 강제로 응접실 쪽으로 끌고 가는 바람에 네흘류도프는 뿌리칠 수 없었다.

"이야기는 나중에 하세. 자네가 바라는 일은 뭐든지 들어줄 테니까." 마슬렌니코프는 네흘류도프와 홀을 가로지르면서 말했다.

"네흘류도프 공작께서 오셨다고 마님께 알리게." 그가 걸어가면서 하인에게 일렀다. 하인은 두 사람 옆을 빠져나가 종종걸음으로 달려갔다. "뭐든지 자네 말대로 할 테니, 우선 아내를 만나줘야 해. 저번에 자네를 그냥 보냈다고 아주 혼이 났지."

하인이 벌써 알린 뒤여서 두 사람이 들어가자 자칭 장관 부인인 부지사 부인 안나 이그나티예브나가 활짝 미소를 띠고, 소파에 앉은 그녀를 둘러싸고 있는 모자와 머리 사이로 네흘류도프에게 눈인사를 보냈다. 응접실 한구석에 자리 잡은 차 테이블 둘레에 부인들이 앉아 있고 군인과 문관들은 그냥 서 있었다. 남녀의 왁자지껄 떠드는 소리가 끊임없이 들려오고 있었다.

"드디어 오셨군요! 우리를 완전히 잊으셨나 했어요. 무슨 언짢은 일이라도 계셨어요?"

네흘류도프와의 친밀함을 과시하려고, 이런 말로 안나 이그나티예브나는 그를 맞았다.

"아세요? 아시는지 몰라. 이분은 벨랍스카야 부인, 이쪽은 미하일 이바노비치 체르노프 씨. 자, 이리 와서 앉으세요."

"미시, 이쪽 테이블로 오세요. 차를 이리로 가져오게 할 테니까……. 그리고 사관님도요." 그녀는 미시와 이야기하고 있는 장교의 이름을 잊었는지 이렇게 말을 건넸다. "자, 어서 이리 오세요. 차를 드시겠어요, 공작님?"

"절대로, 절대로 그것은 달라요. 그 여자는 그저 사랑하고 있지 않았을 뿐이에요." 어떤 여자의 목소리가 들렸다.

"그럼요, 고기만두를 사랑하고 있었으니까."

"언제나 쓸데없는 농담만 하셔." 높은 모자를 쓰고, 비단옷에 금과 보석을 번쩍이면서 다른 부인이 웃으며 말했다.

"참 맛있어요. 이 와플, 산뜻한 맛이 나는군요. 좀 더 주세요."

"그래, 곧 떠나시나요?"

"네, 오늘이 마지막 날이에요 그래서 이 댁에 온 거죠."

"정말 멋있는 봄이에요. 지금쯤 시골은 멋질 거예요."

미시는 모자를 쓰고 수수한 줄무늬 옷을 입고 있었는데, 마치 그것을 입은 채로 태어난 것처럼 날씬한 몸을 구김살 하나 없이 꼭 맞게 감싸고 있어 말할 수 없이 아름다웠다. 그녀는 네흘류도프를 보자 얼굴을 붉혔다.

"어머나, 저는 떠나신 줄만 알았어요."

"떠날 뻔했습니다만." 네흘류도프가 말했다. "일 때문에 발이 묶여서. 여기도 그 일 때문에 온 겁니다."

"어머니한테도 들러주세요. 무척 만나고 싶어 하세요." 그녀는 말했지만 그것이 거짓말이고, 또 거짓말을 그가 눈치챈 듯했기 때문에 차츰 더 얼굴을 붉혔다.

"글쎄, 틈이 있을는지요." 그녀가 얼굴을 붉힌 것을 짐짓 모르는 체하며 네흘류도프는 침울한 얼굴로 말했다.

미시는 시무룩해져서 얼굴을 찡그리고 어깨를 움츠리더니 차림새가 우아한 젊은 장교 쪽으로 돌아앉았다. 장교는 그녀의 손에서 빈 찻잔을 받아 들고 군도를 안락의자에 부딪치면서 활발하게 다른 테이블에 갖다 놓았다.

"당신도 양육권을 위해 기부하셔야 해요."

"뭐, 별로 거절은 않겠습니다만 복권 추첨을 할 때까지는 잠자코 있겠습니다. 그때 나의 실력을 유감없이 보여드리지요."

"어머, 그런 말씀 하셔도 괜찮으세요?" 억지로 꾸민 듯한 목소리가 들렸다.

초대회가 매우 좋은 성과를 거두었으므로 안나 이그나티예브나는 들떠 있었다.

"미카가(이것은 그녀의 뚱뚱한 남편 마슬렌니코프를 말하는 것이었다) 말했습니다만, 공작님은 감옥 일로 바쁘시다고요. 저는 잘 알고 있어요." 그녀는 네흘류도프에게 말했다. "미카는 여러 가지 결점도 있지만, 아시다시피 무척 마음이 착하답니다. 불행한 죄수들을 모두 자기 친자식이나 다름없이 생각하고 있어요. 그이는 그런 생각밖에 가질 수 없는 사람이랍니다. 정말 마음씨가 착해요."

죄수들에게 매질을 하도록 명령한 장본인인 남편의 선량함을 표현하기에 적절한 말을 찾지 못해 그녀는 잠깐 입을 다물었으나, 곧 미소를 지으면서 때마침 방으로 들어온 보랏빛 리본을 단 주름투성이 노부인을 맞았다.

예의에 어긋나지 않을 정도로 필요한 만큼 무의미한 이야기를 나누고 난 네흘류도프는, 일어서서 마슬렌니코프에게로 갔다.

"그럼 미안하지만, 내 말 좀 들어주겠나?"

"아, 그렇군. 응, 좋아. 저리 가서 이야기하세."

그들은 작은 일본식 서재로 들어가서 창가에 앉았다.

58

"자, 들어볼까. 담배는? 잠깐만 기다리게. 재로 더럽혀서는 안 되니까." 그는 재떨이를 끌어당겼다. "무슨 이야기지?"

"자네한테 두 가지 부탁이 있네."

"그래?"

마슬렌니코프의 얼굴이 흐려졌다. 주인이 귀 뒤를 긁어주는 강아지와도 같던 들뜬 기분이 흔적도 없이 사라졌다. 응접실 쪽에서 떠들썩한 소리가 들려왔다.

한 여자의 목소리가 프랑스어로 말했다. "절대로, 절대로 나는 믿지 않아요." 그러자 반대쪽 구석에서 남자 목소리가 무슨 말을 하면서 '보론초프 백작 부인과 빅토르 아프라크신'을 되풀이했다. 다른 한쪽 구석에서는 사람들이 왁자지껄하게 떠드는 소리만 들려왔다. 마슬렌니코프는 응접실의 동정에 귀 기울이면서 네흘류도프의 말을 듣고 있었다.

"또 그 여자에 관한 일인데." 네흘류도프가 말했다.

"아, 그 죄 없는 여자 말이지? 음, 알고 있어."

"그 여자를 병원 잡역부로 옮겨주었으면 하는데. 그렇게 할 수 있다고들 하더군."

마슬렌니코프는 입을 꼭 다물고 생각했다.

"글쎄, 어떨는지." 그는 말했다. "어쨌든 의논해보고, 내일 자네한테 전보로 알려주지."

"말을 들으니 환자가 많아서 일손이 모자란다더군."

"알았네, 어쨌든 결과를 알려주겠네."

"부탁하네."

응접실에서 여러 사람들이 왁자하게 웃어대는 소리가 들려왔다.

"아마 빅토르가 웃기고 있을 거야." 마슬렌니코프는 히죽히죽 웃으면서 말했다. "저자는 신만 나면 아주 재미있게 얘기를 하거든."

"그리고." 네홀류도프는 말했다. "지금 감옥에는 여권 기한이 지났다는 이유만으로 130명의 석공들이 갇혀 있는데 벌써 한 달이나 된다더군."

그러고 그들이 감옥에 갇힌 까닭을 이야기했다.

"대관절 어디서 그런 말을 들었나?" 마슬렌니코프는 물었다. 얼굴에 불안과 불만의 빛이 떠올랐다.

"어느 피고한테 면회를 갔더니, 그 사람들이 복도에서 나를 둘러싸고 하소연하더군……."

"피고라니, 누구 말인가?"

"죄 없이 기소된 농민인데 내가 변호사를 대주었지. 하지만 그건 문제가 아니야. 아무 죄도 없이 여권 기한이 지났다는 것만으로 옥에 갇혀 있는 석공들인데 그것은……."

"그건 검사의 책임이야." 마슬렌니코프는 화가 나서 네홀류도프의 말을 가로막았다. "빨리 올바른 재판을 하라고 자네는 말하겠지. 검사의 의무는 자주 감옥을 찾아보고 죄수가 올바른 대우를 받고 있는지 없는지 알아보아야 하는 거야. 그런데도 아무것도 하지 않고, 트럼프 놀이만 즐기고 있단 말이야."

"그럼 자네는 어떻게도 할 수 없단 말인가?" 지사가 검사에게 책임을 돌릴 것이라는 변호사의 말을 생각하면서 네흘류도프는 어두운 표정으로 말했다.

"아니, 해보지. 곧 알아보겠네."

"저런, 그럼 그 여자가 차츰 더 손해잖아요. 가엾어라, 수난의 여성이 네요." 말은 이렇게 하고 있지만, 사실은 전혀 관심 없는 듯한 여자의 목소리가 응접실에서 들려왔다.

"이거 참, 더 고맙군요. 그럼 이것도 갖겠습니다." 농담을 한 남자의 목소리와 여자의 장난기 어린 웃음소리가 다른 쪽에서 들려왔다. "안 돼요. 안 돼요. 누가 드린댔어요."

"그래, 알았어. 내가 다 해주지." 터키석 반지를 낀 흰 손으로 담뱃불을 끄면서 마슬렌니코프는 되풀이했다. "자, 슬슬 부인들 쪽으로 가보자고."

"참, 또 한 가지가 있어." 네흘류도프는 응접실에 들어가지 않고 문턱에서 걸음을 멈추며 말했다. "어제 감옥에서 체형을 했다는 말을 들었는데 정말인가?"

마슬렌니코프는 얼굴을 붉혔다.

"아니, 자네가 그런 것까지? 안 되겠어. 이제 절대로 자네를 감옥에 보내지 말아야겠군. 그렇게 모조리 캐려고 들어서야 당할 수가 있나? 자, 가자고, 안네트가 부르고 있어."

그는 네흘류도프와 팔을 잡고 귀빈들의 방문을 받았을 때의 흥분을 되살리면서 말했지만, 그것은 기뻐서가 아니라 불안해서였다.

네흘류도프는 그에게 잡힌 팔을 뿌리치고 아무에게도 인사하지 않고 말없이 어두운 얼굴로 객실과 응접실을 지나, 마침 달려 나온 하인과 부딪치면서 현관을 지나 밖으로 나갔다.

"왜 그러세요? 당신 무슨 말씀을 하셨어요?" 부인이 남편에게 물었다.

"저것이 '프랑스식'이라는 것입니다." 누가 말했다.

"뭐가 '프랑스식'인가? 저건 '아프리카식'이야."

"뭐, 그 사람 언제나 그랬는걸요."

일어나는 사람도 있고, 새로 오는 사람도 있고 해서 지껄여대는 소리는 그치지 않았다. 네흘류도프의 에피소드가 이날의 손님 초대에 알맞은 얘깃거리가 되었다.

이튿날 네흘류도프는 마슬렌니코프에게서 편지를 받았다. 문장이 박힌 두껍고 매끄러운 종이에 여기저기 도장을 찍고, 훌륭한 글씨체로 마슬로바를 병원 근무로 옮기는 일에 대해서 의사에게 편지를 보내두었으니 틀림없이 그가 바라는 대로 이루어질 것이라고 적어 보냈다. 그 밑에는 '자네를 사랑하는 옛 벗'이라고 씌어 있었으며, '마슬렌니코프'라는 활자 밑에 놀랍도록 연구를 많이 한 큼직한 사인이 있었다.

"멍청이!" 네흘류도프는 참을 수 없어 저도 모르게 외쳤다. 이 '옛 벗'이라는 말 속에 마슬렌니코프가 관대한 자비심을 나타내고 있음을 보이려 한다는 것이 느껴져서 특히 견딜 수 없었다. 다시 말해 도덕적으로 가장 더럽고 치사한 일을 하고 있는 주제에 그는 스스로를 아주 중요한 인물로 여기고 있어, 네흘류도프에게 겉치레 인사까지는 하지 않더라도 자기를 옛 벗이라고 부름으로써 자기의 훌륭함을 그다지 자랑으로 삼지 않으려는 의도를 눈치챘기 때문이었다.

59

세상에 널리 퍼져 있는 아주 혼한 미신 하나는, 사람은 저마다 자기 고유의 성질을 가지고 있어서 선인, 악인, 영리한 자, 어리석은 자, 활동적인 자, 무기력한 자 등으로 나뉘어 있다는 생각이다. 사람은 그렇지 않다. 어떤 사람에 대해서 저 사람은 나쁠 때보다 착할 때가 많다든가, 어리석을 때보다 활동적인 때가 많다는 식으로, 또는 그 반대로 말할 수는 있다. 그러나 어떤 사람은 선량하다든가 영리하다든가 또 어떤 사람은 악인이라든가 바보라는 식으로 단정하는 것은 잘못이다. 그런데도 우리는 언제나 사람을 이런 식으로 나눠 생각한다. 이것은 옳지 못하다.

사람이란 강과 같다. 물은 어느 강에서나 같고 변함없지만, 어느 강은 좁고 물살이 센 곳도 있고, 넓고 느린 곳도 있으며, 맑고 차가운 곳도, 탁하고 미지근한 곳도 있다. 사람도 마찬가지다. 사람은 저마다 인간으로서 모든 성질의 싹을 속에 지니고 있다. 어떤 경우에는 하나의 성질이 나타나고 다른 경우에는 또 다른 성질이 나타난다. 때때로 이것이 그 사람일까 하고 의심받는 일도 있지만, 본인임에 틀림없다. 그 가운데에는 이런 변화가 특히 심한 사람도 있다. 그런 종류의 사람들 속에 네홀류도프도 끼어 있었다. 그의 경우 이 변화는 육체적인 원인과 정신적인 원인에서 온 것이다. 이 같은 변화가 지금 그에게 생겼다.

그가 재판이 끝난 뒤 카튜샤와 처음으로 면회한 뒤에 느꼈던 그 엄숙한 기분과 갱생의 기쁨은 모두 사라지고, 마지막으로 면회한 뒤에는 그것이 두려움으로, 오히려 카튜샤에 대한 혐오로까지 바뀌었다. 그는 그녀를 저버리지 말자, 만약 그녀가 바란다면 결혼하겠다는 결심을 바꾸지 말자고 마음먹었다. 그러나 그것은 어렵고 괴로운 일이었다.

마슬렌니코프를 방문한 다음 날, 그는 다시 그녀를 만나기 위해서 감옥으로 갔다.

소장은 면회를 허락해주었으나, 사무실도 변호사 면회실도 아닌 일반 여죄수 면회실에서였다. 소장은 마음이 좋았지만 네흘류도프를 대하는 태도가 다른 때보다 경계하는 모습이었다. 아마 마슬렌니코프와의 대화의 결과가, 이 면회자는 엄중히 경계하라는 명령으로 나타난 모양이었다.

"면회는 상관없습니다." 소장이 말했다.

"다만 요전에도 부탁드렸습니다만, 돈에 대한 것만은 제발 부탁드린 대로 해주십시오……. 그리고 지사께서 말씀하신, 그 여자를 병원으로 옮기는 일입니다만, 이것은 의사도 승낙하고 있습니다. 다만 본인이 바라지 않는군요. '더러운 옴쟁이들의 변기를 갖다 나르다니, 싫어요……' 이런 형편입니다. 정말 그런 인간들이지요, 공작님." 소장이 덧붙였다.

네흘류도프는 이 말에는 대답하지 않고, 면회실로 가게 해달라고 부탁했다. 소장은 간수에게 안내를 명령했다. 네흘류도프는 그 뒤를 따라 아무도 없는 면회실로 들어갔다.

카튜샤는 벌써 와 있다가, 조용히 주저하며 철망 뒤에서 나왔다. 그녀는 네흘류도프 앞으로 다가와서 그의 얼굴을 보지도 않고 나직하게 말했다.

"용서하세요. 드미트리 이바노비치, 그저께 그런 말씀을 드려서."

"나한테 용서를 빌다니." 네흘류도프가 말하기 시작했다.

"하지만 역시 저를 그냥 내버려 두세요." 그녀가 덧붙였다. 그를 쳐다보는 사팔눈에서 네흘류도프는 또 한 번 심한 적의를 보았다.

"어째서 내가 당신을 돌봐서는 안 되지?"

"왜냐하면……."

"왜지?"

그녀는 다시, 그에게는 적의가 가득 차 있게 보이는 그 눈을 치켜뜨고 그를 쳐다보았다.

"어쨌든 그저 그런 것뿐이에요." 그녀가 말했다.

"저를 내버려 두세요. 전 진심으로 말하는 거예요. 전 참을 수 없어요. 이런 일은 이제 깨끗이 그만둬주세요." 그녀는 떨리는 입술로 말하고 잠시 입을 다물었다. "정말이에요. 목을 매는 편이 차라리 낫겠어요."

네흘류도프는 이 거절 속에 그에 대한 증오와 용서할 수 없는 원한이 차 있음을 느꼈지만, 거기에 뭔가 다른 것, 중대하고 선량한 그 무엇이 있다는 것도 느끼고 있었다. 이와 같이 완전히 잔잔한 상태 속에서 그녀가 거듭 전날의 거절을 되풀이한 것이 네흘류도프의 마음속에 생겨났던 모든 의혹을 단숨에 없애버리고, 그를 진지하고 엄숙한 감동에 싸였던 이전의 마음으로 돌아가게 해주었다.

"카튜샤, 나는 지난번에 한 말을 다시 되풀이할 뿐이야." 그는 특히 진지한 얼굴로 말했다. "제발 나하고 결혼해줘. 만약 네가 싫다고 한다면 마음이 돌아설 때까지 전처럼 따라다니고 어디든지 네가 가는 곳으로 따라갈 작정이야."

"그것은 당신 마음대로예요. 전 이제 아무 말도 하지 않겠어요." 그녀는 말했다. 그리고 다시 입술이 파르르 떨리기 시작했다.

그도 말할 기력이 없음을 느끼고 입을 다물고 말았다.

"나는 일단 시골로 갔다가 페테르부르크로 갈 참이야."

그는 겨우 마음을 가다듬고 말했다. "그리고 너의, 아니 우리의 문제를 위해서 힘써볼 생각이야. 반드시 판결이 뒤바뀌고 말 거야."

"뒤바뀌지 않더라도…… 마찬가지예요 그 사건이 아니고 다른 일로라도, 제가 이만한 벌을 받는 것은 당연해요." 그녀는 말했다. 그녀가 울지 않으려고 얼마나 애쓰고 있는지 그는 알 수 있었다. "저, 멘쇼프를 만나보셨어요?" 마음의 동요를 숨기기 위해 그녀는 불쑥 이렇게 물었다. "정말이죠? 죄가 없다는 거?"

"응, 나도 그렇게 생각해."

"정말 좋은 할머니예요."

그는 멘쇼프한테서 들은 말을 죄다 그녀에게 해주고, 필요한 것이 없느냐고 물었다. 그녀는 아무것도 없다고 말했다.

두 사람은 다시 한동안 잠자코 있었다.

"그 병원에 대한 일인데요." 사팔눈으로 흘긋 그를 쳐다보며 그녀가 갑자기 말했다. "저, 당신이 그 편이 좋다고 하신다면 저는 가겠어요. 그리고 이젠 술도 안 마시겠어요."

네흘류도프는 잠자코 그녀의 눈을 들여다보았다. 그 눈에는 미소가 어려 있었다.

"아주 좋은 생각이야." 그는 간신히 이렇게밖에 말할 수 없었다. 그리고 헤어졌다.

'그래, 그래, 이 사람은 이제 완전한 딴사람이 되었어.'

이제까지의 의혹이 사라지고 지금까지 경험한 적 없는 아주 새로운 느낌, 즉 사랑의 절대성을 절실히 느끼면서 네흘류도프는 생각했다.

면회실에서 악취가 풍기는 감방으로 돌아간 카튜샤는 죄수복을 벗고 자기 침대에 걸터앉아 두 손을 힘없이 무릎 위에 놓았다. 감방 안에 있던 사람은 젖먹이를 안은 폐병쟁이 여자와 멘쇼프 할머니와 건널목지기와 두 아이뿐이었다. 성당지기 딸은 어제 정신 이상 진단을 받고 병원으로 옮겨졌다. 다른 여죄수들은 모두 빨래터에 나가 있었다. 노파는 침상에 누워 잠을 자고 있었다. 폐병쟁이 여자는 아기를 안고, 건널목지기는 양말 뜨는 손을 부지런히 놀리면서 카튜샤 곁으로 다가왔다.

"어때? 만나고 왔어?" 두 사람이 그녀에게 물었다.

카튜샤는 아무 말 없이 높은 침대에 앉아 바닥에 닿지 않는 두 발을 흔들고 있었다.

"뭘 그리 우울해해?" 건널목지기가 말했다. "낙심하는 게 가장 나빠, 응, 카튜샤! 자!" 그녀는 부지런히 손가락을 놀리며 말했다.

카튜샤는 대답하지 않았다.

"다들 빨래하러 갔지. 오늘은 상당한 차입이 있었나 봐. 잔뜩 가져왔다는 말을 들었어." 폐병쟁이 여자가 말했다.

"피나시카!" 건널목지기가 문 쪽을 향해 소리쳤다. "총알처럼 어디로 뛰어갔지?"

그녀는 뜨개바늘을 하나 빼서 실 뭉치와 양말에 꽂고 복도로 나갔다.

그때 복도에 어수선한 발소리와 여자들의 말소리가 들리더니 맨발에 죄수화를 신은 여죄수들이 우르르 감방으로 돌아왔다. 모두 흰 빵을 하나씩 들고 있었고 두 개를 가진 사람도 있었다. 페도샤가 얼른 카튜샤 앞으로 다가왔다.

"왜 그래? 무슨 좋지 않은 일이라도 있었어?" 맑고 푸른 눈으로 걱정스럽게 카튜샤를 들여다보며 페도샤가 물었다. "이건 차 마실 때 같이 먹어요." 이렇게 말하면서 그녀는 빵을 선반 위에 얹어놓았다.

"왜 그래? 저쪽에서 결혼을 망설이더냐?" 코라블료바가 물었다.

"아뇨, 그이는 그렇지 않지만, 내가 싫어요." 카튜샤는 그렇게 말했다. "내가 그렇게 말했어요."

"이런 바보 같으니!" 코라블료바는 굵고 걸걸한 목소리로 말했다.

"하지만 어차피 같이 살 수 없을 바엔 결혼한들 무슨 소용이 있어요?" 페도샤가 말했다.

"하지만 네 신랑은 너랑 같이 가잖아?" 건널목지기가 말했다.

"그야, 우리는 정식 부부거든요." 페도샤가 말했다. "같이 살 수도 없는데 왜 그 사람은 정식 결혼을 해야 하지?"

"바보구나……! 왜냐고? 그야 결혼하면 이 애를 편하게 해줄 수 있잖아."

"그이는 말했어요, 내가 어디로 가든지 따라가겠다고." 카튜샤가 말했다. "온다면 와도 좋고, 안 올 테면 안 와도 좋아. 난 부탁하지는 않겠어. 지금부터 페테르부르크로 가서 운동을 해준대. 거기 가면 장관들이 모두 그이 친척이거든." 그녀는 말을 계속했다. "하지만 난 역시 그이의 도움이 필요 없어."

"그렇고말고!" 코라블료바가 자기 배낭 속을 뒤적이면서, 아마 다른 일을 생각하고 있었던지 문득 말했다. "어때? 술이나 마시지 않겠어?"

"나는 안 마시겠어요." 카튜샤는 대답했다. "당신들끼리 마셔요."

제2부

〜〜〜〜

1

2주일 뒤에 원로원에서 상소가 재심될 예정이었으므로 그때까지 네흘류도프는 페테르부르크에 가서, 원로원이 기각하는 경우 상소장을 작성한 변호사의 권유대로 황제께 탄원서를 내기로 마음먹고 있었다. 그것도 기각될 경우에는, 변호사의 의견으로는 상소 이유가 매우 불충분하므로 그것도 각오해두어야 한다지만, 카튜샤를 포함한 유형수 한 무리가 6월 첫 무렵에 떠날 예정이었으므로, 네흘류도프가 결심하고 있던 것처럼 카튜샤를 따라 시베리아로 떠나려면 미리 준비를 해두어야 했다. 그러기 위해 그는 잠시 시골로 가서 자기의 토지 문제부터 정리해야 했다.

네흘류도프는 먼저 쿠즈민스코예 마을로 떠났다. 이곳은 그의 영지 가운데 가장 가까운 흑토 지대의 드넓은 땅으로, 그의 수입의 주요한 근원이 되고 있었다.

그는 이곳에서 어릴 때부터 청년 시절까지 지냈고, 그 뒤에도 두 번이나 찾아갔었다. 한번은 어머니의 부탁으로 독일인 관리인을 데리고 가서 경영 상태를 같이 조사했기 때문에 영지의 상태나 농민과 관리사무소, 즉 농민과 지주의 관계도 이미 알고 있었다. 농민과 지주의 관계는

283

좋게 말해서 농민이 관리사무소에 완전히 매여 있는 상태, 즉 관리사무소의 노예나 다름없었다.

이것은 1861년에 없어진 농노제와 같은 현실적인 예속, 곧 특정 주인의 소유물은 아니지만 토지를 안 가졌거나 아니면 조금밖에 안 가진 농민 일반의 대지주 일반에 대한 예속, 특히 때로는 지역적으로 주변 지주들에 대한 예속의 관계였다. 네흘류도프는 그것을 알고 있었다. 모를 까닭이 없었다. 왜냐하면 이 예속의 바탕 위에 경영이 성립되고, 그 경영을 확립시킨 것은 다름 아니라 그 자신이었기 때문이다. 네흘류도프는 그것을 알고 있었을 뿐만 아니라, 그것이 옳지 못한 잔혹한 일이라는 것도 알고 있었다. 그는 그것을 학생 때부터 알고 있었다. 그 무렵 그는 헨리 조지의 학설을 신봉해 그것을 보급하는 데 힘썼으며, 그 학설을 밑받침 삼아 오늘날의 토지 사유는 50년 전의 농노 소유와 마찬가지로 죄악이라고 생각하고, 아버지에게서 물려받은 토지를 농민들에게 나누어 주었다.

그러나 군대에 들어가 1년에 2만 루블이나 되는 큰돈을 낭비하는 생활에 익숙해지자, 이러한 지식들은 그의 생활신조의 자리에서 떨어져 나가 잊혀졌다. 그는 한동안 사유재산에 대한 자기 태도라든가, 어머니가 보내주는 많은 돈이 어디서 나오는가 하는 문제는 물어보지도 않았고 애써 생각지도 않았다.

그러나 어머니가 죽고 유산을 상속받아 재산을 관리하게 되자, 다시금 토지 사유에 대한 자기의 태도라는 문제가 그의 앞에 제기되었다. 한 달 전의 네흘류도프였다면, 현행 질서를 바꾼다는 것은 힘이 미치지 못한다, 영지를 관리하는 것은 내가 아니다, 하고 스스로에게 말하면서 영지에서 멀리 떠나 살며 돈만 받는 것으로 어느 정도 평안한 마음으로 생활하고 있었을 터다.

그러나 지금의 그는 시베리아행과 감옥이라는 특수 사회와의 복잡하고 곤란한 관계를 눈앞에 두고 돈이 필요하다는 것을 알고 있었지만, 그래도 역시 토지 문제를 지금까지와 같은 상태로 방치해둘 수는 없으며 자기가 희생해서라도 새롭게 바꾸어야 한다고 결심했다. 그러기 위해 그는 농장을 자기가 경영하지 않고, 싼값으로 농민들에게 빌려주어, 그들에게 지주로부터 독립할 수 있는 가능성을 주기로 했다. 네흘류도프는 지금까지 몇 번인가 지주와 농노 소유자의 상태를 견주어본 결과, 농노들에게 경작시키는 형식을 개선해 농민들에게 토지를 빌려준다는 것은, 농노 소유자들이 해온 부역을 연공제年貢制로 바꾸는 것과 별 차이가 없는 것으로 생각했다. 그것은 문제의 해결은 아니었지만 적어도 첫걸음이었다. 말하자면 그것은 폭력이라는 야만적인 형태에서 비교적 덜 야만적인 형태로 전환시키고자 하는 시도였다. 그는 그 한 걸음을 내딛기로 결심했다.

네흘류도프는 정오쯤에 쿠즈민스코예 마을에 닿았다. 그는 생활을 모든 면에서 간소화하기 위해, 전보로 알리지도 않고 역에서 말 두 필이 끄는 여행 마차를 탔다. 젊은 마부가 남경목면으로 된 소매 없는 겉옷을 입고 있었다. 그는 긴 허리의 아래쪽 주름이 잡힌 곳에 띠를 질끈 졸라매고, 손님과 이야기하기 쉽게 마부석에 비스듬히 걸터앉아 열심히 이야기를 주고받았다. 그래서 그들이 이야기하는 동안 지쳐서 절룩거리는 흰 말과 처음부터 숨을 헐떡거리던 여윈 말은 늘 그들이 즐길 수 있는 보조로 천천히 달릴 수 있었다.

마부는 손님이 이 고장 주지인 줄 모르고 쿠즈민스코예 마을 관리인에 대해 이야기했다. 네흘류도프는 일부러 자기 이름을 대지 않았다.

"멋있는 독일 사람입니다요." 도시에서 살며 소설깨나 읽은 듯한 마부가 말했다. 그는 앉은 채 몸을 반쯤 돌리고 마부석에 앉아서는, 채찍 끝을 잇달아 바꾸어 쥐고 손으로 만지작대면서 교양을 자랑하는 듯했다.

"밤색 말 세 필이 끄는 마차를 사서 마누라와 타고 다니는데, 그다지 보기 좋은 꼴이 아닙니다요!" 그는 말을 이었다. "지난겨울에는 크리스마스트리를 세워놓고, 나도 손님을 태워드렸지만, 꼬마전구를 잔뜩 달아놓고…… 이 현에서는 볼 수 없을 만큼 호화로웠답니다요! 돈을 잔뜩 빼먹고 말입니다……. 대단한 놈이라고요! 무서운 게 없답니다. 아무튼 그놈 혼자 세상이라니까요. 또 이번엔 좋은 땅을 샀다고들 합니다요."

네홀류도프는 독일인이 영지를 어떻게 관리하든, 어떻게 이용하든 자기로선 아랑곳없는 일이라고 생각하고 있었다. 그러나 젊은 마부의 이야기를 들으니 몹시 언짢았다. 그는 화창한 봄날에 이따금 태양을 가리며 흘러가는 짙은 구름과, 곳곳에서 농사꾼들이 쟁기로 귀리 밭을 갈고 있는 들판, 종달새가 날아올랐다 내렸다 하는 짙은 초록빛 채소밭과 때늦은 참나무를 빼놓고는 이미 신록에 덮인 숲이며, 가축 떼와 말이 점점이 흩어져 있는 목장이며, 밭을 가는 농사꾼들이 보이는 경작지를 황홀한 기분으로 보고 있었지만, 이따금 뭔가 마음에 그림자를 남기는 게 있다는 생각이 들었다. 그것이 무엇일까 하고 스스로에게 물어볼 때마다 생각나는 것은, 독일인 관리인이 쿠즈민스코예 마을에서 제멋대로 행동하고 있다는 마부의 말이었다.

그러나 쿠즈민스코예 마을에 닿아 일에 손을 대자, 네홀류도프는 그런 감정을 잊어버렸다.

관리사무소의 장부를 낱낱이 훑어보고, 또 농민들은 토지를 얼마 갖고 있지 않으며 모두 지주의 토지로 둘러싸여 있어 매우 유리하다고 늘어놓는 관리인의 이야기를 듣고, 네홀류도프는 영지 관리를 그만두고 농민들에게 토지를 몽땅 빌려주겠다는 마음을 더욱 굳혔을 뿐이었다.

장부와 관리인의 말에 따라, 네홀류도프는 전과 마찬가지로 걸고 기름진 땅의 3분의 2는 개량된 농기구를 써서 고용한 머슴들에게 경작시키고, 나머지 3분의 1은 1헥타르당 5루블의 임금으로 농민들에게 경작시키고 있다는 것을 알았다. 즉, 5루블의 임금으로 농민은 1헥타르의 농토를 1년에 세 번 갈고, 세 번 고르고, 세 번 씨를 뿌리고, 세 번 거두어들여서 묶은 다음 탈곡장으로 옮겨야 하는 셈인데, 이것은 자유 노무자의 싼 임금으로 치더라도 적어도 1헥타르에 10루블에 해당되는 노동이었다.

농민들은 최소한 관리사무소에서 지급되는 모든 필수품에 대해서 가장 높은 값을 노동으로 치르고 있었다. 그들은 목장의 풀이며, 숲의 나무며, 감자 잎사귀를 얻기 위해 일했으며 거의 대부분 관리사무소에 빚을 지고 있었다. 그리고 농민들에게 싼 임금으로 경작시키는 경지 이외의 토지에서 그 땅값의 5퍼센트 금리로 얻는 것보다 1헥타르에 4배나 되는 이익을 쥐어 짜내고 있었다.

이런 일을 네흘류도프도 지금까지 다 알고 있었지만, 지금 이것이 새로운 일처럼 절실히 느껴져, 자기가 그리고 자기와 같은 입장에 있는 사람들이 어째서 이런 이상한 관계를 내버려 두고 있었던가 싶어 그저 놀랄 뿐이었다. 토지를 농민들에게 거의 삯을 받지 않고 빌려준다면, 말과 농기구가 거의 소용없게 되고, 팔려고 해도 산값의 4분의 1에도 팔리지 않을 것이며, 농민들이 토지를 못쓰게 해버릴 것은 뻔한 일이고, 네흘류도프가 얼마나 손해를 볼지 모른다는 관리인의 말은, 농민들에게 토지를 빌려주어 거두어들이는 돈의 대부분을 잃더라도 양심에 부끄럽지 않은 일을 하겠다는 네흘류도프의 결심을 더욱 굳게 만들어줄 뿐이었다.

그는 이 문제를 이번 여행 중에 처리해버리기로 마음먹었다. 씨 뿌린 보리를 거두어들여서 팔거나, 농기구가 필요 없게 된 설비를 처리해버리거나 하는 자질구레한 남은 일들은 그가 떠난 뒤에 관리인에게 맡겨도 된다. 그래서 그는 자기의 뜻을 설명하고, 농민들에게 넘겨주는 토지에 대한 임대 조건을 결정하기 위해 내일 쿠즈민스코예의 영지 언저리에 있는 세 마을 농민들의 모임을 열도록 관리인에게 부탁했다.

네흘류도프는 관리인의 주장에 굽히지 않고 농민들을 위해 스스로 희생하겠다는 각오가 되어 있다는 의식에 만족감을 느끼며 관리사무소에서 나왔다. 그리고 당면 문제를 이것저것 생각하면서 집 옆에 있는 올해 더없이 황폐해진 꽃밭 둘레며(관리인 집 앞에 있는 꽃밭은 깨끗이 손질되어 있었다), 민들레가 무성한 테니스 코트며, 보리수가 늘어선 가로수 길을 거닐었다. 이 가로수 길은 그가 곧잘 엽궐련을 피우면서 산책하던 곳으로, 3년 전에 어머니 집에 손님으로 왔던 아름다운 키리모바가 그를 유혹한 곳도 이 가로수 길이었다. 내일 농민들에게 말할 요점을 머릿속에 정리하고 나서 네흘류도프는 관리인에게 되돌아갔다. 다시 한 번 경영을 모두 바꿔버릴 문제에 대해 이야기를 나눈 뒤, 자기가 농민들에게 베풀려는 행동에 만족하면서 그를 위해 마련된 안채 방으로 들어갔다. 그곳은 손님을 위해 마련되어 있는 방이었다.

멋진 베니스의 풍경화가 걸려 있고, 창문 사이에 거울이 끼워져 있는 이 아담하고 산뜻한 방에는 깨끗한 침대와 물병과 성냥, 소등기를 얹어놓은 조그마한 머리맡 테이블이 놓여 있었다. 거울 옆에 있는 큼직한 테이블 위에는 뚜껑이 열린 채로 그의 트렁크가 놓여 있고, 화장 세트와 그가 가지고 온 책들이 들여다보였다. 《범죄의 여러 법칙에 대한 연구》라는 러시아어로 된 책과, 같은 주제를 다룬 독일어 및 영어 책이 한 권씩 있었다. 그는 이 여행 동안 한가한 시간에 그 책들을 읽을 생각이었으나, 오늘 밤은 읽을 겨를이 없었다. 내일 조금이라도 일찍 일어나서 농민들과 이야기할 준비를 하기 위해 오늘은 일찍 잘 예정이기 때문이었다.

방 한쪽 구석에는 상감 장식이 달린 낡은 마호가니 안락의자가 놓여 있었다. 그것을 보고 똑같은 것이 어머니 침실에도 있었다는 생각이 나자 네흘류도프의 마음에 뜻밖의 감정이 일어났다. 그는 갑자기, 결국은 허물어질 이 집이, 황폐해질 이 뜰이, 나무가 뽑히고 말 숲이, 축사가, 소가, 모든 것이 아깝게 여겨졌다. 이것들은 모두 자신의 손에 의해서는 아니더라도, 굉장한 노력으로 이루어졌고, 또 지켜온 것이었다. 그는 그것을 알고 있었다. 이제까지는 이런 것들을 쉽사리 버릴 수 있을 것 같은 기분이었는데, 지금 갑자기 그 모든 것들이, 토지며 앞으로 필요하게 될 수입의 반감이 아깝게 느껴졌다.

하물며 지금부터 돈이 많이 필요하게 될 것이 뻔했다. 그러자 당장 농민들에게 토지를 빌려주어 재산을 없애버린다는 것은 어리석은 일이고, 그렇게 해서는 안 된다는 생각이 그를 파고들었다. '나는 토지를 소유해서는 안 된다. 그리고 토지를 갖지 않는다면, 이만한 저택을 유지해나갈 수 없다. 게다가 나는 지금부터 시베리아로 가려 하고 있지 않은가. 그러면 집도 영지도 필요 없게 된다.' 하고 한 목소리가 말했다. '그건 그렇다.' 또 다른 목소리가 대꾸했다. '하지만 너는 시베리아에서 일생을 보내지는 않는다. 게다가 결혼하면, 아이도 생길 것이다. 네가 영지를 물려받았듯이, 다음에는 그것을 고스란히 자식에게 물려주어야 한다. 그것이 토지에 대한 의무다. 모든 것을 남에게 주거나 없애기는 아주 쉽지만, 그것을 만들어내기는 그야말로 어렵다.

무엇보다도 중요한 것은, 인생을 잘 생각해 자기 갈 길을 정하고, 그에 따라 재산을 처리하는 것이다. 그런데 너는 그 결정을 뚜렷하게 내리고 있는가? 다음으로 너는 참으로 양심에 부끄럽지 않은 일을 하고 있는가? 아니면 사람들 때문에, 다시 말해 사람들에게 과시하기 위해서 이 일을 하려는 것은 아닌가?' 이렇게 네흘류도프는 스스로에게 물었으나, 세상 사람들의 이목이 자기 결심에 영향을 주고 있다는 것을 인정하지 않을 수 없었다. 그리고 생각하면 할수록 차츰 더 의문이 솟아나, 해결하기가 더욱 난처해졌다.

이런 생각에서 벗어나기 위해 그는 깨끗한 침대에 누워 지금 얽혀 있는 온갖 문제가 내일 아침에는 산뜻한 머리로 해결될 것을 기대하며 잠을 청하려고 했다. 그러나 오랫동안 잠을 이룰 수 없었다. 열어젖힌 창문으로 상쾌한 밤기운과 달빛과 함께 개구리 울음소리가 흘러 들어오고, 그 소리 사이사이에 먼 공원 쪽에서 꾀꼬리 노랫소리가 가늘게 들려왔다. 한 마리는 바로 창 밑의 라일락 숲 속에서 울고 있었다. 꾀꼬리의 노랫소리와 개구리의 합창을 듣는 동안, 네흘류도프는 감옥소장의 딸이 치던 피아노 소리가 생각났다. 소장을 생각하니 카튜샤를 생각하게 되고, "이런 일을 이제 깨끗이 집어치워 주세요." 하고 말했을 때 마치 개구리 울음소리와도 같이 입술이 파르르 떨리던 것이 생각났다.

그러는 동안 독일인 관리인이 개구리가 우는 쪽으로 내려갔다. 불러 세우려 했으나 그는 이미 내려가 버렸고, 게다가 갑자기 카튜샤로 바뀌어 "나는 유형수, 당신은 공작님이에요." 하고 그를 나무라기 시작했다. '아니다, 져서는 안 된다.' 하고 생각하는 순간 잠이 깼다. 그리고 스스로에게 물었다. '대체 내가 하고 있는 일은 좋은 일인가, 어리석은 일인가. 하지만 아무려면 어때. 아무래도 좋아. 지금은 다만 자야 할 뿐이다.' 갑자기 카튜샤를 꿈에서 본 곳과 같은 곳에 자기가 있는 것 같았다. 그리고 그는 그대로 어둠 속에 빨려 들어가고 말았다.

2

이튿날 아침 네흘류도프는 9시에 잠이 깼다. 그의 시중을 들라는 명령을 받고 있는 젊은 사무원이 그가 일어나는 낌새를 알고, 지금까지 그래본 적이 없을 만큼 반짝거리게 닦은 구두와 샘에서 갓 길어온 깨끗하고 차가운 물을 준비해놓고, 농민들이 벌써 모여 있다고 알렸다.

네흘류도프는 그제야 문득 생각이 나서 벌떡 일어났다. 토지를 나눠주고 재산을 없앤다는 것을 아깝게 생각했던 어젯밤의 기분은 이제 흔적도 없었다. 지금 그 생각을 하니 기분이 이상했다. 지금 그는 눈앞에 닥친 일에 기쁨을 느끼고 무심결에 자랑스러워졌다.

창문으로 민들레가 무성한 테니스 코트가 보였고, 거기에 관리인의 지시로 농민들이 모여 있었다. 간밤에 개구리가 울어대더니 하늘은 잔뜩 흐려서 아침부터 바람도 없이 촉촉하고 따뜻한 가랑비가 내려, 나뭇잎과 가지와 풀잎에 빗방울이 반짝이고 있었다. 창문 사이로 신록의 향기에 섞여 비를 빨아들인 흙냄새가 흘러 들어왔다. 농민들은 한 사람씩 모여서 서로 모자와 수건을 벗고 인사를 나누며, 지팡이에 몸을 기대고 빙 둘러섰다. 뼈대가 늠름하고 몸매가 다부진 젊은 관리인이 엄청나게 큰 단추가 달린 녹색 양복을 입고 네흘류도프의 방으로 들어왔다. 그는 농민들이 모두 모였지만 기다리게 할 테니 먼저 준비되어 있는 커피나 홍차부터 천천히 마시라고 권했다.

"아니, 그보다도 내가 그들한테 나가기로 하지."

눈앞에 닥친 농민들과의 대화를 생각하니 자기로서는 전혀 생각지 못했던 위축감과 부끄러움을 느끼면서 네흘류도프는 말했다.

그는 이런 일이 이루어질 줄은 꿈에도 생각지 못했던 농민들의 간절한 바람―싼값에 토지를 빌려준다는 것―을 이루어주기 위해 걸음을 옮겼다. 그들에게 선행을 베풀기 위해 가는 것이지만, 그런데도 왠지 그는 부끄러웠다. 드디어 농민들이 모여 있는 곳으로 다가가서 모자를 벗은 농민들의 황갈색 머리며, 고수머리, 대머리, 백발 머리 등이 나타나기 시작하자, 그는 그만 어리둥절해져서 한동안 아무 말도 할 수 없었다. 여전히 가랑비가 솔솔 내려, 농민들의 머리와 턱수염과 외투 위에 물방울이 대롱대롱 맺혔다.

농민들은 주인을 바라보며 무슨 말을 할까 기다리고 있었으나, 그는 몹시 당황하여 아무 말도 하지 못했다. 이 서먹한 침묵을 깨뜨려준 것은 자신만만하고 침착한 독일인 관리인이었다. 그는 러시아 농민의 심리를 꿰뚫어 볼 뿐만 아니라 유창하고 정확하게 러시아어를 할 줄 알았다. 기름진 좋은 식사를 함으로써 건장해진 이 사나이와 네흘류도프의 모습은 여위어 쭈글쭈글한 농민들 얼굴과 외투 겉으로도 뚜렷이 알 수 있는 앙상한 어깨와 놀라운 대조를 이루었다.

"지금부터 공작님께서 당신들한테 좋은 일을 하시겠답니다. 그러니까 토지를 빌려드리겠답니다. 당신들한테는 분에 넘치는 일이지요." 관리인이 말했다.

"어째서 분에 넘치나요, 바실리 카를로비치! 우리가 당신을 위해 일하지 않았다는 말인가요? 우린 돌아가신 마님한테 정말 큰 은혜를 입었습죠. 아, 천국에 계신 영혼께 평안 있으라. 그리고 공작님께서도 고맙게도 저희들을 버리지 않으셨습니다요." 당근 빛 머리칼을 가진 입담 좋은 농사꾼이 말했다.

"여러분을 모이게 한 것은, 여러분이 바란다면 토지를 모두 나누어 드릴까 하고 생각하기 때문이오." 네흘류도프는 말했다.

농민들은 알아듣지 못했는지 또는 믿지 못하겠는지 잠자코 있었다.

"그게 무슨 뜻입니까, 토지를 나눠 주신다뇨?"

반코트를 입은 중년 농민이 물었다.

"여러분한테 빌려드려서, 여러분이 싼 땅값으로 농사지을 수 있도록 해주려는 거요."

"거참 고마운 일입니다." 한 노인이 말했다.

"땅값을 지불할 수 있다면야." 딴 사람이 말했다.

"땅을 빌려주신다는데, 싫다고 할 사람이 어디 있겠습니까요!"

"그거야 두말할 필요도 없는 일입죠. 우리는 땅으로 먹고 사니까요!"

"나리께서도 그 편이 속 편하실 겁니다. 그저 땅값만 받으시면 되니까요. 그러잖으면 걱정거리가 끊이질 않습죠!" 하는 소리도 들렸다.

"그건 당신들이 똑똑하지 못하기 때문이오." 관리인이 말했다. "당신들만 일을 잘하고 정해진 것을 제대로 지켜만 준다면야……."

"우리를 나무란다는 건 너무 심해요. 바실리 카를로비치!" 코가 뾰족하고 여윈 노인이 말했다. "왜 말을 보리밭에 들어가게 했느냐고 당신은 말하지만, 누가 그러고 싶어서 그랬나요? 나는 온종일 그야말로 하루가 1년 같은 생각으로 풀 베는 낫을 휘두르고 있단 말이에요. 너무 고달파 말을 감시할 때엔 그만 깜박 잠이 들 때도 있다고요. 그랬더니 말이 당신네 보리밭에 들어갔다고 막 야단을 치더군요."

"정해진 법칙을 지키기만 하면 되는 거요."

"당신은 상관없죠. 법칙을 지키라고 말로만 하면 되니까요. 하지만 우리는 힘에 겨워서 어쩔 수가 없단 말이에요." 키가 크고 머리가 까만 털보 같은 농사꾼이 대들었다.

"그러니까 말하지 않았어, 울타리를 하라고."

"그럼 울타리 할 나무를 주시오." 뒤쪽에서 자그마하고 초라한 농민이 끼어들었다. "지난여름에 울타리를 만들려고 했더니, 당신은 나를 감옥에다 처넣어서, 석 달 동안이나 이가 들끓게 만들지 않았소. 울타리를 만들려고 하면 그런 꼴을 당한단 말이오."

"그건 어떻게 된 일인가?" 네흘류도프가 관리인에게 물었다.

"저놈은 마을에서 으뜸가는 도둑놈이랍니다." 관리인은 독일어로 말했다. "해마다 숲 속에서 잡히고 있답니다. 이봐, 남의 것을 소중히 할 줄 알아야 해!" 하고 관리인이 나무랐다.

"아니, 우리가 당신을 소홀히 대했단 말인가요?" 노인이 말했다. "당신을 소중히 않고 어떻게 배겨나나요? 목덜미를 단단히 잡혀 있는 형편인데, 우리를 어떻게 짜내건 당신 마음대로가 아닌가요?"

"당신들을 괴롭히자고 하는 게 아니잖소. 당신들이나 나를 괴롭히지 말라고."

"무슨 말이오, 실컷 괴롭히지 않았소! 이번 여름에는 내 따귀를 때려서 터지게 해놓고서. 그래도 나는 아무 말도 못했소. 부자는 재판관도 피해서 지나간다더군요."

"규칙대로 했으면 안 그러지."

이런 식으로 말다툼이 끊이지 않았으나 본인들도 무엇 때문에 무엇을 지껄이고 있는지 잘 모르는 것 같았다. 단지 알 수 있는 것은 한편에는 공포에 억눌린 증오가 있고, 다른 한편에는 우월감과 권위 의식이 있다는 것뿐이었다. 네흘류도프는 이런 말을 듣고 있기가 괴로워서 땅값과 지불 기한을 정하는 용건 쪽으로 이야기를 돌리려고 애썼다.

"자, 그러면 토지에 대한 얘기인데, 물론 여러분은 빌려 쓰고 싶겠지? 그럼 토지 모두를 빌려준다면, 땅값은 얼마나 되겠소?"

"나리의 것이니까, 나리가 정하십시오."

네흘류도프는 값을 말했다. 언제나 그렇지만 네흘류도프가 내놓은 값은 농민들이 1년 동안 치르고 있는 값보다 훨씬 적었으나, 농민들은 비싸다면서 흥정하기 시작했다. 네흘류도프는 자기의 제안을 기꺼이 받아줄 것으로 알고 있었는데, 농민들의 얼굴에서 반가운 기색은 전혀 찾아볼 수 없었다. 네흘류도프가 자기 제안이 그들에게 유리하다고 확인할 수 있었던 것은 누가 토지를 빌리느냐, 곧 마을 전체가 빌리느냐, 아니면 농민들끼리 조합을 만들어서 빌리느냐 하는 말이 나왔을 때였다. 일을 잘하지 못해 돈을 치를 힘이 없을 것 같은 패들을 조합에서 제외하려는 농민들과, 제외당할 것 같은 농민들과의 사이에 심한 말다툼이 벌어졌다. 결국 관리인의 중재로 땅값과 지불 기간이 정해졌다. 농민들은 와글와글 떠들면서 산기슭 마을로 돌아갔다. 네흘류도프는 관리인과 계약서의 문안을 만들기 위해 사무실로 갔다.

모든 것이 네흘류도프가 바라고 기대한 대로 되었다. 농민들은 그 언저리의 토지 값보다 30퍼센트나 싸게 빌리게 되었다. 네흘류도프의 토지 수입은 거의 반 이상이 줄었으나 산림을 판 돈이 들어왔고, 농기구를 팔았기 때문에 그것만으로도 충분했다. 그런데 모든 것이 잘된 것같이 생각되면서도, 네흘류도프는 왠지 꺼림칙한 생각이 떠나지 않았다. 농민들 가운데 몇 사람은 고맙다고 말하고 있었지만 거의 대부분이 불만스러운 기색이었으며, 더 많은 것을 바라고 있다는 것을 알았다. 요컨대, 그는 많은 것을 잃었지만 농민들의 기대는 채워주지 못했던 것이다.

이튿날 가계약서에 서명한 네흘류도프는 대표로 찾아온 노인들의 배웅을 받으며 뭔가 언짢은 기분으로, 역에서 올 때 마부가 말했던 관리인의 멋진 말 세 필이 끄는 유개마차를 탔다. 그리고 석연치 않은 표정으로 머리를 갸웃거리고 있는 농민들에게 작별 인사를 한 다음 역으로 향했다.

네흘류도프 자신도 석연치 않은 느낌이었다. 무엇이 석연치 않은지 몰랐으나 그는 줄곧 우울하고 수치스러운 느낌에서 벗어날 수 없었다.

3

네흘류도프는 쿠즈민스코예 마을에서 고모들로부터 물려받은 영지로 향했다. 그곳은 그가 카튜샤를 알게 된 마을이었다. 그는 여기서도 쿠즈민스코예 마을에서 정한 것처럼 토지 문제를 처리할 작정이었다.

그리고 카튜샤에 대한 일과, 그녀와 자기 사이에 태어난 아이에 대한 것을 가능한 한 확실히 알아보고 싶었다. 아이가 죽었다는 것이 사실인지, 그리고 어디서 어떻게 죽었는지를.

그는 아침 일찍 파노보 마을에 닿았다. 집 안으로 마차를 몰아넣었을 때 무엇보다도 그를 놀라게 한 것은, 모든 부속 건물들, 특히 안채의 황폐되고 퇴락한 모습이었다. 전에는 녹색이었던 함석지붕이 언제부터인지 칠을 하지 않은 채 내버려 두어서 빨갛게 녹슬어 있었으며, 폭풍 때문인지 몇 장은 뒤집혀 있었다. 안채의 판자벽은 군데군데 뜯겨 있었고, 못은 녹슬어 구부러져 있었다. 현관 층계도, 바깥문도, 특히 그에게는 잊을 수 없는 뒷문도 삭아서 발판이 떨어지고 뼈대만 남아 있었다. 창문은 몇 개인가 유리 대신 판자로 대었고, 관리인이 살고 있던 별채도, 부엌도, 마구간도 모두 낡아서 잿빛으로 그을어 있었다.

앞뜰만이 낡지 않았는데 풀과 나무가 무성하고 꽃이 만발해 있었다. 울타리 너머에는 흰 구름 같은 앵두와 능금과 자두 꽃이 보였다. 라일락 산울타리에는 11년 전 그 그늘에서 네흘류도프가 열여섯 살 난 카튜샤와 술래잡기를 하다가 넘어져서 쐐기풀에 찔렸을 때와 똑같이 아름다운 꽃이 활짝 피어 있었다. 소피야 이바노브나가 안채 옆에 심은 낙엽송은 그 무렵에 팔뚝만 하던 것이 지금은 들보로도 쓸 수 있을 만큼 큰 나무로 자라 부드러운 솜털 같은 황록색 잎들에 덮여 있었다. 냇물은 기슭 사이를 조용히 흘렀으며, 물방앗간에 떨어지는 물만이 요란스러운 소리를 내고 있었다. 냇물 맞은편 목장에는 여러 가지 털빛을 한 가축들이 한가로이 풀을 뜯고 있었다.

신학교를 중퇴한 관리인이 생글생글 웃으며 네흘류도프를 뜰로 마중 나왔다. 그는 얼굴에서 웃음을 지우지 않고 관리사무소로 안내했고, 그 웃음으로 무슨 특별한 약속이나 하듯이 칸막이 벽 뒤로 사라졌다. 칸막이 벽 뒤에서 속삭이는 소리가 나더니 곧 잠잠해졌다. 마부는 술값을 받고 방울 소리를 울리며 뜰에서 나갔다. 그리고 주위가 물을 끼얹은 듯이 조용해졌다. 잠시 후 창밖으로, 수놓은 셔츠를 입고 귀고리를 한 맨발의 여자아이가 달려갔다. 그 뒤를 이어 농부 한 사람이 다져진 오솔길에 장화 바닥 징 소리를 요란스레 울리면서 달려갔다.

네흘류도프는 창가에 앉아 뜰을 바라보기도 하고 소리 나는 곳에 귀를 기울이기도 했다. 양쪽으로 열린 작은 창문으로 상쾌한 봄바람이, 그의 땀이 밴 이마에 드리워진 머리카락과 칼자국이 난 문틀에 놓인 메모 용지를 산들산들 날리면서, 파헤쳐진 흙 향기를 싣고 왔다. 냇물 쪽에서는 여자들이 방망이로 빨래를 두드리는 소리가 어지러이 들려오고, 그 소리가 햇빛에 반짝이는 맑은 물 위에 퍼져서 사방으로 흘러갔으며, 사이사이 물방앗간의 물 떨어지는 소리도 느릿하게 들려왔다. 윙윙거리는 파리 한 마리가 놀라서 귓전을 스치고 날아갔다.

문득 그가 아직도 젊고 순수했던 시절 그 옛날의 생각이 네흘류도프에게 밀려왔다. 그때도 역시 냇물 쪽에서 물방앗간의 단조로운 물소리 사이사이에 젖은 빨래를 두드리는 방망이 소리가 들렸었다. 또한 산들거리는 봄바람이 그의 땀이 밴 이마에 드리워진 머리칼을 어루만지고 칼자국이 난 문틀에 놓여 있는 메모 용지를 펄럭이게 했으며, 역시 깜짝 놀란 파리가 귓전을 스친 일이 떠올랐다. 그리고 그는 자기를 그 무렵처럼 열여덟 살 난 소년이라고 생각할 수는 없었지만, 자신이 그와 똑같은 젊음과 순결과 커다란 가능성에 가득 찬 미래를 갖고 있는 것처럼 느껴졌다. 그러나 그와 동시에 꿈속에서처럼 이미 잃어버린 일이라는 것을 알고 있었다. 그는 못 견디게 슬퍼졌다.

"식사는 언제쯤 하시겠습니까?" 관리인이 생글생글 웃으면서 물었다.

"언제든지 좋아. 별로 배고프지도 않으니까. 지금부터 마을을 좀 돌아보고 오겠어."

"그보다도 안채를 한번 보시지 않겠습니까? 방 안은 깨끗이 치워져 있으니까요. 보아주십시오. 혹시 밖에서 보시고……."

"아니, 나중에 보기로 하지. 그보다도 물어보고 싶은 게 있는데, 지금 도 마트료나 하리나라는 여자가 여기 살고 있나?"

그녀는 카튜샤의 이모였다.

"있습니다, 마을에. 그 여자만은 도저히 어떻게 할 수가 없습니다. 술을 몰래 팔고 있지요. 저도 모르는 척할 수는 없고 해서, 잔소리를 해주곤 합니다만, 고발한다는 것도 불쌍해서요. 늙은 데다가 손자들도 있기 때문에." 관리인은 여전히 미소를 지으면서 말했다. 그 웃음에는 주인의 호감을 사려는 것과, 네흘류도프도 자기와 마찬가지로 모든 것을 알고 있으리라는 확신이 있었다.

"집이 어디 있지? 좀 들러보고 싶은데."

"동구 밖인데, 끝에서 세 번째 집입니다. 왼편으로 벽돌집이 보이고, 그 바로 뒤에 있는 오막살이가 그 집입니다. 제가 모셔다 드리죠." 기쁘게 웃으며 관리인이 말했다.

"아니, 친절은 고맙지만, 혼자 가보겠어. 그보다 자네는 농민들을 모아줘. 토지에 대해서 할 말이 있으니까."

쿠즈민스코예 마을에서와 마찬가지로 여기서도 농민들과 될 수 있으면 오늘 밤에라도 이야기를 끝내고 싶다는 생각으로 네흘류도프는 말했다.

4

네흘류도프는 문을 나서서, 알록달록한 앞치마를 두르고 귀고리를 단, 굵은 종아리에 맨발로 힘차게 땅을 밟으면서 질경이와 유채꽃이 온통 피어 있는 목장 안의 다져진 오솔길을 서둘러 오는 시골 처녀와 마주쳤다. 처녀는 왼손을 앞으로 내젓고 오른손으로는 붉은 수탉 한 마리를 배에 꼭 부둥켜안고 돌아오는 길이었다. 수탉은 빨간 볏을 흔들거리면서 가만히 품에 안겨 있는 듯했으나 눈을 껌벅거리고 까만 한쪽 발을 오므렸다 폈다 하며 처녀의 앞치마에 걸린 발톱을 벗기려 하고 있었다. 처녀는 지주 쪽으로 다가옴에 따라 차츰 걸음을 늦추어 종종걸음에서 보통 걸음걸이가 되더니, 드디어 스치고 지나가게 되었을 때는 멈춰서서 머리를 뒤로 한 번 젖혔다가 꾸벅 절을 했다. 그리고 그가 지나가자 다시 수탉을 부둥켜안은 채 앞으로 달려갔다. 네흘류도프는 우물 쪽으로 내려가는 도중, 꾀죄죄한 속옷을 입고 구부러진 등에 물이 철철 넘치는 물통을 지고 올라오는 한 노파를 만났다. 노파는 살그머니 물통을 내려놓고 아까 그 처녀가 한 것처럼 머리를 뒤로 젖혔다가 꾸벅 인사를 했다.

우물을 지나니 곧 마을이었다. 맑게 갠 더운 날씨였다. 아침 10시인데도 몹시 후텁지근했으며, 이따금 구름이 몰려와서 태양을 가릴 뿐이었다. 한길 가득히 코를 찌르는, 그러나 불쾌하지 않은 거름 냄새가 떠돌고 있었다. 이것은 반짝반짝 윤나게 굳은 산길을 줄지어 올라가고 있는 짐마차에서도 흘러나왔지만, 그보다도 네흘류도프가 지나가는 길 옆의 집집에서 열어놓은 대문을 통해 풍겨 오는, 파헤쳐진 거름 더미의 거름 냄새였다.

거름으로 더러워진 셔츠와 바지를 입은 맨발의 농부들은 짐마차 뒤를 따라 산길을 걸어 올라가면서, 키가 크고 뚱뚱한 신사가 쥐색 모자의 비단 리본을 햇빛에 반짝이며 번쩍거리는 손잡이에 옹이가 많고 윤나는 단장으로 가볍게 땅을 짚으며 마을길을 오르는 모습을 신기한 듯 자꾸 돌아보았다. 들에서 돌아오는 농부들은 성급한 말이 끄는 빈 마차의 마부석에 앉아 흔들거리면서 낯선 신사를 보고, 깜짝 놀라 모자를 벗고 눈이 둥그레졌다. 여자들은 문간과 처마 끝으로 달려 나와 서로 손가락질하면서 그의 모습을 지켜보았다.

네흘류도프가 네 번째 집 문 앞에 이르렀을 때 거름을 산더미처럼 실은 짐마차가 바퀴 소리를 덜커덕 울리며 그의 앞을 가로막았다. 거름 위에는 사람이 앉도록 가마니가 깔려 있었다. 그 뒤에서 여섯 살쯤 된 사내아이가 마차에 타는 것이 좋아서 맨발로 신나게 달려 나왔다.

젊은 농부가 성큼성큼 걸어 나오면서 말을 문밖으로 몰아냈다. 다리가 긴 잿빛 망아지가 그 뒤에서 껑충껑충 뛰어나오다가 네흘류도프를 보고는, 질겁해서 마차 옆으로 비켜서다가 짐마차에 몸을 부딪쳤다. 그리고 무거운 짐을 문간으로 끌어내며 불안스레 나직이 콧소리를 내는 어미 말 곁을 빠져나가 앞쪽으로 달려갔다. 다음 마차를 끌고 나온 것은 바싹 말랐지만 힘찬 노인이었는데, 그는 맨발에 줄무늬 바지를 입고 더러운 긴 셔츠를 걸쳤으며, 등 아래쪽에 여윈 허리뼈가 튀어나와 있었다.

쏟아진 거름 부스러기가 타고 남은 재처럼 바짝 말라서 흩어져 있는 길로 말들이 나가버리자, 노인은 문간으로 되돌아와서 네흘류도프에게 인사했다.

"여기 마님의 조카님 아니십니까요?"

"그렇습니다."

"잘 오셨습니다. 그럼 마을을 돌아보러 오셨나요?" 노인이 수다스레 말했다.

"그렇습니다. 그런데 어떠신가요. 지내시는 형편은?" 어떻게 말해야 좋을지 몰라 네흘류도프는 이렇게 물었다.

"산다고 할 수도 없습죠! 이보다 못한 생활이 어디 있을라고요." 마치 노래 부르는 것처럼 말꼬리를 늘어뜨리며 수다스러운 노인이 말했다.

"왜 그렇지요?" 네흘류도프가 문 안으로 들어서면서 말했다.

"글쎄, 이것도 생활이라고 할 수 있겠습니까? 정말 말이 아닙니다." 노인은 네흘류도프를 따라 문 안으로 들어가, 거름을 깨끗이 치워 땅바닥이 드러나 있는 처마 밑으로 갔다.

네흘류도프도 그 뒤를 따라 처마 밑으로 들어갔다.

"집에는 저기 저런 게 열둘이나 있답니다." 노인은 두 여자를 가리키면서 말했다. 여자들은 머릿수건을 어깨에 늘어뜨리고, 땀투성이가 되어 옷자락을 걷어붙이고 장딴지를 절반이나 거름에 묻힌 채, 산더미 같은 거름 더미 속에 쇠스랑을 짚고 서 있었다.

"매달 100킬로그램이나 되는 밀가루를 사야 하는 형편인데, 무슨 수로 그 돈을 만듭니까?"

"영감님 밭에서 나는 걸로는 모자라나요?"

"제 밭요?" 노인은 어처구니없다는 듯 엷은 웃음을 띠었다. "우리 밭에서는 세 사람이 먹을 게 고작입니다. 올해는 보리 여덟 노적밖에 거두어들이지 못했습죠. 크리스마스까지도 못 갈 겁니다요."

"그럼 어떻게들 지내시나요?"

"그래서 할 수 없이 자식 놈 하나를 머슴으로 내보내고, 나리 사무실에서 빚을 냈습죠. 그것도 사순절 전에 다 써버려서 공물도 못 낼 형편이랍니다."

"공물은 얼마나 되지요?"

"우리 집에서는, 17루블씩 1년에 세 번 물어야 합죠. 그러니 어떻게 살아가야 할지 도무지 갈피를 못 잡겠습니다요."

"어르신 집에 들어가 봐도 괜찮겠습니까?" 네흘류도프는 앞마당을 지나 말끔히 쓸어놓은 자리에서 아직 손대지 않은 채로 쇠스랑으로 파헤

쳐져 지독한 냄새를 풍기고 있는 황갈색 거름 더미 쪽으로 걸어갔다.

"괜찮고말고요, 어서 들어오십시오." 노인은 이렇게 말하고 맨발 발가락 사이로 거름물이 질컥질컥 빠져나오도록 거름을 밟고 성큼성큼 네흘류도프를 앞질러 가서 문을 열었다.

여자들은 흘러내린 머릿수건을 고쳐 쓰고 치맛자락을 내리고는, 소매에 금 단추가 번쩍이는 멋있는 신사가 자기들 집으로 들어가는 것을 신기하게 지켜보았다.

집 안에서 더러운 속옷 바람의 소녀 둘이 뛰어나왔다. 네흘류도프는 모자를 벗고 허리를 구부려 시큼한 음식 냄새가 배어 있는 더럽고 좁은 방 안으로 들어갔다. 거기에는 두 대의 베틀이 좁은 방 안을 꽉 차지하고 놓여 있었다. 부뚜막 곁에는 소매를 걷어붙인 노파가 바짝 마른 두 팔을 드러내고 서 있었다.

"나리께서 우리 집을 찾아주셨어." 노인이 말했다.

"아이고, 잘 오셨습니다." 걷어붙였던 소매를 내리면서 노파가 상냥하게 말했다.

"댁의 살림살이를 좀 보고 싶어서요." 네흘류도프가 말했다.

"네, 그저 보시는 대로지요. 보세요, 집은 당장 쓰러질 것 같아서 언제 누가 깔려 죽을지 모른답니다. 하지만 영감은 걱정할 것 없다고 하니까 이대로 그럭저럭 사는 거죠, 뭐." 성격이 괄괄한 노파가 신경질적으로 머리를 흔들면서 말했다. "지금부터 점심 준비를 할 참이었죠. 일꾼들 점심을 먹여야 하거든요."

"어떤 것을 드시나요?"

"어떤 것을 먹느냐고요? 우리 집 음식은 대단하죠. 먼저 빵을 먹고 크바스를 마시고, 그리고 또 크바스를 마시고 빵을 먹는답니다." 절반쯤 삭은 이를 보이면서 노파가 말했다.

"아니, 농담이 아닙니다, 여러분이 어떤 것을 드시는지 보여주십시오."

"먹는 것을 말입니까요?" 노인이 웃으면서 말했다.

"우리가 먹는 것이란 뻔한걸요. 이봐, 나리께 보여드려요."

노파는 머리를 흔들었다.

"우리 농민들이 뭘 먹는지 보시겠다는 건가요. 참, 나리는 호기심도 많으시구려. 뭐든지 알고 싶어 하시니. 제가 말한 대로랍니다. 빵에다 크바스, 그리고 수프. 어제 며느리들이 엿기름 찌꺼기를 가져왔기에, 그걸로 수프를 끓였죠. 그리고…… 감자."

"그것뿐인가요?"

"나머지는 우유로 맛을 들이는 것뿐이죠, 뭐." 노파는 히죽히죽 웃고 문 쪽으로 눈길을 보내며 말했다. 문은 열려 있고, 문간에 사람들이 잔뜩 모여 있었다. 사내아이, 여자아이, 젖먹이를 안은 여자들이 문간을 가득 메우고, 농부의 음식을 낱낱이 들춰보는 기묘한 신사를 지켜보고 있었다. 노파는 틀림없이 나리를 상대할 수 있는 자기 솜씨를 자랑스럽게 여기고 있는 것 같았다.

"정말 지독한 생활이랍니다, 나리! 밑바닥입죠. 말도 할 수 없습니다요." 노인이 말했다. "저리들 가 있어!" 그는 문간에 득실거리는 사람들에게 소리쳤다.

"그럼 잘 계시오." 네흘류도프는 알지 못할 수치심과 어색함을 느끼면서 말했다. 왜 부끄러운지 잘 알 수가 없었다.

"일부러 들러주셔서 정말 고맙습니다요." 노인이 말했다.

문가에 몰려 있던 여자와 아이들이 서로 밀치면서 그에게 길을 비켜주었다. 그는 밖으로 나가서 길 위쪽으로 올라갔다. 그 뒤를 쫓아서 두 사내아이가 맨발로 달려왔다. 나이가 좀 들어 보이는 아이는 본디 하얬던 더러워진 셔츠를 입었고, 또 한 아이는 색이 바랜 허름한 분홍빛 셔츠를 입고 있었다. 네흘류도프는 아이들을 돌아다보았다.

"이번엔 어디로 가세요?" 흰 셔츠를 입은 사내아이가 물었다.

"마트료나 하리나 집에 갈 거야." 그는 그 소년에게 말했다. "어딘지 아니?"

분홍빛 셔츠를 입은 조그만 아이가 무엇이 우스운지 히죽히죽 웃기 시작했다. 아이는 정색을 하고 되물었다.

"마트료나라뇨? 할머니요?"

"그래, 할머니다."

"아하!" 큰 아이가 말을 길게 뺐다. "그럼 세묘니하 할머니구나. 마을 끝에 있는 집이에요. 우리가 모셔다 드릴게요. 가자, 펫카, 아저씨를 모셔다 드리자, 응?"

"말은 어떡하고?"

"뭐, 괜찮아!"

펫카는 고개를 끄덕였다. 그들은 마을길 위쪽으로 걸어가기 시작했다.

5

네흘류도프는 어른들과 이야기하기보다 아이들과 같이 있는 편이 한결 마음 편했다. 분홍빛 셔츠를 입은 작은 아이도 웃음을 멈추고 형에게 지지 않고 또랑또랑하게 말했다.

"그래, 이 마을에서 누가 가장 가난하니?" 네흘류도프가 물었다.

"누가 가장 가난하냐고요? 미하일도 가난하고, 세묜 마카로프도, 그리고 마르파도 굉장히 가난해요."

"그보다 아니샤가 더 가난해, 뭐. 아니샤는 소도 없잖아. 그래서 얻어 먹고 다니잖아." 조그만 펫카가 말했다.

"소는 없지만, 그 대신 세 식구밖에 없단 말이야. 마르파는 다섯 식구 라고." 큰 아이가 반박했다. 작은 아이는 아니샤 편을 고집했다.

"그렇지만 아니샤는 과부야."

"넌 아니샤가 과부라고 하지만, 마르파도 과부나 마찬가지야." 큰 아 이는 우겼다. "역시 남편이 집에 없잖아."

"남편이 어디 갔는데?" 네흘류도프가 물었다.

"감옥에서 이를 기르고 있죠." 어른들이 흔히 말하는 표현을 쓰면서 큰 아이가 대답했다.

"지난해 여름 지주네 숲에서 자작나무 두 그루를 잘랐대요." 작은 아 이가 얼른 말했다. "벌써 반년 가까이 돼요. 그래서 엄마가 밥을 얻으러 다녀요. 애가 셋이나 있고, 더구나 몸을 못 쓰는 할머니가 있거든요." 제 법 어른스러운 말을 했다.

"어디에 있니, 그 집은?" 네흘류도프가 물었다.

"바로 저 집이에요." 한 집을 가리키면서 사내아이가 말했다. 네흘류 도프가 걸어가고 있는 샛길에 머리가 희끄무레한 어린 사내아이가 심 한 밭장다리로 겨우 몸을 의지하고 비틀거리며 서 있었다.

"바스카, 이놈아. 어디로 도망가는 거냐?" 하고 외치면서 재를 뒤집어 쓴 것 같은 더러운 셔츠를 입은 여자가 안에서 뛰어나왔다. 그리고 깜짝 놀란 얼굴로 네흘류도프 앞으로 달려오더니, 아이를 해칠까 겁나는 듯 다짜고짜 아이를 끌어안고 부리나케 집 안으로 들어가 버렸다.

그녀는 네흘류도프의 산림에서 자작나무를 훔치고 감옥에 들어간 사 람의 아내였다.

"그럼 마트료나는 어떠냐? 역시 가난하냐?" 이미 마트료나의 오두막에 다 온 다음에야 네흘류도프는 아이들에게 물었다.

"가난한 게 뭐예요, 술을 팔고 있는데." 분홍빛 셔츠를 입은 작은 아이가 잘라 말했다.

마트료나의 집에 이른 네흘류도프는 아이들을 남겨놓고 문을 열고 안으로 들어갔다. 마트료나의 초라한 오두막은 길이가 4미터 남짓밖에 되지 않았으며, 화덕 뒤에 있는 침대는 어른이 제대로 발을 뻗고 잘 수도 없을 정도였다.

'저 침대 위에서 카튜사는 아이를 낳고, 병이 들었구나.' 그는 문득 생각했다. 한 대의 베틀이 집 안을 거의 다 차지하고 있었다. 네흘류도프가 나직한 문살에 머리를 부딪쳐가며 들어갔을 때, 노파는 큰 손녀와 함께 막 베틀을 차려놓은 참이었다. 벌써 그녀의 두 손녀가 네흘류도프를 뒤따라 들어와서 문설주에 기대어 입을 헤벌리고 그를 바라보고 있었다.

"누구를 찾나요?" 베틀에 엉킨 실이 잘 풀리지 않아 짜증을 내며 노파가 말했다. 게다가 술을 몰래 팔기 때문에 노파는 낯선 사람을 몹시 경계하고 있었다.

"나는 지주인데, 할머니한테 물어볼 말이 있어서 왔습니다."

노파는 찬찬히 살펴보면서 잠시 말이 없더니, 갑자기 태도가 확 바뀌었다.

"아이고, 젊은 나리시네. 이를 어쩌나. 바보같이 알아보지도 못하고. 지나가는 사람인 줄만 알았지 뭡니까요." 노파는 짐짓 상냥한 목소리로 말했다. "정말 잘 오셨어요, 안녕하셨어요?"

"할머니랑 단둘이서 이야기하고 싶은데." 열려 있는 문 쪽을 보면서 네흘류도프가 말했다. 문턱에 아이들이 서 있고, 그 뒤에 헬쑥한 여자 하나가 넝마 조각으로 만든 두건을 씌운, 병 때문에 얼굴이 창백한 어린 애를 안고 서 있었다. 어린애는 말라빠진 얼굴이었지만, 그래도 방글방글 웃고 있었다.

"무슨 일만 있으면 얼굴을 내미는구나. 때려줄 테다. 그 몽둥이 이리 줘!" 노파는 문어귀에 서 있는 여자와 아이들에게 소리쳤다. "문 닫지 못해!"

아이들이 달아났다. 어린아이를 안은 여자가 문을 닫았다.

"정말 누구신가 했어요. 주인 나리께서 오시다니, 황송해요. 정말 훌륭하게 되셨네요." 하고 노파는 수다를 떨기 시작했다. "이렇게 누추한 데도 오시다니, 아주 훌륭해지셨어요! 자, 이리 들어오세요, 나리. 어서 앉으세요." 노파는 판자로 만든 긴 걸상을 앞치마로 닦으면서 말했다. "난 또 어떤 나쁜 놈이 왔나 했죠, 설마 나리께서 오신 줄은 꿈에도 모르고. 이 바보 같은 늙은이를 용서해주세요. 눈이 멀어서요."

네흘류도프는 앉았다. 노파는 그 앞에 서서 오른손으로 뺨을 받치고 왼손으로 오른손의 뾰족한 팔꿈치를 받치면서, 마치 노래라도 부르듯 다시 지껄이기 시작했다.

"그런데 나리도 나이가 드셨네요. 우엉 꽃처럼 아름다운 도련님이었는데, 전혀 딴사람이 되셨군요! 근심 걱정이 있으신가 보군요."

"실은 할머니한테 물어보려고 왔는데, 카튜샤 마슬로바를 기억하십니까?"

"카테리나 말씀이세요? 잊을 리가 있어요, 제 조카인데……. 어떻게 잊을 수 있겠습니까? 그 애가 불쌍해서 얼마나 울었는지. 저는 죄다 알고 있어요. 그야 나리, 이 세상에 죄 없는 사람은 없답니다. 누구나 잘못이라는 건 있는 법이에요! 젊은 탓이지요. 차를 마시는 동안에라도 불쑥 그런 마음이 생기거든요. 함께 있으면 어쩔 수 없는 일이랍니다, 이 일만은요! 나리는 그 애를 버렸지만 그만한 대가는 치르신 셈이죠. 100루블이나 되는 돈을 주셨으니까요. 하지만 그 애가 한 짓을 보면, 머리가 돌아버린 거죠. 내 말을 들었더라면, 버젓이 살아나갈 수 있었을 텐데……. 제 조카지만, 바른 대로 말해서 행실이 좋지 않은 계집애였어요. 저는 그때 그 일이 있은 뒤, 좋은 일자리를 마련해주었답니다. 그런데 주인 말을 듣지 않고 마구 대들었으니, 우리네 신분으로 주인한테 대들다니, 그게 있을 수 있습니까요. 물론 쫓겨났죠. 그 뒤에도 산림 감독댁에 들어갔었습니다만, 거기서도 오래 있지 못했답니다."

"나는 아이에 대한 것을 알고 싶은데, 여기서 애를 낳았다지요? 그 애는 어디 있습니까?"

"아이 때문에 저도 그때 골치를 앓았답니다, 나리. 산후가 몹시 나빠서 일어나지도 못했지요. 그래서 저는 아이에게 세례를 받게 해서 육아원으로 보냈습니다. 어머니가 죽어가는데, 천사 같은 어린 것을 괴롭힐수가 있어야지요. 세상에는 어린애한테 젖을 주지 않아 굶겨 죽이는 사람도 있습니다만. 그래서 저는 생각했죠. 그럴 수는 없다. 힘은 들었지만 육아원으로 보내야겠다고 생각했죠. 마침 돈이 있어서 그것도 할 수있었죠."

"그럼 등록 번호가 있었을 텐데요?"

"있었죠. 그런데 그 여자가 말하더군요. 데리고 가자마자 곧 죽어버렸다고요."

"그 여자가 누군데."

"그 여자 말이에요. 왜 그 스코로드노예에 살고 있던 여자 말입니다요. 그런 일을 업으로 하는 여자였죠. 말라냐라고 했는데, 지금은 죽었어요. 약은 여자였죠. 이렇게 했답니다. 아이를 데리고 오면 자기 집에서 맡아서, 양육원으로 보낼 숫자가 찰 때까지 기르는 거죠. 그리고 서너 명 모이면 같이 데려가는 거예요. 집 안도 알맞게 꾸며서, 부부 침대만 한 커다란 요람에다가 아이를 이리저리 뉠 수가 있었죠. 조그만 손잡이까지 달려 있어 그 속에다 네 아이를 서로 머리가 부딪치지 않게 발을 가운데로 모아서 눕힌답니다. 이렇게 한꺼번에 네 아이를 돌봐주는 거죠. 젖꼭지만 물려놓으면 모두 얌전히 있거든요."

"그래서 어떻게 되었나요?"

"카테리나의 아기도 그렇게 해서 데려가 주었답니다. 그 여자 집에는 2주일 남짓 두었을까요. 아이는 그때 벌써 쇠약해졌답니다."

"그래, 귀여운 아이였나요?"

"얼마나 귀엽던지, 어디를 찾아봐도 그렇게 예쁜 아기는 없었을걸요. 나리를 꼭 닮았었죠." 노파는 눈을 깜박이면서 덧붙였다.

"왜 쇠약해졌을까요? 아마 젖 먹이는 게 나빴던 모양이지요?"

"젖이고 뭐고가 있었나요! 어느 아이고 똑같이 다루었죠. 그야 뻔하죠. 제 자식이 아니니까요. 어떻게 해서든 살아 있는 동안에 데려다 주기만 하면 그만이었습니다. 돌아와서 하는 말을 들어보니, 모스크바에 닿자마자 금방 죽어버렸다나요. 증명서까지 받아왔습니다. 빈틈없이 말이에요. 참 약은 여자였죠."

네흘류도프가 자기 아이에 관해 알 수 있었던 것은 이것이 전부였다.

6

방문과 바깥문의 얄은 문지방에 다시 한 번씩 머리를 부딪쳐가며 네흘류도프는 밖으로 나왔다. 잿빛으로 더러워진 흰 셔츠와 분홍빛 셔츠를 입은 두 아이가 밖에서 기다리고 있었다. 그 밖에 새로 온 아이들이 몇 명 모여 있었다. 그 속에는 넝마 조각으로 모자를 만들어 씌운 창백한 어린애를 안은, 아까 그 바싹 마른 여자도 섞여 있었다. 그 어린아이는 늙은이처럼 시들어 보이는 조그만 얼굴에 온통 주름을 짓고 줄곧 기분 나쁜 웃음을 띠고는 힘껏 구부린 엄지손가락을 부들부들 떨고 있었다. 네흘류도프는 그것이 고통의 미소라는 것을 알았다. 그는 그 여자가 누구냐고 물었다.

"아까 말한 아니샤예요." 큰 아이가 말했다.

네흘류도프는 아니샤에게 말을 걸었다.

"어떻게 지내고 있어요? 무엇을 먹고 살아요?"

"어떻게 먹고 사느냐고요? 얻어먹고 지내죠, 뭐." 아니샤는 이렇게 말하더니 그만 울음을 터뜨렸다.

늙은이 같은 어린아이는 온 얼굴에 웃음을 띠고, 고구마 벌레처럼 가느다란 다리를 오므렸다 폈다 했다.

네흘류도프는 지갑을 꺼내어 10루블짜리 지폐 한 장을 여자에게 주었다. 그가 채 두 걸음도 가기 전에 어린애를 안은 다른 여자가, 이어 노파가, 다시 또 한 여자가 쫓아왔다. 저마다 가난을 하소연하며 도와달라고 애걸했다. 네흘류도프는 지갑에 있던 잔돈 60루블을 몽땅 털어서 그들에게 나누어 주고는, 견딜 수 없는 슬픔에 잠겨 관리인의 별채로 돌아갔다. 관리인은 웃는 얼굴로 네흘류도프를 맞으면서, 오늘 밤에 농민들이 모인다고 알렸다. 네흘류도프는 고맙다고 말하고, 방으로 들어가지 않고 뜰로 나가, 방금 직접 보고 온 일들을 생각하며 무성한 풀 위에 하얀 사과 꽃잎이 떨어져 있는 오솔길을 거닐기 시작했다.

처음 한동안 별채 근처는 조용했다. 그러더니 관리인 집 쪽에서 다투는 두 여자의 목소리와 그 사이사이에 관리인의 웃음을 머금은 듯 차분한 목소리가 들렸다. 네흘류도프는 귀를 기울였다.

"내 힘으로는 더 이상 어쩔 수 없다는데 왜 목에 건 십자가를 쥐어뜯는 것 같은 그런 짓을 하나요?" 성난 여자의 고함 소리가 들렸다. "잠깐 들어갔을 뿐이잖아요." 또 한 여자의 목소리가 말했다. "돌려줘요. 이대로 내버려 두면 암소도 말라 죽고, 아이들한테 우유도 못 먹이게 된다고요."

"돈으로 갚든지, 일을 해서 갚든지 하라고." 관리인의 차분한 목소리가 대답했다.

네흘류도프는 뜰을 돌아가 현관 쪽으로 걸어갔다. 층계 입구 밑에 머리를 풀어 헤친 두 여자가 서 있었는데, 한 사람은 임신한 것 같았다. 층계 가운데 즈크 외투 주머니에 두 손을 찌른 관리인이 서 있었다. 지주를 보더니 여자들은 입을 다물고 머리에서 흘러내린 수건을 매만지기 시작했다. 관리인은 주머니에서 두 손을 빼고 싱글벙글 웃고 있었다.

관리인 말에 따르면, 농민들은 송아지나 암소를 일부러 지주의 목장으로 들여보낸다는 것이었다. 이번에도 이 여자들의 암소 두 마리가 목장에서 잡혀 끌려왔던 것이다. 관리인은 한 마리에 30코페이카씩 물어내든지, 그것이 싫으면 이틀 동안 일을 하라고 여자들에게 요구하고 있었다. 여자들의 주장은 첫째 암소가 잠깐 들어갔을 뿐이라는 것, 둘째 돈이 없다는 것, 셋째 일할 것을 약속할 테니, 아침부터 먹이도 주지 않고 울 속에 갇혀서 슬픈 비명을 지르고 있는 암소를 당장 돌려달라는 것이었다.

"내가 몇 번씩이나 당신들한테 일러두지 않았나." 관리인은 증인이 되어달라는 듯 웃는 얼굴로 네흘류도프를 돌아보면서 말했다. "풀을 뜯어 먹이려고 내놓았으면, 자기 소를 잘 감시해야지."

"아기한테 잠깐 갔다 왔더니 그 틈에 달아나 버린 거라고요."

"소를 본다면서 그 자리를 떠나서야 되나."

"하지만 어린애 젖은 누가 먹여요? 당신이 먹여줄 텐가요?"

"정말 목장을 못 쓰게 만들었다면 차라리 낫죠. 배는 안 고플 테니까요. 하지만 잠깐 들어갔을 뿐이잖아요?”

“목장이 온통 짓밟혔답니다.” 관리인은 네흘류도프를 돌아보았다. “사정을 다 봐주면, 마른풀이 없어지고 맙니다.”

“흥, 거짓말 마요!” 임신한 여자가 소리쳤다.

“우리 집 소는 여태까지 한 번도 붙들린 일이 없다고요.”

“그래서 이번엔 붙들렸으니 돈을 내든가 일을 하든가 하란 말이야.”

“그러니까 일을 할 테니 암소를 내줘요. 먹이도 주지 않고 굶겨서 어쩔 셈이죠!” 임신한 여자가 신경질적으로 외쳤다. “그렇잖아도 밤낮 제대로 쉬지도 못하는 판인데, 시어머니는 병중이고 남편은 집에 붙어 있지를 않으니, 모든 일을 어떻게 다 혼자 해낼 수 있나요. 이젠 아주 지쳐버렸어요. 그걸 갖아서 아주 말라 죽게 해버리라고요.”

네흘류도프는 암소를 내주라고 관리인에게 이르고, 다시 뜰로 나가서 자기 생각을 가다듬어보려고 했으나, 새삼스레 더 생각할 것이 없었다. 지금의 그에게는 모든 것이 너무나 명백했고, 이처럼 명백한 것을 왜 세상 사람들은 모르고 있었으며, 그 자신 역시 어째서 이처럼 오랫동안 그것이 보이지 않았는지, 어처구니없다는 생각이 들 뿐이었다.

‘농민들은 죽어가고 있다. 더구나 자기들이 죽어가고 있다는 사실에 너무 익숙해져버렸다. 그들 사이에는 죽음에 홀린 듯한 생활 태도가 형성돼 있다. 아이들의 죽음, 여자들의 힘겨운 노동, 모든 사람들의, 특히 노인들의 식량 부족, 더구나 서서히 이런 상태로 빠져왔기 때문에 그들 자신은 이 무서운 상태를 알지도 못하고 불평조차 하지 않는다. 그러므로 우리는 그런 상태가 자연스러운 것이며 당연한 것이라고 생각하고 있다.’ 이제 그에게는 농민들 자신이 이미 깨닫고 있고, 그들의 입으로 말하고 있듯이, 그들이 가난한 중요한 원인은, 농민의 생활을 버텨나갈 수 있는 유일한 토지를 지주들에게 빼앗긴 데 있다는 사실이 대낮처럼 뚜렷해졌다.

또 대부분의 아이들과 노인들이 죽어가는 것은 우유가 없기 때문인데, 우유가 없는 것은 가축을 기르고 보리나 마른풀을 만들 땅이 없기 때문이라는 것은 두말할 나위도 없었다. 그리고 농민의 모든 빈곤, 또는 적어도 빈곤의 가장 중요하고도 직접적인 원인은, 농민을 먹여 살려주는 토지가 농민의 손이 아니라 토지 소유권을 이용해 농민의 노동으로 생활하고 있는 사람들의 수중에 있기 때문이었다. 농민들에게 없어서는 안 될 뿐만 아니라, 그것이 없으면 그들의 목숨을 부지해갈 수도 없는 그 토지 자체는 궁핍으로 쪼들리는 이 농민들 손으로 경작되고 있으나, 그들이 수확한 곡물은 지주의 모자나, 단장이나, 마차나, 유기 제품 등을 살 수 있게 하기 위해서 지주에 의해 외국으로 팔려 갔다.

이것을 그는 이제 똑똑히 알 수 있었다. 울안에 갇힌 말이 발밑의 풀을 다 뜯어 먹었을 때, 밖으로 나가서 다른 곳의 풀을 찾아 먹게끔 허락되지 않는다면, 말라비틀어져서 굶어 죽게 마련인데, 그것과 똑같은 이치였다. 이것은 무서운 일이다. 그런 짓을 해서는 안 되며, 있어서도 안 된다. 그런 일이 없어지게 하기 위해서, 아니면 적어도 그런 일에 참여하지 않도록 어떤 방법을 찾아야 한다. '나는 반드시 그것을 찾아내고야 말 테다.' 그는 가까이 있는 자작나무 가로수 길을 오락가락하면서 생각했다. '학회나 정부 기관이나 신문 같은 데서는, 농민의 빈곤 원인과 농민의 생활을 개선하는 방법이 줄곧 논의되고 있다. 하지만 확실히 농민 생활을 보다 나아지도록 하는 하나의 절대적인 방법, 곧 농민들에게 필요한 토지를 농민들에게서 뺏는 것을 그만두는 방법만은, 아무도 입을 다물고 말하려 하지 않는다.'

그러자 그는 헨리 조지의 기본 이론과 자기가 전에 그것에 깊이 빠져들었던 일이 생각났다. 그리고 어째서 그런 것을 잊어버리고 있었는지 스스로 놀라지 않을 수 없었다. '토지는 사유의 대상이 될 수 없다. 물이나 공기나 햇빛과 마찬가지로 매매의 대상이 될 수 없다. 모든 사람은 토지에 대해서, 또 토지가 인간에게 주는 온갖 이익에 대해서 평등한 권리를 갖고 있다.'

이제야 그는 쿠즈민스코예 마을에서의 자기의 처사를 돌이켜보고, 왜 자신이 부끄러움을 느꼈었는지 그 까닭을 알 수 있었다. 그는 스스로 자기를 속이고 있었던 것이다. 인간은 토지에 대한 소유권을 가질 수 없다는 것을 알면서도 그는 자기에 대해서는 그 권리를 인정했고 마음속으로 그 권리가 없다고 느끼면서도 일부를 농민들에게 나누어 주었던 것이다. 그러나 이제 그는 그런 짓을 하지 않을 것이다. 쿠즈민스코예에서 한 일도 바꾸기로 마음먹고 다시 계획을 세웠다. 그것은 농민들에게 땅값을 정하여 토지를 빌려주되, 그 돈을 농민들의 자금으로 만들어 세금이나 공공사업에 쓰도록 하는 것이었다. 이것은 단일세는 아니었으나, 현 제도에서 할 수 있는, 그것에 가장 가까운 방법이었다. 그리고 가장 중요한 점은 그가 토지 소유권 행사를 포기한다는 것이었다.

그가 집에 돌아가니 관리인이 유난히 반갑게 싱글싱글 웃으면서 식사를 권했는데, 그 얼굴에는 아내가 그 귀고리를 단 여자아이의 시중을 받아 만든 요리가 너무 끓여졌거나 타지 않았을까 하는 불안이 나타나 있었다.

식탁에는 빳빳한 식탁보가 덮여 있고, 냅킨 대신 수놓은 수건이 얹혀 있었으며, 손잡이가 떨어져 나간 색슨 도자기로 된 쟁반에는 감자 스프가 담겨 있었다. 수프 속에는 검은 발을 안타깝게 버둥대던 그 수탉이 자잘하게 썰어져 군데군데 털이 남아 있는 채로 떠 있었다. 수프 다음에는 털을 대강 뜯은 채 구운, 같은 수탉고기와 버터와 설탕을 듬뿍 친 밀크 케이크가 나왔다. 모두 맛없는 것뿐이었지만 네흘류도프는 후딱 먹어치웠다. 그는 마을에서 마음에 품고 돌아온 그 고민을 한꺼번에 해결한 자기의 생각에 완전히 사로잡혀 있었다.

귀고리를 단 여자아이가 조심조심 요리 쟁반을 식탁에 나를 때마다, 관리인의 아내가 문 뒤에서 걱정스레 지켜보았으나, 관리인은 아내의 요리 솜씨가 자랑스러워서 더욱 싱글벙글 웃고 있었다.

식사가 끝나자 네흘류도프는 억지로 관리인을 앉힌 다음, 자기 생각을 확인하고 싶고 동시에 자기가 몰두하고 있는 일을 누군가에게 이야기하고 싶은 심정에서, 토지를 농민들에게 빌려준다는 계획을 설명하고 거기에 대해 관리인의 의견을 물었다. 관리인은 싱글벙글 웃으면서 그와 같은 것을 자기도 오래전부터 생각하고 있었으며, 그런 말을 들으니 몹시 반갑다는 표정을 지어 보였지만, 사실은 아무것도 모르고 있었다.

그것은 네흘류도프의 설명이 애매해서가 아니라, 이 안에 따르면 네흘류도프가 남의 이익을 위해 자기 이익을 포기하는 결과가 되기 때문이었다. 사실 사람은 누구나 남의 이익을 희생해서 자기의 이익을 차지하는 법이라는 진리가 관리인의 의식 속에 깊숙이 뿌리박고 있기 때문이었다. 토지에서 나오는 수입은 모두 농민들의 공동 자금이 되어야 한다고 네흘류도프가 말했을 때, 관리인은 석연치 않게 생각했다.

"알았습니다. 말하자면 그 자금의 이자를 받으신다는 말씀이군요?" 관리인은 얼굴을 빛내면서 말했다.

"아니, 그런 게 아니야. 자네가 이해해줘야겠는데, 토지는 개인 소유의 대상이 될 수 없는 거야."

"그렇습니다."

"그러니 토지에서 나오는 모든 것은 여러 사람의 것이 되는 거지."

"그러면 나리의 수입은 없어지지 않습니까?" 관리인은 웃음을 멈추고 이렇게 물었다.

"그렇지. 나는 그것을 포기할 생각이야."

관리인은 무겁게 한숨 쉬고, 다시 웃는 낯으로 돌아왔다. 그는 그제야 알았다. 네흘류도프의 계획에 자기의 욕심을 채울 무슨 교묘한 방법은 없을까 헤아리면서, 분배될 토지를 자기도 잘 이용할 수 있도록 그 계획을 해석하려고 했다.

그러나 그것이 불가능한 것임을 깨달은 그는 실망하고, 지주의 계획에 더 관심을 갖는 대신 다만 주인의 기분을 언짢게 하지 않기 위해 계속 웃는 낯을 지었다. 관리인이 이해하지 못하는 것을 알고 네흘류도프는 그를 내보냈다. 그리고 칼자국과 잉크로 더러워진 테이블 앞에 앉아 자기 계획을 종이에 써 내려갔다.

태양은 이제 가까스로 싹이 트기 시작한 보리수 뒤로 기울고, 모기가 떼를 지어 방 안으로 날아 들어와 네흘류도프를 물었다. 그가 메모를 끝마쳤을 때, 마을 쪽에서는 가축 떼의 울음소리와 삐걱하고 문 열리는 소리와 집회에 모여든 농부들의 말소리가 들려왔다.

네흘류도프는 관리인을 불러, 농부들을 사무실로 부를 필요 없이 자기가 마을의 집회 장소로 가겠다고 말했다. 관리인이 권하는 차를 마시고, 네흘류도프는 서둘러 마을로 나갔다.

7

촌장 집 뜰에 모인 농민들은 와자지껄하게 떠들고 있더니, 네흘류도프가 가까이 가자 말소리가 딱 멎고 쿠즈민스코예 마을에서처럼 차례차례 모자를 벗었다. 이 고장 농민들은 쿠즈민스코예 마을의 농민들보다 훨씬 검소했다. 처녀들과 아낙네들은 약속이나 한 듯이 귀고리를 달

왔으며, 농민들도 모두 나막신을 신고 집에서 짠 셔츠에다 농민 외투를 입고 있었다. 그들 가운데에는 곧장 들에서 돌아왔는지 맨발에 작업복 차림인 사람도 있었다.

네흘류도프는 용기를 내어 토지를 모두 농민들에게 나누어 준다는 자기 계획을 설명하기 시작했다. 농민들은 잠자코 있었다. 그들의 표정에는 아무런 변화도 나타나지 않았다.

"왜 그러냐 하면." 하고 네흘류도프는 얼굴을 붉히면서 말했다. "토지라는 것은 거기서 일하지 않는 사람이 토지를 소유해서는 안 되며, 누구나 토지를 이용할 권리가 있다고 나는 생각하기 때문입니다."

"당연한 말씀입니다. 그야 틀림없이 나리 말씀대로입죠." 농민들의 말소리가 들렸다.

네흘류도프는 이어서 토지에서 나오는 수입은 여러 사람들에게 고루 나누어져야 한다, 그러므로 토지를 사용하는 사람은 다 같이 정한 대로 땅값을 치르고, 그것을 공동 자금으로 하여 여러 사람들이 쓰도록 하면 어떠냐고 제안했다. 찬성과 동의하는 소리가 사이사이 들렸으나 농민들의 정색한 얼굴은 차츰 더 굳어질 뿐, 지주의 얼굴을 보고 있던 눈들이 차츰 내리깔리기 시작했다. 그것은 마치 지주의 교활한 속셈은 다 알고 있으니까 그런 것에 속지는 않지만, 그것을 겉으로 드러내 지주에게 창피를 주고 싶지 않다는 태도 같았다.

네흘류도프는 잘 알아듣도록 말했고, 농민들은 이해력이 좋은 축들이었다. 그러나 농민들은 이해하지 못했다. 관리인이 오래 납득하지 못한 것과 같았다. 사람은 누구나 자기 이익을 지키는 것이 옳다고 그들은 굳게 믿고 있었다. 이미 몇 대에 걸친 체험으로, 지주들이란 언제나 농민들의 희생으로 자기 이익을 지키는 족속들이라는 것을 그들은 뼈저리게 깨닫고 있었다. 그러므로 지주가 그들을 모아놓고 무슨 새로운 제안을 하면, 그것은 이전보다도 더 교활하게 자기들을 속이려는 속셈이 틀림없다고 그들은 생각했다.

"그래, 땅값을 얼마로 하면 좋겠습니까?" 네흘류도프가 물었다.

"어떻게 저희들이 정합니까요? 그럴 수는 없습니다. 땅은 나리의 것이니까, 어떻게 정하든 나리 마음대로죠."

농민들 속에서 누군가가 대답했다.

"아니, 그렇지 않아요. 그 돈은 여러분 자신이 공동 자금으로 쓰게 되는 것이니까."

"그럴 수는 없습니다요. 공동 자금은 공동 자금이고, 이건 이것대로 다릅니다요."

"전혀 알아듣지 못하는군." 네흘류도프를 따라온 관리인이 사정을 이해시키려고 미소 지으면서 말했다. "잘 들어봐요. 공작님은 땅값을 정해서 토지를 당신네들에게 빌려주시지만, 그 돈을 당신네들의 공동 자금으로 돌려주시겠다는 말씀이라고."

"그건 잘 알고 있어요." 성급해 보이는, 이가 빠진 노인이 눈을 내리깐 채 신경질적으로 말했다. "은행 같은 것이겠죠, 뭐. 다만 우리는 기한까지 돈을 내야 하잖아요. 그게 싫단 말입니다요. 그렇지 않아도 이 고생인데 그러면 쫄딱 망한다고요."

"그건 질색이오. 우리는 그전대로가 나아요." 불만스러운 소리들이 말했다. 난폭한 말까지 섞였다.

계약서를 만들어 그도 서명하고 그들도 서명해야 한다는 말을 네흘류도프가 꺼내자, 농부들은 한층 더 맹렬히 반대하기 시작했다.

"무엇 때문에 서명을 합니까요? 우리는 여태껏 이렇게 일해왔습니다요. 앞으로도 똑같이 해나가겠어요. 무엇 때문에 그런 짓을 해야 합니까요? 우리는 무식해서요."

"반대하겠어요. 도무지 들어보지도 못한 얘기잖아요. 그전대로가 낫지 않습니까요? 씨앗만 따로 마련해준다면." 하는 소리들이 들렸다.

씨앗을 따로 마련한다는 것은 지금 제도로는 수확의 절반을 지주에게 바치는 밭에 뿌리는 씨앗이 농민들 부담으로 되어 있는데, 그것을 지주의 부담으로 해달라는 것이었다.

"그럼 여러분은 토지가 필요 없다는 말인가요?"

너덜너덜한 농민 외투를 입은 맨발의 중년 농민을 보며 네흘류도프가 말했다. 그 사나이는 명랑한 얼굴로 마치 상관의 명령으로 모자를 벗듯이 왼팔을 정확히 구부려 누더기 모자를 똑바로 들고 있었다.

"네, 그렇습니다." 분명히 아직 군대 생활의 최면술에서 덜 깬 듯한 그 농민이 대답했다.

"그럼 다시 말해서 여러분은 토지가 충분히 있단 말인가요?"

"아니, 그렇지 않습니다." 군인 출신의 농민은 희망자가 있다면 누구든지 쓰라는 듯이 다 떨어진 모자를 불쑥 내밀고는 짐짓 쾌활하게 대답했다.

"어쨌든, 내가 한 말을 잘 생각해보시오." 네흘류도프는 어이없는 얼굴로 말한 다음, 다시 한 번 자기 제안을 되풀이했다.

"아무것도 생각할 게 없습니다요. 어차피 나리 말씀대로 될 테니까요." 이가 빠진 한 노인이 화난 듯 말했다.

"나는 내일 하루 여기 있습니다. 생각이 달라지거든 내게로 오시오."

농민들은 아무 대답도 하지 않았다.

이렇게 하여 네흘류도프는 아무 소득도 없이 허무하게 사무실로 돌아왔다.

"정말 딱합니다, 공작님." 집에 돌아오자 관리인이 말했다. "아무리 말해도 소용없습니다. 완고한 사람들이라서요. 집회에 나오기만 하면 고

짐을 부리고 끄떡도 않습니다. 그것은 모든 것이 두렵기 때문이랍니다. 정말 그 농민들은—동의하지 않은 그 백발 할아범이나 검은 얼굴의 그 사나이나—다 사리를 아는 사람들입니다. 사무실에 왔을 때, 차라도 대접하면." 관리인은 웃으면서 말했다. "혀가 풀려서 말도 잘하고 어찌나 영리한지, 그야말로 장관 빠칠 만큼 무슨 일이든 그럴 듯하게 판단을 내린답니다. 그런데 집회에 나오면 딴사람이 된 것처럼 똑같은 소리밖에 하지 않거든요……."

"그렇다면 그런 사리를 아는 농부만 몇 명 부를 수 없을까?" 네흘류도프는 말했다. "그 사람들한테 알아듣도록 설명해보고 싶은데."

"그건 할 수 있지요." 생글생글 웃으면서 관리인이 말했다.

"그럼 미안하지만 내일 좀 불러줘."

"좋습니다. 내일 모이도록 하죠." 관리인은 더욱 기쁜 듯이 웃었다.

"정말 빈틈없는 녀석이야!" 생전 빗질한 적 없이 턱수염을 텁수룩하게 기르고 얼굴이 거무스름한 농민이 살찐 암말을 타고 건들건들하면서, 너덜너덜한 농민 외투를 입고 말 다리를 묶는 쇠사슬을 철거덕거리며 나란히 말을 타고 가는 여윈 늙은 농민에게 말했다.

그들은 밤이 되어 큰 길거리로 말에게 풀을 뜯어 먹이러 가는 중이었는데, 언제나 지주네 숲에서 몰래 풀을 뜯게 하고 있었다.

"서명만 하면 거저 땅을 준다고? 여태까지 얼마나 속아왔다고. 흥, 어림도 없지. 이젠 우리도 그리 호락호락 넘어가지는 않아." 얼굴이 검은 농민은 덧붙이고 나서 뒤쳐진 망아지를 부르기 시작했다.

"코냐시, 코냐시!" 그는 말을 세우고 뒤를 돌아보며 소리쳤다. 그러나 망아지는 뒤쪽이 아니라 옆쪽에 있었다. 망아지는 이미 목장 안으로 들어가 버렸다.

"빌어먹을 망아지가 지주네 목장에 들어가는 것은 또 언제 배웠나?"

숭아 잎사귀를 부스럭거리면서 숲의 습기가 자욱한, 이슬에 젖은 목장에서 뛰어나오는 망아지 울음소리를 듣고 얼굴이 까만 털북숭이 농민이 말했다.

"저 소리를 들으니 풀이 꽤 자란 모양이군. 노는 날 여자들을 시켜 풀을 베야겠어." 다 해진 농민 외투를 입은 여윈 농민이 말했다. "그러지 않으면 낫이 못쓰게 돼."

"서명을 하라고?" 털북숭이 농민은 지주의 말에 대한 자기의 생각을 끈질기게 물고 늘어졌다. "서명만 해보라지, 산 채로 잡아먹히고 말 테니까."

"그렇고말고." 노인이 맞장구쳤다. 그리고 두 사람은 입을 다물었다. 단단한 땅을 밟는 말굽 소리가 들릴 뿐이었다.

8

집에 돌아온 네흘류도프는 침실로 마련된 사무실에 높다란 침대가 놓이고 깃털 이불과 베개 두 개, 자잘한 꽃무늬가 있는 새빨갛고 폭 넓은 새 비단 이불이 준비되어 있는 것을 보았다. 틀림없이 관리인 아내가 시집올 때 가지고 온 것인 듯했다. 관리인은 점심때 먹다 남은 음식을 가져다가 네흘류도프에게 권했으나, 거절하자 식사와 방 준비가 변변치 못한 것을 사과하고는 그를 혼자 남겨놓고 나갔다.

농민들의 거절은 네흘류도프의 결심을 조금도 꺾지 못했다. 그뿐 아니라 쿠즈민스코예에서는 그의 제안을 고맙게 받아들였을지라도 여기서는 불신과 적의까지 표시되었는데도 어쩐지 그의 마음이 침착하고 흐뭇하기만 했다.

사무실 안은 무덥고 지저분했다. 네흘류도프는 밖으로 나가 앞뜰로 갈까 했으나 그날 밤의 일과 하녀 방의 창문과 뒤쪽 층계가 생각나서, 죄의 추억으로 더럽혀진 곳을 거닐기가 싫어졌다. 그는 다시 현관 층계에 걸터앉아 후텁지근한 공기를 채우고 있는 자작나무 떡잎의 짙은 향기를 들이마시면서 어둠에 쌓인 뜰을 오랫동안 바라보았다. 그리고 물방아 소리와 꾀꼬리 소리, 무슨 새인지 현관 바로 옆 수풀 속에서 단조롭게 울고 있는 새소리에 가만히 귀를 기울였다. 관리인 방의 창문도 캄캄했다. 헛간 뒤인 동쪽에서 달빛이 훤하게 비춰 왔다. 먼 번갯불이 풀과 꽃으로 뒤덮인 뜰과 다 쓰러져가는 집을 환하게 비추기 시작하더니 멀리서 우르릉거리는 소리가 들려왔다. 하늘의 3분의 1 남짓이 검은 비구름으로 덮였다. 꾀꼬리와 이름 모를 새소리가 뚝 멎었다. 물방앗간의 물소리 사이로 꽥꽥거리는 오리 소리가 들려왔다. 이어 마을과 관리인 뜰 언저리에서 성급한 닭이 홰를 치기 시작했다. 천둥이 있을 법한 무더운 밤에는 여느 때보다 빨리 홰를 치는 법이다.

네흘류도프에게 이 밤은 그저 즐거운 밤이라고만은 할 수 없었다. 그에게 있어서는 기쁨과 행복에 찬 밤이었다. 그의 상상은 그에게 있어 이곳에서 순수한 청년으로 지낸 그 행복했던 어느 여름을 되살려놓았다. 그는 지금 자기가 그때만이 아니라 지금까지의 삶에서 때때로 있었던 아름다웠던 자기로 되돌아간 것 같은 기분이 들었다. 열네 살 때, 진리를 계시해달라고 하느님께 기도했던 일과, 아직 어렸을 때 어머니의 무릎에 안겨 어머니와 잠자리 인사를 하면서 늘 착한 아이로 결코 어머니를 슬프게 하지 않겠다고 울며 약속했던 일을 떠올렸을 뿐만 아니라 당시의 자신과 지금의 자신이 다르지 않음을 느꼈다. 그는 지금의 자신이 니콜렌카 이르테네프와 서로 도와서 훌륭한 생활을 하고 모든 사람들을 행복하게 해주자고 맹세하던 시절의 자신과도 같다고 느꼈다.

그는 쿠즈민스코예 마을에서 유혹에 사로잡혀 집도, 살림도, 농장도, 토지도 놓치는 것이 아까웠던 일이 생각났다. 그리고 지금도 그것이 아까운가 하고 자신에게 물어보았다. 그러자 왜 아까운 생각이 들었는지 묘한 생각이 들었다. 그는 오늘 보았던 모든 일을 생각해보았다. 그의, 네흘류도프 집안의 산림에서 나무를 훔쳤기 때문에 남편이 감옥에 들어가 있다는 그 아이를 안은 아낙네, 자기들 같은 여자는 나리 같은 남자의 정부가 되는 것이 마땅하다고 생각하는, 아니면 적어도 입으로는 그렇게 말하는 무서운 마트료나, 어린아이에 대한 그 여자의 태도, 아이들을 양육원에 데리고 가는 방법, 그리고 넝마 조각 두건을 쓰고 늙은이같이 시든 얼굴로 웃고 있던 영양실조로 다 죽어가는 불행한 어린아이, 일에 지쳐 굶주린 암소를 감시하지 못했기 때문에 지주인 그에게 힘든 일로 갚아야만 하는 핏기 없는 임신부…… 이런 사람들을 그는 생각했다. 그와 더불어 감옥과, 머리를 깎인 죄수들, 감방, 코를 찌르는 악취, 쇠사슬, 그리고 한편으로는 그를 위시해 모든 도시에 사는 상류사회 사람들의 어처구니없는 호사스러움이 그의 기억에 되살아났다. 모든 것이 너무나 훤히 드러나 의심할 여지가 없었다.

거의 보름달에 가까운 밝은 달이 헛간 뒤에서 솟아올라 뜨락 너머로 검은 그림자가 길게 뻗치고 허물어져 가는 집의 철판 지붕이 환하게 드러났다.

그러자 이 빛을 놓치지 않으려는 듯이 앞뜰 쪽에서 숨죽이고 있던 꾀꼬리가 갑자기 가늘고 아름다운 소리로 울어댔다.

네흘류도프는 쿠즈민스코예 마을에서 자기의 삶에 대해 이것저것 생각하고, 무엇을 어떻게 할까 하는 문제를 풀지 못한 것이 생각났다. 어느 문제나 생각할 것이 너무나 많았다. 그는 지금 그 문제들을 새삼 생각해보고는 모든 것이 아주 간단한 데에 놀랐다. 왜 간단한가 하면 지금 자기가 어떻게 될까 하는 것은 생각지 않았기 때문이었다. 그리고 그런 문제는 그의 주의를 끌지도 않았다. 그는 다만 자기가 무엇을 하지 않으면 안 되느냐만 생각하고 있었다. 그러자 이상하게도 무엇이 자기에게 필요한지 아무리 해도 해결되지 않았지만, 남을 위해 무엇을 해야 하는지는 또렷하게 알 수 있었다. 토지를 농민들에게 나누어 주어야 한다. 왜냐하면 토지를 독점한다는 것은 나쁜 짓이라는 것을 똑똑히 알았기 때문이었다.

카튜샤를 그대로 두어서는 안 된다. 그녀를 구하고, 그녀에 대한 자기 죄를 속죄하기 위해 어떤 일이라도 할 각오를 가져야 한다는 것을 그는 깨닫고 있었다. 또한 다른 사람들과는 의견이 좀 다르다고 생각되는 재판과 형벌의 온갖 문제를 연구하고, 분석하고, 명확히 하고, 이해해야 된다는 것을 그는 알고 있었다. 이런 것들에서 어떤 결과가 생길지 그는 알지 못했다. 그러나 이 세 가지 일만은 어떻게든 해야 한다는 것을 뚜렷이 깨닫고 있었다. 이 굳은 신념이 그는 기뻤다.

검은 구름이 어느새 하늘을 뒤덮었고, 번개는 이제 먼 곳에서가 아니라 바로 머리 위에서 번쩍이며 뜨락과 다 쓰러져 가는 집과 허물어져 가는 바로 앞 현관의 층계를 비추며 지나갔다. 천둥소리가 벌써 머리 위에서 들리기 시작했다.

새들은 모두 숨을 죽였으나 그 대신 나뭇잎이 살랑대기 시작했으며, 바람이 네흘류도프가 앉아 있는 문 층계에까지 휘몰아쳐 그의 머리카락을 흩날렸다. 한 방울 또 한 방울, 비가 날아와 우엉 잎과 철판 지붕을 때리기 시작했다.

하늘 가득히 섬광이 비치더니 둘레가 갑자기 잠잠해졌다. 그리고 네흘류도프가 셋을 채 세기도 전에 머리 바로 위에서 무서운 굉음이 터져 하늘을 울리며 굴러갔다. 네흘류도프는 집 안으로 들어갔다.

'그렇다, 그렇다.' 그는 생각했다. '우리가 살아가는 동안 일어나는 모든 문제를, 그 문제의 모든 의미를, 나는 모른다. 또 알 수도 없다. 왜 고모들이 있었는가, 왜 니콜렌카 이르테네프는 죽고 나는 살아 있는가? 왜 카튜샤가 있는가? 나의 광기는 왜 있는가? 왜 그 전쟁이 있었는가? 그 뒤에 나는 왜 방종하게 생활했는가? 이 모든 것을 이해하고 하느님의 섭리를 이해하는 데에 내 힘은 미치지 못한다. 하지만 나의 양심에 새겨진 하느님의 뜻을 이루어나간다는 것, 이것은 나의 힘으로 할 수 있는 일이며, 그것을 나는 확실히 알고 있다. 그것을 실행하면 틀림없이 마음의 평화를 얻을 수 있을 것이다.'

벌써 비가 세차게 쏟아지고 있었다. 빗물이 요란하게 소리 내며 지붕에서 홈통으로 흘러 떨어지고 있었다. 정원과 뜰을 비추던 번갯불이 차츰 뜸해졌다. 네흘류도프는 방으로 들어가 옷을 벗고 빈대가 달려들지 않나 걱정하며 침대에 누웠다. 다 떨어지고 더러운 벽지를 보니 빈대가 없을 것 같지 않았다.

'그렇다, 나 자신을 주인이 아니라 종으로 느껴야 한다.' 하고 그는 생각했다.

그의 걱정이 들어맞았다. 불을 끄자마자 여기저기서 기어 나온 빈대가 그를 물기 시작했다.

'토지를 내주고 시베리아로 가자. 벼룩, 빈대, 더러움……. 그까짓 것들, 상관있나. 참아야 한다면 참으면 되는 거야.'

그러나 생각은 그렇게 했지만 그는 빈대만은 견딜 수 없어, 열어젖힌 창가에 앉아 멀어져 가는 검은 구름과 다시 얼굴을 내민 둥근 달에 넋을 잃었다.

9

네흘류도프는 새벽녘에야 겨우 잠이 들었으므로 눈을 떴을 때는 꽤 늦은 시간이었다.

점심때 관리인이 부른 일곱 명의 농민이 사과밭에 모였다. 사과나무 밑에 야외용 테이블과 몇 개의 의자가 마련되어 있었다. 농민들은 모자를 쓴 채, 의자에 앉으라고 아무리 권해도 좀처럼 말을 듣지 않았다. 오늘은 깨끗한 각반에 짚신을 신은 그 군인 출신 농민은, 군대 장례식 때처럼 여전히 떨어진 모자를 예식대로 가슴 앞에 받들고 있었다. 미켈란젤로가 그린 모세같이 곱슬곱슬한 반백의 턱수염을 기르고, 벗겨져서 흙빛으로 탄 이마 언저리에 백발이 굽이치고 있는, 큼직한 모자를 쓴 잘생기고 다부진 노인이 새로 지은 농민 외투 자락을 털면서 의자 앞으로 나와 앉자, 그제야 다른 사람들도 겨우 따라 앉았다.

모두 앉자, 네흘류도프는 그들과 마주 앉아서 테이블 위에 두 팔꿈치를 짚고, 계획안을 쓴 종이를 보면서 설명하기 시작했다.

농민 수가 적었기 때문인지, 아니면 자기를 잊고 설명에 열중한 탓인지 네흘류도프는 오늘 조금도 당황하지 않았다. 그는 무심결에 그들 가운데서 곱슬곱슬한 반백의 턱수염을 기른 노인에게 질문해 그의 동의나 반대를 들으면 되겠다고 기대하고 있었다. 그러나 이 노인에게 걸었던 네흘류도프의 예상은 빗나갔다. 얼굴이 잘생긴 노인은 아름다운 장로풍의 머리를 끄덕이기도 하고, 다른 농부들이 반대하면 얼굴을 찡그리고 고개를 가로젓기도 했지만, 네흘류도프가 하는 말을 가까스로 알아들은 듯, 그것도 다른 농민들이 자기들의 말로 고쳐서 해주지 않으면 전혀 모르는 모양이었다.

그보다도 훨씬 더 네흘류도프의 말을 잘 이해한 사람은, 잘생긴 노인 곁에 앉아 있는, 누덕누덕 기운 소매 없는 무명옷을 입고, 헌 장화를 신은, 수염도 없이 밀대 같은 얼굴에 몸집이 자그마한, 난로 놓은 직공이었다. 이 노인은 눈썹을 쉴 새 없이 움직이며 주의 깊게 듣고 나서는 곧 네흘류도프가 한 말을 자기들 말로 고쳐서 다른 사람들에게 설명했다. 흰 턱수염을 기르고 영리해 보이며 눈이 빛나는 땅딸막한 노인 역시 이해가 빨랐는데, 그는 기회만 있으면 네흘류도프의 말에 농담조로 비꼬는 말을 한마디씩 했다. 그는 아마도 그것을 자랑으로 여기는 것 같았다. 군인 출신도 본디 말귀를 잘 알아듣는 사람 같았으나, 군대에서 바보가 되어 쓸데없는 군대 용어를 써서 말을 알 수 없게 하는 나쁜 버릇이 들어 있었다. 누구보다 진지하게 이 문제에 귀를 기울인 사람은 집에서 짠 깨끗한 옷을 입고 새 짚신을 신은, 코가 길쭉한 농민이었는데 그는 짧은 턱수염을 길렀고 굵고 나직한 목소리로 말했다. 그는 완전히 이해하고 있었으며, 필요한 때 빼고는 지껄이지 않았다. 나머지 두 늙은이 가운데 한 사람은 어제 집회에서 네흘류도프의 모든 제안에 정면으로 반대한 그 이 빠진 농민이고, 또 한 사람은 인상이 좋고 키가 크며 파리한 절름발이 노인인데, 농민화를 신고 가느다란 다리에 흰 각반을 단단히 차고 있었다. 이 두 사람은 열심히 듣고는 있었지만 처음부터 끝까지 거의 잠자코 있었다.

네흘류도프는 먼저 토지 소유에 대한 자기의 견해를 밝혔다.

"내 생각으로 토지는." 하고 그는 말했다. "팔거나 사거나 해서는 안 되는 것이라고 생각합니다. 왜냐하면 만약 팔아도 상관없다면, 돈 있는 사람이 그것을 모조리 사 모아서, 토지 없는 사람에게 경작하게 하는 대가로, 뭐든지 자기가 좋아하는 것을 받아 가게 되기 때문이지요. 농민은 그저 그 땅 위에 서 있기만 해도 돈을 빼앗기게 되는 셈입니다." 그는 스펜서의 논증을 이용해 덧붙였다.

"그러면 날개를 달고 하늘을 나는 수밖에 없겠군요." 흰 턱수염 노인이 장난꾸러기 같은 눈을 하고 말했다.

"그건 맞는 말이야." 코가 긴 노인이 굵직하고 낮은 목소리로 말했다.

"그렇습니다." 군인 출신이 말했다.

"여편네가 소에게 줄 풀을 좀 베었다고 붙잡혀서 감옥에 들어가는 형편이니까." 사람 좋아 보이는 절름발이 노인이 말했다.

"우리 땅은 5킬로미터나 떨어져 있어서, 땅을 빌려 쓰고 싶어도 손을 내밀 수가 없습니다. 그렇게 비싼 값을 불러서야 도리가 있어야죠." 이가 없는 노인이 덧붙였다.

"우리야 제멋대로 꽁꽁 묶여 있는 거나 다름없습죠. 옛날 농노 시대보다 더 나쁘다니까요."

"나도 여러분들과 같은 생각입니다." 네흘류도프는 말했다. "토지를 한 사람이 다 가진다는 것은 나쁘다고 생각합니다. 그래서 이렇게 나누어 주려고 하는 것이지요."

"거참, 고마운 일이군요." 모세 같은 턱수염의 노인이 네흘류도프가 땅값을 받고 토지를 빌려주려는 것인 줄 알고, 노골적으로 경계하는 빛을 보이며 말했다.

"나는 그 때문에 왔습니다. 나는 이 이상 토지를 갖고 싶지 않아요. 그래서 어떻게 처리해야 좋을지 잘 의논하고 싶은 겁니다."

"그러시다면 농민들한테 줘버리시라고요. 그러면 아무것도 귀찮을 게 없죠." 이가 빠진 성급한 노인이 말했다.

네흘류도프는 이 말을 자기의 진지한 의도에 대한 모욕으로 느끼고 기분이 언짢아졌다. 그러나 곧 마음을 고쳐먹었다. 그리고 그 의견을 이용하여, 생각했던 것을 이야기하기 시작했다.

"물론 기꺼이 주고 싶소." 그는 말을 이어나갔다. "하지만 누구한테 어떤 식으로 주나요? 어떤 농민한테 주나요? 왜 여러분의 마을 조합에만 주고 데민스크 마을 조합에 주어서는 안 되나요?"

데민스크는 농노제 폐지 때 얼마 안 되는 토지밖에 받지 못한 이웃 마을이었다. 모두 잠자코 있었다. 군인 출신만이 말했다.

"말씀대로입니다."

"그래서 말입니다." 네흘류도프가 말했다. "여러분한테 물어보고 싶은데, 만약 황제가 지주들의 토지를 모두 빼앗아 농민들에게 나누어 준다면……."

"아니, 그런 소문이 있습니까요?" 이 빠진 노인이 물었다.

"황제가 그런 말을 할 까닭이 없지요. 예를 들어서 한 말입니다. 가령 황제가 지주들의 토지를 빼앗아서 농민들에게 나누어 준다면 여러분은 어떻게 하시겠습니까?"

"어떻게 하겠느냐고요? 그야 사람 수대로 똑같이 나누면 되죠, 뭐. 농민도, 지주도 똑같이 말입니다." 재빨리 눈썹을 올렸다 내렸다 하며 난로 놓는 직공이 말했다.

"그것밖에 도리가 없습죠, 사람 수대로 나누어야죠." 흰 각반을 찬 마음 좋게 생긴 절름발이 노인이 맞장구쳤다.

모두들 흐뭇한 태도로 이 결정을 지지했다. "사람 수라니, 무슨 뜻이지요?" 네흘류도프가 물었다. "하인들한테도 나누어 주겠다는 것입니까?"

"천만에요." 되도록 명랑하고 쾌활한 표정을 지으려고 애쓰며 군인 출신이 말했다.

그러나 분별 있는 키다리 농부는 이 말에 동의하지 않았다.

"나누어 준다면…… 모두 똑같이 나누어 줘야죠." 잠깐 생각하더니 그는 굵직하고 낮은 목소리로 말했다.

"그건 다르지." 네흘류도프가 말했다. 그는 미리 반론을 준비해가지고 있었다. "모든 사람에게 똑같이 나누어 준다면 자기 스스로 일하지 않는 사람, 자기가 경작하지 않는 사람은 모두─지주나 하인, 관리, 서기 할 것 없이 그리고 모든 도시 사람들은─자기 몫을 받아가지고 그것을 돈 있는 사람에게 팔 테지요. 그러면 또 부자한테 토지가 모이게 될 것입니다. 그런데 자기 토지에서 일하는 사람들은 또 아이들이 늘어나는데 토지는 이미 매점 되어 있기 때문에 또 부자가 토지를 필요로 하는 사람들을 자기 손아귀에 쥐게 된단 말입니다."

"그렇습니다." 군인 출신이 재빨리 맞장구쳤다.

"토지는 팔지 못하게 하고, 자기가 직접 농사짓는 사람만 갖도록 해야 해요." 난로 놓는 직공이 화난 듯 군인 출신을 가로막았다.

이 말에 대해 네흘류도프는 누가 스스로를 위해서 경작하고, 누가 남을 위해 경작하는지 분간하기 어려울 것이라고 말했다.

그러자 점잖은 키다리 농부가 조합을 만들어서 경작하는 게 좋겠다는 안을 내놓았다.

"그래가지고, 경작을 하면 나누어 주고, 경작하지 않는 사람은 아무것도 안 주는 겁니다." 그는 굵고도 나지막한 목소리로 말했다.

이 공산주의적인 안에 대해서도 네흘류도프는 대답을 준비해놓고 있었다. 그는 그러기 위해서는 사람들은 농기구가 있어야 하고, 말도 똑같이 있어야 한다, 또 누가 일이 앞서고 처지는 일이 없어야 하고, 모든 것을─말도, 가래도, 탈곡기도, 그 밖의 농기구 모두를─모든 사람의 공동 소유로 해야 하는데, 그런 제도는 모든 사람들이 뜻을 함께하지 않으면 안 된다고 말했다.

"마을 녀석들이 따를 성싶습니까?" 화 잘 내는 노인이 말했다.

"곳곳에서 싸움판이 벌어지고 말걸." 장난꾸러기 같은 눈으로 흰 턱수염 노인이 말했다. "아낙네들은 서로 얼굴을 할퀴어댈 거고."

"그리고 또 지질에 관한 문제는 어떻게 할 것인지?" 네흘류도프는 말했다. "무얼 기준으로, 어떤 사람에게는 흑토를 주고 어떤 사람에게는 황토나 모래땅을 주지요?"

"그럼 모두 똑같이 골고루 돌아가도록, 잘게 토막 내죠, 뭐." 난로 놓는 직공이 말했다.

이에 대해서 네흘류도프는 한 마을에서의 분배가 아니라 여러 현에 걸친 토지 분배가 문제라고 말했다. 만약 토지를 대가 없이 농민에게 나누어 준다면, 무엇을 기준으로 어떤 사람에게는 비옥한 땅을 주고, 다른 사람에게는 나쁜 땅을 주느냐, 모두가 다 비옥한 땅을 바랄 것이라고 설명했다.

"그렇습니다." 군인 출신이 말했다. 다른 사람들은 잠자코 있었다.

"그러니까 이것은 생각하는 것만큼 그리 쉽지 않습니다." 네흘류도프는 말했다. "그리고 이 일은 우리만이 아니라 많은 사람들이 생각하고 있지요. 그런데 조지라는 미국인이 어떤 안을 하나 생각해냈는데, 나는 그 안에 찬성하고 있어요."

"나리가 주인이니까 나리가 나누어 주면 되지 않습니까요. 긴 말 할 게 없어요. 나리 마음대로 하시라고요." 화 잘 내는 노인이 말했다.

이 폭언이 네흘류도프의 기분을 상하게 했다. 그러나 이 폭언에 화가 치민 것이 자기 혼자만이 아니라는 것을 알고 그는 기뻤다.

"잠깐만, 시몬 영감, 나리의 말씀을 들어봐요." 의젓한 농부가 묵직하고 낮은 목소리로 말했다.

이 말이 네흘류도프에게 힘을 주었다. 그래서 그는 헨리 조지의 단일세 안을 설명했다.

"토지는 그 누구의 것도 아니고 오직 하느님의 것입니다." 그는 이렇게 말을 시작했다.

"그야 그렇죠. 맞는 말씀입니다." 몇 사람의 목소리가 호응했다.

"토지라는 것은 모든 사람이 함께 나눠 가져야 하는 것이고, 나쁜 것도 있습니다. 그리고 누구든지 좋은 토지를 갖고 싶어 합니다. 그러면 평등하게 하려면 어떻게 해야 하는가? 그것은 이렇게 하면 됩니다. 말하자면 좋은 땅을 사용하는 사람이 땅을 사용하지 않는 사람에게 각자의 토지에 해당되는 땅값만큼을 지불하는 것입니다." 네흘류도프는 스스로의 물음에 대답했다.

"하지만 누가 누구에게 치러야 할 것인가 하는 것을 정하기는 매우 어려운 일이고, 또 공공의 필요를 위해서 돈을 모아야 하기 때문에 땅을 가지고 있는 사람이 그 땅값을 여러 가지 공공의 필요에 보태기 위해서 조합에 내게 되는 것입니다. 그렇게 하면 모두가 평등하게 되는 셈이지요. 땅을 갖고 싶은 사람은 좋은 땅이라면 비싼 값을 치르고, 나쁜 땅이라면 싼값을 치르면 됩니다. 갖고 싶지 않다면 한 푼도 내지 않아도 되지요. 그리고 공공의 필요에 대한 경비는 그 사람 대신 땅을 가진 사람이 치르게 됩니다."

"옳은 말씀입니다요." 난로 놓은 직공이 눈썹을 움직이며 말했다. "좋은 땅을 가진 사람이 더 내면 되지요."

"거 대단한 머리인데, 조지라는 사람은." 하고 풍채 좋고 수염이 곱슬곱슬한 노인이 말했다.

"다만 그 값을 치르는 데 무리가 없도록 해주셨으면 좋겠는데요." 그제야 이야기의 결말을 눈치챈 듯 키다리 농민이 나지막하게 말했다.

"그 값은 비싸지도 않고 싸지도 않은 값으로 정해야 합니다. 비싸면 갚지 못하니까 손해가 될 것이고, 싸면 싼 대로 서로 사고팔게 되어 결국 토지 거래를 하게 되거든요. 내가 여러분의 마을에서 하고 싶어 한 것이 바로 이겁니다."

"옳은 말씀입니다요. 그렇습니다요. 알고 보니 아무것도 겁낼 게 없었는데." 농민들은 말했다.

"정말 머리 좋은 사람이구나." 곱슬곱슬한 수염의 풍채 좋은 노인이 되풀이해서 말했다. "조지라! 굉장한 것을 생각해냈군."

"그럼 제가 땅을 갖고 싶다면 어떻게 되겠습니까?" 관리인이 웃으면서 말했다.

"빈터가 있으면 그걸 얻어 경작하면 되겠지." 네흘류도프가 말했다.

"당신이 무엇 때문에? 그런 짓을 안 해도 배불리 먹을 수 있을 텐데." 장난꾸러기 눈을 한 노인이 말했다. 이것으로 의논은 끝났다.

네흘류도프는 다시 한 번 자기 제안을 설명했다. 그리고 이 자리에서 곧 대답하지 않아도 좋으니 조합과 의논하여 대답해달라고 말했다.

농민들은 조합과 상의해서 대답하겠다고 말하고, 작별 인사를 한 다음 신나게 이야기를 주고받으며 돌아갔다. 멀어져 가는 명랑한 말소리가 언제까지나 들려왔다. 그리고 저녁 늦도록 농부들이 떠드는 소리가 마을 쪽에서 내를 건너 웅성웅성 들려왔다.

이튿날 농민들은 들일을 쉬고 지주의 제안에 대해 협의했다. 조합은 두 파로 갈라졌다. 한 파는 주인의 제안이 유리하고 의심할 바 없다고 했으나, 다른 파는 그 속에 함정이 숨어 있다고 보고 그 함정을 알지 못해 더욱 그것을 두려워했다. 그다음 날, 그래도 모든 농민들이 제안된 조건을 받아들이는 데 뜻을 모아 네흘류도프에게로 조합 전체의 결정을 알려왔다. 모두가 뜻을 함께하는 데 큰 힘이 된 것은 한 노파의 발언이었다. 그것이 노인들에게 받아들여져서 함정이 있을지도 모른다는 모든 걱정을 깨끗이 씻게 된 것인데, 그녀는 지주가 영혼에 대해서 생각하게 되었고 영혼 구제를 위해 이런 일을 한다고 설명했던 것이다. 그 설명은 네흘류도프가 이 파노보 마을에 있는 동안 많은 돈을 적선했다는 사실로 뒷받침되었다. 네흘류도프가 이 마을에서 적선한 것은 이곳 농민들의 가난과 비참함을 비로소 알고 그 빈곤한 상태에 충격을 받았기 때문이며, 그들에게 돈을 주는 것이 무의미하다는 것을 알면서도 돈을 주지 않을 수 없었던 것이다. 그리고 지난해에 쿠즈민스코예의 산림을 판 대금과 농기구를 판 계약금이 있었기 때문에 지금은 수중에 많은 돈이 들어와 있었다.

지주가 생활이 어려운 사람에게 돈을 준다는 소문이 퍼지자 사람들이, 특히 여자들이 곳곳에서 몰려와 그에게 도움을 구했다. 그는 그 사람들을 어떻게 다루어야 좋은지, 무엇을 기준으로 누구에게 얼마를 주어야 할지 전혀 알 수 없었다. 그는 도움을 청하는 가난한 사람들에게 손에 잔뜩 돈을 가지고 있으면서도 도와주지 않을 수는 없다고 생각했다. 그러나 원한다고 무턱대고 준다는 것도 무의미한 일이었다. 이러한 상태에서 벗어나는 가장 좋은 방법은 이곳을 떠나는 것이었다. 그는 빨리 떠나기로 했다.

파노보에서 묵은 마지막 날, 네흘류도프는 안채로 들어가서 거기 남아 있는 물건들을 살펴보았다. 이것저것 뒤적이는 동안, 사자 머리의 청동 손잡이가 달린 마호가니 헌 서랍 속에서 편지 다발을 발견했다. 그 속에 사진이 한 장 끼어 있었다. 그것은 소피야 이바노브나, 마리야 이바노브나, 학생 차림의 그, 그리고 카튜샤와 나란히 찍은 것이었다. 거기에 찍혀 있는 카튜샤는 청순하고, 싱싱하고, 아름다운, 생활의 기쁨에 가득 찬 처녀였다. 안채에 남아 있는 많은 물건들 속에서 네흘류도프는 편지 다발과 이 사진만을 골랐다. 나머지는 모두 싱글거리는 관리인의 주선으로, 파노보의 집과 가구를 보통 시세의 10분의 1쯤 되는 싼값에 제분소 주인에게 넘겨주었다.

그는 지금 쿠즈민스코예에서 느꼈던, 재산을 잃는 데 대해 애석하게 여겼던 감정을 생각하고 그때는 왜 그런 마음이 들었을까 하고 오히려 이상한 기분이 들었다. 지금의 그는 끊임없는 해방의 기쁨과 새로운 땅을 앞두고 여행자가 느끼는 그런 종류의 기쁨을 맛보고 있었다.

10

이 여행에서 돌아온 네흘류도프는 도시의 이상하고 새로운 느낌에 놀랐다. 그는 저녁 무렵 역에 닿자 자기 집으로 돌아왔다. 아직도 방마다 나프탈렌 냄새가 남아 있었다. 아그라페나 페트로브나와 코르네이는 내다 널거나 말려서 챙겨두는 것밖에 쓸 일이 없어 보이는 물건들을 치우느라고 녹초가 되어 있었으며 속이 상해서 말다툼까지 했다. 네흘류도프의 방은 비어 있었으나 아직 정리가 다 되어 있지 않았고, 복도에 궤짝이 어지러이 널려 있어서 지나다니기조차 거북했다. 네흘류도프가 돌아왔다는 사실이, 알 수 없는 묘한 힘으로 지금 이 집 안에서 벌어지고 있는 일에 방해가 된 것이 틀림없었다.

시골의 가난함을 보고 온 네흘류도프로서는, 자기도 한때 이 속에서 살아오긴 했으나 이 미치광이 같은 낭비가 불쾌했다. 그래서 내일 하숙으로 옮길 작정을 하고, 누이가 와서 집 안의 모든 물건을 처분해줄 때까지 아그라페나 페트로브나의 재량에 맡기기로 했다.

네흘류도프는 아침부터 집을 나와 감옥에서 그리 멀지 않은 곳에, 처음 눈에 띈 몹시 초라하고 가구도 더러운 두 칸짜리 방을 얻어놓고는 자기가 고른 얼마 안 되는 짐을 운반하도록 일러놓고 변호사의 집으로 갔다.

바깥은 제법 추웠다. 봄비가 온 뒤면 으레 찾아드는 추위가 닥쳐온 것이다. 심한 추위에다 살을 에는 매서운 바람이 사정없이 불어서 얇은 외투 차림의 네흘류도프는 몸이 꽁꽁 얼어 조금이라도 몸을 녹이려고 쉴 새 없이 종종걸음으로 걸었다.

그의 기억 속에 시골의 농민들, 아낙네들, 어린이, 늙은이, 그리고 그가 이번에 처음으로 볼 수 있었던 가난과 고통, 특히 방긋거리며 바짝 마른 다리를 흔들어대던 늙은이 같은 갓난애의 모습이 되살아났다. 그는 무의식중에 그들과 이 도시에 살고 있는 사람들을 견주어보았다. 푸줏간, 생선 가게, 기성복 집 앞을 지나가면서 말쑥한 옷차림에 기름기가 번들거리며 살찐 상인들의 모습을 보고 새삼 놀라지 않을 수 없었다. 그런 사람이 시골에는 한 사람도 없었다. 이 장사꾼들은 상품의 내용을 잘 모르는 손님들을 속이는 것이 결코 잘못된 일이 아니며, 오히려 매우 유익한 일이라고 확신하고 있는 듯했다.

등에 단추가 달린 외투를 입고 큼직한 엉덩이를 마부석에 올려놓은 마부들 역시 살찌고 혈색이 좋았으며, 금테 두른 모자를 쓴 수위들도 살쪘고, 머리를 지지고 앞치마를 두른 하녀들도 토실토실 살쪄 있었다. 특히 눈에 띄는 것은 목덜미를 깨끗이 면도질한 고급 마차의 마부들로, 얼굴에 개기름이 번드르르한 그들은 거만하게 사륜마차에 비스듬히 올라앉아 오가는 사람들을 깔보는 눈초리로 훑어보고 있었다. 이런 사람들 속에서 그는 문득 시골 마을의 농부들, 곧 땅을 빼앗기고 도시로 흘러들어온 시골 사람들을 보았다. 그 가운데 어떤 사람은 도회지의 생활 조건을 교묘히 이용해 주인 행세를 하며 자기 처지를 기뻐하는 자도 있었지만, 어떤 사람은 도회지에 나왔으나 시골에 있을 때보다 훨씬 더 비참한 처지에 빠져 있었다. 네흘류도프는 어느 반지하실 창문으로 구두 직공들이 일하는 광경을 보았는데, 그들이 그런 비참한 사람들로 여겨졌다. 비누 냄새가 풍겨 나오는 세탁소의 김이 가득 찬 창문 앞에서 두 팔을 걷어붙이고 다림질하고 있는, 창백하게 여윈 얼굴에 머리가 헝클어진 세탁부들 역시 비참한 사람들이었다.

그리고 네흘류도프가 도중에 만난, 앞치마를 두르고 맨발에 구두를 신고 머리끝에서 발끝까지 페인트가 묻은 칠장이 두 사람도 그런 부류에 속하는 사람들이었다. 그들은 팔꿈치까지 소매를 걷어 올린 채 볕에 그을린 데다가 혈색이 나쁜 앙상한 손에 솔을 쥐고 걸어가면서, 서로 줄곧 욕지거리를 해대고 있었다. 얼굴은 지치다 못해 화가 난 표정들이었다. 건들건들 짐마차를 타고 가는, 새까만 얼굴을 한 먼지투성이 마차꾼도 같은 표정이었다. 누더기를 들고, 어린것들과 함께 길모퉁이에 서서 동냥하고 있는, 얼굴이 푸석푸석한 남녀 거지들도 같은 표정이었다.

이런 얼굴들은 네흘류도프가 지나가던 술집의 열려 있는 창문 안에서도 볼 수 있었다. 술집 안에는 술병과 찻잔이 널려 있는 더럽고 조그만 식탁 사이를 흰옷을 입은 종업원들이 몸을 비틀며 누볐고, 술기운과 땀으로 번들거리고 빨개진 손님들은 얼빠진 표정으로 앉아 소리 지르며 노래 부르고 있었다. 창가에 앉아 있던 한 남자는 갑자기 무슨 생각이 떠올랐는지, 미간을 찌푸리고 입술을 삐죽이 내민 채 멍청하게 앞을 쏘아보았다.

'무엇 때문에, 대체 무엇 때문에 모두들 이런 곳에 모여 있을까?' 네흘류도프는 찬바람을 타고 온 먼지와 함께 사방에 퍼진 덜 마른 페인트의 시큼한 기름 냄새를 무심결에 들이마시며 생각했다.

어느 거리인가를 지날 때 고철 더미를 실은 무거운 짐마차와 나란히 걸어가게 되었는데, 쇠가 부딪쳐 쩔렁대는 소리가 울퉁불퉁한 길 때문에 더욱 요란하게 울렸다. 네흘류도프는 그 소리에 귀가 멍멍하고 머리가 욱신거렸다. 그는 짐마차의 행렬을 앞질러 가려고 걸음을 빨리했다.

그때 쉿소리 속에서 뜻밖에도 그의 이름을 부르는 소리가 들렸다. 그는 걸음을 멈췄다. 그리고 저만치 앞쪽에 서 있는 경쾌한 마차 위에 콧수염 끝을 뾰족하게 꼰 군인의 모습을 보았다. 그는 손을 흔들면서 유난히 흰 이를 드러내며 웃고 있었다.

"네흘류도프 아닌가?"

"아, 셴보크!"

네흘류도프가 처음 느낀 것은 기쁨의 감정이었다. 그러나 다음 순간, 기뻐해야 할 까닭이 전혀 없다는 것을 깨달았다.

그는 언젠가 고모네 영지에 찾아왔던 그 셴보크였다. 네흘류도프는 오랫동안 그를 만나지 못했었다. 그는 빚을 많이 지고 있지만 연대에서 제대한 뒤에도 그냥 기병 장교 행세를 하며 여전히 부자들과 교제하고 있다고 소문을 들은 적이 있었다. 쾌활하고 자못 만족한 그의 표정이 그 소문을 뒷받침해주고 있었다.

"이거 여기서 자넬 만나다니 마침 잘됐군! 여긴 아는 사람이 없어서 말이야. 이젠 자네도 퍽 늙었군그래!" 그는 마차에서 내려 어깨를 펴면서 말했다. "걸음걸이를 보고 곧 자네라는 것을 알았지. 식사나 같이 할까? 이 옆에 어디 먹을 만한 데가 있나?"

"글쎄, 그럴 틈이 있을까." 네흘류도프는 어떻게 하면 친구의 감정을 건드리지 않고 이 자리를 벗어날 수 있을까 궁리하면서 대답했다. "그런데 여긴 뭣 하러 왔나?"

"일하러 왔지, 이 사람아, 후견인 일이지. 난 요즘 후견인 노릇을 하고 있어. 사마노프 있잖나? 자네도 알걸? 난 지금 그 부자의 재산을 관리하고 있어. 그자는 멍텅구리지만 땅이 5만 4천 헥타르나 된다고." 그는 마치 자기가 그 광대한 땅을 마련하기라도 한 것처럼 으스대며 말했다. "그의 재산 관리 상태가 지금 엉망진창이야. 땅을 죄다 농민들한테 빌려주었는데, 농민들이 땅값을 물지 않아 밀린 돈이 자그마치 8만 루블이야. 그 관리를 내가 맡아서 1년 안에 7할이나 수입을 늘려주었지. 어때?" 그는 코를 실룩거렸다.

네흘류도프는 언젠가 얼핏 들은 소문이 생각났다. 셴보크는 재산을 모두 없애버리고 빚을 도저히 갚지 못할 상태에 빠졌는데, 어떤 연고로 쓰러져가고 있는 어느 늙은 부호의 재산 관리인으로 임명되어 그것으로 먹고산다는 것이었다.

'그런데 어떻게 하면 이 친구의 기분을 언짢게 하지 않고 달아날 수 있을까?' 네흘류도프는 수염에 기름을 바르고 혈색이 좋은 그의 얼굴을 바라보고, 어디 먹을 만한 식당이 없느냐면서 후견인 노릇을 하며 발휘한 솜씨를 친구에게 허물없이 자랑해대는 그의 이야기를 들으며 속으로 이렇게 생각했다.

"그건 그렇고, 어디서 식사를 할까?"

"어려운데, 시간이 없어." 네흘류도프가 시계를 보면서 말했다.

"그러면 이따가 경마장으로 나오지 않겠나?"

"그것도 못 갈 것 같은데."

"오라고. 아는 사람이 아무도 없단 말이야. 그리신의 말을 내가 맡고 있는 것 자네도 알지? 그 사람의 훌륭한 마구간을? 꼭 나와, 저녁 식사라도 같이 하게."

"저녁 식사도 힘들겠어." 네흘류도프는 씁쓸하게 웃으면서 대답했다.

"아니, 왜 그러나? 지금 어디로 가는 길이야? 내가 태워다 줄까?"

"변호사한테 가는 길이야. 바로 저 모퉁이에 살고 있지." 네흘류도프는 말했다.

"아, 참, 자네는 요새 감옥에서 무슨 일을 하고 있다며? 그 감옥의 후원자라도 됐나? 코르차긴 댁 사람들한테서 들었지." 셴보크는 웃으면서 말했다. "그 댁 사람들은 이미 여기 없지만, 도대체 무슨 일인가? 얘기 좀 해봐!"

"그래, 그 얘기는 다 사실이야." 네흘류도프는 대답했다. "하지만 길거리에서 그런 얘기를 어떻게 다 할 수 있나."

"그야 그렇지. 하긴 자네는 옛날부터 좀 괴짜였으니까. 그러면 경마장엔 오는 거지?"

"아니, 못 갈 것 같아. 시간도 없고 갈 기분도 안 나. 제발 화내면 안 돼."

"왜 내가 화를 내나? 그런데 지금 자네가 살고 있는 집이 어디더라?" 그는 묻고 나서 갑자기 정색하고 눈을 고정하며 눈썹을 모았다. 기억을 더듬는 눈치였다. 네흘류도프는 그의 얼굴에서 조금 전 술집 창가에서 본 깜짝 놀란 듯 눈썹을 추켜올리고 입술을 삐죽이 내민 그 남자의 얼굴에 나타나 있던 것과 똑같은 무딘 표정을 발견했다.

"날씨가 몹시 쌀쌀하구나! 응?"

"정말이야."

"산 물건은 네가 간수했지?" 센보크는 마부를 돌아보고 물었다.

"자, 그럼 잘 가. 자넬 만나서 무척 반갑네." 센보크는 이렇게 말하며 네흘류도프의 손을 꽉 쥐고 마차에 뛰어올랐다. 그는 새로 산 흰 양피 장갑을 낀 큼직한 손을 번들거리는 얼굴 앞으로 내저으며 유난히 하얀 이를 드러내고 씽긋 웃었다.

'나도 저랬을까?' 변호사의 집으로 발걸음을 옮겨놓으면서 네흘류도프는 생각했다. '그래, 꼭 저렇지는 않았겠지만 저렇게 되려고 했었고, 저런 식으로 일생을 살아갈 생각을 하고 있었지.'

11

변호사는 차례를 무시하고 곧 네흘류도프와 만나 멘쇼프 모자 사건에 대해서 이야기하기 시작했다. 그는 이 사건의 기록을 낱낱이 들춰보고, 근거 없는 기소에 분개하고 있었다.

"정말 말도 안 되는 사건입니다." 변호사는 말했다. "불을 지른 것은 보험금을 타기 위해서 집주인 자신이 한 것이 확실합니다. 더구나 멘쇼프의 범행은 전혀 증명되어 있지 않아요. 증거가 하나도 없습니다. 이것은 예심판사의 지나치고 특별한 배려와 검사보의 무성의 때문입니다. 다만 재판을 지방법원에서 하지 말고 여기서 열면 좋겠는데. 그러면 절대로 이길 자신이 있습니다. 보수는 전혀 필요 없습니다. 그리고 또 하나의 사건인데, 페도샤 비류코바의 탄원서는 이미 작성해놓았습니다. 만약 페테르부르크에 가시게 되거든 직접 가지고 가서 제출하십시오. 그러지 않으면 청원위원회에 조회하게 되고, 그러면 청원위원회에서는 귀찮으니까 멋대로 회답할 겁니다. 다시 말해 각하되어서 헛일로 돌아간다는 말입니다. 그러니까 아주 높은 분을 만나야 합니다."

"황제 말입니까?" 네흘류도프가 물었다.

변호사는 웃었다.

"그것은 제일 마지막 최종심입니다. 높은 분이라는 것은 청원위원회의 서기나 의장을 말하는 것이지요. 자, 이것뿐이던가요?"

"아니, 실은 분리파 신도들이 이런 편지를 보내왔습니다." 네흘류도프는 주머니에서 편지를 꺼내며 말했다.

"그 사람들이 쓴 것이 사실이라면 이건 놀라운 일입니다. 나는 지금부터 그 사람들을 만나 진상을 알아볼 생각입니다."

"공작님은 아무래도 감옥의 모든 불평이 흘러나오는 깔때기나 병 모가지라도 되신 것 같군요." 변호사가 웃으면서 말했다. "너무나 많습니다. 지나치게 애쓰지 마십시오."

"네, 하지만 이것은 놀라운 일입니다." 하고 네흘류도프는 말하고 사건의 진상을 대충 설명했다. 어떤 마을에서 복음서를 읽기 위해 사람들이 모였는데, 관헌이 와서 그들을 쫓아버렸다. 다음 일요일에 또 모이자, 이번에는 마을 경찰이 불러 가더니 조서가 꾸며지고 사람들은 기소되었다. 예심판사가 심문하고, 검사보가 기소장을 만들고, 법원이 기소를 인정하고, 마을 사람들은 재판에 회부되었다. 검사보는 유죄를 주장했다. 그리하여 그들은 유형을 선고받았다.

"이것은 무서운 일입니다." 네흘류도프가 말했다. "대체 이것이 사실일까요?"

"그래, 이 사건의 어떤 점에 놀라고 계시는 겁니까?"

"모든 것이지요. 글쎄, 경찰은 그런대로 이해가 갑니다. 명령이니까요. 하지만 기소장을 작성하는 검사보, 그는 교양 있는 사람이 아닙니까?"

"바로 거기에 오해가 있습니다. 검사라든가 재판관 같은 사람들은 새로운 자유주의적인 사람들이라고 우리는 생각하기 쉬운데, 거기에 잘못이 있습니다. 그 사람들도 한때 그런 적이 있었지만 지금은 전혀 다릅니다. 지금 그들은 월급날인 20일만 생각하고 있는 관리지요. 조금이라도 많은 월급을 받고 싶다, 이게 그들의 생활 원칙입니다. 그래서 성적을 올리기 위해 누구든지 기소하고, 재판하고, 선고를 내리는 것이지요."

"하지만 어떤 사람이 다른 사람들과 함께 복음서를 읽었다고 해서 그 사람을 유형에 처해도 좋다는 법이 있습니까?"

"복음서를 읽어줄 때, 규정되어 있는 것 이외로 해석함으로써 교리 해석을 비판한 것이 입증되기만 하면, 유형뿐 아니라 노동형도 보낼 수 있지요. 공공연히 정교를 비판하면 제196조에 의해 유형을 받게 되어 있습니다."

"그런 당치도 않은……."

"거짓말이 아닙니다. 나는 늘 재판관들한테 말하지요." 변호사는 말을 이었다. "나는 당신들한테 무한히 감사하고 있소 하고 말이지요. 왜냐하면 내가 이렇게 감옥에 들어가지 않고 있는 것은, 공작님도 그렇고 우리 모두가 다 그렇습니다만, 그것은 오로지 그들의 자비심 때문이니까요. 정말로 우리의 시민권을 빼앗고 그리 멀지 않은 곳에 유형시키는 것쯤은 그들로서는 매우 쉬운 일입니다."

"하지만 만약 그것이 사실이고, 그 모든 것이 검사나 법률을 마음대로 적용할 수 있는 사람들의 마음 하나에 달려 있다면, 대관절 무엇 때문에 재판을 하는 겁니까?"

변호사는 껄껄대고 웃었다.

"거참, 걸작 질문이시군요! 그건 철학에 관한 명제입니다. 물론 그것도 좋은 논제가 되겠군요. 토요일에 와주십시오. 학자, 문학가, 예술가들이 모입니다. 그때 일반적인 문제에 대해서 한번 실컷 논의하기로 하십시다." 변호사는 '일반적인 문제'라는 말에 힘을 주어 비꼬는 듯한 어조로 말했다. "제 처도 아시니까 꼭 나와 주십시오."

"네, 되도록." 네흘류도프는 대답했지만, 자기가 거짓말한다는 것을 느끼고 있었다. 그가 되도록 애쓸 게 있다면, 그것은 그날 밤 그를 찾아가 학자가 문학가나 예술가들의 모임에 얼굴을 내밀지 않도록 하는 것이었다.

만약 재판관들이 자기들 뜻대로 법률을 적용할 수도 있고 하지 않을 수도 있다면 재판은 무의미한 것이 아니냐는 네흘류도프의 의견에 대해, 변호사의 그 비웃음과 '철학'이나 '일반적인 문제'니 하는 말에 담긴 그 비꼬는 투는 네흘류도프에게, 변호사 및 그 동료들이 만사에 있어 그와는 전혀 다른 시각으로 사물을 보고 있다는 것을 깨닫게 해주었다. 그리고 그는 이제 옛 친구들과 완전히 멀어져 버렸지만, 그보다도 변호사와 그 모임 사람들과의 거리는 훨씬 더 멀게 느껴졌다.

12

감옥까지는 멀기도 했고 또 이미 시간이 늦었기 때문에 네홀류도프는 마차를 잡아타고 감옥으로 향했다. 어느 한 거리에 이르자, 영리하고 착해 보이는 마부가 네홀류도프를 돌아다보며 지금 짓고 있는 굉장한 건물을 손으로 가리켰다.

"저것 좀 보세요. 굉장한 집을 짓고 있지 않습니까요!" 그는 마치 자기가 그 건축의 책임 일부라도 맡고 있는 것처럼 자랑스럽게 말했다.

정말 규모에 있어서나 독특한 건축양식에 있어서나 엄청난 집이 세워지고 있었다. 위로 치솟아 오르고 있는 건물을 꺾쇠로 엮은 장나무 비계가 둘러싸고 있었고, 얇은 판자 울타리가 공사장과 길 사이를 가로막고 있었다. 비계 널 위에서 횟가루를 뒤집어쓴 인부들이 개미처럼 움직이고 있었는데, 돌을 쌓는 사람, 돌을 자르는 사람, 무거운 삼태기를 메고 올라가는 사람, 빈 삼태기를 끌고 내려오는 사람들로 붐비고 있었다.

뚱뚱하고 신사복을 훌륭하게 차려입은 건축 기사 같은 신사 하나가 비계 옆에 서서 블라디미르 출신으로 보이는 현장 감독에게 위를 가리키며 뭐라고 지시하고 있었다. 건축 기사와 현장 감독이 이야기하고 있는 옆의 문으로 빈 마차와 건축 자재를 가득 실은 마차들이 드나들고 있었다.

'일하는 사람이나 시키는 사람이나 이렇게 하는 것이 당연한 것처럼 생각하고 있다. 그들의 집에서는 애를 밴 마누라가 힘겨운 노동에 시달리고 있는가 하면, 누더기 두건을 쓰고 굶어 죽게 된 어린아이들이 뼈만 남은 앙상한 다리를 흔들며 늙은이 같은 얼굴로 히죽거리고 있다. 그런데도 이 일꾼들은 자기들을 약탈하고 착취하고 있는 어느 어리석고 무익한 인간을 위해서 어이없고도 아무 소용 없는 궁전 같은 집을 지어주는 것을 당연하게 생각하고 있다.' 이렇게 네흘류도프는 그 건물을 바라보며 생각했다.

"정말 어이없는 건물이군." 그는 생각하고 있는 것을 소리 내어 말했다.

"왜 어이없는 건물이라고 하십니까요?" 마부가 못마땅한 듯이 말했다. "고마운 일 아닙니까? 덕분에 모두들 일거리가 생겼으니까요. 어이없는 일이 아닙니다요."

"하지만 필요 없는 일 아니오."

"하지만 무슨 필요가 있으니까 짓지 않겠어요." 하고 마부는 반대했다. "그 덕으로 많은 사람들이 먹고살아가는걸요."

네흘류도프는 입을 다물었다. 마차 바퀴 소리가 시끄러워 말하기가 힘들기도 했다. 감옥 가까이에 이르자 길이 자갈길에서 아스팔트길로 바뀌었기 때문에 한결 말하기가 좋아졌다. 마부는 다시 네흘류도프에게 말을 건넸다.

"그런데 요새는 저런 사람들이 모두 도시로만 몰려들고 있습니다요. 정말 겁이 날 정도죠." 마부는 마부석에서 몸을 틀어 맞은편에서 톱과 도끼를 들고 걸어오고 있는, 반코트를 입고 어깨에 자루를 짊어진 노동자를 가리켰다.

"전보다 많소?" 네흘류도프가 물었다.

"많고말고요. 요즘 어디를 가나 저런 사람들이 거리를 꽉 메우고 있습죠. 그렇게 사람이 흔하니까 고용주들도 제멋대로 사람들을 무슨 나무

토막처럼 다룬답니다. 가는 곳마다 사람들이 우글거리니까요."

"왜 그렇게 되었을까?"

"사람이 늘었으니까 그렇겠죠, 뭐. 갈 데 없는 사람들이 얼마든지 있으니 말입니다요."

"늘었다고 무슨 상관이 있소? 왜 그냥 시골에 눌러 살지 못할까?"

"시골에서는 할 일이 없거든요. 땅이 어디 있어야죠."

네흘류도프는 자기의 아픈 곳을 건드리는 듯한 느낌이 들었다.

'어느 시골이나 정말 똑같은 상태란 말인가.' 하고 그는 생각했다. 그리고 마부에게 고향에 토지를 얼마나 가지고 있으며, 왜 시골을 떠나 도시에 와서 사느냐고 물었다.

"우리 마을은 말씀입죠, 나리. 한 사람 앞에 1헥타르씩 돌아가죠. 저의 집은 3헥타르를 갖고 있습죠." 마부는 싹싹하게 대답했다. "저희 집엔 아버지와 형님이 계십니다. 동생 하나는 지금 군대에 가 있습죠. 그래서 형님이 아버지를 모시고 농사를 짓고 있는 형편인데, 사실 농사래야 그다지 할 일이 많지 않으니까 형님도 모스크바로 나와볼까 하고 있답니다."

"땅을 빌려서 농사를 지으면 되지 않소?"

"요새 누가 토지를 빌려줍니까? 그전 지주들은 토지를 모두 없애버리고 지금은 장사꾼들 손에 죄다 넘어갔는데, 장사꾼들은 땅을 안 빌려주거든요. 자기들이 직접 붙여먹지요. 우리 마을의 토지는 대부분이 어떤 프랑스 사람의 소유입죠. 그전 지주한테서 사들인 건데, 절대로 빌려주지 않는답니다. 아예 말도 못 붙이게 한다니까요!"

"그 프랑스 사람이 누군데?" 네흘류도프가 물었다.

"뒤파르라는 사람인데, 어쩌면 아실지도 모르겠습니다요. 왜 극장 배우들이 쓰는 가발을 만들어 팔아서 한몫 톡톡히 벌었다는 사람 있잖습니까? 그 돈으로 우리 마을 여지주의 땅을 몽땅 사들인 것이죠. 그래서 지금은 그 사람이 우리 마을 지주 행세를 하면서 우리를 제 마음대로 부려먹고 있는 형편입죠. 그래도 다행히 그 사람은 마음이 좋은 편인데 여편네가 러시아 출신으로 여간 못되지 않거든요. 농민들을 어찌나 못 살게 구는지, 큰 두통거리입니다. 자, 감옥에 다 왔습니다. 마차를 어디에 댈까요? 현관에? 아마 그렇게는 못하게 할 겁니다만."

13

감옥에 다다르자 오늘은 마슬로바가 어떤 태도로 나올 것인가, 그리고 그녀나 감옥 안 죄수들 전체 속에 존재하는 것같이 느껴지는 그 어떤 비밀을 생각하고, 네흘류도프는 가슴에 서늘한 무서움을 느끼며 정문 초인종을 울렸다. 간수가 나오자 마슬로바에 관해서 물었다. 간수는 명부를 뒤져보더니 병원에 있다고 알려주었다. 네흘류도프는 병원으로 갔다. 병원 문을 지키고 있던 마음씨 좋아 보이는 노인이 곧 네흘류도프를 들여보내면서, 누구를 만나겠느냐고 물은 다음 소아과 병동 쪽으로 안내해주었다.

온몸에 페놀 냄새가 밴 젊은 의사가 복도에서 기다리고 있는 네흘류도프에게 무슨 일로 왔느냐고 딱딱하게 물었다. 이 의사는 죄수들에게 관대하게 대했기 때문에, 간수들이나 심지어 주임 의사와도 연거푸 불쾌한 충동을 일으키고 있었다. 그래서 네흘류도프에게서 무슨 무리한 부탁이나 받지 않을까 하는 생각으로, 어떤 사람에게도 예외적인 일은 할 수 없다는 듯 일부러 엄한 태도를 보인 것이었다.

"여자는 여기 없습니다. 소아과 병동이니까요." 그는 말했다.

"그것은 알고 있습니다만, 감옥에서 이리로 온 잡역부가 있을 텐데요."

"네, 두 사람 있습니다. 그런데 용건은?"

"나는 그 가운데 한 사람인 마슬로바와 가까운 사람입니다." 네흘류도프는 말했다. "그 여자를 만나려고요. 그 여자의 사건에 대한 상소 때문에 페테르부르크로 가는데, 이것을 주려고. 이 사진입니다." 네흘류도프는 주머니에서 봉투를 꺼내며 말했다.

"아, 그렇습니까. 좋습니다." 의사는 부드러워진 태도로 이렇게 말하더니 흰 앞치마를 두른 나이 든 여자에게 잡역부인 여죄수 마슬로바를 불러오라고 했다.

"여기 어디 좀 앉으십시오. 아니면 응접실로 가실까요?"

"감사합니다." 네흘류도프가 말했다. 그리고 자기에 대한 의사의 태도가 부드러워진 것을 보고, 병원에서 일하는 마슬로바가 어떤지 물어보았다.

"그럭저럭 괜찮습니다. 자기 입장을 생각해선지 비교적 잘하고 있습니다." 의사는 말했다. "아, 온 모양이군요."

한쪽 문으로 나이 든 간호사를 뒤따라 마슬로바가 나왔다. 줄무늬 옷에 흰 앞치마를 두르고 있었다. 머리는 삼각 천으로 완전히 감싸고 있었다. 네흘류도프를 보자 그녀는 발그레 볼을 붉히며 망설이듯 걸음을 멈췄다. 그러나 곧 눈살을 찌푸리고 눈을 내리깔더니 복도의 깔개 위를 종종걸음으로 다가왔다. 네흘류도프 앞에 와서도 처음에는 선뜻 손을 내밀지 않다가 잠시 후 손을 내밀더니 한층 더 얼굴을 붉혔다. 네흘류도프는 그녀가 화를 냈던 것을 사과한 그 면회 뒤로 한 번도 만나지 않았었다. 그리고 지금도 그때와 같은 그녀이기를 바라고 있었다. 그러나 오늘 그녀의 얼굴 표정에는 그때와는 아주 다른 사람 같아 보이는 새로운 것이 서려 있었다. 수줍으면서도 뭔가 억제하고 있는 것 같았으나 그에게 반감을 품고 있는 것을 네흘류도프는 느꼈다. 그는 의사에게 말했듯이 페테르부르크에 간다는 것을 그녀에게 알리고, 파노보에서 가지고 온 사진이 든 봉투를 주었다.

"이것은 파노보에서 찾아낸 것인데, 오래된 사진이오. 당신한테는 반가운 것일지도 모르겠다 싶어서. 자, 가지고 있어요."

그녀는 까만 눈썹을 약간 치뜨고, '왜 이런 것을?' 하고 묻는 것처럼 사팔눈으로 놀란 듯이 그를 보았다. 그리고 잠자코 봉투를 받아 앞치마 속에 넣었다.

"거기서 당신 이모를 만났지." 네흘류도프가 말했다.

"만나셨어요?" 그녀는 쌀쌀하게 말했다.

"여기는 어때?" 네흘류도프가 물었다.

"그럭저럭 괜찮아요."

"힘들지는 않소?"

"아니에요, 별로. 아직 익숙지 못하지만요."

"당신을 위해서 정말 기뻐하고 있소. 거기보다는 훨씬 나을 테니까."

"거기가 어디에요?" 그녀는 얼굴이 빨개지면서 물었다.

"거기, 감옥 말이오." 네흘류도프는 얼른 덧붙였다.

"무엇이 나아요?" 그녀가 물었다.

"여기 사람들이 더 낫잖소? 거기 사람들과는 좀 다를 거야."

"거기에도 좋은 사람이 많아요." 그녀는 말했다.

"멘쇼프 모자의 일도 부탁해놓았는데 아마 석방될 거요." 네흘류도프가 말했다.

"그렇게 됐으면 좋겠어요. 그렇게 좋은 할머니는 없어요." 그녀는 노파에 대해서 늘 하는 말을 되뇌고 살며시 미소 지었다.

"나는 오늘 페테르부르크로 가겠소. 당신 사건은 곧 재심이 될 텐데, 반드시 원심을 뒤바꿔놓을 거요."

"뒤바뀌건 안 되건 이제는 마찬가지예요."

"이제는 마찬가지라니, 어째서?"

"그건." 무엇을 물어보려는 듯 힐끔 그를 보며 그녀는 말했다.

네흘류도프는 그 말과 그 눈길을, 그가 약속한 것을 지킬 것인지, 아니면 그녀의 거절을 받아들여서 그의 결심을 변경시켰는지 그녀가 알고 싶어 하는 것으로 풀이했다.

"난 모르겠는데, 당신한테 어째서 마찬가지인지." 그는 말했다. "하지만 나로서는 사실상 어느 쪽이건 마찬가지야. 당신이 무죄가 되건 안 되건. 난 어쨌거나 내가 한 말을 실행할 결심이니까." 그는 명확하게 말했다.

그녀는 얼굴을 들었다. 그리고 새까만 사팔눈으로 그를 지그시 바라보다가 옆으로 돌렸지만 얼굴 가득히 기쁨이 넘쳐흐르고 있었다. 그러나 그녀가 한 말은 눈이 말하고 있는 것과 전혀 달랐다.

"그런 말씀을 하셔도 소용없어요." 그녀는 말했다.

"나는 당신이 알고 있었으면 해서 하는 말이오."

"그 말씀은 이미 다 하셨잖아요. 새삼스레 더 하실 건 아무것도 없어요." 그녀는 간신히 미소를 숨기면서 말했다.

병실에서 떠들썩한 소리가 났다. 아이의 울음소리가 들려왔다.

"저를 부르고 있나 봐요." 불안스레 그쪽을 돌아보며 그녀는 말했다.

"그래, 그럼 가야지." 그는 말했다.

그녀는 그가 내민 손을 짐짓 못 본 척했다. 그리고 악수도 하지 않고 홱 돌아서서 자신의 우쭐함을 숨기려고 애쓰며 복도의 깔개 위를 종종걸음으로 사라졌다.

'저 사람의 마음속에 무슨 변화가 생겼을까? 무엇을 생각하고 있을까? 무엇을 느끼고 있을까? 나를 시험하려는 것일까? 마음을 푼 것일까, 아니면 화가 나 있는 것일까?' 네흘류도프는 스스로에게 물어보았으나 아무 대답도 찾아낼 수 없었다. 그러나 한 가지만은 알 수 있었다. 그것은 그녀가 변했다는 것, 그리고 그녀의 내부에, 그녀의 마음에 중대한 변화가 일어나고 있다는 것이었다. 이 변화로 그는 그녀와 결합되었을 뿐만 아니라, 이 변화를 일으켜주신 하느님과도 연결된 것이었다. 그리고 이 결합이 가슴 설레는 기쁨과 감동으로 그를 이끌었다.

여덟 개의 어린이용 침대가 나란히 놓여 있는 병실로 돌아온 마슬로바는 간호사의 지시대로 침대를 정돈하기 시작했다. 시트를 펴면서 너무 몸을 뒤로 젖혔기 때문에 하마터면 미끄러져 떨어질 뻔했다. 회복기에 있는, 목에 붕대를 감은 아이가 그것을 보고 웃었다. 마슬로바도 그만 참을 수가 없어 침대에 앉아 큰 소리로 웃어댔다. 그 웃는 모습이 우스워 몇 명의 아이들도 덩달아 요란스레 웃었다. 간호사가 화를 내고 그녀를 나무랐다.

"뭘 그리 바보처럼 웃어. 여태까지 있던 곳으로 되돌아갈 테냐? 밥상이나 가지러 가."

마슬로바는 입을 다물었다. 그리고 식기를 들고 식사를 차리는 방 쪽으로 나가다가 목에 붕대를 감은 아이와 눈이 마주치자 또 킥 하고 웃었다. 그녀는 혼자 남으면 하루에도 몇 번씩이나 봉투에서 사진을 살짝 꺼내보곤 했다. 밤이 되어 당번이 끝나고 다른 잡역부 한 명과 함께 기거하는 방에 혼자 있게 되었을 때, 마슬로바는 비로소 봉투에서 사진을 완전히 꺼내어 여러 사람의 얼굴과, 옷과, 발코니의 조그만 층계와, 정원수와, 자기와 네흘류도프와 두 고모의 얼굴을 돋보이게 하는 배경 숲의 작은 부분까지 세세히 눈으로 핥듯이 들여다보았다.

그리고 특히 자기에게서, 이마 언저리에 물결치는 머리칼을 드리운 자신의 젊고 아름다운 얼굴에 넋을 잃어 아무래도 눈을 뗄 수 없었다. 그녀는 완전히 사진에 정신이 팔려 한방의 잡역부가 들어오는 것도 알지 못했다.

"그게 뭐야? 그이가 주었어?" 뚱뚱하고 마음씨 좋은 잡역부가 사진을 들여다보며 말했다. "어머, 이게 너야?"

"그럼 누구겠니?" 마슬로바는 친구의 얼굴을 쳐다보고 웃으면서 말했다.

"그럼 이건? 그이야? 그럼 이이가 그의 어머니구나?"

"고모야. 어때, 나는 못 알아보겠지?" 마슬로바가 물었다.

"어떻게 알아! 아무리 봐도 모르겠는걸. 전혀 얼굴이 다르잖아. 아마 한 10년은 됐나 보지!"

"10년은커녕 한평생도 더 지났는걸." 마슬로바가 말했다. 그러자 갑자기 밝던 표정이 사라지고 얼굴이 침울해지면서 미간에 주름이 새겨졌다.

"하지만 그곳의 생활은 편했을 거야."

"그래, 편했어." 마슬로바는 눈을 감고 머리를 저으며 되풀이했다. "하지만 감옥보다 더 나빴어."

"아니, 어째서?"

"어째서라니? 밤 8시부터 새벽 4시까지, 이것이 날마다였거든."

"그럼 왜 그만두지 않았어?"

"그만두고 싶어도 그럴 수가 없었어. 아, 내가 무슨 말을 하고 있지?" 마슬로바는 갑자기 벌떡 일어나더니 사진을 탁자 서랍에 던져 넣고, 분한 듯 눈물을 참으면서 복도로 뛰어나가 쾅 하고 문을 닫았다. 사진을 보고 있는 동안 사진에 찍혀 있던 시절의 자기로 되돌아간 기분이 들었고, 그 무렵 자기가 얼마나 행복했는지 되새기면서 지금부터라도 그와 함께 행복해질 수 있을지도 모른다고 머릿속에 그리고 있었다.

그런데 동료 잡역부의 한마디가 현재의 자기 모습과 '그곳'에서의 그녀의 생활을 회상케 했다. 그 무렵에는 희미하게 느끼고 있었지만, 굳이 생각하지 않으리라고 했던 그 생활이 온갖 공포를 상기해주었다. 이제 비로소 그녀는 그 무서웠던 밤들이 생각났다. 특히 그녀를 빼내주겠다고 약속한 그 학생을 기다리던 일이 떠올랐다.

그녀는 가슴이 노출된, 술에 얼룩진 빨간 비단옷에 헝클어진 머리를 빨간 리본으로 묶고는 녹초가 되도록 지치고 취한 몸으로 밤 2시가 되어서야 손님을 내보냈다. 그리고 춤 사이사이에 바이올린의 반주를 해주는, 앙상한 얼굴에 여드름투성이 여자 피아니스트 곁에 앉아 신세타령을 늘어놓기 시작했다. 피아노 치는 여자도 자기 생활의 고달픔을 이야기하고, 이런 생활을 바꾸고 싶다고 말했다. 때마침 클라라가 와서 세 사람이 이런 생활을 집어치우자는 데 의견이 모였다. 세 사람이 오늘 밤이 마지막이라고 생각하며 저마다 자기 방으로 돌아가려는 순간 갑자기 문 쪽에서 취한 손님들의 떠드는 소리가 들렸다.

바이올리니스트가 전주곡을 켜기 시작했다. 피아니스트는 카드리유의 제1절인 경쾌한 러시아 민요를 반주하기 시작했다. 연미복에 흰 나비넥타이를 맨 자그마한 사나이가 술 냄새를 풍기고 딸꾹질을 하면서 카튜샤를 안고 제2절부터 웃옷을 벗어던졌으며, 역시 연미복을 입은 또 한 사람의 뚱뚱한 사나이는 클라라를 붙들었다(그들은 어느 무도회에서 돌아오는 길인 듯했다). 그리하여 그들은 오랫동안 빙빙 돌고, 발을 구르고, 떠들어대며 얼마나 술을 마셨는지. 이렇듯 1년이 지나고, 2년, 3년이 지나갔다.

어찌 사람이 바뀌지 않을 수 있겠는가! 그리고 그 원인은 모두 그에게 있었다. 그러자 그녀의 마음속에 또 그에 대한 원한이 치솟아 그를 욕하고 책망해주고 싶어졌다. 그의 정체를 알고 있으니 하자는 대로 고분고분 듣지는 않겠다는 것을, 옛날에는 육체적으로 희롱당했지만 정신까지 희롱당하지는 않겠다는 것을, 그녀를 그의 자비심의 대상으로 삼게 하지 않겠다는 것을, 오늘 다시 한 번 그에게 말해줄 수 있는 기회를 놓친 것이 그녀는 억울했다.

그녀는 자기 자신에 대한 이 애처로운 생각과 남자에 대한 부질없는 비난의 마음을 씻어버리기 위해 술이 마시고 싶어졌다. 만일 감옥에 있었더라면, 그녀는 자기의 맹세를 어기고 술을 마셨을 것이다. 여기서는 술을 손에 넣으려면 간호장에게 부탁하는 수밖에 없었는데, 그녀는 이 남자를 두려워하고 있었다. 그녀에게 끈덕지게 지분거렸기 때문이다. 남자들과의 관계는 이제 진절머리가 났다. 오랫동안 복도의 긴 의자에 앉아 있다가 그녀는 방으로 돌아갔다. 그리고 동료 잡역부에게는 대꾸도 하지 않고 자기의 망쳐진 삶을 생각하며 하염없이 울었다.

14

네흘류도프는 페테르부르크에서 할 일이 세 가지 있었다. 원로원에 마슬로바의 원심 파기를 위한 상소장을 제출하는 일과 청원위원회에 페도샤 비류코바의 사건을 신청하는 일, 베라 보고두홉스카야한테 부탁받은 것으로, 헌병 사령부나 제3과에 슈스토바의 석방을 신청하는 일, 역시 베라 보고두홉스카야에게 편지로 부탁받은, 감옥 안에 있는 아들을 어머니가 만나볼 수 있도록 힘쓰는 일이었다. 이 두 가지 일을 그는 하나로 묶어서 세 번째 일로 생각하고 있었다. 그리고 네 번째 일은, 복음서를 읽고 해설했다는 이유로 가족과 떨어져 캅카스에 유형당해 있는 분리파 교도의 문제였다. 그는 교도들에게보다도 오히려 자신을 위해서 이 문제의 해명을 위해 자기가 할 수 있는 모든 노력을 다하겠다고 맹세했다.

지난번 마슬렌니코프를 방문한 이래, 특히 시골에 다녀온 뒤부터 네흘류도프는 꼭 그렇게 하겠다고 결심한 것은 아니지만 지금까지 자기가 생활해온 환경에 대해서 혐오하게 되었다. 그 환경 속에서는 몇몇 사람들의 즐거움과 만족을 보장해주기 위해 수백만이 짊어지는 고통이 갖은 수단으로 감추어져 있기 때문에, 그런 환경 속에 사는 사람들에게는 고통과 자기들 생활의 잔혹성과 범죄성이 보이지도 않고 또 볼 수도 없는 것이었다. 네흘류도프는 이제 자기 자신에 대한 가책과 비난을 느끼지 않고는 그런 환경의 사람들과 사귈 수 없었다.

그런데 지금까지의 생활 습관과 친척이나 친구 관계에 끌려 이 사회와 손을 끊을 수 없었다. 그리고 특히 지금 그의 마음을 차지하고 있는 문제를 실행하려는 일 자체가 그를 그 환경으로 끌어들였다. 마슬로바를 비롯해 그가 구하려고 생각한 모든 고통받는 사람들을 돕기 위해서는, 그런 환경의 사람들에게, 존경은커녕 때로는 혐오와 경멸을 느끼지 않을 수 없는 사람들에게 도움과 수고를 부탁하지 않으면 안 되었다.

페테르부르크에 도착한 그는 이모인 전 장관부인 차르스키 백작 부인의 집에 여장을 풀고 금방 그처럼 싫어진 귀족사회의 한복판에 끼어든 자신을 발견했다. 그로서는 언짢은 일이지만 별수 없었다. 이모 집을 피하여 호텔에 묵으면 이모의 기분을 상하게 할 게 뻔하고, 또 이모는 교제가 넓어서 그가 힘써보려는 모든 일에 얼마나 도움이 될지 알 수 없었기 때문이었다.

"얘, 너에 대해서 내가 어떤 소문을 듣고 있는지 아니? 이상한 짓을 하고 다닌다면서?" 그가 도착하자마자 곧 커피를 대접하면서 카테리나 이바노브나 백작 부인이 말했다. "박애주의자 하워드를 본뜬 거냐! 죄수들을 도와주고, 감옥을 돌아다니며 개혁을 하고 다닌다니……."

"아닙니다. 그럴 생각은 없어요."

"그래, 그렇다면 좋지만 다만 무슨 로맨스가 있는 것 같잖니. 어디 얘기나 좀 해보려무나."

네흘류도프는 마슬로바와의 관계를 사실대로 이야기했다.

"그래그래, 생각난다. 네가 노처녀 고모네 집에 가 있을 때, 네 엄마가 한심한 얼굴로 그 비슷한 얘기를 했었어. 고모들이 너를 양녀한테 결혼시키고 싶어 한다고(카테리나 이바노브나 백작 부인은 늘 네흘류도프의 고모들을 경멸했다)……. 그럼 그 여자로구나? 아직도 그렇게 예쁘냐?"

카테리나 이바노브나는 벌써 예순이었지만 건강하고, 명랑하고, 정력적이며, 이야기를 좋아하는 귀부인이었다. 키가 크고 뚱뚱했으며 윗입술 언저리에는 거무스름한 솜털이 눈에 띄었다. 네흘류도프는 이 이모를 좋아해서 어릴 때부터 이모 곁에 있으면 그 정력적인 쾌활함에 쉽게 물들어버리곤 했다.

"아닙니다, 이모, 그건 모두 옛날 일입니다. 전 다만 그 여자를 구해주고 싶을 따름입니다. 왜냐하면 첫째, 그 여자는 죄가 없거든요. 그리고 그 죄는 저한테 있습니다. 그 여자의 운명을 그렇게 만든 죄는 저한테 있기 때문입니다. 그 여자를 위해서 할 수 있는 데까지 해주는 것이 저의 의무라고 느끼고 있습니다."

"그런데 이상하구나. 내가 듣기로는 네가 그 여자와 결혼하기를 바란다던데?"

"네, 그러고 싶지만, 그 여자가 승낙해주지 않았습니다."

카테리나 이바노브나는 턱을 내밀고 눈을 내리깔며 어이없다는 듯 잠자코 조카의 얼굴을 바라보았다. 그러다가 갑자기 표정이 변하더니 만족스러운 기색이 되었다.

"그래, 그 여자가 너보다 영리하구나. 정말 넌 바보로구나! 진심으로 그 여자와 결혼하고 싶단 말이냐?"

"진심입니다."

"그런 과거가 있더라도?"

"그렇기 때문에 더욱 그러는 것입니다. 모두가 다 내 죄니까요."

"아니, 넌 정말 바보로구나." 이모는 웃음을 참으면서 말했다. "어처구니없는 철부지야. 하지만 그래서 나는 너를 좋아한다. 어처구니없는 철부지라서 말이야." 그녀는 철부지라는 말이 자신이 생각하기에 조카의 정신적 상태를 정확히 표현해준 말로서 특히 마음에 들었는지 이렇게 되풀이했다. "네가 아는지 모르겠다. 마침 잘됐구나." 그녀는 말을 이었다. "알린이 창녀와 갱생원을 경영하고 있어. 나도 한 번 가보았다만 정말 끔찍하더라. 돌아와서 손과 몸을 온통 씻을 정도였지. 그런데 알린은 그 일에 심신을 다 바치고 있거든. 그러니 그 여자도 거기다 맡겨보자. 그런 여자들을 올바른 사람으로 바꿀 수 있는 것은 알린밖에 없다."

"하지만 그 여자는 유형 판결을 받았는걸요. 제가 여기 온 것은 그 판결의 취소 운동을 하기 위해서입니다. 이것이 이모께 부탁드리는 첫째 용건입니다."

"그랬구나! 그래, 그 사건은 어디서 심의하지?"

"원로원입니다."

"원로원? 그래, 사촌동생 레부시카가 원로원에 있지만, 그는 문장紋章 부서에 있어서 현역에 있는 사람은 아무도 모르겠구나. 모두 누가 누구인지, 독일 사람이 많은 것 같더라. '게'니, '페'니, '데'니 하는 첫 글자가 붙은 사람이 아니면, 또 러시아인도 이바노프, 세묘노프, 니키틴, 아니면 이바넨코, 시모넨코, 니키텐코 하는 야릇한 이름만 요란스레 모여 있어 모두 딴 사회 사람들이야. 어쨌거나 좋아. 이모부한테 말해보자. 이모부는 그 사람들을 알고 계실 테니까. 이모부는 모르는 사람이 없으시거든.

내가 말할 테니 자세한 건 네가 설명해라. 내가 말해도 이모부는 이해 못하시고 투덜거리실 테니까. 내가 하는 말은 무슨 말이든지 도무지 모르겠다고 하시잖니. 덮어놓고 그렇게 생각하신단다. 남은 다 아는 데 네 이모부만 모르신다니, 정말 기가 막힐 노릇이지."

그때 긴 양말을 신은 하인이 은쟁반에 편지 한 통을 받쳐 들고 왔다.

"마침 알린한테서 왔구나. 이제 너도 키제베테르의 얘기를 들을 수 있 겠다."

"누굽니까? 키제베테르는?"

"키제베테르 말이냐? 오늘 저녁에 와보려무나. 누군지 알게 될 테니. 그 사람 얘기를 들으면 어떤 악한이라도 무릎을 꿇고 눈물을 흘리며 참 회하게 된단다."

카테리나 이바노브나 백작 부인은, 정말 기묘하게도 그 성격에 어울 리지 않게 기독교의 본질은 속죄에 있다고 생각하는 교리의 열렬한 신 봉자였다. 그녀는 그 무렵 유행하던 이 가르침이 강론되는 모임에는 꼭 참석했고, 자기 집에서도 이러한 모임을 가졌다. 그 가르침은 모든 의식 과 성상뿐 아니라 성례까지도 부정했는데, 카테리나 이바노브나 백작 부인의 집에는 방마다, 더구나 침대 위에까지 성상을 장식하고, 성당에 서 요구하는 모든 것을 행하고 있었으며, 그러면서도 거기에 털끝만큼 의 모순도 느끼지 않았다.

"너의 막달라 마리아에게도 들려줬으면 좋겠다만, 그러면 반드시 마 음을 고칠 텐데." 하고 백작 부인은 말했다. "너 오늘 밤에는 꼭 집에 있 어라. 그이 얘기를 들을 수 있을 테니. 참 훌륭한 분이란다."

"저는 흥미 없습니다. 이모."

"아냐, 반드시 흥미가 생길 거야. 꼭 있어야 해. 그런데 나한테 부탁이 란 또 뭐냐? 다 말해보렴."

"또 하나는 요새 감옥에 대한 일입니다."

"요새 감옥? 그래, 거기는 크릭스무트 남작한테 소개장을 써주지. 그이는 매우 훌륭한 분이란다. 너도 잘 알지 않니. 너의 아버지하고 친구였으니까. 그분은 강신술에 깊이 빠져 있지만 말이야, 하지만 별것 아니야. 선량한 분이니까. 그래, 거기는 무슨 일이지?"

"거기 수용되어 있는 어떤 아들을 어머니가 면회할 수 있도록 해줘야겠습니다. 그런데 제가 듣기로는, 이런 것을 취급하는 것은 크릭스무트가 아니라 체르뱐스키라던데요."

"체르뱐스키는 나는 좋아하지 않지만, 마리에트의 남편이니까 그 여자에게 부탁할 수 있지. 내 부탁이라면 들어줄 거야. 아주 상냥한 사람이니까."

"또 한 가지, 어떤 여자에 대한 것을 부탁드려야겠습니다. 벌써 몇 달 동안 갇혀 있지만 그 까닭을 모르고 있습니다."

"아니, 그럴 수가 있니. 본인은 틀림없이 알고 있을 거다. 그런 여자들은 모든 것을 잘 알고 있단다. 허무주의 여자들에겐 그게 당연한 일이야."

"당연한지 어떤지 우리는 모릅니다. 하지만 그 여자들은 고통을 겪고 있어요. 이모는 그리스도교도시고, 복음서를 믿고 계시면서 어쩌면 그렇게 무정하게……."

"아니야, 아무 상관 없다. 복음서는 복음서고, 싫은 것은 싫은 거니까. 나는 허무주의자들을, 특히 단발한 여자들을 진절머리 나도록 싫어하는데, 좋아하는 척한다면 그 편이 훨씬 더 나쁘잖겠니."

"왜 진절머리 나게 싫어하시지요?"

"3월 1일(알렉산드르 2세가 암살된 날) 사건이 일어났는데도 왜 그러냐고 묻는 거냐?"

"하지만 모두가 3월 1일 사건과 한패라고는 할 수 없지 않습니까?"

"마찬가지야. 왜 자기 일도 아닌데 간섭하는 거지? 그런 일은 여자가 할 일이 아니야."

"그럼 마리에트는 그런 일을 해도 괜찮다는 말씀인가요?" 네흘류도프는 물었다.

"마리에트? 마리에트는 마리에트야. 그런데 출신도 알 수 없는 천한 여자가 사람들을 가르치려고 하다니."

"가르치는 것이 아닙니다. 단지 사람들한테 힘을 빌려주자는 것뿐이지요."

"그런 걱정을 안 해주더라도 누구를 도와주어야 하고 누구를 도와주어서는 안 된다는 것쯤은 알고 있어."

"하지만 민중은 가난에 쪼들리고 있지 않습니까. 저는 얼마 전에 시골을 다녀왔습니다만, 농민들은 힘껏 일을 해도 제대로 먹지 못하는데, 우리는 사치를 다하고 있으니 이래도 되겠습니까?" 이모의 상냥한 마음에 끌려서 그만 마음속에 있는 것을 다 말해버리고 싶어진 네흘류도프가 말했다.

"아니, 그럼 나더러 일을 하고 아무것도 먹지 말라는 말이냐?"

"아닙니다. 이모더러 드시지 말라는 게 아니에요." 저도 모르게 웃으면서 네흘류도프는 대답했다.

"다만 우리 모두가 일을 해서, 모두가 먹을 수 있도록 하고 싶다고 생각할 뿐입니다."

이모는 다시 턱을 내밀고 눈을 내리깔더니 신기한 듯이 그를 바라보았다.

"가엾게도 너는 끝이 좋지 않겠구나." 그녀는 말했다.

"아니, 왜요?"

이때 어깨가 딱 벌어지고 키가 큰 장군이 방 안에 들어왔다. 카테리나 이바노브나 백작 부인의 남편으로서 국무장관을 지낸 사람이었다.

"여, 드미트리, 잘 있었느냐?" 말쑥하게 면도한 볼을 네흘류도프 쪽으로 내밀면서 그는 말했다. "언제 왔나?"

그는 가만히 부인의 이마에 키스했다.

"아니, 얘가 좀 이상해요." 카테리나 이바노브나 부인이 남편에게 말했다. "나한테 냇물에 가서 속옷이나 빨고 늘 감자나 먹으라고 하지 않겠어요. 기가 차는 바보지만 당신한테 부탁이 있다니까 들어주세요. 정말 어처구니없는 철부지예요." 그녀는 말을 바꾸었다. "당신도 들으셨어요? 카멘스카야 부인이 몹시 낙심해서 생명이 위태롭다는 소문이던데요." 그녀가 남편에게 말했다. "당신도 문병을 가보시는 게 어때요?"

"거참 안됐군." 장관이 말했다.

"자, 저기 가서 이 애 말이나 들어보세요. 나는 편지를 써야겠어요."

네흘류도프가 객실 옆방으로 나가자마자 백작 부인이 그 뒷모습에 대고 말했다.

"그럼 마리에트한테 편지를 쓰랴?"

"네, 이모."

"그럼 네가 허무주의 여자에 대한 것을 써넣도록 여백을 남겨두마. 그 뒤는 그이가 남편한테 말해주겠지. 그 남편은 틀림없이 잘해줄 거다. 나를 야속하게 생각 마라. 네가 걱정하고 있는 그런 사람들을 나는 아주 싫어한다만. 그렇다고 내가 그 사람들의 불행을 바라는 것은 아니야. 그저 무관심할 뿐이지! 그럼 갔다 오렴. 저녁에는 꼭 와야 한다. 키제베테르 씨의 얘기를 들어야 해. 그리고 다 같이 기도하자. 순순히 따르기만 하면 매우 도움 될 테니까. 정말이지 네 엄마나 너나, 이런 일에는 몹시 뒤떨어져 있단 말이야. 그럼 이따 만나자."

15

이반 미하일로비치 백작은 전에 장관까지 지낸 사람으로 매우 강한 신념을 가진 사람이었다. 이반 미하일로비치 백작이 젊었을 때부터 굳게 간직해온 신념은 다음과 같은 것이었다. 새가 벌레를 잡아먹고 날개를 달고 하늘을 날아다니는 것이 자연스러운 것처럼, 자기도 고급 요리사가 만든 고급 요리를 먹고, 몸에 잘 맞는 값진 옷을 입고, 기분 좋고 빠른 말이 끄는 훌륭한 마차를 타고 다니는 것이 가장 합당하며, 그렇기에 그런 모든 것들이 자기를 위해 마련되어 있지 않으면 안 되는 것이었다. 그리고 한걸음 더 나아가 이반 미하일로비치 백작은 나라의 금고에서 더 많은 돈을 타내면 타낼수록 좋고, 훈장도 다이아몬드 박힌 무슨 메달인가 하는 것을 포함하여 많으면 많을수록 좋으며, 남녀를 가리지 않고 고귀한 사람과 만나 이야기를 나눌 기회가 많으면 많을수록 좋다는 생각을 가지고 있었다. 이와 같은 신조에 견주면 그 밖의 일체의 것은 보잘것없고 흥미 없는 일로 보였다. 그 밖의 일 따위는 어떻게 되건 아무래도 좋았다. 이러한 신조에 따라 이반 미하일로비치 백작은 40년 동안을 페테르부르크에서 생활하고 활동했으며 그 지위를 얻게 되었다.

이반 미하일로비치 백작이 그 지위를 얻게 된 중요한 자질은 첫째, 공문서나 법령의 의미를 잘 풀이했고, 또 서투르게나마 무난히 서류를 꾸밀 줄 알았으며, 철자법에 어긋나지 않는 글을 쓸 수 있는 것이었다. 둘째, 그는 풍채가 좋았고, 경우에 따라서는 의젓할 정도가 아니라 남이 근접할 수 없을 정도로 위엄 있는 태도를 보이는가 하면, 필요할 때는 이와 정반대로 야비할 만큼 비굴하게 아첨할 줄도 알았다. 그리고 셋째, 그는 도덕적인 면이나 국가적인 면을 막론하고 일정한 주의와 원칙이 전혀 없기 때문에 필요에 따라서 누구에게나 찬성할 수도 있고 또 반대할 수도 있었다.

　이렇게 처세해나가면서 그는 어떻게 하면 자기의 체면을 일관성 있게 지켜나갈 수 있는가, 또 어떻게 하면 뚜렷한 자기모순을 드러내지 않고 견딜 수 있는가 하는 점에만 신경을 썼다. 그는 자기의 행위가 본질적으로 도덕적이거나 비도덕적이거나 그리고 자기의 행위로 러시아 제국이나 전 세계에 최대의 행복이 생기건 최대의 해악이 생기건 그런 것에는 전혀 관심이 없었다.

　처음 그가 대신에 임명되었을 때는 그의 세력 아래 있는 사람들뿐 아니라(그는 많은 사람들을 그 세력권 안에 끌어들이고 있었다) 그와 아무 관계도 없는 사람들까지, 심지어는 자기 자신도 그를 매우 유능하고 총명한 국가적 인물이라고 생각했다. 그러나 그는 상당한 기간이 지나는 동안 아무 업적도 세우지 못했고 뚜렷한 수완을 발휘하지 못했으므로 마침내 생존경쟁의 법칙에 따라 그와 똑같이 서류나 꾸미고 해석하는 것을 배운 정견도 없는 무주의, 무절제한 다른 관료에게 밀려나 물러나지 않을 수 없게 되었다. 그때 사람들은 비로소 그가 총명한 사람이기는커녕 허세나 부리는 천박하고 교양 수준이 낮은 보수계 신문의 사설 정도의 견해밖에 안 가진 사람이라는 것을 뚜렷이 알게 되었다.

　결국 그는 그를 밀어낸 교양 없고 허세 부리기 좋아하는 다른 관료들과 조금도 다를 바 없는 인물이라는 것이 밝혀진 셈이었다. 그는 자기도 그 점을 알고는 있었으나 그렇다고 그 사실이 해마다 막대한 연금을 받고 예복에 달 훈장을 받는 것이 당연하다는 신념을 흔들리게 하지는 못했다. 그 신념은 너무도 강하여 절대로 움직일 수 없는 것이었기 때문에, 누구도 감히 그 생각에 이의를 제기하거나 반대할 수 없었다. 그는 국가로부터 일부는 연금이라는 형태로, 일부는 정부 최고자문위원회 봉급 형식으로, 그리고 나머지는 온갖 잡다한 명예직에 대한 보수로서 해마다 몇만 루블의 국고금을 타내고 있었다. 뿐만 아니라 그 이상 더 고맙게 생각할 수 없는 새로운 권리, 곧 어깨와 바지에 새 금줄을 달고 연미복에 새로운 수나 칠보 훈장을 달 수 있는 자격을 해마다 얻었다. 그 때문에 이반 미하일로비치 백작은 여러 방면에서 연줄이 닿았다.

이반 미하일로비치 백작은 전에 국장들의 보고를 듣던 태도로 네홀류도프의 말을 다 듣고 나더니 두 통의 소개장을 써주겠다고 했다. 한 통은 원로원의 상소심의부 의원인 볼프 앞으로 보내는 것이었다.

"이 사람은 여러 가지 소문이 있지만 소문이야 어쨌든, 참으로 착실한 사람이야." 그는 말했다. "내 신세를 지고 있으니까 가능한 일이라면 해줄 거다."

다른 한 통의 편지는 청원위원회의 한 유력자 앞으로 써주었다. 그는 네홀류도프의 말을 듣고 페도샤 비류코바의 사건에 굉장한 관심을 기울였다. 황후 앞으로 탄원서를 낼 작정이라고 네홀류도프가 말하자, 그는 이것은 확실히 감동적인 이야기니까 기회가 있으면 자기가 궁중에서 이야기해도 좋다고 말했다. 그러나 그도 약속할 수는 없었다. 어쨌든 절차를 밟아서 청원서를 내는 것이 좋을 것이라고 했다. 그래서 만약 기회가 있으면 목요일에 소위원회가 열릴 때, 거기서 말해도 좋을 것이라고 그는 생각했다.

백작의 소개장과 마리에트 앞으로 쓴 이모의 편지를 받아 들고 네홀류도프는 곧 그 사람들을 방문하러 나섰다.

먼저 마리에트에게로 갔다. 그는 그녀가 가난한 귀족의 딸이었던 소녀 시절부터 알고 있었다. 그리고 처세술이 뛰어나 출세한 남자와 결혼했다는 것도 알고 있었다. 그 남자에 대해서 그는 좋지 않은 소문을 듣고 있었는데, 그가 들은 것은 주로 몇천몇백 명의 정치범에 대한 그의 냉혹한 소행이었으며, 정치범을 괴롭히는 것이 그의 특수한 임무라는 것이었다.

네흘류도프는 학대받는 사람을 구하기 위해서 학대하는 사람들 측에 서야 한다는 것이 견딜 수 없이 괴로웠다.

학대하고 있는 당사자들에게 필경 자기 자신들도 모르고 있을 잔악한 처사를 몇 사람의 특정한 인물에 대해서만이라도 다소 완화해달라고 부탁함으로써 그들의 행위를 합법적인 것으로 인정하는 듯한 기분이 들었다. 그런 경우 그는 언제나 마음속의 갈등과 내적 불만을 느끼고 부탁해야 할지 말아야 할지 망설였지만 그때마다 부탁해야 한다고 결심했다. 요컨대 마리에트와 그 남편을 만난다는 것은 그로서는 어색하고 부끄럽고 불쾌하기는 하겠지만, 독방에서 신음하는 한 불행한 여자가 석방되고 그녀와 그의 친척들이 고뇌에서 구원받을지도 몰랐다.

자기는 저쪽을 이제 자기의 동류가 아니라고 생각하는데도, 저쪽에서는 그를 아직도 자기편이라고 생각하는 사람들에게 끼어 일을 부탁하는 자기의 태도에 그는 허위를 느끼고 있었다. 또한 그는 이 사회에 들어서면 과거 습관의 궤도에 다시 끌려 들어가 이 사회를 지배하고 있는 경박하고 불륜한 분위기에 저절로 휩쓸리고 말 것 같은 기분이 들었다. 그는 벌써 카테리나 이바노브나 백작 부인 집에서 그것을 느꼈다. 오늘 아침에 이미 그녀와 아주 진지한 문제를 이야기하면서 어느새 농담조가 되어 있었던 것이다.

대체적으로 오랜만에 보는 페테르부르크는 항상 그렇듯이 육체에 활기를 주지만 정신을 우둔하게 만드는 인상을 주었다. 모든 것이 깨끗하고 쾌적하며 잘 정비되어 있었고, 특히 사람들이 도덕적으로 무관심하기 때문에 생활이 유달리 안이하게 느껴졌다.

단정하고 말쑥한 차림의 공손한 마부가 그를 태우고 역시 단정하고 말쑥한 차림의 공손한 경찰 옆을 지나서 깨끗하게 물을 뿌린 아름다운 포장길과 집들을 지나 마리에트가 사는 운하 쪽 집으로 그를 데려다주었다.

대문 앞에 눈을 가린 영국 말 두 필을 맨 마차가 서 있고, 뺨을 절반이나 덮은 구레나룻을 기른, 영국인으로 보이는 마부가 멋진 제복을 입고 채찍을 쥔 채 마부석에 거만스럽게 앉아 있었다.

말쑥한 제복 차림의 문지기가 바로 앞 현관문을 여니, 거기에는 그보다 더 훌륭한 제복을 입고 멋진 구레나룻을 보기 좋게 빗질한 하인과 깨끗한 새 군복을 입고 총검을 든 당직 사병이 서 있었다.

"각하는 면회하실 수 없습니다. 부인도 마찬가지입니다. 지금부터 외출하십니다."

네흘류도프는 카테리나 이바노브나 백작 부인의 편지를 내주고 나서, 명함을 꺼내어 방문객 명부가 놓여 있는 테이블 앞으로 가서 '만나 뵙지 못해서 대단히 유감입니다.' 하고 쓰기 시작했다. 그때 갑자기 하인이 층계로 가고 문지기는 현관으로 달려오더니 "마차를 돌려라!" 하고 외쳤다. 당직 사병은 두 손을 바지 솔기에 착 갖다 붙이고 부동자세를 취했다. 당직 사병은, 오만한 태도에 어울리지 않게 종종걸음으로 층계를 내려온 자그마하고 가냘픈 부인을 눈으로 배웅했다.

마리에트는 깃털 달린 큼직한 모자를 쓰고, 검은 옷에다 검은 망토를 걸쳤으며, 까만 새 장갑을 끼고 있었다. 얼굴은 베일로 가려져 있었다.

네흘류도프를 보더니 그녀는 베일을 쳐들고, 매우 귀여운 얼굴을 드러내면서 반짝거리는 눈으로 의아하게 그를 바라보았다.

"어머나, 드미트리 이바노비치 공작님!" 그녀는 맑고 탄력 있는 목소리로 말했다. "그렇지 않으세요……."

"아니, 제 이름까지 기억해주시다니요?"

"기억하고말고요. 동생이랑 둘이서 당신한테 열중한 일도 있었는걸요." 마리에트는 프랑스어로 말했다. "하지만 많이 달라지셨어요. 정말 유감이에요. 지금 나가는 길이거든요. 하지만 잠깐 들어갔다 갈까?" 그녀는 망설이듯 멈춰 섰다. 그녀는 벽시계를 바라보았다. "안 되겠어요, 역시. 카멘스카야 부인 댁 장례식에 가는 길이에요. 부인은 몹시 상심하고 계신답니다."

"무슨 일이 있었습니까?"

"어머, 못 들으셨어요……? 아드님이 결투하다가 죽었어요. 포젠하고 결투를 했어요. 외아들이었는데 무서운 일이지요. 어머니가 어찌나 상심하시는지 가엾어서……."

"네, 그 얘기는 들었습니다."

"가야지, 안 되겠어요. 내일이나 오늘 밤에 와주실 수 없어요?" 그녀는 가볍고 빠르게 걸어 현관으로 갔다.

"오늘 밤엔 안 됩니다." 그는 그녀와 나란히 현관으로 나가면서 대답했다. "실은 부인께 부탁드릴 일이 있어서 그럽니다." 현관에 대기하고 있는 두 필의 밤색 말을 보면서 그는 말했다.

"무슨 일인데요?"

"이것이 그 얘기를 쓴 이모의 편지입니다." 머리글자를 엮은 큼직한 마크가 찍힌 엷은 봉투를 그녀에게 내주면서 네흘류도프는 말했다. "읽어보시면 압니다."

"알고 있어요. 카테리나 이바노브나는 내가 남편 일에 간섭하고 있는 줄 아세요. 잘못 생각하신 거죠. 전 그의 일에 참견할 수도 없거니와 하고 싶지도 않답니다. 하지만 백작 부인과 당신을 위해서라면 물론 기꺼이 그 방침을 굽히겠어요. 그래, 무슨 일이죠?" 그녀는 검은 장갑에 싸인 작은 손으로 공연히 주머니를 뒤지면서 말했다.

"실은, 요새 감옥에 어떤 여자가 수감되어 있는데 그 여자는 병자인

데다가 사건과 아무 관계도 없답니다."

"그 여자 이름이 뭐죠?"

"슈스토바라고 합니다. 리디야 슈스토바. 편지에 씌어 있습니다."

"그래요, 알겠어요. 얘기해볼게요." 그녀는 수레바퀴에 에나멜을 칠한 진흙받이가 햇빛을 받아 반짝이는, 푹신한 가죽 깔개가 깔린 마차에 사뿐히 올라타고 양산을 폈다. 하인은 마부석에 앉아 출발하라고 신호했다. 마차가 움직이기 시작하자 그녀는 양산 끝으로 마부의 등을 가볍게 쳤다. 다리가 늘씬하고 아름다운 영국 말이 고삐가 당겨진 미끈한 목을 움츠리며 날씬한 발을 재빠르게 바꾸어 밟으면서 멈췄다.

"꼭 오세요. 용건이 없어도요." 그녀는 생긋 웃었다. 그 미소의 힘을 그녀는 잘 알고 있었다. 그리고 연극이 끝나고 막이 내리듯이 베일을 내렸다. "자, 가요." 그녀는 또 양산 끝으로 마부의 등을 쳤다.

네흘류도프는 모자를 쳐들었다. 밤색 순종 말이 콧김을 내뿜고 발굽 소리를 울리며 포장길을 차기 시작했다. 마차는 군데군데 울퉁불퉁한 곳에 새 고무바퀴를 가볍게 튀기면서 경쾌하게 멀어져 갔다.

16

마리에트와 주고받은 미소를 생각하며 네흘류도프는 고개를 갸웃거렸다. '제대로 주위를 살펴볼 겨를도 없이 벌써 이 생활에 다시 휩쓸리고 있구나.' 그는 자기가 존경하지 않는 사람들의 비위를 맞추지 않으면 안 될 때 항상 일어나는 자기 분열과 의혹을 되씹으면서 문득 이렇게 생각했다. 그는 헛걸음치지 않게끔 어디를 먼저 갈까 생각하다가 원로원으로 가기로 했다. 그는 사무실로 안내되었다. 그리고 훌륭한 실내에서 매우 공손하고 말쑥한 수많은 관리들을 보았다.

마슬로바의 상소장은 수리되었으며, 이모부의 소개장을 받아온 볼프 의원의 심리에 회부되었다고 관리들이 네흘류도프에게 전했다.

"원로원 회의가 이번 주 안에 열릴 예정이니까 마슬로바 사건은 이번 회의에 제출될지도 모르겠습니다. 부탁하신다면 이번 주 수요일 회의에 제출될 수 있지 않을까요?" 하고 한 사람이 말했다.

원로원 사무실에서 조사가 끝나기를 기다리는 동안, 네흘류도프는 또 결투와 카멘스키 청년이 살해되었을 때의 자세한 사정을 들었다. 여기서 그는 처음으로 페테르부르크를 휩쓴 이 사건을 낱낱이 알 수 있었다. 사건의 전말은 이랬다. 장교들이 요릿집에서 굴을 먹으며 여느 때처럼 술에 취해 있었다. 한 사람이 카멘스키가 근무하고 있는 연대를 험담했다. 카멘스키는 그에게 거짓말쟁이라고 욕을 했다. 그는 카멘스키를 후려갈겼다. 이튿날 결투가 벌어졌는데 카멘스키가 복부에 총알을 맞았다. 그리고 그는 2시간 뒤에 숨을 거두었다. 죽인 사람과 입회자들이 체포되어 영창에 들어갔으나, 소문으로는 2주일 뒤에 풀려날 것이라고 했다.

네흘류도프는 원로원 사무실에서 나와 청원위원회의 실력자인 보로비요프 남작을 찾아갔다. 남작은 웅장한 관사에 살고 있었다. 문지기와 하인이 면접일 말고는 남작을 만날 수 없으며 오늘은 황제 폐하를 뵈러 가셨고 또 내일도 가게 되어 있다고 네흘류도프에게 설명했다. 네흘류도프는 편지를 내주고 볼프 의원 집으로 갔다.

볼프는 막 가벼운 아침 식사를 끝내고 언제나처럼 소화를 돕기 위해 엽궐련을 피워 물고 방 안을 왔다 갔다 하다가 네흘류도프를 맞았다. 블라디미르 바실리예비치 볼프는 매우 치밀한 인물이었다. 그는 자기의 이런 성품을 높이 평가하고 있었고 그 높이에서 다른 사람들을 내려다보았다. 그의 입장에서 볼 때 이런 성품을 높이 평가할 수밖에 없었던 까닭은, 이 성품 덕분에 결국 자기가 원하던 지위를 얻을 수 있었기 때문이었다. 말하자면 그는 결혼으로 1년에 1만 8천 루블의 수입이 있는 재산을 손에 넣었고, 끈질긴 노력의 대가로 원로원 자리를 얻게 되었던 것이다. 그는 자기 자신을 빈틈없이 치밀한 인물이라고 믿을뿐더러, 청렴한 기사라고 믿고 있었다. 청렴이라는 말은, 그의 풀이에 따르면, 개개인으로부터 몰래 뇌물을 받지 않는다는 것이었다. 정부가 요구하는 모든 사무를 노예같이 실행한 대가로 여비, 준비금, 대여금 등 모든 종류의 돈을 국고금에서 타먹는 것은 별로 파렴치하다고 생각하지 않았다. 그가 전에 폴란드의 어느 현 지사로 있을 때 단행한 일로, 그 지방 주민들이 자기 나라의 국민을 너무 많이 사랑하고 조상의 종교에 너무 충실하다는 이유로 수백 명의 죄 없는 사람들을 파멸시키고, 재산을 몰수하고, 유형에 처하고, 감금했는데, 그는 이것을 결코 파렴치한 행동이 아닐뿐더러 오히려 고결하고 정당한 애국적인 위엄이라고 믿고 있었다. 그 밖에 그는 자기에게 반한 아내와 처제의 재산을 송두리째 가로채고도 그것은 결코 파렴치한 일이 아닐 뿐 아니라 오히려 재산을 관리하기 위한 현명한 행위였다고 생각할 정도였다.

블라디미르 바실리예비치의 가정에는 도대체 개성이라는 것이 없는 그의 아내와 처제와(그는 이 처제의 재산도 몽땅 차지했을 뿐 아니라 그녀의 토지도 모두 팔아서 자기 이름으로 해놓았다) 얌전하고 마음 약한 딸 하나가 있었다. 이 딸은 쓸쓸하고 괴로운 나날을 보내고 있었는데 요즘에는 기독교와 알린과 카테리나 이바노브나 백작 부인 댁의 모임에 참석하는 일로 위안을 삼고 있었다.

블라디미르 바실리예비치의 외아들은 비록 사람은 좋으나 열다섯 살 때부터 턱수염을 기르고 술을 마시며 방탕한 생활을 시작해서 스무 살이 넘도록 학교 하나 제대로 나오지 못했고, 나쁜 친구들과 어울려 빚만 잔뜩 져서 아버지의 이름을 더럽혔다는 이유로 마침내 집에서 쫓겨나고 말았다.

한번은 그의 아버지가 230루블을 갚아주었고, 두 번째로 600루블의 빚을 갚아주었다. 그때 볼프는 아들에게, 이번이 마지막이니 마음을 고쳐먹지 않으면 집에서 쫓아내고 부자의 인연을 끊겠다고 선언했다. 그러나 아들은 새사람이 되기는커녕 1천 루블이나 빚을 졌을 뿐 아니라 뻔뻔스럽게도 아버지에게, 이런 집에서 살아가는 것은 고문받는 것보다도 더 괴롭다고 대들었다. 그래서 블라디미르 바실리예비치는 아들에게 이제부터는 서로 부자의 인연을 끊겠노라고 선언하고 집에서 내쫓았다. 그때부터 블라디미르 바실리예비치는 자기에게 아들이 없는 것처럼 행세해왔으며, 가족들도 누구 하나 그 앞에서 감히 아들 이야기를 꺼내지 못했다. 이와 같은 결말을 블라디미르 바실리예비치는 가장 좋은 방법으로 집안을 다스린 것이라고 굳게 믿고 있었다.

볼프는 상냥하면서도 어딘가 경멸하는 듯한 미소를 지었다―이것은 대다수 사람들에게 자기 우월감을 나타내는 그의 무의식적인 버릇이었다―그는 실내를 걷다가 멈추고 네흘류도프와 인사를 나눈 다음 편지를 읽었다.

"앉으십시오. 실례입니다만 거닐면서 말씀을 듣겠습니다." 그는 두 손을 조끼 주머니에 넣은 채 어마어마하게 넓은 서재 안을 대각선으로 가볍게 걸으면서 말했다.

"이렇게 알게 돼서 반갑습니다. 아울러 이반 미하일로비치 백작의 도움이 될 수 있어 영광입니다." 그는 향기로운 하늘빛 연기를 내뿜고 재가 떨어지지 않도록 살며시 담배를 입에서 떼며 말했다.

"저는 다만 사건의 심리를 빨리 해주십사 부탁드리고 싶습니다. 피고가 어차피 시베리아로 가게 된다면, 조금이라도 빨리 떠나고 싶어서요."

네흘류도프는 말했다.

"네, 네, 니즈니에서 오는 첫 배편으로 가시려는 것이지요. 알고 있습니다." 상대방의 말을 듣기도 전에 다 알고 있다는 듯이 볼프는 거만한 미소를 띠며 말했다.

"피고의 이름이 뭐라고 했지요?"

"마슬로바입니다.……."

볼프는 탁자 앞으로 가서 서류철 위에 놓인 편지를 흘끗 보았다.

"그래, 마슬로바라고 했지요. 좋습니다. 내가 동료 의원들한테 부탁해 두지요. 수요일에 심의하면 될 것입니다."

"그럼 변호사한테 전보를 쳐도 되겠습니까?"

"허, 변호사가 있습니까? 무엇 때문에 일부러? 하지만 바라신다면 상관없습니다."

"상소 이유가 불충분할지도 모르겠습니다." 네흘류도프는 말했다. "하지만 논고를 볼 때, 판결이 오해에서 생긴 것같이 생각됩니다만."

"그렇습니까? 있을 수 있는 일입니다. 하지만 원로원이 사건 자체를 검토할 수는 없습니다." 볼프는 엽궐련의 재를 보면서 잘라 말했다. "원로원은 법의 적용과 해석이 옳은지를 심의할 뿐입니다."

"이 사건은 예외라고 생각합니다만."

"네, 압니다. 어느 사건이나 모두 예외적인 것이니까요. 우리는 해야 할 일은 합니다. 그뿐입니다." 재는 아직 허물어지지 않고 있었지만 금이 가서 곧 떨어질 것 같았다. "그래, 페테르부르크에는 자주 오시지 않습니까?" 볼프는 재가 떨어지지 않도록 담배를 받들면서 말했다. 재는 아직도 떨어지지 않았다. 그는 담배를 살며시 재떨이 위로 가져갔다. 거기서 재가 떨어졌다.

"그나저나 카멘스키 사건은 참으로 끔찍스러운 일이었어요!" 하고 그는 말했다. "좋은 청년이었습니다. 외아들이었지요. 특히 어머니의 처지가 되고 보면." 그는 그 무렵 카멘스키 사건에 대해 온 페테르부르크에서 떠돌던 말을 그대로 되풀이했다.

그리고 다시 카테리나 이바노브나 백작 부인의 얘기와 부인이 열중하고 있는 새로운 종교적 경향에 대해서 조금 이야기하고는, 초인종을 울렸다. 그는 그 종교의 경향을 비판도 긍정도 하지 않았는데, 그 태도로 보아 틀림없이 아무 관계도 없는 것 같았다.

네흘류도프는 작별 인사를 했다.

"괜찮으시다면 저녁 식사나 드시러 오십시오." 볼프는 악수를 하면서 말했다. "뭣하시면 수요일에라도 오십시오. 확실한 대답을 드릴 수 있을 테니까요."

이미 늦었으므로 네흘류도프는 이모네 집으로 서둘러 갔다.

17

카테리나 이바노브나 백작 부인 집의 저녁 식사 시간은 7시 반이었다. 그리고 식사는 네흘류도프가 일찍이 보지 못한 새로운 방법으로 진행되었다. 요리를 식탁 위에 차려놓고 급사는 곧 물러갔다. 그리고 사람들은 제각기 자기의 요리를 덜어 먹었다. 남자들은 부인네들에게 쓸데없는 수고를 끼치지 않으려고, 또한 강한 자의 입장에서 자기 것은 물론 부인들의 몫을 덜어주기도 하고 마실 것을 따라주기도 하는 수고를 맡았다.

하나의 큰 쟁반이 비면 백작 부인은 식탁 옆에 달려 있는 벨을 눌렀다. 그러면 급사가 소리도 없이 들어와 재빨리 치우고 그릇을 바꿔놓고 다른 요리를 날라 왔다. 요리는 매우 정성 들여 만든 것이고 술도 그것에 어울리게 고급이었다. 널찍하고 밝은 조리실에서는 프랑스인 요리장과 조수 두 명이 일하고 있었다. 식탁에 둘러앉은 사람은 모두 여섯 명으로 백작과 백작 부인, 식탁에 두 팔꿈치를 세우고 무뚝뚝한 표정을 짓고 있는 아들 근위 장교와 네흘류도프, 가정교사인 프랑스 여인과 시골에서 온 백작 집안의 총지배인이었다.

여기서도 화제는 역시 결투였다. 황제가 이 문제를 어떻게 다루겠느냐 하는 것이 이야기의 중심이었다. 황제가 그 어머니를 몹시 동정하고 있다는 것과, 누구든지 어머니를 매우 딱하게 생각하고 있음은 틀림없었다. 그러나 동정은 하고 있지만 황제가 군복의 명예를 지킨 상대방 장교에게 엄하게 대하고 싶어 하지 않고 있다는 것도 명백했으므로, 여론은 군복의 명예를 지킨 상대방 장교에게 관대했다. 카테리나 이바노브나 백작 부인만이 본래의 경솔한 성미를 못 이겨 가해자를 비난했다.

"그렇다면 앞으로도 술에 취해서 온전한 청년을 죽이는 자가 나올 거예요. 절대로 용서할 수 없는 일이에요." 그녀는 말했다.

"나는 그 점을 도무지 이해할 수가 없단 말씀이야." 백작이 말했다.

"그러시겠죠, 당신은 내 말을 절대로 이해하지 못하니까요." 부인은 말한 다음 네흘류도프를 돌아보았다.

"모두 다 아는데, 이 양반은 모르신단다. 나는 그 어머니가 불쌍하다는 거예요. 상대방은 사람을 죽여놓고도 으스대고 있다니, 나는 용서할 수 없어요."

그러자 그때까지 잠자코 있던 아들이 가해자 편을 들며 어머니에게 그 장교는 그렇게밖에 행동할 수 없었다는 것, 그러지 않았더라면 장교 재판에 회부되어 연대에서 쫓겨났을 것이라고 제법 난폭하게 대들었다. 네흘류도프는 대화에 끼지 않고 듣고만 있었다. 그리고 전에 자기도 장교였기 때문에 젊은 차르스키의 의견을 인정하지는 않았지만 이해는 할 수 있었다.

그는 더불어 무의식적으로 사람을 죽인 그 장교와 싸움으로 상대를 죽이고 유형 판결을 받은, 감옥에서 본 아름다운 젊은 죄수를 비교해 생각하고 있었다. 두 사람은 다 술을 먹고 사람을 죽였다. 그 농민은 격분한 순간 사람을 죽였기 때문에 아내와 가족과 친척들과 헤어져서 쇠고랑을 차고 머리를 깎여 시베리아로 압송된다. 그러나 이쪽 장교는 위병 본부의 훌륭한 방에서 맛있는 음식을 먹고, 고급술을 마시고, 책을 읽으며, 오늘이나 내일 사이에 석방되어 다시 전과 같은 생활로 돌아간다. 더구나 대단한 인기인이 될 것이 틀림없다.

그는 생각한 대로 말했다. 처음에는 백작 부인도 조카의 의견에 찬성하는 듯했으나 나중에는 곧 다른 사람들과 같이 입을 다물고 말았다. 그래서 네흘류도프도 자기가 무슨 불쾌한 말을 한 것처럼 느껴졌다.

저녁 식사가 끝나자 넓은 홀에 멋지게 조각된 높다란 등받이 의자들이 마치 강론을 들을 때처럼 여러 줄로 놓이고, 큰 테이블 앞에는 설교자를 위한 안락의자와 물병이 놓인 탁자가 마련되었다. 사람들이 모이기 시작했다. 외국에서 온 키제베테르의 설교가 있을 예정이었다.

현관에는 호화로운 마차들이 늘어서 있었다. 큰 홀에는 비단, 벨벳, 레이스 등으로 몸을 휘감고, 덧머리를 얹어서 머리를 높다랗게 빗어 올리고, 코르셋으로 허리를 졸라맨 부인들이 값진 장신구를 몸에 달고 앉아 있었다. 부인들 사이에는 남자들도 끼어 있었다. 군인도 있고, 문관도 있고, 평민도 다섯이나 섞여 있었다. 정원지기 두 명과 장사꾼과 하인과 마부였다.

키제베테르는 다부진 몸에 머리가 희끗희끗해지기 시작한 사람이었는데, 그가 영어로 말하면 코안경을 쓴 여윈 젊은 여자가 곧 능란하게 통역해주었다.

그는 우리의 죄가 너무나 깊고, 그 죄에 대한 벌이 너무나 크며, 그리고 피할 수도 없는 것이므로, 그 벌을 예상하면서 살아간다는 것은 참을 수 없는 일이라고 말했다.

"친애하는 형제자매들이여, 자기 자신과 자기 생활에 생각을 돌려봅시다. 우리가 무엇을 하고 있으며, 어떤 생활을 하고 있으며, 얼마나 자비로운 하느님을 노하게 하고 있으며, 얼마나 그리스도를 괴롭히고 있는지를. 피할 길도 없으며 구원받을 수도 없다는 것을 알 것입니다. 그리고 우리에겐 모두 파멸이 운명 지워져 있다는 것을 알 수 있을 것입니다. 무서운 파멸, 영원한 고뇌가 우리를 기다리고 있습니다." 그는 눈물을 머금은 목소리로 떨면서 말했다. "어떻게 하면 이 무서운 불길 속에서 구원을 받을 수 있을까요? 이미 불길은 집을 둘러쌌으니 벗어날 길은 없습니다."

그는 입을 다물었다. 그러자 진짜 눈물이 뺨을 타고 흘러내렸다. 벌써 8년 동안이나 설교를 해오면서 그가 좋아하는 이 대목의 설교에 이르면 한 번도 빠짐없이 그는 목에 경련을 느끼고 코가 메어 눈에서 눈물이 흘렀다. 그러면 이 눈물이 더욱더 그를 감동시켰다. 홀 안에 흐느껴 우는 소리가 들렸다. 카테리나 이바노브나 백작 부인은 조그만 모자이크 테이블 앞에 앉아 두 팔꿈치를 짚고 손으로 이마를 괸 채 살찐 어깨를 가늘게 떨고 있었다. 마부는 말이 들이받으려 하는데도 피하려 하지 않는 사람에게 눈을 부릅뜨듯 놀라움과 겁먹은 눈으로 독일인 설교사를 바라보고 있었다. 대부분의 사람들은 카테리나 이바노브나 백작 부인과 같은 자세로 앉아 있었다. 아버지를 닮은 볼프의 딸은 유행하는 의상을 입은 채 무릎을 꿇고 두 손으로 얼굴을 가리고 있었다.

설교사가 갑자기 얼굴을 들었다. 그리고 배우가 기쁨을 표현할 때처럼 자못 진실한 미소 같은 것을 얼굴에 나타내면서 달콤하고 부드러운 목소리로 말하기 시작했다.

"그런데 구원은 있는 것입니다. 그것은 멋지고도 기쁜 구원입니다. 구원이야말로 십자가의 고난을 받으신 하느님의 유일한 아드님께서 우리를 위해 흘리신 피입니다. 그리스도의 고난이, 그리스도의 피가, 우리를 구원해주시는 것입니다. 형제자매들이여." 그는 또 눈물 어린 목소리로 말했다. "우리 인류의 속죄를 위해 독생자 예수를 보내주신 하느님께 감사드립시다. 그리스도의 거룩한 피가……."

네흘류도프는 아무래도 견딜 수 없을 만큼 불쾌해져서 슬그머니 일어섰다. 그는 이맛살을 찌푸리고 수치스러운 생각을 억지로 참으며 발소리 죽여 홀에서 나와 자기 방으로 갔다.

18

이튿날 네흘류도프가 옷을 갈아입고 막 아래로 내려가려고 하는데, 하인이 모스크바에서 온 변호사의 명함을 가지고 들어왔다. 변호사는 자기 볼일도 있고, 원로원에서 곧 마슬로바 사건의 심리가 열린다면 거기에도 참석하기 위해서 온 것이었다. 네흘류도프가 친 전보가 서로 엇갈렸던 것이다. 마슬로바 사건이 심리되는 날짜와 그 의원들이 누구라는 것을 네흘류도프에게서 듣자 변호사는 빙그레 웃었다.

"그렇다면 세 가지 유형의 원로원 의원들이 모이는군요." 그는 말했다. "볼프는 페테르부르크형 관료이고 스코보로드니코프, 이 사람은 학자 기질의 법률가. 그리고 베, 이 사람은 실무형 법률가. 그러니까 이 베라는 사람이 가장 믿음직합니다." 하고 변호사는 덧붙였다. "이 사람한테 가장 기대를 걸 수 있습니다. 그런데 청원위원회 쪽은 어떻게 되었습니까?"

"지금 바론 보로비요프 남작을 방문할 참입니다. 어제 만나지 못했습니다."

"바론 보로비요프가 어떻게 남작이 됐는지 아십니까?"

변호사는 네흘류도프가 이 외국 칭호와 순수한 러시아 성을 붙여서, 좀 익살맞은 투로 발음한 것에 대답하여 말했다.

"파벨 황제가 무슨 포상으로 그 사람의 할아버지에게—궁중의 하인이었다고 들었습니다만—이 칭호를 주었답니다. 무엇인지는 모르지만 황제를 몹시 기쁘게 해드렸던 모양이지요. 이자를 남작으로 삼는다, 이 조처에 이의를 제기하는 것은 허락하지 않는다, 이렇게 해서 보로비요프 남작이 탄생한 겁니다. 그는 이걸 여간 자랑스럽게 여기고 있지 않아요. 굉장히 교활한 사람입니다."

"그럼 그 사람한테 가볼까요?" 네흘류도프는 말했다.

"좋고말고요. 같이 가십시다. 제가 안내하지요."

두 사람이 출발하려고 현관에 나서자 하인이 마리에트에게서 온 편지를 가지고 쫓아왔다. 그 편지에는 프랑스 말로 이렇게 적혀 있었다.

당신을 기쁘게 해드리기 위해 나는 나의 방침을 완전히 바꾸어서 당신이 보호하고 있는 여자에 대한 말을 주인에게 부탁해두었습니다. 아마 그 여자는 곧 석방될 거예요. 주인이 요새의 사령관에게 편지를 보냈습니다. 그럼 볼일이 없으셔도 놀러 와 주세요. 기다리고 있겠습니다.

M.

"어떻습니까?" 네흘류도프는 변호사에게 말했다. "무서운 일 아닙니까? 어떻게 그들이 7개월 동안이나 독방에 가두어둔 여자가 아무 죄도 없다는 건지. 그리고 그 여자를 석방하는 데 단 한마디면 되다니."

"언제나 그렇습니다. 자, 어찌 됐든 당신은 소망을 이룬 셈이군요."

"그렇습니다. 하지만 이 성공은 도리어 나를 슬프게 하는군요. 도대체 거기선 무슨 일들을 하고 있는지 알 수가 없어요. 왜 그들은 그녀를 가두었을까요?"

"그런 일은 깊이 생각하지 않는 편이 좋을 겁니다. 그럼 제가 안내해 드리죠." 두 사람이 현관으로 나가자 변호사가 타고 온 아름다운 마차가 현관으로 다가왔다. 변호사는 네흘류도프를 재촉했다.

"보로비요프 남작 댁으로 가시는 거지요?"

변호사는 마부에게 행선지를 알려주었다. 기운찬 말이 곧 네흘류도프를 남작 저택 현관 앞으로 데려갔다. 남작은 집에 있었다. 앞 대기실에는 제복을 입은 젊은 관리 한 사람과 두 귀부인이 있었다. 그 관리는 후두가 튀어나오고 목이 길며 경쾌하게 걷는 남자였다.

"성함은?" 후두가 튀어나온 젊은 관리가 놀랄 만큼 재빠르고 우아한 몸짓으로 부인들 곁을 떠나 네흘류도프 쪽으로 걸어오면서 말했다.

네흘류도프는 이름을 댔다.

"남작께서도 공작님 말씀을 하고 계셨습니다. 잠깐만 기다리십시오!"

젊은 관리는 문을 열고 옆방으로 들어가더니, 울어서 눈이 부은 상복 차림의 부인을 데리고 나왔다. 부인은 눈물을 감추기 위해 앙상한 손가락으로 헝클어진 베일을 내렸다.

"이리 들어오십시오." 젊은 관리는 가벼운 걸음으로 서재 문 앞으로 걸어가더니 문을 열고 멈춰 서면서 네흘류도프에게 말했다. 네흘류도프가 서재로 들어갔더니, 프록코트 차림에 머리를 짤막하게 깎은 중키의 다부진 사나이가 큰 테이블 너머 안락의자에 편안히 앉아 싱글싱글 웃으면서 이쪽을 보고 있었다. 흰 콧수염과 턱수염에 둘러싸여 유달리 붉게 보이는 얼굴이 네흘류도프를 보자 기분 좋은 미소를 지었다.

"이렇게 만나게 되어 반갑습니다. 아버님과는 옛날부터 친밀하게 지내고 있었습니다. 당신도 어렸을 때부터 잘 알고 있지요. 장교였을 때도 뵌 적이 있지요. 자, 앉으십시오. 그래, 무슨 일인지 말씀하십시오." 네흘류도프가 페도샤 이야기를 꺼내자 그는 짧게 깎은 머리를 흔들면서 말했다. "네, 말씀하십시오. 잘 알았습니다. 그렇습니다. 그렇고말고요. 이것은 정말 감동적인 얘기입니다. 그래, 청원서는 제출하셨습니까?"

"네, 청원서는 준비해왔습니다만." 네흘류도프는 주머니에서 그것을 꺼내며 말했다. "하지만 당신께 부탁드리고 싶은 것은 이 문제에 대해서 각별한 관심을 갖고 힘써주셨으면 하는 것입니다.

"참 잘됐습니다. 틀림없이 내가 폐하께 말씀드리지요." 그 싱글거리는 얼굴에 전혀 어울리지 않는 동정의 빛을 억지로 나타내며 남작은 말했다. "정말 가슴이 뭉클해집니다. 아마 그녀는 아직 어렸으므로 남편이 노골적으로 행동하는 게 싫어져서 반발을 일으킨 게 분명합니다. 그 후 시간이 지남에 따라 서로 사랑하게 되었고……. 좋습니다, 내가 직접 폐하께 말씀드리지요."

"이반 미하일로비치 백작도 황후 폐하께 청원해주시겠다고 하셨습니다."

네흘류도프가 이 말을 채 끝내기도 전에 남작의 안색이 변했다.

"그건 그렇고, 청원서를 사무국에 먼저 내도록 하십시오. 나는 나대로 할 수 있는 데까지 노력하겠습니다."

그때 젊은 관리가 경쾌한 몸짓으로 서재에 들어왔다.

"그 부인이 한 말씀만 더 드리겠다고 합니다."

"좋습니다. 그럼 들여보내요. 참, 그 여자 눈물도 많지. 그 눈물을 다

씻어드릴 수만 있다면 얼마나 좋을까! 할 수 있다면 해드릴 텐데."

부인이 들어왔다.

"저는 아까 부탁드리는 것을 잊었습니다만 그이가 아무쪼록 딸을 저버리지 않도록 해주세요. 그렇지 않으면 무슨 일을 저지를지……."

"그러니까 내가 말하지 않았습니까, 해드린다고."

"남작님 제발 부탁이에요. 이 어미를 살려주세요."

부인은 그의 손에 입을 맞췄다.

"바라시는 대로 해드리겠습니다."

부인이 나가고 나자 네흘류도프도 작별 인사를 했다.

"할 수 있는 데까지 해보겠습니다. 법무부에도 조회해보지요. 무슨 회답이 오면, 그때는 가능한 한 좋은 방법을 강구해보지요."

네흘류도프는 서재에서 나와 사무국으로 갔다. 그는 여기서도 원로원에서처럼 장엄한 건물 안에, 모든 복장에서부터 말투에 이르기까지 단정하고 예의 바르며 동작이 활발하고 엄격한 관리들의 모습을 보았다.

'무섭게도 많군. 굉장하다. 모두 기름기가 흐르고 말쑥한 셔츠에 깨끗한 하얀 손, 반짝거리는 구두, 대관절 누가 이렇게 사치스러운 짓을 시키고 있는 것일까? 게다가 감옥 안의 죄수들은 물론 농민에 비해 얼마나 호화스러운 생활인가.' 네흘류도프는 무의식중에 또 이런 것을 생각하고 있었다.

19

페테르부르크에 감금되어 있는 죄수들의 운명을 좌우할 수 있는 인물은 독일계 남작 출신의 늙은 장군이었다. 그는 옷깃 단춧구멍에 다는 흰 십자 훈장 말고는 아무것도 달지 않았지만 사실은 많은 훈장을 가지고 있었다. 숱한 세월에 걸쳐 많은 공적을 세웠으나 지금은 늙어서 망령이 들었다는 소문이었다.

이 노장군은 캅카스에서 근무할 무렵에 그가 자랑하는 흰 십자 훈장을 탔는데 그것은 그가 머리를 짧게 깎고 군복을 입고 총검으로 무장한 러시아 농민들의 죄수 부대를 지휘해, 자기들의 자유와 집과 가족을 지키려고 일어선 천 명도 더 되는 주민들을 학살한 공로로 받은 것이었다. 그 뒤 폴란드로 전근된 뒤에도 그는 이 러시아 농민들에게 온갖 범죄를 저지르도록 강요했고, 그 결과 훈장과 새 군복의 가슴에 달 장식을 받았다. 그는 그 뒤에도 몇 군데에서 더 근무했으나 지금은 늙어서 훌륭한 저택과 수당과 명예를 지닌 현재 지위에 있게 된 것이었다.

그는 상관의 명령을 철저히 이행해왔으며 그렇게 하는 것을 가장 중요하게 생각하고 있었다. 또한 상부로부터 내려진 모든 명령에 일종의 특별한 의의를 부여했기 때문에, 세상일은 무엇이나 바꿀 수 있지만 상관의 명령만은 바꿀 수 없다고 생각했다. 그의 직무란 남녀 정치범을 감방이나 독방에 감금해두는 일이었는데, 그 죄수 가운데 과반수를 10년 이내에 죽을 만한 상태로 두지 않으면 안 되었다. 따라서 그들은 스스로 발광하거나, 폐병에 걸리거나, 단식을 결행하거나, 유리 조각으로 동맥을 자르거나, 목을 매달거나, 아니면 분신자살을 했다.

노장군은 이러한 모든 일을 샅샅이 알고 있었고 실제로 자기 눈앞에서도 그런 일이 가끔 벌어졌지만, 그의 양심에 가책이 될 수는 없었다. 그것은 가령 벼락이 떨어졌거나 홍수와 같이 자연히 일어난 불행과 다를 바 없었다. 이런 모든 일들이 상부의 명령, 즉 황제 폐하의 이름으로 행해지는 명령을 실행한 결과로 생긴 일이었다. 그러므로 그 명령은 어떠한 일이 있어도 수행되지 않으면 안 될 성질의 것이었으며, 그 명령의 결과를 생각해본다는 것은 무의미했다. 노장군은 그런 문제 따위는 애당초 생각해보려고 하지 않았다. 노장군은 자기는 가장 중요한 직책으로서 그 명령을 조금이라도 소홀히 하지 않기 위해서라도, 그런 것은 생각하지 않는 것이 애국적인 군인으로서 합당한 의무라고 굳게 믿고 있었다.

노장군은 일주일에 한 번씩 감방을 하나하나 둘러보면서 죄수들의 요구 사항을 듣기로 되어 있었지만, 죄수들이 내놓은 온갖 종류의 요청을 냉엄한 태도로 묵묵히 듣기만 했지 그것을 한 번도 실행에 옮겨본 적은 없었다. 죄수들의 요구는 모두 규칙에 어긋나는 것뿐이었기 때문이다.

네흘류도프의 마차가 노장군의 집에 닿았을 때 종탑의 시계가 가냘픈 종소리로 〈주님의 영광이 함께 있을 때〉라는 곡을 울리더니 곧 2시를 쳤다. 이 종소리를 듣자 네흘류도프는 어느 데카브리스트(12월 당원)가 쓴 수기의 한 구절이 생각났다. 그것은 시간마다 되풀이되는 이 감미로운 음악 소리가 종신 징역수들의 마음에 어떻게 반향되었을까를 밝힌 내용이었다.

네흘류도프의 마차가 저택 앞에 닿았을 때 마침 노장군은 어둠침침한 응접실과 자개를 박은 작은 탁자 앞에 앉아서, 어느 부하의 동생인 젊은 화가와 함께 한 장의 종이 위에서 접시를 돌리며 점을 치고 있었다. 화가의 가늘고 흰 손가락이 노장군의 굵직하고 뼈마디가 툭 불거진 손가락과 서로 깍지를 끼고 있었고, 이 깍지 낀 두 손이 알파벳을 가득 써놓은 종이 위에 엎어놓은 접시와 함께 움직이고 있었다. 접시는 노장군이 낸 문제, 인간이 죽은 다음 그 혼백이 서로 알아볼 수 있을까 하는 질문에 대한 답을 구하고 있었다.

하인 일을 담당하고 있는 병사가 네흘류도프의 명함을 가지고 들어왔을 때에는 마침 잔 다르크의 영혼이 접시를 통해 말하고 있을 때였다. 잔 다르크의 영혼은 알파벳 문자를 한 자씩 이어서 서로 인식하게 된다고 했다. 그래서 이 대답이 쓰였다.

병사가 들어왔을 때 접시는 'P' 자 위에 멎었다가 'O' 자 위로 갔다가 다시 'S' 자 위로 가서 멎더니 흔들거렸다. 두 사람이 서로 자기 앞쪽으로 끌어당겼기 때문에 접시가 흔들렸던 것이다. 노장군은 그다음에 올 문자는 반드시 'L' 자여야 한다고 생각했는데, 그의 생각으로는 잔 다르크의 영혼이 모든 혼백은 지상에서 이미 자기를 정화한 다음에야 비로소 서로 인식하게 된다든가, 아니면 그 비슷한 대답을 해야 했으므로 다음에 올 문자는 반드시 'L' 자가 아니면 안 되기 때문이었다. 그러나 화가는 다음 문자가 반드시 'V' 자여야 한다고 생각했다. 그러면 영혼이란 에테르와 같은 보이지 않는 것에서 나오는 빛에 의해 서로 인식하게 된다고 말하는 게 되기 때문이었다.

장군은 굵고 흰 눈썹을 찌푸리고 손을 뚫어지게 노려보더니 접시가 저절로 움직인다고 생각하면서 접시를 'L' 자 쪽으로 끌어당겼다. 얼굴빛이 창백한 젊은 화가는 숱이 적은 머리카락을 귀 뒤로 넘기며 생기 없는 푸른 눈으로 어두컴컴한 객실 한구석을 바라보다가 신경질적으로 입술을 떨면서 접시를 'V' 자 쪽으로 홱 잡아당겼다. 장군은 손님 때문에 놀이가 방해받은 데 대해 얼굴을 찌푸리더니 코안경을 쓰고 명함을 집어 들었다. 굵은 허리가 아파 신음 소리를 내고, 저린 손가락을 주무르면서 기지개를 켜고 일어섰다.

"서재로 안내해라."

"각하, 괜찮으시다면 저 혼자 점을 쳐보겠습니다." 화가가 자리에서 일어서며 말했다. "저는 그곳에 영혼이 있다는 걸 느끼고 있으니까요."

"좋아, 혼자서 해보게." 장군은 엄격하고 단호한 말투로 말한 다음 뻣뻣한 무릎을 곧게 펴고 적당한 걸음걸이로 뚜벅뚜벅 서재 쪽으로 걸어 갔다.

"잘 오셨소." 장군은 네흘류도프에게 사무용 테이블 옆에 있는 안락의 자를 권하면서 굵직하고도 상냥한 목소리로 말을 걸었다. "페테르부르 크에 오신 지 오래되셨소?"

네흘류도프는 온 지 얼마 안 된다고 대답했다.

"공작 부인, 아니, 어머님께서도 안녕하시겠지?"

"어머님은 돌아가셨습니다."

"그것참, 애통한 일이군요. 내 아들이 당신을 만나봤다고 하더군."

장군의 아들은 부친과 같은 출셋길을 밟아 육군대학을 졸업한 뒤 지 금은 정보국에서 근무하고 있었다. 그는 자기에게 맡겨진 일을 몹시 자 랑스럽게 여기고 있었는데, 그가 맡은 일이란 다름 아닌 간첩을 감독하 는 것이었다.

"난 당신 아버님과 같이 근무한 적이 있습니다. 아주 가까운 사이였 지. 그래, 어디서 근무하고 계시오?"

"아무 데도 나가지 않고 있습니다." 네흘류도프는 말했다.

장군은 유감이라는 듯이 고개를 갸웃했다.

"실은 각하께 부탁드릴 일이 있어서 왔습니다."

"좋소. 무슨 부탁이오?"

"혹시 제 청이 부당한 것이라면 아무쪼록 용서해주십시오. 그렇지만 꼭 부탁을 드려야만 할 입장이라서요."

"도대체 무슨 부탁이지?"

"각하, 이곳 감옥에 지금 구르케비치라는 사람이 수감되어 있는데 그 의 어머니가 면회를 원하고 있습니다. 만일 그것이 안 된다면 책이라도 차입시켜달라는 것입니다."

장군은 네흘류도프가 한 말에 대해 만족한 표정도, 불만스러운 표정도 보이지 않고 무엇인가 생각하는 듯 고개를 갸우뚱하고 눈을 가늘게 떴다. 사실 그는 네흘류도프의 청원에 대해서는 아무 생각도 하지 않았을 뿐만 아니라 흥미조차 없었다. 어쨌든 그는 지금 그저 머리를 식히고 있을 뿐 아무것도 생각하지 않고 있었다.

"잘 아시겠지만 그건 내 소관 밖의 일이오." 그는 잠시 뒤에 대답했다. "면회에 대해서라면 황제 폐하께서 정하신 규칙이 있으니, 그 규칙이 허용하는 범위에서라면 허가해드릴 수 있소. 그리고 책을 들여보내겠다는 부탁은 그 안에 도서관이 있어서 허가된 책만 볼 수 있도록 되어 있소."

"하지만 그에게 필요한 것은 전문 서적입니다. 공부하고 싶어 하니까요."

잠시 침묵이 흐른 뒤 장군은 이렇게 말했다.

"그런 말은 믿지 마시오. 그것은 공부하기 위한 것이라기보다 그저 골칫거리가 될 뿐이오."

"하지만 그들은 지금 괴로운 처지에 놓여 있으니까 무엇인가 시간을 보낼 일이 필요하지 않겠습니까?" 네흘류도프가 되물었다.

"그들은 항상 불평만 늘어놓고 있소." 장군은 말했다. "특히 그들의 근성은 내가 잘 알고 있소." 노장군은 그들 모두를 뭔가 특별히 좋지 않은 종류의 인간인 것처럼 말했다. "이곳 감옥은 다른 데서는 볼 수 없는 편의를 제공하고 있소."

그러고 마치 변명하듯 이곳 죄수들이 받고 있는 편의에 대해서 상세히 설명하기 시작했다. 그것은 죄수들을 편하고 살기 좋게 해주기 위해서 이 감옥이 존재한다는 듯한 말투였다.

"예전엔 다소 가혹하게 대우한 것이 사실이지만 지금은 아주 좋게 대우하고 있소. 하루 세끼를 먹고, 그중 한 끼는 반드시 육류, 즉 크로켓이나 커틀릿이오. 그리고 일요일에는 디저트도 있소. 사실 모든 러시아 국민에게 이런 식사를 시키면 얼마나 좋을까 생각될 정도요."

장군은 다른 노인들과 마찬가지로, 일단 자기가 잘 알고 있는 화제가 나오면 만족할 수 있을 때까지 그것을 몇 번이고 되풀이해서 말했다. 그리고 죄수들이 얼마나 파렴치하고 감사할 줄 모르는 사람들인지 증명하기 위해 증거를 주워섬기기 시작했다.

"죄수들한테는 종교적인 책 말고도 낡은 잡지 따위도 주고 있소. 우리 도서관에 가면 책이 얼마든지 마련되어 있단 말이오. 그렇지만 통 읽지 않거든. 처음에는 약간 흥미를 느끼는 듯하지만 곧 내던지고 말지요. 새 책은 반쯤 읽다가는 나머지 페이지를 그대로 팽개쳐버리고 또 헌책은 헌책대로 아예 손에 잡아본 흔적조차 없소. 우리는 이것에 대해서 가끔 시험해보고 있지요." 노장군은 보일 듯 말 듯 희미한 미소를 입가에 띠면서 말했다. "가령 책장 따위에 일부러 종이를 끼워둔다거나 하는 거요. 그런데 그걸 빼내지도 않고 그대로 두고 있는 거요. 그리고 그들에게 글도 쓰게끔 해주고 있소." 하고 장군은 다시 말을 이었다. "석판과 석필도 나누어 주고 있소. 무엇이든 마음대로 쓰고 지우고 할 수 있도록 말이오. 그렇지만 그들은 그것 역시 쓰지 않소. 대체로 그들은 여기 와서 좀 있으면 얌전해진다오. 처음엔 떠들어대고 야단법석을 떨던 친구들도 얼마 안 가서 살이 찌고 조용해진단 말이오."

장군은 지금 자기가 하고 있는 말 속에 얼마나 무서운 의미가 내포되어 있는지 의식하지 못하고 이렇게 말했다.

네흘류도프는 그의 쉬어빠진 늙은이다운 목소리를 들으면서 무관심한 태도로 그의 뼈만 남은 손발과, 흰 눈썹 밑의 생기 없는 눈동자와, 군복 깃까지 축 늘어졌고 말끔하게 면도한 쭈글쭈글한 볼이며, 잔인한 살육의 대가로 받은, 유난히도 이 늙은이가 자랑으로 삼고 있는 흰 십자 훈장 따위를 바라보았다. 그리고 그는 지금 장군의 말을 반박하거나 그 말의 의미를 설명해주어도 아무런 소용이 없음을 깨달았다.

그는 억지로 용기를 내어 또 다른 용건을 말했다. 오늘 아침 석방 명령 통보를 받았다는 슈스토바라는 여죄수에 관한 일을 물었다.

"슈스토바? 슈스토바…… 잘 모르겠는데. 죄수가 하도 많아서 하나하나 이름을 기억해둔다는 것은 도저히 불가능하니까." 그는 마치 죄수가 너무 많은 것도 그들 탓이라는 듯 말했다. 그리고 서기를 부르러 간 사이, 그는 정직하고 결백한 사람을(그는 자기도 그런 사람의 하나라는 사실을 은근히 강조했다) 특히 황제 폐하께서 국가를 위해서 필요로 하고 있는 때이니만큼 네홀류도프도 어디에든 근무를 하라고 권하기 시작했다. 국가를 위해서라는 것은 다만 말의 장식을 위해 덧붙인 것뿐이었다.

"나는 비록 이렇게 늙은 몸이긴 하지만 그래도 힘껏 일하고 있소."

이윽고 서기가 나타났다. 그는 영리해 보이면서도 불안한 눈초리를 한, 기름기 없는 몸집에 뼈마디가 굵은 사람이었다. 그는 슈스토바라는 여죄수가 어느 이상한 요새에 수감되어 있으며 서류는 아직 도착하지 않았다고 보고했다.

"서류가 오면 우리는 그날로 석방합니다. 그들을 붙잡아두지는 않소. 남아 있어 봐야 고마울 게 하나도 없으니까." 그는 미소를 지어 보였으나 늙은 얼굴을 찡그리게 할 뿐이었다.

네홀류도프는 이 무서운 노인에 대해서 느낀, 혐오와 연민이 뒤섞인 감정을 얼굴에 나타내지 않으려고 애쓰면서 자리에서 일어났다. 한편 노인 편에서는 그릇된 길을 걷고 있음이 분명한, 경박한 청년인 옛 친구의 아들에 대해서 너무 엄하게 다루어서도 안 되겠지만 그렇다고 한마디 훈계도 없이 그냥 돌려보내는 것은 좋지 않다고 생각했다.

"그럼 조심해 가시오. 아무쪼록 나를 나쁘게 생각지 말도록. 나는 그저 당신을 위해서 말해두는 것이지만 여기 갇혀 있는 무리들과 관계를 맺어서는 안 되오. 모두 하나같이 다시없는 부도덕한 자들뿐이오. 우리는 그들을 너무나도 잘 알고 있거든." 하고 그는 의심할 여지 없다는 투로 말했다. 실제로 그는 이점에 대해서 조금도 의심하지 않고 있었다. 그렇다고 해서 그것이 사실 그대로라는 것이 아니라 만약 그것이 사실과 어긋난다면, 자기는 마음껏 훌륭한 생활을 누려온 존경받을 만한 영웅이 아니라, 자기의 영혼을 팔고 늙어서까지 줄곧 양심을 외면하는 악덕한에 지나지 않는다는 사실을 스스로 자인하지 않을 수 없기 때문이었다.

"무엇보다 국가를 위해서 일을 해야지. 황제 폐하께선 성실한 사람을 필요로 하고 계시다오……. 그리고 국가에 대해서도." 또 그는 덧붙여 말했다. "가령 나나 다른 사람들이 모두 당신처럼 일하지 않고 있다면 어떻게 되겠소? 우리가 제도를 비판이나 하고 정부를 도우려 하지 않는다면……."

네흘류도프는 크게 한숨을 쉬었다. 그리고 고개를 정중하게 숙이면서, 너그럽게 내민 뼈만 남은 커다란 손에 악수를 하고 서재에서 나왔다.

장군은 불만스러운 듯 고개를 설레설레 흔들고 허리를 주무르면서 다시 응접실로 갔다. 그곳에는 잔 다르크의 영혼이 내린 답을 써놓은 화가가 기다리고 있었다. 장군은 코안경을 쓰고 그것을 읽었다. "몸에서 내뿜는 에테르와 같은 빛에 의해서 영혼은 서로 인식하게 되리라."

"아!" 장군은 눈을 감고 감격해서 말했다. "그렇지만 모든 영혼의 빛이 다 같다면 어떻게 서로 구별할 수 있지?" 장군은 묻고 나서 다시 화가와 깍지를 끼고 테이블 앞에 마주 앉았다.

네흘류도프의 마차는 문을 나왔다.

"여긴 음침한 곳입죠, 나리." 마부는 네흘류도프를 돌아보면서 말했다. "기다리다 못해 가버릴까 했습죠."

"정말이야. 참 지루한 곳이야." 네흘류도프는 심호흡을 하고 연기처럼 흘러가는 하늘의 구름과, 보트와 기선이 지나간 뒤에 남은 네바 강의 반짝이는 물결을 바라보며 마부의 말에 맞장구쳤다.

20

이튿날 마슬로바의 사건 심리가 있을 예정이었으므로 네흘류도프는 원로원으로 갔다. 벌써 몇 대의 마차가 머물러 있는 원로원의 장엄한 현관 앞에서 네흘류도프는 변호사를 만났다. 장엄하고 화려한 층계로 2층에 올라가자 건물 구조를 잘 알고 있는 변호사는 재판법 제정의 연호가 새겨진 왼쪽 문으로 갔다. 파나린은 첫 번째 방에서 외투를 벗고 수위로부터 의원들이 모두 모였다는 것과 맨 마지막 의원이 방금 들어갔다는 말을 듣자 연미복과 하얀 셔츠 위에 맨 흰 넥타이를 살짝 매만지고 미소를 짓더니, 자신 있게 옆방으로 들어갔다. 거기에는 오른편에 의상실이 있고 그 칸막이 너머에 테이블이 하나 놓여 있었다. 왼편에는 나선형 층계가 있었는데, 그때 마침 제복을 입은 의젓한 관리가 가방을 옆에 끼고 내려왔다. 실내에서 가장 먼저 눈에 띈 것은 보통 양복에 잿빛 바지를 입은, 백발을 길게 드리운 가부장적인 노인이었는데, 그의 곁엔 두 명의 관리가 공손히 서 있었다.

백발노인은 의상실 쪽으로 가더니 그 안으로 모습을 감췄다. 그때 파나린은 자기와 똑같은 연미복에다 흰 넥타이를 맨 친구 변호사를 보고 열심히 이야기를 시작했다. 네흘류도프는 안에 있는 사람들을 둘러보았다. 방청인이 모두 열다섯 명 남짓 있었는데 그중 부인이 두 사람 섞여 있었다. 한 사람은 안경을 쓴 젊은 부인이고 또 한 사람은 머리가 하얗게 센 노인이었다. 지금부터 신문의 명예훼손 사건 공판이 있는 탓인지, 여느 때보다 더 많은 방청인이 모였다. 방청인은 대부분 신문 관계자였다.

근엄한 제복을 입은 혈색 좋고 잘생긴 법원경위가 서류를 손에 들고 파나린 곁으로 걸어가서 어느 사건 담당이냐고 물었다. 그는 마슬로바 사건이라는 대답을 듣자 뭔가를 기입하고 돌아갔다. 그때 의상실 문이 열리더니 가부장적인 노인이 나왔다. 그는 이제 양복이 아니라 가슴에 금줄과 휘장이 달린 화려한 정장으로 바꿔 입었지만 어쩐지 새를 연상케 하는 모습이었다.

이 우스꽝스러운 복장이 아마 본인을 쑥스럽게 만들었던지 노인은 평소보다 빠른 걸음으로 맞은편 문 쪽으로 사라졌다.

"저 사람이 베 씨입니다. 참으로 훌륭한 사람이지요." 파나린이 네흘류도프에게 말했다. 네흘류도프를 자기 동료에게 소개하고 나자 그의 가장 흥미 있는 사건, 즉 오늘의 소송사건에 대해 이야기했다.

심리는 곧 시작되었다. 그래서 네흘류도프는 방청객들과 함께 왼쪽 법정으로 들어갔다. 파나린을 포함한 모든 사람들이 격자 칸막이 저쪽 편의 방청석으로 들어갔다. 페테르부르크의 변호사만이 격자 칸막이 너머의 변호사석으로 들어갔다.

원로원의 법정은 지방법원보다 좁고, 구조도 간단했다. 다른 점은 의원들의 탁자가 녹색 나사가 아니라 금줄을 박아 넣은 새빨간 벨벳으로 덮여 있는 것뿐이었고, 신성한 법원에 없어서는 안 될 것, 즉 거울과 성상과 황제의 초상이 똑같이 장식되어 있었다. 역시 경위가 엄숙하게 개정을 선언했다. 모두 일제히 기립하고 법복 차림의 의원들이 들어와 등받이가 높은 의자에 앉았다. 그리고 탁자 위에 두 손을 얹고 자못 자연스러운 자세를 취하려고 애썼다.

의원은 네 명이었다. 갸름한 얼굴에 깨끗이 면도질하고 쇠처럼 차가운 눈초리를 하고 있는 의장 니키틴, 의미심장한 표정을 하고 입을 꽉 다문 채 희고 화사한 손가락으로 서류를 뒤적이고 있는 볼프, 뚱뚱하고 곰보인 학자풍의 법률가 스코보로드니코프, 그리고 맨 나중에 나타난 가부장적인 노인 베였다. 의원들에 뒤이어 원로원 총무관, 이어서 검찰 차장인 중키의 젊은 남자가 들어왔다. 이 사람은 얼굴을 말끔하게 면도했고 여위었으며, 얼굴빛이 몹시 거무죽죽하고, 눈빛이 까맣고 음울했다. 낯선 법복을 입고 있었는데, 이미 6년이나 만나지 않았지만 네흘류도프는 그가 대학 시절 친구 중 한 사람임을 알았다.

"검찰 차장은 셸레닌이라고 하죠?" 그는 변호사에게 물었다.

"네, 왜요?"

"나는 그를 잘 알고 있지요. 저 친구 좋은 사람입니다."

"네, 훌륭한 검찰 차장이지요. 수완이 좋습니다. 그런 줄 알았더라면 그에게 부탁할 걸 그랬군요." 파나린은 말했다.

"그는 어떤 경우에도 양심적으로 행동한답니다." 네흘류도프는 셸레닌과 자기와의 교우 관계와 우정을 생각하면서 그의 순진함과 성실함과 가장 좋은 의미로 표현되어 있는 완전하고 사랑스러운 성격을 돌이켜보며 말했다.

"그럼 시작되었으니 잠시 후에 이야기합시다." 파나린은 사건 보고가 시작되었으므로 그쪽으로 주의를 집중하면서 말했다.

지방법원의 결정을 아무런 수정 없이 인정한 고등법원의 판결에 대해 상소 심리가 시작되었다.

네흘류도프는 보고를 들으면서 의미를 이해하려고 애썼으나 지방법원 때와 마찬가지로 아무래도 잘 이해할 수 없었다. 그 가장 큰 원인은 당연히 가장 중요한 점에 대해서는 언급하지 않고 지엽적인 일에 대해서만 변론이 진행되었기 때문이었다. 심의되고 있는 사건은 어느 주식회사 사장의 배임 횡령을 폭로한 신문 기사에 관한 것이었다. 네흘류도프는 그 사장의 배임 행위가 사실인지 아닌지, 사실이라면 그와 같은 배임 횡령을 막기 위해서 어떤 수단을 써야 하는지 마땅히 심의되어야 한다고 생각했으나 그 문제에 대해서는 언급되지 않고 있었다.

변론은, 법률적으로 보아 신문 발행자가 그런 폭로 기사를 게재할 권리를 갖고 있는지 없는지, 발행자는 이 기사를 실음으로써 어떠한 죄를 저질렀는지, 명예훼손인지 아니면 중상인지, 또는 명예훼손에 중상을 포함하는 것인지, 아니면 중상이 명예훼손을 포함하는지, 다시 또 어떤 경무국의 여러 가지 논고나 판례에 대한, 일반인으로서는 통 알 수 없는 몇 가지 문제에 집중되고 있었다.

네흘류도프가 알 수 있었던 단 한 가지는 사건을 보고하고 있는 볼프가, 원로원은 사건의 본질 그 자체를 심의할 수 없다고 어제 그에게 단호히 말했음에도 불구하고, 이 사건에서는 분명히 고등법원의 판결 파기에 유리한 보고를 했고, 이에 대하여 셀레닌이 그의 겸손한 성품으로는 도저히 생각할 수도 없을 만큼 갑자기 정색해 반대 의견을 밝힌 것이었다. 네흘류도프를 매우 놀라게 한, 언제나 조심성 많은 셀레닌의 이 흥분은 그가 주식회사 사장이 돈에 대해서 매우 치사한 인간이라는 것을 아는 데다가 볼프가 이 사건 심의 전날 밤에 그 사장 집에서 호화로운 만찬 초대를 받았다는 사실을 우연히 알게 되었기 때문이었다. 그래서 지금 볼프가 몹시 신중하기는 하지만 분명히 편파적인 보고를 하는 것을 듣자 셀레닌은 버럭 화가 나서, 대수롭지도 않은 문제에 신경질적으로 자기 의견을 말한 것이었다. 이 발언은 확실히 볼프를 화나게 만들었다. 그는 시뻘게진 얼굴을 씰룩거렸으나 잠자코 놀랍다는 몸짓을 하고는 몹시 거만하고 화난 표정으로 다른 의원들과 회의실로 사라져버렸다.

"아니참, 당신이 맡고 계시는 사건은 무엇입니까?" 의원들이 나가자 곧 경위가 파나린에게 와서 물었다.

"아까 말씀드리지 않았습니까, 마슬로바 사건이라고." 파나린이 말했다.

"그렇군요. 그 심리는 다음입니다. 하지만……."

"하지만 뭡니까?" 변호사는 물었다.

"보시다시피 이 심리는 쌍방이 결석한 채로 행해지게 되어 있기 때문에 판결 선고 뒤에 의원들이 법정에 나오지 않을지도 모르겠습니다. 하지만 제가 보고해보지요."

"그게 무슨 말인가요?"

"제가 보고하겠습니다. 말씀드려보지요……." 그리고 경위는 무엇인가 써넣었다.

의원들은 사실 중상 사건의 판결이 끝나면 마슬로바의 심리를 포함한 나머지 심리는 회의실에서 차를 마시거나 담배를 피우면서 처리해버리려고 생각하고 있었던 것이다.

21

의원들이 회의실 테이블에 앉자마자 볼프는 유창한 말로 본건은 원심이 파기되어야만 한다는 까닭을 늘어놓기 시작했다.

의장은 본디 심술궂은 사람이었지만 오늘은 특히 기분이 상해 있었다. 법정에서 변론을 들으면서 그는 벌써 자기 의견을 마련해놓고 있었으므로 지금 볼프의 말에는 귀를 기울이지도 않고 자기 생각에만 몰두해 있었다. 그는 오래전부터 바라고 있었던 중요한 자리에 자기가 아니라 빌랴노프가 임명된 데 대해서 어제 자기 비망록에 써놓은 글을 떠올리고 있었던 것이다.

의장 니키틴은 재임 기간 동안에 교섭을 가진 가장 손꼽히는 고급 관료들에 관한 고찰이 아주 중요한 역사적 자료를 이룰 것이라고 진심으로 믿고 있었다. 그가 어제 쓴 기록은 오늘날 위정자들이 파멸로 몰아넣은 러시아를 구하려고 하는 자기를 방해했다는 글이었지만, 실은 단순히 그들이 그가 현재보다 더 많은 봉급을 받지 못하게 방해했다는 것에 지나지 않았다. 그리고 그는 지금, 자손들 대에는 이런 모든 사정이 전혀 새롭게 해석될 것이라고 생각하고 있었다.

"그렇겠지요, 물론." 그는 이야기를 듣지도 않으면서 볼프가 의견을 물으면 이렇게 말했다.

베는 테이블 위에 놓여 있는 종이에다 꽃잎을 그리고 지우면서 침통한 얼굴로 볼프의 이야기를 듣고 있었다. 베는 가장 순수한 타입의 자유사상가였다. 그는 60년대의 전통을 신성하게 견지하고 있었으며, 만약 엄정한 중립에서 벗어난다면 그것은 자유주의를 옹호했기 때문이었다. 그래서 지금도 중상을 호소한 주식회사 사장이 더러운 인간이라는 사실 이외에, 이 신문 기자의 중상에 대한 상고가 언론과 출판의 자유에 대한 압박이라는 이유로 이 상고를 기각해야 한다는 측에 서 있었다.

볼프가 논고를 끝내자 베는 꽃잎을 채 다 그리지는 못했으나 우울한 듯—이런 명백한 일을 설명해야만 한다는 것이 그는 우울했다—부드럽고 듣기 좋은 목소리로 간결하고 단호하게 상고의 이유가 부족하다고 말했다. 그리고 백발 머리를 숙이고 다시 꽃잎을 계속 그렸다.

볼프와 마주 앉아서, 굵은 손가락으로 콧수염과 턱수염을 입으로 당겨서는 자근자근 깨물고 있던 스코보로드니코프는 베의 말이 끝나자마자 수염 씹는 것을 멈추고 큰 소리로, 주식회사 사장이 참으로 비열하기

짝이 없는 사나이라 할지라도 법적 근거가 있었다면 자기는 원심 파기의 입장을 취했을 것이나, 그와 같은 근거가 없으므로 이반 세묘노비치 베의 의견에 동의한다고 말했다. 그의 말투에는 볼프에게 일침을 가한 것을 내심 기뻐하는 기미가 보였다. 의장은 스코보로드니코프의 의견을 따라 상고를 기각한다고 결정했다.

볼프는 부정한 편을 들다가 들통 난 것 같은 꼴이 된 게 특히 기분 나빴다. 그러나 태연함을 가장하고 다음 차례인 마슬로바 사건의 상고장을 펼쳐 읽기 시작했다. 의원들은 그동안 급사를 불러 차를 가져오게 했으며, 카멘스키 결투 사건과 함께 페테르부르크 시민의 화제가 되었던 사건에 대해 이야기하기 시작했다.

그것은 형법 제955조에 해당하는 혐의로 체포된 어느 국장에 관한 사건이었다.

"정말 추잡한 일이야." 베가 내뱉듯이 말했다.

"어디가 나쁜가요? 현대 문학에도 씌어 있어요. 어느 독일 작가가 이것은 범죄로 여길 것이 못 된다, 남성끼리의 결혼도 가능하다고 단언하고 있는 판인데, 뭣하면 보여드릴까요?" 스코보로드니코프가 손가락 안쪽 깊이 끼고 있던 구겨진 담배를 뻑뻑 소리 내어 빨면서 큰 소리로 웃었다.

"그런 당치도 않은 일이." 베는 말했다.

"보여드리지요." 스코보로드니코프는 그 책의 이름과 발행 일자와 발행소까지 들면서 말했다.

"말을 들으니 그 남자는 시베리아 어느 도시의 시장으로 임명되었다던데요." 니키틴이 말했다.

"그거 잘됐군. 주교가 십자가를 받쳐 들고 맞아줄 테지. 그런 주교도 있어야 합니다. 내가 그 사람한테 그런 주교를 소개할까." 하고 스코보로드니코프는 말하더니 담배꽁초를 재떨이에 내던지고는, 턱수염과 콧수염을 잡히는 대로 입에다 틀어넣고 질근질근 씹기 시작했다.

그때 들어온 경위가 마슬로바 사건의 심리를 방청하고 싶다는 변호사와 네흘류도프의 희망을 알렸다.

"바로 이 사건입니다. 이건 정말 로맨틱한 이야기죠." 볼프는 말했다. 그리고 네흘류도프와 마슬로바의 관계에 대해서 알고 있는 모든 것을 늘어놓았다.

의원들은 잠깐 상의하더니 담배를 피우고 차를 마시자 법정으로 가서 아까 그 사건의 판결을 언도하고 곧 마슬로바 사건의 심리를 시작했다.

볼프는 가느다란 목소리로 아주 신중하게 마슬로바 건의 상고 이유를 보고했다. 그의 태도에는 역시 공정함이 모자라는, 틀림없이 원심 파기를 희망하는 듯한 기분을 역력히 드러냈다.

"뭐, 덧붙일 것은 없습니까?" 의장은 파나린에게 물었다.

파나린은 일어나더니 널찍하게 트인 흰 와이셔츠의 앞가슴을 쑥 내밀고, 항목마다 놀랄 만큼 설득력 있는 정확한 표현으로 원심에서 여섯 가지 항목이 법의 올바른 해석에서 벗어나 있다는 것을 설명하고, 다시 과감하게 간결하기는 하나 사건의 본질에 있어 원심 판결의 불합리성에 대해 말했다. 간결하지만 힘찬 파나린의 말투는 변론을 하는지 주장을 하는지 모를 정도였다. 즉, 의원들이 예리한 통찰력과 법률상의 지식으로 자기보다 훨씬 잘 관찰하고 이해하고 있는 것을 감히 자기와 같은 것이 구차하게 말하는 것은 직책상 어쩔 수 없다는 듯한 어조였다. 파나린의 변론이 있은 뒤, 원로원은 원판결을 기각하는 데 조금도 의심할 여지가 없다고 생각하게 되었다.

자기 변론을 마치자 파나린은 승리자와도 같이 회심의 미소를 지었다. 네흘류도프는 변호사를 눈여겨보고 있었는데 이 미소를 보자 이 상소는 이겼다고 확신했다. 그러나 의원들을 보자 승리의 개가를 올리며 미소 짓고 있는 것은 파나린 한 사람뿐임을 그는 알아차렸다. 의원들과 검찰 차장은 웃지도 끄덕이지도 않고 따분한 얼굴을 하고 '그런 소리는 싫증이 나도록 들었어, 아무 소용도 없는 것들이야.' 하고 깨끗이 흘려 듣고 있는 것 같았다. 그들은 모두 변호사가 변론이 끝나자 무의미한 속박으로부터 해방되었을 때처럼 비로소 마음을 놓는 표정이었다.

변호사의 변론이 끝나기를 기다렸다가 의장은 검찰 차장 쪽을 돌아보았다. 셀레닌은 간단하게 그러나 뚜렷하게 상소의 이유를 논거 부족이라고 인정하고 취소할 수 없다고 주장했다. 곧 이어서 의원들은 일어나 회의실로 물러갔다. 회의실에서 의견이 갈라졌다. 볼프는 원심 파기를 주장했다. 베도 사건의 진상을 이해하고 전번 재판의 광경과 배심원들의 오류를 자기가 똑똑히 보기라도 한 듯 원심 판결의 기각을 열심히 주장했다.

언제나 대체적으로 엄격함과 엄격한 형식주의를 옹호하는 니키틴은 반대 입장을 취했다. 문제는 스코보로드니코프의 한 표에 걸리게 되었다. 그러나 이 한 표는 반대 측에 던져졌다. 그 유일한 이유는 도덕적 요구 때문에 그 여자와 결혼하려는 네흘류도프의 결심이 참으로 아니꼽다는 것이었다.

스코보로드니코프는 유물론자로서, 다윈의 진화론 신봉자였으므로 추상적인 도덕심이나 종교심 등의 모든 발현은 없애버려야 할 미친 노릇일 뿐 아니라 스스로에 대한 굴욕이라고 생각하고 있었던 것이다. 매춘부와의 지저분한 사건과 이 신성한 원로원에 매춘부를 변호하는 유명한 변호사와 네흘류도프가 와 있다는 것이 그는 아주 불쾌했다. 그래서 그는 수염을 물고 인상을 찌푸리면서 아주 자연스럽게, 이 사건에 대해서는 아무것도 모르지만 단지 상소하는 이유가 불충분하다고 여겨지므로 상소를 기각하겠다는 의장의 의견에 동의하겠다는 식으로 말했다.

상고는 기각되었다.

22

"무서운 일이야!" 서류 가방을 든 변호사와 응접실을 나오면서 네흘류도프는 말했다. "이처럼 명백한데도 형식에 얽매여 기각하다니. 정말 무서운 일이야!"

"이 사건은 원심에서 잘못되어버린 것입니다." 변호사는 말했다.

"셀레닌까지 반대하다니, 무서운 일이야. 정말 무서운 일이야!" 네흘류도프는 되풀이해서 말했다.

"앞으로 대관절 어떻게 하면 좋을까?"

"폐하께 상소합시다. 직접 제출하십시오, 여기 계신 동안에. 제가 써드리지요."

이때 자그마한 볼프가 훈장이 잔뜩 달린 법복을 입은 채로 응접실로 나와서 네흘류도프 곁으로 다가왔다.

"하는 수 없군요, 공작. 상소 이유가 허술해서요." 그는 얄팍한 어깨를 움츠리고 눈을 감으며 이렇게 말하고는 자기 볼일을 보러 가버렸다.

볼프의 뒤를 이어, 옛 친구인 네흘류도프가 와 있다는 말을 듣고 셀레닌이 나왔다.

"여, 자네를 여기서 만날 줄은 생각도 못했네." 그는 입가에 웃음을 띠면서 네흘류도프 곁으로 다가와서 말했다. 그러나 그 눈은 여전히 침울한 빛을 띠고 있었다. "자네가 페테르부르크에 와 있는 줄은 몰랐네."

"나도 몰랐어, 자네가 검찰 총장인 줄은……."

"차장이야." 셀레닌은 고쳐 말했다. "어떻게 자네가 원로원엘 다 왔나?" 그는 슬픔에 잠긴 눈으로 친구를 바라보면서 말했다. "자네가 페테르부르크에 와 있다는 말은 들었지. 하지만 무슨 일로 여기에?"

"내가 여기 온 이유? 여기서는 정의가 존재해 죄 없이 벌을 받고 있는 여자를 구할 수 있을까 싶어서였지."

"어떤 여잔데?"

"방금 심리된 건일세."

"아, 마슬로바 건이로군." 셀레닌은 생각이 나서 말했다. "정말 이유가 불충분한 상소였네."

"문제는 상소에 있는 게 아니야. 한 여자가 죄 없이 벌을 받고 있다는 거야."

셀레닌은 한숨을 쉬었다.

"얼마든지 그럴 수 있지, 하지만……."

"그럴 수 있는 게 아냐, 틀림없는 사실이야."

"자네가 어떻게 이 사건을 아나?"

"그건 내가 배심원이었기 때문이지. 우리가 어떤 점에서 잘못을 저질렀는지 나는 알고 있네."

셀레닌은 생각에 잠겼다.

"그걸 그때 바로 신청했어야 할 걸 그랬네." 그는 말했다.

"신청했지."

"재판 기록에 적혔어야 하네. 그것이 상소장에 첨부되어 있었더라면……."

셀레닌은 늘 바빠서 원로원에 별로 붙어 있지 않기 때문에 네흘류도프의 로맨스에 대한 소문은 듣지 못한 모양이었다. 네흘류도프는 그것을 알고 있었지만 자기와 마슬로바의 관계를 구태여 말할 필요는 없다고 생각했다.

"하지만 지금도 판결이 불합리하다는 것을 알았잖나." 그는 말했다.

"원로원은 그런 것을 말할 권리가 없지. 만약 원로원이 판결 그 자체의 공정성에 대한 자기 견해에 따라 원심을 파기한다면 원로원은 모든 믿을 만한 근거를 잃게 될 것은 말할 것도 없고, 정의를 옹호하기보다는 오히려 파괴할 위험을 저지르게 되겠지." 셀레닌은 지금 심리된 사건을 떠올리면서 말했다.

"그것은 그만두고라도 배심원들의 결정 자체가 모든 의미를 상실하게 될 걸세."

"내가 알고 있는 것은 그 여자가 완전히 무죄이고, 그녀를 부당한 선고에서 구해낼 마지막 희망이 끊겼다는 것뿐일세. 원로원이 완전한 불법을 인정한 것이지."

"확정한 것은 아니야. 왜냐하면 사실의 검토에는 들어가지도 않았고 들어갈 수도 없으니까 말일세." 셀레닌은 눈을 가늘게 뜨며 말했다. "자넨 이모님 댁에 있겠지?" 그는 의도적으로 화제를 돌리려고 이렇게 덧붙였다. "자네 이모님한테서 자네가 와 있다는 말을 들었지. 백작 부인한테 외국에서 온 선교사의 설교를 들으러 자네하고 같이 오라는 초대를 받았었네." 셀레닌은 입가에 웃음을 띠며 말했다.

"응, 가봤는데, 싫증이 나서 곧 나와버렸지." 셀레닌이 이야기를 돌린데 대해 역겨움을 느끼면서 네흘류도프는 톡 쏘듯이 말했다.

"허, 왜 싫증이 났나? 그야 단편적이고 이교도적이기는 하나 역시 종교적 감정의 표현이 아닌가."

"그건 쓸데없는 잠꼬대에 지나지 않아." 네흘류도프는 말했다.

"아니, 그렇지 않지. 오히려 우스운 것은 우리가 교회의 가르침을 너무 모른다는 것과 교회의 기본적인 교리를 뭔가 새로운 발견처럼 생각한다는 것뿐이야." 셀레닌은 이 새로운 견해를 옛 친구에게 재빨리 알리려는 듯이 말했다.

네흘류도프는 깜짝 놀라 주의 깊게 셀레닌을 보았다. 셀레닌은 우울할 뿐만 아니라 악의마저 깃든 눈을 내리깔려고도 하지 않았다.

"그럼 자네는 교회의 교리를 믿나?" 네흘류도프는 물었다.

"물론, 믿지."

셀레닌은 생기 없는 눈으로 네흘류도프의 눈을 똑바로 쳐다보며 대답했다.

네흘류도프는 한숨을 쉬며 말했다. "놀랐는걸."

"아무튼 나중에 이야기하기로 하세." 셀레닌은 말했다. "지금 갑시다." 그는 공손하게 다가온 경위에게 고개를 끄덕였다. "꼭 만나세." 그는 한숨을 내쉬면서 덧붙였다. "만날 수 있을까? 난 저녁 7시에는 식사하러 나데진스카야에 돌아가 있네." 하고 그는 주소를 댔다. "그 뒤로 몇 년 만인가!" 그는 떠나가면서도 입가에 엷은 미소를 띠고 덧붙였다.

"시간이 나면 가겠네." 네흘류도프는 이렇게 대답했으나 옛날에는 가장 가까운 친구였던 셀레닌이 이렇게 짧게 얘기하는 동안에, 적이라고까지는 할 수 없지만 아무런 인연도 없는 타인처럼 느껴졌다.

23

네흘류도프가 알고 있는 대학 시절의 셀레닌은 더할 나위 없는 젊은 이였고, 성실한 친구였으며, 나이에 비해 교양이 풍부한 상류사회의 귀공자였다. 또한 언제나 점잖게 행동했으며 용모가 단정하고, 지극히 성실하고, 정직한 인간이었다. 그는 별로 열심히 공부하지 않아도 늘 성적이 우수했으며 논문으로 금메달까지 탔으나 조금도 우쭐대는 기색이 없었다.

그리고 그는 말만 앞세우는 것이 아니라 실제로 남을 위해 봉사하는 것을 젊은 날의 목적으로 여기고 있었다. 그는 이 목적을 이루기 위해서는 오직 관직에서 일하는 길밖에 없다고 생각했으므로 대학을 마치자 곧 고등법원 제2부에 들어갔다. 자기의 모든 정력을 기울여 일할 수 있는 분야를 조직적으로 검토하고, 결국 법률을 다루는 이곳에 들어가는 것이 가장 알맞다고 판단했기 때문이었다.

그러나 자기에게 요구되는 모든 일을 성실하고 정확하게 이행해왔음에도 불구하고 그는 이 일에서 남을 위해 유익한 존재가 되려는 자기의 욕구를 만족시킬 수 없었거니와 마땅히 해야 할 일을 하고 있다는 의식도 가질 수 없었다. 이런 불만은 지나치게 천박하고 허영심 강한 그의 직속상관들과 의견 충돌을 일으킬 때마다 더 커져갔다. 결국 그는 고등법원 제2부를 그만두고 원로원으로 자리를 옮겼다. 원로원은 좀 나은 편이긴 했으나 역시 이러한 불만을 없앨 수는 없었다.

그는 현실이란 자기가 기대했던 바와는 다른 것이며, 또 마땅히 그렇게 되어야만 한다는 당위성과도 전혀 상반되어 있다는 것을 뼈저리게 느끼곤 했다. 원로원에서 근무하는 동안 그는 친척들 주선으로 종무관으로 임명되었다. 그래서 그는 금줄이 달린 양복에 흰 리넨 셔츠를 입고 자기를 요직에 주선해준 분들에게 마차를 타고 인사를 드리러 다니지 않으면 안 되었다. 그때 그는 아무리 생각해보아도 이런 일에 대해서 합리적인 이유를 발견할 수 없었다. 현재의 그로서는 관청에 있을 때보다 뭔가 더욱더 잘못되어 있다는 것을 느끼면서도 또 한편으로는 그를 만족할 만한 자리에 앉게 해주었다고 믿는 사람들을 실망시키지 않으려는 생각과 자기 마음속 한구석에 숨어 있는 비열한 근성을 만족시켜주는 뜻에서 이 지위를 거절할 수 없었던 것이다. 그래서 어느 샌가 금줄 달린 제복을 입은 자신의 모습을 거울에 비춰 보며 만족하고 이 지위에 대해서 여러 사람들로부터 존경받게 된 것을 만족하는 사람이 되어버렸다.

이와 똑같은 일이 그의 결혼에서도 일어났다. 그에게는 세속적인 관점에서 보아 퍽 영광스러운 혼담이 권해졌다. 그러나 그가 결혼한 중요한 이유는 만일 그가 결혼을 거절한다면 그와 결혼하기를 원하던 신부는 물론 중매를 서준 유력 인사들을 낙담시킨다는 것이었다. 또한 젊고 귀여운 명문가의 딸과 결혼한다는 것은 그의 자부심을 북돋워주고 만족시켜주는 것이기 때문에 결혼하기로 했다.

그러나 그는 이 결혼이 종무관이나 원로원 일보다도 더욱 자기 생각과는 거리가 먼 것임을 알게 되었다. 그것은 아내가 첫아이를 낳고 나서 더 이상 아기 낳기를 거부하고 사치스러운 사교 생활로 들어갔기 때문이었다. 결국 그는 아내에게 휩쓸려 어느 틈엔가 자기도 이런 사회에 말려들게 되었다. 아내는 별로 미인이 아니었고 남편에게도 충실하지 않았다. 그녀는 이런 태도로 남편의 생활을 망쳐놓고 말았다. 게다가 그녀 자신도 사교계에서 비상하게 노력했으나 대가로 피로밖에 아무것도 얻지 못했는데도 여전히 이 생활을 계속했다. 그는 이런 생활을 끝내려고 온갖 노력을 다했으나 아내의 친척과 친지들의 강력한 지원을 받고 있는 그녀의 바위처럼 굳건한 신념 앞에서 그의 노력은 마치 돌담에라도 부딪친 듯이 산산이 부서져버리고 말았다.

금빛 머리카락을 길게 늘어뜨리고 언제나 다리를 드러내고 있는 어린 딸만 하더라도 그에게는 전혀 낯선 남의 집 아이처럼 생각되었다. 특히 그의 생각과는 전혀 다르게 딸이 키워지고 있었으므로 그런 생각이 더욱더 강해졌다. 그들 부부 사이에는 세상에 흔히 있는 견해 차이가 있었으며, 서로 이해하려고도 하지 않았다. 더욱이 부부 사이에는 늘 예절에 억제된 무언의 냉전이 계속되고 있었다. 그러므로 그에게 있어서 가정생활은 괴로운 것이었다. 또한, 결혼의 결과는 직장 근무나 궁중에서의 지위보다도 더욱더 그가 바라던 것과 거리가 멀어졌다.

무엇보다도 거리가 멀어진 것은 그의 종교에 대한 태도였다. 그는 계층과 시대를 같이하는 다른 사람들과 마찬가지로 고등교육을 받았기 때문에 종교적 미신의 속박으로부터는 아무 괴로움도 없이 해방되어 있었다. 언제 그런 속박에서 해방되었는지 자기도 모를 정도였다. 그는 성실하고 정직한 사람이었으므로 젊은이로서 대학 생활을 즐기고 네흘류도프와 친하게 지냈을 때 자기가 공인 종교의 속박에서 해방된 것을 숨기려 하지 않았다.

그러나 세월이 흐르고 지위가 차츰 올라감에 따라 사회를 갑자기 휩쓴 보수적 반동사상의 억센 흐름 앞에서 그의 종교적 자유는 방해받기 시작했다. 집안의 여러 가지 의식, 특히 아버지가 돌아가셨을 때와 그 추도식 때 어머니가 그에게 영성체를 하라고 요구했고 또 사회의 양식이 이를 요구했던 것은 문제 삼을 것이 못 된다 할지라도, 그는 직무상 늘 예배식이나 성찬식, 그리고 감사 기도 등에 참석하지 않으면 안 될 처지였다. 사실 그는 표면적인 종교상의 의식에 관계하지 않는 날이 거의 없었다. 그리고 일단 이런 의식에 참석하는 이상 그가 취해야 할 태도는 두 가지밖에 없었다. 이 의식을 믿지도 않으면서 마치 믿는 것 같은 태도를 꾸미든가(그러나 이것은 그의 정직한 성격으로는 도저히 할 수 없는 일이었다), 이런 모든 표면적인 형식을 거짓이라고 인정하고 이처럼 거짓이라고 여겨지는 자리에 참석할 필요가 없도록 생활을 바꾼다든가, 둘 중 하나를 선택해야만 했다.

그러나 별로 대수롭지 않게 보이는 일도 막상 실행에 옮기려면 여러 가지 어려움이 뒤따르게 마련이어서, 그는 가까운 친척들과 늘 싸워야 했을 뿐 아니라 자기 처지를 변경하고 직무를 포기하지 않으면 안 되었다. 또한 그가 여태까지 그 관직을 통해 인류를 위하여 공헌하고 있다고 믿고 또 앞으로도 공헌하겠다는 모든 포부를 희생하지 않을 수 없었다. 이런 일을 하기 위해서는 무엇보다도 자기 자신에 대한 확신을 가질 필요가 있었다. 역사를 알고 종교의 기원과 기독교의 발생 및 분열에 대해서도 대충 알고 있는 현대의 모든 교양 있는 사람들이 자기의 상식이 가장 정당하다고 생각하고 있듯이 그 역시 자신을 정당하다고 굳게 믿고 있었다. 그렇기 때문에 그는 교회 교리의 진실성을 인정하지 않고 자기의 정당성만을 믿었다.

그러나 생활환경의 압력 때문에 성실한 사람인 그도 조그만 거짓을 묵인하지 않을 수 없었다. 불합리한 것을 불합리하다고 단정하기 위해서는 먼저 그 불합리한 대상을 연구해볼 필요가 있다고 자기 자신에게 타일러보는 조그만 거짓을 스스로에게 허락했다. 이것은 조그만 거짓이었으나 바로 이것이 그를 지금 빠져 있는 큰 거짓으로 이끌어갔다.

그는 자기가 태어나고 자라온 이 러시아 정교의 세계, 주위 사람들로부터 믿기를 강요당하고 있는 신앙, 또 그 신앙 없이는 사람들을 위해 활동할 수 없는 러시아 정교의 교리가 과연 올바른가 하는 문제를 스스로에게 물어본 결과 이미 결론을 얻고 있었다. 그는 이 문제의 해결을 위해서 볼테르, 쇼펜하우어, 스펜서, 칸트 등의 저서를 읽지 않고 헤겔의 철학 서적과 비네와 호먀코프의 종교 서적을 읽음으로써 그 속에서 자기가 찾고 있던 것을 발견했다. 이를테면 그가 그 교리 속에서 자라났는데, 이것을 인정하지 않는다면 그의 생활이 불쾌감으로 가득 차고, 인정한다면 그 불쾌감이 모두 사라져버리는, 종교적 교리의 평화와 변명 같은 것을 발견했다.

그리고 그는 인간 개개의 이성은 진리를 인식할 수 없으며 진리는 오직 모든 인간의 결합체에 의해서만 계시된다는 것, 따라서 진리 의식의 유일한 수단은 계시이며 이 계시는 교회를 통해서만 이루어진다는 따위의 통속적인 궤변을 깨달았다.

그는 그때부터 아주 평온한 마음으로 별로 거짓을 행한다는 의식도 없이 태연하게 기도식이나 추도식에 참석하기도 했고, 영성체를 하거나 성상을 향해 성호를 그을 수 있었으며, 덕택에 인류에게 이익을 베풀고 그에게 기쁨이 없는 가정생활을 위로해주는 직장 근무를 해나갈 수 있었다. 그는 자기 자신이 신앙을 가지고 있다고 생각했지만 한편으로는 무엇보다도 강하게 그의 신앙이 다른 어떤 것보다도 더 잘못된 것임을 온몸으로 느끼고 있었다.

그 때문에 그는 늘 우울한 눈을 하고 있었고 자기 마음속에 이러한 거짓이 완전히 뿌리박히기 전에 가까운 친구였던 네흘류도프를 만나자 순진했던 옛날의 자기로 되돌아갈 수 있었다. 그는 자기의 종교관을 네흘류도프에게 말한 뒤에는 더욱더 그것이 뭔가 '다른 것'이라는 것을 느꼈다. 그래서 그는 어딘가 서글픈 생각이 들었던 것이며, 네흘류도프 역시 옛 친구와의 뜻밖의 만남이 가져다준 최초의 기쁨이 가셔지자 이와 비슷한 기분을 느끼게 되었던 것이다.

그래서 그들은 입으로는 다시 만날 것을 약속하면서도 별로 만날 기회를 만들지 않았다. 그리고 네흘류도프가 페테르부르크에 머무는 동안 그들은 끝내 서로 만나지 않았다.

24

원로원을 나오자 네흘류도프는 변호사와 나란히 거리를 걸어갔다. 변호사는 마부에게 뒤따라오라고 이르고 의원들의 입에 오르내렸던 모 국장의 사건에 대해서 이야기하기 시작했다. 국장의 죄가 폭로되어 법에 따르면 유형 판결을 받게 터인데 시베리아의 어느 시장으로 임명되었다는 것이었다. 그는 이 사건의 경위와 추악함을 다 이야기하고 나자, 다시 재미있어 못 견디겠다는 듯이 오늘 아침에 둘이서 마차를 타고 지나는 길에 본, 아직 미완성인 기념비 건립 기금으로 모은 돈을 고관들이 착복했다는 이야기를 했다.

그는 또 아무개의 정부情婦가 주를 사서 수백만 루블을 벌었다느니, 아무개와 아무개가 아내를 매매했다는 이야기를 한바탕 하고 나서, 다시 국가 고관들이 직책을 모욕하는 행위와 온갖 종류의 범죄를 저지르면서도 감옥은커녕 여러 관청의 요직에 버젓이 앉아 있다는 새로운 이야기를 끄집어냈다.

그는 이런 이야기를 무궁무진하게 알고 있는 듯했다. 그것이 변호사에게는 큰 만족을 주었는지, 변호사들이 돈을 벌기 위해 쓰는 수단 등은 페테르부르크의 고관들이 하는 짓에 견주어본다면 아주 정당하고 소박한 것이라는 뜻을 넌지시 풍겼다. 그래서 네흘류도프가 고관들의 범죄에 대한 이야기를 끝까지 듣지 않고 작별 인사를 하며 삯마차를 불러 강가에 있는 집 쪽으로 돌아가 버리자, 변호사는 놀라고 말았다.

네흘류도프는 몹시 우울해 있었다. 그가 어두운 슬픔에 잠기게 된 까닭은 원로원의 기각으로 죄 없는 마슬로바가 받게 될 무고한 고통과 이 기각이 자기의 운명을, 그녀와 함께하려는 변함없는 결심을, 더한층 어렵게 만들었기 때문이었다. 이 우울한 기분은 변호사가 아주 즐거운 듯이 이야기한 그 지배악의 무서운 이야기 때문에 더욱 심해졌다. 게다가 그는 전에는 상냥하고 개방적이고 품위 있었던 셀레닌의 심술궂고, 냉정하고, 쌀쌀한 눈길을 줄곧 떠올리고 있었다.

네흘류도프가 집으로 돌아오자 문지기가 약간 업신여기는 태도로 편지 한 장을 내밀었다. 문지기의 말로는 어떤 여자가 현관 옆 대합실에서 썼다고 했다. 그것은 슈스토바의 어머니가 쓴 편지였다. 그녀는 딸을 구해준 은인에게 감사하다는 인사를 하러 왔다는 것과, 바실리옙스키 섬 5번 거리에 있는 자기네 아파트까지 꼭 와달라는 말을 적어놓은 다음 베라 예프레모브나를 위해 꼭 필요한 일이라는 사연을 덧붙여놓았다. 번거로운 감사의 말로 괴로움을 끼치지 않겠으니 안심하시고, 오직 만나 뵙는 기쁨을 갖고 싶을 뿐이라고 적어놓았다. 그리고 될 수 있으면 내일 오전 중에 와주십사고 끝맺었다.

또 한 통은 네흘류도프의 옛 친구인 종무관 보가티레프한테서 온 편지였다. 네흘류도프는 자기가 준비한, 분리파 신도가 황제 앞으로 낸 탄원서를 전해달라고 그에게 부탁해두었다. 보가티레프는 크고 뚜렷한 글씨체로, 약속대로 탄원서는 황제께 직접 보낼 작정이었지만, 문득 생각한 일인데 그러기 전에 네흘류도프 자신이 그 문제를 맡고 있는 고관을 만나 부탁해보는 것이 좋지 않겠느냐고 씌어 있었다.

네흘류도프는 페테르부르크에서 머물렀던 며칠 동안의 인상에서 아무것도 이룰 수 없다는 절망에 잠겨 있었다. 모스크바에서 만든 그의 여러 가지 계획이, 사회생활에 첫발을 들여놓았을 때 느끼는 젊은 날의 공상처럼 느껴졌다. 그러나 페테르부르크에 온 이상 그는 계획했던 모든 것을 실행하는 것이 자기의 의무라 생각하고 내일은 보가티레프한테 가서 그의 조언대로 분리파 신도 문제를 맡고 있는 고관을 찾아가기로 마음먹었다.

그래서 그는 서류 가방에서 분리파 신도들의 탄원서를 꺼내어 그것을 다시 한 번 읽기 시작했다. 그때 노크 소리가 나더니 카테리나 이바노브나 백작 부인의 하인이 들어와서 2층으로 차를 마시러 와달라는 부인의 말을 전했다.

네흘류도프는 곧 가겠다고 말하고 탄원서를 가방 속에 넣어두고는 이모에게로 갔다. 그는 층계를 올라가면서 얼핏 창밖을 내다보고 한길에 두 필의 밤색 말이 끄는 마리에트의 마차가 머물러 있는 것을 보았다. 그러자 자기도 모르게 마음이 들떠 빙그레 미소까지 떠올랐다.

오늘은 검정이 아니라 좀 밝은 빛깔의 모자를 쓰고 화려한 얼룩무늬 옷을 입은 마리에트가 찻잔을 손에 들고 공작 부인의 안락의자 곁에 앉아 있었는데, 미소를 머금은 아름다운 눈을 반짝이면서 달콤한 목소리로 재잘거리고 있었다. 네흘류도프가 방으로 들어갔을 때, 마침 마리에트가 무엇인지 몹시 우스운, 음탕한 말을 했는지—네흘류도프는 웃음의 특징으로 그것을 눈치챘지만—코밑에 검은 솜털이 난 마음씨 좋은 카테리나 이바노브나 백작 부인이 뚱뚱한 몸을 흔들어대며 요란스럽게 웃었다. 마리에트는 독특한 장난꾸러기 같은 표정을 띤 채 웃음을 담은 입매를 살짝 일그러뜨리며 정력적인 밝은 얼굴을 옆으로 돌려 말없이 상대의 얼굴을 지켜보았다.

네흘류도프는 말끝에서 그 무렵 페테르부르크의 제2의 뉴스, 즉 신임된 시베리아 시장의 에피소드를 그들이 이야기하고 있었다는 것을 알았다.

마리에트가 여기에 대해 뭔가 몹시 우스운 말을 했으므로 백작 부인은 한동안 웃음을 그칠 수 없었던 모양이었다.

"아, 사람 죽이네." 하고 그녀는 기침을 하며 말했다.

네흘류도프는 인사를 하고 두 사람 곁에 앉았다. 그리고 그가 마리에트의 경박함을 탓하려 하자 그녀는 그의 얼굴에 나타난 진지한, 약간 불만스러운 표정을 재빨리 눈치채고 곧 그의 마음에 들기 위해—그를 처음 보았을 때부터 그녀는 그것을 바라고 있었지만—얼굴 표정뿐만 아니라 기분까지 싹 바꾸고 말았다.

그녀는 갑자기 얼굴빛을 바로 하더니 자기 생활이 불만스러워서 뭔가를 찾으며, 뭔가를 향해 마음을 기울이고 있는 듯한 태도를 꾸몄다. 더구나 겉으로만 그렇게 꾸미는 것이 아니라 실지로 네흘류도프가 젖어 있는 것과 똑같은 심정—하긴 그것이 어떤 것인지 그녀는 절대로 말로 표현할 수 없었지만—으로 스스로 젖어 들었다.

그녀는 네흘류도프에게 힘쓰던 일이 어떤 결과로 끝났는지를 물었다. 그는 원로원에서 기각되었다는 것과 셀레닌을 만난 것을 말했다.

"아아! 정말 그분은 마음씨가 고운 분이에요! 그야말로 용기 있고 나무랄 데 없는 기사지요. 그 깨끗한 마음씨란." 두 부인은 사교계에서 셀레닌에게 주어지고 있는 판에 박은 찬사를 덧붙였다.

"그의 아내는 어떻습니까?" 네흘류도프는 물었다.

"부인 말씀이세요? 글쎄요, 저는 남의 말 하는 것을 삼가고 있어요. 하지만 그녀는 남편을 이해해주는 편은 아니죠. 그건 그렇고, 그분까지 기각 쪽에 섰나요?" 그녀는 진심으로 동정 어리게 말했다. "무서운 일이군요. 그녀가 정말 불쌍해요!" 그녀는 한숨을 내쉬며 이렇게 덧붙였다.

그는 이맛살을 찌푸렸다. 그리고 이야기를 돌리려고, 요새에 갇혀 있다가 그녀의 수고로 석방된 슈스토바 이야기를 꺼냈다. 그는 그녀가 남편에게 부탁해준 일에 대해서 감사한 다음 그 여자와 가족들이 그저 아무도 힘써주는 사람이 없어서 고생해야만 했던 것을 생각하니 정말 무서운 일이라고 말하려고 했다. 그러자 그녀는 그가 끝까지 말하기도 전에 자기도 모르게 심한 분노를 나타냈다.

"그 말씀은 하지 말아 주세요." 그녀는 말했다.

"석방해도 좋다고 남편이 말했을 때 그런 생각이 내 머리에 떠올라서 나는 깜짝 놀랐어요. 그 여자가 무죄였다면 대관절 여태까지 왜 가둬두었을까요?" 그녀는 네흘류도프가 하려던 말을 했다. "괘씸한 일이에요. 이런 일이 어떻게 있을 수 있을까요?"

백작 부인은 마리에트가 조카에게 교태 부리고 있는 것을 보았다. 그리고 그것이 그녀의 마음을 즐겁게 했다.

"얘, 알겠니?" 두 사람의 말이 끊어지자 그녀는 말했다. "내일 저녁에 알린한테로 오너라. 키제베테르가 올 거야. 너도." 하고 그녀는 마리에트 쪽을 보았다.

"그분은 너를 인정하고 있더라." 그녀는 조카에게 말했다. "네가 한 말을 모두 내가 그분한테 말했지만, 좋은 징조니까 틀림없이 그리스도 곁으로 갈 수 있을 거라고 말하더라. 꼭 오너라. 당신도 권해줘요, 마리에트, 얘더러 오라고. 그리고 당신도 오세요."

"저 같은 것은 백작 부인, 첫째 공작님께 무엇을 충고할 권리가 전혀 없는걸요." 마리에트는 네흘류도프를 보면서, 그리고 그 눈길로 백작 부인의 말에 대해서나 복음서에 대해서 완전히 같은 의견이라는 것을 확인하려는 듯했다. "그리고 둘째로는 아시다시피 저도 그다지 좋아하지 않기 때문에……."

"정말 당신은 언제나 남들과는 반대죠. 자기 마음먹은 대로 하시니까."

"어머, 자기 마음대로라고요? 나만큼 단순한 여자는 없다고 나는 믿고 있어요." 그녀는 웃으며 말했다. "셋째로." 하고 그녀는 말을 이었다. "나는 내일 프랑스 연극을 보러 가게 되어 있기 때문에……."

"아아! 당신 그 여배우를 보셨나요……. 그 왜, 이름이 뭐더라?" 카테리나 이바노브나 백작 부인이 말했다.

마리에트는 유명한 프랑스 여배우의 이름을 가만히 가르쳐주었다.

"꼭 가보세요. 굉장해요."

"어느 쪽을 보시겠습니까, 이모님? 여배우입니까, 아니면 선교사입니까?" 네흘류도프는 빙그레 웃으며 말했다.

"그렇게 말꼬리를 잡는 게 아니에요."

"나는 먼저 선교사를 보고, 그다음에 여배우를 보아야 한다고 생각하는데요. 그러지 않으면 설교에 대한 의미를 모두 잃어버릴지도 모르니까요." 하고 네흘류도프는 말했다.

"아니에요, 그보다도 프랑스 연극을 먼저 보시고 나서 참회하시는 게 좋을 거예요." 마리에트가 말했다.

"글쎄, 둘이서 나를 그렇게 놀리지 말아 줘요. 선교사는 선교사요, 극장은 극장이에요. 구원받기 위해서 목을 길게 빼고 울고만 있을 필요는 없어요. 믿으면 되는 거예요. 그러면 마음이 상쾌해지니까."

"이모님, 이모님은 어느 전도사보다도 설교가 뛰어나십니다."

"아, 참." 마리에트가 잠깐 생각에 잠겼다가 말했다. "내일 우리 좌석에 오세요."

"글쎄, 가볼 틈이 있을는지……."

그때 하인이 손님이 왔다는 것을 알리러 들어왔기 때문에 이야기는 중단되었다. 손님은 백작 부인이 회장을 지냈던 자선협회의 비서였다.

"이것 참, 따분한 손님이 왔군. 내가 저쪽에 가서 만나는 편이 좋겠군. 이 애한테 차나 권해주세요, 마리에트." 백작 부인은 그녀의 버릇인 침착하지 못한 큰 걸음으로 빠르게 홀 쪽으로 나가면서 마리에트에게 말했다.

마리에트는 장갑을 벗고 무명지에다 보석 반지를 낀 몹시 정력적인 납작한 손을 드러냈다.

"드시겠어요?" 그녀는 야릇하게 짧은 손가락을 뻗치고 알코올램프에 걸려 있는 은주전자에 손을 가져가면서 말했다.

그녀는 진지하고 슬픈 표정을 지었다.

"나는 훌륭한 의견을 갖고 있는 사람들이, 나라는 인간과 내가 놓여 있는 처지를 혼동하는 것을 생각하면 언제나 말할 수 없이 괴로워요."

그녀는 이 마지막 말과 함께 금방이라도 울음을 터뜨릴 듯했다. 잘 생각해보면 그 말에는 아무 뜻도 없든가, 아주 애매한 뜻밖에 없었지만, 그러나 네흘류도프에겐 굉장히 깊이와 성실함과 선량함이 넘친 말같이 여겨졌다.

젊고 아름답고 화려한 차림을 한 부인이 이런 말과 함께 아름답게 빛나는 눈길을 보내자 그의 마음이 완전히 사로잡혔기 때문이었다.

네흘류도프는 잠자코 그녀를 바라보고 있었다. 그녀의 얼굴에서 눈을 뗄 수 없었다.

"내가 당신을, 당신의 내부에 일어나고 있는 모든 일을 이해하지 못한다고 생각하세요? 하지만 당신이 하신 일은 누구나 다 알고 있잖아요. 이것이 공공연한 비밀이라는 거예요. 나도 감격해서 당신을 칭찬하고 있답니다."

"천만에, 감격하시다니. 아직 아무것도 한 일이 없는데요."

"그건 마찬가지예요. 나는 당신의 마음을 알 수 있고 그녀의 마음도 알아요……. 글쎄, 좋아요. 이 이야기는 더하지 않기로 해요." 네흘류도프의 얼굴에 불쾌한 그림자가 스친 것을 보고 그녀는 스스로 말을 끊었다. "나는 그 밖에도 다 알고 있어요. 당신이 감옥 안의 모든 고통과 거기서 벌어지고 있는 무서운 일들을 보시고." 마리에트는 한결같이 그의 마음을 끌려고 여자다운 직감으로 그가 소중하게 여기고 있는 것을 추측하면서 말했다. "이와 같이 그야말로 무서운 고통을 겪고 있는 사람들을, 세상의 무관심과 냉혹 때문에 고생하고 있는 사람들을 구하려고 하시는 것이지요……. 이런 일을 위해서라면 목숨을 바쳐도 좋다는 것쯤

저도 알고 있어요. 그리고 나 자신도 바치고 싶을 정도예요. 하지만 사람에겐 저마다 자기 운명이라는 것이 있으니까요……."

"그럼 당신은 자기 운명에 만족하지 못하는 것입니까?"

"내가요?" 이런 말을 물어도 괜찮을까 하고 깜짝 놀란 듯이 그녀는 물었다. "나는 만족하지 않으면 안 돼요……. 그래서 만족하고 있어요. 하지만 가끔 배 속에서 벌레라도 눈을 뜰 때가……."

"그 벌레에게 잠을 재워서는 안 됩니다. 우리는 그 양심의 소리를 믿어야 해요." 그녀의 거짓말에 말려 들어간 네흘류도프는 말했다.

그 뒤 몇 번인지 네흘류도프는 부끄러움을 느끼며 그녀와의 대화를 떠올리곤 했다. 그녀의 거짓말이라기보다는, 그의 흉내를 낸 데 불과했던 그녀의 말과, 그가 감옥의 무서움과 시골에서의 느낌을 말했을 때의, 그녀의 감동에 젖은 듯이 조용히 듣고 있던 얼굴을 그는 지금 수치심으로 얼굴을 붉히면서 떠올렸다.

백작 부인이 돌아왔을 때, 두 사람은 단순히 옛 친구일 뿐만 아니라, 두 사람만이 서로 이해하고 있는 둘도 없는 친구라는 듯이 이야기를 주고받고 있었다.

두 사람은 권력의 부정에 대해, 불행한 사람들의 고뇌에 대해, 민중의 가난함에 대해 이야기하고 있었다. 그러나 실지로 대화 사이사이 지그시 바라보는 두 사람의 눈은 줄곧 '나를 사랑해주시겠지요?' 하고 묻고 '사랑하고말고요.'라고 대답하고 있었다. 그리고 성적 유혹이 전혀 생각지도 않은 무지갯빛으로 두 사람을 끌어당겼다.

그녀는 떠나면서 언제든지 힘자라는 대로 그를 도와주겠노라고 말하고, 한 가지 아주 중대한 문제가 있으니 내일 밤 잠깐이라도 꼭 극장으로 와달라고 했다.

"언제 또 뵐 수 있을까요?" 그녀는 이렇게 덧붙이며 한숨을 내쉬고 조심스레 반지로 덮인 손가락에 장갑을 꼈다. "내일 꼭 오시겠다고 말씀해 주세요."

네흘류도프는 약속했다.

그날 밤 네흘류도프는 자기 방에서 홀로 침대에 누워 불을 끄고 나서는 오랫동안 잠을 이루지 못했다. 마슬로바의 일, 원로원의 기각, 어느 곳이든 그녀를 따라가겠다고 결심한 일, 토지 소유권을 포기한 일 등을 생각하고 있으려니까 별안간 그의 머리에 문제에 대한 해답처럼 "언제 또 뵐 수 있을까요?"라고 말했을 때의 마리에트의 얼굴과 한숨과 눈길과 그리고 미소가 떠올랐다. 너무나도 뚜렷이 떠올랐으므로 지금 눈앞에 보이는 기분이 들어 그는 저도 모르게 미소를 지었다.

'시베리아로 가는 게 옳은 일일까? 재산을 포기하는 게 옳은 일일까?' 그는 스스로에게 물었다.

느슨하게 드리워진 커튼 사이로 보이는 페테르부르크의 백야는 밝았으나, 이런 문제에 대한 해답은 왠지 모르게 애매했다. 그의 머릿속에서 모든 것이 얽히고 말았다.

그는 예전의 기분을 마음속에 불러일으켜 보기도 하고, 예전 사상의 경로를 더듬어도 보았다. 그러나 이들 사상은 이미 이전의 설득력을 갖지 못했다.

'갑자기 생각해냈지만 이런 생활에는 견딜 수 없을 것 같구나. 이러다 간 좋은 일 한 것을 후회하게 되겠는걸.' 하고 그는 스스로에게 말했다. 그리고 이러한 의문에 대한 답도 찾지 못하고 그는 벌써 오랫동안 알지 못했던 우수와 절망에 빠져버렸다. 그는 이런 문제를 마무리 짓지 못한 채, 전에 곧잘 트럼프 놀이에서 크게 지고 난 뒤에 그랬듯이 괴로운 잠에 빠졌다.

25

이튿날 아침 눈을 뜨자 네흘류도프가 가장 먼저 느낀 것은, 어제 무엇인가 꺼림칙한 짓을 했다는 것이었다.

그는 돌이켜 생각해보았다. 꺼림칙한 일은 없었다. 추악한 행위도 없었다. 그러나 좋지 않은 생각은 있었다. 그것은 그의 현재의 모든 계획이—카튜샤와의 결혼과 토지를 농민들에게 나누어 준다는 것—허황되어 그가 도저히 견딜 수 없을 것이며, 이런 것은 모두 인위적이고 부자연스러워서 지금까지 살아오던 방식대로 살아가는 게 낫다는 좋지 않은 생각이었다.

나쁜 행위야 없었지만 나쁜 행위보다도 더욱 나쁜 것이 있었다. 온갖 좋지 않은 행위를 자아내는 생각이 있었다. 좋지 않은 행위는, 후회하고 되풀이하지 않게끔 할 수 있지만 좋지 않은 생각은 좋지 않은 행위를 낳는다.

하나의 좋지 않은 행위는 다른 좋지 않은 행위에의 길을 다질 뿐이지만, 좋지 않은 생각은 불가항력적으로 그 길로 끌어들인다.

네흘류도프는 그날 아침, 머릿속으로 어제의 생각을 들추어보고 비록 잠깐 동안이라도 어떻게 그런 생각을 할 수 있었나 싶어 어이가 없었다. 그가 실행하려고 마음먹었던 일이 아무리 새롭고 어려운 일일지라도, 그것이 지금의 그에게는 단 하나의 가능한 삶이라는 것을 그는 알고 있었다. 그리고 이전의 생활로 돌아가는 것이 아무리 몸에 밴 안일한 일일지라도 그것이 죽음이라는 것을 알고 있었다.

지금의 그에게는 어제의 유혹이, 흔히 사람들이 싫증이 나도록 자고 나서 더 자고 싶지 않으면서도, 그를 기다리고 있는 소중하고 기쁜 일을 위해 이미 일어나야 할 시간이라는 것을 알면서도, 좀 더 침대 속에서 따뜻하게 누워 있고 싶은 것과 같은 마음이라고 생각되었다.

　그날은 페테르부르크에 머무르는 마지막 날이었으므로 그는 아침 일찍 바실리엡스키 섬에 있는 슈스토바 집으로 갔다.

　슈스토바의 집은 2층에 있었다. 네흘류도프는 문지기가 가리키는 대로 뒷문으로 들어가서 가파른 층계를 올라가 음식 냄새가 풍기는 후텁지근한 부엌으로 들어갔다. 안경을 쓴 초로의 여자가 소매를 걷어 올린 채 앞치마를 두르고 풍로 앞에서 김이 오르는 냄비를 젓고 있었다.

　"누굴 찾으세요?" 그녀는 안경 너머로 들어온 사람을 넘겨다보며 따지듯이 말했다.

　네흘류도프가 이름을 대자마자 갑자기 그녀의 얼굴에 놀라움과 기쁨의 표정이 떠올랐다.

　"아, 공작님!" 앞치마로 손을 닦으며 그녀는 소리쳤다. "그런데 왜 뒷문으로 오셨어요? 당신은 저희들의 은인입니다! 저는 그 애의 어미입니다. 하마터면 그 애를 잃어버릴 뻔했어요. 당신이 구해주시지 않았던들." 하며 어머니는 네흘류도프의 손을 잡고 입을 맞추려 했다. "제가 어제 댁엘 갔었지요. 동생이 가보라고 해서요. 동생도 와 있습니다. 자, 어서 이리로 들어오세요." 슈스토바의 어머니는 좁다란 문으로 해서 어두운 복도로 나갔다. 그리고 걸으면서 흐트러진 옷과 머리를 매만지며 네흘류도프를 데리고 갔다. "동생은 코르닐로바라고 합니다만, 아마 들으셨을 거예요." 문 앞에서 발을 멈추더니 그녀는 작은 소리로 덧붙였다. "정치 운동에 가담하고 있답니다. 아주 영리한 여자지요."

　문을 열고 슈스토바의 어머니는 네흘류도프를 조그만 방으로 인도했다. 방 안에는 테이블 앞의 허술한 의자에 줄무늬 진 무명 웃옷을 입은, 몸매가 작고 뚱뚱해 보이는 여자가 앉아 있었다. 어머니를 닮은 둥글고 창백한 얼굴이 금발의 고수머리로 감싸여 있었다. 그리고 그 앞에는 러시아식으로 깃에 수를 놓은 루바시카를 입은, 검은 수염의 청년이 몸을 구부리고 안락의자에 앉아 있었다. 이 두 사람은 이야기에 빠져 있었는지, 네흘류도프가 문에 들어섰을 때에야 비로소 이쪽을 바라보았다.

"리디야, 네흘류도프 공작님이시다. 이분이……."

얼굴이 창백한 여자는 귀 언저리에 늘어진 머리칼을 쓸어 올리며 벌떡 일어나더니 놀라서 커다란 잿빛 눈동자로 네흘류도프를 바라보았다.

"당신이 바로 그 위험인물이군요. 베라 예프레모브나가 부탁한?" 네흘류도프는 빙그레 웃으며 손을 내밀었다.

"네, 저예요." 리디야는 입을 크게 벌려 고운 이를 드러내며 아이들처럼 생글생글 웃었다. "이모가 선생님을 무척 만나 뵙고 싶어 하셨어요. 이모!" 그녀는 문 쪽을 향해 상냥한 목소리로 소리 질렀다.

"베라 예프레모브나는 당신이 수감된 것을 몹시 걱정하고 있었습니다." 네흘류도프는 말했다.

"이리 앉으세요. 이쪽이 좀 더 편할 거예요." 리디야는 청년이 막 일어난, 속이 드러나긴 했지만 푹신푹신해 보이는 안락의자를 가리키며 말했다.

"제 사촌 자하로프예요." 네흘류도프가 청년에게로 얼핏 눈길을 보내자 그녀는 말했다.

청년은 리디야와 같이 마음 착해 보이는 미소를 지으면서 손님에게 인사했다. 손님이 그가 앉았던 자리에 앉자 창가에서 의자를 가져다 그 곁에 놓고 앉았다. 그리고 다른 방으로부터 열여섯 살 남짓 된 금빛 머리카락을 가진 중학생이 들어오더니 잠자코 창가에 앉았다.

"베라 예프레모브나는 이모와 아주 친한 사이지만 저는 잘 알지 못하지요." 하고 리디야는 설명했다.

이때 옆방에서 흰 블라우스 위에 혁대를 맨, 퍽 쾌활하고 똑똑해 보이는 여자가 들어왔다.

"안녕하세요? 이처럼 찾아와 주셔서 대단히 감사합니다." 그녀는 리디야와 나란히 소파에 앉으며 곧 말했다.

"베라는 어떤가요? 만나셨겠지요? 그 고생을 견디고 건강하게 있는지요?"

"별로 불평은 하지 않고 있습니다." 네흘류도프가 대답했다. "엄숙한 기분이라고 하더군요."

"베라다운 말이군요." 이모는 미소를 짓고 고개를 흔들면서 말했다.

"잘 이해해주어야만 해요. 훌륭한 인격자지요. 언제나 남을 위해 일하고 자기 몸은 돌보지 않는답니다."

"그렇습니다, 그녀는 자기는 아무것도 바라지 않으면서 당신 조카만을 염려하고 있었습니다. 조카가 아무 죄도 없이 갇혔다며 늘 걱정했습니다."

"그렇고말고요." 이모는 말했다. "참, 무서운 일이에요! 정말이지 이 애는 나 때문에 고생을 했지요."

"이모, 그건 그렇지 않아요." 리디야가 말했다. "이모가 부탁하시지 않았더라도 저는 그 서류를 맡았을 거예요."

"알겠다, 내가 더 잘 알고 있으니까." 이모는 말을 계속했다. "그런데 말이에요." 그녀는 네흘류도프를 바라보면서 말을 이었다. "어떤 사람이 저더러 그 서류를 좀 맡아달라고 했는데, 저에게는 방이 따로 없었기 때문에 여기 갖고 와서 이 애한테 맡겨두게 되었지요. 그런데 그날 밤 가택수색을 당해서 이 애가 같이 잡혀간 겁니다. 그래서 여태껏 서류를 맡긴 사람이 누구인지 털어놓으라고 추궁받았던 거예요."

"그래도 저는 결코 털어놓지 않았어요." 리디야는 얼굴이 빨개져 불안스럽게 주위를 돌아다보면서 말했다.

"리디야, 그런 말을 뭣 하러 하지? 그만둬." 어머니가 말했다.

"왜요, 말하면 어때요?" 리디야는 미소를 짓지 않고 얼굴이 빨개진 채 머리카락을 손가락에다 친친 감으면서 사방을 두리번거렸다.

"너는 어제도 그런 말을 하고는 그렇게 흥분하지 않았니."

"글쎄, 가만히 계세요, 어머니는. 나는 아무 말도 하지 않고 침묵을 지켜왔어요. 그들은 두 번씩이나 이모와 미틴에 대해서 물었지만 난 아무 말도 하지 않았어요. 어떤 일이 있더라도 대답하지 않겠다고 했어요. 그러자 그때 그…… 페트로프가……."

"그 페트로프란 스파이입니다. 헌병인데 지독한 악당이랍니다." 이모가 조카의 말을 네흘류도프에게 설명해주었다.

"그러자 그 녀석이." 리디야는 흥분해서 덤비며 말했다. "나를 설복하려고 달라붙지 않겠어요? '네가 나한테 어떤 말을 하든 아무한테도 피해를 주는 게 아니야. 도리어…… 네가 털어놓지 않으면 우리는 죄 없는 사람을 괴롭히게 될지도 모른다.' 하면서 말이에요. 하지만 나는 말을 않겠다고 버텼어요. 그랬더니 그는 '그럼 좋아. 하지만 내가 하는 말을 부정해서는 안 돼.' 하고 여러 사람의 이름을 들더니 나중에는 미틴의 이름을 끄집어냈어요."

"그런 말은 이제 그만두래도." 그녀의 이모가 말했다.

"이모님, 왜 그러세요? 제 말을 가로막지 마세요." 그녀는 머리카락을 여전히 끌어당기며 불안하게 옆을 두리번거렸다. "그런데 이것 보세요, 그 이튿날 뜻밖에도 옆 감방에서 벽을 두들기더니 미틴이 붙들렸다고 알려주지 않겠어요? 제가 그 사람을 판 것같이 되었으니 저는 얼마나 괴로웠겠어요. 정말 미칠 듯이 고민했어요."

"하지만 그 사람이 붙잡힌 것은 네 탓이 아니었어." 이모가 말했다.

"그래도 나는 그런 줄 몰랐으니까요. 제가 그 사람을 판 것이라고만 생각했지요. 감방 안을 거닐면서도 줄곧 그 일만 생각했어요. 제가 팔았다고 생각했지요. 누워서 눈을 감아도 제 귀에는 속삭이는 소리가 들렸어요. '팔았지? 미틴을. 미틴을 네가 팔았지?' 하고요. 그게 환상인 줄 알면서도 그 말에 귀를 안 기울일 수가 없었어요. 자려고 해도 잠이 안 오고 생각하지 않으려 해도 안 할 수가 없었어요. 그건 참으로 무서운 일이었어요!" 리디야는 차츰 더 흥분해서 한쪽 머리카락을 손가락에 감았다 풀었다 하며 두리번거렸다.

"리디야, 그만 진정해라." 딸의 어깨에 손을 얹으며 어머니가 타일렀다. 그러나 리디야는 이야기를 멈출 수가 없었다.

"더 무서운 일은……." 그녀는 무슨 말을 하려다가 말을 다 하기도 전에 울음을 터뜨리고는 벌떡 일어나 안락의자에 부딪히며 밖으로 달려나갔다. 어머니가 그 뒤를 쫓았다.

"악당들은 모두 교수형을 해버려야 해!" 창가에 앉아 있던 중학생이 말했다.

"너, 그게 무슨 말이냐?" 어머니가 말했다.

"아무것도 아니에요……. 그냥 나는……." 중학생은 중얼거리고는 탁자 위에 놓인 담배를 집어 피우기 시작했다.

<h2 style="text-align:center">26</h2>

"젊은 사람한테 독방에 갇힌다는 건 정말 무서운 일이지요." 머리를 흔들고 역시 담배에 불을 붙이며 이모가 말했다.

"누구든지 다 그렇겠지요." 네홀류도프가 말했다.

"아니, 그건 달라요." 이모가 대답했다. "진정한 혁명가에게는 도리어 휴식처도 되고 안정이 된다더군요. 비합법적 활동가들은 언제나 불안과 가난과 공포 속에서 살고 있지요. 자기를 위해서나 동지들을 위해서나 또 이념을 위해 공포 속에서 지내게 되지만 붙잡히면 모든 게 끝나고 책임에서 벗어나는 셈이지요. 다만 가만히 앉아서 쉬고 있기나 하면 되니까요. 붙잡히고 나면 정말 오히려 안심되고 기꺼운 느낌이 든대요. 하지만 죄 없는 젊은 사람들에게, 언제나 리디야같이 죄 없는 사람들이 먼저 붙들리지만…… 누구나 처음의 쇼크는 아주 무서운 것이지요. 자유를 빼앗긴다든가, 난폭한 취급을 받는다든가, 음식이 나쁘다든가, 공기가 나쁘다든가, 모든 게 부자유스럽지만 그런 것은 아무것도 아니에요. 그런 부자유가 세 곱이나 더하다 하더라도 참을 수 있지만, 처음 감옥에 들어갔을 때 받는 정신적 타격만은 그럴 수 없는 모양이에요."

"그럼 당신도 경험이 있나요?"

"저요? 두 번이나 들어갔었지요." 이모는 슬픈 듯이 그러나 상냥하게 미소 지으며 말했다.

"처음 붙들렸을 때는 아무 죄도 없었지만." 하고 말을 계속했다. "저는 스물두 살 때 애가 하나 있었던 데다 또 임신을 하고 있었지요. 그래서 그때 자유를 잃고 아이와 남편과 떨어지는 게 몹시 괴로웠지만, 내가 사람이 아니라 물건이 되어버린 것을 깨달았을 때 느꼈던 마음에 견주면 아무것도 아니었지요. 딸아이와 작별 인사를 하려니까, 가서 마차나 타라고 하고, 어디로 가느냐고 물어보아도, 가보면 안다는 거예요. 나한테 무슨 죄가 있어서 데려가느냐고 물어도 대답조차 해주지 않았어요.

조사가 끝나자 옷을 벗기고 번호가 붙은 죄수복을 입혀서 감방으로 데리고 가더니, 문을 열고 안에 집어넣고는, 열쇠로 잠그고 가버리는 거예요. 총을 멘 감시병만 혼자서 아무 말도 없이 뚜벅뚜벅 걷다가는 때때로 감방 문틈으로 흘끔 들여다보곤 했어요. 그때의 무섭고 괴롭던 느낌이란 정말 잊히지 않는답니다.

　그때 무엇보다도 화가 났던 것은 심문할 때 헌병 장교가 담배를 피우고 싶지 않느냐고 말하던 일이에요. 이 사내는 사람들이 담배를 좋아하는 것을 알고 있었던 거예요. 그렇다면 사람들이 얼마나 자유를 사랑하며, 광명을 사랑하고 있는가를 알 것이고, 어머니가 얼마나 자식을 사랑하고 자식이 얼마나 어머니를 사랑하는지 알 거예요. 그런데 어째서 그들은 인정도 없이 저를 이 소중한 모든 것에서 격리해 짐승처럼 가둘 수 있었을까요? 이런 짓은 벌을 받지 않을 수 없어요. 아무리 신과 사람을 믿고 사람이란 서로 사랑하는 것이라고 믿고 있는 사람이라도 이런 일을 당한다면 믿을 수 없을 거예요. 저도 그때부터 사람을 믿지 않게 되었지요. 그리고 미워하게 되었답니다." 이렇게 그녀는 말을 끝맺고 조용히 미소를 지었다.

　리디야가 나갔던 문으로 그녀의 어머니가 들어오더니, 리디야가 마음이 몹시 산란해져서 다시 들어오려 하지 않는다고 말했다.

　"무엇 때문에 저 젊은 생명이 무너졌을까요?" 이모가 말했다. "특히 가장 가슴 아픈 일은, 나도 모르는 사이에 제가 그 원인이 되었다는 것이에요."

　"아마 시골의 맑은 공기라도 마시면 낫겠지." 어머니가 말했다. "저 애 아버지 있는 데로 보낼까 해요."

　"정말 당신 도움이 없었다면 저 애는 아주 죽어버리고 말았을 거예요." 이모가 말했다. "정말로 고마워요. 제가 뵙고 싶었던 것은 베라 예프레모브나에게 이 편지를 전해주셨으면 해서요." 그녀는 주머니에서 편지를 꺼내며 말했다. "붙이지는 않았어요. 그러니까 읽어보시고 찢어버리시든지, 그대로 전해주시든지 좋을 대로 하세요. 그 편지엔 폐를 끼칠 만한 것은 한마디도 없으니까요."

네흘류도프는 편지를 받자 전해줄 것을 약속했다. 그리고 일어서서 작별 인사를 하고 거리로 나왔다. 그는 그 편지를 읽지 않고 그대로 붙인 뒤 부탁받은 대로 전해주리라 결심했다.

27

네흘류도프를 페테르부르크에 붙들어둔 마지막 용건은 분리파 신도 사건이었다. 이전에 연대에 같이 있던 종무관 보가티레프에게 부탁해 폐하께 탄원서를 올리기로 되어 있었다. 그는 오전 중에 보가티레프를 찾아갔다. 마침 그는 출근하려고 아침 식사를 하고 있었다. 보가티레프는 키가 작달막한 사내로 무척 힘이 센—그는 말편자를 구부릴 수 있었다—선량하고, 성실하고, 강직한 자유주의자였다. 이런 성격인데도 그는 궁정과 가까운 관계에 있어서 황제와 그 가족을 사랑하며 상류 계급이면서도 좋은 면만을 보고 좋지 못한 일에는 조금도 관계를 갖지 않는 비상한 재주를 터득하고 있는 사나이였다. 그는 결코 남을 비난하거나 남이 하는 일을 헐뜯는 일이 없었다. 언제나 잠자코 있었지만 어쩌다 말을 할 때면 외치는 듯한 큰 소리로 자기가 할 말만 해치우고 호탕하게 웃었다. 그러나 그의 이런 태도가 어떤 책략에서 나오는 것은 결코 아니었다. 그의 성격이 본디 그런 것이었다.

"아, 반갑군. 마침 잘 왔네. 아침이나 같이 하지 않겠나? 우선 앉게. 아주 맛좋은 비프스테이크야. 나는 언제나 실속 본위일세. 하하하. 자, 포도주 한잔 들게." 그는 붉은 포도주 병을 가리키면서 떠들어댔다. "자네일을 생각하고 있었지. 내가 맡겠네. 내가 직접 내겠어. 염려 없네. 그런데 그전에 토포로프한테 가보는 게 좋지 않을까 문득 생각했네."

네흘류도프는 토포로프라는 말을 듣자 눈살을 찌푸렸다.

"이 문제는 그의 관할이야. 황제도 그에게 물어볼 테니까 결국은 마찬가지일세. 그러니까 어쩌면 그가 그 자리에서 해결해줄지도 모르네."

"자네가 그렇게 권한다면 가보지."

"잘됐어. 그런데 페테르부르크는 자네한테 어땠나?" 보가티례프가 떠들면서 말했다. "말해보게, 응?"

"마치 최면술에 걸린 것 같네그려." 네흘류도프가 말했다.

"최면술이라고?" 보가티례프는 되뇌면서 껄껄 웃었다. "마시기 싫나? 그럼 맘대로 하게." 그는 말하면서 냅킨으로 입을 닦았다. "그럼 가겠지? 만일 그가 어물어물한다면 나한테로 다시 와주게. 내일 내가 내지." 그는 외치듯이 말한 다음 의자에서 일어나 입을 닦을 때처럼 무의식중에 성호를 긋고 나서 군도를 찼다. "자, 그럼 이젠 가봐야겠네."

"같이 나가세." 네흘류도프는 흐뭇한 마음으로 보가티례프의 넓적한 억센 손을 쥐며 이렇게 말했다. 언제나처럼 유쾌하고, 꾸밈없이 시원한 인상을 받고 출입구 층계에서 그와 헤어졌다.

이 방문에서 별로 좋은 결과를 기대하지는 않았지만, 보가티례프의 권고대로 네흘류도프는 분리파 신도 사건의 운명을 쥐고 있는 토포로프에게로 마차를 달렸다.

토포로프가 맡고 있는 직무는 뚜렷한 내부 모순을 지니고 있었다. 어지간히 우둔한 사람이거나 도덕심이 없는 어리석은 사람이 아니라면 그것을 모를 리가 없었다. 토포로프는 이 두 가지의 부정적인 성격을 가지고 있었다. 그가 맡고 있는 직무의 모순이란, 교회는 본질적으로 신에 의해서 제정된 것으로 지옥의 문이나 어떠한 사람의 노력으로도 움직일 수 없는 것인데, 그의 직무는 외부적인 수단과 압력으로부터 교회를 지켜나가고 보호하는 것을 사명으로 한다는 것이었다. 즉, 어떤 힘으로도 움직일 수 없는 신성불가침한 신의 제도가 토포로프를 우두머리로 한 관리들이 구성하는 인간 제도에 따라 보호되고 유지되지 않으면 안 된다는 것이었다.

토포로프는 이 모순을 알지도 못했고 또 알려고도 하지 않았다. 그래서 그는 언제나, 지옥의 문으로도 움직일 수 없는 교회를 가톨릭 신부나 프로테스탄트 목사나 분리파 신도가 부수지나 않을까 무척 걱정했다. 토포로프는 근본적인 종교적 감정과 인류 평등, 우애 의식을 잃고 있는 모든 사람들과 마찬가지로, 민중을 자기와는 전혀 다른 존재에서 비롯된 것이고 그런 것이 없는 편이 자기 생활에는 훨씬 편하다고 굳게 믿었다. 이런 그의 마음속에는 신앙심이란 손톱만큼도 없었으며, 오히려 그런 상태를 대단히 편리하고 마음 편한 것이라고 생각하고 있었다. 그러나 민중이 자기와 똑같은 상태가 되지 않을까 두려워하며 그들을 그런 상태에서 구하는 것이 자기의 신성한 의무라고 여겼다.

어느 요리책에 새우는 살아 있는 채로 삶아지는 것을 좋아한다고 씌어 있는데, 그는 그와 같은 것을 비유로서가 아니라 요리책에 씌어 있는 그대로 믿고 있었다. 즉, 민중은 미신을 좋아한다고 생각하기도 하고 또 그렇게 말하기도 했던 것이다.

그에 의해서 보호받고 있는 종교에 대한 그의 태도는 마치 양계업자가 닭의 머리로 떨어진 과일을 대하는 태도와 같았다. 떨어진 과일은 썩어서 불쾌하기 짝이 없지만 닭이 즐겨 먹기 때문에 먹이로 하는 것이다.

물론 이베리아, 카잔, 스몰렌스크 성당 등의 성지는 야만스럽기 그지없는 우상 숭배지만, 민중이 그것을 좋아하고 믿고 있으므로 이런 미신을 보호하지 않을 수 없다고 그는 생각했다. 그리고 그의 눈에 민중이 미신을 좋아하는 것같이 보이는 것은 다만 그와 같은 잔혹한 사람들이 언제나 있었고 지금도 있기 때문이라는 것을 그는 염두에 두어본 적도 없었다. 다만 자기 자신은 문명의 혜택을 받고 있으면서도 이 혜택을 마땅히 써야 할 곳, 즉 무지의 어둠 속에서 빠져나가려고 하는 민중을 구조하는 데에는 사용하지 않고 오히려 그 무지를 옭아매어 두는 데 이용하고 있었다.

네흘류도프가 응접실로 들어갔을 때, 토포로프는 서재에게 귀족 출신의 씩씩한 수녀원장과 이야기하고 있었다. 이 수녀는 지금 서부 국경 지방에서 개종을 강요하는 동방정교회 사이에서 정교의 보급과 보호를 위해 활동하고 있었다. 응접실 담당 비서가 네흘류도프의 용건을 묻고 분리파 신도 사건으로 폐하께 청원을 드리기 위함이라는 것을 알게 되자, 그 청원서를 좀 보여주지 않겠느냐고 물었다.

네흘류도프가 그 청원서를 주자 관리는 그것을 가지고 서재로 들어갔다. 그러자 베일을 나부끼며 두건을 쓴 수녀가 손톱이 깨끗하게 손질된 하얀 손가락을 모으고 묵주를 늘어뜨린 채 검은 치맛자락을 끌면서 방에서 나와 문 쪽으로 걸어갔다. 그래도 네흘류도프에게는 아직 들어오라는 말이 없었다.

토포로프는 청원서를 읽으면서 줄곧 머리를 흔들었다. 명확하고 힘 있게 써진 청원서를 읽으면서 그는 불쾌감과 놀라움을 느꼈던 것이다.

'만일 이런 것이 폐하의 손에 들어간다면 반드시 귀찮은 문제를 일으키고 의심을 받게 될 것이다.' 그는 청원서를 다 읽고 이렇게 생각했다. 그리고 그것을 테이블 위에다 놓은 뒤, 초인종을 눌러 네흘류도프를 들어오게 하라고 일렀다.

그는 그 분리파 신도들의 사건을 기억하고 있었다. 이미 그들의 청원서를 받고 있었다. 그 사건은 이랬다. 정교에서 벗어난 어느 기독교도가 처음에는 타이름을 받고 재판에 회부되었으나 곧 석방되었다. 그러자 그 지방 주교가 현의 지사와 공모해 서로 다른 종파와의 결혼이 합법적이 아니라는 것을 근거로 남편과 아내와 아이들을 각기 분리해 유형 시키려고 했다. 그래서 그들의 아버지와 아내가 분리를 중지시켜달라고 청원한 것이었다. 토포로프는 이 청원서가 처음 자기에게 들어왔을 때의 일을 생각했다. 그는 그때 이 처분을 중지할 것인지 퍽 망설였다. 그러나 그 농사꾼들의 가족을 저마다 떼어내어 유형 보내는 데는 그다지 해될 것이 없지만, 그들을 그대로 내버려 두면 다른 주민까지 정교에서 이탈할지 모른다고 생각했다. 게다가 주교의 열렬한 주장도 있고 해서 그는 이 사건을 결정된 대로 조치할 허가를 내렸었다.

그러나 이제 페테르부르크 상류사회에 깊은 관계를 가지고 있는 네흘류도프와 같은 후원자가 나타남으로써 그 사건이 잔혹한 사건으로 황제 폐하께 알려지고 외국 신문에 보도될지도 모를 위험성이 있으므로, 그는 그 자리에서 생각할 것도 없이 결정을 내렸다.

"아, 어서 들어오십시오." 그는 몹시 바쁜 듯이 말하고 선 채로 네흘류도프를 맞아 곧 용건으로 들어갔다.

"이 사건은 나도 잘 알고 있습니다. 잇따라 쓴 이름들을 보는 것만으로도 그 불행한 사건이 생각나는군요." 그는 청원서를 집어 들어 네흘류도프에게 보이면서 말했다. "이 사건을 다시 생각나게 해주셔서 대단히 감사합니다. 이것은 현의 관리들이 좀 지나친……."

네흘류도프는 창백하고 무표정한 가면 같은 그의 얼굴을 불쾌한 마음으로 바라보면서 잠자코 있었다.

"곧 지령을 내려 이 처분을 철회시키고 그 사람들을 집으로 돌려보내도록 하겠습니다."

"그럼 그 청원서를 황제 폐하께 내지 않아도 좋습니까?" 네흘류도프는 물었다.

"물론이지요. 내가 약속합니다." 그는 '내가'라는 말에 특히 힘을 주었다. 틀림없이 그는 자기의 약속과 말을 가장 확실한 보증으로 믿는 것 같았다. "지금 곧 쓰는 것이 좋겠군요. 좀 앉으십시오."

그는 테이블 곁으로 가서 쓰기 시작했다. 네흘류도프는 선 채로, 머리숱이 빠져 번들번들한 그의 뒷머리와 펜을 재빨리 놀리는 굵고 푸른 심줄이 도드라진 손을 내려다보면서 '이 사람이 어째서 이런 일을 하는 것일까? 게다가 이다지도 열심히, 분명히 무슨 일에도 마음이 움직이지 않을 사나이가 대체 무슨 까닭일까?' 하고 생각했다.

"자, 그럼." 하고 토포로프는 그것을 봉투에다 넣으며 말했다. "이것을 당신의 의뢰인들에게 이야기해주십시오." 그는 미소를 지으려는 듯이 입술을 오므리며 말했다.

"대체 이 사람들은 무엇 때문에 고생하고 있었던 것일까요?" 네흘류도프는 봉투를 받으면서 말했다.

토포로프는 고개를 들어 네흘류도프의 질문에 만족스러워하며 미소 지었다.

"그것은 나도 대답할 수 없습니다. 하지만 이렇게는 말할 수 있지요. 이를테면 우리에게 보호되어 있는 사람들의 이로움과 해로움은 매우 중대한 것이니까요. 신앙 문제에 대해서 도가 약간 지나친 것쯤은, 오늘날 퍼지고 있는 신앙에 대해 무관심한 것에 견주면 그다지 두려울 것도 없으며, 또한 해로울 것도 없습니다."

"하지만 종교라는 이름으로 선의 기본적인 요구가 파괴되는 것은 무엇 때문일까요? 온 가족을 모두 떼어놓는다는 것은……."

토포로프는 네흘류도프의 말을 철없는 소리로 여겼는지 줄곧 너그러운 미소로 받았다. 네흘류도프가 무슨 말을 하든 토포로프는 자기가 그보다는 위에 서 있다는, 광범한 국가적인 입장에서 본다면 모두 편협한 것이라고밖에 생각되지 않았다.

"개인적인 견지에서 본다면 혹 그렇게 생각될지도 모르지요." 하고 그는 말했다. "하지만 국가적인 견지에서 본다면 얼마쯤 달리 생각하게 되지요. 자, 그럼 오늘은 이만 실례하겠습니다." 토포로프는 머리를 숙이고 손을 내밀면서 말했다.

네흘류도프는 그의 손을 잡고, 곧 그 손을 잡은 것을 후회하며 재빨리 밖으로 나왔다.

"죄수들의 이익이라고." 그는 토포로프가 하던 말을 되풀이했다. '자기의 이해겠지. 자기의 이해……' 그는 토포로프의 저택을 나오면서 이렇게 생각했다.

그리고 정의를 부르짖고 종교를 보호하며 민중을 계몽하는 제도의 활동 대상이 된 사람들의 영혼을 더듬어보고, 밀주를 팔다 처벌된 노파, 절도범인 소년, 부랑죄의 방랑자, 방화범인 농사꾼, 공금횡령죄로 걸려든 은행가, 그리고 아무 죄도 없는데 단지 필요한 정보를 얻을 수 있으리라는 필요에서 잡혔던 불행한 리디야, 정교모독죄에 걸려든 분리파 신도들, 입헌 정치를 갈망했다가 벌을 받은 구르케비치 등등을 보며 네흘류도프는 분명히 깨달았다. 이들이 어떤 정의를 파괴하고 법을 어긴 까닭에 붙들리거나 수감되고 유형을 받은 것이 아니라, 다만 관리나 부자가 민중들로부터 긁어모은 재산을 간직해나가는 데 있어서 방해가 되었을 뿐이라고.

밀주를 판 노파도, 거리를 방황하던 절도범도, 선전문을 보관했던 리디야도, 미신을 물리친 분리파 신도도, 입헌 정치를 요구한 구르케비치도 다 그들의 방해가 되었던 것이다. 여기서 네흘류도프는 이런 관리들이—이모의 남편, 원로원 의원, 토포로프를 비롯해 모든 관청에서 근무하고 있는, 말쑥하게 차리고 예의 바른 관리들에 이르기까지—죄 없는 사람들이 고통받고 있는 것에 조금도 마음의 부담을 느끼지 않고, 다만 자기네의 위험을 멀리하는 데만 머리를 쓰고 있다는 것을 뚜렷이 알 것 같았다.

그러므로 죄 없는 한 사람을 처벌하는 것보다는 열 사람의 죄 있는 자를 용서하라는 법칙을 지키지 않고, 그와 반대로 썩은 부분을 잘라내기 위해 건강한 살까지 베어버리는 식으로, 한 사람의 위험인물을 없애기 위해 아무 죄도 없는 열 사람을 벌하는 수단을 취하는 것이었다.

이렇게 일어나고 있는 모든 일이 네흘류도프에게는 아주 간단명료하게 생각되었으나 이 간단명료한 것이 도리어 그것을 인식하는 데 그를 머뭇거리게 했다. 그처럼 복잡한 현상이 이렇게 간단하고도 무섭게 해석되다니, 어떻게 이럴 수 있을까? 정의, 선, 법률, 종교, 신 등 이 모든 것이 가장 야비하고 탐욕적인 잔인성을 안고 있다니, 어떻게 그럴 수 있을까?

28

네흘류도프는 그날 밤으로 페테르부르크를 떠나고 싶었으나 마리에트와 극장에서 만날 약속이 있었다. 이런 종류의 약속은 꼭 지키지 않아도 좋으리라는 것을 알면서도 역시 약속은 꼭 지켜야 한다는 생각으로 자기 마음을 억누르고 가기로 했다. '나는 이 유혹을 이겨낼 수 있을까? 이것이 마지막이다. 시험해보자.' 하고 그는 조금 들떠 생각했다.

그가 연미복으로 갈아입고 극장으로 달려갔을 때는 수없이 공연된 《춘희》의 제2막이 막 시작된 때였다. 외국에서 온 프랑스 여배우가 폐병을 앓고 죽어가는 장면을 새로운 형식으로 연기하고 있었다.

극장은 대만원이었다. 네흘류도프가 안내인에게 마리에트의 좌석을 묻자, 곧 정중하게 안내했다.

통로에 서 있던, 예복을 입은 마리에트의 하인이 마치 친숙한 손님을 맞듯이 머리를 숙이고 문을 열어주었다.

건너편 자리 언저리에 걸터앉은 사람, 그 뒤쪽에 선 사람들, 맞은편의 수많은 좌석 가까이 등을 보이고 있는 사람들, 아래층 자리에 앉은 하얀 머리, 반백 머리, 듬성한 머리, 대머리, 기름 바른 머리, 고수머리……. 이들 관객들의 눈과 귀는 모두 비단과 레이스 옷을 입고 뼈만 남아 보이는 바싹 마른 여배우가 부자연스러운 목소리로 독백하는 것을 열심히 보고 있었다. 문을 열자 누군가가 "쉿!" 했다. 찬 공기와 따뜻한 공기가 한꺼번에 흘러나와 네흘류도프의 얼굴을 스쳐 갔다.

좌석에는 붉은 망토를 어깨에 걸치고 육중하게 머리를 틀어 올린 귀부인과 마리에트와 두 남자가 앉아 있었다. 한 사람은 마리에트의 남편으로, 매부리코의 엄한 얼굴에 솜과 리넨으로 부풀린 가슴을 군인답게 내민 키 크고 잘생긴 장군이었다. 다른 한 사람은 금발이 좀 벗어지긴 했지만 훌륭한 구레나룻에 턱수염을 말쑥하게 깎은 남자였다. 아름답고 얌전한 마리에트는 우아하게 어깨에서 가슴팍까지 활짝 드러내놓은 옷을 입고 있어서 목에서부터 곡선을 그리며 내려간 건강하고 풍만한 어깨가 모두 드러났으며, 목과 어깨 사이에 조그맣고 새까만 점이 하나 보였다. 그녀는 흘끗 돌아보더니 네흘류도프에게 자기의 뒷자리를 부채로 가리키면서 환영과 감사에 넘치는 의미심장한 미소를 지어 보였다. 그녀의 남편은 네흘류도프를 보자 언제나와 같은 침착한 태도로 가볍게 머리를 숙였다. 그의 태도와 아내와 주고받는 시선에는, 자기가 이 아름다운 여인의 주인이며 소유자라는 의식이 역력히 엿보였다.

춘희의 독백이 끝나자 극장 안은 박수 소리로 떠나갈 듯했다. 마리에트는 일어나서 사각사각 소리 나는 비단 드레스 자락을 잡고 자리 뒤로 나오더니 남편에게 네흘류도프를 소개했다. 장군은 여전히 눈에 미소를 머금고 만나 뵙게 되어 반갑다는 인사말을 하고는 조용히 표정을 가다듬고 입을 다물었다.

"나는 오늘 돌아갈 예정입니다만 약속을 했기 때문에." 네흘류도프는 마리에트를 돌아보며 말했다.

"저야 만나지 않으시더라도 저 훌륭한 여배우를 안 보신다면." 하고 마리에트는 함축성 있게 말했다. "지금 그 마지막 장면은 정말 훌륭하지 않았어요?" 마리에트는 남편에게 말했다.

남편은 고개를 끄덕였다.

"나는 전혀 감동이 되지 않는군요." 네흘류도프는 말했다. "나는 오늘 정말 불행을 보고 왔으니까요."

"자, 앉으세요. 그리고 그 이야기를 좀 들려주세요."

남편은 듣는 동안 차츰 눈가에 빈정대는 듯한 웃음을 떠올렸다.

"나는 오랫동안 감금되었다 풀려나온 그 여자를 만났지요. 완전히 미친 사람 같더군요."

"제가 당신에게 말씀드렸던 바로 그 여자 이야기예요." 마리에트가 남편에게 말했다.

"그렇습니까? 그 여자가 풀려나왔다니, 참으로 기쁘게 생각합니다." 그는 고개를 끄덕거리면서, 네흘류도프가 보기에도 빈정대는 듯한 엷은 웃음을 콧수염 밑에 띠며 침착한 목소리로 말했다. "한 대 피우고 오겠습니다."

네흘류도프는 마리에트가 할 말이 있다고 하니 그 말을 꺼내리라 기대하며 조용히 앉아 있었다. 그러나 그녀는 아무 말도 하지 않았고, 또 말하려는 기색도 보이지 않고 농담을 하거나 연극 이야기를 할 뿐이었다. 그녀는 이 연극이 네흘류도프를 퍽 감동시켰으리라고 생각하는 듯했다.

네흘류도프는 그녀가 자기에게 할 말이 있는 것이 아니라 다만 그 어깨와 까만 점을 드러내놓은 매력적인 모습을 보이고 싶은 데 지나지 않았음을 깨달았다. 그는 즐거웠지만 아울러 꺼림칙했다.

이런 모든 것을 가리고 있던 매혹의 베일이 지금 네흘류도프에게 있어서 모두 벗겨졌다고는 할 수 없었지만, 그 매력 밑에 무엇이 숨겨져 있는지는 알 수 있었다. 마리에트의 모습을 바라보는 동안 네흘류도프의 마음도 그 아름다움에 반하기는 했다. 그러나 그녀는 수천수백 명의 피눈물과 생명을 희생시킴으로써 출세 가도를 달리고 있는 남편과 살고 있으며, 그런 일쯤은 조금도 아랑곳 않는 사기꾼이라는 것을 알았다. 이제 그녀가 말한 것은 모두 거짓말뿐이었으며 다만 그에게 자기를 사랑하게 하고 싶다는—그는 그 까닭이 무엇 때문인지 몰랐고 그녀 자신도 몰랐지만—생각뿐이었음을 알았다. 그리고 그것이 유혹적인 감정과 불쾌한 감정을 한꺼번에 느끼게 했다.

네흘류도프는 몇 번이나 돌아가려고 모자를 집어 들었으나 그때마다 머뭇거렸다. 드디어 그녀의 남편이 짙은 수염 사이로 담배 연기를 내뿜으면서 자리로 돌아와 네흘류도프 같은 건 안중에도 없다는 듯 거만한 태도를 보이자, 네흘류도프는 열린 문이 닫히기도 전에 복도로 나와 외투를 찾아서 극장을 나왔다.

넵스키 거리를 지나 집으로 가는 도중, 네흘류도프는 넓은 아스팔트 길에서 키가 늘씬하고 선정적인 옷을 입은 여자가 자기 앞을 걸어가고 있는 것을 무의식적으로 보았다. 그 여자는 넓은 아스팔트길을 조용하게 걷고 있었으나 얼굴과 몸 구석구석에는 자신의 섹시한 매력을 스스로 충분히 의식하는 느낌이 감돌고 있었다. 오가는 사람들도 모두 그 여자를 돌아다보고 지나갔다. 네흘류도프도 걸음을 빨리해 지나가면서 자기도 모르게 그 여자를 흘끗 돌아다보았다. 짙게 화장한 그녀의 얼굴은 아름다웠다. 그 여자는 네흘류도프를 보자 살짝 미소 지었다. 그러자 이상하게도 네흘류도프는 문득 마리에트가 생각났다. 극장에서 느꼈던 유혹과 혐오감을 여기서도 느꼈기 때문이었다. 걸음을 빨리해 그 여자와 멀리 떨어지게 되자 네흘류도프는 자기 자신을 책망하면서 모르스카야 거리로 접어들었다. 강변길로 나서자 그는 경찰이 이상한 얼굴로 쳐다보는 것도 아랑곳하지 않고 이리저리 거닐기 시작했다.

'내가 극장에 들어갔을 때 그녀도 저렇게 미소 지었다.' 하고 그는 생각했다. '그 미소나 이 미소나 마찬가지다. 다만 다른 점은 이 여자는 정말 솔직하게 '필요하시면 가져주세요. 필요치 않으시면 그냥 지나가세요.' 하는 것에 비해 마리에트는 그런 것과는 무관한 표정으로 고상하고 우아한 감정으로 생활하고 있는 것같이 보이긴 하지만, 결국 근본은 다 마찬가지다. 적어도 이 여자는 정직하지만 그녀는 거짓투성이다. 뿐만 아니라 이 여자는 가난 때문에 그런 짓을 하고 있지만 그녀는 아름답고 더러운 욕정을 장난거리로 즐기고 있는 것이다. 이 거리의 여자는 더럽다기보다는 갈증을 느끼고 있는 사람에게 제공되는 악취가 풍기는 구정물 같은 것이지만, 그 극장 안의 여자 마리에트는 손아귀에 걸려드는 사람을 독살해버리는 독약과 같은 것이다.'

네흘류도프는 귀족회장 부인과의 관계를 생각하자 부끄러운 여러 가지 장면이 물밀 듯이 밀려왔다. '사람의 마음속에 도사리고 있는 야수성이란 추악한 것이다. 그 야수성이 그대로 모습을 드러낼 때는, 정신생활의 높은 곳에서 내려다보며 멸시할 수 있다. 타락하든 안 하든 어쨌든 본디의 인간 그대로 있게 마련이다. 그런데 이 야수성이 거짓된 미적 감정이나 시적인 베일을 쓰고 존경을 요구하면, 우리는 이 동물적인 것을 신성한 것으로 보게 되고 매혹되어서 선악도 구별 못하게 된다. 그렇게 되는 것이야말로 참으로 무서운 일이다.'

네흘류도프는 지금 그것을 똑똑히 보았다. 마치 궁전과 초소와 요새와 강과 보트와 거래소 따위의 구체적인 형태를 본 듯이 명확하게 보았다. 그리고 이날 밤, 이 지상에는 마음에 안식을 주는 평온한 어둠은 없고, 다만 막막하고 어디에서 오는지도 알 수 없는 불쾌하고 부자연스러운 빛만이 남아, 네흘류도프의 마음에 안식을 주는 미지의 어둠은 이미 사라졌다. 세상에서 귀중하고 훌륭하다고 생각하는 것은 모두가 다 하잘것없고 더러운 것이며, 이런 모든 광채와 사치는 이미 뭇사람들에게 만성이 되어서 죄의 대상도 되지 않을 뿐만 아니라 오히려 인간이 생각해낼 수 있는 온갖 아름다움으로 꾸며진 온갖 죄악이 잠재하고 있음이 훤히 드러났다.

네흘류도프는 그런 것을 잊어버리고 싶었고, 보고 싶지도 않았으나 보지 않을 수 없었다. 페테르부르크를 뒤덮고 있는 빛의 근원이 무엇인지 알 수 없었던 것처럼 이런 모든 것을 그에게 계시해주었던 빛의 근원도 알 수 없었지만, 그리고 그 빛이 그에게는 막막하고 불쾌하고 부자유스러운 것처럼 생각되었지만, 그는 이 빛에 의해 눈앞에 계시되는 것을 보지 않을 수 없었다. 그리하여 그는 기쁨과 동시에 불안을 느꼈다.

29

모스크바로 돌아오자 네흘류도프는 무엇보다도 먼저 감옥의 병원으로 달려갔다. 원로원에서 지방법원의 판결을 시인했으므로 시베리아로 떠날 준비를 해야 한다는 슬픈 소식을 마슬로바에게 전하기 위해서였다.

변호사가 그에게 써준, 황제에게 보낼 청원서는 마슬로바의 서명을 받기 위하여 지금 가지고 가지만 별로 기대는 하지 않았다. 지금 그는 이상하게도 차라리 그 청원이 허용되는 것을 바라지 않았다.

그는 시베리아로 간다는 생각과 유형수와 함께 생활할 것만 생각했고 마슬로바가 석방된다면 그때는 자기의 생활과 그 여자의 생활을 어떻게 설계할 수 있을지 도무지 예측하기 어려웠다. 그는 미국에 노예제도가 존재하고 있을 무렵 작가 소로가 노예제도가 법적으로 보호받고 있는 국가에서 정직한 시민이 몸을 의탁할 유일한 장소는 감옥뿐이라고 말한 것을 생각했다. 네흘류도프는 특히 페테르부르크에서 그와 같은 것을 느꼈다.

'그렇다, 오늘날 러시아에서 정직한 시민이 몸을 의탁할 유일한 장소는 감옥뿐이다!'라고 그는 생각했다. 그리고 그는 마차가 감옥의 높은 돌담 안으로 들어서자, 더욱더 이것을 절실히 느꼈다.

병원 수위는 네흘류도프임을 알자 마슬로바가 이미 병원에 있지 않다고 말해주었다.

"그럼 어디 있소?"

"다시 감방으로 돌아갔지요."

"그런 여자야 원래 그렇지 않습니까, 나리." 수위는 비웃는 미소를 지으면서 말했다. "간호장을 유혹했기 때문에 의사 과장님이 내쫓았지요."

마슬로바의 몸과 정신 상태가 이토록 자기와 동떨어져 있을 줄은, 네흘류도프는 꿈에도 생각지 못했다. 이 소식은 그를 어리둥절케 했다. 그는 뜻하지 않은 불행한 통지를 받은 것같이 느꼈다. 가슴이 몹시 아팠다. 이 소식을 듣고서 그의 가슴에 닥친 첫 감정은 부끄러움이었다. 그는 무엇보다도 먼저 그녀의 상태가 바뀐 것으로 생각하고 기뻐했던 자기가 우습게 생각되었다. 그의 희생을 받아들이지 않겠다는 그녀의 말도, 나무람도, 눈물도, 모두 될 수 있는 한 교묘히 그를 이용하려는 타락한 여자의 교활한 수작에 지나지 않았다는 생각이 들었다. 지금 와서 생각해볼 때 그는 마지막 면회 때 바로잡을 수 없는 타락의 징조를 그녀에게서 똑똑히 보았던 것을 이제 새삼스레 느끼지 않을 수가 없었다. 그가 무의식적으로 모자를 쓰고 병원을 나왔을 때 이런 생각이 퍼뜩 머리에 스쳤던 것이다.

'그러면 나는 앞으로 어떻게 한다?' 그는 스스로에게 물었다. '아직 나는 그녀에게 묶여 있는 것일까? 지금이야말로 그녀의 이런 행위 때문에 나는 해방된 것이 아닐까?'

그러나 스스로에게 이렇게 물어본 그는 자기 자신이 해방된 기분으로 그녀를 버린다면 자기가 벌을 주려던 그 여자 대신 자기가 벌을 받게 되는 결과가 된다는 것을 깨닫고 무서워졌다.

'안 된다! 그런 일이 있어도 그것이 나의 결심을 바꿀 수는 없다. 다만 결심을 더욱 굳게 할 뿐이다. 그녀가 자기 마음대로 하도록 내버려 두자. 간호장을 유혹하건 말건 상관없다. 그건 그녀의 자유다. 내가 할 일은 내 양심의 명령에 따라서 하면 된다.' 그는 자기 자신에게 이렇게 말했다. '나의 양심은 내가 저지른 죄를 속죄하기 위해 내 자유를 희생하라고 요구하고 있다. 그러므로 형식상으로나마 그녀와 결혼하고 땅끝까지라도 그녀를 따라가려고 하는 내 결심은 절대 바꾸지 말아야 한다.' 그는 고집스럽게 다짐하며 병원을 나와 단호한 걸음으로 감옥 문을 향해 걸어갔다.

감옥 문으로 오자 네흘류도프는 담당 간수에게 마슬로바를 만나고 싶으니 소장에게 알려달라고 부탁했다. 간수는 네흘류도프를 알고 있었기 때문에 허물없이 감옥 안의 중대한 새 소식을 알려주었다. 이전 소장은 이미 파면되었고 그 대신 아주 엄격한 다른 소장이 새로 취임했다는 것이었다.

"요즘은 엄격해졌습니다. 어려운 일이에요." 간수가 말했다. "마침 소장님이 계시니까 곧 알리겠습니다."

소장은 감옥 안에 있었기에 곧 네흘류도프에게로 왔다. 이 새 소장은 키가 크고 골격이 굵은 사나이로 광대뼈가 툭 불거졌으며, 동작이 몹시 느리고 음울한 얼굴을 하고 있었다.

"면회는 지정된 날에 지정된 장소에서만 하게 되어 있습니다." 그는 네흘류도프를 쳐다보지도 않고 말했다.

"황제께 드릴 청원서에 그녀의 서명을 받으려고 왔습니다."

"내게 맡기면 됩니다."

"본인을 직접 만나고 싶습니다. 지금까지 늘 면회가 허락되었는데요."

"전에는 그랬는지 모르지만." 하고 소장은 네흘류도프의 얼굴을 힐끗 보면서 말했다.

"보여주십시오." 그는 여전히 상대편의 얼굴은 쳐다보지도 않고 집게 손가락에 금반지를 낀 기다랗고 마른 하얀 손으로 네흘류도프가 내민 허가증을 들고 천천히 읽었다.

"그럼 사무실로 오십시오." 소장이 말했다.

그때 사무실에는 아무도 없었다. 소장은 면회에 입회하려는지 테이블 앞에 앉아서 서류를 뒤적거리기 시작했다. 네흘류도프가 정치범 보고두홉스카야를 만날 수 있느냐고 물어보자 그는 할 수 없다고 잘라 말했다.

"정치범과의 면회는 허락되지 않습니다." 소장은 이렇게 말하고는 다시금 서류를 열심히 읽기 시작했다.

보고두홉스카야에게 전할 편지를 가지고 있던 네흘류도프는 마치 계획했던 범죄를 들켜버린 범죄자처럼 낭패한 기분이 되었다.

마슬로바가 사무실 안으로 들어오자, 소장은 고개를 들기는 했으나 마슬로바도 네흘류도프도 쳐다보지 않고 말했다.

"자, 면회하십시오." 그러고 계속해서 서류를 읽기에 여념이 없었다.

마슬로바는 이전과 똑같은 하얀 웃옷에 치마를 입고 머리에 스카프를 쓰고 있었다. 네흘류도프 곁으로 다가와 그의 냉정하고 화난 얼굴을 보자 그만 얼굴이 빨개져서 웃옷 자락을 만지작거리며 눈을 내리깔았다. 그녀의 당황함은 네흘류도프에게는 병원 수위의 말을 확인하는 것과 같았다.

네흘류도프는 이전과 같은 태도로 대하고 싶었지만 아무래도 악수할 마음이 내키지 않았다. 그토록 그녀가 야속하게 여겨졌다.

"좋지 않은 소식을 가지고 왔소." 그는 악수도 하지 않은 채 별로 내키지 않는 목소리로 말했다. "원로원에서 기각되었소."

"저는 그렇게 되리라고 생각했어요." 그녀는 숨찬 이상한 목소리로 말했다.

이전 같으면 네흘류도프가 왜 그런 소리를 하느냐고 물었을 테지만 지금은 그저 힐끗 그녀를 한 번 바라보았을 뿐이었다. 그녀의 눈에는 눈물이 가득 괴어 있었다. 그러나 그 눈물도 네흘류도프의 마음을 풀리게 하지는 못했고 도리어 그의 마음을 초조하게 만들었다.

소장이 일어나서 방 안을 왔다 갔다 하면서 거닐기 시작했다.

네흘류노프는 마슬로바에게 심한 혐오감을 느끼고 있었지만 원로원의 기각에 대해 위로의 말만은 해두어야겠다고 생각했다.

"아직 낙심하진 마오." 그는 말했다. "황제께 청원서를 내면 잘될지도 몰라. 나는 기대를 걸고 있소……."

"하지만 그 일 때문이 아니에요……." 마슬로바는 눈물에 젖은 사팔눈으로 안타깝게 그의 얼굴을 쳐다보며 말했다.

"그럼 뭔데?"

"병원에 가서 저에 관한 이야기를 들으신 것 같군요."

"그래, 그게 어떻단 말이오? 그건 당신 자유인걸." 네흘류도프는 얼굴을 찡그리면서 쌀쌀하게 말을 던졌다.

가라앉으려 했던 굴욕감이, 그녀가 병원에 대한 이야기를 꺼냄으로써 또다시 새로운 힘으로 가슴에 끓어올랐다. '나는 훌륭한 귀족이다. 어떤 상류 계급의 여자와도 결혼할 수 있는 행복한 사내다. 그래도 모든 것을 뿌리치고 이런 여자와 결혼하려고 하는데, 그것을 참지 못해 병원의 간호장 따위와 불미스러운 장난을 하다니.' 증오에 찬 눈으로 그녀를 바라보면서 그는 이렇게 생각했다.

"이 청원서에다 서명해요." 그는 말하며 주머니에서 큼직한 봉투를 꺼내 테이블 위에 놓았다. 그녀는 머리에 쓴 스카프로 눈물을 닦고 탁자 앞에 앉자 어디다 무엇을 써야 하느냐고 물었다.

그가 가르쳐주자 그녀는 왼손으로 오른쪽 소매를 추켜올렸다. 네흘류도프는 마슬로바의 머리 뒤에 서서 슬픔을 이기지 못해 흐느끼며 들먹이고 있는 그녀의 뒷모습을 잠자코 내려다보고 있었다. 네흘류도프의 가슴속에서는 선과 악, 그 상처받은 긍지와 마음 아파하는 그녀에 대한 애처로움, 이 두 감정이 다투고 있었다. 결국 후자가 이기고 말았다.

그녀를 애처롭게 생각하는 마음이 먼저였는지, 아니면 자신을 깨닫고, 그녀를 꾸짖는 것과 똑같은 자기의 비열함과 자기 잘못과 자기의 추함을 생각한 것이 먼저였는지는 분명치 않았지만, 어쨌든 그는 자기의 죄가 깊다는 것을 느끼는 동시에 그녀가 애처롭게 느껴졌다.

청원서에 서명을 끝내자, 마슬로바는 잉크가 묻은 손을 치마에다 문지르고 일어나서 그를 바라보았다.

"어떤 일이 일어나도, 어떤 일이 있더라도 나의 결심은 변하지 않소." 네흘류도프는 말했다.

그녀를 용서하겠다는 생각은 그녀에 대한 애처로운 정을 더하게 했다. 그는 그녀를 위로해주고 싶었다.

"나는 내가 말한 것은 반드시 실행하겠소. 당신이 어디로 가든 나는 당신 곁을 떠나지 않겠소."

"쓸데없는 일이에요." 그녀는 얼른 그의 말을 가로막았으나 갑자기 얼굴빛이 밝아졌다.

"가는 길에 필요한 물건을 생각해둬요."

"별로 없어요. 미안해요, 걱정 끼쳐드려서."

소장이 그들 곁으로 다가왔으므로 네흘류도프는 그가 지시하기 전에 그녀와 작별하고 여태껏 느껴보지 못했던 고요한 기쁨과 마음의 평화와 모든 사람에 대한 사랑의 감정을 느끼면서 그곳을 나왔다. 마슬로바가 어떤 짓을 하든지 그녀에 대한 자신의 사랑은 바뀔 수 없다는 깨달음은 네흘류도프를 더없이 기쁘게 했고 일찍이 경험하지 못했던 높은 정신의 세계로 그를 끌어올렸다. 그녀가 간호장과 어떤 관계를 맺었건 그것은 그녀의 자유다. 자기가 그녀를 사랑하는 것은 자기를 위해서가 아니라 그녀를 위함이요, 신을 위함인 것이다.

그런데 마슬로바가 병원에서 쫓겨나고 네흘류도프도 사실로 믿었던 간호장과의 관계란 하찮은 것이었다. 마슬로바가 여조수의 심부름으로 복도 끝에 있는 약국으로 물약을 가지러 갔을 때, 오래전부터 귀찮게 따라다니던 키 크고 여드름투성이인 간호장 우스티노프가 또 귀찮게 굴면서 껴안으려고 했다. 마슬로바는 그를 피하려고 힘껏 떠밀었는데 간호장이 그 옆 약장으로 넘어지는 바람에 유리병 두 개가 깨졌다.

이때 마침 복도를 지나가던 의사 과장이 유리가 깨지는 소리와 함께 얼굴이 빨개져서 튀어나오는 그녀를 보자 화가 나서 소리쳤다.

"이봐, 이런 데서까지 망측한 짓을 하면 쫓아 보낼 거야. 대체 이게 무슨 짓이야?" 하며 간호장을 안경 너머로 엄하게 쏘아보았다.

간호장은 싱글싱글 웃으면서 변명을 시작했다. 의사 과장은 그 말은 다 듣지도 않고 고개를 젖히고 안경 너머로 그를 바라본 다음 병실로 돌아갔다. 그리고 이날 밤 소장에게 마슬로바 대신 다른 여죄수를 잡역부로 보내달라고 말했다. 마슬로바와 간호장과의 관계란 단지 이런 것뿐이었다. 마슬로바는 사내와 밀통했다는 누명으로 병원에서 내쫓긴 것이 특히 억울했다.

그녀는 오래전부터 사내와의 관계에 진저리를 치고 있었고 네흘류도프를 만난 뒤부터는 더욱더 싫증을 느끼고 있었다. 자기의 과거와 현재의 처지로 미루어 뭇사람들이, 더구나 그 여드름투성이 간호장까지 자기를 업신여기는 것을 당연하게 생각하고 자기의 거절을 오히려 이상하게 여기는 사실이, 그녀에게 참을 수 없는 굴욕감을 주었다. 그래서 자신에 대해 연민의 눈물을 흘렸다. 지금 네흘류도프를 만나면서도 그가 틀림없이 병원에서 들었을 억울한 사정에 대해 이야기하려고 했었다. 그러나 변명을 하려니까 믿어주기는커녕 도리어 의심만 더 살 것 같은 생각이 들었고, 눈물이 솟구쳐 입을 열 수 없었다.

마슬로바는 두 번째의 면회 때 잘라 말했던 것과 같이 어디까지나 그를 용서하지 않고 증오하고 있다고 생각했었고 또 스스로 그렇게 믿어왔다. 그러나 어느새 다시 그를 사랑하게 되었고, 보이지 않는 힘에 이끌리듯이 네흘류도프가 요구하는 것은 무엇이나 어김없이 실행하고 있었다. 그녀는 술도 담배도 끊고 교태도 부리지 않고 병원의 잡역부로 들어갔던 것이다. 그만큼 그녀는 그를 사랑하고 있었다. 그녀가 이런 것을 모두 실행한 것은 그가 그것을 바라고 있음을 잘 알기 때문이었다.

그래서 네흘류도프가 희생을 무릅쓰고 결혼하겠다고 할 때마다 그처럼 거절해온 것도, 한 번 입 밖에 낸 오만한 말을 번복하기 싫은 자존심 탓도 있었지만, 자기 같은 존재와 결혼하는 것은 그를 불행하게 할 것이라고 생각했기 때문이었다. 따라서 그녀는 그 희생은 절대로 받아들이지 않으리라고 굳게 마음먹고 있었으나, 그가 자기를 옛날의 그녀로 생각하고 자기 마음속에 일어나고 있는 변화를 알아주지 않는 것은 몹시 가슴 아픈 일이었다. 지금도 자기가 병원에서 무슨 나쁜 짓이라도 한 것처럼 생각하는 그의 태도가, 자기의 유형이 확정되었다는 통지를 받는 것보다도 더 심하게 괴로웠다.

30

마슬로바가 첫 번째 호송대로 호송될지도 모르기에 네흘류도프는 떠날 준비를 했다. 그러나 마무리 지어야 할 일이 너무도 많아 웬만큼 자유로운 시간이 있더라도 다 처리할 수 없었다. 그 일이라는 것은 이전의 경우와 전혀 달랐다. 이전에는 무엇을 해야 할 것인가를 생각해야 했고, 또 그 이해관계가 오로지 드미트리 이바노비치 네흘류도프에게 집중되어 있었는데도 모든 일이 지루하기만 했다. 그러나 지금은 그 자신에게 조금도 상관없는 것들뿐이었으나 어느 것이나 흥미 있고 매력 있을 뿐만 아니라 그것에 열중할 수 있었고 게다가 끝없이 일이 많았다.

그리고 이전의 일들은 언제나 짜증이 나는 그런 종류였으나 지금 이렇게 남을 위해 일하고 보니 유쾌해지는 것이었다.

요즘 네흘류도프가 하려고 하는 일은 세 가지로 나눌 수 있었다. 그는 조직적으로 일을 나누어 세 개의 서류 가방에 넣어두었다.

그 첫째는 마슬로바를 돕는 일이었다. 지금 황제에게 청원서를 제출하는 수속과 시베리아로 출발하는 여행 준비였다.

둘째는 영지 정리였다. 파노보 마을에서는 땅값을 그들 농민의 공공 비용으로 충당한다는 조건으로 토지를 빌려주었다. 그러나 이 협정을

445

확정하기 위해서는 계약서와 유언서를 만들어 서명해둘 필요가 있었다. 쿠즈민스코예 마을에서는 역시 자기가 정한 대로 땅값을 받기는 하지만, 이것도 기한을 정해 그 가운데 얼마를 생활비로 하고 얼마를 농민들을 위해 남겨주느냐를 결정하지 않으면 안 되었다. 그리고 시베리아로 가는 데 얼마의 비용이 들지도 알 수 없어서 수입을 반으로 줄이기는 했으나 그 수입을 완전히 포기하지는 못했다.

셋째는 차츰 늘어가는, 자기에게 도움을 청해 오는 죄수들을 도와주는 일이었다.

처음 도움을 청해 온 죄수들과 만났을 때는 그들의 고민을 덜어주기 위해 뛰어다니면서 노력했지만, 부탁이 많아짐에 따라 한 사람 한 사람을 상대로 일하기가 도저히 불가능했기 때문에 부득이 네 번째 항목을 두고 그것을 통합하지 않을 수 없었다. 그리고 요즘에 와서는 네 번째 항목에 모든 것을 빼앗기고 말았다.

이 네 번째의 일이란 것은 이른바 형사재판이란 놀라운 제도가 무슨 까닭에 어디에서 생긴 것인가라는 문제를 해결하는 것이었다. 이 형사재판 때문에 그가 몇 사람의 수감자들과 친하게 된 감옥이라는 것이 생기게 되었고, 실로 놀랄 만한 형법에 희생되어 수천수백이나 되는 사람들이 페트로파블롭스크 요새로부터 사할린에 이르는 수많은 감옥에서 신음하고 있지 않는가.

죄수들과 개인적으로 접촉하고 변호사, 감옥의 사제, 소장 등에게서 직접 듣고 죄수들의 명부를 조사한 결과, 네흘류도프는 보통 범죄자라고 일컫는 죄수를 다섯 종류로 분류할 수 있었다.

제1부류는 아무 죄가 없는데도 잘못된 재판으로 희생된 사람들로서, 이를테면 방화범으로 오인된 멘쇼프나 마슬로바 같은 사람들이었다. 이 부류에 속하는 사람들은 그리 많지 않았지만 사제의 관측으로는 전체

의 약 7퍼센트 정도라고 하며, 이 사람들의 처지가 특히 그의 흥미를 끌었다.

제2부류는 분노, 질투, 만취 등의 이상 상태에서 한 행위에 대해 벌을 받은 사람들로서, 이런 행위는 이들을 재판해서 처벌한 사람들도 그런 상황에 놓이면 틀림없이 저질렀을 만한 것이었다. 네흘류도프의 관찰에 의하면 이런 부류의 사람들은 모든 범죄자의 반수가 넘었다.

제3부류는 본인들의 판단으로는 보통 있을 수 있는 일로서, 오히려 훌륭하다고 생각한 일이 아무 관계도 없는 입법자들 측에서 보면 범죄로 여겨지는 행위여서 처벌된 사람들이었다. 이 부류에 속하는 사람들은 주류 밀매자라든가, 밀수업자라든가, 대지주의 토지나 국유지에서 풀을 베었다든가 하는 사람들이었다. 그리고 산적이나 정교를 믿지 않는 사람, 성당의 물건을 훔친 사람들도 이 부류에 속했다.

제4부류는 단지 정신적으로 일반 사회의 수준보다 높기 때문에 죄인 취급을 받게 된 사람들이었다. 이를테면 분리파 신도, 자기 나라를 독립시키겠다고 반란을 일으킨 폴란드인이나 체르케스인, 그리고 정치범들, 즉 사회주의자, 동맹파업 참가자 등 권력에 반항하다 처벌받은 사람들이었다. 네흘류도프가 살펴본 바에 따르면 이런 부류에 속하는 사람들은 엄청난 수에 달했다.

마지막 제5부류는 그들이 사회에 대해 저지른 죄보다 사회가 그들에게 범한 죄가 더 크다고 생각되는 사람들이었다. 이들은 끊임없는 압박과 유혹 때문에 머리가 우둔해진, 일반 사회에서 소외된 사람들이었다. 돗자리를 훔친 청년을 비롯해 네흘류도프가 감옥 안팎에서 보아온 수백 명으로, 그들의 생활 조건이 범죄가 될 만한 행위를 하지 않을 수 없게끔 되어 있었다.

네흘류도프의 관찰에 의하면 요즘 그들 가운데서 직접 교섭을 가졌던 두서너 명의 도둑과 살인자들이 대개 이 부류에 속했다. 그리고 그는 새로운 범죄학이 범죄형이라고 부르는, 사회에 있어서 마치 그 존재가 형법 및 형벌이 필요한 중요한 근거처럼 인정하고 있는 타락하고 부패한 사람들과 더 가까이 접촉해본 결과, 그들을 이 부류에 넣게 되었다.

이른바 이런 타락하고 부패하고 기형적인 타입도 그들이 사회에 대해 지은 죄보다 사회가 그들에 대해 지은 죄가 보다 크다고 해야 할 사람들에 지나지 않았다. 그러나 사회는 그들에게 직접 죄를 범하고 있을 뿐만 아니라 과거에 이미 그들의 부모와 조상에 대해서도 같은 죄를 저질렀던 것이다.

이런 사람들 가운데서 특히 그를 놀라게 한 것은 오호틴이라는 강도 상습범이었다. 그는 매춘부의 사생아로 주막에서 자랐으며 서른 살이 될 때까지 경찰보다 더 덕이 높은 사람을 만난 적이 없었고 어릴 때부터 도둑 패에 들었으나 천성적으로 매우 익살맞은 데가 있어 동료들의 인기를 끌었다. 그는 네흘류도프에게 도움을 청할 때도 자기 자신에 대해서, 감옥에 대해서, 온갖 법률에 대해서도, 형법뿐 아니라 신의 계율에 대해서도 익살을 부리며 비웃었다.

또 한 사람은 표도로프라는 미남자로, 이 사내는 부하들을 거느리고 어느 늙은 관리를 죽이고 약탈했었다. 그는 억울하게 집을 빼앗긴 농사꾼의 아들로서, 그 뒤 군대에 징집되었다가 거기서 어떤 장교의 정부와 눈이 맞았기 때문에 단단히 혼이 났던 자였다. 그는 매력 있는 정열적인 성격으로, 인생을 실컷 즐겨보자는 사람이었다. 그는 여태껏 어떤 까닭에서든 간에 자기 스스로 향락을 억제했다는 사람을 본 일이 없고 즐거움 말고는 인생에 딴 목적이 있다는 말을 들어본 적이 없다고 했다.

네흘류도프는 이 두 사람이 본디 좋은 소질을 타고 났으나 그대로 내버려 둔 꽃밭처럼 멋대로 자랐기 때문에 그렇게 되어버렸다는 것을 이해했다. 그리고 그는 잔인하리만큼 우매한 데다가 반발심이 강한 부랑자와 여자를 보았다. 그러나 그들의 행동에서 이탈리아 학파가 주장하는 범죄형은 도무지 찾아볼 수 없었다. 다만 감옥 밖에서 연미복을 입고 견장을 달고 레이스로 장식하고 있는 사람들 가운데서도 흔히 있는, 개인적으로 보기 싫은 사람을 보는 것에 지나지 않았다.

이런 온갖 종류의 사람들이 감옥 안에서 신음하고 있으며 한편으로는 그와 똑같은 사람들이 자유로이 활보하고 재판하고 있다는 것은 어찌 된 일인가? 이 문제를 연구하는 것이 그 무렵 네흘류도프의 마음을 사로잡고 있는 네 번째 일이었다.

네흘류도프는 처음에는 이런 문제에 대한 해답을 책에서 얻어보려고 했다. 그래서 이 문제에 관한 책을 닥치는 대로 사들였다. 롬브로소, 이탈리아 학파의 범죄학자인 가로팔로, 페리, 독일의 경제학자 리스트, 영국의 심리학자 모즐리, 타르드 등의 저서를 사다가 열심히 읽었다. 그러나 그런 서적들은 읽으면 읽을수록 더 실망이 느껴질 뿐이었다. 그것은 학계에서 역할을 하기 위해서가 아니라—즉, 글을 쓰고, 논쟁을 하고, 가르치기 위해서가 아니라—매일같이 닥쳐오는 인생 문제를 해결해보려고 학문을 대하는 사람이 흔히 실망하는 데서 오는 환멸이었다. 학문은 형법과 관계있는 아주 미묘하고 복잡한 온갖 문제에 대해서 수많은 해답을 내렸지만, 그가 요구하는 해답만은 주지 않았다.

그는 아주 간단한 문제를 묻고 있었다. 그들 자신도 결국은 같은 인간들이면서 대체 무슨 이유와 권리로 다른 사람들을 가두고 고통을 주고 매질하며, 유형을 보내고 죽일 수 있는 것인가. 그러나 그가 얻은 해답은 인간이 자유의지를 가졌는가 등등에 대한 논의였다. 두개골이나 그 밖의 측정으로 범죄성을 지닌 자인지, 아닌지를 알 수 있는가? 범죄에 있어서 유전은 어떤 역할을 하는가? 선천적 부도덕이라는 것이 과연 존재하는가? 도덕이란 무엇인가? 발광이란 무엇인가? 타락이란? 기질이란? 기후, 음식, 무지, 모방, 최면술, 정욕 같은 것이 범죄에 미치는 영향은 무엇인가? 사회란 무엇인가? 사회의 의무란 무엇인가?

이런 논의는 네흘류도프에게, 언젠가 학교에서 돌아오던 초등학교 학생과의 대화를 떠올리게 했다. 네흘류도프는 소년에게 글쓰기를 배웠느냐고 물어보았다. "배웠어요." 하고 그 소년은 대답했다. "그럼 어디 써봐, '발'이라는 자를." "무슨 '발'요? 개의 '발'?" 소년은 능청스러운 표정으로 대답했다. 네흘류도프가 자기의 유일한 근본적인 의문에 대해 학술 서적에서 발견한 것은 바로 이 소년의 대답과 같은 것이었다.

이 책들 속에는 현명하고, 학술적이고 흥미 있는 것들이 많았다. 그러나 중요한 문제, 즉 어떤 권리로 인간이 인간을 처벌하는가 하는 문제에 대한 해답은 없었다. 아니 해답이 없을 뿐만 아니라, 모든 논의는 이미 형법의 필요성을 자명한 것으로 인정해놓고 형법을 설명하고 주장하는 것이었다. 네흘류도프는 수시로 많은 서적을 읽었으므로 이런 피상적인 연구로 해답을 얻기 어렵다고 생각했다. 그래서 그 해답을 얻는 일은 뒷날로 미루어버렸다. 최근에 와서 해답다운 것이 나오긴 했으나 그 진실성은 아직도 충분하지 않았다.

31

마슬로바가 끼어 있는 죄수 호송단은 7월 5일에 떠나기로 되어 있었다. 네흘류도프도 그녀와 함께 떠나려고 준비했다. 출발 전날 밤에 그의 누이가 동생을 만나려고 남편과 함께 시골에서 찾아왔다.

네흘류도프의 누이인 나탈리야 이바노브나 라고진스카야는 네흘류도프보다 열 살이나 위였다. 그는 어느 정도 누이의 영향을 받고 자랐다. 그녀는 어릴 때부터 그를 사랑했으며 그 뒤 결혼하기 전만 해도 같은 또래처럼 사이가 좋았다. 그 무렵 그녀는 스물다섯 살의 처녀였고 그는 열다섯 살의 소년이었다. 그녀는 그때, 지금은 세상을 떠난 그의 친구 니콜렌카 이르테네프를 사랑하고 있었다. 이 남매는 니콜렌카를 좋아하고 있었다. 그들은 그에게서나 자기들에게서나, 모든 사람들과 사람들을 결합하는 선의를 발견하고 그를 사랑했던 것이다.

그 뒤로 두 남매는 모두 타락해버리고 말았다. 그는 군에 들어가 방탕한 생활을 했고, 그녀는 육체적으로 사랑한 남자와 결혼했다. 이 남편은 지난날 그들 남매가 가장 신성하고 귀중한 존재로 생각하던 모든 것을 사랑하지 않았을 뿐만 아니라 이해하려고 하지도 않았다. 또한 그녀가 생활신조로 삼고 있던 도덕적 완성과 인류에의 봉사에 대한 갈망을, 그는 자기대로의 생각으로 이기심을 만족시키고 허영심의 유혹에 지나지 않는 것이라고 믿고 있었다.

매형 라고진스키는 이름도 없고 재산도 없는 사내였으나 능란한 관리로서 자유주의와 보수주의 사이를 요령 있게 왕래하며 이 두 사상의 경향 가운데서 때와 장소에 따라 자기 생활에 유리한 결과를 가져오는 쪽을 이용하는 재주가 있었다. 특히 여자들의 마음을 휘어잡는 데 뛰어난 수완이 있어 재판관으로서 지위를 쌓아 올렸다. 이미 청춘기가 지났을 무렵, 그는 외국에서 네흘류도프 가족과 알게 되어 그때 적령기를 지난 나타샤를 손아귀에 넣었다. 그리하여 두 사람의 결혼은 격에 맞지 않는다는 어머니의 반대에도 불구하고, 그녀와 결혼했다.

네흘류도프는 전혀 내색하지 않고 그러한 감정과 싸웠으나 매형에게 혐오를 느끼고 있는 것은 사실이었다. 그의 저속하고 편협한 자부심이 네흘류도프의 마음에 들지 않았다. 특히 누이가 그렇게도 열정적으로,

자기 본위로, 관능적으로 사랑하게 되어 지금껏 가지고 있던 모든 좋은 점을 남편을 위해 없애버렸다는 것이 몹시 싫었다. 나타샤가 그런 텁석 부리이며 번쩍이는 대머리에다 자만심이 강한 사람의 아내인가 하고 생각하면 네흘류도프는 언제나 마음이 괴로웠다.

그는 매부의 아이들에게까지 미운 마음을 금할 수가 없었다. 그리고 누이가 어린아이의 어머니가 된다는 소식을 들을 때마다 자기들과는 전혀 딴 사람이나 다름없는 이 사내에게서 무슨 병이나 옮겨 받은 것처럼 측은해지는 것이었다.

그들에게는 사내아이 하나와 여자아이 하나가 있었으나, 아이들은 데려오지 않고 누이 부부만이 왔다. 그들은 일류 호텔의 가장 좋은 방에 들었다. 나탈리야 이바노브나는 곧 돌아가신 어머니의 집으로 갔었다. 그러나 동생은 만나지 못하고 아그라페나 페트로브나에게서 네흘류도프가 이미 하숙으로 옮겼다는 말을 듣고 그곳을 찾아갔다. 어두컴컴하여 낮에도 램프를 켜고 눅눅한 냄새가 풍기는 복도에서 만난 더러운 하인이 네흘류도프는 지금 없다고 말했다.

그녀가 메모를 남겨놓으려고 동생 방에 들어가고 싶다고 말하자 하인은 그녀를 안내했다. 조그마한 두 방으로 들어가면서 그녀는 여기저기를 주의 깊게 살펴보았다. 정말 동생답게 깨끗하고 빈틈없는 모습을 발견했다. 그녀를 놀라게 한 것은 지금껏 보지 못했던 아주 검소한 가구들이었다. 책상 위에는 눈에 익은 청동의 개가 달려 있는 문진이 놓여 있었다. 서류철과 서류가 질서 있게 포개져 있고 필기도구와 형법에 관한 책, 헨리 조지의 영문 저서가 있었다. 타르드의 프랑스 서적 속에는 낯익은 활모양의 상아 칼이 끼워져 있었다.

책상 앞에 앉아 오늘 꼭 만나러 와달라고 쓴 다음, 그녀는 자기가 본 것에 대해서 놀란 듯 머리를 설레설레 흔들며 호텔로 돌아왔다.

나탈리야 이바노브나는 동생의 신상에 관해서 두 가지 문제에 관심을 가지고 있었다. 그 하나, 지금은 누구나 다 알고 있고 자기들이 살고 있는 거리에서도 소문으로 들었던 카튜샤와의 결혼 문제는 한편으론 나탈리야 이바노브나의 마음에 들었다. 그녀는 동생의 결단성 있는 태도가 좋았고 그 가운데서 결혼 전 행복했던 시절의 자기와 동생의 순수한 모습을 보았던 것이다. 그러나 동시에 자기 동생이 그런 무서운 여자와 결혼한다고 생각하자 두려움에 사로잡혔다. 그리고 이 생각은 차츰 더 강해져서 그녀는 아무 소용 없는 일임을 알면서도 어떻게 해서든지 동생의 마음을 돌려보겠다고 결심했던 것이다.

또 하나의 문제인 농민들에게 토지를 나누어 주겠다는 것에 대해서는 그녀는 그다지 실감이 나지 않았다. 그러나 그녀의 남편은 대단히 못마땅해하며 그렇게 하지 못하도록 설득시키라고 요구했다. 그런 행위는 너무나 경솔하고 오만한 것이며 구태여 설명하자면 자기를 과시해서 세상의 평판을 얻으려는 행위에 지나지 않는다고 떠들었다.

"농민들에게 토지를 주고 땅값까지 그들을 위해 쓰는 것이 대체 무슨 의미가 있다는 거야?" 하고 그는 말했다.

"만일 그렇게 하고 싶다면 농민 은행을 통해 팔면 되지. 그러는 편이 오히려 더 뜻깊지. 어쨌든 이건 미친 짓이야."

그는 그 토지 관리 문제를 생각하며 이렇게 말하고 아내에게 동생의 이 엉뚱한 계획을 어떻게 해서든지 중지시켜야 한다고 일러두었다.

32

집으로 돌아온 네흘류도프가 책상 위에서 누이의 편지를 발견하고 곧 누이에게로 달려간 것은 저녁때였다. 이그나티 니키포로비치는 별실에서 자고 있었기 때문에 나탈리야 이바노브나가 혼자서 동생을 맞았다. 그녀는 허리가 잘록한 까만 비단 야회복을 입고 가슴에는 나비 모양의 붉은 리본을 달았으며, 검은 머리를 유행하는 스타일로 높이 틀어 올리고 있었다. 같은 연배의 남편에게 젊게 보이려고 애쓰고 있는 것이 분명했다. 동생을 보자 그녀는 소파에서 벌떡 일어나 옷자락을 살랑거리며 재빨리 걸어 나왔다. 두 사람은 입을 맞추고 미소 지으면서 서로 얼굴을 마주 보았다. 미묘한, 말로는 표현할 수 없는 의미심장한 진실이 깃든 눈길을 나누자 이번에는 아무 진실도 없는 말을 입에 담기 시작했다. 이들 남매는 어머니가 돌아가신 뒤로 한 번도 만난 적이 없었다.

"누님은 몸이 나고 더 젊어지셨군요." 네흘류도프가 말했다.

누이는 만족스러운 듯이 미소 지었다.

"너는 좀 여위었구나."

"그래요, 그런데 매형은?"

"주무시고 계시단다. 밤차로 와서 통 주무시지를 못하셨어."

꼭 해야 할 말은 많았으나 입은 그것을 조금도 표현해주지 못했다. 다만 눈만이 못하는 말을 전해줄 뿐이었다.

"네 하숙집에 갔었다."

"네, 압니다. 저는 집을 나왔지요. 혼자 살기엔 너무 넓고 쓸쓸해서요. 그리고 저한테는 그런 게 필요하지 않습니다. 누님이나 가져가십시오. 가구나 모든 것을."

"응, 그래. 아그라페나 페트로브나도 그런 말을 하더라. 집에도 갔었지. 고맙긴 하지만……."

그때 호텔의 하인이 은제 찻잔을 날라 왔다. 그들은 하인이 찻잔을 내려놓고 나갈 때까지 잠자코 있었다. 나탈리야 이바노브나는 테이블 앞

안락의자에 앉아 묵묵히 차를 따랐다. 네흘류도프도 말이 없었다.

"그런데 말이다, 드미트리! 나는 다 알고 있다." 그녀는 결심한 태도로 동생의 얼굴을 물끄러미 바라보았다.

"그러세요? 알고 계시다면 좋습니다."

"그래, 너는 그런 과거를 가진 여자의 마음을 바로잡을 수 있으리라고 생각하니?" 나탈리야 이바노브나가 말했다.

네흘류도프는 작은 의자에 기대지 않고 꼿꼿이 앉아 주의 깊게 듣고 있었다. 마슬로바의 마지막 면회에서 마음에 일어났던 기분이 지금도 그의 영혼을 기쁘게 했고, 모든 인류에 대한 따뜻한 마음으로 충만시켜 주고 있었다.

"저는 그녀의 마음을 바로잡아주려는 게 아닙니다. 제 마음을 바로잡고 싶은 겁니다." 그가 대답했다.

나탈리야 이바노브나는 한숨을 쉬었다.

"결혼하지 않고도 다른 방법이 있을 텐데?"

"하지만 나는 이것이 가장 좋은 방법이라고 생각합니다. 그뿐 아니라 그녀와 결혼함으로써 나는 더 나은 세계로 나아갈 수도 있으니까요."

"나는 그렇게 생각지 않는다." 나탈리야 이바노브나는 말했다. "네가 행복해지리라곤 생각할 수 없다."

"아니, 문제는 내 행복에 있는 게 아닙니다."

"물론 그렇겠지. 하지만 그녀에게 설사 그런 마음이 있다 치더라도 결코 행복하게 되지는 않을 거다. 그리고 또 바랄 수도 없는 일 아니냐?"

"그녀는 바라고 있지도 않습니다."

"그렇겠지, 하지만 인생이라는 것은……."

"인생이 어떻단 말씀이세요?"

"좀 더 다른 것을 요구한다."

"우리가 마땅히 해야 할 일을 요구할 뿐, 그 밖에 인생은 아무것도 요구하지 않습니다." 네홀류도프는, 눈과 입가에 잔주름이 잡히긴 했으나 아직 아름다운 누이의 얼굴을 바라보면서 말했다.

"나는 알 수가 없구나." 그녀는 한숨을 내쉬었다.

'가엾게도! 누나는 어쩌면 이렇게도 많이 달라졌을까?' 네홀류도프는 결혼 전의 누이를 생각하고, 그녀에 대한 어린 시절의 추억을 회상하면서 감상적이게 되어 생각했다.

이때 이그나티 니키포로비치가 여느 때와 같이 고개를 뒤로 젖히고, 널찍한 가슴을 내밀고, 경쾌한 걸음걸이로 미소를 머금은 채 안경과 대머리와 검은 턱수염을 번득이면서 걸어 들어왔다.

"아, 안녕하시오?" 그는 의식적으로 힘주어 말했다. 결혼 후 얼마 동안 두 사람은 '자네'나 '형님' 같은 친밀한 칭호로 대하려 했지만 결국 '당신'이라 부르게 되고 말았던 것이다.

두 사람은 악수를 했다. 그리고 니키포로비치는 경쾌하게 안락의자로 가서 앉았다.

"이야기하는 데 방해가 되지는 않겠소?"

"아닙니다. 저는 하려는 말, 하려는 일을 누구에게나 숨기려 하지 않으니까요."

네홀류도프는 그의 얼굴과 털투성이 손을 보고, 자만심 가득 찬 보호 자연하는 말투를 듣자 온화하던 기분이 갑자기 바뀌어버리고 말았다.

"우리는 지금 동생이 계획하는 일에 대해 이야기하던 참이에요. 차 드시겠어요?" 그녀는 찻잔에 손을 대면서 이렇게 말했다.

"응, 따라줘요. 그런데 그 계획이 뭔데?"

"실은, 내가 죄의식을 느끼고 있는 어떤 여자가 끼어 있는 죄수 호송 부대를 따라 함께 시베리아로 갈까 합니다." 네홀류도프는 입을 열었다.

"그냥 따라가는 것뿐만이 아니라 그 밖에 또 다른 계획이 있다고 들었는데."

"네, 그녀만 승낙한다면 결혼할 작정입니다."

"아, 그래, 괜찮다면 그 동기를 좀 이야기해줄 수 없겠소? 나는 도무지 이해할 수가 없으니."

"동기라는 것은 그녀가…… 그녀가 타락하게 된 원인이……." 네흘류도프는 적당히 표현할 말이 생각나지 않아 스스로에게 화가 났다. "동기라는 것은 죄는 내가 저질렀는데도 벌은 그녀가 받았다는 것이지요."

"만일 벌을 받았다면 그녀에게도 죄가 없지 않을 텐데."

"아니, 그녀에게는 전혀 죄가 없습니다."

그리고 네흘류도프는 필요 이상으로 흥분하면서 그 경위를 모두 이야기했다.

"알겠소. 그렇다면 재판장의 실수로군. 배심원들의 답신도 소홀했고. 하지만 그런 경우가 있기 때문에 원로원이란 게 있지 않소?"

"원로원에선 기각됐습니다."

"기각됐다! 상소의 이유가 불충분했던 모양이군."

니키포로비치는 재판이 신성한 것이라는 가장 평범한 의견을 신봉하는 말투로 말했다. "원로원에서 사건의 본질에까지 들어와 조사할 수는 없을 테니까. 만일 그 판결에 잘못이 있다면 황제께 청원하는 길도 있을 거요."

"수속은 했습니다만 전혀 희망이 없을 것 같습니다. 반드시 법무성에 조회할 테고, 또 법무성에서는 원로원에 조회할 테니까요. 원로원은 그 판결을 되풀이할 겁니다. 결국 죄 없는 자가 처벌을 받게 되고 마는 것이지요."

"아니, 그렇지는 않을 거요. 법무성에서 원로원으로 조회할 까닭이 있겠소?" 이그나티 니키포로비치는 너그럽게 웃으면서 말했다. "법원에서 자세한 조서를 가져다 검토해 만일 잘못이 발견되면 거기에 따라 새로운 판결을 내리겠지. 그리고 죄 없는 사람은 절대로 처벌되지 않소. 설사 있다 하더라도 그건 아주 드문 예외요, 역시 죄 있는 자가 처벌받기 마련이니까." 그는 만족스러운 미소를 지으면서 침착하게 말했다.

"하지만 나는 그와 반대라고 믿습니다." 네흘류도프는 매형에게 반감을 느끼면서 말했다. "나는 법원에서 유죄라고 판결받는 사람들 거의가 다 무죄라는 것을 알고 있지요."

"그건 또 무슨 뜻인지?"

"별 뜻 아닙니다. 문자 그대로 무죄니까요. 예를 들어 그녀가 독살 사건에 무죄인 것처럼 말이지요. 그리고 요즘 내가 알게 된 농사꾼은 자기가 저지르지도 않은 살인 사건에 말려들어 유죄 판결을 받았고, 어떤 어머니와 아들은 방화범으로 잡혀 있었지만, 그것은 집주인의 모함이었지요. 이들은 모두 죄가 없는 사람들이었습니다."

"그야 물론 재판상의 착오는 이전에도 있었고 또 앞으로도 있을 테지. 사람이 만든 제도니까 완전무결하다고는 할 수 없겠지."

"그리고 대부분의 사람들이 무죄라고 하는 이유는, 그들이 자라온 환경 탓으로, 자기가 저지른 행위를 범죄라고 생각하지 않기 때문입니다."

"미안하지만, 그건 공평한 말이 아니오. 어떤 도둑이라도 도둑질이 나쁘다는 것과, 도둑질을 해서는 안 된다는 것과, 도둑질이 악덕이라는 것쯤은 알고 있소." 하고 그는 침착한 목소리로 자신 있게, 여전히 사람을 업신여기는 미소를 지으면서 말했다.

"아니, 그들은 모르고 있습니다. 그저 도둑질을 해서는 안 된다고 일러줄 뿐이지요. 하지만 그들은 공장주가 그들의 임금을 착복하고 그들의 노동을 착취하고 있다는 것을 알고 있습니다. 정부가 관리들을 시켜

세금 명목으로 그들의 돈을 빼앗는다는 것을 잘 알고 있습니다."

"그렇다면 그건 무정부주의로군." 이그나티 니키로보비치는 처남의 말을 나직이 이렇게 규정지었다.

"나는 그것이 무엇인지는 모릅니다. 다만 사실대로 말할 뿐이지요." 네흘류도프는 말을 계속했다. "정부가 그들의 돈을 약탈한다는 것을 그들은 모두 알고 있습니다. 우리 지주가 오래전부터 모든 사람들에게 공유되어야 할 토지를 그들에게서 빼앗아 착취하고 있다는 것도 알고 있습니다. 하지만 그들이 빼앗긴 땅에서 자기네 난로에 땔 마른 나뭇가지를 꺾어 간다면 감옥에 쓸어 넣고 도둑이라고 낙인을 찍는다는 것도 그들은 알고 있습니다. 도둑은 그들이 아니라 그들의 땅을 빼앗은 자들이며 빼앗긴 것을 다시 찾는 것은 자기네들의 가족에 대한 의무라는 것을 그들은 알고 있습니다."

"이해할 수 없군. 설사 이해한다 하더라도 경솔하게 찬성할 수가 없군요. 토지가 누구의 소유가 아니란 법은 없어요. 만약 당신이 토지를 공평하게 나누어 준다면……." 하고 이그나티 니키포로비치는 네흘류도프가 사회주의자라는 것, 그리고 사회주의 이론이 요구하는 것은 토지를 공평하게 나누어 줄 것을 주장하는 것이며, 또한 그 나누는 방법이 몹시 어리석은 것이므로 어리석음을 증명하기란 아주 쉬운 일이라고 자신만만하게 말하기 시작했다. "당신이 오늘 토지를 공평하게 나누어 준다 해도, 내일이면 보다 착실하고 능력 있는 사람의 손으로 들어가 버릴 거요."

"토지를 공평하게 나누어 주려는 생각은 아무도 할 수가 없습니다. 토지는 누구의 소유도 되어서는 안 되는 것이니까요. 사거나 팔거나 빌려 줄 만한 것이 될 수 없는 것입니다."

"소유권이라는 것은 인간이 태어날 때부터 가지고 있는 것이오. 소유권이 없다면 토지를 경작하는 데 아무 흥미조차 없을 거요. 소유권을 없애보시오. 우리는 당장에 야만인으로 돌아갈 겁니다." 이그나티 니키포로비치는 토지 소유권을 정당화하는 평범한 논증을 되풀이하면서 위압적인 태도로 말했다. 땅을 갖고자 바라는 것은 토지가 필요하기 때문이라는 것을 반박할 여지가 없다고 말했다.

"내 의견은 정반대입니다. 아무도 땅을 갖지 않게 되는 날이면 지금 건초 더미 위에 누워 자는 개처럼 지주는 아무 일도 하지 않고, 또 토지를 경작할 능력도 없으면서 경작할 수 있는 사람들한테 토지를 상용하지 못하게 하는 일은 없을 테니까, 토지가 그대로 방치되는 일은 없을 겁니다."

"이봐요, 드미트리 이바노비치, 그건 미친 사람의 잠꼬대 같은 소리요. 정말 오늘날에 있어 토지 사유제가 없어지리라고 생각하는 거요? 이것이 옛날부터 당신의 논제였다는 걸 나는 알고 있습니다. 하지만 솔직하게 말해서……." 이그나티 니키포로비치의 얼굴은 창백해지고 목소리는 떨렸다. 틀림없이 그 문제는 그의 마음을 자극하는 모양이었다. "나는 그 문제의 실제적인 해결에 들어가기 전에 심사숙고하기를 바랍니다."

"내 일신상의 문제에 대해 말씀하시는 건가요?"

"그렇소. 특별한 지위에 있는 우리는 모두 이 지위에서 생기는 의무를 이행함으로써 우리가 조상으로부터 물려받은 주위의 생활 상태를 지켜가며, 이것을 자손에게 물려줄 책임이 있다고 생각하오."

"하지만 내가 요즘 느끼는 책임이라는 것은……."

"실례지만." 하고 이그나티 니키포로비치는 상대방에게 말을 가로채이지 않으려고 계속 말했다. "내가 이런 말을 하는 것은 나와 내 아이들을 위해서 하는 말이 아니오. 내 자식들의 재산은 보장되어 있습니다.

나는 나와 가족이 먹고살 만큼은 벌어놓았어요. 아이들도 먹고사는 데 어려움 없이 살 수 있겠지요. 그러니까 처남의 그 분별없는 생각에 대한 나의 항의는 절대로 개인적인 이해관계에서 나온 것이 아니라, 원칙적으로 그러한 주의에 찬성할 수가 없다는 것이지요. 좀 더 잘 생각해서 책이라도 읽으며 연구하기를 충고합니다⋯⋯."

"아니, 내 문제는 내가 결정합니다. 그리고 내가 읽을 책의 선택도 내게 맡겨두십시오." 네홀류도프는 얼굴이 창백해져서 말했다. 그의 두 손은 싸늘해졌으며, 자신을 자제할 수 없을 것 같아 잠자코 차를 마시기 시작했다.

33

"그런데 아이들은?" 네홀류도프는 조금 마음이 가라앉자 누이에게 물었다.

아이들은 시어머니에게 맡기고 왔다고 누이가 대답했다. 그리고 남편과의 논쟁이 멈춰진 것을 다행으로 여긴 그녀는, 네홀류도프가 어렸을 때 검둥이라든가 프랑스 여자라고 이름 지어 부르던 인형을 가지고 놀던 것처럼 요즘 자기 아이들도 인형을 가지고 여행 놀이를 하며 논다고 말했다.

"그런 것까지 기억하고 계세요?" 네홀류도프가 빙긋 웃으면서 물었다.

"으응, 노는 게 어쩌나 너와 그렇게도 닮았는지."

불쾌한 이야기는 끝났다. 나타샤는 안도의 한숨을 내쉬었다. 그러나 남편 앞에서 동생만 아는 이야기를 하는 것도 재미가 없는 것 같아 세 사람이 다 아는 화제를 꺼내려고 페테르부르크의 새 사건, 결투로 외아들을 잃어버린 카멘스카야 부인의 이야기를 시작했다.

이그나티 니키포로비치는 결투로 살인을 한 사람을 일반 형사범에서 제외하는 제도에는 찬성할 수 없다고 의견을 말했다.

그의 이런 의견은 또 네흘류도프의 반감을 샀다. 그래서 아직 충분히 논란이 되지 않았던 그 문제에 대해 다시 논쟁을 시작할 생각이 치밀어 올랐으나, 두 사람은 입 밖에 내지 않고 속으로만 상대방을 비난하면서 각자의 생각에 몰두했다.

이그나티 니키포로비치는 네흘류도프가 자기를 나무라고, 자기가 하는 일을 업신여기고 있음을 느끼자 어떻게 해서든지 그의 그릇된 판단을 낱낱이 지적해주고 싶었다. 네흘류도프는 매형이 자기의 토지 처분 문제에 대해 필요 없는 참견을 하는 것이 매우 못마땅했으나 말로 표현하지는 않았다(매부와 누이와 그 아이들이 유산 상속자로서 이에 대해 말할 권리를 가지고 있다고는 생각하고 있었다). 그러나 이 편협한 사내가 아주 침착하게 자신만만한 태도로, 현재 자기로서는 의심할 여지도 없이 비열한 행위요, 범죄 행위라고 여기는 것을 올바르고 합리적인 것이라고 생각하는 것에 참을 수 없이 울화가 치밀었다. 이 자만심이 그의 비위에 거슬렸던 것이다.

"법원에서 대체 어떻게 하면 좋겠습니까?" 네흘류도프가 물었다.

"결투로 사람을 죽인 사람도 일반 살인자와 똑같이 다루어져서 처벌해야 한다고 생각하지요."

네흘류도프의 손은 다시 싸늘해졌고 화를 내며 말하기 시작했다.

"그러면 그 결과가 어떻게 됩니까?"

"공평하게 유지되지요."

"매형의 말씀은 마치 법원 활동의 목적이 공평에 있는 것처럼 들리는군요." 네흘류도프가 말했다.

"그럼 그 밖에 무슨 목적이 있단 말이오?"

"그건 계급적 이익의 옹호에 지나지 않습니다. 법원이란, 내 생각으로는 우리 지주 계급에 유리한 현행 질서를 지키기 위한 행정 수단에 지나지 않지요."

"그건 참 새로운 의견이군." 조용히 미소 지으면서 이그나티 니키포로비치는 말했다. "일반 법원에는 좀 다른 사명이 있다고 생각하는데."

"내가 보는 바로는 이론상으론 그렇지만 실제적으로는 그렇지 않습니다. 법원의 목적은 다만 현재의 사회 상태를 지켜나가는 것뿐입니다. 그렇기 때문에 일반 사회의 수준 위에 서서 그것을 향상하려고 하는, 이른바 정치범이라고 불리는 사람들과 수준 이하의, 그러니까 범죄자라고 불리는 사람들을 처벌하고 박해하는 것이지요."

"이른바 정치범이라고 처벌되는 것은 그들이 수준 이상에 서 있기 때문이라고 하는 말에 찬성할 수 없소. 그들 대부분이 역시 좀 색다른 데가 있기는 하지만 지금 처남이 수준 이하라고 말하는 범죄자와 마찬가지로 사회의 쓰레기에 지나지 않는 무리들이오."

"하지만 나는 재판관들과는 비교도 안 될 만큼 높은 경지에 있는 사람들을 얼마든지 알고 있습니다. 예를 들면 분리파 신도들은 모두 정신적이며 지조가 굳은 사람들입니다."

이그나티 니키포로비치는 자신의 말을 한 번도 방해받은 일이 없는 사람들이 그러듯이, 네흘류도프의 말에 귀 기울이지 않았다. 그리고 더한층 상대편의 약을 올리면서 네흘류도프가 말하는 도중에도 계속 자기 이야기만 했다.

"또 나는 법원의 목적이 현행 질서의 유지에 있다는 의견에도 찬성할 수 없소. 법원은 법원대로 본디의 목적을 추구하고 있으니까. 말하자면 죄인을 올바른 길도 인도한다든가……."

"그렇지요. 감옥에 집어넣으면 훌륭하게 바로잡게 되겠지요." 네흘류도프는 입을 다물었다.

"그리고 격리하지요." 이그나티 니키포로비치는 완강히 자기 말을 계속했다.

"말하자면 사회를 위협하는 야수 같은 놈들과 방탕자들을 격리하는 것이 법원의 목적이지요."

"그것이 문제입니다. 법원은 그 어느 것도 실행하지 않으니까요. 우리 사회에서는 그것을 실행할 방법이 없습니다."

"그건 또 무슨 소린지 나로선 알 수 없는걸." 억지로 미소를 지어 보이면서 이그나티 니키포로비치는 말했다.

"내가 말하고 싶은 것은 본디 합리적인 형벌은 두 가지밖에 없다는 것입니다. 그것은 옛날에 이용하던 태형과 사형이지요. 하지만 이런 형벌은 차츰 폐지되어가고 있습니다." 네흘류도프는 말했다.

"이거 참, 당신한테서 이런 말을 들으리라고는 정말."

"혼을 내어 다시는 그런 짓을 못하도록 만드는 것은 합리적인 방법이지요. 그리고 사회에 해를 주고 위험을 주는 자의 목을 자르는 것도 역시 합리적입니다. 어쨌든 이런 형벌은 합리적인 의의를 지니고 있습니다. 하지만 나태하고 나쁜 짓을 배워 타락한 자를 감옥에 집어넣어, 더 타락한 자들 속에 처박아다가 의식주를 보장해주어 강제로 게으르게 만드는 것이 대체 무슨 의미가 있을까요? 한 사람당 500루블 이상이나 들여 툴라 현에서 이르쿠츠크 현으로, 쿠르스크 현에서 또 다른 곳으로 호송하는 것이 무슨 의의가 있습니까?"

"그렇지만 세상 사람들은 이런 관비 여행을 모두 두려워하고 있지요. 이 관비 여행이라는 것과 감옥 제도가 없다면 우리가 지금처럼 안심하고 있을 수 없지 않겠소."

"하지만 감옥이 우리의 안전을 보장해주는 것은 아닙니다. 왜냐하면 죄수들이 죽을 때까지 갇혀 있는 게 아니고 언젠가는 풀려나게 되니까요. 그러니까 사실은 그 반대로 이런 제도 밑에서는 도리어 죄수들의 죄악과 타락이 증가해 결국 위험이 증가되는 것뿐입니다."

"그러면 징역 제도를 완전하게 해야 한다는 말이오?"

"그건 불가능합니다. 감옥을 완전하게 만들려면 보통 교육비 이상의 돈이 들 테니 국민에게 새로운 부담만 더하게 되지요."

"하지만 징역 제도에 결함이 있다고 해도 법원 자체가 필요 없는 것이라곤 말할 수 없소." 이그나티 니키포로비치는 또다시 처남의 말은 듣지도 않고 자기 말만 되풀이했다.

"그것을 바로 고칠 수는 없지요." 목소리를 높여서 네흘류도프는 말했다.

"그럼 어떻게 하면 된다는 말이오? 다 죽여버려야만 한단 말이오? 아니면, 어느 고관이 제창한 것같이 눈알을 빼버려야 한단 말이오?" 이그나티 니키포로비치는 승리의 미소를 지으면서 말했다.

"그렇지요. 그것이 잔혹하기는 하지만 목적에는 적합하지요. 현재 행해지고 있는 것은 잔혹하기만 하고 목적에는 들어맞지 않는 어리석기 짝이 없습니다. 정신이 올바른 사람이 어째서 이런 어리석고 잔혹한 형사재판을 하고 있는지 참으로 이해하기 어렵습니다."

"나는 현재 그런 일을 하고 있는데요." 이그나티 니키포로비치는 얼굴이 창백해지면서 말했다.

"그건 당신의 자유입니다. 하지만 나는 이해할 수 없습니다."

"비단 그것뿐만이 아니라, 모든 점에 있어 이해가 부족하다고밖에 생각할 수 없소." 떨리는 목소리로 이그나티 니키포로비치는 말했다.

"나는 법정에서 어떤 검사보가 보통 감정을 가진 사람이면 누구나 동정하지 않을 수 없는 불쌍한 소년을, 어떻게 해서든지 유죄로 만들려고 하는 것을 보았습니다. 또 어떤 검사는 분리파 신도를 심문해 복음서를 읽었다는 혐의만으로 죄를 주려는 것을 보았습니다. 요컨대 법원의 일이라는 것은 모두가 이런 부조리하고 잔혹한 행위뿐입니다."

"정말로 그렇다면 내가 이런 데 근무하고 있을 수가 없지 않겠소?" 이그니치 니키포로비치는 이렇게 말하고 일어섰다.

네흘류도프는 매형의 안경 속에서 이상하게 번쩍이는 빛을 보았다. '눈물일까?' 그것은 모욕받은 눈물이었다. 이그나티 니키포로비치는 창가로 걸어가 수건을 꺼내더니 기침을 하면서 안경을 닦기 시작했다. 그리고 안경을 벗어 들고 눈을 훔쳤다. 그리고 소파로 돌아오자 담배를 피워 물고는 아무 말도 없었다. 네흘류도프는 이렇게 매형과 누이의 마음을 괴롭게 한 것이 가슴 아프고 부끄러웠다. 더구나 내일 떠나면 다시는 만날 기회가 없을 텐데……. 그는 서먹서먹한 마음으로 작별하고 집으로 돌아왔다.

'내가 한 말이 사실임에 틀림없어. 적어도 그는 나한테 끝까지 반박하지 못했으니까. 하지만 그렇게까지 말할 필요는 없었는데. 흥분해서 그를 지독하게 모욕하고 가련하게도 누이까지 슬프게 만든 것을 보면 나도 별로 달라졌다고 할 수 없군.' 하고 그는 생각했다.

34

마슬로바를 포함한 죄수 호송 부대는 오후 3시에 정거장에서 떠날 예정이었다. 네흘류도프는 죄수 대열이 감옥에서 나오는 것을 보고 정거장까지 같이 따라가기 위해 12시 전에 감옥으로 가야겠다고 생각했다.

짐이며 서류를 가방에 넣고 있는 동안에 네흘류도프는 일기장에 눈이 멎어 여기저기 훑어보다가 최근에 쓴 몇 부분만을 읽어보았다. 페테르부르크를 떠나기 바로 전에 쓴 것이었는데 거기에는 이런 것이 있었다.

카튜샤는 나의 희생을 바라지 않고 그녀 자신이 희생되려고 한다. 그녀도 이겼고 나도 이겼다. 그녀의 마음속에 변화가 일어나고 있다는 것이 나를 기쁘게 했다. 믿어도 좋을지 두려운 생각이 들기는 하지만 그녀는 다시 태어나고 있다.

그리고 또 이런 것이 계속 씌어 있었다.

몹시 괴롭고 몹시 기쁜 경험을 얻었다. 그녀가 병원에서 불미스러운 짓을 했다는 말을 듣고 갑자기 참을 수 없는 괴로움을 느꼈다. 이렇게까지 괴로울 줄은 짐작 못했다. 그래서 그녀와 이야기할 때도 계속 혐오와 증오를 느껴야만 했다. 하지만 이윽고 그녀에게 증오를 느끼고 있는 나 자신이 얼마나 큰 죄를 범했는지 깨닫게 되자 갑자기 내가 미워짐과 동시에 그녀가 불쌍하게만 느껴졌다. 우리가 언제나 적당한 시기에 각자의 흠을 깨달을 수 있다면 우리는 얼마나 더 선량해질 수 있을 것인가.

그는 오늘 날짜로 다음과 같이 써넣었다.
"오늘 나는 누이를 만나러 갔다가 자기만족 때문에 심술궂은 말을 해서 마음이 무겁다. 하지만 어떡하랴! 내일부터는 새로운 생활이 시작된다. 잘 있어라, 영원히, 낡은 생활이여! 여러 가지 느낌이 너무나 많이 겹쳐 있어 그것을 정리할 수가 없다."
이튿날 아침 눈을 떴을 때 맨 먼저 네흘류도프의 머리에 떠오른 것은 매부와의 충돌에 대한 뉘우침이었다.

'이대로 떠날 수는 없어.' 그는 생각했다. '다시 찾아가 사과하지 않으면 안 되겠다.'

그러나 시계를 보니 그럴 여유가 없었다. 죄수 호송 부대의 출발이 늦어지지 않도록 준비해야만 했다. 서둘러 짐을 꾸린 다음 하숙의 문지기와 함께 떠나기로 한 페도샤의 남편에게 짐을 지워서 정거장으로 보낸 뒤, 네흘류도프는 처음으로 눈에 띈 삯마차를 잡아타고 감옥으로 달려갔다. 죄수 호송 열차는 네흘류도프가 타고 갈 여객열차보다 2시간 먼저 떠나기로 되어 있었다. 그는 다시는 돌아오지 않을 작정으로 하숙집의 셈을 모두 치렀다.

7월의 흐리고 몹시 무더운 날이 계속되었다. 무더웠던 전날 밤의 기운이 아직 가시지 않은 거리의 포석과 집집의 돌벽과 함석지붕들이 무더운 공기 속에서 열기를 내뿜고 있었다. 때때로 불어오는 바람은 먼지와 페인트에 절어서 메스꺼운 냄새가 뒤섞인 후끈한 공기를 몰아왔다. 거리에는 사람이 드물었다. 이따금 지나가는 사람들은 주택의 그늘진 쪽으로만 걷고 있었다. 햇볕에 새까맣게 탄 도로 인부들만이 짚신을 신고 거리 한복판에 서서 지글지글 끓는 듯한 모래 바닥에 깔린 돌을 망치로 두드리고 있었고, 표백이 잘 안 된 하복에 싯누런 권총 끈을 늘어뜨린 침울한 얼굴의 경찰이 맥없이 다리를 바꾸어 디디면서 길 한복판에 서 있었다. 흰 두건을 쓰고 그 사이로 귀가 삐져나온 말들이 끄는, 볕이 쬐는 창문을 차일로 가린 철도마차들이 방울 소리를 내면서 거리를 왔다 갔다 하고 있었다.

네흘류도프가 감옥으로 갔을 때는 아침 4시부터 호송 죄수를 인수인계하기 위해 복잡한 사무가 계속되고 있었다. 호송대의 인원은 남자

623명과 여자 64명이었다. 이들을 하나하나 명부와 대조하고 병약자를 골라 호송병에게 넘겨야만 했다. 신임 소장과 부소장 두 사람, 그리고 의사와 간호장과 호송 장교와 서기들이 정원 담 밑의 서류와 사무용 도구가 놓인 테이블 앞에 앉아서 한 사람씩 불러 검사하고 심문하고는 장부에 적어 넣었다.

테이블 위는 벌써 절반이나 햇볕을 받고 있었다. 찌는 듯 덥고 바람 한 점 없는 데다 거기 서 있는 죄수들의 입김으로 숨이 막힐 지경이었다.

"아니, 어찌 된 일이야. 언제 끝날지 모르겠군." 키 크고 뚱뚱한 체격에 얼굴이 붉고 어깨가 올라간, 팔이 짧은 호송 장교가 수염으로 가려진 입으로 줄곧 담배를 빨아대면서 말했다. "제기랄, 어디서 이렇게 모여들었담! 아직도 많소?"

서기는 명부를 조사했다.

"아직 남자 죄수 24명에다 여자 죄수가 모두 남아 있습니다."

"왜 멍하니 서 있는 거야? 어서 이리 와!" 호송 장교는 아직 조사가 끝나지 않은 죄수들이 모여 있는 곳을 향해 소리 질렀다.

죄수들은 이미 3시간 이상이나 그늘도 아닌 뙤약볕 아래 서서 기다리고 있었다.

감옥 안에서 이런 일이 진행되고 있었지만, 감옥 문 밖에는 경비병이 여느 때와 다름없이 총을 메고 서 있었고 짐이나 몸이 약한 죄수들을 태울 짐마차가 스무 대 남짓 대기하고 있었다. 그리고 한 모퉁이에서는, 죄수들을 전송하고 될 수만 있다면 말이라도 한마디 건네고 선물을 주려는 죄수들의 친척과 친구들이 기다리고 있었다. 네흘류도프도 그 무리 속에 끼어 있었다.

1시간이나 지나서야 문 앞에서 절겅거리는 쇠사슬 소리와 발소리, 몰아치는 소리, 기침하는 소리 등 나지막한 목소리들이 뒤섞여 들려왔다.

그것이 5분가량 이어지는 동안 간수들이 옆문으로 드나들었다. 이윽고 출발 명령이 내렸다.

덜컹하고 문이 열리자 쇠사슬 소리가 한층 더 또렷하게 들리고 뒤이어 흰 하복에 총을 멘 호송병들이 나와—이런 일에는 익숙한 모양으로—문 앞에 널찍하고 둥근 열을 지어 정렬했다. 정렬이 끝나고 다시 명령이 내리자 박박 깎은 머리에 둥근 모자를 쓴 죄수들이 어깨에 배낭을 메고 쇠고랑 찬 발을 질질 끌면서 한 손으로 등의 배낭을 붙들고 다른 한 손을 흔들면서 두 줄로 서서 걸어 나왔다. 처음에는 남자 죄수들이 나왔는데 그들은 한결같이 잿빛 바지에다 잔등에 기호가 찍힌 잿빛 죄수복을 입고 있었다. 그들은 모두—청년도, 노인도, 야윈 자도, 뚱뚱한 자도, 창백한 자도, 얼굴이 붉은 자도, 턱수염 있는 자도, 없는 자도, 러시아인도, 타타르인도, 유대인도—발에 찬 쇠고랑을 쩔렁거리면서 마치 먼 여행이나 떠나는 것처럼 위세 좋게 한 팔을 휘저으며 나왔다. 그러나 열 발짝쯤 가서는 걸음을 멈추고 네 사람씩 열을 지었다. 그 뒤를 이어 머리를 깎고 같은 옷을 입었으나 발에 쇠고랑을 차지 않고 두 사람씩 하나의 수갑을 찬 죄수들이 쏟아져 나왔다. 이들은 이주 유형수였다. 그들도 다른 사람들과 마찬가지로 위세 좋게 나와서는 걸음을 멈추고 역시 네 줄로 열을 지었다. 다음으로 나온 것은 농민 조합에서 추방된 농사꾼들이었다. 그 뒤를 이어 여자 죄수들이 나왔다. 앞줄에는 잿빛 웃옷에 삼각 수건을 쓴 유형수가 나왔고, 다음에는 이주 유형수, 그 뒤를 이어 자진해서 남편과 친척을 따라가는 제멋대로 옷차림을 한 여자들이 나왔다. 그들 가운데에는 젖먹이를 잿빛 저고리에 싸서 안은 여자들도 섞여 있었다.

여자들과 함께 사내아이와 여자아이들이 따라갔다. 이 아이들은 말 무리 속의 망아지처럼 여자 죄수들 사이에 붙어서 따라갔다. 남자 죄수들은 가끔 기침을 하고 간혹 말을 주고받을 뿐 묵묵히 서 있었으나 여자 죄수들은 줄곧 지껄이고 있었다. 네흘류도프는 카튜샤가 나왔을 때 그녀인 줄 알았지만 곧 많은 사람들 가운데 묻혀버렸다. 눈에 보이는 건 다만 사람다운 모습을 잃고 특히 여자다운 데라곤 손톱만큼도 없이 아이를 데리고 배낭을 짊어지고 남자 죄수들의 뒤를 따라가는 잿빛 무리였다.

죄수의 인원 확인은 이미 감옥 안에서 끝내고 나왔는데도 호송병들은 아까 한 조사와 맞추어보기 위해 다시 그들을 세기 시작했다. 이것이 또 오래 걸렸다. 여러 명의 죄수들이 이리저리 자리를 떠서 인원 조사에 혼란을 주었기 때문이다. 호송병들은 겉으로는 얌전하지만 증오에 찬 죄수들을 떼밀고 욕을 퍼부으며 다시 세어나갔다. 인원 조사가 끝나자 호송대장이 뭐라고 호령했다. 그러자 죄수 무리들이 술렁대기 시작했다. 몸이 약한 사내와 여자들은 짐마차 쪽으로 달려가 그 위에다 먼저 배낭을 집어 던지고 올라타기 시작했다. 울부짖는 젖먹이를 안은 여자들과 자리싸움을 하는 철부지 아이들과 침울한 표정의 죄수들이 제각기 짐마차에 자리를 잡고 앉았다.

몇몇 남자 죄수가 모자를 벗어 들고 호송대장 곁으로 가서 무엇인지 부탁을 하고 있었다. 네흘류도프가 뒤에 안 일이지만 마차에 태워달라고 한 것이었다. 호송대장은 아무 말 없이 그들을 거들떠보지도 않고 담배를 피우고 있다가 갑자기 그 짧은 손을 죄수 한 사람 앞으로 획 내둘렀다. 죄수들은 때리는 줄 알고 흠칫 놀라 머리를 움츠리고 뒷걸음질 쳤다. 네흘류도프는 이런 광경을 목격하고 있었다.

"뻔뻔스러운 수작을 하면 맛을 보여주겠어! 걸을 수 있잖아!" 하고 대장은 소리 질렀다.

그는 다만 한 사람, 쇠고랑을 차고 비틀거리는 키 큰 노인만을 태우기로 했다. 노인은 빵 모양의 모자를 벗고 성호를 그으면서 마차 앞으로 갔으나 쇠고랑 때문에 늙고 힘없는 다리를 올려놓지 못해 허우적거릴 뿐 좀처럼 마차를 탈 수 없었다. 마차 위의 여자 하나가 노인의 손을 잡아당겨 끌어 올려 주는 것을 네흘류도프는 보았다.

마차는 온통 배낭으로 가득 찼다. 그리고 그 배낭 위에 타는 것을 허락받은 죄수들이 앉았다. 호송대장은 모자를 벗고 벗겨진 이마와 벌겋고 굵직한 목덜미를 수건으로 닦은 뒤 성호를 그었다.

"죄수 부대, 앞으로 갓!" 하고 그는 명령을 내렸다. 호송병들은 총을 덜그럭거리며 어깨에 메었다. 죄수들은 모자를 벗고 성호를 긋기 시작했다. 왼손으로 성호를 긋는 죄수도 있었다. 전송 나온 사람들이 뭐라고 소리치자 죄수들은 거기 응하여 대답했다. 여자들 가운데는 목이 메어 울음을 터뜨리는 사람도 있었다. 죄수 부대는 흰옷을 입은 호송병들에게 호위되어 쇠고랑 찬 발로 먼지를 일으키며 걷기 시작했다. 맨 앞에는 호송병들이 섰다. 쇠고랑을 찬 죄수들이 절그렁 소리를 내면서 네 줄로 서서 그 뒤를 따르고 그 뒤에는 이주 유형수, 다음은 둘씩 수갑에 묶인 추방된 농사꾼, 그리고 여죄수 순서였다. 또 그 뒤를 배낭과 병약자들을 잔뜩 태운 마차가 따르고 있었는데, 한 마차 위에서는 머리에 수건을 쓴 여자가 높다란 짐 위에 앉아서 한없이 흐느끼고 있었다.

35

그 행렬은 무척 길었다. 그래서 선두가 보이지 않게 되었을 때에야 겨우 배낭과 허약한 죄수를 태운 마차가 움직이기 시작했다. 짐마차가 움직이자 네흘류도프는 기다리게 했던 삯마차를 타고 마부에게 행렬을 앞질러 가라고 일렀다. 그것은 남자 죄수들 가운데서 얼굴이 익은 자를 알아보기도 하고 여자 죄수들 가운데서 카튜샤를 찾아내어 그녀에게로 들여보낸 물건을 받았는가 알아보기 위해서였다.

더위가 차츰 더해왔다. 바람 한 점도 없었으며 천여 개의 발이 일으키는 먼지가 거리 복판을 걷고 있는 죄수 행렬 위에 자욱하게 떠올랐다. 죄수들은 빠른 걸음으로 걷고 있었기 때문에 네흘류도프가 탄 마차의 느린 말로는 그들을 앞지르지 못했다. 한 대열씩, 이 괴상하고 낯선 사람들의 무리는 모두 기운을 돋우기라도 하는 것처럼 한쪽 팔을 내두르면서 같은 옷, 같은 신을 신은 수천 개의 발을 맞추어 가고 있었다. 그토록 많은 인간이 한결같은 차림으로 그토록 기묘한 상태에 놓여 있는 것을 보자 네흘류도프는 사람이 아니라 무슨 특이한 무서운 생물같이 느껴졌다.

이런 인상이 깨진 것은 네흘류도프가 유형수 가운데서 살인범 표도로프를, 익살꾸러기 오호틴을, 그리고 또 한 사람 자기에게 도움을 청한 적 있던 부랑인을 보았을 때였다. 거의 모든 죄수들이 자기들 옆을 지나가는 네흘류도프의 마차를 돌아다보기도 하고 곁눈질했다. 표도로프는 네흘류도프를 보았다는 듯이 고개를 끄덕였으며 오호틴은 한쪽 눈을 껌벅해 보였다. 그러나 그들은 혼이 날까 봐 인사하지는 않았다.

여자 죄수들의 행렬과 나란해지자 네흘류도프는 곧 마슬로바를 발견했다. 그녀는 두 번째 줄에 있었다. 끝줄에는 얼굴이 빨갛고, 다리가 짧고 눈이 검은, 옷자락을 허리띠에 찔러 넣고 있는 이상한 차림새의 여자가 있었다. 그녀는 미인이었다. 다음은 겨우 발을 끌어서 옮겨놓는 임신한 여자였고, 세 번째가 마슬로바였다. 그녀는 배낭을 어깨에다 메고 침착한 태도로 똑바로 자기 앞을 보고 있었다. 네 번째 여자는 젊고 아름다운 여자로 짧은 죄수복에 시골 여자처럼 머리에 수건을 쓴 페도샤였다. 그녀는 씩씩하게 걷고 있었다. 네흘류도프는 마차에서 내려 마슬로바에게 물건을 받았는지와 건강 상태를 물어보기 위해서 여자 죄수들 쪽으로 다가갔다. 그러자 행렬 이쪽 편으로 걸어가던 호송 하사관이 네흘류도프를 보고 재빨리 달려왔다.

"안 됩니다. 옆에는 절대로 못 가게 되어 있습니다." 그는 다가오면서 소리 질렀다.

그러고 가까이 와서 그가 네흘류도프임을 알자(감옥에서는 누구나 네흘류도프를 알고 있었다) 하사관은 거수경례를 하고 이렇게 말했다.

"지금은 안 됩니다. 정거장에서는 괜찮습니다만 도중에선 절대 엄금입니다. 떨어지면 안 돼! 어서 걸어." 그는 죄수들에게 호통을 치고 이런 더운 날씨에 번쩍거리는 새 장화를 신고 위엄을 부리면서 재빨리 자기 자리로 갔다.

네흘류도프는 인도로 돌아와서 마부에게 뒤따라오라고 이르고 자기는 대열이 보이는 곳으로 걸어갔다. 이 대열은 지나는 곳마다 동정과 두려움이 뒤섞인 눈초리를 받았다. 마차를 타고 가던 사람들은 문 밖으로 고개를 내밀고 그들이 안 보일 때까지 지켜보았다. 걸어가던 사람들은 걸음을 멈추고 놀라는 듯한, 무서워하는 낯으로 이 광경을 바라보았다. 그 가운데에는 곁으로 다가가서 돈을 주는 사람들도 있었다. 돈은 호송병이 받았다. 또한 마치 최면술에라도 걸린 것처럼 대열을 따라가다가 문득 걸음을 멈추고는 고개를 흔들면서 멀거니 바라보는 사람도 있었다. 곳곳의 건물 입구나 문에서 서로 부르며 달려 나오기도 하고, 창으로 머리를 내밀고 말없이 무서운 행렬을 바라보는 사람도 있었다.

어떤 네거리에서 이 대열은 훌륭한 사륜마차와 마주쳤다. 마부석에는 얼굴에 기름이 번드르르하고 엉덩이가 큰, 잔등에 두 줄로 단추를 단 옷을 입은 마부가 앉아 있었고, 마차 안 뒤쪽에는 부부가 자리 잡고 있었다. 부인은 여위고 얼굴이 핼쑥한 여자로 산뜻한 모자에 화려한 양산을 받치고 있었고, 남편은 제복에다 밝은 빛깔의 화려한 코트를 입고 있었다. 앞자리에는 그들의 아이들이 마주 앉아 있었다. 보기에도 산뜻한 옷을 입고, 꽃처럼 아름다운 소녀가 금발을 늘어뜨리고 역시 화려한 양산을 받치고 있었고, 여덟 살쯤 돼 보이는 사내아이는 가늘고 긴 목에 광대뼈가 튀어나와 있었으며, 긴 리본을 단 해군 모자를 쓰고 있었다.

아버지는 기회를 보아 대열을 앞지르지 못했다고 성을 내며 마부를 꾸짖었다. 어머니는 짜증 난 듯 이맛살을 찌푸리며 눈을 가늘게 뜨고 비단 양산으로 얼굴을 가리다시피 하여 햇볕과 먼지를 막고 있었다. 엉덩이가 커다란 마부는 주인이 이 거리로 가자고 해놓고서 불평을 하는 데화가 나 얼굴을 찡그렸다. 그리고 털에서 윤기가 나고 굴레와 목덜미가땀에 흠뻑 젖은 검정 수말이 앞으로 달려가려는 것을 겨우 억누르고 있었다.

경찰은 이 호화로운 마차 주인을 위해 죄수들의 행진을 멈추게 하고마차를 앞서 보내려 했으나 이 대열 속에는 어떤 훌륭한 부자라도 감히침범할 수 없는 음울함과 엄숙함이 서려 있는 것을 느꼈다. 그래서 경찰은 다만 부자에 대한 존경의 표시로 손을 들어 경례하는 데 그치고 만일의 경우엔 마차의 귀인들을 지켜줄 것을 맹세라도 하듯이 죄수들을쏘아보았다.

이 마차는 죄수의 대열이 다 지나갈 때까지 기다려야 했으므로 배낭과 죄수들을 실은 마지막 마차가 덜컹덜컹 지나갔을 때에야 비로소 움직일 수 있었다. 그 마지막 마차에 탄 채 통곡하던 여자는 좀 진정되어있었으나 이 호화로운 마차를 보자 또다시 엉엉 울기 시작했다. 마부가고삐를 조금 늦추자 두 필의 검정말은 포장길 위에 뚜벅뚜벅 말굽 소리를 내며 고무바퀴 위에서 가볍게 흔들거리는 사륜마차를 별장으로 끌고 갔다. 남편과 아내와 그의 딸, 그리고 목이 가늘고 광대뼈가 불거진 소년은 그의 별장으로 놀러 가는 길이었다.

아버지도 어머니도 지금 본 행렬에 대해 아이들에게 아무 말도 하지 않았기 때문에 아이들은 그 광경의 의미를 저마다 스스로 판단하지 않으면 안 되었다. 딸은 부모의 표정으로 그것을 판단했다. 그들은 자기 부모나 친지와는 전혀 다른 나쁜 종류의 사람들이니까 저렇게 되었을 것이라고 생각했다. 그래서 그녀는 무서움에 사로잡혔으므로 행렬이 사라져가자 안도의 한숨을 내쉬었다.

그러나 눈도 깜박이지 않고 죄수들의 행렬을 바라보고 있던 목이 기다란 사내아이는 이 문제를 달리 생각했다. 이 사람들도 자기들과 조금도 다름없는 사람일 것이며, 그러므로 누군가 해서는 안 될 나쁜 짓을 그들에 대해서 한 것이라고, 마치 신의 계시라도 받은 듯이 굳게 믿었다. 그는 그들이 가엾게 느껴졌으며, 쇠사슬에 묶이고 머리를 깎인 사람들에게도, 쇠사슬을 채우고 머리를 깎게 한 사람들에게도 두려움을 느꼈다. 그 때문에 그의 입술은 금방이라도 울음이 터질 듯 부풀어 올랐지만, 이런 경우에 눈물을 흘린다는 것이 부끄럽게 생각되었으므로 울지 않으려고 무척 애를 썼다.

36

네흘류도프는 죄수들과 보조를 맞추기 위해 걸음을 재촉하고 있었기 때문에 얇은 여름 코트를 걸쳤을 뿐인데도 몹시 더웠다. 게다가 거리를 온통 뒤덮고 있는 먼지와 그들 주위를 감도는 뜨거운 공기 때문에 숨이 콱콱 막히는 것 같았다.

그는 이삼백 미터쯤 걷다가 다시 마차를 타고 갔으나 마차가 길 한복판에 나오자 더위가 한층 더 심한 것처럼 느껴졌다. 그는 어제 매형과 말다툼한 일을 생각해보았다. 그러나 오늘 아침처럼 그렇게 흥분되지는 않았다. 그것은 감옥을 떠나올 때의 인상과 지금 이 대열에서 받은 인상이 그런 생각을 떨쳐버리게 했기 때문이었고, 지독한 더위로 견딜 수가 없었다. 어느 돌담 밑의 나무 그늘에서 모자를 벗은 두 실업학교 학생이, 쭈그리고 앉은 아이스크림 장수 앞에 서 있는 것이 눈에 띄었다. 한 학생이 뿔로 된 숟가락을 빨며 입맛을 다시고 있었고 또 한 소년은 무엇인지 누런 것을 컵에 가득 담아주는 것을 기다리고 있었다.

"어디 마실 것을 구할 만한 곳이 없소?" 네흘류도프는 참을 수 없는 갈증을 느끼며 마부에게 물었다.

"바로 저기 작은 식당이 있습니다." 마부는 그렇게 말하면서 모퉁이를 돌았고 큼직한 간판이 걸려 있는 식당 앞으로 네흘류도프를 데려갔다.

카운터에 앉아 있던 루바시카 차림의 주인도, 손님이 없어서 식탁 옆에 앉아 있던 흰옷 차림의 급사들도, 호기심이 가득 찬 눈으로 이 낯선 손님을 바라보면서 주문을 받았다. 네흘류도프는 탄산수를 가져오도록 주문하고, 창가에서 약간 떨어져 있는 더러운 상보가 덮인 식탁 앞에 앉았다.

점원 두 사람은 차 끓이는 도구나 흰 유리컵들이 놓여 있는 식탁 앞에 앉아서 이마의 땀을 닦으며 무엇인가 계산을 하고 있었다. 그 가운데 한 사람은 대머리에 살결이 거무튀튀한 사내였는데 이그나티 니키포로비치처럼 머리 뒤통수 가장자리에만 검은 머리카락이 옷단 장식처럼 남아 있었다. 그 남자를 보자 네흘류도프는 어제 매형과 말다툼했던 생각이 났고 아울러 출발하기 전에 매형과 누이를 한 번 더 만나보고 싶은 생각이 났다.

'떠나기 전에 만난다는 것은 무리일 거다. 그보다는 편지를 쓰는 편이 더 나을 거야.' 하고 그는 생각했다.

그는 편지와 봉투와 우표를 가져오라고 부탁했다. 그리고 부글부글 거품을 내고 있는 탄산수 컵을 물끄러미 들여다보며 어떻게 쓸까 생각했다. 그러나 그는 마음이 어수선해서 제대로 편지를 쓸 수 없었다.

'그리운 나타샤 누님! 어제 이그나티 니키포로비치와 말다툼한 괴로운 기억을 그대로 둔 채 이대로 떠날 수는 없을 것 같군요.' 그는 첫머리를 쓰기 시작했다.

'그다음엔 뭐라고 쓸까? 어제 내가 했던 지나친 말을 용서해달라고 쓸까? 아니다. 난 내가 생각한 것을 그대로 말한 것이니까 만일 용서라고 쓴다면 그들은 내가 어제 한 말을 스스로 취소했다고 생각하겠지. 아냐, 아무래도 그렇게는 쓸 수 없다.'

네흘류도프는 헛된 자존심으로 처남을 전혀 이해해주지 않는, 남이나 다를 바 없는 매형에 대해 새삼 혐오감이 솟구쳐 오름을 느끼면서 쓰다만 편지를 그대로 주머니에 쑤셔 넣었다. 그는 돈을 치른 다음 거리로 나와 다시 마차를 집어타고 죄수들의 대열을 따라가기 시작했다.

더위는 차츰 더 심해졌다. 마치 벽과 돌들이 뜨거운 김을 토해놓는 것만 같았고 달아오른 아스팔트에 발이 델 것만 같았다. 네흘류도프는 왁스를 칠한 마차의 지붕에 손대었다가 불에 덴 느낌을 받을 정도였다. 말이 먼지 쌓인 울퉁불퉁한 아스팔트길을 지친 듯이 달리고 있었다. 마부는 줄곧 반쯤 졸고 있었다.

네흘류도프는 아무 생각도 않고 무심하게 앞쪽을 바라보며 앉아 있었다. 내리막길로 접어드는 큰 건물 앞에 사람들이 많이 모여 있고 호송병 하나가 총을 멘 채 서 있는 것이 눈에 띄었다.

"무슨 일인가?" 네흘류도프는 마차를 세우고 문지기에게 물어보았다.

"아마 죄수들이 어떻게 된 모양입니다." 마부가 대답했다.

네흘류도프는 마차에서 내려 사람들 쪽으로 걸어갔다. 인도 쪽으로 경사진 울퉁불퉁한 돌바닥 위에 머리를 다리보다 낮게 하고 중년의 죄수 한 사람이 쓰러져 있었다. 붉은빛 턱수염과 납작한 코를 한 구릿빛 얼굴에 잿빛 죄수복 웃옷과 역시 잿빛 바지를 입은 덩치 큰 사내였는데, 얼룩투성이 두 손바닥을 밑으로 하고 번듯이 누워 있었으며 살찐 가슴이 규칙적으로 헐떡거리고 있었다. 그는 숨을 헐떡거리며 핏발 선 눈으로 허공을 멍하니 바라보고 있었다.

이 죄수 곁을 얼굴을 찌푸리고 있는 경찰을 비롯해 행상인, 우체부, 점원, 양산을 들고 있는 노파, 빈 바구니를 든 까까머리 소년들이 둘러싸고 있었다.

"감옥에 갇혀 있었기 때문에 몸이 허약해진 겁니다. 몸이 쇠약할 대로 쇠약해졌는데 이런 무더위에 그냥 거리로 끌어내다니 참……." 점원이 누군가를 꾸짖는 말투로 네흘류도프에게 말을 걸었다.

"저러다가 죽겠구먼." 양산을 든 노파가 가련한 목소리로 말했다.

"셔츠를 풀어주어야지." 우체부가 말했다.

경찰은 굵은 손가락을 떨면서 힘줄이 튀어나온 붉은 목덜미의 옷끈을 서툰 솜씨로 풀기 시작했다. 그는 지나치게 당황했기 때문에 무엇부터 해야 좋을지 갈피를 못 잡는 것 같았으나, 일단 밀려드는 사람들을 제지해야겠다고 판단한 것 같았다.

"저리 좀 비켜요, 비켜. 바람을 막지 말란 말이야! 그렇지 않아도 더워 죽겠는데."

"의사가 증명해주어야 합니다. 이렇게 쇠약한 사람은 마땅히 남겨두어야 하지요. 거의 죽어가는 사람을 끌어내니까 이렇게 되는 겁니다." 점원이 자기의 법률 지식을 자랑하는 투로 말했다.

경찰은 셔츠 끈을 다 풀고 나서 허리를 펴고 옆을 둘러보았다.

"어서들 가라니까! 당신네들하고는 상관없는 일이니까. 구경거리가 아니야."

경찰은 응원을 바라듯이 네흘류도프를 쳐다보며 모인 사람들에게 소리쳤으나 그가 별로 반응을 보이지 않자 이번에는 호송병 쪽을 보았다. 그러나 호송병은 경찰의 노고에는 아랑곳없이 닳아빠진 군화 뒤축만 내려다보며 딴전을 피우고 서 있었다.

"이게 다 누구 일인데. 책임자가 조금도 걱정을 않고 있다니. 대관절 이렇게 사람을 죽이는 법도 있나? 아무리 죄수라도 다 같은 사람이 아닌가?"

무리 속에서 누군가가 소리쳤다.

"머리를 조금 더 높게 하고 물을 먹이시오." 네흘류도프가 말했다.

"물은 가지러 갔습니다." 죄수의 두 겨드랑이를 붙들어서 허리를 약간 높게 추켜들면서 경찰이 대답했다.

"왜들 이렇게 몰려서 있나, 응?"

위엄 있는 점잖은 목소리가 저만큼 뒤에서 갑자기 들렸다. 하얗고 깨끗한 제복에 한층 더 번쩍거리는 장화를 신은 경찰서장이 죄수 둘레에 모여 있는 무리들 쪽을 향해 성큼성큼 걸어왔다.

"물러나요! 무엇 때문에 그렇게들 모여 있는 거야!" 하고 그는 사람들이 모여 서 있는 까닭을 알기도 전에 소리부터 질렀다.

그는 가까이 다가와 죽어가고 있는 죄수를 보자, 있을 수 있는 일이라는 듯이 고개를 끄덕이면서 경찰에게 물었다.

"어떻게 된 거야?"

경찰은 죄수 부대가 지나가는 도중에 이 죄수가 쓰러졌으며 호송 장교가 그대로 내버려 두라고 부하에게 명령했다고 보고했다.

"그래서 어떻게 하겠다는 거지. 경찰서로 데려가는 수밖에 없어. 마차를 불러와!"

"문지기가 부르러 갔습니다." 경찰은 거수경례를 하면서 대답했다.

"이런 무더위에……." 점원이 말을 꺼내려고 했다.

"그것이 너랑 무슨 관계가 있지? 응? 어서 네 갈 길이나 가!"

서장이 이렇게 몰아세우면서 그를 노려보자 점원은 아무 말도 하지 못했다.

"물을 먹여야 합니다." 네흘류도프가 말했다.

서장은 엄한 눈초리로 네흘류도프를 훑어보았으나 아무 말도 하지 않았다. 문지기가 마침 물을 가져왔으므로 서장은 경찰에게 물을 먹이라고 명령했다. 경찰은 땅바닥에서 죄수의 머리를 들어 입에 물을 부어 넣었으나 입이 닫힌 채로 있었으므로 턱수염 위로 흘러내려서 상의와 먼지 묻은 삼베 셔츠를 적셨다.

"머리에다 끼얹어!" 서장이 명령했다.

경찰은 죄수의 머리에서 빵 모양의 모자를 벗기고 붉은빛 고수머리와 벗겨진 이마 위로 물을 끼얹었다.

죄수는 깜짝 놀란 듯이 눈을 크게 떴으나 몸은 그대로 움직이지 않았다. 그 얼굴에는 먼지로 더러워진 물이 주르르 흘러내렸으나 입은 여전히 일정한 간격을 두고 헐떡거리고 있었고 몸을 후들후들 떨고 있었다.

"저건 뭐지? 저기다 태우자." 서장은 네흘류도프의 마차를 가리키며 경찰에게 소리쳤다. "이쪽으로 돌려! 이것 봐!"

"손님이 계십니다." 마부는 거들떠보지도 않고 시무룩하게 대꾸했다.

"저건, 내 마차입니다." 네흘류도프가 말했다. "그렇지만 쓰도록 하시오. 요금은 내가 낼 테니까." 그는 마부를 돌아보며 이렇게 덧붙였다.

"뭘 멍청하게 서 있어!" 서장은 경찰을 보고 소리 질렀다. "어서 태우라니까!"

경찰과 문지기와 호송병은 다 죽어가는 죄수를 들어다가 네흘류도프
가 타고 온 마차에 태워 자리에 기대앉혔다. 그러나 그는 몸을 가누지
못했다. 머리가 뒤로 젖혀지고 자리에서 미끄러졌다.

"옆으로 뉘어놔!" 서장이 말했다.

"괜찮습니다, 서장님. 내가 이대로 데려가지요." 경찰은 죽어가는 죄
수의 바로 옆에 앉아 억센 오른팔로 죄수의 겨드랑이를 껴안으면서 대
답했다.

호송병은 양말도 신지 않고 죄수 구두를 신은 그의 두 다리를 들어
올려 마부석 아래에 올리고, 그대로 앞으로 뻗게 해주었다.

서장은 두리번거리더니 죄수의 헌 모자가 길 위에 떨어져 있는 것을
발견하자 그것을 집어 뒤로 축 늘어진 죄수의 머리에 덮어 씌웠다.

"출발!" 하고 그는 소리쳤다.

마부는 언짢게 뒤쪽을 돌아다보며 머리를 흔들었다. 그리고 호송병을
뒤따라 길을 되돌아서 경찰서로 가기 시작했다. 죄수 옆에 나란히 앉은
경찰은 머리가 몹시 흔들리며 미끄러져 떨어지려는 죄수의 몸을 줄곧
바로잡아 앉히곤 했다. 호송병은 마차와 나란히 걸어가면서 떨어지려는
죄수의 다리를 바로 놓아주었다. 네흘류도프는 마차 뒤를 따라갔다.

37

소방서 앞을 지나 경찰서에 닿자 죄수를 태운 마차가 경찰서 건물 안
으로 들어가 어느 현관 앞에 멈춰 섰다.

안에서는 소방대원들이 소매를 걷어 올리고 큰 소리로 떠들고 웃으
면서 소방차를 씻고 있었다. 마차가 멎자 경찰 몇 사람이 마차를 둘러쌌

다. 그들은 죽은 듯한 죄수의 겨드랑이와 다리를 마주 들고 삐걱거리는 마차에서 들어냈다.

죄수를 따라온 경찰은 마차에서 내리면서 저린 팔을 흔들고 모자를 벗고 나서 성호를 그었다. 죽어가는 죄수는 현관문에서 2층으로 옮겨졌다. 네흘류도프는 그들의 뒤를 따라갔다. 죄수를 데리고 간 좁고 작은 방에는 침대가 네 개 놓여 있었다. 그 가운데 두 침대 위에는 긴 잠옷을 입은 환자 두 명이 앉아 있었는데, 한 사람은 붕대로 목을 감고 입이 비뚤어진 사람이었고 또 한 사람은 폐병을 앓는 환자였다.

나머지 두 침대는 비어 있었다. 그 하나에 죄수를 뉘었다. 바로 이때 속옷에 양말을 신은, 반짝이는 눈에 계속 눈썹을 움직이고 키가 작달만한 사내가 끌려온 죄수 옆에 가벼운 걸음으로 달려왔다. 그리고 죽어가는 죄수를 보고 네흘류도프를 보더니 큰 소리로 깔깔대고 웃기 시작했다. 이곳 구호실에 감금되어 있는 미친 사람이었다.

"모두 나한테 겁을 주려는 거지?" 미친 사람이 외쳤다. "그렇게 마음대로는 안 될걸!"

죄수를 옮긴 경찰 뒤를 따라 서장과 간호장이 들어왔다. 간호장은 죄수 곁으로 다가가서, 아직 약간의 체온이 남아 있지만 이미 핏기가 가신 죽은 사람이나 다름없는 얼룩투성이 손을 잠시 잡고 있다가 놓았다. 손이 힘없이 죄수의 배 위로 떨어졌다.

"이미 늦었습니다." 간호장은 머리를 좌우로 흔들면서 말했다. 그리고 형식적으로 죽은 사람의 땀에 젖은 더러운 셔츠를 헤치고 귀 언저리의 고수머리를 뒤로 걷어 올리면서, 이미 심장의 고동이 멈춰버린 누런빛의 가슴 위에 귀를 갖다 대었다. 모두들 말없이 지켜보고 서 있었다.

간호장은 몸을 일으키고 다시 머리를 흔들면서 죄수의 부릅뜬 채 움직이지 않는 파란 눈의 눈꺼풀을 손가락으로 하나씩 감겨주었다.

"나는 놀라지 않아. 나는 놀라지 않을 거야." 미친 사람이 줄곧 간호장에게 침을 뱉으면서 말했다.

"어떻게 할 건가." 서장이 물었다.

"어떻게 하다니요?" 간호장이 되물었다. "시체실로 치워야 합니다."

"잘 보게, 틀림없이 죽었는지." 다시 서장이 말했다.

"나는 초보자가 아닙니다." 간호장은 무엇 때문인지 풀어 헤쳐진 죄수의 옷깃을 여미면서 대답했다. "마트베이 이바노비치를 불러다가 보이도록 하시지요. 자, 페트로프, 가서 불러와." 간호장은 그렇게 말하고 나서 죄수에게서 물러섰다.

"그냥 시체실로 가져가!" 서장이 말했다. "그리고 자네는 사무실로 와주게. 서명을 해야 하니까." 그는 죄수의 시체 곁에 있는 호송병에게 명령했다.

"알았습니다." 호송병이 대답했다.

경찰들은 시체를 들어 다시 층계 밑으로 옮겼다. 네흘류도프도 따라가려고 했으나 마침 미친 사람이 그의 앞을 가로막았다.

"너도 저 악당들하고 같은 패지? 아니라면 담배 좀 내놔."

네흘류도프는 담배 케이스를 꺼내어 한 대 주었다. 미친 사람은 눈썹을 움직거리면서 몹시 빠른 말투로 악당들이 최면술을 써서 자기를 괴롭히고 있다는 이야기를 늘어놓기 시작했다.

"놈들은 나를 적대시하고 영매술을 써서 괴롭히고 지쳐버리게 한단 말이야!"

"실례하겠소." 네흘류도프는 그의 말을 다 듣기 전에, 시체를 어디로 가져가는지 알고 싶어 부지런히 밖으로 쫓아 나갔다.

시체를 옮기는 경찰들은 벌써 뜰을 가로질러 지하실 문으로 들어가고 있었다. 네흘류도프가 그쪽으로 가려고 하자 서장이 불러 세웠다.

"무슨 볼일이 있습니까?"

"아니, 아무것도." 네흘류도프가 대답했다.

"볼일이 없으면 그만 돌아가 주십시오."

네흘류도프는 서장의 말대로 자기 마차가 있는 곳으로 돌아갔다. 마부는 꾸벅꾸벅 졸고 있었다. 네흘류도프는 마부를 깨워 다시 정거장으로 향했다.

마차가 약 백 걸음쯤 갔을 때 그는 총을 든 호송병이 호위한, 이미 죽은 듯한 죄수가 탄 짐마차와 마주쳤다. 죄수는 짐마차 안에 번듯이 누워 있었는데, 허름한 모자로 검은 턱수염이 난 얼굴을 코언저리까지 덮고 있었으며, 박박 깎은 머리는 마차가 흔들릴 때마다 이리저리 부딪히고 있었다. 커다란 장화를 신은 짐마차꾼이 말과 나란히 걸으면서 마차를 몰았고 그 뒤를 경찰이 따라갔다.

네흘류도프는 자기 마부의 어깨를 툭툭 쳤다.

"도대체 이게 무슨 짓이람!" 마부가 마차를 세우며 투덜거렸다.

네흘류도프는 마차에서 내려 짐마차를 따라 다시 소방서 옆의 경찰서 마당으로 들어갔다.

마침 마당에서는 소방대원들이 소방차를 다 씻고 난 뒤였다. 그 자리에는 키가 크고 깡마른 소방대장이 파란 줄을 두른 모자를 쓰고 주머니에 두 손을 찌른 채 서서, 엄한 태도로 소방대원이 끌어내 오고 있는, 목에 살이 토실토실하게 찐 밤색 수말을 바라보고 있었다. 이 말은 앞다리 하나를 절고 있었다. 소방대장은 왜 그런지 화가 잔뜩 나서 앞에 서 있는 수위에게 큰 소리로 욕설을 퍼부었다.

거기엔 경찰서장도 있었는데 그는 또 다른 시체가 들어오는 것을 보고 얼른 마차 쪽으로 다가왔다.

"이건 또 어디서 가져왔어?" 그는 못마땅한 듯 머리를 흔들며 물었다.

"고르바톱스카야 거리에서입니다." 경찰이 대답했다.

"죄수요?" 소방대장이 다가와서 물었다.

"그렇습니다."

"오늘 벌써 두 사람째로군." 경찰서장이 투덜댔다.

"그거 큰일이군요. 더구나 이런 삼복더위에." 소방대장은 이렇게 말하고 절룩거리는 밤색 말을 끌고 온 소방대원에게 소리쳤다. "모퉁이 마구간에 넣어둬! 말 다리를 부러뜨리다니. 기합을 줄 테니 명심해. 말이 네놈 같은 바보보다 훨씬 더 값비싸단 말이다!"

시체는 전과 같이 경찰들에 의해 2층 구호실로 옮겨졌다. 네흘류도프는 마치 최면술에 걸린 사람처럼 그 뒤를 따라다녔다.

"무슨 볼일이 있습니까?" 경찰 한 사람이 물었으나 그는 아무 대답도 하지 않고 무작정 시체를 옮겨 간 곳으로 갔다.

미친 사람이 침대에 걸터앉아 네흘류도프가 준 담배를 맛있게 피우고 있었다.

"아, 또 오셨구려!" 그는 깔깔대며 웃었다. 그러나 시체를 보더니 눈살을 찌푸렸다. "또구나!" 그는 말했다. "이젠 정말 진절머리가 나네. 난 어린아이가 아니란 말이야. 안 그래요?" 그는 대답을 기다리는 듯이 네흘류도프를 바라보며 미소 지었다.

네흘류도프는 찬찬히 시체를 볼 수 있었다. 조금 전에는 모자로 가려졌던 죽은 사람의 얼굴이 지금은 모두 드러나 보였다. 먼젓번 죄수는 그리 잘생긴 편이 아니었으나 이 죄수는 얼굴이나 몸집이 뛰어나게 아름다웠다. 이미 파랗게 된 입술이 미소 짓듯 닫혀 있었다. 많지 않은 턱수염이 얼굴의 아랫부분을 아름답게 덮고, 깎인 머리 뒤로는 조그맣고 귀여운 귀가 보였다. 그의 얼굴 표정은 조용하고 진지하며 선량해 보였다. 그의 얼굴에서, 정신 활동의 가능성을 모두 빼앗긴 사람이라는 것을 짐작하는 것 외에는, 그의 손과, 쇠고랑이 채워진 발의 골격과, 균형이 잘 잡힌 두 팔과, 두 다리의 억센 근육으로 그가 얼마나 아름답고 강하며 민첩한 사람이었는가를 충분히 알 수 있었다. 또 설령 동물에 견주어본다 해도, 병신을 만들었다고 소방대장이 아까 그토록 화를 냈던 밤색 말보다 훨씬 완전한 상태였다. 그런데도 그의 죽음에 대해 누구 하나 인간으로서 애석하게 여기지 않고, 쓸모없이 죽어버린 노동용 동물만큼도 슬퍼하지 않았다. 그의 죽음으로 인해 여러 사람들의 가슴속에 일어난 단 하나의 느낌은 당장 썩어버릴지도 모르는 이 시체의 처리에 관한 성가신 감정뿐이었다.

이때 의사와 간호장과 경찰서장이 구호실 안으로 들어왔다. 의사는 땅딸막한 사나이로 비단 양복을 입고 있었는데, 좁은 바지가 그의 굵은 넓적다리에 꽉 끼여 있었다. 경찰서장은 키가 작달막하고 공처럼 둥근 붉은 얼굴에 볼이 불룩하도록 공기를 들이마셨다가 천천히 내뿜는 버릇이 있기 때문에 얼굴이 더한층 둥글게 보였다. 의사는 시체가 놓여 있는 침대 곁에 앉더니 아까 간호장이 하던 것처럼 손을 만져보기도 하고 심장에 귀를 갖다 대어보기도 했다. 이윽고 의사는 바지의 주름을 펴면서 일어났다.

"완전히 시체가 되어버렸습니다." 의사가 말했다.

서장은 힘껏 공기를 들이마시더니 다시 천천히 내쉬었다.

"대체 어느 감옥에서 왔나?" 그는 호송병에게 물었다.

호송병은 그 질문에 대답하면서 시체의 발목에 아직껏 채워져 있는 쇠고랑을 가리켰다.

"풀어주도록 하지. 마침 대장장이가 있으니." 서장이 말했다. 그는 또 볼을 불룩하게 만들더니 문 쪽으로 가서 천천히 내뿜었다.

"대체 왜 이렇게 되었습니까?" 네흘류도프는 의사에게 물었다.

의사는 안경 너머로 그를 쳐다보았다.

"왜 이렇게 됐느냐고요? 일사병으로 죽은 것 말입니까? 온 겨울 동안 운동도 하지 않고 햇빛도 못 보다가 오늘같이 바람 한 점 없는 날에 떼지어 행군을 하니까 이렇게 일사병으로 쓰러지는 겁니다."

"그럼 왜 이런 날에 호송하는 겁니까?"

"그런 것은 저 사람한테 물어보시지요. 그런데 대체 댁은 뉘시오?"

"나는 이들 시체와는 아무 관계가 없는 사람입니다만……."

"그렇습니까……. 실례하겠습니다, 나는 시간이 없어서." 의사는 불쾌하다는 듯이 바지를 아래로 잡아당기고 다른 환자에게로 갔다.

"좀 어떤가?" 의사가 목에 붕대를 감고 입술이 비뚤어진 창백한 사내에게 물었다.

이러는 동안 미친 사람은 자기 침대에 얌전히 앉아 있다가 갑자기 담뱃불을 끄더니 의사를 향해 또 침을 뱉기 시작했다.

네흘류도프는 마당으로 내려와서 소방서의 말과 닭의 무리와, 철모를 쓴 보초 옆을 지나 문을 나왔다. 그리고 또 꾸벅꾸벅 졸고 있는 마부를 깨워 마차를 타고 다시 역을 향해 떠났다.

38

네흘류도프가 역에 도착했을 때, 죄수들은 이미 쇠창살문이 달린 화물차에 타고 있었다. 플랫폼에 전송객이 몇 사람 서 있었다. 그들은 열차에 가까이 갈 수 없었던 것이다. 오늘은 유난히 호송병들에게 괴로운 날이었다. 감옥에서 정거장까지 오는 동안에 네흘류도프가 본 두 사람 말고도 세 사람이 일사병으로 쓰러져 죽었다. 한 사람은 처음의 두 사람처럼 가까운 경찰서에 수용되었으나 두 사람은 이 정거장까지 와서 죽었던 것이다.

호송병들의 걱정거리는 호송 중에 좀 더 살 수 있었을지도 모를 다섯 사람의 죄수가 죽었다는 것이 아니었다. 그런 것은 그들의 마음을 조금도 번거롭게 하지 않았다. 그들에게 그런 일은 별로 관심이 없었다. 그들이 걱정하는 것은 법률상의 소속, 즉 시체를 보내야 할 곳으로 보내는 일, 그들의 서류와 소지품을 당국에 보낼 일, 니즈니로 가져가야 할 죄수 명단에서 그 이름을 지우는 일 등을 실수 없이 해야만 하며 이렇게 무더운 날에 그런 일을 한다는 것이 몹시 괴롭고 귀찮았다.

이런 일들로 호송병들은 무척 바빴다. 그래서 이 일이 끝나기까지는 네흘류도프를 비롯해 죄수와 면회를 청하는 어떤 사람들에게도 면회가 허락되지 않았다. 그러나 호송 하사관에게 돈을 슬쩍 쥐여주었기 때문에 네흘류도프만은 허락되었다. 하사관은 그에게 장교 눈에 띄지 않도록 얼른 이야기하고 열차 옆을 물러나달라고 당부했다.

화물차는 모두 열여덟 칸이었는데 호송대장이 탈 차량을 빼놓고는 모두 죄수들로 가득 차 있었다. 네흘류도프는 열차의 창을 통해 안에서 들려오는 소리에 귀를 기울였다. 어느 칸에서나 쇠사슬 소리와 바스락거리며 움직이는 소리, 무의미하고 추잡한 말을 함부로 내뱉는 소리가 들려왔으나 네흘류도프가 기대했던, 오는 길에 죽은 동료에 대해 슬퍼하는 이야기를 하는 사람은 없었다. 이야기란 거의 배낭과 음료수와 자리다툼에 대한 것뿐이었다. 어떤 창을 통해서는 통로 한가운데에서 죄수들의 수갑을 벗겨주고 있는 호송병이 보였다. 죄수들이 두 손을 내밀면 호송병 하나가 열쇠로 수갑을 벗겨주었다. 그러면 또 한 사람의 호송병이 그 수갑을 모으고 다녔다. 네흘류도프는 남자 죄수 차량을 다 지나 여자 죄수의 차량으로 갔다. 두 번째 칸에서 "아아, 괴로워. 아아 죽을 것 같아, 으음!" 하는 신음 섞인 말소리가 들렸다.

　네흘류도프는 그 옆을 지나서 호송병이 가르쳐준 대로 세 번째 방 옆으로 가 창에다 얼굴을 갖다 댔다. 창 안에서는 후끈거리는 사람의 훈기가 풍겨 나오고 시끄러운 여자들의 말소리가 들렸다. 어느 의자에서나 블라우스에 죄수복을 겹쳐 입은, 땀에 젖은 벌건 얼굴의 여자 죄수들이 빽빽이 앉아서 떠들고 있었다. 쇠창살에 얼굴을 들이댄 네흘류도프의 얼굴은 여자 죄수들의 주의를 끌었다. 가까운 곳에 있던 여자들이 이야기를 멈추고 네흘류도프 쪽으로 다가왔다. 마슬로바는 블라우스 바람으로, 머리에 썼던 수건도 벗고 건너편 저쪽 창가에 앉아 있었고, 이쪽 가까이에는 얼굴이 흰 페도샤가 방그레 미소 짓고 앉아 있었다. 네흘류도프인 줄 알자 그녀는 마슬로바를 쿡쿡 찌르며 한 손으로 이쪽 창을 가리켰다. 그러자 마슬로바는 얼른 일어나 검은 머리에다 수건을 쓰고 땀에 젖어 빨개진 얼굴에 미소를 지으며 창가로 와 쇠창살을 붙들었다.

　"날씨가 무척 덥지요?" 카튜샤는 기뻐서 웃음 지으며 말했다.

　"물건은 받았겠지?"

　"네, 정말 고마워요."

　"더 필요한 것은 없어?" 네흘류도프는 벽난로에서 나오는 듯한 열기가 차 안에서 쏟아져 나와 얼굴에 덮쳐 오는 것을 느끼며 이렇게 물었다.

　"그다지 필요한 것은 없어요. 정말 고마워요."

　"마실 것이 좀 있었으면." 페도샤가 얼른 말했다.

　"참, 마실 것이 좀 있었으면……." 마슬로바가 되뇌었다.

　"여긴 물이 없나?"

　"있었는데 다 마셔버렸어요."

　"그럼 지금 곧." 네흘류도프가 말했다. "호송병에게 부탁하지. 니즈니에 갈 때까지는 만날 수 없을 테니까."

"그럼 당신도 정말 오실 거예요?" 마치 그것을 몰랐던 것처럼 마슬로바는 이렇게 말하고 기쁘게 네흘류도프를 보았다.

"다음 기차로 가게 될 거야."

마슬로바는 아무 말도 하지 않았고, 잠시 뒤에 깊은 한숨을 내쉬었다.

"나리, 죄수가 열두 명이나 죽었다는데 그게 정말입니까?"

사내와 같은 걸걸한 목소리로 날카로운 생김새의 늙은 여죄수가 물었다. 그녀는 코라블료바였다.

"열두 명이란 말은 듣지 못했소. 나는 두 명을 보았을 뿐이오." 네흘류도프는 대답했다.

"열두 명이라고 합니다. 이런 짓들을 하고도 벌을 받지 않을까요? 악마 같은 놈들!"

"여자 가운데선 누구 병든 사람이 없었소?" 네흘류도프가 물었다.

"여자가 오히려 더 세요." 키 작은 다른 여죄수가 웃으면서 말했다. "그런데 애를 낳으려는 여자가 하나 있어요. 지금 진통을 하고 있지요." 그녀는 아까부터 끊임없이 신음 소리가 들려오는 옆 차량을 가리키며 말했다.

"당신이 뭐 필요한 건 없느냐고 하셨죠?" 입가에 떠오르는 기쁜 미소를 억지로 참으며 마슬로바가 말했다. "저 여자를 남아 있게 해줄 수 없을까요? 저렇게 괴로워하고 있으니. 호송대장한테 말씀 좀 해주셨으면."

"좋아, 말해보지."

"그리고 또 한 가지, 저 여자를 남편 타라스와 만나게 해줄 수 없을까요?" 마슬로바는 웃고 있는 페도샤를 눈으로 가리키며 "저 여자의 남편도 당신과 같이 가게 될 거예요."라고 덧붙였다.

"여보시오, 이야기하면 안 됩니다." 호송 하사관의 목소리가 들렸다. 그는 네흘류도프에게 허가를 해준 하사관이 아니었다.

네흘류도프는 그곳을 떠나 해산기가 있는 여자와 타라스의 일을 부탁하려고 호송대장을 찾아보았으나 찾을 수 없었다. 호송병에게 물었으나 시원한 대답을 얻을 수 없었다. 그들은 몹시 바빴다. 어디론지 죄수들을 데려가기도 하고, 자기들 식료품을 사기 위해 뛰어다니는 사람도 있었다. 또 자기들의 짐을 차량마다 나누어 싣고 있었으며, 어떤 호송병은 호송대장이 데리고 가는 부인들의 시중을 들기도 하면서 네흘류도프의 물음에는 제대로 대답도 해주지 않았다.

네흘류도프가 호송대장을 찾은 것은 이미 두 번째 벨이 울린 뒤였다. 호송대장은 그 짧은 한 손으로 입을 가린 수염을 쓸어내리고 어깨를 으쓱거리며 하사관에게 잔소리하고 있었다.

"뭡니까? 대체 무슨 일이오?" 그는 네흘류도프에게 물었다.

"저 찻간에 금방 애를 낳을 것 같은 여자가 있는데 어떻게 좀……."

"낳는 대로 내버려 두어요. 어떻게 되겠지요." 호송대장은 자기 차량으로 걸어가면서 기운차게 짧은 손을 내두르며 말했다.

그때 호각을 손에 든 차장이 지나갔다. 이윽고 마지막 벨 소리와 호각 소리가 들려왔다. 플랫폼에 있던 전송인들과 여자 죄수 차량에서 울음소리가 터져 나왔다. 네흘류도프는 타라스와 같이 플랫폼에 서서, 쇠창살 안쪽에 머리를 박박 깎은 남자 죄수들이 가득 들어찬 차량이 차례로 지나가는 것을 보았다. 그리고 또 쇠창살 안에 아무것도 쓰지 않은 여자 죄수의 머리와 수건을 쓴 머리들이 보이는 첫째 차량으로 지나갔고, 해산하려는 여자의 신음 소리가 나는 둘째 차량 그리고 마슬로바가 탄 셋째 차량이 지나갔다. 그녀는 다른 죄수와 함께 창가에 서서 네흘류도프를 바라보며 금방이라도 눈물이 쏟아질 것 같은 서글픈 미소를 짓고 있었다.

39

　네흘류도프가 타고 갈 예정인 여객열차는 아직도 2시간이나 기다려
야 했다. 네흘류도프는 그동안에 누이를 한 번 더 찾아갈까 하고 생각해
보았다. 그러나 아침부터 여러 가지 사건으로 몹시 흥분했고 몸도 피곤
했으므로 일등 대합실 식당 안의 긴 의자에 앉아 있는 동안 어쩔 수 없
는 심한 졸음에 손을 뺨에 괸 채 잠들었다.

　연미복 가슴에 휘장을 달고 손에 냅킨을 든 웨이터가 네흘류도프를
깨웠다.

　"여보세요, 여보십시오. 네흘류도프 공작님이 아니십니까? 어떤 부인
이 찾고 계십니다."

　네흘류도프는 눈을 비비며 일어났다. 그리고 자기가 지금 어디 있는
가를 깨닫자 아침에 일어났던 모든 일들이 한꺼번에 생각났다.

　죄수들의 대열과 일사병으로 쓰러진 시체, 쇠창살이 박힌 열차, 그 안
에 갇힌 여죄수들, 그 가운데서 한 여죄수는 도와주는 사람도 없이 애
를 낳으려고 진통에 몸부림치고, 또 한 사람 서글픈 미소를 띤 채 쇠창
살 밖을 내다보고 있던 카튜샤가 기억에 떠올랐다. 그러나 현실적으로
자기 눈앞에 나타난 것은 전혀 다른 광경이었다. 여러 가지 포도주 병과
꽃병과 촛대와 식기가 놓인 식탁이 있고 그 옆에는 웨이터들이 날렵하
게 왔다 갔다 하고 있었다. 홀 안쪽 찬장 앞엔 과일을 가득 담은 그릇과
술병을 앞에 늘어놓고 식당 주인이 서 있었고, 그 스탠드 앞에는 손님들
의 등이 보였다.

　네흘류도프는 자세를 고쳐 앉고 차츰 정신이 들자, 대합실에 있는 사
람들이 호기심에 가득 찬 눈초리로 무엇인지 문 쪽에서 일어난 일을 바
라보고 있는 것을 알았다. 네흘류도프가 그쪽을 보니 엷은 베일을 얼굴

에 늘어뜨린 귀부인을 안락의자에 태워서 데려가는 무리가 있었다. 앞쪽에서 가마를 메고 가는 하인은 어디서 본 듯한 얼굴이었다. 뒤쪽에 있는 모자에 금줄을 두른 제복 입은 사내도 낯익은 문지기였다.

안락의자 뒤로는 곱슬머리에 앞치마를 두른 점잖은 하녀가 핸드백과 가죽 상자에 넣은 무슨 둥그런 물건과 양산을 들고 따라갔다. 그 뒤로 늘어진 입술에다 몹시 굵은 목을 하고 여행복 차림의 코르차긴 공작이 가슴을 불룩 내밀고 뒤뚱거리며 뒤따르고 있었다. 그 뒤에는 미시와 그 사촌 미샤, 그리고 네흘류도프와 만난 적 있는 목 길고 후두가 튀어나온, 언제나 쾌활해 보이는 외교관 오스텐이 따르고 있었다. 그는 당당하면서도 뭔가 의미심장하게, 그러나 약간 농담조로 미소 짓고 있는 미시에게 말을 걸고 웃고 있었다. 맨 끝으로 의사가 언짢은 표정으로 담배를 피우면서 따라왔다.

코르차긴 집안사람들은 가까이에 있는 영지에서 니즈니노브고로드 철도 부근에 있는 공작 부인의 여동생이 사는 영지로 이사를 가는 길이었다.

의자를 나르는 하인들과 하녀와 의사 일행이 사람들의 호기심과 존경심을 자아내며 부인 대합실로 들어갔다. 늙은 공작은 식탁에 앉자 웨이터를 불러 무엇인가 주문했다. 미시와 오스텐도 식당에 남아 있었다. 그녀는 무얼 좀 먹으려고 웨이터를 부르다가 문 쪽에서 아는 부인을 보고는 그리로 인사를 하러 갔다. 그 부인은 나탈리야 이바노브나였다. 나탈리야 이바노브나는 아그라페나 페트로브나를 데리고 둘레를 두리번거리며 식당으로 들어왔다. 그녀는 거의 같은 순간 미시와 동생을 보았다. 그녀는 동생에게 그저 고개를 한 번 끄덕해 보이고는 먼저 미시한테로 갔다. 그리고 미시와 입맞춤을 나누고 곧 동생에게로 왔다.

"아, 이제야 찾았구나." 그녀가 말했다.

네흘류도프는 일어서서 미시와 미샤와 오스텐에게 인사를 하고 선 채로 이야기했다. 미시는 네흘류도프에게 자기네 별장에 불이 났기 때문에 이모 집으로 이사를 하게 된 사정을 이야기했다. 오스텐은 이번 화재에 관한 재미있는 이야기가 있다고 말했다.

네흘류도프는 오스텐의 말에는 귀도 기울이지 않고 누이를 향해 말했다.

"누님, 와주셔서 정말 기쁩니다."

"아까부터 와 있었단다." 그녀는 말했다. "아그라페나 페트로브나와 둘이서 말이야." 그리고 아그라페나 페트로브나를 가리켰다. 아그라페나 페트로브나는 여름 코트에 모자를 쓰고 있었는데 그들의 이야기에 방해가 될까 봐 상냥하면서도 조금 당황하는 태도로 멀찌감치 서서 네흘류도프에게 인사했다.

"꽤 돌아다니며 찾았단다."

"나는 여기서 잠들어버렸어요. 와주셔서 감사합니다." 네흘류도프는 다시 고맙다는 말을 되풀이했다. "누님한테 편지를 쓰려고 했습니다."

"그래?" 누이는 놀란 듯 말했다. "무슨 일로?"

미시는 남매 사이에 친밀한 이야기가 시작되는 것을 보고 사람들을 데리고 자리를 떴다. 네흘류도프는 누이와 함께 누구의 것인지 바둑무늬 모포와 상자가 놓여 있는 창가의 벨벳 소파에 나란히 걸터앉았다.

"저는 다시 누님을 찾아가 사죄하려고 했지만, 매부가 다시 만나줄지 몰라서." 하고 네흘류도프는 말했다. "매부한테 그런 언짢은 말을 해서 그 때문에 무척 마음이 괴로웠습니다."

"나는 알고 있었다. 또 믿고 있지." 누이가 대답했다. "네 본심이 그렇지 않다는 것을. 너도 알고 있다시피……."

그녀의 눈에 눈물이 글썽해지며 동생의 손 위에 자기 손을 올려놓았다.

누이의 말은 분명치 못했으나 그는 그 뜻을 충분히 이해하고 감동했다.

그 말에는 그녀의 마음을 사로잡고 있는 자기 남편에 대한 사랑 말고도 동생에 대한 사랑이 얼마나 소중한가 하는 것과 동생과의 불화가 설사 하찮은 데에 있다 해도 그녀에게 말할 수 없는 고통을 준다는 그런 뜻이 깃들어 있었다.

"감사합니다, 누님. 그런데 오늘은 아주 무서운 걸 보았습니다." 갑자기 죽은 두 죄수의 시체를 본 생각이 떠올라 이렇게 말했다. "죄수를 두 명이나 죽였지요, 오늘."

"죽였다고?"

"죽인 거나 마찬가지예요. 이 무더위에 끌어냈으니까요. 그 때문에 두 사람 다 일사병으로 죽은 겁니다."

"그런 어리석은 짓을! 어떻게 해서? 오늘? 오늘 아침에?"

"네, 오늘 아침입니다. 그 시체를 보고 온걸요."

"죽이다니? 누가 죽였단 말이니?" 나탈리야 이바노브나가 물었다.

"죄수들을 강제로 끌어낸 자들이 죽인 거나 다름없지요."

네흘류도프는 누이가 자기 남편과 같은 눈으로 그 사실을 생각하고 있음을 느끼자 못마땅한 태도로 말했다.

"정말 가엾게도!" 아그라페나 페트로브나가 다가오며 말했다.

"우리는 이런 불행한 사람들이 어떤 취급을 받고 있는지 전혀 모르고 있습니다. 하지만 반드시 알 필요가 있다고 봅니다." 네흘류도프는 늙은 공작을 바라보면서 말했다. 공작은 냅킨을 두르고 과일주 술잔을 들려다가 네흘류도프를 돌아보았다.

"네흘류도프!" 늙은 공작이 소리쳤다. "어떤가, 한잔하지 않을 텐가? 여행 전의 한잔은 각별한 맛이지."

네흘류도프는 사양하고 자기 누이 쪽으로 얼굴을 돌렸다.

"그런데 이제부턴 어떻게 할 생각이냐?" 나탈리야 이바노브나가 말을 계속했다.

"할 수 있는 건 뭐든지 하려고 합니다. 무엇을 해야 좋을지는 모르겠지만, 무엇이든 해야 한다고 생각하고 있습니다. 그래서 제가 할 수 있는 것이라면 모두 하려고 합니다."

"나도 그건 잘 알고 있다. 하지만 그 일은 어떻게 할 작정이냐?" 그녀는 방그레 미소를 짓고 코르차긴 쪽을 눈짓하면서 말했다. "모두 정리가 되었니?"

"네, 전부. 그리고 저는 아무런 미련도 가지고 있지 않습니다."

"안됐군, 정말 섭섭하다. 나는 저분을 좋아한단다. 하지만 할 수 없는 일이지. 뭣 때문에 너는 자신을 그렇게 가두어두려고 하는 거냐?" 그녀는 두려워하며 말을 덧붙였다. "무엇 때문에 그런 데로 가는 거냐?"

"가야 하니까 가는 겁니다." 네흘류도프는 이런 이야기는 그만두고 싶다는 듯 진지한 표정을 짓고 매정하게 대답했다.

그러나 그는 곧 누이에 대해 이런 매정한 태도를 보인 것을 부끄럽게 생각했다. '왜 나는 생각하는 것을 누이에게 모두 말하지 않을까?' 하고 그는 생각했다. '아그라페나 페트로브나에게도 말해주자.' 그는 이 늙은 가정부의 얼굴을 흘끗 보았다. 아그라페나 페트로브나의 존재가 누이에게 자기의 결심을 말할 수 있는 용기를 북돋워주었다.

"누님은 제가 카튜샤와 결혼하려는 의도에 대해서 묻는 거지요? 이미 아시다시피 저는 결혼할 생각이었습니다. 하지만 그녀는 단호히 거절했지요." 그는 이렇게 말했다. 이런 이야기를 할 때마다 그랬던 것처럼 네흘류도프의 목소리는 또다시 떨렸다. "그녀는 나의 희생을 바라지 않고, 오히려 그런 처지에 있는 여자로서는 참기 어려운 희생을 나를 위해서 하고 있습니다. 하지만 설사 그것이 일시적인 희생이라 할지라도 나로

선 받아들일 수 없습니다. 그래서 그녀를 따라 그녀가 가는 곳이라면 어느 곳이라도 가서 힘자라는 데까지 도와주고 괴로움을 덜어줄 생각입니다."

나탈리야 이바노브나는 아무 말도 하지 않았다. 아그라페나 페트로브나는 도무지 알 수 없는 이야기라는 듯이 나탈리야를 보면서 머리를 흔들었다. 이때 부인 대합실에서 공작 부인 일행이 나왔다. 미남 하인 필리프와 문지기가 공작 부인을 태워 데려가고 있었다. 공작 부인은 하인들에게 걸음을 멈추게 하고 네흘류도프를 손짓해 부르더니 힘없는 모습으로 혹시 자기 손을 힘껏 쥐지나 않을까 걱정하면서 하얀 장갑을 낀 손을 그 앞에 내밀었다.

"무덥군요." 하고 그녀는 더위에 대한 인사를 프랑스 말로 했다. "나는 견딜 수가 없어요. 이런 더위에는 죽을 것만 같아요." 그러고 러시아의 살인적인 날씨에 대해 몇 마디 말하고 나서 네흘류도프에게 한번 놀러 오라고 하고는 하인들에게 가자고 지시했다. "꼭 와주세요." 운반인들에게 들려 가면서 네흘류도프를 돌아보고 덧붙여 말했다.

네흘류도프는 플랫폼으로 나왔다. 공작 부인 일행은 오른쪽 일등실 쪽으로 가고 네흘류도프는 짐을 진 일꾼과 배낭을 멘 타라스와 함께 왼쪽으로 갔다.

"이 사람은 제 친굽니다." 네흘류도프는 이미 이야기한 적 있는 타라스를 가리키면서 누이에게 말했다.

"어머나, 너 삼등차로 가니?" 네흘류도프가 삼등차 앞에서 걸음을 멈추고 짐을 진 일꾼과 타라스와 함께 찻간으로 올라타는 것을 보고, 나탈리야 이바노브나가 놀라며 물었다.

"네, 저는 이것이 좋습니다. 타라스와 같이 가게 되니까요." 그는 대답했다. "그리고 또 한 가지 말씀드릴 것은." 하고 덧붙였다. "쿠즈민스코예 마을에 있는 토지를 아직 농민들한테 주지 않았으니까 만약에 제가 죽으면 누님의 아들이 물려받게 될 겁니다."

"드미트리, 그런 말은 마라." 나탈리야 이바노브나가 말했다.

"설사 그것을 농민들한테 나누어 준다 해도 이것만은 틀림없이 말할 수 있습니다. 토지 밖의 것은 모두 아이들 것이 됩니다. 나는 아마 결혼하지 않을 겁니다. 또 한다고 해도 아이는 안 생길 거예요. 그래서……."

"드미트리, 제발 그런 소리는 그만두어." 누이는 이렇게 말했지만 네흘류도프는 누이가 이런 말을 듣고 기뻐하는 표정임을 눈치챘다.

앞쪽 일등실 앞에서 몇몇 사람들이 코르차긴 공작 부인이 운반되어 들어간 찻간을 들여다보고 있었다. 그 밖의 사람들은 모두 자리에 앉았다. 늦게 온 승객들은 빠른 걸음으로 플랫폼의 널빤지 위를 쿵쾅거리며 달려왔다. 차장들은 문을 닫고 돌아다니면서 전송인들을 차 안에서 내보냈다.

네흘류도프는 햇볕에 달아서 후끈후끈한, 악취가 가득 찬 찻간으로 들어갔으나 곧 승강구로 나왔다.

나탈리야 이바노브나는 유행하는 모자를 쓰고 아그라페나 페트로브나와 나란히 삼등차 앞에 서서 열심히 무슨 화제를 찾는 모양이었으나 별로 할 이야기가 없는 듯했다. "편지해." 하는 말조차 제대로 하지 못했다. 왜냐하면 언젠가 그들 남매는 여행을 떠나는 사람들의 판에 박은 듯한 말을 비웃은 일이 있었기 때문이었다. 재산 문제와 상속에 대한 이야기가 그들 사이에서 모처럼 시작된 다정한 남매다운 관계를 한꺼번에 허물어버렸다. 지금에 와서는 그들은 전혀 남이나 된 듯한 생각이 들었다. 그래서 나탈리야 이바노브나는 기차가 움직이기 시작하자 슬프고 상냥한 표정을 짓고 고개를 살랑살랑 흔들며 "잘 가! 몸조심하고. 드미트리, 잘 가!"라고 겨우 말하고는 한숨을 쉬었다. 그러나 기차가 떠나버리자 동생이 한 이야기를 남편에게 어떻게 말할까 하고, 그녀의 얼굴은 굳어지고 심각해졌다.

네흘류도프 역시 누이에 대해 아주 다정한 감정 말고는 별다른 감정이 없었다. 그리고 숨기는 일이란 아무것도 없는데도 누이와 얼굴을 맞대는 것이 괴롭고 마음 거북하게 생각되어, 조금이라도 빨리 그 앞에서 풀려나고 싶었다. 그렇게도 자기와 가깝던 나타샤의 모습이 사라지고 그녀가 지금은 남이나 다름없는 불쾌한, 검은 털투성이 남편의 노예에 지나지 않는다고 느꼈다. 그녀가 남편의 관심사인, 농민에의 토지 분배와 상속에 대해 말할 때만 얼굴이 활기 있게 빛나던 것을 네흘류도프는 똑똑히 보았다. 네흘류도프는 그것이 슬펐다.

40

하루 종일 햇볕이 쬐는 데다 승객으로 가득 찬 삼등 찻간은 숨이 막힐 것처럼 더워서 네흘류도프는 찻간으로 들어갈 엄두가 나지 않아 그대로 승강구에 서 있었다. 그러나 거기서도 숨이 막힐 지경이었다. 열차가 인가를 벗어나 달리자 바람이 좀 통했으므로 네흘류도프는 비로소 가슴 가득히 숨을 들이켰다.

"죽인 거나 마찬가지다." 하고 그는 아까 누이에게 한 말을 혼자 되뇌었다. 그러자 그의 머릿속에는 오늘의 모든 인상 가운데서, 그 두 번째 죄수의 미소를 띤 듯한 입언저리와 잘생긴 이마, 깎아서 파랗게 된 머리 아래쪽에 삐져나온 단정해 보이는 귀와 아름다운 얼굴이 유난히 생생하게 떠올랐다.

'무엇보다도 무서운 것은 죽여놓고도 누가 죽였는지 아무도 모른다는 사실이다. 하지만 죽인 것은 사실이다. 그와 다른 모든 죄수들을 끌어낸 것은 마슬렌니코프의 지시다. 마슬렌니코프는 관청의 관인이 찍힌 용지에다 언제나 그 서툰 글씨로 서명한 것뿐이라고 여길 테고 자기에게 죄가 있으리라고는 생각지도 않을 것이다. 또한, 죄수를 검진한 의사가 자기에게 죄가 있으리라곤 더군다나 생각지 않을 게 뻔하다. 그는 자기 임무를 다하여 허약자를 가려냈을 뿐, 이런 더위와 이렇게 오랜 시간에 그 많은 사람을 한꺼번에 끌어내리라곤 미처 생각지 못했을 것이다. 그러면 소장은……? 소장은 다만 어느 날 남녀 징역수 몇 명, 유형수 몇 명을 출발시키라는 명령을 받고 그것을 수행했음에 지나지 않는다. 호송병들도 역시 마찬가지로 몇 명을 받아 몇 명을 어디로 넘겨주라는 직책을 수행한 그 이상의 책임이 있을 까닭이 없다. 그들은 언제나처럼 죄수를 호송했을 뿐 자기가 직접 본 건강한 두 죄수가 도중에 쓰러져 죽으리라곤 생각지도 못했을 것이다. 하지만 사람을 죽인 것은 사실이니까 역시 그 죽음에 대해 책임이 없는 이 사람들에 의해 살해당했다고 할 수밖에 없다.'

'이런 결과를 가져오게 한 것은 모두…….' 네흘류도프는 생각했다. '모든 사람들 즉, 현지사라든가, 소장이라든가, 서장이라든가, 경찰들이 사람에게 사람다운 태도로 대할 필요가 없는 경우가 이 세상에 존재한다고 믿는 데서 생기는 것이다. 그러므로 모든 사람들이─마슬렌니코프나 감옥의 소장이나 호송병들도─만일 그들이 지사나 감옥의 소장이나 장교가 아니었던들, 이 무더운 날에 이토록 많은 사람을 끌어내는 게 좋을지 나쁠지 스무 번도 더 생각했을 것이요, 또 도중에 스무 번쯤 멈춰 서서 만일 한 사람이라도 몸이 약해져 허덕이는 사람을 보았다면 그 대열에서 떼어내어 그늘로 데려가 물을 먹이고 쉬게 하고 또 만일 불행한 일이 생길 때는 동정을 표했을 것이다. 하지만 그들은 동정을 하기는

커녕 남이 동정하려는 것조차 가로막았다. 왜냐하면 그들은 자기 앞의 인간을 보지 않고 다만 자기의 직무와 그 요구만을 중시하고 그것을 인간적인 관계의 요구보다 더 소중히 여겼기 때문이다. 여기에 모든 원인이 있다.' 하고 네흘류도프는 생각했다. '따라서 우리는, 가령 단 1시간이라도, 또 무슨 특별한 경우에라도 인간에의 감정보다 더 귀중한 것은 이 세상에 없다는 것을 깨달을 수만 있다면, 다른 사람에 대한 죄를 짓고서도 자기에게 죄가 없다고 생각하지는 않게 될 것이다.'

네흘류도프는 너무도 깊이 생각에 잠겨 하늘의 모양이 달라진 것을 깨닫지 못했다. 태양은 낮은 조각구름 속으로 자태를 감추고, 서쪽 지평선에서는 연한 잿빛 비구름이 뭉게뭉게 피어오르고, 저쪽 먼 들과 숲에는 고맙게도 하얀 빗줄기가 쏟아져 내리고 있었다. 비구름은 빗줄기를 품은 눅눅한 습기를 몰고 왔다. 이따금씩 번갯불이 구름을 찢었고 기차 바퀴 소리와 우렛소리가 뒤섞여 들렸다. 비구름이 차츰 가까워지자 바람을 타고 오는 빗방울이 옆으로 날아와 승강구와 네흘류도프의 외투에도 떨어지기 시작했다.

그는 반대편 승강구로 몸을 피해 습기를 머금은 서늘한 공기와 오랫동안 비를 기다리던 대지의 밀 냄새를 맡으면서, 차창을 지나가는 채소밭과 숲과 쌀보리가 누렇게 익은 밭과 아직 파란 귀리밭과 꽃이 피어 있는 검푸른 감자밭의 검은 고랑들을 바라보았다. 모든 만물이 칠이라도 한 듯 윤기 있게 빛나고 있었다. 푸른빛은 더욱 푸르고 노란빛은 더욱 노래지며 검은빛 역시 더한층 까맣게 짙어졌다.

"어서 오너라, 어서!" 네흘류도프는 자비로운 비를 머금고 생기를 되찾는 들과 밭, 그리고 채소밭들을 바라보며 중얼거렸다.

비는 오래 계속되지 않았다. 비구름의 일부는 비가 되어 쏟아지고, 일부는 그대로 지나가서 축축하게 젖은 땅 위에 마지막 빗방울이 일직선으로 떨어졌다. 태양이 다시 얼굴을 내밀었다. 만물이 또다시 반짝이기 시작했다. 동쪽 지평선의 그리 높지 않은 곳에, 한쪽 끝이 끊어진, 보랏빛이 유달리 선명한 무지개가 나타났다.

'나는 대체 무얼 생각하고 있는 걸까?' 자연계의 이런 변화가 끝나고 기차가 높은 산벼랑을 낀 내리막길로 접어들었을 때 네흘류도프는 문득 생각했다. '그렇다. 나는 소장이나 호송병들을 생각하고 있었다. 이런 관리들은 대부분 온화하고 마음이 착한 사람이지만, 단지 관직에 있다는 까닭만으로 나쁜 사람이 된 것이다.'

네흘류도프는 감옥 안에서 일어난 이야기를 할 때 마슬렌니코프의 냉담하던 태도와 허약한 죄수를 마차에 태워주지도 않고, 차 속에서 애를 낳게 되어 괴로워하던 여죄수에게 아무 관심도 가져주지 않던 호송대장의 잔인한 태도를 생각했다. '이 사람들은 모두 관직에 있다는 까닭만으로 동정이라는 아주 평범한 감정에 있어서도 무감각할 수 있고 또 느끼지 못하는 것이 틀림없다. 그들은 관리이기 때문에 마치 돌을 깐 땅과 비의 관계와 같이 인간애의 감정조차도 느끼지 못하는 것이다.' 여러 빛깔의 돌로 엮은 산벼랑의 경사면에서 빗물이 흙에 스며들지 못하고 그냥 흘러내리는 것을 보면서 네흘류도프는 이렇게 생각했다.

'하긴, 이런 철로 축대는 돌로 다질 필요가 있을지도 모르지. 하지만 식물을 빼앗긴 저 땅을 보고 있으면 슬퍼진다. 저 땅도 철로 위에 보이는 저 땅과 같이 말과 풀과 수풀과 나무들이 자랄 수 있으리라. 우리 인간도 이와 마찬가지다.' 하고 그는 생각했다. '현지사라든가, 감옥의 소장이라든가, 경찰이라든가 하는 것이 필요할는지도 모른다. 하지만 사람으로서 중요한 특성―서로의 사랑과 동정―을 잃은 사람을 보는 것은 정말 무서운 일이다.' 그는 계속 생각했다. '이를테면 그들은 법칙이 아닌 것을 법칙으로 인정하고 신이 인간의 마음속에 새겨놓은 영구불

변의 대법칙을 법칙으로 여기지 않고 있다. 그 때문에 나는 이런 사람들을 만나면 언제나 마음이 괴로워진다.' 하고 네흘류도프는 생각했다.

'나는 왠지 모르게 그들을 무서워한다. 아니, 실지로 그들은 무서운 사람들이다. 강도보다도 더 무섭다. 강도는 동정할 줄 알지만 그들은 동정할 줄도 모른다. 저 돌 축대에 풀이 나지 않듯이 그들의 마음에는 동정심이 생겨나지 않도록 지켜지고 있는 것이다. 이것이 바로 그들을 무서워하는 까닭이다. 사람들은 곧잘 푸가초프나 스텐카 라진이 무섭다고들 하지만 그들이야말로 천 배나 더 무서운 존재다.'

그는 계속 생각에 잠겼다. '만일 우리가 같은 시대의 사람, 예를 들면 기독교나 자선가나 선량한 일반 사람들로 하여금 죄의식 없이 무서운 죄악을 저지르게 하려면 어떻게 해야 하느냐 하는 심리학적인 문제를 내놓는다면, 그 해답은 단 한 가지일 뿐이다. 현재처럼 그대로 하면 된다. 즉, 그들이 현지사가 되고 감옥소장이 되고 장교가 되면 되는 것이다. 말하자면 첫째, 관직이라는 것은 사람을 대함에 있어 인간적인, 동포적인 감정으로 대하지 않고 물건과 같이 다룰 수 있는 이른바 국가적인 직무라는 것을 믿고, 둘째로 관직에 있는 사람들이 인간에 대한 그 행위의 결과가 각자에게 돌아오지 않도록 잘 조직되어 있음을 믿으면 되는 것이다. 내가 오늘 본 그런 무서운 일이 생기게 되는 데에는 이런 조건이 반드시 필요한 것이다. 요컨대 이런 일은 모두 인간이 서로 사랑 없이도 대할 수 있는 경우가 있다고 생각하는 데서 비롯되는 것이지만, 이런 경우란 절대로 있을 까닭이 없다.

물건에 대해서라면, 즉 나무를 찍는다든가, 기와를 굽는다든가, 쇠를 달군다든가 하는 일은 사랑 없이도 할 수 있을 것이다. 그러나 사람에 대해서만은 사랑을 가지지 않고 대할 수가 없다. 마치 아무런 조심성 없이 꿀벌을 다룰 수 없는 것과 같다. 조심성을 필요로 하는 것이 꿀벌의 근성이다. 그러므로 만일 조심성 없이 꿀벌을 다루었다가는 사람도 꿀벌도 모두 해를 입게 된다. 사람 역시 이와 같은 경우다. 왜냐하면 모든 사람 사이의 사랑이야말로 인간 생활의 밑받침이 되기 때문이다. 사람은 억지로 일을 할 수는 있어도 사랑을 강요할 수는 없다. 그렇다고 해서 사랑 없이 사람을 대할 수 있다는 것은 아니다. 특히 다른 사람에게 무엇을 요구할 때는 더 그렇다. 인간에 대해 사랑을 느끼지 못할 때에는 말없이 가만히 앉아서 자기가 좋아하는 일에나 깊이 빠지는 것이 좋다. 그럴 때 사람들에게 관여해서는 안 된다.' 네흘류도프는 자신을 돌이켜보면서 이렇게 생각했다.

'먹고 싶을 때 먹는 것만이 해롭지 않고 유익한 것처럼, 사랑하고 싶은 마음이 생겼을 때에야 비로소 정을 가지고 대할 수 있다. 어제 내가 매형에게 대했던 것처럼 사랑 없이 사람을 대하면, 또 내가 오늘 목격한 것처럼 사람을 대하면, 잔인과 만행은 끝이 없게 된다. 또한 내가 오늘까지 내 생애에서 분명히 보아온 것처럼 자기에 대한 고뇌도 끝이 없게 될 것이다. 그렇다, 그렇다, 그대로다.' 하고 그는 생각했다.

'아, 정말 그런 거야. 훌륭한 결론이야!' 그는 이렇게 되뇌었다. 그리고 그는 찌는 듯한 더위 뒤에 맛보는 서늘한 기운과, 오랫동안 머리에서 떠날 줄 모르던 문제들이 아주 명확하게 마무리되었다는 의식에서 오는 두 가지 기쁨을 느꼈다.

41

네흘류도프가 자리한 찻간은 승객으로 반쯤 차 있었다. 하인, 직공, 노동자, 푸줏간 점원, 유대인, 여자들, 그리고 노동자의 아낙네들이었다.

그 밖에 군인이 하나, 귀부인이 둘 있었다. 그 가운데 한 여자는 젊었고 또 한 여자는 드러낸 팔에 팔찌를 낀 중년 부인이었다. 또 휘장이 달린 검은 모자를 쓴 엄한 표정의 신사가 있었다. 이 사람들은 모두 자리를 잡고 한가롭게 앉아 있었다. 해바라기 씨를 까먹는 사람, 담배를 피우는 사람, 옆 손님과 쾌활하게 잡담을 나누는 사람도 있었다.

타라스는 흐뭇한 얼굴로 통로 오른쪽에 자리 잡고 앉아 네흘류도프의 자리를 지키면서 맞은편에 앉은, 모직 반코트의 깃을 열어젖힌 몸집 좋은 사나이와 열심히 이야기하고 있었다. 네흘류도프가 나중에 안 일이지만 그 사나이는 일자리를 구하러 가는 정원사였다. 네흘류도프는 타라스에게 다가가다가 시골 옷차림의 젊은 여자와 이야기를 주고받고 있는, 흰 수염을 드리운 풍채 좋은 노인 옆에서 발을 멈췄다. 여자 곁에는 소매 없는 긴 새 옷을 입고 머리를 땋아 늘어뜨린 일곱 살쯤 되어 보이는 여자아이가 바닥에 닿지 않는 발을 흔들며 계속 해바라기 씨를 까먹고 있었다. 네흘류도프를 보자 그 노인은 혼자 앉아 있던, 때와 기름으로 번들거리는 의자에서 옷자락을 끌어당기며 친절하게 말했다.

"여기 앉으시오."

네흘류도프는 고맙다고 말하고 그가 가리킨 의자에 앉았다. 네흘류도프가 앉자 여자는 멈췄던 이야기를 계속했다. 그녀는 도시에서 일하고 있는 남편에게 다녀오는 길이며 자기를 반갑게 맞아주던 남편에 대해 이야기하는 참이었다.

"사육제 때도 갔었지만 하느님의 도움으로 이번에도 만나고 오는 거예요." 하고 그녀는 말했다. "크리스마스 때 또 다녀올까 해요."

"그래야지." 네흘류도프를 바라보면서 노인이 말했다.

"자주 만나는 게 좋지. 그러잖으면 도회지에 사는 젊은 사람들은 나쁜 버릇이 생기거든."

"아니에요, 할아버지. 그이는 그런 사람이 아니랍니다. 나쁜 짓은 절대로 안 해요. 꼭 색시 같은 사람이라 돈을 벌어서는 한 푼도 쓰지 않고 몽땅 보내주어요. 이 애를 어찌나 귀여워하는지, 뭐라 말할 수 없을 정도예요." 여자는 생글생글 웃으면서 말했다.

해바라기 씨를 깨물어 껍질을 뱉으면서 어머니의 말을 듣고 있던 여자아이는 그 말이 정말이라는 듯이 영리한 눈으로 네흘류도프와 노인을 번갈아 올려다보았다.

"흠, 아주 똑똑한 사람이군. 그렇다면 오죽 좋은 일인가." 노인이 말했다. "저런 건 마시지 않나?" 노인은 통로 건너편에 앉은 직공인 듯한 부부를 가리키면서 말했다.

남편인 듯한 직공이 보드카 병을 입에다 대고 꿀꺽꿀꺽 들이켜고 있었고 아내는 병을 꺼낸 배낭을 손에 쥔 채 남편을 바라보고 있었다.

"아니에요. 그이는 술도 안 마시고 담배도 피우지 않아요." 노인을 상대로 이야기하던 여자는 또다시 남편을 자랑할 기회를 이용하여 말했다. "정말, 할아버지, 그이 같은 사람은 흔하지 않아요. 정말 좋은 사람이에요." 하고 네흘류도프 쪽으로 얼굴을 돌리면서 말했다.

"그것참 좋은 일이군." 술을 들이켜고 있는 직공을 바라보고 있던 노인은 이렇게 되풀이했다.

직공은 조금 마시더니 병을 아내에게 건넸다. 아내는 병을 받아 들고 히죽 웃으며 고개를 흔들더니 자기도 술병을 입에다 갖다 댔다. 네흘류도프와 노인의 눈길이 자기에게로 쏠리는 것을 느끼자 직공은 이쪽으로 얼굴을 돌렸다.

"우리가 술을 좀 마셨기로서니 어떻다는 겁니까? 우리가 일할 때는 거들떠보지도 않다가 이렇게 한잔하면 모두들 바라보니, 내가 벌어서 내가 마시고 여편네한테도 먹이는데 무슨 참견이오?"

"아, 옳은 말이오." 네흘류도프는 어떻게 대답해야 할지 몰라 이렇게 말했다.

"정말입니다, 나리. 이래 봬도 제 여편네는 착실하답니다. 나는 아주 만족하고 있어요. 나를 소중하게 여겨주니까요. 그렇지, 응? 마브라?"

"자, 당신 더 마셔요. 나는 그만." 남편에게 병을 다시 건네주면서 그녀가 말했다. "또 쓸데없는 소리를 하셔!"

"이래요." 직공은 말을 계속했다. "참으로 사랑스러운 여편네야. 하지만 이따금 기름이 떨어진 바퀴처럼 삐걱삐걱 소리를 내서 야단이죠. 그렇지, 마브라?"

마브라는 웃으면서 취한 듯 손을 내저었다.

"이제 그만두세요……."

"어떻습니까. 정말 사랑스러운 여편네야. 그것도 고삐를 잡고 있을 동안에 말이지, 잠시라도 고삐를 늦추는 날에는 무슨 짓을 할지 알 수 없습죠. 그렇지? 흉보지 마십시오. 그만 취하고 나니 어쩔 수 없군요……." 직공은 이렇게 말하고는 빙그레 웃고 있는 아내의 무릎을 베고 금방 잠들어버렸다.

네흘류도프는 잠깐 노인과 같이 앉아 있었다. 노인은 자기 신세타령을 했다. 그는 난로장이로 53년 동안이나 일해왔으므로 그동안 만든 난로가 몇 개나 되는지 헤아릴 수도 없었다. 이제는 일을 그만두고 쉬려하나 아직 그럴 여유가 없다고 했다. 이번에 모스크바에 가서 아이들의 일자리를 얻어준 다음 친척들의 형편을 살펴보기 위해 마을로 돌아가는 길이라고 했다. 노인의 말을 들은 뒤 네흘류도프는 일어나서 타라스가 잡아놓은 자기 자리로 갔다.

"자, 나리, 이리 앉으십시오. 배낭은 이쪽으로 치우지요." 타라스와 마주 앉아 있던 정원사가 네흘류도프를 올려다보며 친절하게 말했다.

"좀 좁기는 하지만 즐겁습니다." 언제나 빙그레 미소를 띠고 있는 타라스가 노래하듯이 말하며 힘센 두 팔로 2파운드나 되는 배낭을 새털 베개라도 다루는 것처럼 번쩍 들어 창가로 옮겨놓았다. "자리는 얼마든지 있습니다. 설 수도 있고 의자 밑에 기어 들어갈 수도 있으니까 걱정 없습니다. 쓸데없는 걱정을 할 필요가 있습니까?" 그는 선량함과 친절함을 얼굴에 나타내며 말했다.

타라스는 좀처럼 말이 없었으나 술만 마시면 얼마든지 말이 술술 나와서 가만히 있을 수가 없다고 했다. 정말로 타라스는 술을 마시지 않을 땐 대개 입을 열지 않았다. 그러나 일단 술을 마시고 나면, 그런 일은 아주 드물었지만, 또 특별한 경우에는 아주 유쾌하게 떠벌렸다. 그때는 아주 솔직하고 진실성이 깃든 말투로 특히 선량해 보이는 푸른 눈동자에 친절함을 가득 담고서 입가에 미소를 띠고 명랑한 얼굴을 했다.

타라스는 오늘 그런 상태였다. 네흘류도프가 곁으로 오자 이야기는 잠시 멈춰졌다. 그러나 배낭을 치우고 아까처럼 자리에 앉자 노동자답게 억세 보이는 두 손을 무릎 위에 놓고 똑바로 정원사를 바라보면서 이야기를 계속했다. 그는 이 새로 사귄 친구에게 아내가 유형을 받게 된 사연과 왜 이렇게 아내를 따라 시베리아로 가게 되었는가를 낱낱이 이야기했다.

네흘류도프는 이 사건을 자세하게 들은 적이 없었으므로 흥미 있게 귀 기울였다. 독살 미수가 일어나 이것이 페도샤의 짓이라는 것을 집안에서 모두 알게 되었다는 대목에서부터였다.

"저는 지금 이 친구한테 제 슬픈 신세를 이야기하던 참입니다." 타라스는 부드러운 태도로 네흘류도프를 바라보면서 말했다. "이렇게 친절한 분을 만나 이야기를 주고받다가 그만 모두 털어놓고 말았습니다."

"아, 그래요?" 네흘류도프가 말했다.

"그래서 다 드러나고 말았습니다. 어머니가 그 독이 든 만두를 가지고 '파출소에 가겠다.' 하시지 않겠어요? 우리 아버지는 이해심이 많은 노인입니다. '그만둬, 여봐, 할멈. 며느리는 아직 철이 없어 무슨 짓을 했는지 모르고 있으니 우리가 감싸주어야지. 이젠 저도 정신이 들겠지.' 하지만 어머니는 말을 듣지 않고 '그런 며느리를 그대로 놔두었다간 집안사람들을 온통 진딧물같이 잡아 죽일 거야.' 하시면서 끝내 파출소로 갔답니다. 그래서 곧 경찰이 달려오고 증인을 부르는 소동이 일어났습니다."

"그래, 당신은 어떻게 됐소?" 정원사가 물었다.

"나는 말이에요. 나는 배가 아파 뒹굴다 토해버렸답니다. 오장이 마구 뒤집히는 것 같아 말 한마디 못했지요. 그러자 아버지는 마차에 말을 매고 페도샤를 태워 경찰서로 데리고 갔고, 거기서 예심판사한테 넘어간 겁니다. 그런데 페도샤는 처음부터 순순히 잘못을 인정하고 예심판사한테 사실대로 차근차근히 털어놓아 버렸습니다. 어디서 쥐약을 얻어 어떻게 만두를 만들었다는 이야기를 했지요. 왜 그런 짓을 했느냐고 판사가 물으니까 '그 사람이 싫어서요. 그런 사람하고 한평생을 같이 사느니 시베리아로 가는 편이 나을 거예요.' 하더래요. 그건 나를 가리키는 것이지요." 타라스는 벙긋거리면서 말했다.

"모든 짓을 다 털어놓은 셈이지요. 감옥에 가는 것이야 뻔하고, 아버지는 혼자 돌아오셨습니다. 그런데 마침내 농사일이 바빠지고 집안에 여자라곤 어머니뿐인데 어머닌 몸이 편치 않았어요. 하는 수 없이 어떻게 해서든지 보석으로 빼낼 수 없을까 생각했지요. 그래서 아버지가 어떤 높은 관리를 찾아갔지만 별수 없었고 또 다른 관리한테도 가보았지만 모두 소용없었습니다. 그래서 단념하고 있었는데 우연히 관리 한 사람이 나섰습니다. 중앙 관청에 있는 관리인 듯싶었습니다. 그 사람은 보기 드물게 빈틈없는 사람이었지요. '5루블만 내면 봐주지.' 하지 않겠어요. 그래서 3루블로 합의를 봤지요. 결국 페도샤의 옷가지를 잡혀 그 돈을 마련해주었습니다. 그는 이런 서류를 써주더군요.

일은 그 자리에서 해결이 났지요. 그때는 나도 일어나게 되어 아내를 맞으러 도시로 나갔습니다. 도시에 닿자마자 여관에 마차를 맡겨놓고 서류를 가지고 감옥으로 갔습니다. '무슨 일이오?' 하고 묻기에 이런 일로 이곳 감옥에 아내가 갇혀 있다고 말했습니다. '서류는 가지고 있소?' 그래서 서류를 얼른 내주었더니, 관리가 그것을 읽고 나서 '기다려.' 하더군요. 나는 벤치에 앉아서 기다렸습니다. 이미 때는 정오가 지났습니다. 높은 관리가 나와서 물었죠. '바르구쇼프가 당신이오?' '네, 접니다.' '그럼 데려가시오.' 이어 문이 열리더니 아내가 집을 나갔을 때와 같은 차림으로 끌려 나왔습니다. '자, 집으로 갑시다.' '당신 걸어오셨어요?' '아니, 마차를 타고 왔지.' 여관에 가서 말 맡긴 값을 치른 다음 말을 마차에 매고 남은 여물을 마대 속에 집어넣었습니다. 페도샤는 수건을 푹 뒤집어쓰고 그 위에 앉았지요. 그리고 집으로 향했습니다. 아내도 말이 없었고 나도 말이 없었습니다.

집이 가까워지자 아내는 '시어머님은 안녕하신가요?' 하더군요. '안녕하시지.' 내가 말했죠. '시아버님은요?' '무사하셔.' '타라스, 저의 바보 같은 짓을 용서해줘요. 내가 왜 그런 짓을 했는지 나도 모르겠어요.' 나는 '그렇게 걱정할 것 없어. 나는 벌써 용서하고 있으니까.' 하고 말했습니다. 더 이상 말하지 않았지요. 집에 이르자 곧 페도샤는 어머니 앞에 꿇어앉았습니다. 어머니는 '하느님이 용서하신다.' 하고 말했지요. 아버지는 무사함을 기뻐하시면서 '지나간 일은 생각지 말자. 하느님께 부끄럼 없도록 이젠 힘껏 살아야지. 지금은 그렇게 울고 있을 겨를이 없어. 추수를 해야 한다. 밭에다 비료를 잔뜩 주었더니 낫을 댈 수 없을 만큼 호밀이 탐스럽게 익어 마치 자리를 깔아놓은 듯 덮여 있다. 추수를 해야지. 내일은 타라스와 같이 나가서 거두어들여라.' 했지요.

이때부터 아내는 일에 손을 댔습니다. 아내의 일솜씨는 놀랄 정도였지요. 내가 빌린 밭들은 그때 3데샤티나(1데샤티나는 2.7에이커) 남짓이었는데 호밀과 메귀리가 요즘 보기 드문 풍작이었지요. 내가 베면 아내가 묶고 때로는 둘이 함께 베었습니다. 나는 능숙해서 어떤 일이라도 지지 않았습니다만 아내가 더 날렵하게 잘 해치웠지요. 아내는 재빠른 데다 젊어서 원기가 왕성했습니다. 너무나 일에 열심인지라 나는 좀 일찍 끝내도록 했습니다. 집에 돌아오면 손이 붓고 팔마디가 저리고 해서 쉬어야 할 텐데도 아내는 저녁도 먹지 않고 헛간으로 달려가 내일 쓸, 단 묶을 새끼를 준비했습니다. 정말 딴사람이 된 것이지요."

"그럼 당신한테도 친절해졌겠군그래." 정원사가 물었다.

"말할 것도 없어요, 나한테 착 달라붙어 한 몸이 되듯 결합되었지요. 그렇게 화를 잘 내던 어머니도 '우리 페도샤가 아주 달라졌구나. 딴 여자가 되었어.' 하고 말씀하셨어요. 한번은 둘이 마차를 타고 보릿단을 가지러 갈 때 우리가 마부석에 앉아 있었습니다. 나는 말했지요. '페도샤, 왜 그런 짓을 했지?' '왜라니요? 당신하고 같이 살기가 싫어서 오히려 죽는 편이 낫다고 생각했기 때문이지요.' '그럼 지금은?' '지금은 당신 하나뿐이에요.' 하더군요." 타라스는 기쁜 듯 싱글싱글 웃으면서 말을 끊었다가 정색하며 머리를 저었다. "보리를 거둬들인 뒤 삼을 적시러 갔다 돌아오니." 그는 잠시 끊었다가 다시 이었다. "뜻밖에도 소환장이 와 있지 않겠습니까? 재판을 한다는 거예요. 재판을 왜 받아야 하는지도 잊고 있었지요."

"그야 물론 마가 끼었으니 그렇게 됐지." 정원사가 말했다. "그렇지 않고서야 사람이 스스로 사람을 죽이려고 생각할 순 없으니까. 우리 마을에도 그런 일이 있었지요." 하고 정원사는 그 이야기를 꺼내려 했으나 그때 기차가 정거장에 닿았다.

"야, 정거장이다." 하고 그가 말했다. "어때? 물이라도 마시고 올까?"

이야기는 끊어졌다. 네흘류도프도 정원사 뒤를 따라 비에 축축이 젖은
플랫폼 판자 위로 내려섰다.

42

플랫폼으로 나오기 전에 차 안에서 이미 네흘류도프는 서너 마리의
살찐 말들이 방울을 울리고 있는 몇 대의 훌륭한 마차가 역 구내에 머
물고 있음을 보았다. 비에 젖은 거무스름한 플랫폼으로 내려서자 일등
실 앞에 모여선 사람들이 보였다. 그 가운데에서 가장 눈에 띄는 것은
값비싼 깃털을 꽂은 모자를 쓰고 레인코트를 입은, 키가 크고 뚱뚱한 귀
부인과 비싼 목걸이를 두른 커다란 개를 데리고 선, 다리가 가늘고 후
리후리한 키에 운동복 차림의 청년이었다. 그들 뒤에는 레인코트와 우
산을 든 하인들과 마부가 마중 나와 있었다. 이 사람들은 살찐 귀부인을
비롯해서 긴 외투 자락을 움켜쥐고 있는 마부에 이르기까지 모두 유복
해 보였다. 이들 주변에는 돈 앞에 늘 머리를 숙이는 축들인, 빨간 모자
를 쓴 역장, 헌병, 여름에는 기차가 도착할 때마다 늘 나타나는 러시아
옷을 입은 구슬 목걸이의 여윈 소녀, 전신 기사, 그리고 그 밖의 남녀 승
객들이 있었다.

네흘류도프는 개를 데리고 있는 청년이 코르차긴 공작의 아들인 중
학생이라는 것을 알았다. 뚱뚱한 귀부인은 공작 부인의 동생 되는, 코르
차긴 집안이 이사를 가는 영지의 주인이었다. 금줄이 번쩍거리는 옷에
장화를 신은 여객 전무가 찻간 문을 열고, 필리프와 흰 앞치마를 두른

하물 운반부가 얼굴이 긴 공작 부인을 조립식 의자에 태워 운반하는 동안 경의를 표하며 문을 붙들고 서 있었다. 자매 사이의 인사가 끝난 뒤 공작 부인을 포장마차에 태울까, 승용마차에 태울까 하는 뜻의 프랑스 말이 들리더니, 일행은 양산과 상자를 들고 있는 파마머리 하녀를 데리고 정거장을 나갔다.

네흘류도프는 또 그들과 만나 인사하기가 싫어서 출구까지 가지 않고, 그 일행이 지나가기를 기다리고 있었다. 아들을 거느린 공작 부인, 미시, 의사, 하녀가 앞장을 서고 늙은 공작은 처제와 함께 뒤에 남았다. 네흘류도프는 그쪽으로 다가가면서 그들이 하는 프랑스 말 몇 마디를 들었다. 그 말 가운데서 공작이 말한 구절은 그가 늘 하는 말로, 목소리나 말투가 웬일인지 네흘류도프의 기억 속에 뚜렷이 남았다.

"오, 그는 정말 훌륭한 사회의 인간이야. 진정한 상류사회 인간이야." 공작은 누구를 가리키는 말인지 크고 오만한 말투로 자신 있게 말하면서 처제와 함께 차장과 짐꾼들을 데리고 출구 쪽으로 갔다.

그때 어디서인지 정거장 한 모퉁이에서 반코트에다 배낭을 메고 짚신을 신은 노동자 무리가 나타났다. 노동자들은 빠른 걸음걸이로 첫째 찻간으로 달려 들어가려고 했다. 그러나 곧 차장에게 쫓겨나고 말았다. 노동자들은 발을 멈출 새도 없이 서로 발을 짓밟으면서 앞을 다투어 다음 찻간으로 가서 문이나 입구 모서리에 배낭을 부딪쳐가며 올라타기 시작했다.

다른 차장이 정거장 입구에서 그들의 거동을 보고 뭐라고 소리쳤다. 노동자들은 다시 재빨리 나와서 여전히 빠른 걸음걸이로 네흘류도프가 타고 있던 찻간으로 몰려갔다. 차장은 또다시 그들을 쫓아버렸다. 그들은 걸음을 멈추고 더 앞으로 가려고 했다. 그러자 네흘류도프는 안에 자리가 비어 있으니 들어가라고 했다. 그들은 그 말을 듣고 들어갔다. 네흘류도프도 뒤이어 들어갔다 노동자들이 자리를 잡으려고 했으나 휘장 달린 모자를 쓴 신사와 귀부인 두 명이 차 안에서 그들이 자리를 잡는 것은 자기네들에 대한 모욕이라고 생각하고 완강히 반대하며 내쫓기 시작했다.

노동자들은 스무 명 남짓이었는데 노인도 젊은 사람도 모두 햇볕에 그을어서 지쳐버린 메마른 얼굴을 하고 있었다. 그들은 아마 자기들이 잘못했다고 느꼈는지 배낭을 화석과 벽과 문에 부딪쳐가면서 다시 옆 찻간으로 우르르 몰려갔다. 이 세상 끝까지라도 가라면 가고 앉으라면 송곳 위에라도 앉으려는 듯이…….

"어디로 가는 거야, 자식들! 여기 앉아." 마주친 다른 차장이 외쳤다.

"어머, 기가 차서. 이런 일은 처음이에요!" 두 부인 가운데 젊은 부인이 유창한 프랑스 말로, 네흘류도프의 주의를 끌 수 있다고 확신하는 듯한 어조로 이렇게 말했다. 팔찌를 낀 부인은 코를 실룩거리고 이맛살을 찌푸리면서 "냄새가 풍기는 노동자들과 같이 타면 즐겁겠군." 하며 빈정댔다.

노동자들은 큰 위험을 벗어난 기쁨과 안도감을 느끼면서 걸음을 멈춰 자리를 잡았다. 그리고 어깨를 홱 당겨 무거운 배낭을 내려서 좌석 밑으로 쑤셔 넣었다.

타라스와 이야기하고 있던 정원사는 자기 자리로 돌아갔으므로 타라스의 옆과 맞은편에 빈자리가 세 군데 생겼다. 그 자리에 세 사람의 노동자가 앉았다. 그러나 네흘류도프가 그 옆으로 다가오자 그의 신사다운 옷차림이 그들을 당황케 했다. 그들은 일어서 비켜나려고 했다. 그러나 네흘류도프는 그대로 있으라고 말하고, 통로 옆 좌석 팔걸이에 걸터앉았다.

나란히 앉아 있던 두 노동자 가운데 쉰 안팎의 늙은이 쪽이 의아한 듯 겁먹은 빛을 띠고 젊은 노동자의 얼굴을 보았다. 네흘류도프가 여느 신사들이 하는 것처럼 욕하거나 쫓아내지 않고 그들에게 자리를 양보해준 것이 몹시 그들을 놀라게 하고 어리둥절하게 만들었던 모양이었다. 그들은 이 때문에 무슨 재난이 일어나지 않을까 두려워하기까지 했다. 그러나 아무런 나쁜 계책도 없이 네흘류도프가 타라스와 소탈하게 이야기하는 것을 보자 그들은 마음을 놓았고, 가장 젊은 노동자는 배낭 위에 앉으려 하면서 네흘류도프를 자기 자리에 앉도록 권했다.

네흘류도프의 맞은편에 앉아 있던 늙은 노동자는 처음에는 짚신을 신은 다리를 되도록 움츠리고 나리에게 닿지 않도록 조심했으나 나중에는 네흘류도프와 타라스와 정답게 이야기도 했고, 특히 그의 관심을 끌고 싶을 때는 손등으로 네흘류도프의 무릎을 탁 칠 정도가 되었다. 그는 자기의 신세타령과 이탄지 작업에 대한 일이며, 거기서 두 달 반 동안 일했으나 노임 일부는 미리 선불로 받았기 때문에 지금 10루블 남짓한 돈만 가지고 형네 집으로 돌아가는 길이라고 말했다. 그의 말로는 무릎까지 물에 잠긴 채 해 뜰 때부터 해 질 무렵까지 노동이 계속되었으며 두 시간의 점심 휴식 시간이 있을 뿐이라는 것이었다.

"익숙지 않은 사람한테는 그야말로 괴로운 일이지요." 하고 그는 말했다. "하지만 견뎌내고 보면 아무것도 아니지요. 먹는 음식만 좋다면 말입니다. 처음엔 식사가 형편없었습니다. 그래서 모두들 화를 냈기 때문에 식사가 좋아지고 일도 편하게 된 거지요."

그리고 그는 28년 동안 품팔이하러 다니며 모은 돈을 몽땅 집으로 보냈다는 이야기를 했다. 처음에는 아버지에게 주었으나 그 뒤론 맏형에게 주었는데 지금은 살림을 맡고 있는 큰 조카에게 보내며, 자기는 이삼 루블을 쓸 뿐이라고 했다.

"안된 이야기지만 때로는 피로를 잊기 위해 보드카를 조금씩 마시기도 하지요." 그는 계면쩍은 듯 떨떠름하게 웃으며 덧붙였다.

그는 다시 여자들이 그들을 대신하여 집안 살림을 해가고 있다는 이야기며, 떠나기 전에 청부업자가 보드카를 반 통이나 들여 한턱냈다는 이야기며, 친구 하나가 죽고 하나는 병원에 입원했다는 등의 이야기를 했다. 그가 말한 환자는 이 찻간 한구석에 앉아 있었다. 그는 아직 젊은 남자로 파리한 얼굴에 핏기 없는 입술을 하고 있었다. 틀림없이 열병으로 빈사 상태에 있는 듯했다. 네흘류도프가 가까이 가자 젊은이가 험악하고 아주 괴로운 눈초리로 쏘아보았기 때문에 네흘류도프는 여러 가지 질문으로 귀찮게 하지 않으려고 나이 든 노동자에게 키니네를 사주라고 권하며 종이에다 약 이름을 써주었다. 그가 돈을 주려고 하자 늙은 노동자는 사양하며 자기가 돈을 주었다.

"정말이지 세상을 많이 돌아다녀 보았지만 이런 분은 처음 봐. 욕지거리도 하지 않고 자리까지 내주셨으니 나리 가운데에도 여러 종류의 사람이 있는 모양이군." 그는 타라스를 보며 이렇게 말을 맺었다.

'그렇다. 정말 새로운 다른 세계다.' 네흘류도프는 이런 사람들의 메마르고 늠름한 몸집과 허름하게 손수 만든 무명옷과 햇볕에 그을린 부드럽지만 괴로움이 새겨진 얼굴을 보면서 생각했다. 그리고 참다운 이해와 기쁨과 고통을 갖는 정말 새로운 사람들에게 둘러싸여 있는 것을 느꼈다.

'이것이다. 이것이 정말 상류사회야.' 코르차긴 공작이 한 말과, 무의미하고 빈약한 생활밖에 모르고 사치만 부리는 코르차긴 집안사람들의 생활을 다시 떠올려보면서 네흘류도프는 이렇게 생각했다.

그리고 그는 새롭고 미지의 아름다운 세계를 발견한 나그네의 기쁨을 맛보았다.

제3부

~~~~~

1

마슬로바가 있는 죄수 대열은 이미 거의 5천 베르스타(1베르스타는 1066미터)의 길을 지나왔다. 마슬로바는 형사범들과 함께 기차와 배를 타고 이곳 페름까지 와서야 보고두홉스카야가 권한 대로 네흘류도프가 힘을 써서 정치범 쪽으로 옮길 수 있었다.

페름까지의 호송은 마슬로바에게 육체적으로나 정신적으로나 몹시 괴로웠다. 육체적으로는 비좁고 더러우며 불쾌하게 달라붙어 물어뜯는 벌레들 때문에, 정신적으로는 벌레들에 못지않은 기분 나쁜 사나이들 때문이었다. 남자들은 숙소마다 바뀌지만 어떤 자나 마찬가지로 끈덕지게 지분거렸으므로 잠시도 편안하지 않았다.

여자 죄수들과 남자 죄수며, 간수며, 호송병들 사이에서는 음탕한 행동이 당연한 것처럼 되어 있었기 때문에 여자 죄수, 특히 젊을수록 여자로서 자기 위치를 이용할 생각이 없다면 줄곧 심한 경계를 하지 않으면 안 되었다. 이런 끊임없는 두려움과 저항 상태에 놓이는 것은 정말 괴로웠다. 그녀의 육체적인 매력과 누구나 알고 있는 과거 때문에 마슬로바는 특히 이런 공격을 받아야 했다. 그녀가 지분거리는 남자들에게 보냈던 완강한 거절이 남자들에겐 굴욕으로 느껴져서 차츰 남자들의 가슴

속에는 그녀에 대한 미움이 돋았다. 그나마 페도샤와 타라스가 곁에서 그녀를 구했다. 타라스는 자기 아내가 이런 괴로움을 당하고 있는 것을 알자 아내를 보호하기 위해 일부러 체포되어, 니즈니부터는 죄수들과 행동을 같이하게 되었다.

정치범 대열로 옮겨진 것은 모든 면에서 마슬로바의 상태를 편하게 만들었다. 정치범들은 식사도 숙소도 좋았고 난폭한 대우도 덜 받았지만 그보다도 마슬로바를 편하게 한 것은 남자들의 끈덕진 지분거림이 없어지고, 이제는 이미 잊어버리고 싶었던 어두운 과거를 생각하지 않고도 지낼 수 있다는 것이었다. 이곳에 옮겨짐으로써 얻은 가장 큰 수확은 그녀에게 아주 유익하고도 결정적인 영향을 줄 몇 사람의 인물을 알게 되었다는 것이었다.

마슬로바는 숙소에 있는 동안만은 정치범들과 같이 있게 되었으나 건강한 여죄수이기 때문에 옮겨 갈 때는 형사범들과 함께 걷지 않으면 안 되었다. 그녀는 톰스크에서부터 줄곧 걸었다. 그녀와 함께 두 정치범도 걸어가게 되었다. 마리야 파블로브나 스체티니나라는, 보고두홉스카야와 면회할 때 네흘류도프를 놀라게 한 양 같은 눈을 한 아름다운 여자와 야쿠츠크로 유형 가는 시몬손이라는 남자였다. 이 사람 역시 네흘류도프가 면회 때 보았던, 잘생긴 이마 밑에 눈이 움푹 꺼진 가무잡잡한 텁석부리 수염의 사나이였다.

마리야 파블로브나가 걸어가게 된 것은 마차 위의 자기 자리를 형사범인 임신한 여자에게 양보했기 때문이었고 시몬손이 계급적으로 특권을 이용하는 것은 옳지 않다고 인정했기 때문이었다. 이 세 사람은 짐마차로 늦게 떠나는 다른 정치범들과는 달리 형사범들과 함께 아침 일찍 출발했다. 그것은 큰 도시에 들어가기 전 마지막 숙소에서의 일이었다. 이 큰 도시에서 죄수 부대를 새로운 호송대장에게 인계하게 되어 있었다.

날씨가 흐릿한 9월의 이른 아침이었다. 찬바람이 휘몰아치면서 눈과 비가 내리곤 했다. 남자 죄수 4백여 명과 여자 죄수 50여 명의 죄수 부대 전원이 벌써 숙소 뜰 앞에 모여 있었다. 일부는 죄수 대표들에게 이틀분의 식비를 나누어 주고 있는 고참 호송병의 둘레에 모여 서고, 일부는 숙소의 뜰에 들어온 여자 장사치를 둘러싸고 식료품을 사고 있었다. 돈을 세는 죄수들의 소리며 장사치들의 떠드는 소리가 섞여 굉장히 소란스러웠다.

마슬로바와 마리야 파블로브나는 두 사람 다 장화를 신고 반코트를 입고서 밖으로 나와 여자 장사치 쪽으로 갔다. 장사치들은 바람을 피해 북쪽 담 옆에 자리 잡고 서로 다투어 자기네 물건을 권하고 있었다. 갓 구운 빵, 만두, 건어, 메밀국수, 죽, 간, 쇠고기, 우유 통을 늘어놓고 있었는데 한 여자는 통째로 구운 돼지 새끼까지 팔고 있었다.

시몬손은 고무를 입힌 점퍼를 입고 털양말 위에 고무 덧신을 끈으로 졸라매고(그는 채식주의자라 짐승의 가죽은 쓰지 않았다) 역시 뜰로 나가 죄수 부대의 출발을 기다리고 있었다. 그는 입구의 층계 옆에 서서 머리에 떠오른 생각을 수첩에 이렇게 적었다.

"만일 박테리아가 사람의 손톱을 관찰하고 조사했다면 사람을 무기물이라고 인정할지도 모르겠다. 이와 마찬가지로 우리는 지구의 외각을 관찰하면서 그것을 무기물이라고 인정해왔다. 이것은 옳지 않다."

달걀과 둥근 빵과 건어와 갓 구운 흰 빵을 사서 카튜사가 그것을 배낭 속에 넣고 마리야 파블로브나가 돈을 치르고 있을 때, 죄수들이 웅성거리기 시작했다. 모두들 잠자코 줄을 지었다. 호송대장이 나오더니 출발 전의 마지막 점검이 시작되었다.

모든 것이 여느 때의 규칙대로 이루어졌다. 인원 점호, 쇠고랑 검사, 그리고 한 쌍씩 수갑이 채워졌다. 그런데 갑자기 거만한 호송대장의 목시 화난 목소리와 따귀를 후려치는 소리와 불에 덴 것처럼 울어대는 갓난아이의 울음소리가 들려왔다. 모두들 한순간 숨을 죽였다. 그때 모든 죄수들의 행렬에서 숙덕거리는 소리가 흘러나왔다. 마슬로바와 마리야 파블로브나는 소란스러운 현장으로 가보았다.

2

가까이 다가간 마리야 파블로브나와 카튜샤는 이런 광경을 보았다. 하얗고 멋진 콧수염을 기른 체격 좋은 장교가 인상을 찌푸리고 남자 죄수의 얼굴을 후려친 오른손 바닥을 왼손으로 쓰다듬으면서 줄곧 상스럽고 난폭한 욕을 퍼붓고 있었다. 그 옆에는 짤막한 죄수복에 더 짧은 바지를 입고 머리를 반쯤 깎인 키가 후리후리한 죄수가, 한 손으로 매 맞아 흐르는 얼굴의 피를 닦고 한 손으로 수건에 싸여 울부짖고 있는 조그만 여자아이를 안고 서 있었다.

"네놈한테(여기서 야비한 욕지거리가 들어갔다) 이치를 가르쳐주마(또 욕지거리가 계속되었다). 애 새끼는 계집들한테 넘겨!"하고 대장은 외쳐댔다.

"자, 빨리 수갑을 채워."

대장은 마을 조합에서 쫓겨난 농사꾼에게 수갑을 차라고 요구하고 있었다. 이 농사꾼은 톰스크에서 장티푸스로 죽은 아내가 남긴 이 여자 아이를 여기까지 안고 온 것이었다. 수갑을 차면 아이를 안을 수 없다고 죄수가 말한 것이 공교롭게도 기분이 좋지 않았던 호송대장의 비위를 거슬러, 당장에 그 말을 따르지 않았다고 죄수를 때린 것이었다.

매를 맞은 죄수 앞에 호송병과 한 손에 수갑을 찬 검은 턱수염의 죄수가 버티고 서서 곁눈질로 침울하게 흘끗흘끗 대장과 아이를 안은 죄수를 보고 있었다. 대장은 거듭 아이를 떼어놓으라고 호송병에게 명령했다. 죄수들의 불평 소리가 차츰 높아졌다.

"톰스크에서부터 수갑을 차지 않고 오잖았소?" 하고 목쉰 소리가 뒤쪽에서 들렸다.

"개 새끼가 아니야. 사람의 자식이 아니요?"

"그 어린 것을 어쩌자는 거요?"

"그런 법이 어디 있단 말이야?" 또 누군가가 이렇게 말했다.

"지금 말한 게 누구야?" 대장은 미친 듯이 죄수들 쪽으로 달려가면서 외쳤다. "법이 뭐라는 걸 가르쳐주마. 말한 녀석이 누구야? 너냐? 너냐?"

"누구나 다 한 말이요, 왜냐하면." 얼굴이 크고 땅딸막한 죄수가 말했다. 그는 끝까지 말을 다할 수 없었다. 호송대장이 두 손을 휘둘러 그의 얼굴을 후려갈기기 시작했다.

"네놈들이 폭동을 일으킬 작정이군. 폭동 따위를 일으키면 어떤 변을 당하는지 맛을 보여주마. 개처럼 총살이다. 상관은 귀찮은 것을 덜게 되어 고마워할 뿐이다. 어린아이를 데려가!"

죄수들은 잠잠해졌다. 기를 쓰고 울부짖는 아이를 한 호송병이 떼어 안자, 단념하고 순순히 손을 내민 죄수의 한 손에 다른 호송병이 수갑을 채웠다.

"여자들한테 데려가." 호송대장은 군도의 띠를 매만지면서 호송병에게 소리쳤다.

어린아이는 새빨개진 얼굴로 수건 속에서 조그만 손을 빼내려고 버둥거리면서 쉬지 않고 울부짖었다. 군중 속에서 마리야 파블로브나가 나오더니 호송병 쪽으로 다가갔다.

"대장님, 저한테 이 아이를 데려가게 해주세요." 호송병은 아이를 안은 채 걸음을 멈췄다.

"너는 누구냐?" 대장이 물었다.

"정치범입니다."

아마도 약간 튀어나온 듯하고 크고 아름다운 눈을 지닌 마리야 파블로브나의 예쁜 얼굴이(그는 인계를 맡을 때 이미 그녀를 눈여겨보아 두었다) 그에게 효과를 준 모양이었다. 그는 궁리하듯이 잠자코 다시 그녀를 바라보았다.

"나는 상관없어. 데려가고 싶으면 데려가. 그들을 불쌍히 여기는 것은 좋지만 얘 애비가 도망치면 누가 책임지지?"

"애를 두고 어떻게 달아나겠어요?" 마리야 파블로브나는 말했다.

"너하고 쓸데없는 잡담할 시간 없어. 바란다면 데려가."

"내줘도 좋습니까?" 호송병이 물었다.

"내줘!"

"이리 와." 마리야 파블로브나는 어린아이를 받아 안으면서 말했다.

그러나 어린아이는 호송병의 손에서 아버지한테로 가려고 바동대고 울부짖으며 마리야 파블로브나한테 오려고 하지 않았다.

"잠깐만 마리야 파블로브나, 이 애는 나한텐 올 거예요." 마슬로바는 배낭에서 둥근 빵을 꺼내며 말했다.

그 아이는 마슬로바를 알고 있었다. 그리고 그녀의 얼굴과 둥근 빵을 보더니 그쪽으로 몸을 내밀었다.

죄수들은 잠잠해졌다. 문이 열리고 죄수들은 밖으로 나가 정렬했다. 호송병들이 다시 한 번 점호를 시작했다. 배낭을 마차에 실어 떨어지지 않게 얽어매고 약한 죄수들이 그 위에 자리 잡고 앉았다. 마슬로바는 여자아이를 안고 여죄수들의 행렬에 들어가 페도샤와 나란히 섰다. 아까부터 이 사건을 지켜보고 있던 시몬손이, 모든 지시를 끝내고 사륜마차를 타려는 대장에게로 성큼성큼 걸어갔다.

"당신의 처사는 옳지 않습니다, 대장." 시몬손이 말했다.

"자기 자리로 돌아가. 자네와는 아무 관계도 없는 일이다."

"나는 당신한테 말하는 거요. 그리고 당신의 행동이 좋지 않다고 말했을 뿐이오." 시몬손은 짙은 눈썹 밑의 날카로운 눈으로 대장을 쏘아보며 말했다.

"준비됐나? 죄수 부대 출발!" 대장은 시몬손을 본체만체 명령을 내렸다. 그리고 마차를 모는 병사의 어깨를 짚고 마차에 올라탔다.

죄수 부대는 움직이기 시작했다. 그리고 긴 행렬을 만들면서 깊은 숲속을 누비듯이, 양쪽에 수레바퀴 자국이 있는 진흙길로 나섰다.

3

6년이나 도회지에서 음탕하고 사치스러우며 편했던 생활과, 두 달 동안 감옥에서 형사범들과 같이한 지금의 생활은 온갖 괴로운 조건 아래에 놓여 있음에도 불구하고 카튜샤에겐 멋있게 여겨졌다. 이틀 행진하고 하루 쉬며 식량도 넉넉하므로 하루에 20킬로미터에서 30킬로미터의 이동은 카튜샤의 몸을 건강하게 만들었다. 또 새 동료들과의 교제는 지금까지 전혀 알지 못했던 인생의 흥미를 카튜샤에게 일깨워주었다. 지금 행동을 함께하는 이 멋진 사람들을(이것은 카튜샤의 말이지만) 그녀는 이제까지 몰랐을 뿐만 아니라 상상할 수조차 없었다.

"판결을 선고받고 울었는데." 하고 그녀는 말했다. "하지만 언제까지나 하느님께 감사해야겠어요. 평생 동안 모를 뻔했던 것을 알았으니까요."

그녀는 이 사람들을 이끌고 있는 이념을 그리 힘들이지 않고 쉽사리 이해했다. 그리고 자기도 민중의 한 사람이므로 마음속 깊이 그들에게 공감하고 있었다. 이들이 민중을 위해 귀족들에게 맞서고 있는 것도 그녀는 이해했다. 그리고 이들이 자기가 귀족이면서도 민중을 위해 자기 특권과 자유로운 생활을 희생하고 있다는 것이 그녀로 하여금 특히 이들을 존경하고 감격하게 했다.

그녀는 새 동료들에게 감격했으나 그 가운데에서도 특히 마리야 파블로브나에게 감격했다. 뿐만 아니라 존경과 기쁨이 깃든 특별한 애정으로 사랑하게 되었다. 부유한 장군 가정에서 태어나 3개 국어를 자유로이 구사하는 이 아름다운 여자가 보통 품팔이하는 여자 같은 태도를 취하며 유복한 오빠가 보내주는 것들을 모두 다른 사람에게 나누어 주고, 아주 허름한 옷과 신을 신고 자기 옷차림에 조금도 마음 쓰지 않는 것이 마슬로바를 감동케 했다. 이런 성품, 멋을 부리려는 마음이 조금도 없다는 것이 특히 마슬로바를 놀라게 하고 매혹했다.

마리야 파블로브나는 자기가 아름답다는 것을 잘 알고 있었으며 그것을 기쁘게 생각하기도 했다. 그러나 자기 용모가 남자들에게 주는 인상을 좋아하지 않았을 뿐만 아니라 오히려 그것을 두려워하고 연애 감정에 대해 지독한 혐오와 두려움을 느끼고 있다는 것을 마슬로바는 알고 있었다. 그녀의 남자 동료들도 그것을 알고 있었으므로 그녀에게 마음이 몰리더라도 그것을 겉으로 나타내지 않고 남자 동료들과 마찬가지로 그녀를 대하고 있었다. 그러나 모르는 남자들이 곧잘 그녀에게 지분거리는 일이 있었다. 이런 경우, 그녀의 말에 따르면 그런 남자들에게서 그녀를 구해준 것은 그녀가 특별히 자랑으로 삼고 있는 늠름한 물리적 힘이었다.

"한번은." 하고 그녀는 웃으면서 이야기했다. "거리에서 어떤 신사가 나를 따라오며 아무래도 안 놔주려 하지 않겠어요? 그래서 내가 느닷없이 멱살을 쥐고 뒤흔들어 놓았더니 깜짝 놀라 허둥지둥 달아나 버리더군요."

그녀가 혁명가가 된 것은, 그녀의 말에 따르면 어릴 때부터 해적 생활이 싫어서, 소박한 사람들의 생활을 사랑해서라고 했다. 그녀는 언제나 객실에 있지 않고 하녀 방이나 부엌이나 마구간에서 놀았기 때문에 늘 꾸지람을 들었던 탓이라고 했다.

"나는 하녀들이나 마부들과 있는 편이 즐거웠어요. 신사나 귀부인들하고 있으면 지루해서 견딜 수가 없었어요." 그녀는 말했다. "그 뒤 철이 들면서부터 우리네 생활이 아주 좋지 않다는 것을 알게 되었어요. 나는 어머니가 안 계셨고 아버지는 싫었어요. 그래서 열아홉 살 때 친구와 함께 집을 나와 공장 직공이 되었어요."

그녀는 공장을 그만두고 시골서 살다가 그 뒤 도회지로 나와 비밀 인쇄소가 있는 아지트에서 붙들려 유형 판결을 받았다. 마리야 파블로브나는 한 번도 자기 입으로 말한 적이 없었지만, 그녀가 유형 판결을 받게 된 것은 가택수색을 할 때 어둠 속에서 혁명가 한 사람이 총을 쏜 것을 자기가 한 것이라고 죄를 떠맡았기 때문임을 카튜샤는 다른 사람들의 입을 거쳐서 알게 되었다.

그녀를 알고부터 카튜샤는 그녀가 어떤 곳, 어떤 조건에 있더라도 결코 자기에 대한 것을 생각지 않고, 언제든지 큰 일 작은 일을 막론하고 남을 위하고 남에게 도움을 주려는 생각만 한다는 것을 알았다. 그녀의 새로운 친구 중 하나인 노보드보로프라는 남자는 그녀가 자선이라는 스포츠에 깊이 빠져 있다고 농담조로 그녀를 평한 적이 있었다. 이것은 정말이었다.

그녀가 생활하는 데 있어 모든 관심은 사냥꾼이 사냥감을 발견하듯 다른 사람들에게 봉사할 기회를 찾는 데 쏠려 있었다. 그리고 이 스포츠가 습관이 되어 일생의 사업이 되고 말았다. 그녀가 그것을 아주 자연스럽게 행했으므로 그녀를 알고 있는 사람은 이제 그것을 존중하지 않고 오히려 요구하고 있었다.

마슬로바가 그들 측에 끼었을 때 마리야 파블로브나는 처음에 그녀에게 혐오와 불결함을 느꼈다. 카튜샤는 그것을 눈치챘다. 그러는 동안 마리야 파블로브나가 억지로 자기 자신을 누르고 특히 그녀에게 상냥하고 친절하게 대했다는 것도 알았다. 그리고 이와 같은 훌륭한 여인의 상냥스러움과 친절함에 카튜샤는 몹시 감동되어 진심으로 그녀에게 복종하게 되었고, 자기도 모르는 사이에 그녀의 견해를 받아들여 어느덧 모든 일에서 그녀를 흉내 내게 되었다. 카튜샤의 이런 헌신적인 사랑이 마리야 파블로브나를 감동시켜 그녀도 카튜샤를 사랑하게 되었다.

특히 이 두 여자를 가깝게 만든 것은 두 사람 다 성적인 사랑에 혐오를 느끼고 있다는 것이었다. 한 사람은 모든 두려움을 모두 알고 있었기 때문에 그것을 혐오했고, 또 한 사람은 그 경험은 없었으나 그것을 무엇인지 이해할 수 없는, 아울러 꺼림칙하고 인간의 존엄성을 모독하는 것으로 보고 있었다.

4

마리야 파블로브나의 영향으로 마슬로바의 마음은 감화되었다. 그것은 마슬로바가 마리야 파블로브나를 사랑한 데서 생겨난 것이었다. 또 하나의 감화는 시몬손이 준 것이었다. 그리고 이 감화는 시몬손이 마슬로바를 사랑한 데서 생겨났다.

사람은 누구나 일부는 자기의 사상에 의해서, 일부는 다른 사람들의 사상에 의해서 생활하고 행동한다. 인간 사이의 중요한 차이는 얼마만큼 자기 사상에 따라 생활하고 얼마만큼 남의 사상에 따라 생활하느냐에 있다. 어떤 사람들은 많은 경우 지적 유희로 자기 사상을 이용하고 벨트를 벗긴 제동기같이 자기 이성을 다루지만, 행동에 있어서는 남의 사상—관습과 전통, 법률—에 따른다. 그런데 어떤 사람들은 자기 사상을 자기의 모든 활동의 원동력으로 생각하고 대개의 경우 자기 이성의 요구에 귀를 기울이고 그것에 따른다. 그리고 아주 드물게, 그것도 충분히 비판적인 평가를 거쳐서야 비로소 다른 사람들의 결정에 따를 뿐이다. 시몬손은 이와 같은 사람이었다. 그는 모든 것을 이성으로 검토하고 결정하며 한번 결정한 일은 반드시 실행했다.

그는 아직 중학생이었을 무렵, 경리관이었던 아버지의 재산을 부정 축재라고 단정하고 이것을 민중에게 나누어 주어야 한다고 아버지에게 말했다. 아버지가 그의 말을 들은 척도 하지 않았을 뿐 아니라 꾸짖었으므로 그는 집을 뛰쳐나와 아버지의 모든 재산을 포기했다. 현존하는 모든 악은 민중의 무지에서 생긴다고 단정하고, 그는 대학을 그만두고 인민파에 들어가 마을의 교사가 되어서는 자기가 옳다고 생각하는 것을 학생들과 농사꾼들에게 대담하게 퍼뜨렸으며 불의라고 생각되는 모든 것을 부정했다. 그는 붙들려 재판을 받게 되었다.

재판을 받을 때 그는 재판관들에게 그를 재판할 권리가 없다고 결론짓고 그 재판을 거부했다. 재판관들이 그 발언을 물리치고 재판을 계속하자 그는 답변을 거부하기로 결심하고 모든 질문에 대해 침묵을 지켰다. 그는 아르찬겔 현으로 가게 되었다.

그래서 그는 자기의 모든 행동을 결정지을 수 있는 하나의 이념을 만들었다. 그 이념이란 이랬다. 이 세상 모든 것은 생명이 있으며 생명이 없는 것은 없다. 우리가 생명 없는 무기물이라고 생각하는 모든 물체는 우리가 꿰뚫어 볼 수 없는 거대한 유기체의 일부에 지나지 않는다. 그러므로 거대한 유기체의 한 단위인 사람의 사명은 이 유기체와 모든 살아 있는 생명을 지켜나가는 데 있다. 따라서 그는 생물을 죽이는 것을 범죄라 생각하고 전쟁이나 사형, 그 밖에 사람뿐만 아니라 생물에 대한 모든 살해 행위에 반대했다.

결혼에 대해서도 그에게는 독자적인 이론이 있었다. 생식 행위란 사람의 하등한 기능에 지나지 않으며 고등한 기능은 현존하는, 살아 있는 자에게 봉사하는 일이다. 그는 이 생각을 피 속에 백혈구가 존재한다는 것에서 찾아내 확충했다. 독신자들은, 그의 의견에 따르면 이 백혈구와 같은 것으로서, 그 사명은 유기체의 병약한 부분을 돕는 데 있었다. 그는 일찍이 젊은 시절에 방탕에 빠진 적도 있었지만 일단 이런 생각을 가지면서부터는 이 신조에 따른 생활을 해왔다. 그는 지금 자기를 마리야 파블로브나와 마찬가지로 이 세계의 백혈구라고 여기고 있었다.

마슬로바에 대한 그의 사랑 역시 이 이론을 깨뜨리지 않았다. 왜냐하면 그는 정신적으로 순수하게 사랑하고 있었기 때문이다. 이와 같은 사랑은 병약자에 대한 백혈구적 활동을 가로막지 않을 뿐 아니라 더 고무해주는 것이라고 생각하고 있었다.

그리고 그는 도덕적 문제를 자기 방식대로 풀어나가고 있었을 뿐만 아니라 실제적 문제의 대부분도 자기 나름대로 해결하고 있었다. 온갖 실제적인 문제에 대해 그는 독자적인 이론을 갖고 있었다. 몇 시간 일하고 얼마나 쉬며 어떤 식사를 하고 어떤 것을 입고 어떻게 아궁이에 불을 때며 어떻게 불을 켜느냐 하는 모든 것이 규정되어 있었다.

그러면서도 시몬손은 사람들에 대해 아주 소심하고 겸손했다. 그러나 일단 뭔가를 마음먹으면 누구도 그를 말릴 수 없었다.

이런 사람이 마슬로바를 사랑함으로써 마슬로바에게 결정적인 영향을 주었다. 마슬로바는 여자의 직감으로 그것을 곧 깨달았다. 그리고 이런 뛰어난 사람의 가슴에 사랑을 싹트게 할 수 있었다는 의식이 스스로의 가치에 대한 생각을 높여주었다.

그녀에게 네흘류도프가 청혼한 것은 그의 너그러움과 과거의 일에서 기인한 것이지만 시몬손은 현재 있는 그대로의 그녀를 사랑했다. 더구나 사랑을 느꼈기 때문에 사랑했던 것이다. 게다가 마슬로바는 시몬손이 그녀를 독자적으로 높은 도덕적인 자질을 가진 드물게 보는 훌륭한 여자로서 다른 여자들보다 뛰어나다고 생각해주는 것을 느끼고 있었다. 그가 어떤 특질을 그녀에게서 인정하고 있는지 마슬로바는 잘 알지 못했지만, 어쨌든 그의 기대에 어긋나지 않기 위해 생각할 수 있는 한 가장 좋은 성품을 자기 속에서 불러일으키려고 한껏 노력하고 있었다. 그리고 이것이 그녀에게 될 수 있는 한 훌륭한 여인이 되려고 노력하게 만들었다.

이것은 아직 감옥에 있었을 무렵, 정치범들의 일반 면회 때 그의 잘생긴 이마와 짙은 눈썹 아래서 더러움을 모르는 선량해 보이는 검푸른 눈이 지그시 자기에서 쏠려 있다는 것을 마슬로바가 깨달았을 때부터 그녀의 가슴속에 생긴 것이었다. 그때 이미 그녀는 그가 남다른 사람이며 각별한 눈으로 그녀를 보고 있다는 것을 깨달았다. 또한 같은 얼굴 속에 텁수룩한 머리와 찌푸린 눈썹이 자아내는 엄격함과 어린애다운 순진한 선량함이 잘 조화되어 있다는 것을 알고 저도 모르게 놀라움을 느꼈다. 그 뒤 톰스크에서 정치범 쪽으로 옮겨졌을 때 마슬로바는 또 그를 보았다. 그리고 그들 사이에 한마디도 말은 없었지만 서로 주고받는 눈길 속에 그들은 서로를 기억했으며 소중한 사람이라는 깨달음이 있었다. 그 뒤에도 별로 이렇다 할 이야기는 나누지 않았지만 마슬로바는 자기가 있는 데서 그가 이야기를 할 때면, 그 말이 그녀를 향하고, 그녀가 알 수 있게끔 애써 쉽게 말하고 있다는 것을 느꼈다. 그가 형사범들과 함께 도보로 행진하면서부터 특히 두 사람은 가까워졌다.

5

니즈니에서 페름까지 가는 동안 네흘류도프가 카튜샤를 만날 수 있었던 것은 두 번뿐이었다. 한 번은 니즈니에서 죄수들이 철망을 두른 배에 타기 전이었고, 두 번째는 페름의 호송 감옥 사무실에서였다. 이 두 번의 면회 때 그녀가 뭔지 숨기는 듯한 언짢은 태도를 취하고 있음을 그는 발견했다. 기분은 어떠냐, 필요한 것은 없느냐는 그의 질문에 그녀는 난처한 듯 애매하게 대답했으나, 거기에 전에도 그녀에게서 볼 수 있었던 적의가 담겨 있는 것같이 느껴졌다. 그리고 그녀의 이 어두운 마음이―이것은 이 무렵 그녀를 괴롭히던 남자들의 끈덕진 지분거림에서 생겨난 것에 지나지 않았지만―역시 네흘류도프를 괴롭혔다.

그는 호송되어 갈 때 그녀가 온갖 괴롭고 음란한 상황에 짓눌려 다시 이전의 자제심을 잃고 절망에 빠져 그에게 화풀이를 하거나, 괴로움을 잊기 위해 닥치는 대로 담배를 피우고 술을 마시게 되지 않을까 두려워하고 있었다. 그러나 그는 어떻게도 해줄 수가 없었다. 호송되고 처음에는 아무리 애써도 그녀를 만날 기회를 가질 수 없었기 때문이었다.

그녀를 정치범 쪽으로 옮겨놓고야 비로소 그는 자기의 근심이 쓸데없는 것임을 확인했을 뿐 아니라, 그녀를 만날 때마다 그녀의 마음속에서 싹트기를 안타깝게 바라오던 그 내적 변화가 차츰 더 뚜렷해지는 것을 알 수 있었다. 톰스크에서의 첫 면회에서 카튜샤는 그를 보아도 찡그리거나 당황하지 않았다. 오히려 기쁘고 순수하게 그를 맞았으며 그녀를 위해 베풀어준 일에 대해, 특히 지금의 일행 속에 옮겨준 데 대해 감사의 말을 했다.

이 숙소에서 저 숙소로 옮겨 다니는 두 달 동안의 호송 뒤에 그녀의 내부에 생긴 변화는 그녀의 겉모습에도 나타났다. 그녀는 몸이 긴장되고 볕에 그을어 좀 나이 든 듯이 보였다. 눈꼬리와 입가에 잔주름이 생기고 이마에 헝클어진 머리를 수건으로 질끈 동여맸으며, 옷차림에도, 머리 모양에도, 태도에도, 지난날 같은 교태의 흔적은 보이지 않게 되었다. 그녀의 내부에 생긴, 그리고 현재 생기고 있는 이 변화는 줄곧 네흘류도프에게 말할 수 없이 기쁜 감정을 불러일으켰다.

그는 요즘 그녀에 대해 일찍이 경험한 적이 없는 감정을 느끼고 있었다. 이 감정은 맨 처음에 느꼈던 시적인 최초의 감정과도 달랐고, 더구나 그 뒤에 그가 경험한 육체적인 사랑의 감정과도, 그리고 그가 재판이 있은 뒤 그녀와의 결혼을 결심했던 때에 느꼈던 자존심과 뒤섞인, 의무를 다한다는 의식과도 다른 감정이었다. 이 감정은 그가 감옥에서 처음으로 그녀와 면회했을 때 느꼈던, 그리고 그 뒤 그녀가 병원에서 쫓겨난 다음 그가 마음속의 증오와 싸워가며 간호장과 가공적인 추태(그것이 오해였다는 것을 나중에 알았지만)를 용서했을 때 새로운 힘으로 경험한 그 연민과 감동의 꾸밈없는 감정이었다. 이것은 그것과 거의 같은 감정이었는데, 단지 조금 차이가 있다면 그때는 일시적이었지만 이제는 이미 영구적인 것이 되었다는 것뿐이었다. 이제 그가 무엇을 생각하건 어떤 행동을 하건 그의 기분에 기초를 이루는 것은, 그녀에게 한한 것이 아니라 모든 사람들에 대한 연민과 감동의 감정이었다.

이 감정은 마치 네흘류도프의 마음속에서 막혀 있던 사랑의 출구를 뚫은 것같이, 이제는 만나는 모든 사람들에게 쏟아질 수 있는 사랑의 흐름을 열어놓은 것 같았다.

네흘류도프는 이 여행 동안 줄곧 흥분해 있었다. 그리고 마부며 호송병, 감옥소장이나 현지사에 이르기까지, 교섭을 가진 모든 사람들에게 스스로도 깨닫지 못하는 사이에 친절하고 신중한 태도를 취하게 되었다.

카튜샤가 정치범 쪽으로 옮겨지면서 네흘류도프는 많은 정치범들과 알게 되었다. 그가 처음으로 그들과 만난 것은 예카테린부르크에서였는데 그들은 큰 감방 안에 모두 아주 편안하게 수용되어 있었다.

그다음엔 호송하는 도중이었는데 그는 카튜샤가 새로 들어간 반의 남자 죄수 다섯 명, 여자 죄수 네 명과 이야기할 기회를 가졌다. 이렇게 하여 네흘류도프가 정치범 유형수들과 교섭을 가졌던 것이 그들에 대한 그의 관념을 근본적으로 바꾸어놓고 말았다.

러시아에 있어서 혁명 운동의 처음 시작부터, 특히 3월 1일 사건 뒤로 네흘류도프는 혁명가들에 대해 혐오와 경멸의 감정을 품고 있었다. 그가 혁명가들에게 반발심을 느끼게 된 원인은 반정부 투쟁에서 그들이 쓰는 수단이 잔혹하고 음성적이었기 때문이었다. 그리고 그들에게 공통적인 강한 자부심도 그는 견딜 수 없었다. 그런데 그들과 접촉함으로써 그들이 아무 죄도 없이 정부의 박해를 받고 있다는 것을 알게 되자, 그들이 그런 태도를 취하지 않을 수 없다는 것을 깨달았다.

형사범이라고 일컬어진 사람들이 받고 있는 고통은 아무리 무의미하다 해도, 역시 미결일 때나 형이 정해졌을 때나 약간은 법의 보호 같은 것을 받고 있었다. 그러나 정치범들에게는 이런 것도 없었다. 네흘류도프는 그것을 슈스토바에게서 보았고 그 뒤 새로 알게 된 많은 사람들에게서도 보았다. 이 사람들에 대한 취급은 그물에 걸린 물고기를 다루는 것, 바로 그것이었다. 그물에 걸린 고기를 모두 강변에 끌어 올려 놓고 필요한 큰 고기만 골라내고는 잔고기를 내버려 둔 채 말라 죽게 만드는 것이나 다름없었다.

이와 마찬가지로 아무 죄도 없을 뿐만 아니라 정부에 대해 해를 끼칠 수 없는 몇백 명을 잡아다가 때로는 몇 년이고 감옥 속에 가둬두었다. 그리하여 그들은 폐병에 걸리거나 미치거나 자살을 해버리고 말았다. 더구나 이렇게 그들을 가둬두는 것은 단순히 석방할 까닭이 없기 때문이며 감옥 안에 가둬두면 심리할 때 어떤 문제의 해명에 도움이 될지도 모르기 때문이었다.

가끔 정부의 눈으로 보아도 죄 없는 사람들의 운명은 헌병 사관, 형사 부장, 간첩, 검사, 예심판사, 지사, 장관 같은 패들의 변덕과 심심풀이와 기분에 따라 결정되었다. 이런 패거리들이 심심하다든가 성적을 올리고 싶다든가 하면 체포해서 자기의 기분이나 상관의 기분에 따라 감금하기도 하고 석방하기도 했다. 그런데 장관도 이름을 낼 필요가 있다든가, 어느 장관과의 관계를 생각하거나 하면, 이 세상 끝으로 유형을 보내기도 하고 독방에 감금하기도 하고, 또 어떤 귀부인에게 부탁이라도 받으면 풀어주기도 했다.

정치범들에 대한 관헌의 태도는 전쟁 때와 같아서 그들도 자기들이 당했던 것과 똑같은 수단을 취했다. 그리고 군인이라는 것은 언제나 자기네들 행위의 범죄성을 짐짓 은폐하려고 들 뿐만 아니라 오히려 그 행위를 공훈이라 생각하는 군인 사회의 분위기 속에서 살고 있지만, 그것과 마찬가지로 혁명가들에게도 자유와 생명과 사람에게 귀중한 모든 것을 잃어버릴 위기에 처했을 때 그들이 결행하는 잔혹한 행위가 나쁘기는커녕 용맹스러운 행위라고 인정하는 동지들 전체의 분위기가 있었다.

생물에게 고통을 주기는커녕 괴로워하는 모양을 보지도 못하던 지극히 선량한 사람들이 암살을 준비하고, 대개의 사람들이 특정 경우의 살인 행위를 자기 방위와 모든 사람의 행복을 위한 최상의 목적 달성의 수단으로 올바른 것이라 인정하고 있다는 놀라운 현상을 네흘류도프는 이것에 의해 이해할 수 있었다. 그들이 자기들의 사업에 부여하는 높은 의미, 그리고 자신들에게 부여하는 높은 평가는 정부가 그들에게 준 의의와 그들에게 가해진 형벌의 잔혹함이 필연적으로 자아낸 결과였다. 그들이 지금껏 잔혹한 박해를 참아온 것처럼 앞으로도 끝까지 견뎌내려면, 자기를 숭고한 존재라고 스스로 깨달을 필요가 있었던 것이다.

그들과 가까이 접촉하면서부터 네흘류도프는 그들이 일부 사람들이 상상하듯이 모두가 악한이 아니고, 또 모두가 영웅도 아닌 보통 사람들로서, 그 가운데에는 어디서나 마찬가지로 좋은 사람도, 나쁜 사람도, 중간 정도의 사람들도 있다는 것을 확신했다. 그들 속에는 자기는 현존하는 악과 싸울 의무가 있다고 진심으로 생각했기 때문에 혁명가가 된 사람도 있었다. 또한 이기적인 허영심으로 이 활동을 선택한 사람들도 있었다.

그러나 대다수 사람들은 군대 시절의 네흘류도프도 경험한 적이 있는 모험과 모험을 찾는 마음, 스스로의 생명을 희롱한다는 쾌감, 즉 아주 정상적이며 혈기 왕성한 젊은이들 특유의 감정에 의해 혁명에 이끌린 것이었다. 그들과 보통 사람들의 차이점, 즉 그들에게 유리한 차이점은 그들 사이의 도덕적인 요구가 동료들 사이에서는 세상 일반 사람들 사이에서 보통으로 인정되는 것보다도 훨씬 높다는 것이었다. 그들 사이에서는 절제와 엄격한 생활과 성실과 사심이 없는 것뿐만 아니라 공동 사업을 위해 모든 것을, 자신의 생명까지도 희생할 각오가 의무라고 생각되어 있었다.

그러므로 이들 가운데 중간 이상의 수준에 있는 사람들은 네흘류도프보다도 훨씬 훌륭한 인물로, 흔히 볼 수 없는 도덕적 높이에 있었다. 그러나 중간 이하의 사람들은 그보다도 훨씬 낮았으며 때로는 불성실하고 위선적이며 게다가 자존심이 강하고 오만한 사람들이었다. 그래서 네흘류도프는 새로 알게 된 몇 사람을 존경하고 또 진심으로 사랑했으나 어떤 사람에게는 한결같이 냉담한 태도를 취하고 있었다.

6

마슬로바가 끼어 있는 일행 가운데서 네흘류도프가 특히 좋아한 사람은 크릴초프라는 폐병 환자인 젊은 징역수였다. 네흘류도프가 그를 처음 알게 된 것은 아직 예카테린부르크에 있던 무렵이었는데, 그 뒤 호송되는 도중 여러 번 그를 만나 이야기를 주고받았다. 아직 여름이었던 어느 쉬는 날, 숙소에서 네흘류도프는 거의 꼬박 하루를 그와 함께 지냈다. 그때 그는 여러 가지 이야기 끝에 자기 일신에 관한 이야기가 나와서 자기가 혁명가가 된 경위를 이야기했다. 감옥에 오기까지 그의 과거는 몹시 짧았다. 남쪽 현의 부유한 지주였던 그의 아버지는 그가 아직 어렸을 때 죽었다. 그는 외아들로서 어머니 손에 자랐다. 그는 중학교도 대학교도 순조롭게 진학해 수학과를 일등으로 졸업했다. 그는 대학에 남았다가 외국으로 유학하라는 권고를 받았다. 그러나 그는 머뭇거렸다. 그에게는 사랑하는 처녀가 있었다. 그는 결혼한 다음 지방에서 활동할 생각을 하고 있었다. 여러 가지 일을 하고 싶었으나 그 어느 것도 결정짓지 못했다.

그 무렵 대학 시절의 친구들이 공동 사업을 할 자금을 빌려달라고 그에게 부탁했다. 그는 그 공동 사업이라는 것이 그가 전혀 관심 없었던 혁명 사업이라는 것을 알고 있었다. 그러나 우정과 비겁자라는 말을 듣고 싶지 않은 자존심 때문에 그는 돈을 빌려주었다. 돈을 받은 사람들이 체포되었다. 메모가 발견되어 돈의 출처가 크릴초프임을 알았다. 그는 체포되어 처음에는 경찰서에 잡혀 있었으나 곧 감옥으로 옮겨졌다.

"내가 감금되어 있던 감옥에서." 하고 크릴초프는 네흘류도프에게 말했다. 그는 여윈 가슴을 오그리고 높다란 침대에 앉아 무릎에 팔꿈치를 짚고 이따금 열띤, 반짝거리는 아름답고 영리해 보이는 선량한 눈으로 네흘류도프를 지그시 바라보았다.

"그 감옥은 그다지 엄격하지 않았습니다. 그래서 우리는 벽을 두드려 신호했을 뿐 아니라 복도를 걸어 다니고 이야기도 했으며 음식과 담배를 나누어 피우고 밤마다 합창을 하기도 했습니다. 나는 아주 좋은 목소리를 갖고 있었지요.

그렇지, 만약 어머니가 안 계셨던들―어머니는 굉장히 낙담했답니다―나의 감옥 생활은 오히려 즐겁고 유쾌했으며 흥미로웠을 겁니다. 거기서 나는 그 유명한 페트로프와 그 밖의 사람들과 알게 됐지요. 페트로프는 그 뒤 요새 감옥에서 유리 조각으로 자살하고 말았습니다. 하지만 나는 혁명가가 아니었습니다. 거기서 나는 옆 감방의 두 사람과도 알게 되었습니다. 그들은 폴란드 독립을 위한 전단을 뿌렸기 때문에 붙잡혔는데 역으로 끌려가다가 몰래 도망치려던 죄로 기소된 것입니다.

한 사람은 로진스키라는 폴란드 사람이었고, 또 한 사람은 유대인인데 로좁스키라는 이름이었습니다. 자기 말로는 열일곱 살이라고 합니다만 열다섯 살 정도밖에 되어 보이지 않았습니다. 여위고 몸집이 작았으며 빛나는 까만 눈을 가졌고, 유대인답게 매우 음감이 예민한 소년이었습니다. 아직 목소리는 트이지 않았지만 노래를 썩 잘 불렀지요.

그렇습니다. 내가 보는 앞에서 그들은 법원에 끌려갔습니다. 아침에 끌려갔지요. 저녁때 돌아와서 사형선고를 받았다고 하더군요. 아무도 예기치 않았던 일이지요. 그들이 한 일은 대수롭지 않았습니다. 호송병한테서 도망치려고 했을 뿐이지 누구 한 사람 해치지도 않았습니다. 더구나 로좁스키 같은 소년을 사형하려 하다니 도저히 생각할 수 없는 일이었습니다. 그래서 감옥에 있던 우리 동지들은 이것이 위협에 지나지 않으며 그런 판결이 확정될 까닭이 없다고 결론을 내렸습니다. 처음에는 흥분했지만 차츰 안정을 되찾아 전과 같은 생활을 계속하게 되었습니다.

그런데 어느 날 밤이었지요. 내 감방 문으로 간수들이 오더니 목수가 교수대를 만들고 있다는 것을 몰래 알려주었습니다. 나는 처음에는 무슨 영문인지, 무엇을 위한 교수대인지 알지 못했습니다. 하지만 이 늙은 간수가 겁에 질려 있는 것을 보자 나는 그것이 두 사람의 처형 때문이라는 것을 깨달았지요. 나는 벽을 두드려 동료들에게 그 사실을 알리고 싶었지만 그들이 눈치챌까 봐 걱정이 되었습니다. 동료들도 신호를 보내오지 않았습니다. 아마 모두들 다 알고 있었던 것이겠지요. 복도고 어느 감방이고 그날 밤은 죽음 같은 정적이 깃들었습니다. 모두들 벽 신호도 보내지 않고 노래도 부르지 않았습니다.

10시쯤 간수가 다시 내 감방으로 오더니 사형 집행인이 모스크바에서 도착했다고 말했습니다. 간수는 단지 그 말만 해주고는 가버렸습니다. 나는 다시 오라고 간수를 불렀지요. 그때 갑자기 자기 감방에서 말을 거는 로좁스키의 목소리가 들렸습니다. '왜 그래요? 왜 간수를 부르지요?' 나는 간수한테 담배를 부탁하고 싶다고 애매하게 대답했습니다. 하지만 그는 눈치를 챘는지 왜 노래를 부르지 않느냐, 왜 벽 신호를 하지 않느냐고 묻기 시작하더군요. 그에게 뭐라고 대답했는지 나는 기억이 없지만 그와 이야기를 피하기 위해 얼른 문가를 떠났습니다.

그렇습니다, 그건 무서운 밤이었습니다. 나는 밤새도록 조그만 소리도 놓치지 않으려고 귀를 기울이고 있었습니다. 아침 녘이 되자 갑자기 복도의 문이 열리더니 몇 사람이 들어오는 소리가 들렸습니다. 나는 창가에 다가섰지요. 복도에는 램프가 하나 켜져 있었습니다. 앞선 사람은 간수장이었습니다. 무뚝뚝한 사나이로, 자신 있고 결단성 있는 사람같이 보였지만 얼굴빛이 창백하고 겁먹은 눈을 내리깔고 있었습니다. 그 뒤에 부간수장이 따르고―이 사람은 눈살을 찌푸리고 무슨 결심을 한 듯했습니다―그 뒤에 간수가 따랐습니다.

그들은 내 문 앞을 지나 옆 감방 앞에 멈춰 섰습니다. 그리고 부간수장이 이상한 목소리로 '로진스키, 일어나, 깨끗한 셔츠로 갈아입어!'라고 외치는 소리가 들렸습니다. 이어서 문이 삐걱하며 열리더니 그들이 감방으로 들어가는 소리와 로진스키의 발소리가 났습니다. 그는 복도 맞은편으로 걸어갔습니다. 내 눈에 보였던 것은 간수장이었어요. 그는 파랗게 질린 얼굴을 하고 버티어 선 채 어깨를 움츠리고 단추를 끼웠다 뺐다 하고 있었습니다. 바로 그때였어요. 그가 갑자기 무엇에 놀란 듯이 옆으로 물러서더군요.

로진스키가 불쑥 그 옆을 지나서 내 쪽 문가로 다가왔기 때문이었습니다. 그는 멋진 폴란드 젊은이였습니다. 넓고 잘생긴 이마, 그 위에 모자를 쓴 것처럼 부드럽고 곱슬곱슬한 금빛 머리카락, 맑고 고운 푸른 눈, 꽃이 핀 것같이 싱싱한 건강미가 넘치는 청년이었지요. 그는 내 감방 문 앞에 섰습니다. 그래서 얼굴이 다 보이더군요. 무섭게 야윈 핏기 없는 얼굴이었습니다. '크릴초프, 담배 가지고 있나?' 나는 그에게 담배를 주려고 했습니다. 그런데 부간수장이 늦을까 봐 겁이 난 듯 자기 담배를 꺼내어 그에게 주었습니다. 그가 담배를 집어 들자 부간수장이 성냥을 그어 주었습니다. 그는 담배를 한 모금 빨아들이자 명상에 잠긴 것 같았습니다. 그리고 생각난 듯 입을 열었습니다. '잔혹하고 부당해. 나는 아무 죄도 저지르지 않았어. 나는…….' 그 희고 젊은 목덜미에―거기서 나는 눈을 뗄 수가 없었습니다만―꿈틀하고 경련 같은 것이 스치더니 그는 걸음을 멈춰 섰습니다.

바로 그때였어요. 로좁스키가 복도 안쪽에서 가는 목소리로 뭔가 유대어로 외쳤습니다. 로진스키는 담배꽁초를 버리고 문가를 떠났습니다. 그러자 구멍 뚫린 창문에 로좁스키가 나타났습니다. 윤기 있는 까만 눈을 가진 그 앳된 얼굴은 아름답게 상기되어 있었습니다. 그도 깨끗한 셔츠를 입었으며. 바지가 길어 줄곧 두 손으로 끌어 올리면서 부들부들 떨고 있었습니다. 그는 애처로운 얼굴을 내 창문에다 갖다 대며 '아나톨리 페트로비치, 의사가 나한테 탕약을 지어 주었다는데 정말일까요? 나는 가슴이 나빠 탕약을 먹어야 한다는군요.' 나는 아무도 대답하지 않았습니다.

그래서 그는 대답을 구하듯 내 얼굴과 간수장의 얼굴을 번갈아 보았습니다. 그가 무슨 말을 하려 했는지 나도 알 수 없었습니다. 그렇습니다. 부간수장이 갑자기 엄한 얼굴이 되더니 흥분한 소리로 외쳤습니다.

'무슨 시시한 소리들을 하고 있어? 어서 가.' 로좁스키는 분명 무엇이 자기를 기다리고 있는지를 몰랐던 모양으로, 거의 뛰다시피 앞장서서 걸어가더군요. 하지만 곧 그는 고집을 부리기 시작했어요. 그가 귀를 찢을 듯 울부짖는 소리가 내 귀에 들려왔습니다. 끌고 가려는 떠들썩한 소리와 쿵쾅거리는 발소리가 일어났습니다. 그는 가슴을 도려내는 듯한 소리로 울부짖었습니다. 그것이 차츰 멀어지더니, 복도 문이 삐걱거리며 닫히자 갑자기 조용해졌습니다……

그렇습니다, 이렇게 해서 교수형에 처해졌던 겁니다. 밧줄로 교살되었지요. 다른 간수가 형장을 보고 와서 나한테 말해주었는데 로진스키는 조용히 형에 복종했으나 로좁스키는 오랫동안 버둥거려서 손과 다리를 잡고 억지로 교수대에 끌어 올려 강제로 목에 올가미를 걸었다고 합니다.

그렇지요, 이 간수는 좀 모자라는 사나이였어요. '무섭다는 말을 들었지만 말이죠. 나리, 조금도 무섭지 않더군요. 놈들이 매달리니까 말이죠. 두어 번 어깨를 이런 식으로.' 그렇게 말하며 그는 심하게 어깨를 아래위로 흔들어 보였습니다. '그리고 사형 집행인이 좀 더 올가미 끈이 목에 죄어지도록 몸을 잡아당기자 그것으로 끝장이더군요. 꼼짝도 않으니까요. 뭐, 무서울 건 아무것도 없어요.'" 크릴초프는 이렇게 간수의 말을 되풀이하고 웃으려다가 웃는 대신 소리 내어 울음을 터뜨리고 말았다.

그 뒤 한참 동안 그는 입을 다물고 있었다. 그리고 괴롭게 숨을 몰아쉬면서 목구멍으로 치미는 흐느낌을 삼켰다.

"그때부터 나는 혁명가가 되었습니다. 그렇습니다." 조금 마음이 가라앉자 그는 이렇게 말하고 짤막하게 자기 과거를 끝맺었다.

그는 인민의지파에 속했다. 그리고 정부에 대해 폭력 행위를 감행하고, 정부 자체가 정권을 포기하고 그것을 인민에게 주게 할 것을 목적으로 하는 파괴공작반의 간부까지 되었다. 이 목적으로 그는 페테르부르크에, 아니면 외국으로 또는 키예프나 오데사로 갔으며, 가는 곳마다 성공을 거두었으나, 그가 믿고 있던 사나이가 그를 배반했다. 그는 붙들려 재판을 받았고 2년 동안 감옥에 갇혀 있던 끝에 사형을 선고받았으나 무기징역으로 바뀌었다.

옥중에서 그는 폐병에 걸렸다. 그리고 지금 이런 조건에서는 앞으로 몇 달밖에 생명이 남지 않은 게 뚜렷했다. 그는 그것을 알고 있었지만 자기가 해온 일들을 후회하지는 않았다. 그는 다른 또 하나의 생명이 주어진다 할지라도 역시 같은 사업에, 즉 자기가 보아온 것 같은 그런 존재를 용납하고 있는 현행 질서를 없애는 데 몸 바칠 작정이라고 말하고 있었다.

이 사람과 알게 되어 과거를 안 것은, 전에 이해하지 못했던 많은 일들을 네흘류도프에게 명백하게 깨우쳐주었다.

7

숙소에서 출발할 무렵, 여자아이 때문에 호송대장과 죄수들 사이에 충돌이 생겼던 그날, 여관에서 묵고 있던 네흘류도프는 늦게 일어났을 뿐더러 현청 소재지에서 부치려고 생각했던 편지를 쓰고 있었기 때문에 여느 때보다 여관을 늦게 나섰다. 그래서 이전처럼 도중에 죄수 부대를 따라잡지 못했고 숙소가 있는 마을에 도착했을 때는 이미 해가 저물어 있었다. 뚱뚱하고 하얀 목이 놀랄 만큼 굵은 중년 과부가 경영하는 숙소에서 젖은 옷을 말린 네흘류도프는 성상과 그림이 어지럽게 꾸며져 있는 깨끗한 방에서 천천히 차를 마시고 호송대장에게 면회 허가를 얻기 위해 그들의 숙소로 갔다.

여섯 군데의 숙소에서 호송대장은 매번 교대되었으나 어느 한 사람도 네흘류도프를 숙소 안으로 들여보내 주지 않았다. 그래서 그는 벌써 일주일 이상이나 마슬로바를 만나지 못했다. 이토록 엄중히 단속하는 이유는 내무성의 어느 고관이 이곳을 통과하게 되어 있었기 때문이었다. 그러나 그 고관은 숙소를 거들떠보지도 않고 지나가 버렸다. 그래서 네흘류도프는 오늘 아침 죄수 부대를 인계받은 호송대장이 이전의 대장들과 마찬가지로 면회를 허가해주리라고 기대했다.

여관집 여주인이 마을 끝에 있는 숙소까지 마차를 타고 가라고 권했으나 네흘류도프는 걸어가기로 했다. 새로 칠한 기름 냄새가 코를 찌르는 큰 장화를 신고 어깨가 넓으며 보기만 해도 늠름해 보이는 젊은 하인이 그를 안내했다. 하늘에서 안개가 내리덮여 주위는 캄캄했으며 젊은이가 창문의 불빛이 비치지 않는 곳에서 세 걸음만 떨어져도 네흘류도프는 그의 모습이 보이지 않아 질척한 진흙길에 철벅거리려는 장화 소리만 의지하며 따라갔다.

성당이 있는 광장을 빠져나가 창문이 환한 집들이 들어서 있는 긴 길을 지나서 네흘류도프는 젊은 안내자와 함께 캄캄한 마을 끝으로 나섰다. 그러나 곧 이 어둠 속에서도 숙소 둘레에 켜져 있는 등불이 안개 속에 흐릿하게 보였다. 불그스름하게 번진 불빛이 차츰 커지더니 밝아졌다. 울타리며, 왔다 갔다 하는 보초들의 검은 모습과 줄무늬로 얼룩진 기둥이며 초소가 보이기 시작했다. 보초가 다가오는 사람에게 언제나처럼 "누구냐?" 하고 소리쳤다. 그리고 그들의 동료가 아닌 것을 알자 곧 엄중하게 울타리 옆에서 기다리는 것조차 허락하지 않으려 했다. 그러나 네흘류도프를 안내해 온 젊은이는 보초의 태도에 까딱도 하지 않았다.

"여보시오, 뭘 그렇게 화를 내고 있소!" 하고 그는 말했다. "글쎄, 상관한테 말하고 오시오, 여기서 기다리고 있을 테니." 보초는 아무 대꾸도 않고 무어라고 옆문을 향해 소리치며 걸음을 멈추더니, 불빛을 받아 어깨가 넓은 젊은 안내인이 네흘류도프의 장화에 묻은 진흙을 솔로 털어주는 것을 지그시 노려보았다. 울타리 안쪽에서 남녀의 떠들썩한 소리가 들려왔다. 3분쯤 지나서 삐걱거리는 쇳소리가 나더니 옆문이 열렸다. 그리고 어둠 속에서 불빛 쪽으로 외투를 걸친 하사관이 나타나 무슨 용무냐고 물었다. 네흘류도프는 개인적 용건으로 면회하고 싶다는 뜻을 적은 편지와 명함을 내주며 대장에게 전해달라고 부탁했다. 하사관은 보초보다는 덜 까다로웠으나 호기심이 강했다. 그는 네흘류도프가 왜 대장을 만나려는 것인지, 그의 신분을 꼭 알아내려고 했다. 무슨 국물이라도 생길 줄 알고 놓치지 않으려는 속셈이 뚜렷이 엿보였다. 네흘류도프는 특별한 용무가 있으니 반드시 사례하겠다고 하면서 편지를 대장에게 전해달라고 부탁했다. 하사관은 그것을 받아 들자 고개를 끄덕이면서 사라졌다.

그러자 잠시 뒤 다시 삐걱하고 옆문이 열리더니 바구니며 상자며 항아리며 자루 같은 것을 든 여자들이 나왔다. 여자들은 독특한 시베리아 사투리로 떠들어대면서 차례차례 옆문 문지방을 넘었다. 그녀들은 모두 시골티가 나지 않는, 도시 옷차림의 외투나 털외투를 입고 있었다. 치마는 높이 걷어 올리고 머리를 수건으로 싸고 있었다. 여자들은 문지방 밑에 서 있는 네흘류도프와 안내자를 신기한 듯이 돌아보았다.

한 여자는 어깨가 널찍한 젊은이를 만난 것이 기뻤는지 시베리아식 상소리를 퍼부으며 애교스럽게 그를 놀려댔다.

"어머나, 숲 귀신이 이런 데서 무슨 나쁜 짓을 하고 있지?" 하고 여자가 그에게 말을 걸었다.

"보다시피 손님을 모시고 왔어." 젊은이는 대꾸했다. "뭘 가지고 왔지?"

"우유야, 내일 아침에 또 가지고 오래."

"자고 가라고는 하지 않던?" 젊은이가 물었다.

"어머, 고약해라. 때려줄까 봐." 여자는 웃으면서 소리쳤다. "마을까지 같이 안 가겠어요? 바래다줘요."

안내인이 또 뭐라고 여자에게 음탕한 말을 했는지 여자뿐만 아니라 보초까지 히죽히죽 웃기 시작했다. 그러고 그는 네흘류도프 쪽을 바라보았다.

"어떻습니까? 혼자 가실 수 있겠어요? 길을 기억하십니까?"

"알고말고. 걱정 없어."

"성당을 지나가면 오른쪽 이층집에서 두 번째 집입니다. 그렇지, 이 지팡이를 당신한테 빌려드리지요." 그는 가지고 있던, 키보다 더 큰 지팡이를 네흘류도프에게 내주고는 큰 장화로 철벅철벅 진흙을 밟으면서 여자들과 함께 어둠 속으로 사라졌다.

여자들의 목소리에 섞여 아직도 짙은 안개 속으로 안내인의 목소리가 들리는 동안 다시 옆문이 삐걱하며 열리더니, 하사관이 나와서 대장한테로 안내할 테니 따라오라고 네흘류도프에게 말했다.

8

이 숙소는 시베리아로 가는 연안에 군데군데 있는 크고 작은 숙소들과 같은 구조로, 끝을 뾰족하게 한 통나무 울타리에 둘러싸인 뜰 안에 단층집 세 채가 나란히 세워져 있었다. 가장 큰 집의 창문에 쇠창살이 끼워져 있고, 그것은 죄수들의 숙소였다. 다른 한 채는 호송병들의 숙소이고 또 한 채는 대장의 숙소와 사무실이었다. 어느 집에나 그렇듯 불이 켜져 있고 특히 이런 곳에서는, 환히 비친 벽 내부가 즐겁고 기분 좋아 보였다. 집집마다 입구의 층계 앞에 등불이 환하게 밝혀져 있고, 창가에 다섯 개의 외등이 켜져 있어 뜰을 밝히고 있었다.

하사관은 인도 대신 깔려 있는 널빤지 위를 걸어서 네흘류도프를 가장 작은 집 입구 쪽으로 데리고 갔다. 세 개의 계단으로 된 입구의 층계를 올라가자 하사관은 옆으로 물러서며 램프가 하나 켜져 있는 석탄가스 냄새가 풍기는 대기실로 네흘류도프를 먼저 들여보냈다. 벽난로 앞에는 허름한 셔츠를 입고 넥타이를 맸으며 검은 바지에 정강이 가죽이 노란 장화를 한쪽만 신은 사병이 허리를 구부린 채 다른 한쪽 장화로 사모바르의 불을 부채질하고 있었다. 그는 네흘류도프를 보자 사모바르 곁을 떠나 네흘류도프가 가죽 외투 벗는 것을 도와준 다음 방 안으로 들어갔다.

"오셨습니다, 대장님."

"좋아, 들어오게 해." 화난 목소리가 들렸다.

"저 문으로 들어가십시오." 사병이 말하고 다시 사모바르의 불을 피우기 시작했다.

옆방에는 램프가 매달려 있고, 먹다 남은 음식과 술병 두 개가 놓여 있는 식탁에, 널찍한 가슴과 어깨에 오스트리아식 재킷을 꼭 맞게 입고 멋진 콧수염을 기른, 얼굴이 붉은 장교가 앉아 있었다. 따뜻한 방 안에는 담배 냄새 말고도 코를 찌르는 악취가 물씬거렸다. 네흘류도프를 보자 장교는 엉덩이를 약간 들며 비웃는 듯 의아한 눈으로 지그시 노려보았다.

"무슨 일이십니까?" 그가 말했다. 그러고 대답을 기다리지 않고 문 쪽을 향해 외쳤다.

"베르노프! 뭐 하고 있나? 사모바르는 아직 멀었나?"

"네, 곧 들어갑니다."

"무엇이 곧이냐? 곧 된다는 게 언제부터냐? 맛 좀 볼래?" 장교는 눈을 부릅뜨며 소리쳤다.

"지금 가져갑니다!" 사병은 소리치며 사모바르를 안고 들어왔다.

사병이 사모바르를 놓는 동안 네흘류도프는 잠자코 기다리고 있었다. 장교는 사병의 어디를 때려줄까 겨누기라도 하듯 작고 심술궂은 눈을 번들거리며 찬찬히 노리고 있었다. 사모바르가 놓이자 장교는 차를 따랐다. 그리고 선반에서 네모난 코냑 병과 알베르트 비스킷을 꺼냈다. 그것들을 테이블 위에다 늘어놓더니 천천히 네흘류도프 쪽을 바라보았다.

"그래, 무슨 용건이지요?"

"어느 여죄수와 면회할까 하고요." 네흘류도프는 선 채로 말했다.

"정치범입니까? 그렇다면 법률로 금지되어 있습니다." 장교는 말했다.

"그 여죄수는 정치범이 아닙니다." 네흘류도프가 말했다.

"어쨌든 앉으십시오."

네흘류도프는 앉았다.

"정치범이 아닙니다." 그는 거듭 말했다. "하지만 저의 의뢰에 의해 정치범과 행동을 같이할 것을 당국에서 허가받은 사람이기 때문에."

"아, 알고 있습니다." 장교는 가로막았다. "자그마하고 눈이 검은 여자지요? 글쎄, 상관없겠지요. 담배 안 피우시겠습니까?"

그는 네흘류도프 앞으로 담뱃갑을 밀어놓았다. 그리고 컵 두 개에다 차를 따르더니 그 하나를 네흘류도프에게 권했다.

"드십시오." 그가 말했다.

"고맙습니다. 하지만 빨리 만나고 싶어서……."

"밤은 깁니다. 걱정할 것 없어요. 그 여자를 불러오도록 이르지요."

"본인을 부르지 않고 제가 그곳으로 갈 수 없겠습니까?" 네흘류도프가 말했다.

"정치범한테 말입니까? 그건 법률로 금지되어 있습니다."

"지금까지 몇 번인가 허락을 받았습니다. 만약 제가 무엇을 주지나 않을까 걱정하신다면, 지금까지도 그녀를 통해 줄 수 있었을 겁니다."

"아니, 뭐, 그 여자가 몸수색을 받을 테니까요." 장교는 음탕한 웃음을 지었다.

"그러시다면 제 몸을 조사해주십시오."

"뭐, 그럴 것까지는 없겠지요." 장교는 마개를 뽑은 병과 컵을 네흘류도프 앞으로 가져갔다. "한잔 드시겠습니까? 글쎄, 좋도록 하십시오. 이런 시베리아에 살면서 교양 있는 분들을 만난다는 게 다시없는 즐거움이랍니다. 우리 일이라는 게 아시다시피 참으로 비참한 것이니까요. 다른 생활에 익숙한 사람이라면 무척 괴롭지요. 사실 우리 동료는 이런 식으로 보이고 있지요. 말하자면 호송대의 장교 따위는 교양 없고 거친 사람이라고 말이지요. 이런 일 때문에 태어난 게 아니라는 것을 생각조차 해주지 않는답니다."

이 장교의 붉은 얼굴과 향수와 보석 반지와 특히 기분 나쁜 웃음이 네흘류도프는 몹시 싫었다. 그러나 그동안 여행 중에 계속 진지하고 신중한 마음을 지켜왔으므로 상대가 어떤 사람이든지 경솔하거나 모욕적인 태도를 취해서는 안 되며, 어느 누구와 이야기를 주고받더라도 마음속의 대화로 결정하듯 털어놓고 이야기할 필요가 있다고 생각했다.

장교의 이야기를 듣고 나서 자기 지배하에 있는 사람들을 괴롭히는 일에 관련됨을 가슴 아프게 여기는 장교의 심정을 이해하고 네흘류도프는 진지하게 말했다.

"당신 직무는 사람들의 고통을 덜어주는 데에서 위안을 찾을 수 있으리라고 생각합니다만." 하고 그는 말했다.

"그들의 고통이란 무엇입니까? 그들은 그런 사람에 지나지 않잖습니까?"

"그런 사람이라니, 뭐, 특별한 사람들은 아닐 텐데요?" 네흘류도프가 말했다. "모두가 다 같은 사람들입니다. 더구나 그 가운데는 죄 없는 사람들도 있습니다."

"그야 물론 여러 종류의 사람들이 있습니다. 물론 동정해줘야지요. 다른 친구들은 몹시 엄격한 모양입니다만 나는 기회만 있으면 편하게 해주려고 애쓰고 있습니다. 그들에게 고통을 주기보다 차라리 내 쪽에서 고통을 받는 편이 나으니까요. 어떤 사람들은 사소한 일에도 법률을 끄집어내어 처벌하거나 총살을 하기도 합니다만, 나는 동정해주고 있답니다. 어떻습니까? 드십시오." 그는 다시 차를 따르면서 말했다. "대체 그 여자는 어떤 여자입니까? 당신이 만나시겠다는 그 여자는?"

"불행한 여자입니다. 우연한 일로 창녀로 전락한 여자인데, 억울하게 독살 죄로 선고받았지요. 하지만 아주 착한 여자입니다." 네흘류도프가 말했다.

장교는 고개를 갸웃거렸다.

"그렇지요, 흔히 있는 일이지요. 나도 알고 있지만 카잔에 한 여자가 있었는데, 엠마라는 이름이었습니다. 헝가리 태생이었는데, 눈은 아무리 보아도 페르시아 여자 눈이었지요." 장교는 생각만 해도 즐거운 듯 싱글싱글 웃으면서 말을 이었다. "그 여자의 우아한 맵시는 백작 부인을 뺨칠 정도였어요."

네흘류도프는 장교의 말을 가로막고 아까의 화제로 말을 돌렸다.

"그들이 당신 지배하에 있는 동안 당신은 그 사람들을 편하게 돌봐줄 수 있겠지요. 그럼으로써 당신은 반드시 커다란 마음의 기쁨을 발견할 겁니다. 나는 그렇게 확신합니다." 외국인이나 아이들을 상대로 말하듯이 네흘류도프는 알기 쉽게 또박또박 말했다.

장교는 반짝반짝 빛나는 눈으로 가만히 네흘류도프를 바라보았다. 그리고 분명히 네흘류도프가 말을 끝내기를 짜증스럽게 기다리고 있었다. 그는 추억이 생생하게 떠올라, 자신의 관심을 완전히 빼앗은 페르시아 여자 눈을 한 헝가리 여자 이야기를 계속하고 싶었던 것이다.

"네, 아, 그렇겠지요." 하고 그는 말했다. "나는 그들을 동정합니다. 그건 그만두고 나는 엠마 이야기를 당신한테 하고 싶었습니다. 그 여자가 어떤 짓을 했는지."

"저는 그런 것엔 흥미가 없습니다." 네흘류도프는 잘라 말했다. "솔직히 말씀드려서 저도 예전엔 그렇지 않았습니다만, 지금은 여자를 그런 식으로 보는 태도를 증오합니다."

장교는 깜짝 놀라 네흘류도프를 보았다.

"그래, 차를 한 잔 더 드시지 않겠습니까?"

"고맙습니다. 이제 그만 들겠습니다."

"베르노프!" 장교가 소리쳤다. "이분을 바쿨로프한테 안내해서 정치범 감방으로 모시도록 말해. 점호 때까지 거기 계셔도 괜찮다고 말이야."

9

사병에게 안내되어 네흘류도프는 붉은 등불이 희미하게 비치는 어두운 뜰로 다시 나갔다.

"어디로 가나?" 저편에서 오던 호송병이 네흘류도프를 안내해 가는 사병에게 말했다.

"특별 감방이야. 5호실로."

"이리로는 못 가네. 문이 잠겼어. 저쪽 입구로 들어가게."

"왜 잠갔지?"

"하사관이 그랬어. 그리고 마을로 내려갔어."

"할 수 없군. 그럼 이쪽으로 오십시오."

사병은 네흘류도프를 다른 입구 층계 쪽으로 데리고 가 발판을 따라 입구로 다가갔다. 뜰을 걷는 동안 웅성거리는 소리에 섞인 말소리가 들리고 일벌이 죄다 모인 벌통 속같이 소란스러웠으나 네흘류도프가 입구에서 문을 열자 그 웅성거림이 한층 커지더니 서로 외치고 욕하고 웃어대는 소리로 바뀌었다. 철거덕거리는 쇠사슬 소리가 들리고 분뇨와 콜타르의 역한 냄새가 코를 찔렀다.

이 두 가지 인상, 쇠사슬 소리가 뒤엉킨 웅성거리는 목소리와 지독한 악취는 언제나 네흘류도프에겐 일종의 정신적 구토라고도 할 수 있는 괴로운 감정으로 융합되었다. 그리고 그것은 육체적인 구토감으로까지 옮아갔다. 이 두 가지 인상은 서로 뒤섞여 차츰 더 심해졌다.

'똥통'이라고 불리는 큼직한 통이 놓여 있는 현관으로 들어서자 맨 먼저 네흘류도프의 눈에 띈 것은 통 위에 웅크리고 앉은 한 여자였다. 그 앞에 박박 깎은 머리에 납작한 모자를 비스듬히 쓴 남자가 한 사람 서 있었다. 두 사람은 뭔가 이야기를 하고 있었다. 남자 죄수는 네흘류도프를 보자 한쪽 눈을 찡긋거리며 말했다.

"황제라도 오줌은 못 참으니까요."

여자는 죄수복 자락을 내리고 고개를 숙였다.

현관에 줄지어 복도가 나 있고, 복도를 향해 감방 문이 열어젖혀져 있었다. 맨 앞쪽 감방이 부부들의 방이고 그다음 넓은 것이 남자 죄수들의 방, 복도 맨 끝에 있는 조그만 두 방이 정치범들의 방이었다. 150명을 수용하기로 되어 있는 숙소에 450명이나 들어가 있으므로 너무 비좁아 감방에 다 들어가지 못한 죄수들이 복도에까지 가득 차 있었다.

바닥에 앉기도 하고 누워 있는 자가 있는가 하면 빈 주전자나 더운물이 든 주전자를 가지고 왔다 갔다 하는 사람도 있었다. 그 속에 타라스도 있었다. 그는 네흘류도프에게로 달려와 싱글거리며 인사했다. 선량해 보이는 얼굴의 콧등과 눈 아래가 퍼렇게 멍이 들어 있었다.

"왜 그랬나?" 네흘류도프가 물었다.

"뭐, 그저." 타라스는 벙그레 웃으면서 말했다.

"늘 싸움만 하고 있으니." 호송병이 업신여기는 태도로 말했다.

"여자 일로 말이죠." 뒤에서 따라온 죄수가 덧붙였다. "펫카라는 애꾸와 한바탕했답니다."

"페도샤는 어떻게 되었소?" 네흘류도프는 물었다.

"잘 있습니다. 지금 더운물을 갖다 주려는 참입니다." 타라스는 부부용 감방으로 들어갔다.

네흘류도프는 문으로 들여다보았다. 감방이 침대의 위아래 할 것 없이 남녀 죄수들로 꽉 차 있어서, 젖은 옷이 마르느라고 숨 막힐 듯한 김이 서려 있고 끊임없이 재잘거리는 여자들 소리가 들리고 있었다.

그 옆은 남자 죄수들의 감방 문이었다. 여기는 더 혼잡했으며 많은 사람들이 문 앞에서 복도까지 밀려 나와 있고 젖은 죄수복을 입은 남자들이 뭔가를 나누기도 하고 의논하고 있었다.

호송병의 설명에 따르면, 얼마 후에 나올 식비를 걸고 도박을 해서 따거나 잃은 돈을, 감방장이 카드로 만든 전표로 보드카 밀매자에게 내주고 있다는 것이었다.

사병과 네흘류도프를 보자 가까이 있던 죄수들은 입을 다물고 증오에 찬 눈초리로 힐끔 노려보았다. 죄수들 중에서 네흘류도프는 표도로프라는 낯익은 징역수를 발견했다. 그 곁에는 언제나처럼 눈썹을 추켜올리고 부은 듯 살결이 흰 궁상스러운 젊은이가 같이 있었다. 그리고 또 한 사람, 그보다 더 보기 흉한 곰보에다 코가 없는 부랑자도 곁에서 부하처럼 달라붙어 있었는데, 이자는 도망칠 때 밀림 속에서 동료를 죽이고 그 고기를 먹었다는 소문이 있는 사나이였다. 이 사나이는 한쪽 어깨에 축축하게 젖은 죄수복을 걸치고 복도에 버티고 서서, 비키려고도 하지 않고 불쾌한 눈길로 네흘류도프를 훑어보았다. 네흘류도프는 그 사나이를 피해 지나갔다.

네흘류도프는 이미 이런 광경에 너무나도 익숙해져 있었다. 이 석 달 동안 온갖 상태의 4백여 명 죄수의 모습을 싫도록 보아왔다. 더위 속에서 발의 쇠사슬을 끌며 뽀얗게 이는 흙먼지에 뒤덮인 모습이며, 길가에서 쉬는 모습이며, 숙소의 어두운 마당에서 드러내놓고 성행위를 즐기는 장면 등을 그는 때때로 목격해왔다.

그런데도 그는 죄수들 속에 들어올 때마다 지금처럼 자기에게 그들의 주의가 모아지는 것을 느끼고 그들에 대한 자기의 죄의식과 부끄러움을 느끼지 않을 수 없었다. 그가 가장 괴로운 것은 이 부끄러움과 죄악감에, 다시 더 견디기 어려운 혐오와 두려움의 감정이 섞이는 것이었다. 이런 상황 속에서는 그들처럼 되지 않을 수 없으리라는 것을 이해했지만 그래도 그들에 대한 혐오를 억누를 수 없었다.

"놈들은 상팔자지, 놀고먹으며 지낼 수 있으니까." 벌써 정치범의 감방 문턱까지 갔을 때 네흘류도프는 이런 소리를 들었다. "뭐가 어떻건 네 배가 아플 게 뭐야, 벌어먹을." 하고 누군가의 목쉰 소리가 말하더니 다시 상스러운 욕지거리를 덧붙였다.

악의에 찬, 비웃는 웃음소리가 왁자하게 일어났다.

10

남자 죄수들의 감방 앞을 지나자 네흘류도프를 안내한 사병은 점호 전에 모시러 오겠노라고 말하고 돌아갔다. 그가 물러가자 곧 한 죄수가 소리 나지 않게 쇠고랑을 누르면서 맨발로 재빠르게 네흘류도프 곁으로 다가오더니, 지독하게 시큼한 땀내를 풍기면서 귓속말로 속삭였다.

"도와주십시오, 나리. 저 젊은이는 완전히 술 때문에 속아 넘어갔습니다. 바로 오늘 아침 인계 때도 자기 입으로 제 이름을 카르마노프라고 말해버리는 형편이랍니다. 제발 도와주십시오. 우리로서는 어쩔 수 없습니다. 잘못하다간 죽게 되지요." 죄수는 불안하게 이쪽저쪽을 두리번거리면서 이렇게 속삭이고 곧 네흘류도프 곁을 떠나갔다.

그것은 이런 사연이었다. 카르마노프라는 징역수가 자기 얼굴과 닮은 젊은 유형수를 꾀어서 이름을 바꾸고, 자기가 유형수가 되는 대신 젊은 이를 징역수로 만들려는 사건이었다.

지금 이 죄수가 일주일 전에 이 일을 말해주었기 때문에 네흘류도프는 이미 그것을 알고 있었다. 네흘류도프는 잘 알았으니 될 수 있는 대로 힘써보겠다는 표시로 고개를 한 번 끄덕이고는 돌아보지도 않고 앞으로 곧장 걸어갔다.

　네흘류도프는 예카테린부르크에서부터 이 죄수를 알고 있었다. 거기서 이 죄수는 자기 아내가 같이 따라올 수 있게 힘써달라고 그에게 부탁했었다. 그러나 그가 저지른 죄에 대해 듣고, 네흘류도프는 어처구니가 없었다. 그는 중키에 서른 살쯤 되어 보이는 아주 평범한 농사꾼 타입의 사나이로서 강도 및 살인 미수로 징역 판결을 받은 마카르 뎁킨이라는 사람이었다.

　그의 범죄는 참으로 묘한 것이었다. 그가 네흘류도프에게 말한 바에 따르면, 마카르 자신이 한 짓이 아니라 악마의 짓이라는 것이었다. 마카르의 말로는 어떤 나그네가 아버지한테 들러 2루블을 줄 테니 40킬로미터 떨어진 마을까지 말이 끄는 썰매를 빌려달라고 부탁했다. 아버지는 마카르에게 나그네를 안내하라고 일렀다. 마카르는 썰매에 말을 매어 떠날 준비를 하고 나그네와 함께 차를 마시기 시작했다. 나그네는 차를 마시면서 색시감을 얻으러 가는 길인데 모스크바에서 번 돈 500루블을 가지고 있다고 말했다. 이 말을 듣자 마카르는 뜰로 나가 썰매 속의 짚 밑에다 도끼를 감췄다.

　"왜 도끼를 감췄는지 나도 모릅니다." 하고 그는 말했다. "'도끼를 가져가.' 하는 소리가 들리기에 나는 도끼를 가져간 것이지요. 우리는 썰매를 타고 떠났습니다. 나는 도끼에 대한 것은 까맣게 잊어버렸습니다. 이윽고 마을이 가까워져서 겨우 6킬로미터밖에 남지 않게 되었습니다. 마을에서 한길로 나오는 길은 오르막이었습니다. 나는 썰매에서 내려 썰매 뒤에서 걸어가기 시작했지요.

그러자 악마 놈이 말하지 않겠습니까? '너는 뭘 어물거리냐? 언덕을 다 올라가고 나면 한길에는 사람이 많아지고 곧 마을이 아니냐? 그러면 그놈의 돈은 무사하게 되는 거야. 해치우려면 이때다. 우물쭈물할 것 없어.' 나는 짚을 매만지는 척하며 썰매 쪽으로 몸을 구부렸지요. 마치 도끼가 저절로 손에 빨려드는 듯했습니다. 나그네가 돌아보더군요. '뭘 하나?'라고 하지 않겠습니까. 나는 도끼를 쳐들어 힘껏 내려치려고 했습니다. 그런데 어찌나 재빠른 놈인지 썰매에서 뛰어내리더니 다짜고짜 내 손을 움켜잡았습니다. '이 악당 놈이, 무슨 짓이야…….'

그리고 갑자기 나를 눈 속에 떼밀었습니다. 나는 싸우지도 못하고 손을 들고 말았지요. 놈은 제 두 손을 혁대로 묶어서 썰매에 밀어 넣더니 그 길로 곧장 경찰서로 끌고 갔습니다. 그래서 수감되고 재판을 받았지요. 마을 사람들은 전부 다 제가 좋은 사람이라 나쁜 짓 같은 것을 할 사람이 아니라고 변호해주더군요. 내가 일하고 있던 집주인도 변호해주었습니다. 하지만 변호사를 댈 돈이 없었지요." 마카르는 말했다. "그래서 4년 징역을 선고받았지요."

그리고 지금 이 사나이는 고향 사람을 구하려고, 이런 말을 하면 자기 목숨이 위태롭다는 것을 알면서도 죄수들 간의 비밀을 네흘류도프에게 알렸다. 만일 이런 일이 알려지기라도 한다면 그는 틀림없이 교살되고 말 것이었다.

11

정치범 감방은 조그만 두 방이었고 문은 둘 다 복도의 칸막이 뒤에 있었다. 복도 칸막이 안으로 들어서자 먼저 네흘류도프의 눈에 띈 것은 시몬손이었다. 그는 점퍼 차림으로, 심한 불길에 빨려들어 덜거덕거리는 난로 뚜껑 앞에 언제나처럼 쪼그리고 앉아 있었다.

그는 네흘류도프를 보자 쪼그리고 앉은 채 긴 눈썹 밑으로 상대방을 쳐다보며 한 손을 내밀었다.

"마침 잘 오셨습니다. 말씀드려야 할 것이 있었습니다." 그는 네흘류도프의 눈을 똑바로 바라보며 의미 있는 태도로 말했다.

"무슨 일인데요?" 네흘류도프는 물었다.

"이따 말씀드리죠. 지금은 좀 바빠서요."

그리고 시몬손은 다시금 난롯불을 지피기 시작했다. 그는 불을 때는데도 열에너지의 손실을 최소한으로 줄인다는 자기 생각을 지키고 있었다.

네흘류도프가 앞에 있는 문으로 들어가려 할 때, 건너편 문에서 허리를 구부리고 손에 비를 든 카튜샤가 쓰레기와 먼지 더미를 난로 곁으로 쓸어내면서 나왔다. 그녀는 흰 블라우스에 치맛자락을 걷어 올리고 양말을 신고 있었다. 눈썹 언저리까지 먼지투성이가 된 머리가 하얀 수건에 싸여 있었다. 네흘류도프를 보자 그녀는 허리를 펴고 빨갛게 상기되어 밝은 표정을 지으며 얼른 비를 놓더니, 두 손을 치마에 닦고 그 앞에 멈춰 섰다.

"청소하고 있었소?" 네흘류도프는 손을 잡으면서 말했다.

"네, 옛날 일이 생각나서요." 그녀는 웃으며 말했다. "어찌나 더러운지 상상도 못할 정도예요. 아까부터 쓸고 닦느라고 굉장했어요. 어때요? 담요는 다 말랐나요?" 그녀는 시몬손을 보면서 말했다.

"거의……."

시몬손은 그녀를 보며 말했는데 그 눈에 담겨진 어떤 특별한 의미를 깨달은 네흘류도프는 섬뜩해졌다.

"그럼 난, 그걸 가져가고 털외투 말릴 것을 가져오겠어요. 모두들 다여기 있어요." 그녀는 가까운 문을 가리키고 복도 안쪽으로 가면서 네흘류도프에게 말했다.

네흘류도프는 문을 열고 비좁은 감방으로 들어갔다. 방 안에는 침대위에 놓인 등불이 희미하게 빛을 내고 있었다. 방 안은 춥고 아직 가라앉지 않은 먼지와 습기와 담배 냄새로 꽉 차 있었다. 양철 램프가 주위사람들을 비추고 있었으나 나무 침대는 그늘졌고 벽에는 불 그림자가하늘거리고 있었다.

좁은 감방 안에는 더운물과 음식을 가지러 간 취사 당번 두 남자 말고는 모두 모여 있었다. 여기에는 네흘류도프와 오래전부터 알고 있는베라 보고두홉스카야도 있었다. 그녀는 차츰 더 여위어 노래진 얼굴에겁먹은 눈은 커다랬으며, 이마에는 푸른 힘줄이 두드러졌고, 짧게 자른머리에 잿빛 블라우스를 입고 있었다. 그녀는 담뱃가루가 흩어져 있는신문지 앞에 앉아서 떨리는 손으로 담뱃가루를 종이에 말고 있었다.

거기에는 네흘류도프가 가장 호감을 가지고 있는 정치범 여죄수 중의 한 사람인 에밀리야 란체바라는 여자도 있었다. 그녀는 정치범들의시중을 들며 아무리 괴로운 조건 아래서도 여자다운 섬세한 마음씨로기분 좋은 분위기를 만들고 있었다. 램프 곁에 앉아서 소매를 걷어붙이고 볕에 그을린 아름다운 팔을 바쁘게 놀리며 컵과 찻잔을 닦아서는, 침대에 펴놓은 냅킨 위에다 올려놓고 있었다. 란체바는 젊은 여자로 미인은 아니었으나 영리하고 상냥한 얼굴을 하고 있었다. 그리고 그 표정은웃으면 갑자기 밝고 쾌활하고 매력적인 표정으로 바뀌었다. 그녀는 상냥하게 네흘류도프를 맞았다.

"어머나, 우리는 이제 당신이 러시아로 돌아가신 줄로만 알고 있었어요." 그녀는 말했다.

저쪽 그늘진 구석에는 마리야 파블로브나가 희끄무레한 머리칼을 한 여자아이를 상대로 뭔가를 하고 있었다. 여자아이는 귀여운 목소리로 줄곧 재잘거리고 있었다.

"참 잘 오셨어요. 카튜샤를 만나보셨어요?" 그녀는 네흘류도프에게 물었다. "우리에게도 이런 손님이 다 있답니다." 그러고 그녀는 여자아이 쪽을 눈으로 가리켰다.

아나톨리 크릴초프도 있었다. 그는 야위고 창백한 얼굴에 가죽 장화를 신은 채 책상다리를 하고 등을 구부리고서 덜덜 떨며 침상 한구석에 걸터앉아 있었는데, 짧은 털외투 소매에 두 손을 움츠린 채 열에 들뜬 눈으로 네흘류도프를 보고 있었다. 네흘류도프는 그쪽으로 가려고 했으나, 문 오른쪽에서 안경을 쓰고 붉은 고수머리에 고무 입힌 점퍼를 입은 사나이가 배낭 속을 뒤지며 생글생글 웃고 있는 그라베츠라는 아름다운 여죄수와 이야기하고 있는 것을 보았다. 이자는 유명한 혁명가로 노보드보로프라는 사나이였다. 네흘류도프는 얼른 그에게 인사말을 건넸다. 네흘류도프가 특히 그에게 재빨리 인사를 한 것은 이 정치범 무리 가운데서 오직 이 사나이만이 친근감이 가지 않았기 때문이었다. 노보드보로프는 안경 너머로 파란 눈을 반짝이며 무뚝뚝한 얼굴로 여윈 손을 네흘류도프에게 내밀었다.

"어떻습니까? 여행은 즐겁습니까?" 그는 틀림없이 빈정대는 투로 말했다.

"네, 재미있는 일이 많습니다." 네흘류도프는 빈정거리는 것을 깨닫지 못한 듯 그것을 호의로만 생각하는 척 대답하고는 크릴초프 쪽으로 갔다.

네흘류도프도는 겉으로 냉정을 가장했지만 속으로는 노보드보로프에게 심한 적의를 느끼고 있었다. 노보드보로프가 지금 한 말과 기분 나쁜 말을 해주려는 노골적인 의도가 네흘류도프가 느끼고 있던 좋은 기분을 온통 망쳐놓고 말았다. 그래서 그는 어둡고 침울해졌다.

"어떻습니까, 기분이?" 그는 크릴초프의 떨리는 차가운 손을 잡으면서 말했다.

"네, 괜찮습니다. 그저 몸이 따뜻해지지 않을 뿐이랍니다. 이렇게 젖어 있어서." 얼른 반코트 소매 속에 손을 움츠리면서 크릴초프가 말했다.

"게다가 여기는 지독히 춥답니다. 보십시오, 유리창이 깨져 있습니다." 그는 쇠창살 뒤, 유리가 두 군데나 깨진 곳을 가리켰다. "무슨 일이라도 있었습니까? 한동안 통 안 보이시더니."

"허가를 해주지 않았답니다. 대장이 엄격해서……. 오늘에야 겨우 친절한 장교를 만났지요."

"허, 친절하다고요?" 크릴초프가 말했다. "마샤한테 물어보십시오. 오늘 아침에 그놈이 무슨 짓을 했나."

마리야 파블로브나가 자기 자리에 앉은 채 오늘 아침 숙소를 떠날 때 여자아이에게 어떤 일이 있었는지 이야기했다.

"저는 집단 항의를 할 필요가 있다고 생각해요." 베라 보고두홉스카야는 단호한 목소리로 말하면서도 겁먹은 눈초리로 사람들의 얼굴을 바라보았다. "시몬손이 항의했지만 그것으로는 불충분하다고 생각해요."

"어떤 항의를 한다는 거요?" 인상을 찌푸리며 크릴초프가 말했다. 아마 베라 보고두홉스카야의 부자연스러운 말투와 신경질적인 태도가 벌써부터 그의 비위에 거슬렸던 모양이었다. "카튜샤를 찾고 계십니까?" 하고 그는 네흘류도프 쪽을 돌아보았다. "그녀는 일하고 있습니다. 청소를요. 이 남자 방을 다 끝내고 지금은 여자 방을 청소하고 있습니다. 그래도 벼룩만은 쓸어내지 못하니 늘 물리고 있답니다. 마샤는 저기서 무엇을 하고 있소?" 그는 마리야 파블로브나가 있는 구석 쪽으로 고개를 돌리면서 물었다.

"자기 양딸의 머리를 빗겨주고 있어요." 란체바가 말했다.

"이를 이쪽으로 퍼뜨리지 않을까?" 크릴초프가 말했다.

"염려 마세요, 조심할 테니까. 이젠 아주 깨끗해졌어요." 마리야 파블로브나는 말했다.

"잠깐 동안만 애를 맡아주시겠어요?" 그녀는 란체바 쪽을 돌아보았다. "가서 카튜샤를 도와주고 올 테니까요. 그리고 그에게 담요를 갖다 주어야겠어요."

란체바는 여자애를 받아 안았다. 그리고 어머니 같은 상냥한 태도로 여자아이의 드러난 토실토실한 손을 잡고 무릎 위에 앉혀서 사탕 조각을 주었다.

마리야 파블로브나는 밖으로 나갔다. 얼마 뒤에 그녀들과 함께 더운 물과 음식을 든 두 남자가 들어왔다.

12

새로 들어온 사람 중에 한 사람은 자그마하고 여윈 젊은 사나이로, 모자가 달린 짧은 털외투를 입고 무릎까지 오는 장화를 신고 있었다. 그는 김이 무럭무럭 나는 큰 주전자를 두 손에 하나씩 들고 수건에 싼 빵을 옆구리에 끼고는 경쾌한 걸음걸이로 들어왔다.

"아니, 우리 공작님도 오셨군요." 그는 주전자를 찻잔 사이에 놓고 빵을 카튜샤에게 주면서 말했다. "기막힌 것을 사 왔어." 그는 반코트를 벗어 사람들 머리 너머 구석 쪽 침대에 던지면서 말했다. "마르켈이 우유와 달걀을 샀어요. 오늘 밤은 무도회를 열 수도 있습니다. 란체바가 청소를 해줘서 말입니다." 그는 란체바를 보고 싱글싱글 웃으면서 말했다.

"자, 그럼 차라도 끓여주시오." 그는 그녀에게 재촉했다.

이 남자의 온몸, 동작, 목소리, 눈길, 모든 면에 젊은이다운 쾌활함이 감돌고 있었다. 함께 들어온 또 한 사람은, 역시 자그마하고 바싹 마른 몸매에, 창백한 얼굴에는 광대뼈가 몹시 튀어나와 볼이 꺼지고, 미간이 매우 넓으며 푸른빛 나는 아름다운 눈과 얇팍한 입술을 갖고 있었다. 그 사람은 반대로 지친 듯 어두운 얼굴을 하고 있었다. 그는 낡아빠진 솜 외투를 입고 장화에다 덧신을 포개 신고 있었다. 그는 항아리와 바구니를 두 개씩 안고 있었는데 그것을 란체바 앞에 놓더니 네흘류도프에게 눈길을 돌리고는 턱만 앞으로 내밀고 인사했다. 그리고 내키지 않는 태도로 땀이 배어 축축한 손을 내밀어 악수하고는, 천천히 바구니에서 음식을 꺼내 늘어놓았다.

이 두 정치범은 평민 출신이었다. 한 사람은 농사꾼 출신으로 나바토프라 하고 다른 한 사람은 직공인데 마르켈 콘드라티예프라고 했다. 마르켈이 혁명 운동에 참가한 것은 서른 살이 된 뒤였으나 나바토프는 열여덟 살 때부터였다. 나바토프는 재주가 뛰어나 마을의 초등학교를 졸업하고 중학교에 들어가 계속 가정교사를 하며 금메달을 따고 졸업했으나 대학에는 가지 않았다. 이미 7학년 때 나바토프는 동포들을 계몽하기 위해 자기 출신 계급인 농민 속으로 돌아가려고 결심했기 때문이었다. 그는 그것을 실행했다. 처음에는 큰 마을 면사무소 서기로 들어갔으나 얼마 안 되어 농민들에게 책을 읽어주거나 농업협동조합을 조직했기 때문에 붙들렸다. 그때는 8개월 동안 갇혔다가 비밀 감시를 받는다는 조건으로 풀려나왔다. 나오자마자 그는 곧 다른 현의 마을로 가 교사로 있으면서 다시 전과 같은 일을 했다. 그는 또 붙들려 이번에는 1년 2개월 동안 옥에 갇히게 되었다. 그리고 옥중에서 그는 차츰 더 자기 신념을 굳혔다.

두 번째 옥중 생활을 끝내자 그는 페름 현으로 추방되었다. 그는 그곳을 탈출했다. 그리고 다시 붙들려 7개월 동안 감금되었다가 이번에는 아르찬겔 현으로 추방되었다. 새 황제에 대한 선서를 거부했기 때문에 그는 거기서 또 야쿠츠크 현으로 추방되었다. 이렇듯 그는 한창 일할 나이의 반을 감옥과 유형지에서 보냈다. 이런 편력은 조금도 그의 마음을 비뚤어지게 하지 않았고 또 그의 투지를 꺾을 수도 없었으며 오히려 그것을 더욱 불타게 했다.

그는 튼튼한 위장을 가진 활동적인 사나이로, 언제나 변함없이 능동적이고 쾌활했다. 그는 결코 어떤 일에도 후회하지 않았고 먼 앞날에 대한 것은 아무것도 몰랐으나 지혜와 현실에 적응을 잘하여 현재 시점에서 행동하고 있었다. 자유 사회에 있었을 때 그는 스스로에게 주어진 목적을 위해 일하는 사람, 즉 주로 농민들의 계몽과 단결을 위해 활동했다.

감옥에 갇힌 뒤로는 또 바깥 세계와 연락하여 주어진 조건 아래서 자기만이 아니라 동료들을 위해서도 최선의 생활을 이룩하려고 정열적이고 실제적인 활동을 계속했다. 그는 무엇보다도 먼저 공동체 속에서 사는 사람이었다. 자기를 위해서는 아무것도 필요치 않은 것 같았다. 그리고 자기를 위해서는 아무것도 없더라도 예사롭게 있을 수 있었으나 동지들 전체를 위해서는 많은 것을 요구했고, 휴식도 침식도 잊은 채 어떤 일이건—지적이건 육체적이건 간에—할 수 있었다. 농민 출신인 그는 부지런하고 영리하고 일에 능숙했다. 천성적으로 자제심이 강하고 항상 공손했으며, 남의 감정만이 아니라 의견에 대해서도 신중했다.

그의 늙은 어머니는 무식한 시골 과부로 미신을 굳게 믿었으며 아직도 살아 있었다. 그래서 나바토프는 늙은 어머니를 도왔고 감옥 밖에 있을 때 곧잘 어머니를 찾아갔다. 그는 집에 있는 동안 자질구레한 일에까지 늙은 어머니의 생활을 살피고 농사일도 도우며 옛 농사꾼 친구의 자식들과도 교제했다. 그는 사람들과 함께 손으로 만 값싼 담배를 피우기도 하고 힘겨루기도 했다. 그리고 그들이 모두 억울하게 기만당하고 있으며 그런 상태에서 절대로 벗어나야만 한다는 것을 알기 쉽게 설명해 주기도 했다.

혁명이 민중에게 주는 것에 대해 생각하거나 이야기할 때, 그는 언젠가 자기 마을의 민중이 토지를 갖고, 귀족과 관리들이 없어진다는 것뿐, 나머지는 자기가 보아왔던 것과 거의 같은 상태로 상상했다. 그의 관념으로는 혁명이란 민중 생활의 기본 형태를 바꾸어선 안 되는 것이었다. 이 점에서 그는 노보드보로프나 그의 추종자인 마르켈 콘드라티예프와 의견이 맞지 않았다. 혁명은, 그의 생각으로 건물 전체를 파괴해서는 안 되며 이 아름답고 튼튼하고 거대한, 그가 몹시 사랑하는 낡은 건물 안의 배치만을 바꿔놓는 일이어야 했다.

종교 면에서도 그는 틀에 박힌 농사꾼이었다. 형이상학적인 문제나 만물의 기원, 죽은 뒤의 부활 따위에 대해서는 결코 생각한 적이 없었다. 그에게 있어서 신이란, 프랑스의 천문학자 아라고와 마찬가지로 오늘날까지 그 필요성을 느껴보지 못한 가설에 지나지 않았다. 세계가 어떻게 창조되었는지, 모세가 주장했던 천지창조설이 옳은지, 다윈의 진화론이 옳은지 그런 것은 아무래도 좋았다. 그리고 동지들이 아주 중대시하고 있던 다윈의 이론 따위도 그로서는 엿새 동안 세계가 창조되었다는 모세의 설과 마찬가지로 단순한 사상 놀이에 지나지 않았다.

세계의 창조에 대한 문제가 그의 흥미를 끌지 못한 것은 어떻게 생활을 바꿔나가는가 하는 문제가 늘 그의 앞에 가로놓여 있었기 때문이었다. 미래 생활에 대해서도 그는 한 번도 생각한 적이 없었다. 그리고 마음속에 선조 대대로 이어온 결코 흔들리지 않는 굳은 신념을 간직하고 있었다. 그것은 모든 농사꾼들에게 공통된 신념으로, 동식물의 세계에는 결코 끝이 없으며 줄곧 하나의 형태에서 다른 형태로 바뀌어갈 뿐이라는 생각이었다. 예를 들어 비료가 곡식으로, 곡식이 닭으로, 올챙이가 개구리로, 애벌레가 나비로, 도토리가 떡갈나무가 되듯이, 사람도 죽어 없어지지 않고 단지 변할 뿐이다. 그는 이 사상을 믿고 있었다. 그러므로 언제나 힘차게, 오히려 쾌활하게 죽음과 맞서 싸우고 죽음으로 이르는 괴로움을 꿋꿋이 참아온 것이지만, 그는 그것을 입 밖에 내기 싫어했고 또 할 줄도 몰랐다. 그러나 일을 좋아해 언제나 실제적인 문제에 깊이 빠졌으며 그런 실제적인 문제에 동지들을 끌어들이고 있었다.

이 무리에 속해 있는 평민 출신의 또 한 사람 정치범 마르켈 콘드라티예프는 다른 타입이었다. 그는 열다섯 살 때부터 공장에 들어가 까닭 모를 굴욕감 때문에 술과 담배를 배우기 시작했다. 이 굴욕감을 그가 처음 느낀 것은 크리스마스에 공장주의 아내가 마련한 전나무 축제에 그들 소년공들이 초대되었을 때였다. 소년공들은 1코페이카짜리 피리와 사과와 금가루를 칠한 호두와 말린 무화과를 받았지만 공장주 아이들에게는 마술사의 선물 같은 장난감이 주어졌다. 그것이 50루블 이상 되는 비싼 것이라는 것을 그는 나중에야 알았다.

그가 스무 살이 되었을 때 유명한 여류 혁명가가 여직공으로 공장에 와서는 콘드라티예프의 뛰어난 재능을 인정하고, 그에게 책과 팸플릿을 주기도 하고 그의 상태를 설명하며 그 원인과 그것을 개선하는 방법 등을 가르쳐주었다. 그의 눈에 자기와 같은 학대받는 상태에서 자기와 다른 사람들을 해방시킬 가능성이 뚜렷하게 보였을 때, 그 상태의 부당함이 전보다 더한층 잔혹하고 무서운 것으로 여겨졌고, 그는 단순한 해방이 아니라 이 잔혹한 부정을 만들고 지켜온 사람들의 처벌까지도 열렬히 바라게 되었다.

이 가능성을 일으키는 것은 지식이라는 설명을 듣자 그는 온 정열을 기울여 지식을 얻기에 몰두했다. 어떻게 사회주의 이상 실현이 지식을 통해 이뤄지는지 그는 잘 알지 못했으나 현재 자기가 놓여 있는 부당한 상태를 지식이 바로잡아주리라고 믿었다. 뿐만 아니라 지식이 자기를 다른 사람들보다 높여준 것같이 여겨졌다. 그래서 술도 담배도 끊고 창고지기가 되어서 전보다 많아진 자유 시간을 전부 독서에 바쳤다.

여류 혁명가는 그를 가르쳤으며 모든 지식을 소화하는 그의 능력에 경탄했다. 2년 동안 그는 대수, 기하, 역사를 공부했다. 그리고 특히 역사를 좋아했으며 또 문학 작품과 평론, 사회주의 문헌을 탐독했다.

여류 혁명가는 붙들렸다. 동시에 그도 금지된 책을 가지고 있었기 때문에 붙들려 투옥되었다가 그 뒤 볼로그다 현으로 추방되었다. 거기서 그는 노보드보로프와 알게 되었으며, 다시 더 많은 사회주의 문헌을 읽어 지식을 흡수했고 차츰 스스로의 사회주의 사상에 확신을 굳혔다. 추방된 뒤 그는 노동자들의 대규모 동맹파업을 지도했다. 이 동맹파업 때문에 공장은 파괴되고 공장장은 살해되었다. 그는 또 붙잡혀 시민권을 박탈당하고 유형을 선고받게 되었다.

그는 종교에 대해, 현행 경제 제도에 대해서처럼 부정적인 태도를 취했다. 자신에게 뿌리박혀 있는 신앙의 어리석음을 깨달으며 처음에는 두려움도 가졌지만 이윽고 그것을 극복하고 기쁜 마음으로 인습적인 신앙에서 벗어나 자기와 조상들을 얽매고 있던 기만에 복수라도 하듯 끝없는 독설과 악의로써 사제들과 종교 교리를 비웃었다.

금욕 생활이 몸에 배어 있었으므로 그는 최소한의 것으로도 만족했다. 어렸을 때부터 노동에 익숙해져 근육이 발달되어 있는 사람이 그렇듯 힘들이지 않고 어떤 육체노동이라도 민첩하게 해낼 수 있었으며, 무엇보다도 자유 시간을 아껴서 감옥 안이나 숙소에서 공부를 계속했다.

그는 지금 마르크스의《자본론》제1권을 공부하고 있었다. 그리고 그

것을 보물처럼 소중히 배낭 속에 간직하고 있었다. 그는 모든 동지들에
대해 겸손하고 냉담한 태도를 취했으나 노보드보로프에 대해서만은 무
조건 따르고 모든 문제에 대한 그의 판단을 절대 진리로 받아들였다.

그는 여자들을 모든 큰 사업의 장애물로 보고 억누를 수 없는 모멸감
을 품고 있었다. 그러나 카튜샤만은 불쌍히 여기고, 그녀를 상류 계급에
의한 하층 계급 착취의 표본이라 여기며 상냥하게 대했다. 이런 이유로
그는 네흘류도프를 좋아하지 않았고 말도 하지 않았으며 네흘류도프와
인사할 때도 손을 쥐지 않고 다만 손을 내밀어 상대가 자기 손을 쥐도
록 내버려 둘 뿐이었다.

13

벽난로가 벌겋게 달아올라 방 안이 따뜻해졌다. 차를 끓여 컵과 찻잔
에 따르고 흰 우유를 넣었다. 둥근 빵과 갓 구운 고급 밀가루 빵과 삶은
달걀과 버터와 송아지 머리와 다리 등이 차려졌다. 모두들 식탁 대신인
침대 가에 모여서 마시고 먹고 이야기를 시작했다. 란체바는 상자에 걸
터앉아 차를 따라주었다. 모두들 그녀를 빙 둘러쌌다. 크릴초프만은 젖
은 반코트를 벗고 마른 담요로 몸을 싸고는 자기 침대에 누워서 네흘류
도프와 이야기를 했다.

호송 도중의 추위와 습기, 겨우 닿았을 때 느꼈던 더러움과 난잡함 같
은 것을 다 깨끗이 청소하고 정돈한 뒤, 음식과 뜨거운 차를 들고 나니
모두들 즐겁고 흐뭇한 기분이 되어 있었다.

벽 너머에서 들리는 형사범들의 바쁜 발소리며 외침 소리, 욕하는 소
리 등은 그들 주위의 상황을 생각나게 하기도 했지만, 한편으로는 이

따뜻한 분위기를 한층 더 돋워주었다. 마치 바다 속 작은 섬에 있는 것처럼 여기 있는 사람들은 잠시 동안 자기들을 에워싸고 있는 굴욕과 고통을 잊어버리자 마음이 들뜨고 흥분되었다. 그들은 온갖 이야기를 주고받았으나 자기들의 현재 입장과 자기들을 기다리고 있는 운명에 대해서는 입에 올리지 않았다. 뿐만 아니라 젊은 남녀 사이에, 특히 그들처럼 강제적으로 동거하고 있는 경우엔 언제나 일어나기 쉬운 일이지만, 그들 사이에는 사모의 정이 생겨나고 있었다. 서로 사랑하는 사람들도 있었고 짝사랑하는 사람도 있어, 그들은 거의 모두가 사랑하는 사이였다.

노보드보로프는 항상 웃음 짓는 아름다운 그라베츠를 사랑하고 있었다. 그라베츠는 매우 젊은 여대생으로 별로 사물을 생각하지 않는 편이라 혁명 문제에는 전혀 무관심했다. 그러나 그녀는 시대의 유행에 따라 정부에 거역하는 짓을 해 유형을 선고받았다.

자유의 몸이었을 때 그녀의 주된 관심은 남자의 인기를 끄는 것이었다. 그리고 그것은 재판 때도, 옥중에서도, 유형지에서도 그대로 계속되었다. 지금 호송 도중에도 노보드보로프가 그녀에게 열중했기 때문에 자기도 그를 사랑하게 된 것이 그녀에게는 위안이 되었다. 베라 보고두홉스카야는 몹시 다감했으나 상대방 마음에 사랑을 싹트게 하진 않는 여자로서, 언제나 상대방에게 사랑받게 될 것을 기대하면서 나바토프를 사랑하기도 하고 노보드보로프를 사랑하기도 했다. 크릴초프는 마리야 파블로브나에게 사랑 비슷한 감정을 품고 있었다. 그는 보통 남자가 여자를 사랑하듯이 그녀를 사랑했지만 사랑에 대한 그녀의 사고방식을 알기 때문에 특히 그녀가 친절하게 병을 돌봐주는 데 대한 감사와 우정의 형식 밑에서 교묘하게 자기감정을 감추고 있었다.

나바토프와 란체바는 매우 복잡한 사랑의 관계로 맺어져 있었다. 마

리야 파블로브나가 완전히 순결한 처녀였던 것과 마찬가지로 란체바는
완전히 정숙한 유부녀였기 때문이다.

아직 열여섯 살 난 여학생 시절에 그녀는 페테르부르크의 대학생이
었던 란체프를 사랑했다. 그리고 열아홉 살 때 그와 결혼했다. 그 무렵
아직 그는 대학생이었다. 그녀의 남편은 대학 4학년 때 학생 운동에 휩
쓸려 페테르부르크에서 쫓겨나 혁명가가 되었다. 그녀는 의학부 청강생
이었으나 그만두고 남편의 뒤를 쫓아 그녀 또한 여류 혁명가가 되었다.

만약 그녀의 남편이 이 세상 모든 사람들 가운데서 가장 지혜롭고 훌
륭한 사람이라고 그녀가 생각하지 않았던들, 그녀는 그를 사랑하지 않
았을 것이고 따라서 결혼도 하지 않았으리라. 그러나 그녀의 신념에 의
하면 이 세상에서 제일 훌륭한 남성과 사랑하고 결혼한 이상, 자기도 당
연히 인생의 목적을 세상에서 가장 지혜롭고 훌륭한 사람이 보는 것과
같은 눈으로 보지 않을 수 없었다. 처음에 그녀의 남편은 인생이란 배우
는 것이라고 믿고 있었다. 그러므로 그녀도 그와 같이 인생을 이해했다.

그가 혁명가가 되자 그녀도 혁명가가 되었다. 그녀는 현행 제도는 용
납할 수 없는 것이며, 모든 사람들의 의무는 이 질서와 싸워서 저마다
자유로이 발전할 수 있는 정치 및 경제 기구를 수립하는 것임을 훌륭히
증명할 수 있었다. 그리고 그녀는 자기가 실지로 그와 같이 생각하며 느
끼고 있는 것처럼 생각되었으나 본질적으로는 남편이 생각하고 있는
것만이 진리라 생각하고 단 한 가지 남편의 마음과 완전한 화합만을 바
라고 있음에 지나지 않았다. 그것만이 그녀에게 도덕적인 만족을 주기
때문이었다.

남편과 시어머니에게 맡긴 어린아이와의 이별은 그녀에겐 무척 괴로
웠다. 그러나 그녀는 이별을 용감하게 참아 이겼다. 그녀는 이 고통도
남편을 위해서이며, 남편이 봉사하고 있는 이상, 의심할 여지 없이 진실

되고 보람 있는 큰 사업이라 믿었기 때문이었다. 그녀는 언제나 마음속으로 남편과 같이 있었으며, 전처럼 지금도 남편 이외에 어느 누구도 사랑할 수 없었다. 그러나 그녀에 대한 나바토프의 헌신적이고 순수한 사랑은 그녀의 가슴속을 흔들어놓았다.

그는 남편의 친구이며 의지가 강한 도덕적인 남자였으므로 누이로서 그녀를 꾀려고 애쓰고 있었다. 그러나 그녀에 대한 그의 태도에는 그 이상의 무엇이 엿보여 두 사람을 놀라게 했다. 아울러 그것은 현재 그들의 괴로운 생활을 아름답게 장식해주었다.

이렇게 이들 가운데서 연애 감정에 완전히 자유로운 사람은 마리야 파블로브나와 콘드라티예프 두 사람뿐이었다.

14

모두 함께 저녁 식사와 차를 끝낸 후에 이전처럼 마슬로바와 단둘이 이야기할 기회를 노리면서 네흘류도프는 크릴초프 곁에 앉아 이야기를 나누고 있었다. 네흘류도프는 이야기하는 중에 아까 마카르한테서 부탁받은 것과 마카르의 기묘한 범죄에 대해 이야기했다. 크릴초프는 열에 들뜬 눈으로 네흘류도프의 얼굴을 바라보며 주의 깊게 들었다.

"그렇습니다." 하고 그는 갑자기 말했다. "나는 이따금 이런 생각에 사로잡힌답니다. 현재 이렇게 우리는 그들과 행동을 같이하고 있는 셈입니다. 그들이란 누구일까요? 우리가 구하려 하는 바로 그 민중이 아닙니까? 그런데 어떻습니까? 우리는 그들을 모를 뿐만 아니라 알려고도 하지 않습니다. 더구나 그들은 한술 더 떠서 우리를 미워하고 적대시하고 있습니다. 이것은 참으로 무서운 일입니다."

"뭐, 무서워할 건 없어요." 귀를 기울이고 있었던 노보드보로프가 말했다.

"민중이란 언제나 권력만 숭배하지요." 그는 특유의 찢어지는 목소리로 말했다. "정부가 권력을 가지면 그들은 정부를 숭배하고 우리를 미워합니다. 내일 우리가 권력의 자리에 앉으면 그들은 우리를 숭배하게 되지요……."

그때 벽 저쪽에서 별안간 욕지거리와 심하게 벽에 부딪치는 소리, 철거덕거리는 쇠사슬 소리, 비명 소리가 들렸다. 누군지 얻어맞으면서 "사람 살려!" 하고 외쳤다.

"보십시오, 그들은 짐승입니다! 우리와 그들 사이에 어떤 공통점이 있을 수 있단 말입니까?" 하고 노보드보로프는 태연히 말했다.

"자넨 그들을 짐승이라고 생각하나? 그런데 지금 네흘류도프 씨한테 들었는데." 크릴초프는 짜증스럽게 말하며, 마카르가 같은 고향 사람을 구하기 위해 목숨을 걸고 있다는 사실을 이야기했다. "이건 짐승의 행위이기는커녕 훌륭한 헌신적인 행동이 아닌가?"

"감상주의야!" 노보드보로프는 잘라 말했다. "그들의 감정과 행동 동기는 우리로서는 이해하기 어려워. 자네는 거기에 너그러운 마음이 보인다고 하지만, 그 징역수에 대한 질투인지도 모르지."

"왜 당신은 남의 좋은 점은 조금도 보려고 하지 않지?" 갑자기 발끈해서 마리야 파블로브나가 말했다. 그녀는 누구에게나 흉허물 없이 말했다.

"없는 건 볼 수 없지 않소?"

"한 인간이 두려운 죽음을 무릅쓰고 있는데 왜 없어요?"

"나는 생각하는데." 하고 노보드보로프가 말을 꺼냈다. "만일 우리가 사업을 결행하려 한다면 첫째 조건은." 램프 곁에서 책을 읽고 있던 콘드라티예프는 책을 놓고 주의 깊게 스승의 말에 귀 기울이기 시작했다.

"공상을 버리고 현실을 있는 그대로 봐야 한다는 것이오. 모든 것이 민중을 위한 것이어야겠지만 민중에게서는 아무것도 기대하지 않소. 민중은 우리의 활동 대상이 되기는 하지만 민중이 현재와 같이 무기력하게 살고 있는 한 우리의 협력자가 될 수는 없소." 그는 강의하는 듯한 말투로 이야기했다. "그러니까 우리가 그들을 위해 준비하고 있는 발달 과정, 그 발달 과정에 다다르기 전에 그들에게 도움을 기대한다는 것은 완전한 착각이요."

"발달 과정이 뭐야?" 크릴초프는 얼굴이 새빨개져서 말했다. "우리는 전제와 독재에 반대한다고 부르짖고 있는데, 자네의 논리야말로 가장 무서운 전제가 아니고 뭔가?"

"아니, 절대로 전제는 아니야." 노보드보로프는 침착하게 대답했다. "나는 민중이 가야 할 길을 알고 있고 그 길을 가르쳐줄 수 있다고 말했을 뿐이야."

"하지만 자네가 가르치는 길이 옳은 길이라고 어떻게 믿나? 그야말로 종교재판과 대혁명의 처형을 빚어낸 전제가 아닌가? 그들도 과학에 의해 유일한 올바른 길을 알고 있었다네."

"그들의 잘못이 곧 나의 잘못에 대한 증명은 되지 않아. 그리고 공론가들의 헛된 이론과 실증적인 경제학 사이에는 큰 차이가 있어."

노보드보로프의 목소리는 온 감방 안에 울렸다. 그 혼자만 이야기하고 있었고 다른 사람은 모두 잠자코 있었다.

"언제나 이론만 따지고 있으니." 그가 잠시 말을 끊자 마리야 파블로브나가 말했다.

"당신은 이 문제를 어떻게 생각하십니까?" 네흘류도프는 마리야 파블로브나에게 물었다.

"크릴초프가 옳다고 생각해요. 민중들에게 우리의 생각을 강요할 수는 없어요."

"그럼 카튜샤, 당신은?" 네흘류도프는 미소 지으면서 카튜샤에게 물어보았다. 그러나 그에게는 카튜샤가 무슨 엉뚱한 소리나 하지 않을까 하는 두려움이 있었다.

"저는 민중이 모욕당하고 있다고 생각해요." 그녀는 아주 흥분해서 말했다. "민중은 너무나도 모욕당하고 있어요."

"옳아, 카튜샤, 옳아요." 나바토프가 외쳤다. "민중은 몹시 모욕당하고 있어. 그런 일이 없도록 해주어야 해. 거기에 우리의 과제가 있지."

"혁명 과제를 괴상하게 알고들 있군." 노보드보로프는 화난 듯 입을 다물고 담배를 피우기 시작했다.

"저 친구하고는 말도 할 수 없어." 크릴초프는 조그만 소리로 중얼거리고 입을 다물었다.

"말을 않는 편이 훨씬 나을 겁니다." 네흘류도프는 말했다.

15

노보드보로프는 모든 혁명가들로부터 대단히 존경받았고, 학식 있고 매우 총명한 사람이라고 생각되고 있었다. 그런데도 네흘류도프는 그를 정신적 자질이 중간 정도 이하이며, 자기보다도 훨씬 낮은 혁명가의 한 사람으로 생각하고 있었다. 이 사나이의 지력―그의 분자―은 상당히 컸다. 그러나 자만심―그의 분모―은 측량할 수 없을 만큼 커서 그의 지력을 훨씬 넘어서고 있었다.

그는 정신적 생활에 있어서 시몬손과는 정반대 인물이었다. 시몬손은 사상적인 활동에서 행위가 생기고 사상으로 행위를 결정짓는다는 남성적인 성격의 사람이었다. 노보드보로프의 사고 활동은 일부는 감정에 의해 정해진 목적 달성에, 일부는 감정에 의해 야기된 행동의 변동으로 행해지는 주로 여성적인 성격의 타입에 속했다.

노보드보로프의 모든 혁명 활동은 그가 아무리 적절한 논증을 들어 그것을 훌륭한 말솜씨로 설명할 수 있다 해도, 네흘류도프에게는 한낱 사람들보다 뛰어나고 싶다는 소망과 허영심에 따르는 것이라고밖에 생각되지 않았다. 처음에는 남의 사상을 빨아들이고 그것을 정확하게 전할 수 있는 재능 덕분에, 학창 시절에는 교수와 학생 사이에서, 즉 이런 재능이 높이 평가되는 중학과 대학과 대학원에서 크게 두각을 나타냈기 때문에, 그의 자존심은 만족되었다.

그러나 학교를 졸업하고 공부를 그만두자 이 우수한 위치도 끝났다. 그래서 그는 갑자기, 그를 좋아하지 않는 크릴초프가 네흘류도프에게 말한 바에 따르면, 새로운 환경 속에서 우위를 차지하기 위해 자기 사상을 180도로 달리하여 점진적 자유주의자에서 과격한 인민의지파로 바꾸었다. 그는 성격적으로 의혹과 망설임을 일으키게 하는 도덕적, 미적 요소가 결여된 덕분으로 순식간에 혁명가들 사이에서 그의 자존심을 만족시킬 수 있는 지도자적 입장을 차지하게 되었다. 일단 방향을 정하면 그는 절대로 회의를 품거나 방황하는 일이 없었다. 그에게는 모든 일이 어처구니없을 만큼 쉽고도 뚜렷하게 여겨졌다.

확실히 그의 좁은 시야와 일면으로 볼 때 모든 것이 매우 쉽고 명백했으며 그의 입버릇처럼 논리적이기만 하면 되었던 것이다. 지나치게 자기 자신을 믿어 사람을 물리치든가 무릎 꿇게 하든가 하는 수밖에 없었다. 그러나 그의 활동은 끝없는 자기 과신을 깊은 사려와 총명이라고 풀이하는 아주 젊은 청년들 사이에서 행해지고 있었으므로 대다수 청년들이 그에게 복종했고, 혁명가들 사이에서 빛나는 성공을 거두고 있었다. 그의 활동이라는 것은 자기가 권력을 장악하고 국민대회를 소집하지 않으면 안 될 반란을 준비하는 것이었다. 집회에선 그가 꾸민 강령이 제출되기로 되어 있었고 이 강령은 모든 문제를 포함하고 있었으므로 반드시 실행되지 않으면 안 된다고 믿고 있었다.

동지들은 그의 용기와 결단 때문에 그를 존경하고 있었지만 사랑하지는 않았다. 그도 역시 아무도 사랑하지 않았으며, 뛰어난 사람이라 인정하면 경쟁심을 불태우고 되도록 늙은 원숭이가 어린 원숭이를 상대하듯 그들을 다루고 싶은 마음이었다. 그는 남에게 재능 발휘를 방해당하지 않기 위해서 남의 지력과 능력 모두를 빼앗으려고 했다. 자기에게 굽실거리는 사람에게만 호의적으로 대했다. 그래서 이번 호송 중에도 꼼짝없이 그의 선전에 사로잡힌 직공 콘드라티예프와 그에게 반해 있는 베라 보고두홉스카야와 미인인 그라베츠에게만은 상냥하게 대하고 있었다.

그는 원칙적으로는 여성해방운동에 찬성했지만 속으로는 모든 여자를 어리석고 무가치한 존재라고 생각하고 있었다. 그러나 지금의 그라베츠처럼 그가 때때로 감상적으로 사랑하는 상대는 예외였다. 그러면 그는 그런 상대를 자기만이 그 가치를 인정할 수 있는 뛰어난 여자인 것처럼 생각했다.

성관계 문제도 다른 문제와 마찬가지로 극히 간단하고 명백한 것이어서 자유연애의 승인으로 충분히 해결할 수 있다고 생각했다.

그에게는 명의상의 아내와 진짜 아내가 한 사람씩 있었는데 그들과는 진정한 사랑이 없다고 단정하고 헤어지고 말았다. 그리고 지금은 그라베츠와 새로운 자유연애에 들어가려고 계획 중이었다.

그는 네흘류도프를 업신여겼는데 그것은 그의 표현에 따르면 카튜샤에 대해 '광대놀음'을 하고 있으며 특히 건방지게도 현행 질서의 잘못된 점과 개선 방법에 대해서 노보드보로프와 일치하지 않게 생각할 뿐만 아니라 묘하게 자기 식으로, 공작 식으로, 즉 바보 같은 사고방식을 갖고 있다고 여겼다. 네흘류도프는 그의 그런 태도를 알고 있었다. 그리고 여행 동안 항상 누구에게나 친절하게 대해주고 있었지만 이 사나이에게만은 똑같은 태도로 앙갚음하고 싶다는 강한 반감을 억제할 수가 없었다.

16

옆 감방에서 하사관 목소리가 들렸다. 모두들 목소리를 죽였다. 그러자 곧 호송병 둘을 거느린 하사관이 들어왔다. 점호였다. 하사관은 한 사람 한 사람 손가락질을 하면서 인원수를 세었다. 네흘류도프 앞에 이르자 그는 부드럽고 정답게 말했다.

"공작님, 점호가 끝난 뒤에는 나가셔야 합니다." 네흘류도프는 그 말뜻을 알고 있었으므로 하사관 곁으로 다가가서 준비해두었던 3루블짜리 지폐 한 장을 슬쩍 쥐여주었다.

"당신한테는 못 당하겠군요! 좀 더 계셔도 좋습니다."

하사관이 나가려 할 때 다른 하사관이 눈이 퉁퉁 붓고 턱수염이 듬성하고 키가 후리후리한 죄수를 데리고 들어왔다.

"실은 딸 때문에." 하고 그는 말했다.

"아, 아빠다." 갑자기 어린아이 소리가 나더니 란체바 뒤에서 노란 머리카락의 조그만 머리가 불쑥 솟아올랐다. 란체바는 마리야 파블로브나와 카튜샤와 함께 앉아서 자기 치마를 뜯어 여자아이의 새 옷을 만들던 참이었다.

"아, 나다. 아빠다." 부좁킨은 상냥하게 말했다.

"애는 여기 있는 편이 나아요." 마리야 파블로브나는 부좁킨의 부은 얼굴을 딱하게 바라보면서 말했다. "여기에 두세요."

"아줌마들이 새 옷을 만들어준대요." 여자아이는 란체바의 손에 있는 것을 아버지에게 가리켜 보이면서 말했다. "빨갛고 예쁜 옷이에요." 하고 여자아이는 응석 부리는 소리를 냈다.

"여기서 아줌마하고 같이 잘래?" 란체바가 여자아이의 머리를 쓰다듬으면서 말했다.

"응, 아빠도 같이."

란체바의 얼굴은 미소로 활짝 빛났다.

"아빠는 안 돼." 하고 그녀는 말했다. "그냥 여기 두세요." 그녀는 아버지 쪽을 돌아보았다.

"글쎄, 그편이 좋겠군." 하사관은 문간에 서서 이렇게 말하고 다른 하사관을 재촉해 밖으로 나갔다.

호송병들이 나가자마자 나바토프는 부좁킨 곁으로 가서 그의 어깨를 흔들며 말했다.

"여보게, 정말인가? 카르마노프가 이름을 바꿔치기한다는 게?"

부좁킨의 온화하고 상냥한 얼굴이 갑자기 어둡게 흐려지더니 두 눈이 얇은 막을 씌운 듯이 흐려졌다.

"난 듣지 못했어. 설마." 하며 그는 무표정한 눈으로 말을 덧붙였다. "그럼 악슛카, 아줌마들 말 잘 듣고 얌전하게 있어야 해." 그러고는 서둘러 나갔다.

"다들 알고 있어. 바꿔치기하는 게 틀림없어." 나바토프가 말했다. "당신은 이 일을 어떻게 하시렵니까?"

"시내에 들어가서 담당 관리한테 말하겠소. 나는 두 사람 다 얼굴을 아니까." 네흘류도프가 말했다.

모두들 또다시 그 문제로 왈가왈부하는 것을 두려워하는 듯 잠자코 있었다. 시몬손은 줄곧 입을 다물고 두 손으로 머리를 받치고 구석 쪽 침대에 누워 있더니, 벌떡 일어나 앉아 있는 사람들을 조심스럽게 피하면서 네흘류도프 쪽으로 다가왔다.

"제 이야기를 들어주실 수 있겠습니까?"

"좋습니다." 네흘류도프는 그를 따라가려고 일어섰다.

카튜샤는 일어난 네흘류도프를 바라보다가 눈이 마주치자 얼굴을 확 붉히면서 자기도 모르겠다는 듯 고개를 흔들었다.

"이야기란 이렇습니다." 복도로 나서자 시몬손은 네흘류도프에게 말했다.

복도에선 형사범들의 떠들어대는 소리와 고함치는 소리가 한층 더 시끄럽게 들렸다. 네흘류도프는 눈살을 찌푸렸으나 시몬손은 조금도 동요되지 않는 것 같았다.

"카테리나 미하일로브나에 대한 당신의 태도를 알고 있기 때문에." 그는 선량해 보이는 눈으로 네흘류도프의 얼굴을 주의 깊게 보면서 말을 이었다. "나로서는 말해둘 의무가 있다고 생각한 것입니다." 그러나 그는 여기서 말을 끊지 않을 수 없었다. 그때 바로 문 옆에서 두 사람이 다투며 외쳐댔기 때문이었다.

"그러니까 너는 멍텅구리란 소릴 듣는 거야. 내 것이 아니라고 하잖아!" 한 목소리가 외쳤다.

"죽어라, 이 자식아." 다른 쉰 목소리가 외쳤다. 그때 마리야 파블로브나가 복도로 나왔다.

"이런 데서 이야기를 할 수 있나요?" 하고 그녀는 말했다. "이 방으로 오세요. 베라 혼자뿐이에요." 그녀는 앞장서서 옆방 문을 열고 들어갔다. 그곳은 독방 같은 작은 방으로, 지금은 정치범 여죄수용으로 사용되고 있었다. 침대 위에는 머리까지 담요를 푹 뒤집어쓰고 베라 보고두홉스카야가 드러누워 있었다.

"편두통이에요. 자고 있으니까 아무 소리도 들리지 않을 거예요! 나는 나갈 테니까." 마리야 파블로브나가 말했다.

"아니, 있어 주십시오." 시몬손이 말했다. "나는 누구한테도 비밀이 없습니다. 당신한테도요."

"그럼 좋아요." 마리야 파블로브나는 어린아이처럼 몸을 이리저리 흔들면서 침대에 깊숙이 걸터앉아 아름다운 눈을 어딘지 먼 곳으로 향하며 듣는 자세를 취했다.

"그런데 내 이야기란 것은." 하고 시몬손은 되풀이했다. "카테리나 미하일로브나와 당신의 관계를 알고 있으므로 나는 그녀에 대한 내 마음을 당신한테 말씀드릴 의무가 있다고 생각합니다."

"무슨 말인데요?" 네흘류도프는 시몬손의 단도직입적인 말투에 저도 모르게 끌려들어 되물었다.

"나는 카테리나 미하일로브나와 결혼하고 싶습니다."

"어머나 저런!" 마리야 파블로브나가 시몬손의 얼굴을 보며 눈을 크게 뜨고 말했다.

"그래서 그 일을, 즉 내 아내가 되어달라고 그녀에게 청할 결심을 했습니다." 시몬손은 말을 이었다.

"내가 무엇을 할 수 있겠습니까? 그것은 미하일로브나의 마음먹기에 달렸지요." 네흘류도프는 말했다.

"그렇습니다. 하지만 미하일로브나는 당신한테 의논하지 않고는 이 문제를 결정하지 않겠지요."

"왜요?"

"왜냐하면 당신과 미하일로브나의 관계가 깨끗이 해결되지 않으면 그녀는 아무것도 정할 수 없으니까요."

"나는 이 문제에 대해선 완전히 결정되어 있습니다. 나는 내가 해야 한다고 생각하는 것을 이행하고 있습니다. 그리고 또 그녀의 처지를 편하게 해주고 싶을 따름입니다. 하지만 어떤 경우라도 그녀를 속박하고 싶진 않습니다."

"그래요? 하지만 그녀는 당신의 희생을 바라지 않습니다."

"희생 같은 것은 전혀 없습니다."

"하지만 나는 그녀의 이 결심은 움직일 수 없으리라고 믿습니다."

"그래요? 그렇다면 나한테 굳이 이야기할 필요가 없지 않습니까?" 네흘류도프는 말했다.

"당신한테 그것을 인정받는 것이 그녀에겐 필요합니다."

"자기가 의무라고 생각하는 일을 해서는 안 된다고 어떻게 내가 승인할 수 있겠습니까? 내가 말할 수 있는 단 한 가지는, 나는 자유가 없는 몸이지만 그녀는 자유롭다는 것입니다."

시몬손은 잠시 입을 다물고 생각에 잠겼다.

"좋습니다. 그대로 그녀한테 말하지요. 오해하시면 곤란합니다만, 나는 그녀한테 반한 것은 아닙니다." 그는 말을 이었다. "나는 드물게 보는, 마음이 아름답고 고생을 많이 겪어온 사람으로서 그녀를 사랑하고 있습니다. 나는 그녀한테서 아무것도 바라지 않습니다만 어떻게 해서라도 그녀에게 힘이 되어주고 싶을 따름입니다. 그녀의 입장을……."

시몬손의 목소리가 떨리는 것을 느끼고 네흘류도프는 깜짝 놀랐다.

"입장을 편하게 해주고 싶습니다." 시몬손은 말을 계속했다. "만일 그녀가 당신의 도움을 바라지 않는다면 나의 도움을 받도록 해주고 싶습니다. 만약 그녀가 승낙해준다면 나는 그녀의 유형지로 나도 보내달라고 청해볼 작정입니다. 4년이란 그렇게 긴 세월이 아닙니다. 나는 그녀 곁에서 살고 싶습니다. 그러면 다소나마 그녀의 운명을 덜어줄 수 있을지도 모르지요……." 그는 다시금 흥분 때문에 말을 끊었다.

"내가 무슨 말을 할 수 있겠소?" 네흘류도프는 말했다. "그녀한테 당신 같은 보호자가 나타나게 된 것을 기쁘게 생각하오……."

"바로 그 말씀을 나는 듣고 싶었습니다." 시몬손은 말을 계속했다.

"내가 알고 싶었던 것은 그녀를 사랑하고 그녀의 행복을 바라는 당신이, 그녀와 나의 결혼을 좋은 일이라고 인정해줄 것이냐였습니다."

"네, 인정하고말고요." 네흘류도프는 단호하게 말했다.

"모든 것이 다 그녀를 위해서입니다. 내가 바라는 것은 고민에 지친 그녀의 영혼에 조그마한 휴식을 갖게 해주고 싶다는 것뿐입니다." 시몬손은 그 우울한 얼굴에서는 전혀 생각도 할 수 없는 어린아이같이 상냥한 눈으로 네흘류도프를 보면서 말했다.

시몬손은 일어났다. 그리고 네흘류도프의 손을 잡자 얼굴을 그에게로 갖다 대고 수줍게 미소 지으며 키스했다.

"그럼 내가 그녀한테 그렇게 말하지요." 하며 그는 밖으로 나갔다.

17

"글쎄, 이게 웬일일까요?" 마리야 파블로브나가 말했다. "사랑의 포로가 되어버려 이젠 아주 푹 빠져버리지 않았겠어요? 이럴 줄은 꿈에도 생각지 못했어요 블라디미르 시몬손이 이런 맹목적인 유치한 사랑에 넋을 잃다니 어이가 없어요. 정말 슬픈 일이에요." 그녀는 한숨 쉬며 말했다.

"하지만 그녀 쪽은 어떨까요, 카튜샤는? 이 문제를 어떻게 보고 있다고 생각합니까?" 네흘류도프가 물었다.

"카튜샤요?" 되도록 정확하게 대답하려는 듯 그녀는 멈춰 섰다. "카튜샤요? 아시다시피 그런 과거를 가지고 있는데도 천성적으로 가장 도덕적인 여자예요……. 그리고 참으로 섬세한 감수성을 갖고 있어요……. 그녀는 당신을 사랑하고 있어요. 아름다운 마음으로 사랑하고 있어요. 그래서 자기 때문에 당신에게 폐가 되지 않으려고, 가령 아주 조그만 선행이라도 당신을 위해 해드릴 수 있다면 그것으로 그녀는 행복한 거예요. 그녀한테 있어선 당신과의 결혼은 과거의 어떤 일보다도 나쁘고 무서운 타락이 될 거예요. 그래서 그녀는 절대로 그것을 승낙하지 않는 거예요. 하지만 당신이 오시면 그녀의 가슴은 뒤흔들리고 말지요."

"그럼 나는 어쩌면 좋습니까? 사라져버릴까요?" 네흘류도프가 말했다.

마리야 파블로브나는 언제나의 귀엽고 앳된 미소로 방긋 웃었다.

"글쎄요, 어느 정도는."

"어느 정도 없어진다는 것은 무슨 뜻인가요?"

"농담이에요. 하지만 그녀에 관해서 당신한테 꼭 말씀드려두고 싶었는데, 그녀는 이미 시몬손의 술에 취한 듯한 사랑의 어리석음을 깨닫고 있을 거예요. 시몬손은 아직 그녀한테 아무 말도 하지 않았어요. 그리고 그것을 기분 좋게 생각하면서 두려워하고 있는 것 같아요 아시다시피 나는 이런 문제를 잘 모르는데, 그의 마음은 가면으로 숨겨져 있지만 아주 흔한 남자의 감정이라고 생각해요. 이 사랑이 그의 생명력을 불태워준다느니 플라토닉 하다느니 하고 그는 말하고 있습니다만, 저는 알아요. 이것이 예외적인 사랑이라 할지라도 그 밑바닥에 있는 것은 역시 추한 것이 틀림없어요……. 노보드보로프와 그라베츠의 경우처럼."

마리야 파블로브나는 이것이 흥미 있는 화제였던 모양으로, 저도 모르게 본 문제에서 빗나가고 말았다.

"하지만 나는 어떡하면 좋을까요?" 네흘류도프는 물었다.

"제 생각으로는 당신이 그녀한테 분명히 말하시는 게 좋으리라고 봐요. 뭐든지 틀림없이 하는 것이 좋으니까요. 그녀한테 이야기하세요. 지금 불러드릴 테니까. 괜찮겠지요?" 마리야 파블로브나는 말했다.

"그렇게 해줘요." 네흘류도프가 말했다. 마리야 파블로브나는 밖으로 나갔다.

조그만 감방에 혼자 남아서 이따금 괴로운 신음 소리로 중단되는 베라 보고두홉스카야의 조용한 숨소리와, 두 개의 문 너머에서 줄곧 들려오는 형사범들의 떠드는 소리를 아무 생각 없이 듣고 있는 동안 네흘류도프는 이상한 느낌이 들었다.

시몬손이 한 말이 스스로 짊어진 의무에서 그를 풀어놓아 주었다. 이 의무는 마음이 약해질 때마다 그에게 무겁고 두려운 것으로 느껴졌었다. 그러나 해방감은 있었지만 아울러 그는 뭔가 불쾌한 생각이 들었을 뿐만 아니라 괴롭기도 했다. 이런 마음속에는 시몬손의 제안이 그의 행동의 뛰어난 아름다움을 파괴하고, 자기의 눈에도 남의 눈에도 자기가 바친 희생의 가치를 낮추어버렸다는 생각이 들었다.

만약 한 사나이가, 그것도 그녀와는 아무런 인연도 없는 훌륭한 사나이가 그녀와 운명을 같이하려고 한다면 그의 희생은 이미 별다른 의의를 지니지 못하게 되는 것이다. 단순한 질투 같은 마음이 있었는지도 모른다. 그는 자기를 향한 그녀의 사랑을 너무나 잘 알고 있었기 때문에 그녀가 다른 사람을 사랑할 수 있으리라는 생각 따위는 용납할 수 없었다. 거기에는 그녀가 형기를 마칠 때까지 그녀 가까이에서 지내겠다는, 모처럼 세웠던 계획이 무너졌다는 불만도 들어 있었다. 그녀가 시몬손과 결혼한다면 네흘류도프의 존재는 불필요한 것이 되고, 그는 새로운 인생 계획을 만들 필요가 생기게 된다. 그가 아직 자기 마음의 분석을 끝내기도 전에 문이 열리고 한층 더 심해진 형사범들의 요란스러운 말소리가 들리더니, 카튜샤가 방으로 들어왔다. 그녀는 종종걸음으로 그의 곁으로 다가왔다.

"마리야 파블로브나가 가라고 해서 왔어요." 그의 곁으로 다가서며 그녀가 말했다.

"응, 좀 이야기할 것이 있어서. 자, 앉아요. 지금 시몬손과 이야기했는데."

그녀는 앉아서 두 손을 무릎 위에 포겠다. 그리고 침착하게 앉아 있었지만 네흘류도프가 시몬손의 이름을 입 밖에 내자마자 얼굴이 새빨개졌다.

"대체 그이가 무슨 말을 했어요?" 그녀는 물었다.

"당신하고 결혼하고 싶다더군."

그녀의 얼굴이 갑자기 흐려지더니 괴로운 표정을 지었다. 그녀는 아무 말도 하지 않고 눈을 내리깔 뿐이었다.

"그는 나의 동의와 조력을 구하고 있소. 모든 것은 당신 마음에 달렸으니 당신이 결정지어야 한다고 말해주었소."

"어머나, 그게 무슨 뜻이지요? 왜 그렇지요?" 그녀가 말했다. 그리고 그 묘한, 언제나 네흘류도프의 마음에 강렬한 매력을 느끼게 하는 사팔눈으로 지그시 그의 눈을 바라보았다. 잠시 동안 그들은 말없이 서로 마주 보고만 있었다. 그리고 그 눈들은 많은 말을 주고받았다.

"당신이 결정해야 하오." 네흘류도프는 거듭 말했다.

"제가 무엇을 결정해요?" 그녀가 말했다. "모든 것이 이미 결정되어 있는걸요."

"아니, 당신이 결정해야 하오. 시몬손의 청을 받아들이느냐 않느냐를." 네흘류도프가 말했다.

"제가 어떻게 남의 아내가 될 수 있을까요 이런 유형수인 제가? 어째서 저는 시몬손까지 망쳐야만 하나요?" 그녀는 얼굴을 찌푸리며 말했다.

"하지만 만일 특사로 풀려나게 된다면?" 네흘류도프가 말했다.

"아, 이젠 저를 내버려 두세요. 더 드릴 말씀이 없어요." 그녀는 일어나서 방을 나갔다.

18

카튜샤를 따라 네흘류도프가 남자 죄수 감방으로 돌아오니 거기는 흥분으로 가득 차 있었다. 어디든지 얼굴을 내밀고, 누구하고나 친해지며 뭐든지 잘 살피는 나바토프가 모든 사람을 깜짝 놀라게 하는 뉴스를 가져왔던 것이다. 그 뉴스란 유형 판결을 받은 페틀린이라는 혁명가가 벽에 써 남기고 간 글씨를 그가 발견한 것이었다. 모두들 페틀린이 이미 카라 강 연안에 가 있는 줄 알았는데, 최근에 혼자서 형사범들 속에 섞여 이 길을 지나갔다는 것이 뚜렷이 밝혀진 것이었다.

"8월 17일, 나는 홀로 형사범들과 함께 출발한다. 네베로프는 나와 같이 있었으나 카잔의 정신병원에서 목을 매어 죽었다. 나는 건강하며 원기 왕성, 앞날의 행운을 기대하고 있다."라고 벽에 씌어 있었다.

모두들 페틀린의 상태와 네베로프의 자살 원인을 추측해보았다. 크릴초프만은 긴장하여 반짝반짝 빛나는 눈으로 똑바로 앞쪽을 바라보며 생각에 잠겨 있었다.

"남편한테서 들은 이야기인데 네베로프는 페트로파블롭스크 요새에 감금되어 있을 무렵부터 벌써 환영을 보고 있었대요." 란체바가 말했다.

"맞았어. 그는 시인이고 공상가야. 그런 사람은 독방에서 견딜 수 없어." 노보드보로프가 말했다. "내가 독방에 갇혔을 땐 상상력의 활동을 억제하고 나의 시간이라는 것을 아주 규칙적으로 나눠 가졌지. 덕분에 나는 잘 견뎌낼 수 있었어."

"어째서 못 견딜까? 나는 독방에 갇히는 것을 오히려 기뻐했는데." 나바토프가 침울한 기분을 몰아버리려는 듯 힘찬 목소리로 말했다. "감옥밖에 있을 때는 줄곧 경계하며 잡히지 않을까, 남들한테 잘못되지 않을까, 일을 망치지 않을까, 겁먹었지만 감옥에 갇히고 보면 그것으로 책임은 끝이라 마음 놓고 쉴 수가 있거든. 안심하고 편히 앉아 담배도 피울 수 있단 말이야."

"당신은 그이를 잘 알고 있었나요?" 마리야 파블로브나가 갑자기 변한 크릴초프의 헬쑥한 얼굴을 불안스레 들여다보면서 물었다.

"네베로프가 공상가라고?" 크릴초프는 오랫동안 외치거나 노래를 부른 뒤처럼 가쁘게 숨을 몰아쉬면서 말을 꺼냈다. "네베로프는 말이야, 우리 아파트의 문지기가 말하던 것처럼 '여간해서 이 세상에 나타나기 힘든' 그런 위인이었어……. 그래……. 그는 온몸이 수정으로 만들어진 것 같은 사람이었어. 모든 것이 투명하게 보였지. 응……. 거짓말을 못 할 뿐 아니라 꾸밀 줄도 모르는 사나이였어. 응, 피부가 얇다는 게 아니라 마치 온몸의 피부가 죄다 벗겨져 신경이 모두 드러난 것 같았어. 그래……. 복잡하고 풍부한 천분을 타고났어. 당치도 않지……. 하지만 새삼스레 이런 말을 해본들 무슨 소용이 있나……."

그는 잠시 입을 다물었다.

"우리는 토론만 하고 있거든. 언제나 어느 쪽이 더 나은지." 미간을 찌푸리며 그는 말했다. "먼저 민중을 계몽하고 그런 뒤에 생활 형태를 바꾸어야 하느냐, 아니면 먼저 생활 형태를 바꾸고 난 뒤에 민중을 교육하는 게 나으냐, 또 투쟁의 수단은 평화적인 선전에 의해서냐, 폭력에 의해서냐 하고 토론만 하고 있어. 하지만 그들은 토론 같은 건 하지 않아. 그들은 자기네들이 할 일을 잘 알고 있거든. 수십 명, 수백 명이 죽든 말든, 그게 누구든 그들은 아랑곳 않는단 말이야! 오히려 그들은 뛰어난 사람들이 죽기를 바라고 있어. 그래, 게르첸이 말하기를, 12월 당원이 사회에서 사라졌을 때 사회의 일반 수준이 떨어졌다더군. 물론 그럴 수도 있겠지. 그 뒤 게르첸과 그의 무리는 사라졌어. 그리고 이제 네베로프 같은 사람들이……."

"그렇지만 완전히 사라지지는 않아." 나바토프가 힘찬 목소리로 말했다. "역시 번식용 씨앗만은 남는 법이야."

"아니야, 만약 우리가 그들을 용납하는 날에는 씨앗도 남아나지 않을 거야." 크릴초프는 말을 가로채이지 않으려고 목소리 높여 말했다. "담배 한 대 주지 않겠소?"

"몸에 해로워요, 아나톨리." 마리야 파블로브나가 나무랐다. "부탁이니 제발 피우지 마세요."

"괜찮으니까 내버려 둬." 그는 화가 나서 담배를 피워 물었으나 곧 기침을 했다. 그리고 금방이라도 토할 것만 같았다. 침을 탁 뱉고 그는 말을 이었다. "우리가 하는 일은 틀렸어. 응, 틀렸단 말이야. 이러쿵저러쿵 토론만 하지 말고 모두 단결해야 해……. 그리고 그들을 없애야 해."

"하지만 그들도 역시 사람이 아닌가요?" 네흘류도프가 말했다.

"아니, 그놈들은 사람이 아닙니다. 지금 그들이 하는 것 같은 짓을 할 수 있는 놈이 무슨 사람입니까……? 아니고말고. 듣자니 폭탄과 기구氣球라는 게 발명되었다지 않습니까? 그래요, 기구를 타고 하늘에 날아 올라가 빈대라도 모조리 없앨 듯이 그들에게 폭탄의 비를 뿌려줘야지. 모두 뿌리 뽑힐 때까지……. 그렇고말고. 왜냐하면……." 그는 말하다가 얼굴이 새빨개져서 차츰 심하게 기침하더니 입에서 피를 왈칵 토했다.

나바토프가 눈을 가지러 뛰어나갔다. 마리야 파블로브나는 쥐오줌풀을 달인 진정제를 꺼내어 권했다. 그러나 그는 눈을 감은 채 희고 여윈 손으로 그것을 밀치고 괴로워하며 숨을 몰아쉬었다. 크릴초프가 눈과 냉수로 진정되어 침대에 눕혀진 것을 본 다음 네흘류도프는 그들에게 작별 인사를 하고, 아까부터 자기를 기다리고 있던 하사관과 함께 출구 쪽으로 걸어갔다.

형사범들도 이제 조용해지고 대부분 자고 있었다. 죄수들은 감방 안의 나무 침대 위에도 아래에도 통로에도 누워 있었으나 그래도 다 들어가지 못해, 복도에까지 나가서 배낭을 베개 삼아 젖은 죄수복을 뒤집어쓰고 누워 있는 사람도 있었다.

감방 문에서도 복도에서도 코 고는 소리와 신음 소리와 잠꼬대가 들려왔다. 이쪽저쪽에 죄수복을 뒤집어쓴 사람들의 모습이 꽉 차 있었다. 남자 죄수들의 감방에서는 아직도 몇 명이 자지 않고 한쪽 구석에서 촛불을 둘러싸고 앉아 있다가 하사관을 보자 얼른 불을 껐다. 복도의 램프 밑에도 노인이 한 사람 일어나 있었다.

노인은 발가벗고 앉아서 셔츠의 이를 잡고 있었다. 정치범 감방의 더러운 공기도, 이곳의 숨 막힐 듯한 악취에 비하면 훨씬 깨끗하게 여겨졌다. 연기에 그을린 램프가 마치 안개 속에 있는 것처럼 흐릿하게 보여서 숨도 쉴 수 없을 정도였다. 자고 있는 자들의 발을 밟거나 걸리지 않고 복도를 지나가려면 앞을 잘 보고 빈자리를 살폈다가 그 자리에 발을 디디고 다시 걸음을 옮길 데를 찾아야만 했다.

세 남자가 복도에서 밀려났는지 판자 틈으로 똥물이 새어 나오고 있는, 악취로 코가 비뚤어질 것 같은 똥통 바로 곁에 누워 있었다. 한 사람은 네흘류도프가 호송 중에 가끔 보았던 천치 늙은이였다. 한 사람은 열

살쭘 되어 보이는 소년인데 두 죄수 사이에 끼어 한 손을 볼 밑에 괴고 한 죄수의 다리를 베고 잠들어 있었다.

문을 나서자 네흘류도프는 걸음을 멈추고 우뚝 서서, 가슴을 활짝 펴고 한동안 얼음처럼 차가운 공기를 힘껏 들이마셨다.

19

하늘은 별들로 가득했다. 네흘류도프는 아직 군데군데 진 땅이 남아 있긴 했지만 꽁꽁 언 길을, 걸어서 숙소로 돌아와 컴컴한 창문을 두드렸다. 그러자 어깨가 떡 벌어진 하인이 맨발로 나와 입구의 문을 열어주었다. 입구 오른편에 있는 하인 방에서 마부들이 드르렁거리며 코 고는 소리가 들렸다. 문 너머 안뜰에서는 많은 말들이 귀리를 씹는 소리가 들렸다. 왼편에는 조촐한 객실로 통하는 문이 있었다. 이 객실에는 약쑥 냄새와 땀내가 풍기고, 칸막이 뒤에서는 누구인지 지독하게 코 고는 소리가 규칙적으로 들렸으며, 성상 앞에는 빨간 유리 등잔불이 켜져 있었다.

네흘류도프는 옷을 벗자 고무를 입힌 소파 위에 담요를 깔고 여행용 가죽 베개를 베고 누웠다. 그리고 오늘 보고 들은 것들을 마음속에 되새겨보았다. 네흘류도프가 오늘 목격한 일들 중에서 무엇보다 무겁게 느껴지는 것은, 똥통에서 흘러내린 똥물 위에서 죄수의 다리를 베고 자던 소년의 모습이었다. 오늘 밤 시몬손과 카튜사에 대해 주고받은 이야기는 뜻밖이었고 중대했음에도 불구하고 별로 마음이 걸리지 않았다.

이 문제와 자기와의 관계는 너무나 복잡하고, 아울러 막연했다. 그래서 그는 일부러 이 문제를 생각하지 않으려고 했다. 그렇지만 질식할 것 같은 공기 속에서 헐떡이며 똥통에서 흘러나오는 똥물 위에 누워 있던 불행한 사람들, 특히 순진한 얼굴로 죄수의 다리를 베고 잠자던 소년의 모습은 그의 머릿속에서 사라지지 않았다.

어느 먼 곳에서 어떤 사람들이 다른 사람을 온갖 타락과 비인간적인 굴욕과 고민에 밀어 넣고 있다는 것을 말로만 듣는 것과, 석 달 동안 끊임없이 그 사람들에 의한 다른 사람들의 굴욕과 고민의 생생한 현장을 줄곧 목격하는 것은 천지 차이였다.

네흘류도프는 그것을 경험했다. 그는 이 석 달 동안 몇 번이고 스스로에게 물어보았다. '남이 못 보는 것을 보고 있는 내가 미친 것일까, 아니면 내 눈에 보이는 것을 예사로 보고 있는 그들이 미친 것일까?' 그러나 사람들은(특히 이런 사람들이 매우 많았는데) 그를 이토록 놀라게 하고 두려워하게 한 것을, 그렇게 하지 않으면 안 될 뿐 아니라 그렇게 하는 것이 아주 중대하고 유익한 일이라는 자부심을 가지고 행하고 있었다. 그렇다고 이런 모든 사람들을 미치광이라고 인정할 수는 없었다. 그러나 그는 자기 생각이 틀림없이 옳다는 것을 깨닫고 있었기 때문에 자기를 미치광이라고 인정할 수도 없었다. 그래서 그는 줄곧 의혹에 사로잡혀 있었다.

이 석 달 동안 네흘류도프가 본 것은 이러했다. 자유로운 사회에서 생활하고 있는 사람들 가운데 재판과 행정이라는 수단으로 뽑힌 사람들은 가장 신경이 예민하고 혈기 왕성하며, 격분하기 쉽고 재능이 뛰어나고 건강하고 늠름하며, 다른 사람들보다 교활함과 신중함이 모자랐다. 더구나 이들은 자유로운 사회에 남아 있는 사람들보다 절대로 사회에 죄가 있다든가 위험한 것이 아니었다.

그렇지만 첫째로 감옥과 유형수 숙소와 유형지에 감금되어 몇 달이고 몇 년이고 완전히 허송세월을 보내며, 완전한 무위도식과 의식주의 보장 아래 자연과 가족과 노동에서 격리된 생활을 하게 된다. 즉, 사람으로서 누구나 가져야 할 자연적 및 도덕적 생활의 모든 조건 밖에 놓이는 셈이다.

둘째로 이들은 이런 시설 속에서 온갖 굴욕을 당한다. 즉, 쇠사슬과 삭발과 창피한 죄수복 따위에. 그리고 마음 약한 사람들에게 선량한 생활의 원동력인, 다른 사람의 의사를 존중하는 마음씨와 수치심과 인간 존엄의 의식 같은 것을 빼앗긴다.

셋째로 일사병과 익사와 화재 같은 예외적인 경우는 그만두고라도, 감금 장소에 따라다니는 전염병과 쇠약과 구타 따위로 줄곧 생명의 위험 속에 놓이기 때문에, 아주 선량하고 도덕적인 사람마저 자기방어의 본능에 의해 무서운 잔혹 행위를 행해서 다른 사람들을 해치지 않을 수 없는 상황 아래 놓인다.

넷째로 이들은 생활에 의해(특히 이런 시설에 의해) 극단적으로 타락한 무뢰한이나 살인자나 악당들과 강제적으로 함께 지내는데, 이 악당들은 지금껏 사용되었던 여러 종류의 수단을 써서 아직 그다지 타락하지 않은 다른 사람들마저도 그들의 영향을 받게 만든다.

그리고 다섯째, 마지막으로 이런 작용 아래 놓여 있는 사람들에게 가장 확실한 방법으로 한 가지 일이 가르쳐진다. 그것은 그들 자신에 대한 온갖 비인간적인 행위인데, 이를테면 부녀자나 노인에 대한 고문이라든가, 구타라든가, 태형이라든가, 회초리질이라든가, 탈주자를 산 채로 또는 시체라도 잡아다 바친 자에겐 상을 준다든가, 부부를 떼어서 남의 아내나 남편과 동거를 시키는 제도라든가, 총살이라든가, 교살이라든가, 이런 가장 확실한 방법에 의해 온갖 종류의 폭력, 잔인, 야수적 행위가 금지되어 있지 않을 뿐 아니라 그것이 정부에 유리하다면 무엇이든 허용된다. 그러므로 감옥 안에서 가난과 결핍에 빠져 있는 사람들은 그런 행위가 허용되는 것이 더할 나위 없이 당연하다는 것을 배우게 된다.

이 모두는, 다른 어떤 조건 밑에서도 만들어지지 못할 가장 짙은 농도로 조려져 타락과 악덕의 원액을 만들어놓았다가 뒤에 그것을 온 민중들 사이에 광범위하게 뿌리려고 일부러 고안한 것과 다름없는 시설이었다.

'마치 가장 확실한 최선의 방법으로 되도록 많은 사람들을 타락시키려면 어떻게 해야 하느냐는 과제가 주어진 것 같다.' 감옥과 숙소에서 벌어지고 있는 일에 생각을 돌리면서 네흘류도프는 이렇게 생각했다. 몇십만 명이 날마다 끝까지 타락을 강요당하고 그들이 완전히 타락한 뒤에는 옥중에서 몸에 밴 타락을 민중들 사이에 퍼뜨리기 위해 풀어준다.

투멘, 예카테린부르크, 톰스크 등의 감옥이나 유형수들의 숙박소에서 사회가 일부러 만든 것 같은 이 목적이 얼마나 철저히 달성되고 있는지를 네흘류도프는 목격해왔다. 러시아의 시민, 농민, 그리스도교적인 도덕심을 지닌 소박한 보통 사람들이 어느새 자기에게 이익 되는 일이라면 온갖 모욕과 폭력, 인격 말살이 허용된다는 생각 속에 새로운 감옥의 관념을 몸에 익힌다.

감옥 안에서 생활했던 사람들은 그들이 겪은 일에 의해서만 판단하며, 교회의 사제나 윤리 선생들에 의해 설명되고 있는, 사람들에 대한 존경과 동정 따위의 모든 도덕률이 현실에서는 폐지된 지 오래이며 그런 것은 지킬 필요가 없다고 뼈저리게 느끼고 있다.

네흘류도프는 자기가 아는 모든 죄수들에게서 그것을 보았다. 표도로프에게서도, 마카르에게서도, 타라스에게서도 보았다. 타라스는 호송되는 두 달 동안 숙소에서 지내며 비도덕적인 판단을 함으로써 네흘류도프를 놀라게 했다. 도중에 네흘류도프는 부랑자들이 밀림으로 몰래 달아나면서 같은 감방의 동료를 충돌질해 데리고 가, 그 후 동료를 죽이고 그 고기를 먹었다는 이야기를 들었다. 네흘류도프는 나중에 체포되어 그 무서운 범행을 자백한 사람을 보았다. 더구나 무엇보다도 무서운 것은 인육을 먹었다는 사건이 한 번만이 아니라 줄곧 되풀이되고 있다는 것이었다.

이런 제도 아래서 행해지는 악덕의 특수한 배양 방법만이 러시아인을 부랑자 같은 야수의 상태에까지 빠뜨릴 수 있는 것이다. 이 부랑자들은 니체의 최신 학설을 앞질러서, 모든 것이 가능하며 아무것도 금지되지 않는다고 생각하고 이 학설을 먼저 죄수들 사이에, 이어서 온 민중들 사이에 퍼뜨리는 것이다.

이 모든 행위의 유일한 설명은, 형법 관계 서적에 씌어 있는 바로는, 범죄의 방지, 위협, 교정 및 합법적인 보복이다. 그러나 현실에는 이 네 가지 조항 어느 것과도 비슷한 것이 없다. 방지 대신 범죄의 보급이 있을 뿐이며, 위협 대신 범죄자들에 대한 고문이 있을 뿐이다. 더구나 이런 범죄자들 대다수는 부랑자들처럼 스스로 나서서 감옥에 들어온 패들이다. 교정 대신 온갖 악덕의 조직적 감염이 있을 뿐이다. 보복의 필요는 정부의 형벌에 의해 완화되지 않을 뿐 아니라 그런 것이 없었던 민중들 사이에까지 배양되는 결과를 가져온다.

'그럼 그들은 왜 이런 짓을 하는 것일까?' 네흘류도프는 스스로에게 몇 번이나 물어보았으나 답을 찾지 못했다.

그리고 그를 가장 놀라게 한 것은 이것이 결코 우연도 아니고, 오해에 의한 것도 아니고, 한 번뿐이 아니며 수백 년 전부터 계속 행해져 왔다는 것이었다. 그 차이라고 하면 옛날에는 코를 도려내거나 귀를 자르거나 했던 것이 낙인과 매질로 바뀌었고 지금은 수갑을 채우고 호송하는 데 짐마차 대신 기차나 기선汽船이 사용된다는 정도였다.

네흘류도프를 분개하게 한 것은 감옥과 유형지 설비의 불완전함이었다. 새로운 양식의 감옥을 만들면 그런 것은 모두 개선된다는 관리들의 말도 네흘류도프를 만족시킬 수는 없었다. 왜냐하면 그의 분개가 감금 장소의 설비가 얼마나 불완전한가 하는 데에서 생겨난 것이 아니라는 것을 그는 느끼고 있었기 때문이다. 그는 벨 경보기를 갖춘 완전한 감옥이나, 타르드가 추천하는 전기의자에 의한 처형에 대해서 읽은 적이 있었다. 그리고 그 완성된 폭력이 더욱 그를 분개하게 했다.

네흘류도프를 몹시 화나게 한 것은 주로 법원이나 관청에 버젓이 앉아 있는 관리들이 민중에게서 짜낸 엄청난 봉급을 받으면서 같은 관리들이 같은 목적으로 만든 법령을 참조해, 자신들이 지어낸 법률에 위반되는 사람들의 행위를 억지로 조문에 뜯어 맞추어, 두 번 다시 볼 수 없는 먼 곳으로 유배해버린다는 것이었다. 그 몇백만 명이 유형지에서, 잔인하고 야수적인 사람으로 바뀐 감옥소장과 간수와 호송병들의 완전한 권력 밑에 놓여 정신적으로나 육체적으로나 파멸해버리는 것이다.

네흘류도프는 감옥과 숙소를 더 잘 알게 되자 죄수들 사이에 퍼져가는 모든 악덕이 전부―음주, 도박, 잔혹, 죄수들에 의해 행해지는 무서운 범죄, 게다가 인육을 먹는 것까지도―결코 우발적인 사건이 아니고, 또 완고한 정부 어용학자들이 말하듯 타락의 전형이나 천성의 결함도 아니며, 사실은 사람이 사람을 벌할 수 있다는 이해할 수 없는 착오의 필연적인 결과라는 것을 알게 되었다.

네흘류도프는 인육을 먹는 행위가 밀림에서 비롯된 것이 아니라 정부나 위원회나 여러 관청에서 비롯된 것으로서 밀림 속에서 끝난 것에 지나지 않는다는 것을 알았다. 예를 들어 그의 매형을 위시해 법원경위에서 장관에 이르는 모든 사법관계의 관리들도, 그들이 입버릇처럼 말하는 정의라든가 민중의 복지에 조금도 관심을 갖지 않으며, 그들에게 필요한 것은 이 타락과 고뇌를 자아내는 일을 하는 데 대해 매달 지불되는 봉급뿐이라고 네흘류도프는 생각했다. 그것은 정말 확실했다.

'그렇다면 정말 이 모든 게 단지 오해에 의해 이루어져 왔다고 말할 수 있을까? 모든 관리들에게 봉급을 보장해주고, 게다가 상여금까지 주어가면서라도 그런 행위를 하지 않게 만들 수는 없을까?' 하고 네흘류도프는 생각했다. 그는 이런 일을 생각하면서 닭이 두 번이나 홰를 친 뒤에야, 약간만 몸을 움직여도 몸 주변에서 분수처럼 튀어 오르는 벼룩에도 불구하고 깊은 잠에 빠졌다.

20

네흘류도프가 눈을 떴을 때는 마부들은 이미 오래전에 떠난 뒤였으며, 여주인은 차를 다 마시고 손수건으로 땀이 흐르는 굵은 목을 닦으면서 들어와, 숙소의 호송병이 편지를 가져왔다고 알렸다. 편지는 마리야 파블로브나에게서 온 것이었다. 그녀는 크릴초프의 발작은 사람들이 생각했던 것보다 심하다고 썼다.

"우리는 한때 그를 남겨놓고 우리도 함께 간호하기 위해 남아보려고 했으나, 허가를 얻지 못해 데리고 갑니다만 어떻게 될지 걱정이에요. 부디 도시에서 그가 남게 되거든 우리 가운데 누군가가 간호하기 위해 남을 수 있도록 힘써주세요. 만약 그 때문에 제가 그이와 결혼을 해야 한다면, 물론 저는 그것을 각오하고 있습니다."

네흘류도프는 마차를 부르러 젊은이를 역으로 보내고 서둘러 떠날 준비를 시작했다. 그가 두 잔째 차를 미처 다 마시기도 전에 벌써 말 세 필이 끄는 역마차가 요란한 방울 소리와 함께 얼어붙은 진흙길 위로 바퀴 소리를 내면서 여관의 현관 앞에 닿았다. 목이 굵은 안주인에게 셈을 치르고 네흘류도프는 급히 밖으로 나와 마차에 오르며, 죄수 부대를 따

594

라가기 위해 되도록 빨리 달리라고 마부에게 일렀다.

목장 문을 조금 지났을 때 그는 배낭과 환자를 가득 실은 짐마차 행렬을 따라잡았다. 짐마차 행렬은 조금 녹기 시작하는 진흙길을 덜거덕거리면서 가고 있었다. 대장은 없었다. 그는 훨씬 앞쪽에 가 있었다. 호송병들은 한잔했는지 명랑하게 지껄이면서 죄수들의 뒤와 길 양편을 걷고 있었다. 짐마차의 수는 많았다. 안쪽 짐마차에는 병약한 형사범이 여섯 명씩 끼어 앉아 있었고 뒤쪽 세 대에는 정치범이 세 사람씩 앉아 있었다.

맨 뒤 마차에는 노보드보로프, 그라베츠, 콘드라티예프, 뒤에서 두 번째에는 란체바, 나바토프, 그리고 마리야 파블로브나가 자리를 양보해 준 류머티즘 환자 여죄수, 세 번째에는 마른풀 위에 쿠션을 마련하고 크릴초프가 누워 있었다. 그 곁의 마부석에는 마리야 파블로브나가 앉아 있었다. 네흘류도프는 크릴초프 곁에서 마차를 내려 그쪽에서 걸어갔다. 거나하게 취한 호송병이 손을 내저으며 네흘류도프를 막았다. 그는 돌아보지도 않고 마차 곁으로 다가가서 한쪽 모서리를 붙들고 나란히 걷기 시작했다.

털외투에 양피 모자를 쓰고 손수건으로 입을 가린 크릴초프는 더욱 창백하고 핼쑥해 보였다. 고운 눈이 한층 더 커지고 열을 띠고 반짝거리고 있는 듯 보였다. 길이 울퉁불퉁하기 때문에 기운 없이 몸을 흔들거리면서도 그는 눈길을 돌리지 않고 지그시 네흘류도프를 바라보았다. 그리고 좀 어떠냐는 물음에 눈을 감고 화난 듯 머리를 흔들기만 했다. 그는 마차의 흔들림 때문에 힘이 더 소모되는 듯했다. 마리야 파블로브나는 맞은편에 앉아 있었다. 그녀는 크릴초프의 병상에 대해 불안을 나타내는 뜻깊은 눈길을 네흘류도프에게 보냈다. 그리고 곧 일부러 명랑한 소리로 이야기를 시작했다.

"아마도 대장은 마음이 찔렸던 모양이지요?" 그녀는 바퀴 소리에 지워지지 않게끔 큰 소리로 네흘류도프에게 말했다.

"부줍킨의 수갑을 벗겨주었어요. 그래서 오늘은 그 여자아이도 아빠한테 안겨 있어요. 카튜샤와 시몬손도 그 사람과 같이 걷고 있지요. 나 대신 베라가 같이 갔어요."

크릴초프가 마리야 파블로브나를 가리키면서 뭔가 말을 했지만 힘없는 소리라 들리지 않았다. 그리고 기침을 참으려고 미간을 찌푸리며 머리를 흔들었다. 네흘류도프는 머리를 갖다 대고 말소리를 들으려 했다. 그러자 크릴초프가 입에서 손수건을 떼고 속삭이듯이 말했다.

"이제 한결 낫습니다. 단지 감기가 들지 않도록 해야 할 텐데."

네흘류도프는 고개를 끄덕이고 마리야 파블로브나와 마주 보았다.

"그래, 삼체三體 문제는 어떻게 되었습니까?" 크릴초프는 다시 네흘류도프에게 속삭이고 괴롭게 미소 지었다. "해결은 어렵겠지요?"

네흘류도프는 알아듣지 못했으나, 마리야 파블로브나가 이것은 태양과 달과 지구, 삼체에 대한 관계를 결정짓는 유명한 물리학상의 문제인데 크릴초프가 농담 삼아 네흘류도프와 카튜샤와 시몬손과의 관계에 비유한 것이라고 설명했다. 크릴초프는 마리야 파블로브나가 그의 농담을 올바르게 설명했다는 표시로 고개를 끄덕여 보였다.

"결정짓는 것은 내가 아닙니다." 네흘류도프는 말했다.

"제 편지를 받으셨어요? 가능한 일일까요?" 마리야 파블로브나가 물었다.

"네, 꼭." 네흘류도프는 대답했으나 크릴초프의 얼굴에 나타난 불만스러운 표정을 깨닫자 자기 마차로 돌아가 등나무로 엮은 허름한 자리에 기어올랐다. 그리고 울퉁불퉁한 길에 흔들리는 마차 난간을 붙들고, 쇠고랑을 찬 죄수들과 수갑으로 두 사람씩 채워진 죄수들의 잿빛 죄수복과 짧은 외투가 구불구불 1킬로미터나 이어진 행렬을 앞질러 갔다. 길 반대편 행렬 속에서 네흘류도프는 카튜샤의 푸른 수건과, 베라 보고두 홉스카야의 까만 외투와, 시몬손의 점퍼와, 털실로 뜬 모자와, 샌들처럼 고무끈으로 묶은 하얀 털양말을 보았다. 시몬손은 여자들과 나란히 걸으면서 열심히 이야기하고 있었다.

네흘류도프를 보자 여자들은 고개 숙여 인사했으나 시몬손은 거만스레 모자를 약간 쳐들었다. 네흘류도프는 아무 할 말이 없었으므로 마차를 멈추지 않고 그대로 앞질렀다. 다시금 평탄한 길로 나서자 마부가 마차를 빨리 몰았지만, 길 양쪽에 길게 이어지는 마차의 행렬을 앞지르기 위해서는 줄곧 평탄한 길에서 벗어나야만 되었다.

바퀴로 깊이 팬 길이 어두운 침엽수 숲 속을 달리고 있었는데, 양편에 군데군데 자작나무와 낙엽송 잎이 밝은 황갈색을 곁들이고 있었다. 두 역 사이의 중간쯤에서 숲이 끊어지더니 양쪽에 밭이 펼쳐지고 수도원의 금빛 십자가와 둥근 지붕이 보였다. 하늘은 활짝 개어 구름이 흩어지고 해가 숲 속에 떠올라 젖은 잎사귀와 물웅덩이와 수도원의 십자가와 둥근 지붕이 햇빛을 받아 반짝였다. 오른편 앞쪽의 연둣빛으로 흐린 먼 저편에 아득한 산맥이 하얗게 떠올라 있었다.

세 필의 말이 끄는 트로이카가 산기슭의 큰 마을로 들어섰다. 마을길에는 사람들이 가득 차 있었다. 러시아인도 있었고, 낯선 모자를 쓰고 야릇하게 헐렁한 가운을 입은 이민족도 있었다. 취한 사람과 취하지 않은 남녀 농사꾼들이 가게와 여인숙과 선술집, 그리고 짐마차 언저리에 득실거리고 있었다. 도시가 가까워짐을 느꼈다.

오른쪽 말에 채찍질을 하여 고삐를 당기자 고삐가 오른쪽으로 오도록 마부석에 비스듬히 자세를 고쳐 앉은 마부는, 뽐내듯이 속도를 늦추지 않고 큰길로 달려 말을 강가의 나루터로 몰았다. 나룻배는 물살이 빠른 강 한복판에서 이쪽을 향해 건너오고 있었다. 이쪽 강가에는 스무 대 남짓 짐마차가 기다리고 있었다. 네흘류도프는 별로 기다리지 않아도 되었다. 상류 쪽으로 방향을 잡은 나룻배가 빠른 물살을 타고 삽시간에 기슭의 다리께에 닿았다.

반코트에 농민화를 신은, 키가 크고 어깨가 떡 벌어졌으며 몸집이 늠름하고 무뚝뚝한 사공들이 익숙한 솜씨로 교묘하게 밧줄을 말뚝에 던져 매고는 빗장을 뽑아 배 위의 짐마차를 내려놓고, 기다리고 있던 마차를 싣기 시작했다. 나룻배는 순식간에 짐마차와 말로 가득 찼다. 말들은 물에 겁먹고 발을 굴러댔다. 빠른 물살이 뱃전을 쳤고, 밧줄이 팽팽하게 당겨졌다. 그러는 동안 나룻배는 꽉 찼고, 네흘류도프의 마차와 멍에에서 풀린 말이 여기저기에서 짐을 밀치며 한구석에 실리자, 사공들은 빗장을 지르고 미처 타지 못한 사람들의 소리 따위는 들은 척도 않고 밧줄을 풀고 떠나갔다. 나룻배 안은 조용해졌으며 인부들의 발소리와 발을 구르며 뱃바닥을 치는 말발굽 소리만 들릴 뿐이었다.

21

네흘류도프는 뱃전에 서서 넓고 빠른 강물을 바라보았다. 그의 머릿속에는 번갈아 두 사람의 모습이 떠올랐다. 짐마차의 요동에 힘없이 흔들리면서 빈사 상태의 크릴초프가 불만스러워하던 모습과 길가를 시몬손과 함께 기운차게 걸어가던 카튜샤의 모습이었다. 하나의 인상, 죽음을 예기치 못하며 죽어가는 크릴초프의 인상은 답답하고도 매우 슬픈 것이었다. 또 하나의 인상, 시몬손 같은 남자의 사랑을 발견하고 지금은 확실한 행복의 길에 들어선 기운찬 카튜샤의 인상은 기뻐해야 할 일이었지만 네흘류도프의 마음을 무겁게 했으며 이 고통을 이겨낼 수가 없었다.

거리 쪽에서 성당의 커다란 종소리와 금속성의 메아리가 강을 타고 들려왔다. 네흘류도프 곁에 서 있던 마부와 짐마차 마부들이 차례차례 모자를 벗고 성호를 그었다. 뱃전에 가장 가까이 서 있던 자그마하고 푸석한 머리카락을 한 노인만은—네흘류도프는 처음에 이 노인을 보지 못했다—성호를 긋지 않고 머리를 똑바로 든 채 네흘류도프를 흘끗 쏘아보았다. 이 노인은 누덕누덕 기운 농민 외투에 나사 바지를 입고, 역시 누덕누덕 기운 농민화를 신고 있었으며, 조그만 배낭을 어깨에 메고 머리에는 털이 닳아빠진 깊숙한 모자를 쓰고 있었다.

"왜 노인은 기도를 하지 않소?" 네흘류도프를 태운 마부가 모자를 고쳐 쓰면서 말했다. "노인은 그리스도교도가 아닌가요?"

"기도를 하다니 누구한테?" 대들 듯 빠른 말투로 푸석한 머리카락의 노인이 말했다.

"뻔하잖소, 하느님께 하는 거지." 마부가 빈정댔다.

"그럼 보여주구려. 어디 있지? 그 하느님이?"

노인의 말에 따지는 듯한 날카로움이 있었기 때문에 마부는 만만찮은 상대라고 눈치채고는 약간 겁을 먹었지만, 그런 내색은 조금도 하지 않고 여러 사람들이 듣고 있는 앞에서 체면을 지키기 위해 용기를 내어 재빠르게 대답했다.

"어디냐고요? 뻔하지 않소, 하늘에 있지."

"그럼 당신은 거기 가봤단 말이오?"

"가보든 안 가보든 하느님께 기도해야 한다는 것은 누구나 다 알고 있지."

"누구 한 사람 아무데서도 하느님을 본 사람은 없소. 아버지인 하느님의 품속에 계시는 단 한 분의 독생자에게만 보여주었지." 노인은 매섭게 얼굴을 찌푸리며 역시 빠른 투로 말했다.

"영감은 그리스도교도가 아니로군. 사교도일 테지. 구덩이에다가 기도하라지." 하며 마부는 채찍을 허리에 꽂고 말 궁둥이 가죽띠를 매만지기 시작했다.

누군가가 히죽히죽 웃었다.

"그래, 영감님, 당신의 종교는 무엇이오?" 구석 쪽 마차 곁에 서 있던 중년 남자가 물었다.

"나한테 종교 같은 건 없소. 아무도 믿지 않는단 말이오. 나밖에는." 노인은 역시 빠른 투로 단호하게 대답했다.

"하긴, 그런데 어째서 자기는 믿나요?" 네흘류도프가 말했다. "실수도 할 텐데."

"아니, 절대로 없소." 머리를 흔들면서 노인은 단호하게 대답했다.

"그렇다면 왜 여러 가지 신앙이 있을까요?" 네흘류도프가 또 물었다.

"여러 가지 신앙이 있는 것은 남을 믿고 자기를 믿지 않기 때문이오. 나도 남을 믿다가 그 때문에 숲 속을 헤매듯이 길을 잃었던 것이오. 완전히 길을 잃어버려 벗어날 수가 없다고 생각했소. 구교도, 신교도, 안식교도, 고행파 교도, 교황파 교도, 무교황파 교도, 오스트리아 교도, 몰로칸 교도, 거세파 교도 등 어느 교도고 간에 제 자랑만 하거든. 그래서 모두 눈먼 강아지처럼 저마다 흩어져 버리지. 신앙은 많지만 영혼은 단 하나뿐이야. 당신에게나 나에게나 저 사람에게도. 그래서 모두 자기 영혼을 믿는다면 다 하나로 뭉쳐지는 거요. 모두가 자기를 믿는다면 다 하나가 될 수 있단 말이오."

노인은 되도록 많은 사람들에게 들리라고 옆을 둘러보면서 큰 소리로 말했다.

"그렇다면 당신은 꽤 오래전부터 그런 신앙을 가지고 있었소?" 네홀류도프가 물었다.

"나요? 벌써 오래전부터지요. 23년 동안이나 쫓겨 다니고 있으니까."

"쫓기다니? 그게 무슨 뜻이오?"

"그리스도가 쫓겼듯이 나도 쫓기고 있는 거요. 나는 붙들려 재판에 걸리기도 하고 사제한테 보내지기도 하고 학자들한테, 바리새 교도한테 여기저기 끌려 다니다가 정신병원에 갇히기도 했소. 하지만 나를 어쩔 수는 없었지. 나는 자유니까 말이오. '네 이름은 뭐냐?' 하고 묻더군. 놈들은 내가 이름이라도 갖고 있는 줄 알았던 모양이지. 하지만 나는 아무것도 받아들이지 않았소. 모든 것을 거부했거든. 나에겐 이름도, 주소도, 조국도 없소. 아무것도 없단 말이오. 나는 오로지 나 자신이오.

이름이 뭐냐고 묻기에 '사람이오.'라고 대답해주었지. '나이는?' 하고 묻기에 말해주었소. '세어본 적이 없고 또 셀 수도 없소. 왜냐하면 늘 살아 있었고 앞으로도 영원히 살 것이니까.' '아버지와 어머니는?' 하기에 말했지. '아버지도 어머니도 없소. 나에겐 하느님과 땅만이 있을 뿐이요.'라고. 하느님이 아버지고 땅이 어머니요. '그럼 황제를 인정하지 않는가?' 하고 묻기에 '인정할 것도 인정하지 않을 것도 없소. 황제는 자기 자신에 대해 황제이고 나도 나 자신에 대해 황제요.' 그러자 '너 같은 놈하고는 말을 할 수가 없다.' 하기에 나도 말해달라고 부탁한 일 없노라고 했지. 그래서 지독한 변을 당했소."

"그래, 지금부터 어디로 가는 길이오?" 네홀류도프가 물었다.

"하느님이 인도하는 곳으로 가오. 일을 하는 거요. 일이 없으면 구걸을 할 뿐이지." 노인은 말을 맺었다. 그리고 배가 강가에 가까워진 것을 보자 으쓱한 표정으로 주위 사람들을 돌아다보았다.

배가 강가에 닿았다. 네홀류도프는 지갑을 꺼내 노인에게 돈을 주려고 했다. 노인은 거절했다.

"나는 돈은 받지 않소. 빵이라면 받지만." 노인은 말했다.

"그래요? 미안하게 되었소."

"뭐, 사과할 건 없소. 나한테 창피를 준 것도 아닌데. 나한테 창피를 줄 수도 없지만." 그러고 노인은 배낭을 어깨에 짊어지기 시작했다. 그동안 마차가 강가에 끌어 올려졌고 말이 매어졌다.

"저따위 녀석과 말을 하다니 나리도 호기심이 많으시군요." 사공들에게 술값을 주고 마부석에 올라타는 네흘류도프에게 마부가 말했다. "저자는 쓸모없는, 머리가 돈 부랑자랍니다."

22

언덕을 올라서자 마부가 돌아보며 물었다. "어느 호텔로 갈까요?"

"어디가 좋은가?"

"시베리아 호텔이 가장 낫겠지요. 아니면 듀코프도 좋고요."

"좋도록 해주구려."

마부는 다시금 비스듬히 앉아 말을 몰아댔다. 도시는 어느 곳이나 마찬가지였다. 다락방이 있는 초록빛 지붕 집들이 늘어서고 성당과 점포, 큰길가의 가게도 여느 도시와 다름없었다. 다만 집은 대개가 목조 건물이고 길은 포장되어 있지 않았다. 마부는 가장 번화한 거리의 한 호텔 앞에서 마차를 멈췄다. 그러나 이 호텔에는 빈방이 없어서 다른 호텔로 가지 않으면 안 되었다. 그 호텔에는 빈방이 있었다. 그래서 네흘류도프는 두 달 만에, 비교적 산뜻하고 가구가 잘 갖춰져 이전 환경과 비슷한 곳에서 지낼 수 있었다. 네흘류도프가 안내된 방은 상당히 조잡하긴 했으나 마차와 주막과 휴식소에서 지내온 터라 커다란 안식을 느꼈다. 무엇보다도 죄수들의 숙소를 방문한 뒤로는 한 번도 완전하게 해방될 수 없었던 이로부터 벗어날 수 있다는 것이 다행스러웠다.

여장을 풀자 그는 곧 목욕을 하고 도시 사람답게 몸단장을 시작했다. 풀기 있는 셔츠에 깨끗이 다림질된 바지, 프록코트에 외투를 입고 지방 장관을 방문하기로 했다. 호텔 문지기가 불러준 살찐 키르기스 말에 끌려온 덜컹거리는 삯마차가 네흘류도프를 태우고 보초병과 경찰이 서 있는 웅장하고 아름다운 건물 앞에 닿았다. 건물 앞과 뒤에는 공원이 있고 거기엔 벌거숭이 가지를 펼친 백양목과 자작나무 사이에 전나무와 소나무가 짙은 녹색 잎을 풍성하게 펼치고 있었다.

장군은 몸이 편치 않다면서 방문객을 거절했다. 네흘류도프는 그래도 명함을 전해달라고 하인에게 부탁했다. 잠시 후 하인이 반가운 회답을 가지고 돌아왔다.

"들어오시랍니다."

현관 대기실, 하인, 전령, 층계, 반들반들하게 닦인 조각 나무를 깐 홀. 모든 것이 페테르부르크와 비슷했으나 단지 그보다 좀 촌스럽고 다소 과장되었을 뿐이었다. 네흘류도프는 서재로 안내되었다.

장군은 감자 같은 납작코에, 이마와 벗어진 머리에는 혹 같은 것이 불룩불룩 튀어나와 있었으며, 눈 밑이 처지고 뚱뚱하고 얼굴이 부은 사나이였다. 타타르식 비단 가운을 입고 편히 앉아서 한 손에 담배를 든 채 은접시에 받친 컵으로 차를 마시고 있었다.

"여, 잘 오셨습니다. 공작! 이런 모양으로 실례합니다. 하지만 만나 뵙지 않는 것보다는 나을 것 같아서." 그는 주름이 잡힌 굵고 짧은 목에 가운의 깃을 세우면서 말했다. "아무래도 몸이 좀 불편해서 밖에 나가질 않는답니다. 어쩐 일이십니까? 이런 벽지에 다 오시고?"

"나는 죄수 부대를 따라왔습니다. 그 가운데 절친한 사람이 있어서."
하고 네흘류도프는 말했다. "이렇게 찾아뵌 것도 실은 그 사람과 또 한
사람의 사정에 대해 부탁드릴 것이 있어서입니다."

장군은 차를 한 모금 마시고 담배를 공작석 재떨이에 비벼 끄고는 부
석부석하고 가늘게 반짝거리는 눈을 네흘류도프의 얼굴에서 떼지 않고
진지하게 들었다. 장군은 단지 담배를 피우지 않겠느냐고 권하기 위해
네흘류도프의 말을 가로챘을 뿐이었다.

장군은 자유주의와 인도주의를 자기 직업과 조화시키려는 학식 있는
군인 타입에 속했다. 그러나 타고날 때부터 총명하고 선량한 위인이었
으므로 곧 이와 같은 조화의 불가능을 알아차렸다. 그리고 자기가 줄곧
처해 있는 그 내적 모순에서 눈길을 돌리기 위해 군인 사회에 널리 퍼
지고 있는 음주 습관에 차츰 빠져들게 되었다. 그리고 이제는 완전히 이
습관에 젖어버렸기 때문에 35년에 이르는 군대 생활 뒤에 의사들이 알
코올 중독 환자라고 부르는 상태가 되고 말았다. 그는 온몸이 술에 젖어
있었다. 그래서 알코올 성분이 없더라도 무엇이든지 물 종류를 마시기
만 하면 술에 취한 것 같은 상태가 되었다.

술을 마신다는 것이 그에게 있어서는 이미 살기 위한 필수 조건이 되
어버렸다. 그 때문에 날마다 저녁 무렵이면 잔뜩 취해 있었으나 워낙 습
관이 되어 있어서 비틀거리거나 바보 같은 소리를 지껄이진 않았다. 어
쩌다 쓸데없는 말을 했다 해도 이 지방에서 가장 중요한 지위를 차지하
고 있었기 때문에 아무리 어리석은 말일지라도 사람들에겐 현명한 말
로 받아들여졌다. 다만 아침 녘에만—네흘류도프는 마침 그럴 때 그를
만났는데—이지적인 사람답게 되어서 들은 말을 이해할 수 있고 "취해
서 현명하다면 이 이상 더 좋은 일은 없다."라고 그가 즐겨 입에 담는 속
담을 별 탈 없이 이행할 수 있었다.

당국은 그가 술꾼이라는 것을 알지만 그래도 다른 사람보다 교양 있고(하긴 그 교양도 그가 술에 빠졌을 때부터 멈춰지고 말았지만) 대담하며 실수가 없고, 풍채가 훌륭하고 취해도 예절을 지킬 줄 알았기 때문에 그를 현재의 책임 있는 자리에 임명하고 다른 사람으로 바꾸지도 않았다.

네흘류도프는 자기가 관심을 가지고 있는 죄수는 여자이며 억울하게 유죄 판결을 받았기 때문에 황제에게 탄원서가 제출되어 있다고 그에게 말했다.

"그렇습니까, 그래서?" 장군이 말했다.

"페테르부르크에서의 연락에 따르면 그 여자의 운명에 관한 통지가 늦어도 이달 안으로 이곳에 보내지게 되어 있습니다만……."

장군은 네흘류도프에게서 눈을 돌리지 않고 손가락이 짧은 손을 테이블 쪽으로 뻗쳐 초인종을 누르고 담배를 빨았다. 그리고 한바탕 기침을 크게 하면서 그대로 이야기를 들었다.

"그래서 부탁드리고 싶은데, 가능하면 탄원서의 회답이 올 때까지 그 여자를 이곳에 머무르게 해주셨으면 하고요."

군복 차림의 당번병이 들어왔다.

"안나 바실리예브나가 일어났는지 물어봐." 장군이 당번병에게 말했다. "그리고 차를 한 잔 더 가져와. 그 밖에 또 무슨 용건이 있습니까?" 장군이 네흘류도프를 보며 물었다.

"또 하나의 청은." 하고 네흘류도프는 말을 이었다. "이 죄수 부대와 동행하고 있는 한 정치범에 대한 일입니다만."

"그래요?" 장군은 알겠다는 듯이 끄덕이면서 말했다.

"그는 중태입니다. 다 죽어가고 있습니다. 아마 이곳 병원에 남게 될 겁니다. 그래서 정치범인 한 여죄수가 간호하기 위해 남기를 희망하고 있습니다."

"그 여죄수는 환자하고 남인가요?"

"네, 하지만 결혼을 해야만 같이 남을 수 있다면 결혼해도 좋다고 합니다."

장군은 빛나는 눈초리로 지그시 상대방을 바라본 채 잠자코 듣고 있었다. 그리고 이 눈길로 상대방을 당황케 하려는 듯이 담배만 피웠다.

네흘류도프가 말을 마치자 그는 책상에서 책 한 권을 집어 들더니 얼른 손가락에 침을 발라가며 재빠르게 책장을 넘겨서 결혼에 관한 조항을 찾았다.

"그 여자는 어떤 형을 받았습니까?" 그는 책에서 눈을 들고 물었다.

"여자는 유형수입니다."

"그렇다면 그 남자 죄수는 결혼을 한다 해도 상태가 좋아지지 않겠군요."

"네, 하지만……."

"잠깐, 만약 그 여자가 자유인과 결혼했다 해도 역시 형기만은 마쳐야 합니다. 하지만 여기에 한 가지 문제가 있습니다. 둘 가운데 어느 쪽이 더 형이 무겁습니까? 남자입니까, 여자입니까?"

"두 사람 다 유형입니다."

"그렇다면 문제가 되지 않습니다." 장군은 웃으면서 말했다. "어쨌든 마찬가지입니다. 그는 병 때문에 남게 될지도 모르지요." 장군은 말을 이었다. "그리고 물론 치료를 하기 위해 되도록 노력은 하겠습니다. 하지만 그녀는 비록 결혼한다 해도 이곳에 머무를 수 없는데요."

"부인께선 지금 커피를 들고 계십니다." 당번병이 알렸다. 장군은 고개를 끄덕이고 말을 이었다.

"하지만 좀 생각해보지요. 그들의 이름을 여기에 써주십시오."

네흘류도프는 썼다.

"그것도 어렵겠는데요." 병자와 면회를 하게 해달라는 네흘류도프의 청에 대해 장군은 말했다.

"물론 내가 당신을 의심하는 것은 아닙니다만." 하고 그는 말했다. "하지만 당신은 그 죄수나 다른 정치범들을 동정하시는 것 같고 돈도 많이 가지고 계십니다. 이곳은 돈이면 다 되는 고장이니까요. 뇌물을 근절시키라는 말을 늘 듣고 있습니다만 모두가 뇌물을 좋아하는 사람들뿐이니 어떻게 뿌리 뽑을 수 있겠습니까? 말단 관리일수록 더 심하지요. 5천 킬로미터 밖까지 어떻게 감독하겠습니까? 말단 관리라도 현지에서는 제왕이나 마찬가지니까요. 마치 여기 있는 나처럼." 그러고 장군은 빙그레 웃었다. "당신은 아마 정치범을 면회했겠지요? 돈을 쥐여주니 들여보내 주었지요?" 그는 웃으면서 말했다. "그렇지요?"

"네, 그건 사실입니다."

"알고 있습니다. 당신은 틀림없이 그렇게 하셨을 겁니다. 당신은 정치범을 만나고 싶어 하고 그들을 동정하고 있습니다. 그런데 간수나 호송병은 돈이 필요하거든요. 왜냐하면 겨우 40코페이카밖에 안 되는 봉급으로 가족을 거느리고 있으니까 말이죠. 뇌물을 받지 말라는 편이 무리지요. 그러니 그들이나 당신의 처지가 된다면 나 역시 같은 짓을 하겠지요. 하지만 실체적으로 나는 법률이라는 엄격한 조항에서 벗어나는 일을 스스로에게 허락하지 않습니다. 왜냐하면 나 역시 사람이니 동정심에 끌릴 지도 모르니까요. 나는 맡은 일에 충실한 사람이라 복무규정에 신임받고 있으니 이 신임에 보답을 해야 하지요. 그러니 이 문제는 이것으로 끝냅시다. 자, 이번에는 당신 쪽에서 수도 이야기나 해주십시오."

그러고 장군은 최근의 소식을 알고 싶고 동시에 자기의 지식과 인도주의를 과시하고 싶었던지 여러 가지를 묻기도 하고 말하기도 했다.

23

"그런데 어디서 묵으십니까? 듀크입니까? 거긴 좀 안 좋은데. 한번 식사하러 오시지 않겠습니까?" 장군이 네흘류도프를 배웅하면서 말했다. "5시입니다. 영어는 하실 줄 압니까?"

"네, 좀 합니다."

"그거, 잘됐군요. 실은 영국인 여행가가 여기 와 있습니다. 그는 시베리아 유형지와 감옥을 연구하고 있습니다. 오늘 집에서 식사를 하게 되어 있어요. 당신도 꼭 오십시오. 식사는 5시입니다. 아내가 시간관념이 철저해서요. 그때 그 여죄수를 어떻게 할 것인지 그리고 환자에 대한 것도 대답해드리지요. 아마 간호하기 위해 누군가를 남게 할 수도 있을지 모르지요."

장군에게 작별 인사를 하고 나자 네흘류도프는 한층 더 기운이 솟고 상쾌해진 것을 느끼면서 우체국 쪽으로 마차를 몰았다.

우체국은 나직한 건물로서 둥근 천장으로 된 방이었다. 국원 몇 사람이 책상에 앉아서 창구에 서 있는 많은 사람들을 상대하고 있었다. 한 국원이 고개를 갸우뚱하고 포개놓은 봉투를 솜씨 좋게 밀어내면서 쉴 새 없이 스탬프를 찍고 있었다. 네흘류도프는 오래 기다리지 않았다. 그의 이름을 듣자 곧 꽤 많은 우편물을 내주었다. 거기에는 우편 송금표도 있었고 몇 통의 편지와 책도 있었고 《유럽 소식》이라는 최근 잡지도 있었다. 네흘류도프는 우편물을 받아 들자 옆에 있는 나무 의자 쪽으로 갔다. 거기에는 한 병사가 앉아서 책을 들고 기다리고 있었다. 네흘류도프는 그 옆자리에 앉아서 편지를 훑어보았다. 그 속에 한 통의 등기우편이 있었다. 그것은 아름다운 봉투에 선명하게 붉은 봉납으로 꼼꼼하게 봉인되어 있었다. 겉봉을 뜯고 셀레닌의 편지와 공문서 같은 것을 보자 네

흘류도프는 얼굴에 핏기가 오르고 가슴이 꽉 죄는 느낌이 들었다. 그것
은 카튜샤 건에 대한 결정이었다. 어떤 결정일까? 역시 기각일까? 네흘
류도프는 알아보기 힘든 글씨체로 자잘하게 쓰인 편지를 빨리 읽었다.
그리고 휴 하고 안도의 숨을 내쉬었다. 결정은 만족할 만한 것이었다.
"친애하는 벗이여!" 하고 셀레닌은 쓰고 있었다.

　　마지막으로 나눈 이야기가 나에게 강렬한 인상을 남겼네. 마슬로바 건
에 관해서는 자네가 옳았어. 나는 꼼꼼히 조서를 검토한 결과 그녀에 대
해 분개할 만한 부정이 행해졌다는 것을 알았지. 이것을 고칠 수 있는 것
은 자네가 탄원서를 제출한 청원위원회뿐이었어. 나는 다행히 그 위원회
의 이 사건 해결에 협력할 수가 있었다네. 그리고 지금 특사 지령서의 사
본을 예카테리나 이바노브나 백작 부인이 알려주신 자네 주소로 보내네.
정식 서류는 재판 때 그녀가 구류되었던 감옥으로 보내질 텐데, 아마 곧
시베리아 총독부로 보내지겠지. 먼저 기쁜 소식을 자네에게 알리네. 우
정의 악수를 보내네.

자네의 벗 셀레닌

특사 지령서의 내용은 다음과 같았다.

　　국내청 총무 청원 수리국 ×부 ×과 ×계 ×년 ×월 ×일. 국내청 총무
청원 수리국장의 명에 의해 여기 평민 예카테리나 마슬로바에게 다음과
같이 통고함. 황제 폐하께서는 상신된 보고에 의해 마슬로바의 청원에
자비를 내리시어 황공하옵게도 유형을 취소하고 시베리아같이 멀리 떨
어져 있지 않은 곳으로 이주를 변경할 것을 명령하셨음을 통고함.

이 소식은 기쁘고도 중대한 것이었다. 카튜샤를 위해서 그리고 자기 자신을 위해서 희망하던 모든 것이 이뤄진 것이었다. 그녀의 입장이 이렇게 바뀌면 그녀와의 관계는 새로운 복잡성을 띠게 될 것이 뚜렷했다. 그녀가 유형수였을 동안은 그가 바라는 결혼이 터무니없는 것으로서 그녀의 고통을 다소라도 덜어주겠다는 의미밖에 없었다. 그러나 이제 두 사람의 결혼 생활을 가로막을 것은 아무것도 없었다. 거기에 대해 네흘류도프는 마음의 준비가 되어 있지 않았다. 뿐만 아니라 그녀와 시몬손의 관계는 어떻게 될 것인가? 속에 어떤 뜻이 있었던 것일까? 그리고 그녀가 시몬손과 맺어지는 것에 동의했다면 그것은 좋은 일일까, 나쁜 일일까? 그는 이런 생각을 해결할 수 없어서 지금은 그것을 생각하지 않기로 했다.

'이것은 언젠가는 틀림없이 마무리될 것이다.' 하고 그는 생각했다. '지금은 되도록 빨리 그녀를 만나서 이 기쁜 소식을 알려주고 그녀를 해방시켜주는 것이 먼저 해야 할 일이다.' 그러면 지금 손에 있는 사본만으로도 충분하다고 그는 생각했다. 그래서 우체국을 나오자 그는 마차를 감옥으로 달리게 했다.

오늘 아침, 장군은 그에게 감옥 방문을 허가하지 않았지만 그래도 네흘류도프는 경험에 의해 상부에서 도저히 얻을 수 없었던 허가를 하급 관리들에게서는 쉽게 얻을 수 있다는 것을 알고 있었다. 그래서 감옥 문의 통과를 시도해보려고 결심했다. 그는 카튜샤에게 반가운 소식을 알려주고 싶었고, 될 수 있으면 서둘러 석방되도록 해주고 싶었다. 아울러 크릴초프의 병세도 알아보고 그와 마리야 파블로브나에게 장군이 말한 것을 알려주고 싶었다.

소장은 키가 크고 뚱뚱한 사나이로 콧수염을 기르고 수염 끝이 양편에서 입가를 향해 비틀려 있었다. 그는 매우 엄격하게 네흘류도프를 맞으며 외래인에 대한 면회는 장관의 허가가 없으면 안 된다고 잘라 말했다. 네흘류도프가 수도의 감옥에서도 면회를 허가받았다는 말을 하자 그는 대답했다.

"그럴 수도 있겠지요. 하지만 나는 허락할 수 없습니다." 그는 말했으나 그의 말투는 이렇게 말하는 것 같았다.

'당신네 도시 양반들은 우리를 위협해서 당황하게 만들려고 하는지 모르겠지만, 우리는 동부 시베리아에 있을지라도 질서라는 게 어떤 것인지 알고 있지. 무엇하면 당신들한테 그것을 한번 보여줄까?'

국내청 당국에서 직접 보내온 특사 지령서의 사본도 소장에게는 아무런 효력이 없었다. 그는 네흘류도프를 감옥 안으로 들여보내는 것을 단호히 거절했다. 이 사본의 제시에 의해 마슬로바가 풀려날 것이라는 소박한 예상에 대해서도 소장은 단지 업신여기는 미소를 지을 뿐 누구든 죄수의 석방을 위해서는 직속상관의 명령이 없으면 안 된다고 무뚝뚝하게 잘라 말했다. 소장이 약속해준 것은 마슬로바에게 특사가 내렸다는 것을 전해주는 것과 직속상관에게서 명령을 받으면 한시도 머뭇거리지 않고 곧 석방한다는 것뿐이었다.

크릴초프의 병세에 대해서도 그는 일체 언급을 거부했으며 그런 죄수가 있다는 것마저 말할 수 없다고 했다. 이렇게 아무 소득도 없이, 네흘류도프는 기다리게 해놓았던 마차를 타고 호텔로 돌아갔다.

소장의 엄격한 태도는 수용 인원이 정원의 두 배나 불어난 데다 마침 티푸스가 퍼졌기 때문이었다. 삯마차 마부가 네흘류도프에게 말했다.

"감옥에선 죄수들이 마구 죽어가고 있어요. 무슨 나쁜 전염병이 돈다면서 하루에 스무 명씩이나 매장되고 있어요."

24

면회하는 데 실패했지만 네흘류도프는 여전히 상쾌한 기분으로 마슬로바의 특사 지령서가 호송되어 왔는지 알아보기 위해 현청으로 마차를 몰았다. 특사 지령서는 와 있지 않았다. 그래서 네흘류도프는 호텔로 돌아가, 우선 이에 관한 편지를 셀레닌과 변호사에게 썼다. 편지를 다 쓰고 난 뒤 시계를 보니, 벌써 장군 집에 식사하러 갈 시간이었다.

가는 길에 카튜샤가 특사를 어떻게 받아들일까 하는 생각이 또 머리에 떠올랐다. 그녀는 어디로 이주하게 될까? 자기는 그녀와 어떻게 지내게 될까? 시몬손은 어떻게 될까? 그에 대한 그녀의 태도는? 그는 그녀에게 생긴 변화를 생각했다. 아울러 그녀의 과거도 떠올렸다.

'잊어버려야지, 생각하지 말자.' 그는 이렇게 생각하며 다시 그녀에 대한 생각을 머리에서 떨쳐버렸다. '곧 알게 되겠지.' 스스로에게 이르고 장군에게 할 말을 생각하기 시작했다.

장군 댁의 만찬은 네흘류도프에게 익숙한 부유한 사람들이나 주요 고관들의 사치스러운 호사에 지나지 않았지만, 오랫동안 호사는커녕 상류사회 분위기에서 떠나 있던 네흘류도프에게는 특히 기분 좋게 여겨졌다.

부인은 니콜라이 1세의 궁정에서 나인을 지낸 페테르부르크의 예스러운 귀부인으로 프랑스 말은 퍽 유창했으나 러시아 말이 아주 서툴렀다. 그녀는 지나칠 정도로 상체를 꼿꼿이 세워, 두 손을 움직이는데도 팔꿈치를 옆구리에서 떼지 않았다. 남편에 대해선 조용하고 조금 수심 띤 존경의 태도를 보였으며, 손님에 대한 응대는 상대에 따라 조금 차이는 있었지만 몹시 상냥했다. 그녀는 네흘류도프를 집안 식구처럼 맞아들여 특히 세심하게 친절을 베풀어주었으므로 네흘류도프는 새삼스레 자기의 가치를 인식하고 유쾌한 만족감을 느꼈다. 그녀는 시베리아까지 찾아온 그가 약간 괴짜이긴 하지만 성실한 인품임을 잘 알고 있으며 그를 특이한 인물로 생각하고 있다는 것을 넌지시 네흘류도프가 느끼게 했다. 그 묘한 아첨과 장군 댁 생활의 세련된 호사스러운 분위기는 네흘류도프에게 기분 좋게 스며들어 그를 완전히 아름다운 환경과, 맛있는 음식과, 정든 상류사회의 교양 있는 사람들과, 경쾌한 응대에 대한 만족에 잠기게 해버렸기 때문에 이 몇 달 동안 그의 생활을 에워싸고 있던 것이 모두 꿈같이 여겨지고, 그는 지금 비로소 참다운 현실에 눈이 뜨인 것 같은 느낌이 들었다.

만찬 자리에는 장군의 딸 부부와 부관 등 집안사람들 외에 영국인, 금광 경영자, 먼 시베리아의 도시에서 온 시장 등이 초청되어 있었다. 이런 사람들 모두가 네흘류도프에겐 유쾌하기만 했다.

영국인은 건강하고 얼굴이 붉은 사나이로, 프랑스 말이 몹시 서툴렀지만 자기 나라 말인 영어는 아주 훌륭히 웅변조로 감명 깊게 했으며, 견문이 매우 넓어 미국, 인도, 일본, 시베리아 등에 관한 얘기로 듣는 이의 마음을 사로잡았다

젊은 금광 경영자는 농사꾼의 아들로, 런던에서 맞췄다는 멋진 연미복을 입고 셔츠의 소매에 다이아몬드 커프스단추를 달고 있었다. 그는 커다란 서재를 갖고 있었고 자선사업에도 상당한 돈을 기부했는데, 유럽 자유주의 시장의 소유자로서 네흘류도프의 관심을 끌었다. 그는 건전한 농사꾼 같은 묘목에 유럽 문화를 접목한 교양인으로서 정말 새롭고 훌륭한 사람이었다.

먼 도시의 시장은 전에 무슨 국장이었던 사나이로, 네흘류도프가 페테르부르크에 묵을 때 소문이 자자했던 장본인이었다. 그는 숱이 적은 고수머리에 부드럽고 파란 눈을 하고 살쪄서 아랫배가 몹시 튀어나왔

으며, 희고 고운 손가락에 반지를 잔뜩 끼고, 웃는 얼굴이 매우 인상 좋았다. 이 시장은 부정이 만연되어 있는 가운데 혼자만 청렴하다 해서 장군의 두터운 신임을 얻고 있었다. 음악을 몹시 좋아하며 우수한 피아니스트였던 부인이, 그가 음악에 재능이 있어 자기와 피아노를 합주할 수 있다는 점에서 그를 높이 평가하고 있었다. 네흘류도프의 마음은 한결 누그러졌으므로 이 사내까지도 지금 그에게는 기분 좋게 여겨졌다.

쾌활하고 정력적이며 면도한 턱수염 자리가 푸르스름한 부관은 어떤 일에나 봉사 정신을 발휘한다는 선량함으로 네흘류도프에게 호감을 주었다.

네흘류도프의 마음을 가장 흐뭇하게 한 것은 젊고 사랑스러운 장군의 딸 부부였다. 이 여자는 미인은 아니지만 순진한 젊은 여인으로서 두 어린아이에게 온갖 정성을 다하고 있었다. 그녀가 부모와 오랫동안 싸운 끝에 마침내 연애결혼을 했다는 그녀의 남편은, 모스크바 대학을 졸업한 겸허하고 총명한 자유주의 사상의 소유자이며 관청에 근무하면서 한편으로 통계학을 연구하고 있었다. 그는 특히 이민족 문제에 열의를 갖고 연구하고 있었는데, 그들을 사랑하고 멸망에서 구해주려고 애쓰고 있었다.

다들 네흘류도프에게 호의를 가지고 친절히 대했을 뿐만 아니라 새롭고 흥미 있는 인물로서 그의 방문을 기뻐하는 것 같았다. 장군은 군복 차림으로 목에 하얀 십자 훈장을 걸고 만찬의 자리에 나오더니, 흡사 오랜 벗을 대하는 것처럼 네흘류도프에게 인사하고 곧 손님들을 전채요리와 보드카가 마련된 테이블로 안내했다. 오늘 아침 여기서 돌아간 뒤 무엇을 했느냐는 장군의 질문에 네흘류도프는 우체국에 가서 아침에 말했던 사람이 특사되었다는 것을 알았다고 말하고, 다시 감옥 방문의 허가를 부탁한다고 덧붙였다.

장군은 만찬 자리에서 사무적인 이야기를 하는 것이 불만스러운 듯 얼굴을 찡그리고 아무 말도 하지 않았다.

"보드카를 안 드시겠소?" 하고 장군이 다가온 영국인에게 프랑스어로 말했다. 영국인은 보드카를 마시고 나자 오늘 사원과 공장을 방문한 데 대해 이야기하고 이번에는 큰 호송 감옥을 둘러보고 싶다고 말했다.

"그것 마침 잘 됐습니다." 장군은 네흘류도프를 돌아보면서 말했다. "같이 가시면 상관없습니다. 이 두 분한테 통행증을 드리게." 그는 부관에게 말했다.

"당신은 언제 가시겠습니까?" 네흘류도프는 영국인에게 물었다.

"나는 오늘 밤에 가는 것이 좋겠는데요." 영국인이 말했다. "모두들 감방 안에 있을 테고, 게다가 견학 자료를 준비할 필요도 없을 테니까, 있는 그대로를 보는 게 좋을 것 같습니다."

"허, 가장 재미있는 장면을 보고 싶다는 말씀이군요? 좋습니다. 내가 감옥 개선에 대해 글도 많이 썼지만 아무도 듣지를 않습니다. 글쎄, 외국 신문에서라도 실상을 알아주는 게 좋겠지요."

장군은 이렇게 말하고 식탁 쪽으로 걸어갔다. 거기서는 부인이 손님들에게 자리를 정해주고 있었다.

네흘류도프는 부인과 영국인 사이에 앉았다. 맞은편에는 장군의 딸과 시장이 앉았다.

식탁에서 이야기는 띄엄띄엄 이어졌는데 영국인이 인도에 대한 이야기를 하기도 했고, 프랑스의 통킹 원정 이야기가 나오자 장군이 매섭게 비판하기도 했고, 시베리아의 일반적 폐단인 사기와 뇌물 이야기가 나오기도 했다. 그런 이야기는 네흘류도프의 흥미를 그다지 끌지 못했다.

그러나 식사 뒤, 객실에서 커피를 마실 때 네흘류도프와 영국인과 부인 사이에 글래드스턴에 관한 매우 흥미 있는 이야기가 나왔다. 네흘류도프는 여러 가지 핵심을 찌른 의견으로 그들을 감탄시킨 것 같은 기분이 들었다. 그리고 맛좋은 식사와 포도주를 마신 뒤에 커피를 마시면서 폭신한 소파에 편히 앉아 온화하고 교양 있는 사람들에게 둘러싸여 있노라니, 차츰 더 유쾌해졌다. 부인이 영국인의 간청으로 지난날의 국장과 나란히 피아노 앞에 앉아 그들이 연습해둔 베토벤의 《제5교향곡》을 치기 시작했을 때 네흘류도프는 이미 오랫동안 잊고 있었던 완전한 자기만족을 느꼈다. 그리고 지금 비로소 자기가 얼마나 감성이 풍부한 사람이었는지 절실히 깨달은 느낌이었다.

피아노도 훌륭했거니와 교향곡의 연주 솜씨도 훌륭했다. 이 교향곡을 잘 알고 좋아하던 네흘류도프에겐 적어도 그렇게 느껴졌다. 아름다운 안단테를 들으면서 그는 자기 자신과 자기의 모든 선행에 대한 감동으로 코끝이 시큰해지는 것을 느꼈다.

오랫동안 잊고 있었던 감동을 되찾았다고 부인에게 감사의 말을 한 네흘류도프가 작별 인사를 하고 돌아가려 하자, 젊은 부인이 용기를 낸 표정으로 네흘류도프 앞에 다가와 얼굴을 붉히며 말했다.

"저, 제 아이들에 대해서 물어보셨지요, 보시겠어요?"

"얘는 누구나 자기 아이를 보고 싶어 하는 줄 아나 봐요." 하고 어머니가 딸의 순진한 태도에 웃으면서 말했다. "공작님은 그런 것에 조금도 흥미를 갖지 않으신단다."

"천만에요. 꼭 보여주십시오." 넘칠 듯이 행복한 모성애에 감동되어 네흘류도프는 말했다. "어서 보여주십시오."

"어린아이를 보이기 위해 공작님을 끌고 가는군." 장군이 사위와 금광 경영자와 부관과 같이 앉아 있던 카드 테이블에서 웃으며 말했다. "의무라 생각하고 봐주십시오."

젊은 부인은 그 말에는 아랑곳없이 아이들이 어떤 평을 받게 될까 하는 생각에 가슴이 두근거리는지 앞장서서 빠른 걸음으로 앞방 쪽으로 걸어갔다. 흰 벽지를 바른 천장이 높은 세 번째 방에 희미한 등피를 단 조그마한 램프가 방을 밝히고 있었고, 어린애들 침대가 두 개 나란히 놓여 있었다. 그 사이에 하얀 숄을 걸치고 시베리아인답게 광대뼈가 튀어나온 소박한 얼굴의 유모가 앉아 있었다. 유모가 일어나 인사를 했다. 젊은 어머니는 앞에 있는 어린이용 침대를 들여다보았다. 거기에는 두 살짜리 여자아이가 조그만 입을 벌리고 긴 고수머리를 베개 위에 흐트러뜨린 채 조용히 잠들어 있었다.

"얘가 카탸예요." 젊은 어머니는 이불 끝에서 작고 하얀 발바닥이 내다보이는, 털실로 싼 줄무늬 이불을 매만지면서 말했다. "귀엽지요? 이제 겨우 두 살밖에 안 되었어요."

"참 귀엽습니다!"

"얘는 바슈크예요. 할아버지가 지어준 이름이에요. 누굴 닮았는지 모르겠지만, 시베리아형 아이지요. 그렇죠?"

"잘생긴 아이군요." 엎드려서 자는 토실토실하게 살찐 사내아이를 찬찬히 바라보면서 네홀류도프는 말했다.

"그렇지요?" 젊은 어머니가 의미 있는 미소를 지으면서 말했다.

네홀류도프는 쇠사슬과 까까머리와 구타와 타락과 죽어가는 크릴초프와 온갖 어두운 과거를 가진 카튜샤에 대해서 떠올렸다. 그러자 느닷없이 부러운 마음이 들며 이렇게 우아한, 지금의 그에겐 깨끗한 것으로 여겨지는 행복을 가지고 싶어졌다.

네홀류도프는 몇 번이나 어린아이를 칭찬해서, 그 말을 한마디도 놓치지 않고 가슴에 간직하려는 젊은 어머니를 어느 정도 충족해준 다음 그녀를 따라 객실로 돌아왔다. 영국인이 거기서 약속한 대로 감옥을 찾아가기 위해 그를 기다리고 있었다. 늙은 부부와 젊은 부부에게 작별 인사를 하고 네흘류도프는 영국인과 함께 장군 댁의 현관을 나왔다.

날씨는 완전히 달라져 있었다. 솜 같은 함박눈이 펑펑 내려 이미 길에도, 지붕에도, 뜰의 나무들에도, 마차 대는 곳에도, 마차 위에도, 말 잔등에도 하얗게 쌓여 있었다. 영국인은 자기 마차가 있었으므로 네흘류도프는 그 마부에게 감옥으로 가라고 일렀다. 네흘류도프는 혼자 자기 마차를 타고 불쾌한 의무를 이행한다는 무거운 기분에 잠겨 영국인의 마차 뒤를 따라 자기 마차를 몰았다. 마차 바퀴가 눈에 파묻히면서 느릿느릿 나아갔다.

<h1 style="text-align:center">25</h1>

문가의 초소에 희미한 등불이 켜져 있고 보초가 서 있는 감옥의 건물은 마차를 대는 곳도, 지붕도, 벽도, 지금은 온통 하얗고 깨끗한 눈으로 단장하고 있었으나, 그래도 건물 앞쪽 창문들이 호젓이 불빛에 비쳐서 아침보다 더 침울한 인상을 주었다.

풍채 좋은 소장이 문에서 나와 등불 밑에서 네흘류도프와 영국인이 내민 통행증을 보더니 의아한 듯 다부진 두 어깨를 으쓱해 보였다. 그러나 명령에 거역할 수 없었으므로 이 두 방문객을 안내했다. 그는 먼저 안뜰을 지나 오른편 문을 열고 층계를 올라가서 사무실로 안내했다. 그리고 두 사람에게 앉으라고 권한 다음 용건을 물었다. 마슬로바와 만나고 싶다는 네흘류도프의 청을 듣자, 그는 마슬로바를 데려오라고 간수에게 명령했다. 그리고 영국인이 네흘류도프를 통역자로 하여 묻기 시작한 것들에 답할 자세를 취했다.

"이 감옥의 규정 수용 인원은 몇 명입니까?" 영국인이 물었다.

"지금 몇 명의 죄수가 수용되어 있습니까? 남자 죄수는 몇 명이고 여자 죄수는 몇 명이며 아이들은 몇 명 있습니까? 징역수, 유형수, 그리고 자기 스스로 따라와 있는 자는 저마다 몇 명씩입니까? 환자는 몇 명이나 됩니까?"

네흘류도프는 말의 의미는 생각지 않고 그저 기계적으로 영국인과 소장의 말을 통역했다. 그것은 자기로서도 전혀 뜻밖의 일이었는데, 눈앞에 닥친 카튜샤와의 면회에 그는 당황하고 있었다. 그리고 영국인에게 통역을 해주는 도중에 사무실로 다가오는 발소리를 들었다. 사무실 문이 열리고 여느 때처럼 수건을 머리에 쓰고 죄수복을 입는 카튜샤가 간수를 따라 들어온 것을 보았을 때, 그는 마음이 무겁게 가라앉는 것을 느꼈다.

'나도 생활하고 싶다. 가정을, 아이를 갖고 싶다. 사람다운 생활을 하고 싶다.' 카튜샤가 눈을 내리깐 채 종종걸음으로 방에 들어오자 이런 생각이 그의 머리에 떠올랐다.

그는 일어나서 두세 걸음 그녀 쪽으로 다가갔다. 그녀의 표정은 딱딱하고 불쾌해 보였다. 그것은 그녀가 그를 비난했을 때의 그 얼굴이었다. 그녀는 얼굴이 붉어졌다 파래졌다 하면서 떨리는 손으로 죄수복 자락을 만지작거리며 그를 말끄러미 바라보는가 하면 곧 다시 눈을 내리깔기도 했다.

"들었소, 특사가 내린 것을?" 네흘류도프가 말했다.

"네, 간수한테 들었어요."

"그러니까 정식 서류가 도착하는 즉시 당신은 방면되어 어디로든 가고 싶은 곳으로 갈 수 있소. 우리 잘 생각해봅시다."

그녀는 재빨리 네흘류도프의 말을 가로막았다.

"제가 생각할 게 무엇이 있다는 거예요? 블라디미르 이바노비치 시몬손이 가는 곳으로 저도 따라가겠어요." 카튜샤는 몹시 흥분하고 있었으나 그래도 네흘류도프를 똑바로 쳐다보면서 자기가 말하려는 것을 미리 준비해두었던 것처럼 거침없이 또렷하게 말했다.

"그래?"

"그렇잖아요? 드미트리 이바노비치, 그이가 저더러 같이 살자고." 그녀는 깜짝 놀란 듯이 말을 멈췄다가 고쳐 말했다. "곁에 있어달라고 말하는걸요. 저에게 이보다 더 좋은 일이 어디 있겠어요? 저는 이것을 행복이라고 생각하지 않으면 안 돼요. 이보다 어떤 것을 제가 바랄 수 있겠어요."

'둘 중에 하나다. 하나는 그녀가 시몬손을 사랑하게 되어 내가 그녀에게 바치려고 생각한 희생을 전혀 필요로 하지 않게 되었거나, 아니면 역시 나를 사랑하고 있어서 내 행복을 위해 나한테서 물러나, 자기 운명을 시몬손과 맺음으로써 영원히 나와 인연을 끊어버리려고 생각하거나.'라고 네흘류도프는 생각했다. 그러자 그는 부끄러워졌다. 그는 얼굴이 붉어짐을 느꼈다.

"만약 당신이 그를 사랑한다면……."

"사랑한다느니 안 한다느니, 그게 다 뭘까요? 저는 이미 그런 것은 버렸어요. 그리고 블리디미르 이바노비치는 특별한 사람이에요."

"그야 물론." 네흘류도프는 말을 시작했다. "그는 훌륭한 사람이고 나도……."

그녀는 그가 쓸데없는 말을 하지 않을까, 자기가 하려는 말을 다 못하지나 않을까 하고 겁먹은 듯이 그의 말을 가로막았다.

"아니에요, 드미트리 이바노비치. 당신이 바라시는 일을 제가 하고 있다면 용서하세요." 그녀는 독특한 사시의 신비스러운 눈으로 네흘류도프를 가만히 바라보면서 말했다. "그렇지만 아마 이렇게 될 운명인가 봐요. 당신도 생활을 하셔야 하니까요."

그녀는 방금 그가 스스로에게 한 말과 똑같은 말을 했다. 그러나 이미 그는 그것을 생각하고 있지 않았다. 그는 전혀 다른 것을 생각하고 있었고 또 느끼고 있었다. 그는 부끄러워졌을 뿐만 아니라 그녀와 더불어 잃어버리게 될 모든 것들이 아까워서 견딜 수가 없었다.

"그런 말을 들을 줄은 정말 몰랐소." 네흘류도프는 말했다.

"당신은 이런 데까지 와서 고생하실 필요가 조금도 없어요. 지금까지 당신은 충분히 고생하셨어요." 그녀는 야릇한 웃음을 지었다.

"난 고생하지 않았소. 오히려 내게는 행복이었지. 그리고 만약 할 수 있다면 좀 더 당신을 도와주고 싶소."

"우리는……." 그녀는 흘끗 네흘류도프를 쳐다보았다. "아무것도 필요 없어요. 당신은 이미 저를 위해 너무나 많은 일을 해주셨어요. 만일 당신이 안 계셨더라면……." 그녀는 목소리가 떨려서 말이 끊겼다.

"나는 인사 같은 것을 받을 처지가 못 되오." 네흘류도프는 말했다.

"어떻게 청산하면 좋을까요? 우리의 계산은 하느님이 다 해주실 거예요." 그녀가 말했다. 까만 눈에 눈물이 어렸다.

"당신은 정말 훌륭한 여인이오!" 그는 말했다.

"제가 훌륭하다고요?" 그녀는 눈물을 머금은 목소리로 말했다. 그리고 그녀의 얼굴에 슬픈 미소가 어렸다.

"다 됐습니까?" 영국인이 말을 걸었다.

"네, 곧." 네흘류도프는 대답하고 크릴초프에 대해 그녀에게 물었다.

그녀는 흥분을 가라앉히고 알고 있는 대로 조용히 말했다. 크릴초프는 호송 도중에 너무나 허약해져서 이곳에 닿자마자 병원에 수용되었으며, 마리야 파블로브나가 몹시 걱정하고, 간호하기 위해 병원으로 보내달라고 청했으나 허가를 얻지 못했다고 했다.

"그럼 저는 이만 실례하는 게 좋지 않겠어요?" 영국인이 기다리는 것을 보고 그녀는 말했다.

"작별 인사는 하지 않겠소. 다시 한 번 만날 테니까." 네흘류도프는 말했다.

"용서하세요." 그녀는 들릴까 말까 한 소리로 말했다. 두 사람의 눈이 마주쳤다. 그리고 그녀가 '안녕히 계세요.'가 아니라 '용서하세요.'라고 했을 때 묘하게 빛나던 사팔눈과 가슴에 스며드는 슬픈 미소를 보면서 네흘류도프는 그녀가 결심하게 된 원인의 두 가지 예상 가운데 후자가 옳다는 것을 확신했다. 그녀는 네흘류도프를 사랑하고 있었다. 그리고 자기를 그와 결합시킨다면 그의 생활을 망치고 말지만, 시몬손과 떠난다면 그를 자유롭게 해줄 수 있다고 생각하고, 지금 자기의 슬픈 결심을 실행한 데 대해 기쁨과 더불어 그와 헤어지는 안타까운 고통을 느끼는 것이었다.

그녀는 그의 손을 잡았다가 몸을 홱 돌려 재빨리 나가버렸다.

네흘류도프는 함께 가려고 영국인을 돌아다보았다. 영국인은 노트에다 줄곧 무엇인지 써넣고 있었다. 네흘류도프는 방해가 되지 않도록 벽쪽 나무로 된 긴 의자에 앉았다. 그러자 갑자기 심한 피로감이 몰려왔다. 그가 피로한 것은 수면 부족이나 여행이나 흥분 때문이 아니었다. 그는 자기가 생활 자체에서 지쳐버렸다는 것을 느끼고 있었다. 그는 의자 등받이에 기대고 눈을 감자 순식간에 죽음 같은 깊은 잠에 떨어지고 말았다.

"어떻습니까? 지금부터 감방을 한번 돌아보지 않겠습니까?" 하고 소장이 물었다.

네흘류도프는 깜짝 놀라 눈을 뜨고 이런 데서 자고 있었다는 것에 놀랐다. 영국인은 메모를 끝내고 감방을 둘러보고 싶다고 말했다. 네흘류도프는 지쳐서 마음이 내키지 않았으나 그 뒤를 따라갔다.

26

소장과 영국인과 네흘류도프는 간수에게 안내되어 입구의 층계참을 지나 메스꺼울 만큼 악취가 가득 찬 복도로 들어서다가, 놀랍게도 두 죄수가 마룻바닥에 대고 오줌을 누고 있는 광경을 보았다. 그들은 눈살을 찌푸리며 첫 번째 징역수 감방으로 들어갔다.

그 감방은 복판에 나무 침대가 죽 놓여 있고 죄수들이 이미 모두 누워 있었다. 모두 70명쯤 되었다. 그들은 머리와 머리를 맞대고 옆구리와 옆구리를 맞대듯 누워 있었다. 참관인들이 들어서자 쇠사슬을 철거덕거리면서 일어나 반쯤 깎인 머리를 반짝이며 침대 앞에 나란히 섰다. 두 사람만이 그대로 누워 있었다. 한 사람은 젊은 남자로 열이 있는지 얼굴이 벌겋게 달아올라 있었고, 또 한 사람은 노인인데 계속해서 신음하고 있었다.

젊은 죄수가 언제부터 앓았느냐고 영국인은 물었다. 소장은 젊은 죄수는 오늘 아침부터이지만 노인은 복통을 일으킨 지 벌써 여러 날이 지났는데도 병원이 이미 초만원이기 때문에 입원시킬 곳이 없다고 대답했다. 영국인은 비난하듯 머리를 흔들고 이 사람들에게 몇 마디 하고 싶으니 통역해달라고 네흘류도프에게 부탁했다. 여기서 네흘류도프는 영국인의 여행 목적이 시베리아 유형지나 감옥에 대한 기록 말고도 또 한 가지, 신앙과 속죄에 의한 구제의 전도라는 것을 알았다.

"이 사람들한테 전해주십시오. 그리스도는 당신네들을 불쌍히 여기고 사랑하신다고." 그는 말했다. "그리고 당신네들을 위해 죽었으며, 당신네들이 이것을 믿는다면 구원받을 것이라고."

그가 말하는 동안 죄수들은 두 손을 바지 솔기에다 축 늘어뜨리고 잠자코 침대 앞에 서 있었다.

"이 책 속에 그것이 씌어 있다는 것을 제발 이 사람들에게 말해주십시오." 그리고 그는 이렇게 말했다. "책을 읽을 수 있는 분은 없습니까?"

읽을 수 있는 사람이 스무 명 이상이나 된다는 것을 알았다. 영국인은 가방 속에서 몇 권의 신약성서를 꺼냈다. 그러자 새카맣고 딱딱한 손톱을 기른 손들이 허름한 소매 속에서 나오더니 서로 상대방을 밀치며 영국인 쪽으로 뻗쳐졌다. 영국인은 이 감방에다 두 권의 복음서를 주고 다음 감방으로 갔다.

다음 감방도 역시 마찬가지였다. 숨 막힐 듯한 악취도, 정면 창과 창 사이에 성상이 걸려 있는 것도, 문 왼편에 똥통이 놓여 있고 죄수들이 옆구리를 맞대고 거북하게 누워 있는 것도 모두 같았다. 다들 벌떡 일어나서 늘어섰으나 여기서도 또한 일어나지 않는 사람이 세 명 있었다. 두 사람은 몸을 일으켜 침대 위에 앉았으나 한 사람은 누운 채 들어온 사람 쪽을 거들떠보려고도 하지 않았다. 이 세 사람은 환자였다. 영국인은 역시 같은 말을 하고 두 권의 복음서를 주었다.

세 번째 감방에서는 외침 소리와 퉁탕거리는 소리가 들리고 있었다. 소장이 문을 두드리며 "조용히들 해!" 하고 소리쳤다. 문이 열리자 역시 죄수들은 침대 앞에 늘어섰으나 몇 명 환자는 누운 채였으며, 두 명의 죄수가 여전히 맞붙어 싸우고 있었다. 두 사람 다 일그러진 무서운 형상을 하고 한 사람은 상대방의 머리를, 한 사람은 상대방의 턱수염을 움켜잡고 있었다. 간수가 곁으로 달려가자 그들은 겨우 손을 놓았다. 또 한 사람은 코를 얻어맞아, 코피를 터뜨려 흐르는 콧물과 침과 피를 웃옷 소매로 문질렀다. 또 한 사람은 쥐어뜯긴 턱수염을 주워 모았다.

"감방장!" 소장이 버럭 소리쳤다. 잘생긴 억센 사나이가 나왔다.

"도저히 말릴 수가 없었습니다. 소장님." 재미있다는 듯한 눈으로 웃으면서 감방장이 말했다.

"내가 말려주지." 소장은 인상을 찌푸리고 말했다.

"저들은 왜 싸웠습니까?" 영국인이 물었다.

네흘류도프는 왜 싸우게 되었느냐고 감방장에게 물었다.

"각반이 원인이지요. 남의 것을 썼기 때문에." 감방장은 여전히 싱글싱글 웃으면서 말했다.

"이 녀석이 집적대니 상대방이 앙갚음한 것이지요." 네흘류도프는 그것을 영국인에게 말했다.

"나는 이 사람들에게 몇 마디 하고 싶습니다." 감방장 쪽을 보면서 영국인이 말했다.

네흘류도프는 통역을 했다. 소장은 "하십시오."라고 말했다. 그래서 영국인은 가죽 표지로 된 자기 복음서를 꺼냈다.

"이 말을 좀 통역해주십시오." 그는 네흘류도프에게 말했다. "당신네들은 말다툼을 하고 싸웠습니다. 하지만 우리를 위해 돌아가신 그리스도는 우리의 말다툼을 해결하는 다른 방법을 우리에게 주셨습니다. 이 사람들에게 물어봐 주십시오. 그리스도의 계율에 따르면, 우리를 모욕하는 사람에게 어떤 태도를 취해야만 하는지 알고 있느냐고."

네흘류도프는 영국인의 말과 물음을 통역했다. "소장님한테 하소연하면 판결을 내주겠지요." 하고 한 사람이 풍채 좋은 소장 쪽을 곁눈질하면서 미심적은 투로 말했다.

"후려갈기는 거지. 두 번 다시 그런 짓을 못하게 말이죠." 다른 한 사람이 말했다.

그 말이 옳다는 듯이 몇 사람이 킬킬 웃는 소리가 들렸다. 네흘류도프는 그들의 대답을 영국인에게 통역했다.

"이 사람들에게 말해주십시오. 그리스도의 계율에 따르면 전혀 반대의 행동을 하지 않으면 안 됩니다. 한쪽 뺨을 맞으면 다른 한쪽 뺨을 내미십시오." 영국인은 자기 뺨을 내미는 시늉을 했다.

네흘류도프는 통역했다.

"자기 자신이 해보라지!" 누군가가 말했다.

"다른 뺨까지 얻어맞으면 이번에는 무엇을 내주지?" 누워 있는 병자 하나가 말했다.

"그러다간 녹초가 되어 뻗어버리겠군."

"이유는 그만두고 한번 해봐요." 뒤에서 누군가가 놀리고 낄낄 웃었다.

모두 참을 수 없다는 듯이 웃는 소리가 온 감방 안에 울려 퍼졌다. 콧등을 얻어맞은 죄수까지 피와 침이 범벅이 된 얼굴로 웃어댔다. 환자들도 웃었다.

영국인은 당황하지 않았다. 그리고 불가능이라고 여겨지는 것도 믿는 자에게는 가능하고 쉬운 일이 된다는 것을 그들에게 말해달라고 부탁했다.

"그리고 술을 마시느냐고 물어봐 주십시오."

"암, 마시다마다요." 누군가가 말했다. 그러자 또 껄껄거리는 웃음소리가 일어나더니 왈칵 폭소가 터졌다.

이 감방 안에는 네 명의 환자가 있었다. 왜 병자를 한 감방에 모아놓지 않느냐는 영국인의 물음에 병자들 자신이 바라지 않는다고 소장은 대답했다. 이들 환자는 전염병 환자가 아니며 간호병들이 진찰하고 치료해주고 있다는 것이었다.

"벌써 2주일 동안이나 간호병 얼굴도 볼 수가 없어." 누군가가 말했다.

소장은 그 말에 대답하지 않고 손님들을 다음 감방으로 안내했다. 또다시 문이 열리고 죄수들이 늘어서고 조용해졌으며, 또 영국인이 복음서를 나누어 주었다. 다섯 번째도, 여섯 번째도, 오른편 감방에서도, 왼편 감방에서도 어디나 같은 일들이 되풀이되었다.

징역수 감방에서 강제이주 죄수 감방으로 옮겨 갔다. 다시 집단이주 죄수와 스스로 따라가는 자들의 감방으로 옮겨 갔다. 어디나 마찬가지였다. 어디서나 추위에 떨고, 굶주리고, 게으르고, 병에 감염되고, 모욕받고, 감금당한 사람들이 들짐승 같은 모습을 드러내고 있었다.

영국인은 예정한 만큼 복음서를 나누어 주고 나자 이제는 복음서를 더 주지 않았고 설교도 하지 않았다. 답답한 광경과 무엇보다도 숨 막힐 듯한 공기가 이 영국인을 힘들게 했는지 어느 감방에 어떤 죄수가 수용되어 있다는 소장의 설명에 단지 "네, 네." 하고 대꾸할 뿐 묵묵히 이 감방에서 저 감방으로 돌아다녔다. 네흘류도프 역시 거절하고 돌아올 힘조차 없어서, 녹초가 되도록 지치고 절망감에 사로잡힌 채 몽유병 환자처럼 그들의 뒤를 힘없이 따라다녔다.

27

유형수가 있는 감방에서 네흘류도프는 오늘 아침 나룻배에서 본 그 괴상한 노인을 보고 놀랐다. 푸석한 머리에 온 얼굴이 주름투성이인 노인은 어깨가 찢어진 더러운 잿빛 셔츠를 입고 그와 똑같은 잿빛 바지를 입었을 뿐, 맨발로 침대 곁의 마룻바닥에 앉아서 힐책하는 눈초리로 들어온 손님들을 쏘아보았다. 더러운 셔츠의 찢어진 구멍으로 보이는 말라빠진 몸이 고목처럼 비참했지만 얼굴은 나룻배 위에서 보았을 때보다 더 긴장되어 있어 엄숙한 생기가 넘치고 있었다. 죄수들은 모두 다른 감방과 마찬가지로 소장이 들어오자 벌떡 일어나 줄지어 섰다. 노인은 그래도 일어나려 하지 않았다. 그 눈은 이글이글 타오르고 눈썹은 화난 듯이 찌푸려져 있었다.

"일어섯!" 하고 소장이 노인에게 소리쳤다.

노인은 꼼짝도 하지 않고 업신여기는 짧은 웃음을 지을 뿐이었다.

"당신 앞에 서 있는 것은 당신 하인들이야. 하지만 나는 당신 하인이 아니야. 당신 이마에도 낙인이 찍혀 있군." 노인이 소장의 이마를 가리키면서 말했다.

"뭐라고?" 위협적으로 외치면서 소장이 노인 앞으로 다가섰다.

"나는 이 사람을 알고 있습니다." 네흘류도프가 재빨리 소장한테 말했다. "왜 붙들렸습니까?"

"여권이 없기 때문에 경찰서에서 보내온 것입니다. 보내지 말라고 부탁했는데 늘 이리로 보내와서 여간 난처한 게 아닙니다." 노인을 곁눈질로 흘기면서 소장이 말했다.

"당신도 아마 반그리스도군과 한패인 것 같군." 노인이 네흘류도프를 쏘아보았다.

"아니, 나는 둘러보러 온 사람이오." 네흘류도프는 말했다.

"그럼 반그리스도군이 백성을 괴롭히는 꼴을 보고 싶어서 왔다는 말이오? 자, 잘 보구려. 백성을 잡아서 한 연대나 되는 사람들을 우리 속에 가두고 있소. 백성들은 이마에 땀을 흘리고 빵을 얻어야 하는데, 반그리스도 놈들은 이렇게 처넣어놓고는 일도 시키지 않고 돼지처럼 처먹이기만 하고 짐승으로 만들려고 한단 말이오."

"그는 무슨 말을 하고 있습니까?" 영국인이 물었다.

네흘류도프는 사람들을 가둬두는 데 대해서 노인이 소장을 비난하고 있다고 설명했다.

"그럼 법률을 지키지 않는 사람을 어떻게 처리해야 할지 노인에게 물어봐 주시지 않겠습니까?" 영국인이 말했다.

네흘류도프는 질문을 통역했다.

노인은 깨끗하고 고른 이를 보이면서 이상한 웃음을 지었다.

"법률이라고?" 노인은 업신여기는 듯이 되풀이했다.

"놈들은 먼저 백성들을 약탈해서 토지를 몽땅 가로채고 온갖 재산을 빼앗아 자기 것으로 만들어놓은 다음, 거역하는 자를 깡그리 죽여버리고는 자기들 것을 도둑맞지 않고 살해되지 않게 법률이라는 걸 만든 것이오. 법률이라는 건 그러기 전에 만들었어야 하는 것이오."

네흘류도프는 통역했다. 영국인은 쓸쓸히 웃었다.

"그렇다면 도둑이나 살인자들을 어떻게 다루면 좋은지 물어봐 주십시오."

네흘류도프는 또 질문을 통역했다. 노인은 매섭게 이마를 찌푸렸다.

"그 사람한테 말하시오. 자기 이마에서 반그리스도의 낙인을 떼라고, 그러면 그 사람 근처에는 도둑도 살인자도 없어진다고."

"머리가 좀 돈 모양이군요." 네흘류도프가 노인의 말을 전하자 영국인은 이렇게 말하고 어깨를 으쓱하더니 감방에서 나갔다.

"사람은 자기 일만 하면 되는 거야. 남의 일에는 참견할 것 없어. 누구든지 자기 자신이 주인인 거요. 누구를 벌하고 누구를 동정하느냐는 하느님만 알고 계시오. 우리가 알 바 아니오." 노인이 말했다. "자기가 자기의 윗사람이 되는 것이오. 그러면 윗사람 따위는 필요 없게 되지. 가시오, 가시오." 노인은 미간을 찌푸리고 아직도 감방 안에서 어물거리고 있는 네흘류도프를 쏘아보며 말했다. "반그리스도의 종들이 백성들한테 사람을 미끼로 써서 이를 기르게 하는 것을 잘 보았겠지요. 가시오, 가시오!"

네흘류도프가 복도로 나가자 영국인이 빈방의 열린 문 앞에 서서, 이것은 무슨 방이냐고 물었다. 소장은 이 방은 시체 안치소라고 말했다.

"오!" 네흘류도프가 통역하자 영국인은 이렇게 말하며 들어가 보고 싶다고 청했다.

시체 안치소는 조그마한 보통 감방이었다. 벽에 조그만 램프가 하나 켜져 있어 한구석에 쌓여 있는 자루와 장작과 오른쪽 침대에 놓여 있는 네 구의 시체를 희미하게 비추고 있었다. 가장 앞에 있는 시체는 허름한 셔츠와 바지를 입은 키가 큰 사나이로서, 턱수염을 뾰족하게 기르고 머리는 반쯤 깎여 있었다. 시체는 이미 굳어 있었다. 검푸른 손이 가슴에 포개놓였던 것 같았으나 지금은 풀려 있었다. 드러난 발도 벌려져서 발바닥이 따로따로 삐져나와 있었다. 그 옆에 주름투성이의 누렇고 조그만 얼굴에, 코가 뾰족하고 숱이 적은 짧은 머리를 조그맣게 땋아 늘인 노파가 맨발에 머릿수건도 없이 흰 치마에 짧은 블라우스 차림으로 누워 있었다. 노파 너머에는 보랏빛 옷을 입은 남자의 시체가 있었다. 이 빛깔은 네흘류도프에게 뭔가를 생각나게 해주었다.

그는 곁으로 가서 그 시체를 찬찬히 보았다. 위로 뻗친 뾰족하고 조그만 턱수염, 우뚝하고 아름다운 코, 잘생긴 흰 이마, 숱이 적은 고수머리, 모든 것이 낯익다는 것을 알았지만, 그는 자기 눈을 믿을 수 없었다. 어제 그는 이 얼굴을 노여움에 불타 고민하는 얼굴로 보았었다. 이제 그 얼굴은 온화하고 움직이지 않으며 소름 끼칠 만큼 아름다웠다.

그렇다, 그것은 크릴초프였다. 적어도 그의 물질적 존재가 남긴 흔적이었다.

'왜 그는 괴로워했을까? 무엇 때문에 그는 살아왔을까? 지금 그는 그 이유를 깨달았을까?' 네흘류도프는 생각했다. 그리고 그 대답은 없는 것같이 여겨졌다. 그러자 네흘류도프는 갑자기 현기증을 느꼈다.

네흘류도프는 영국인에게 작별 인사도 하지 않고 간수에게 마당으로 안내해달라고 부탁했다. 그리고 오늘 밤 여기서 목격한 것을 곰곰이 생각하기 위해 어서 혼자 있어야겠다고 느끼면서 호텔로 마차를 달렸다.

네흘류도프는 침대에 들어가지 않고 오랫동안 방 안을 거닐었다. 카튜샤와의 문제는 끝났다. 그는 카튜샤에게 이미 필요 없는 사람이었다. 이것은 그를 슬프게도 하고 부끄럽게도 했다. 그러나 지금 그를 괴롭히고 있는 것은 그런 것이 아니었다. 또 하나의 문제가 아직 결말이 나지 않았을뿐더러 어느 때보다도 한층 더 강하게 그를 괴롭히고 그의 행동을 요구하고 있었다.

그가 이 몇 달 동안, 특히 오늘 밤 감옥 안에서 본 그 무서운 악이, 사랑스러운 크릴초프까지도 멸망시킨 그 악의 모든 것이 그에게 승리를 자랑하고 그를 지배하고 있었다. 그리고 그는 그것에 이길 가능성은커녕 이길 방법을 알 가능성조차 전혀 알 수 없었다. 그의 머릿속에는 더러운 공기 속에 감금되어 있는 몇천몇백 명의 치욕당한 사람들, 쌀쌀맞은 장군과 검사와 감옥소장들에 의해 산 채로 매장당한 사람들의 모습이 떠올랐다.

권력자들의 죄를 고발해 미치광이로 취급받고 있는, 불굴의 의지를 지닌 이상한 노인의 모습이, 그리고 시체들 사이에 뉘어져 있던, 분에 못 이겨 죽은 크릴초프의 온화하고 백랍 같은 죽은 얼굴이 생각났다. 그러자 자신, 즉 네흘류도프가 미치광이냐, 아니면 스스로를 총명하다고 생각하고 이 모든 악을 행하고 있는 사람들이 미치광이냐 하는, 전부터 생각하던 문제가 새로운 힘으로 그의 앞에 고개를 쳐들고 해답을 요구했다.

걷다가 지치고 생각하다가 지쳐서 그는 램프 앞에 있는 소파에 앉아 아무 생각 없이 테이블 위에 있는 성경을 집어 들었다. 이것은 영국인이 기념으로 준 것이었는데 아까 주머니 안을 정리할 때 꺼내어 테이블 위에 던져놓은 것이었다. '여기 모든 해결이 있다고 말했는데.' 하고 생각하며 그는 성경을 펼쳤고, 펼쳐진 곳을 읽기 시작했다. 마태오복음서 제18장이었다.

1. 그때에 제자들이 예수님께 다가와, "하늘 나라에서는 누가 가장 큰 사람입니까?" 하고 물었다.

2. 그러자 예수님께서 어린이 하나를 불러 그들 가운데에 세우시고

3. 이르셨다. "내가 진실로 너희에게 말한다. 너희가 회개하여 어린이처럼 되지 않으면, 결코 하늘 나라에 들어가지 못한다.

4. 그러므로 누구든지 이 어린이처럼 자신을 낮추는 이가 하늘 나라에서 가장 큰 사람이다.

'그렇다, 틀림없이 그렇다.' 그는 자기를 낮췄을 때만 평안함과 생활의 기쁨을 경험했던 것을 떠올리며 이렇게 생각했다.

5. 또 누구든지 이런 어린이 하나를 내 이름으로 받아들이면 나를 받아들이는 것이다."

6. "나를 믿는 이 작은 이들 가운데 하나라도 죄짓게 하는 자는, 연자매를 목에 달고 바다 깊은 곳에 빠지는 편이 낫다.

'이것은 무슨 뜻일까? 누가 받아들인다는 것일까? 그리고 어디로 받아들인다는 것일까? 또 '내 이름'이라는 것은 무슨 의미일까?' 이런 말이 그에게 아무것도 얘기해주지 않는다는 것을 느끼면서 그는 스스로에게 물었다. '연자매를 목에 단다든가 바다 깊은 곳이라든가 하는 것은 무얼 뜻하는 것일까? 아니다, 이것은 뭔가 잘못되었다. 정확하지 않다.

너무도 애매하다.'

그는 지금까지 몇 번인가 성경을 읽다가는 늘 이런 애매한 대목에 싫증이 나서 집어던졌던 것을 떠올리며 생각했다. 그는 다시 7, 8, 9, 10절을 읽었다. 거기에는 죄의 유혹과 그 유혹이 반드시 이 세상에 온다는 것과 사람들이 받게 될 지옥의 불에 의한 벌과 하늘이신 아버지의 얼굴을 우러르는 어린 천사들에 대해 적혀 있었다.

'유감스럽지만 너무나 모순투성이군.' 하고 그는 생각했다. '하지만 좋은 말을 하고 있다는 것은 알 것 같군.'

11. 사람의 아들은 잃어버린 것들을 구하러 왔기 때문이다.

12. "너희는 어떻게 생각하느냐? 어떤 사람에게 양 백 마리가 있는데 그 가운데 한 마리가 길을 잃으면, 아흔아홉 마리를 산에 남겨둔 채 길 잃은 양을 찾아 나서지 않느냐?

13. 그가 양을 찾게 되면, 내가 진실로 너희에게 말하는데, 길을 잃지 않은 아흔아홉 마리보다 그 한 마리를 두고 더 기뻐한다.

14. 이와 같이 이 작은 이들 가운데 하나라도 잃어버리는 것은 하늘에 계신 너희 아버지의 뜻이 아니다."

'그렇다, 그들이 멸망하는 것은 아버지의 뜻이 아니었다. 하지만 현재 몇백 명, 몇천 명이 죽어가고 있지 않은가. 더구나 그들을 구할 방법이 없다.' 하고 네흘류도프는 생각했다.

21. 그때에 베드로가 예수님께 다가와, "주님, 제 형제가 저에게 죄를 지으면 몇 번이나 용서해주어야 합니까? 일곱 번까지 해야 합니까?" 하고 물었다.

22. 예수님께서 그에게 대답하셨다. "내가 너에게 말한다. 일곱 번이 아니라 일흔일곱 번까지라도 용서해야 한다."

23. "그러므로 하늘 나라는 자기 종들과 셈을 하려는 어떤 임금에게 비길 수 있다.

24. 임금이 셈을 하기 시작하자 만 탈렌트를 빚진 사람 하나가 끌려왔다.

25. 그런데 그가 빚을 갚을 길이 없으므로, 주인은 그 종에게 자신과 아내와 자식과 그 밖에 가진 것을 다 팔아서 갚으라고 명령하였다.

26. 그러자 그 종이 엎드려 절하며, '제발 참아주십시오. 제가 다 갚겠습니다.' 하고 말하였다.

27. 그 종의 주인은 가엾은 마음이 들어, 그를 놓아주고 부채도 탕감해주었다.

28. 그런데 그 종이 나가서 자기에게 백 데나리온을 빚진 동료 하나를 만났다. 그러자 그를 붙들어 멱살을 잡고 '빚진 것을 갚아라.' 하고 말하였다.

29. 그의 동료는 엎드려서, '제발 참아주게. 내가 갚겠네.' 하고 청하였다.

30. 그러나 그는 들어주려고 하지 않았다. 그리고 가서 그 동료가 빚진 것을 다 갚을 때까지 감옥에 가두었다.

31. 동료들이 그렇게 벌어진 일을 보고 너무 안타까운 나머지, 주인에게 가서 그 일을 죄다 일렀다.

32. 그러자 주인이 그 종을 불러들여 말하였다. '이 악한 종아, 네가 청하기에 나는 너에게 빚을 다 탕감해주었다.

33. 내가 너에게 자비를 베푼 것처럼 너도 네 동료에게 자비를 베풀었어야 하지 않느냐?'

"하지만 과연 그것만으로 괜찮은 것일까?" 읽고 나서 네흘류도프는 갑자기 소리 내어 말했다. 그러자 그의 모든 존재 내부의 소리가 말했다. '그렇다, 그것만으로도 좋은 것이다.'

정신생활을 하고 있는 사람들에게 이따금 일어나는 일이 네흘류도프에게도 일어났다. 즉, 처음에는 묘한 일, 역설, 농담처럼 여겨지던 생각이 차츰 실생활 속에 확증을 찾아내게 되고, 그러는 동안 갑자기 아주 단순하고 의심할 여지 없는 뚜렷한 진리로서 그의 앞에 대두되는 것이었다. 지금 네흘류도프는 사람들을 괴롭히고 있는 그 무서운 악에서 구원될 단 한 가지 확실한 방법은, 사람들이 늘 자기를 신에 대해 죄인이라고 생각하고 따라서 남을 처벌하거나 바르게 할 만한 힘이 자기에게 없음을 깨닫는 것뿐임을 명확히 알게 되었다.

지금에야, 감옥과 군대에서 목격한 무서운 악과 악을 행사하고 있는 사람들의 태연자약한 태도도, 사람들이 자기가 악인이면서 악을 바르게 고쳐보려는 불가능한 일을 하려 하기 때문에 생겨난다는 것을 그는 똑똑히 알았다. 죄 있는 사람들이 죄 있는 사람들을 가르쳐 바르게 하려고 기계적인 방법으로 그것을 달성하려고 했던 것이다. 그리고 그 결과, 생활이 어려운 사람들을 비롯해 많은 사람들이 이 그릇된 벌과 교정을 자기 직업으로 삼아 자기도 이 이상 더 건질 수 없는 데까지 타락하고, 자기가 괴롭히는 사람들까지도 끊임없이 타락시켰던 것이다. 이제야말로 그가 보아온 이 모든 두려움이 무엇에서 생겨나는지, 또 그것을 없애기 위해서는 무엇을 해야 하는지 뚜렷해졌다.

그가 찾아내지 못하던 답은 다름 아니라 그리스도가 베드로에게 준 대답, 그것이었다. 즉, 죄 없는 사람은 없고, 따라서 벌을 주거나 바르게 가르치거나 할 수 있는 사람도 없기 때문에 언제든지 누구나 용서하며 몇 번이고 끝없이 용서해야 한다는 것이었다.

'하지만 이 문제의 해결이 이렇게 간단할 리 없다.' 하고 네흘류도프는 스스로에게 말했다. 그러나 이제껏 정반대의 일에만 익숙해왔던 그는, 이것이 처음에는 몹시 이상하게 여겨졌지만 의심할 수 없는 진리이며 단순히 이론적인 것뿐만이 아니라 가장 실제적인 해결이라는 것을 뚜렷이 깨달았다. 악인을 어떻게 해야 할 것이냐, 이대로 벌을 받지 않게 내버려 두어도 좋으냐 하는, 언제나 그를 화나게 하던 반발심은 이제 그의 마음을 어지럽히지 않게 되었다. 이런 반발심은 형벌이 범죄를 줄어들게 하고 죄인을 바르게 한다는 것이 증명되어야만 의미를 가질 수 있다. 그러나 전혀 반대의 일이 입증되고 남을 바르게 할 권리가 없음이 뚜렷해지고 보니, 사람들이 합리적으로 할 수 있는 유일한 방법은, 유익하지 않을 뿐만 아니라 해롭고 비도덕적이고 잔혹한 일에서 손을 떼는 것이었다.

'너희들은 몇백 년 동안이나 범죄자라고 인정하는 사람들을 처벌해왔다. 그런데 어떠냐? 범죄자가 뿌리 뽑혔을까? 뿌리 뽑히기는커녕 더 늘었을 뿐이다. 형벌에 의해 타락한 범죄자들, 그들 앞에 버젓이 앉아서 처벌하고 있는 재판관과 검사와 예심판사와 형무관 따위의 범죄자들, 이런 무리들에 의해 차츰 더 늘어날 뿐이다.'

네흘류도프는 이제야 사회와 질서를 존속시키고 있는 것은 남을 재판하고 처벌하는, 법률로 보호된 범죄자들이 있기 때문이 아니고, 이런 부패와 타락에도 불구하고 역시 사람들이 서로 동정하고 사랑하기 때문이라는 것을 알았다.

이 생각을 마찬가지로 성서 속에서 찾아내 확인할까 하고 네흘류도프는 다시 처음부터 읽기 시작했다. 그는 언제나 감동을 일으키는 산상수훈을 읽어보고, 비로소 이 가르침은 추상적인 아름다운 사상과 과장되고 비현실적인 사상만을 요구하는 것이 아니라, 지극히 단순하고 명확하게 실제적인 실행으로 옮길 수 있는 계율을 품고 있음을 발견했다. 이 계율이 이뤄진다면(이것은 충분히 가능한 일이었지만) 인간 사회에 아주 새로운 조직이 만들어지고 이 조직 아래에서 네흘류도프를 화나게 한 모든 폭력이 저절로 없어져 버릴 뿐만 아니라 인류가 얻을 수 있는 최고의 행복, 이 땅에 있어서의 신의 왕국이 실현되는 것이다. 그 계율은 다섯 조항이었다.

첫째 계율(마태오복음서 제5장 제21~26절)은, 사람을 죽여서는 안될 뿐만 아니라 형제에 대해서 화를 내어도 안 되고 누구든지 하잘것없는 '어리석은 사람'이라고 생각해서는 안 된다, 만약 누구하고 싸웠다면 신에게 공물을 바치기 전에, 즉 기도하기 전에 그 사람과 화해해야 한다는 것이었다.

둘째 계율(마태오복음서 제5장 제27~32절)은, 인간은 간음해서는 안 될 뿐만 아니라 정욕을 품고 여자를 보는 것도 피해야만 한다, 일단 한 여자를 아내로 맞았으면 절대 배반해서는 안 된다는 것이었다.

셋째 계율(마태오복음서 제5장 제33~37절)은, 인간은 무슨 일에서나 맹세하고 약속해서는 안 된다는 것이었다.

넷째 계율(마태오복음서 제5장 제38~42절)은, 인간은 눈에는 눈이라는 식으로 복수해서는 안 되며, 오른쪽 뺨을 맞으면 왼쪽 뺨도 내주어야 한다, 또 모욕을 용서하고 점잖게 그것을 참고 남들이 바라는 일을 절대 거절해서는 안 된다는 것이었다.

다섯째 계율(마태오복음서 제5장 제43~48절)은, 인간은 원수를 미워하거나 원수와 싸워서는 안 되며 원수를 사랑하고 돕고 그들에게 봉사하지 않으면 안 된다는 것이었다.

네흘류도프는 램프 불빛에 눈을 고정하고 그대로 꼼짝도 하지 않았다. 우리 생활의 온갖 추악함을 떠올리면서 만약 사람들이 이 다섯 가지 계율에 의해서 생활해나간다면 우리 인생이 얼마나 훌륭해질 것인가를 생각해보았다. 그러자 오랫동안 잃어버렸던 감격이 그의 마음을 사로잡았다. 그는 마치 오랜 실망과 고뇌 끝에 갑자기 안식과 자유를 발견한 느낌이었다.

그는 밤새도록 자지 않았다. 그리고 성경을 읽은 많은 사람들이 경험하듯 지금껏 몇 번이나 읽어도 알지 못했던 말씀의 의미가 이제야 명확히 해득되었다.

해면이 물을 빨아들이듯 이 성경 속에서 그의 마음의 눈에 계시된, 필요하고 중요하며 기쁜 요소들을 그는 정신없이 흡수했다. 그리고 그가 읽은 모든 것은 벌써 전부터 다 알고 있었던 것같이 느껴졌다. 그가 전부터 알고는 있었으나 완전히 깨닫지 못하고 믿지 않았던 것이 의식의 빛에 비쳐 뚜렷이 확인된 기분이었다. 이제야말로 그는 충분히 깨닫고 믿게 된 것이다.

더욱이 그는 사람들이 이러한 계율을 실행함으로써 최고의 행복에 이를 수 있다는 것을 인식하고 확신했을 뿐만 아니라 이제 사람은 이 모든 계율을 실행하는 것 말고는 아무것도 의미가 없고, 이 실행 속에 바로 인간 생활의 유일한 합리적인 의의가 있으며, 거기서 벗어나는 것은 즉시 벌을 초래하는 그릇된 것이라는 것을 인식하고 확신하기에 이르렀다. 이것은 모든 가르침에서 나왔지만 포도원 농사꾼들의 우화 속에 특히 뚜렷하고 힘차게 표현되어 있었다. 농사꾼들은 주인의 사업을 위해 보내진 포도원을 자기네 것이라고 생각해버린다. 그리고 그들은 포도원 안의 설비가 모두 그들을 위해 만들어진 것이며 그들의 일은 다만 이 포도원 안에서 자기네들의 생활을 즐기는 것이라고 생각해, 주인에 대한 것은 잊어버리고 주인과 주인에 대한 그들의 의무를 상기시키려 드는 자들을 모두 죽여 버린다.

'이것과 마찬가지 일을 우리도 하고 있는 것이다.'라고 네흘류도프는 생각했다. '확실히 우리는 자기가 자기 생활의 주인이다. 생활은 우리의 즐거움을 위해 우리에게 주어지는 것이라고 믿고 있다. 하지만 이것이야말로 정말 어리석지 않은가. 우리가 누군가에 의해 이 땅에 보내졌다면 누군가의 뜻으로 어떤 목적을 위해 보내졌을 것이다. 그런데 우리는 스스로의 즐거움만을 위해 사는 것이라고 제멋대로 생각하고 있다.

그러므로 주인의 뜻을 따르지 않은 농사꾼들이 비참한 결과를 맛보게 된 것과 마찬가지로 우리도 좋지 않은 결과를 빚게 되는 것이 당연하다. 주인의 의사는 이 계율 속에 표현되어 있다. 사람들이 이 다섯 가지 계율을 실행하기만 한다면 이 땅에 신의 나라가 건설되고 사람들은 그들이 도달할 수 있는 최대의 행복을 누리게 될 것이다.

"너희는 먼저 하느님의 나라와 그분의 의로움을 찾아라. 그러면 이 모든 것도 곁들여 받게 될 것이다." 그런데 우리는 '다른 모든 것'만 찾고 있다. 그러므로 발견될 까닭이 없는 것이다.

그렇다, 바로 이것이 내 일생의 사업이다. 한 가지 일이 끝났는가 싶었더니 곧 다른 일이 시작되었구나.'

이날 밤부터 네흘류도프에게는 전혀 새로운 삶이 시작되었다. 그것은 그가 새로운 생활 조건 속에 들어간 것이 아니라, 이때부터 그의 신변에 일어난 모든 것이 그에게 있어 지금까지와는 전혀 다른 뜻을 가지게 되었기 때문이었다.

그의 인생의 이 새로운 시작이 어떤 결말을 맺을지, 그것은 미래가 말해줄 것이었다.

L. N. 톨스토이의 삶과 문학 세계

─생애와 작품

도스토옙스키와 함께 19세기 러시아 문학을 대표하는 세계적인 문호이자 문예비평가 · 사상가인 레프 니콜라예비치 톨스토이Lev Nikolaevich Tolstoi는 1828년 8월 28일, 남러시아 툴라 근처의 야스나야 폴랴나에서 명문 백작 가문의 넷째 아들로 태어났다. 어려서 부모를 잃고 친척에게 양육된 그는 카잔대학교에 입학했으나 대학 교육에 회의를 느껴 1847년 대학을 중퇴했다. 고향으로 돌아온 그는 지주로서 영지 내 농민 생활의 개선에 주력했으나, 그의 이상주의는 실패하고 방탕에 빠졌다. 그러다가 1851년 형의 권유로 입대하여 캅카스의 사관후보생으로 근무하면서 창작 생활을 시작했다.

1852년 자서전적 요소가 강한 처녀작 《유년 시대》를 익명으로 발표해 네크라소프로부터 격찬을 받았다. 1854년 크림 전쟁에 자원했는데, 세바스토폴 전투와 이 전쟁의 체험은, 정밀하고 산뜻한 묘사, 전쟁에 대한 명확한 태도 등을 나타낸 《세바스토폴 이야기》의 토대가 되었다. 이 작품으로 청년 작가로서 이름을 더욱 높였다.

1856년 제대하고 페테르부르크와 야스나야에 거주하면서 '동시대인(현대인)'의 작가들에게 접근했으나 체르니솁스키의 지도를 받은 그룹의 사상적 경향에는 동조하지 않았다.

1857년 서유럽 문명을 시찰하기 위해 국외로 나갔던 톨스토이는 실망한 채 귀국하여, 그 후 인간 생활의 조화를 진보 속에서 추구하며 내성적인 경향을 띠었다. 1862년 소피야와 결혼하고부터 그는 문학에 전념해, 나폴레옹의 모스크바 침입을 중심으로 러시아 사회를 그린 불후의 명작《전쟁과 평화》를 발표했다. 이 작품은 예술성과 내용의 깊이, 웅대한 구상 등에 있어 세계 문학에서 독보적인 것으로 높이 평가되고 있다.

또한 톨스토이의 최고 걸작으로 평가받는, 부유한 귀족의 생활을 그려 러시아의 국가 조직 및 특권 계층의 생태와 도덕을 비판한《안나 카레니나》를 완성했다. 톨스토이는 이 작품을 완성하면서 전부터 싹트고 있었던 죽음에 대한 공포와 삶의 무상無常에 대해 심하게 동요했다. 그는 이에 대한 해답을 과학·철학·예술 등에서 구하려 시도했으나 실패하고 결국 종교에 의탁하게 되었다.

이때가 그의 전향기로서,《교리신학 비판》《요약복음서》《참회》《교회와 국가》《나의 신앙》 등에서 그의 사상의 체계화된 일면을 볼 수 있다. 전향 후(내면적 위기를 극복한 이후)의 사상을 보통 '톨스토이주의'라고 일컫는다.

'톨스토이주의'란 현대의 타락한 그리스도교를 배제하고 박애주의에 투철한 원시 그리스도교로 복귀하여, 노동·채식·금주·금연 등의 검소한 생활을 영위하고 악에 대한 무저항주의와 자기완성을 기초로 한 사랑의 정신으로 전 세계의 평화에 기여하려는 것이다. 이와 같은 사상은 그의 전향 이후의 저술인 〈인생론〉, 〈참회록〉, 〈예술혼〉, 〈종교론〉, 〈국민교육론〉 등의 논문에 잘 나타나 있다.

1882년 그는 모스크바 빈민굴을 시찰한 후 사회조직의 결함에 눈뜨게 되었고, 그의 사상적 번민은 종교적 · 윤리적 문제에서 사회제도에까지 미치게 되었다. 또 1885년에는 사유재산을 부정하여 이 문제로 부인과 충돌하게 되었는데, 그 후 그는 자신의 저작권 일체를 부인에게 양도했다.

러시아의 국교가 아닌 성령 부정파 교도들을 미국으로 이주시키기 위한 자금을 조달할 목적으로 그는 《부활》의 탈고를 서둘렀다. 그는 수년 전부터 《예술이란 무엇인가》를 집필하면서 자신의 문학관에 많은 변화를 일으키고 있었으나, 《부활》의 집필은 이런 부득이한 사정 때문이었다. 이 작품이 그리스 정교에 대해 비판을 가했다는 이유로 톨스토이는 교회로부터 파문을 당했다.

《부활》이후 그는 《신부 세르기》, 단편 〈무도회 후〉〈병 속의 알료샤〉, 논문으로는 〈현대의 노예제도〉, 〈셰익스피어론〉, 그리고 최후의 대작인 《인생의 길》등 많은 작품을 발표했다.

앞서 기술했던 전향 후 그의 신조인 재산과 저작권의 포기는, 그의 가족에게 중대한 문제였기 때문에 부부간에 갈등이 끊이지 않았고, 또한 같이 기거하는 여자에 대한 부인의 질투와 증오로 그의 가정생활에 심각한 파문을 던져주었다. 또한 세상 사람들은 그를 위선자로 취급하기도 해서 그가 성명했던 본래의 뜻대로 실행하기가 어려웠다. 1890년 발표한 《빛은 어둠 속에서 빛난다》에 그의 이러한 심적 고민이 선명하게 그려져 있다.

그는 자신의 소신과 생활의 모순을 해결하는 한 방법으로 가출을 생각하고 있었는데, 드디어 1910년 10월 20일 큰딸과 주치의를 데리고 방랑길에 올랐다. 그러나 여행 도중 폐렴에 걸려 1910년 11월 7일 82세를 일기로 아스타포보 역 관사에서 숨을 거두었다.

−《부활》에 대해

1899년 발표된 《부활》은 《전쟁과 평화》《안나 카레니나》와 함께 톨스
토이의 3대 걸작으로서 세계적으로 유명하며 작자의 그리스도교적 · 도
덕적 사상이 잘 표현되어 이다.

이 작품은 저명한 법률가이자 그의 친구인 코니에게 들은 이야기에
서 힌트를 얻은 것으로, 처음에는 《코니의 수기》라는 제목이었다. 젊은
공작 네흘류도프가 하녀 카튜샤를 유혹해 임신시킨다. 그 때문에 카튜
샤는 집에서 쫓겨나 창녀로 전락하고, 끝내 범죄의 누명까지 쓰게 된다.

배심원으로 법정에 출두한 네흘류도프는 법정에 선 여죄수 마슬로바
가 바로 자기가 유혹했던 카튜샤라는 것을 알고 놀라움과 함께 심한 양
심의 가책을 받는다. 그래서 카튜샤를 구원하고 갱생시키기 위해 모든
노력을 기울인다.

그리하여 유형수가 된 그녀를 뒤쫓아 자신도 시베리아로 떠난다. 유
형 도중, 그는 그녀를 형사범 감방에서 정치범 감방으로 옮기도록 도와
주는데, 이를 계기로 네흘류도프는 많은 정치범들과 사귀게 된다. 그는
그들로부터 사회의 부패와 모순의 실상을 깨닫는다. 그러던 어느 날 밤,
여관방에서 성경을 펴놓고 그 속에서 자신의 갱생의 길잡이를 발견하
게 되어 카튜샤도 갱생시키고 자신도 종교적인 사랑에 의해 부활된다.

《부활》은 예술적으로 원숙하고 완벽한 심리묘사와 더불어 당시 러시
아 사회의 부정과 허위를 철저하게 파헤친 걸작으로 '예술적 성서'로 일
컬어지고 있다.

L. N. 톨스토이

1828 8월 28일, 톨스토이 백작의 넷째 아들로 야스나야 폴랴나에서 출생.

1830 (2세) 3월 7일, 어머니 마리야 니콜라예브나가 여동생 마리야를 낳다가 사망.

1837 (9세) 아버지 니콜라이 일리치가 뇌일혈로 사망. 큰고모인 알렉산드라 오스텐 사켓 백작 부인에게 부양됨.

1844 (16세) 8월, 카잔대학교 철학부 동양어학과 아랍 · 터키어학 과정 입학, 2학기 진급 시험에 낙방.

1845 (17세) 법과대학으로 옮김. 이때를 전후하여 루소의 저술을 읽음. 자기의 내적 각성에 따라 기도 올리기를 그만두고, 성당에 다니는 것도 그침.

1847 (19세) 4월 17일부터 일기를 쓰기 시작함. 카잔대학교 중퇴. 맏형 니콜라이와 함께 야스나야 폴랴나에서 농사 관리, 농민 생활의 개선에 힘썼으나 실패하고 환멸을 느낌. 후년의 작품 《지주의 아침》은 이 경험을 담고 있음.

1851 (23세) 캅카스 포병 여단의 사관후보생 시험에 합격. 제20여단 제4포병 중대 근무. 처녀작 장편 《유년 시절》 집필 시작.

1852 (24세) 단편 〈습격〉 착수. 7월, 장편 《유년 시절》 탈고. 8월, 잡지 《현대인(동시대인)》 주간이었던 네크라소프에게서 《유년 시절》을 높이 평가받음. 9월, 중편 《지주의 아침》 집필 시작. 《조국의 기록》 10월호에 《유년 시절》에 대한 비평 실림. 12월, 단편 〈습격〉 탈고. 이내

중편《카자흐 사람들》씀.

1853 (25세) 3월,《현대인》3월호에 〈습격〉 발표. 4월, 단편 〈크리스마스
날 밤〉 창작. 5월, 장편《소년 시절》착수. 10월, 크림 전쟁 일어남.

1854 (26세) 1월 소위보로 승진. 3월, 두나이 전선 출정에 지원. 7월, 다시
크림 반도 파견군으로 전속. 군사 잡지《병사 소식》발행 계획. 군
사 잡지 발행을 위해 단편 〈지다노프 아저씨와 기사 체르노프〉 〈러
시아 병사들은 어떻게 죽어가고 있는가〉 창작. 진중에 집필한《소년
시절》간행.

1855 (27세) 1월《현대인》1월호에 〈당구 계산원의 수기〉 발표. 3월, 장편
《청년 시절》집필 시작. 8월, 〈1855년 5월의 세바스토폴〉을《현대
인》에 발표. 9월, 〈숲을 치다〉를《현대인》에 발표. 투르게네프, 네크
라소프, 곤차로프, 페트, 체르니셉스키, 오스트롭스키 등과 같은《현
대인》동인들과 친교. 투르게네프와 불화.

1856 (28세) 1월, 〈1855년 8월의 세바스토폴〉을《현대인》1월호에 발표.
페테르부르크 문학인들에 환멸. 야스나야 폴랴나에서 농민 해방을
시도. 〈눈보라〉 〈두 경기병〉 〈지주의 아침〉 〈모스크바의 한 친지와
진중에서 만남〉 발표.《현대인》에 체르니셉스키의 비평 〈유년시절
론〉 실림.

1857 (29세) 1월, 첫 유럽 여행으로 프랑스, 스위스, 독일을 여행. 4월, 〈루
체른〉《청년 시대》발표. 다음 해에 〈알베르트〉 발표.

1859 (31세) 2월, 농민의 아이들에게 야학 교육. 단편 〈세 죽음〉 〈가정의 행복〉 발표.

1862 (34세) 교육 분야의 논문 기초. 〈국민교육론〉 〈읽기와 쓰기를 어떻게 가르칠 것인가〉 〈훈육과 교육〉 등의 논문을 발표. 5월, 농사 중재 법원직 사퇴. 9월, 크렘린에서 궁정 전의의 딸(16세)과 결혼. 10월, 학교 사업을 그만둠.

1863 (35세) 3월,《홀스토메르》창작. 6월, 맏아들 세르게이 태어남. 교육 잡지《야스나야 폴랴나》종간 발행. 〈진보와 교육의 정의〉 〈폴리쿠시카〉《카자흐 사람들》발표. 가을,《12월 당원》기고, 장편《전쟁과 평화》의 준비 작업으로 나폴레옹 전쟁 시대 연구에 착수.

1864 (36세)《전쟁과 평화》집필 시작. 페테르부르크의 스텔롭스키 출판사에서《톨스토이 저작집》제1, 제2권 출간.

1865 (37세)《전쟁과 평화》(당시의 제목《1805년》)의 1~38장까지《러시아 통보》(1865년 제1~2호, 1866년 제3~4호)에 발표. 11월 1일 이후 13년 동안 일기 중단.

1866 (38세)《전쟁과 평화》제2권 발표.

1867 (39세) 가을,《전쟁과 평화》창작을 위해 모스크바행.《전쟁과 평화》단행본 출간(3권).

1868 (40세) 3월,《러시아의 기록》제3호에 논문《《전쟁과 평화》에 대하여 몇 마디를 적는다》발표

1869 (41세)《전쟁과 평화》완성 발표.

1873 (45세) 3월,《안나 카레니나》집필. 7월,《모스크바 신문》편집국 앞
으로 〈사마라 지방의 기근에 대하여〉란 글을 투고(제207호 소재).
빈민 구제 활동. 10월, 교육 활동 재개. 11월,《톨스토이 저작집》
(1~8권) 출간. 12월, 아카데미 회원으로 선출됨.

1874 (46세)《국민교육론》발표. 12월,《새 초등 교과서》집필.

1875 (47세) 1월,《안나 카레니나》가《러시아 통보》에 발표되기 시작. 7월,
《새 초등 교과서》1~4권 발행. 프랑스의《르 탕》지에 〈두 경기병〉이
번역되어 투르게네프의 서문과 함께 실림.

1876 (48세) 정신적 전환의 시작. 작곡가 차이콥스키와 친교.

1877 (49세) 종교적·사상적 저술에 힘씀. 9월,《안나 카레니나》제8편, 단
행본으로 출간.

1878 (50세) 블라디미르 스타소프와 사귐. 4월, 다시 일기를 쓰기 시작. 투
르게네프와 화해. 5월, 〈첫 기억〉을 씀. 7~9월, 투르게네프가 야스나
야 폴랴나를 찾음.《고백(참회록)》을 씀.《안나 카레니나》제2판이 단
행본으로 출간됨.

1881 (53세) 7월, 〈사람은 무엇으로 사는가〉〈4대 복음의 합일과 번역〉
〈요약 복음서〉발표. 도스토옙스키의 별세 소식 들음.

1883 (55세) 8월, 투르게네프 사망. 10월, 러시아문학애호회의 투르게네
프에 관한 공개 연설 계획이 금지됨.《내 신앙의 귀결》발표.

1884　(56세)《그러면 우리는 무엇을 해야 할 것인가》 집필. 6월 17일, 첫 가출 시도. 동양철학 연구. 12월, 체르트코프의 도움으로 민중의 참된 교화를 목적으로 한 출판 기관 '포스레드니크(중개인, 즉 정신적 가치의 전달자라는 뜻)'사 설립.《내 신앙의 귀결》 발매 금지. 〈광인의 수기〉 기고(미완성).

1885　(57세) 2월, 헨리 조지의《토지국유론》 읽음. 10월,《이반 일리치의 죽음》 집필 시작. 12월, 전 인류에 대한 사랑의 고행 길을 떠남. 저작권을 아내 소유로 돌림.《그러면 우리는 무엇을 해야 할 것인가》 발표 시작. 소피야 부인에 의해《톨스토이 저작집》 전 12권 간행됨. 민화 〈두 형제와 황금〉 〈사랑이 있는 곳에 신도 있다〉 〈양초〉 〈두 늙은이〉 〈바보 이반 이야기〉 등 창작.

1886　(58세) 2월,《그러면 우리는 무엇을 해야 할 것인가》 완결. 9월,《인생에 대하여》 집필 시작. 10월, 희곡《암흑의 힘》 발행과 상연이 금지되었으나 한번 발행이 허가되자 사흘 동안에 25만부 매진.《이반 일리치의 죽음》 발표.

1887　(59세) 1월,《일력》이 당국의 탄압으로 왜곡되어 출간됨. 후에《인생 독본》의 기초가 됨. 1월, 중편《빛이 있는 동안 빛 속을 걸어라》 씀. 2월,《암흑의 힘》의 저작권 포기. 12월,《인생에 대하여》 씀. 발금됨. '금주 동맹'을 조직. 〈최초의 양조자〉 〈머슴 예멜리얀과 빈 북〉 〈세 아들〉 등의 작품을 씀.

1888 (60세) 1월, 본다료프의 저서《농부의 승리》의 서문을 씀.〈고골리론〉집필. 2월 22일,《암흑의 힘》파리의 자유극장에서 상연.

1889 (61세) 3~4월, 희극《그녀는 잘하고 있었다》(나중에《문명의 열매》로 제목 바꿈)의 초고를 씀.《크로이체르 소나타》집필. 11월,〈악마〉집필. 12월,《크로이체르 소나타》탈고. 이때《코니의 소설》(나중의《부활》)을 구상.〈각성할 때다〉〈신을 섬길 것인가 황금을 섬길 것인가〉〈손의 노동과 지적 노동〉등을 집필.

1891 (63세) 2월,《문명의 열매》모스크바에서 초연. 그 이튿날, 신간《톨스토이 저작집》제13권을 몰수당함. 4월, 재산 분배. 7월,《첫발》집필.〈굶주림에 우는 농민 구제의 방법에 대하여〉를 씀. 뢰벤펠트 감수 독문판《톨스토이 전집》간행.

1893 (65세) 5월,《신의 나라는 너희들 내부에 있다》탈고. 7월,《무위》, 8월,《종교와 국가》집필. 10월,《노자》번역에 힘씀. 구제 사업 중지. 노불 동맹 비판.《신의 나라는 너희들 내부에 있다》가 발표되자 당국이 그를 아나키스트로 백안시. 기 드 모파상의 작품들 서문을 씀.〈노동자 여러분에게〉〈헤이그 만국평화회의에 대하여〉발표.

1896 (68세) 7월,《하지 무라트》구상.〈복음서를 어떻게 읽을 것인가〉〈현재의 사회조직에 대하여〉〈애국심과 평화〉를 씀.

1897 (69세)《예술이란 무엇인가》탈고.《하지 무라트》집필 시작. 희곡《산송장》창작 구상.

1898 (70세) 두호보르교도를 도울 것을 사회에 호소. 7월, 두호보르교도의 원조 자금을 위해《신부 세르기》와《부활》의 탈고를 서두름. 〈톨스토이주의에 대하여〉〈두호보르교도의 원조에 대하여〉〈기근인가 아닌가〉〈러시아 신보의 편집자에게 부침〉〈두 전쟁〉 등을 씀.

1899 (71세) 3월,《부활》을《니파》지에 발표.

1901 (73세) 2월, 정부의 어용기관인 종무원이 톨스토이를 그리스 정교회에서 파문함. 3월, 〈황제 및 그 보필자들에게〉를 집필, 러시아 국민의 비참한 현상을 기술하고 폭력 없는 개혁이 필요함을 역설. 3월, 〈파문 명령에 대하여 종무원에 보내는 회답〉을 쓰기 시작. 가을,《하지 무라트》《나의 종교》《병사의 수기》 등을 씀.

1902 (74세) 2월,《나의 종교》탈고. 5월, 〈노동 대중에게〉 씀. 11월, 〈성직자들에게 쓰는 공개장〉 집필. 〈지옥의 부흥〉 저술.

1904 (76세) 5월, 〈반성하라〉 발표. 러일전쟁의 부당성을 설파.《인생 독본》편찬 착수. 6월, 〈유년 시절의 추억〉 탈고.

1905 (77세) 〈러시아의 사회운동〉〈푸른 지팡이〉〈코르네이 바실리예프〉〈알료샤 고르쇼크〉〈딸기〉〈세기의 종말〉 등을 씀.

1910 (82세) 2월, 단편 〈호딘카〉 창작. 3월, 희곡《모든 것의 근원》완성. 단편 〈뜻밖에〉 탈고. 7월, 최후의 정식 유언장 작성. 8월,《세상에 죄인은 없다》의 개작이 이루어짐. 10월, 아내에게 최후의 쪽지를 적어놓고 의사 마코베츠키를 데리고 '전 인류와의 사랑의 길'을 떠남.

10월, 최후의 저술인 논문 〈유효한 수단〉 탈고. 10월, 여행 도중 병이 위중해져 랴잔·우랄 철도 중간의 한 시골 역에서 내림. 11월 3일, 일기에 마지막 감상을 적음. 11월 7일, 역장의 집에서 사망. 11월 9일, 야스나야 폴랴나에 묻힘.

부활

초 판 1쇄 발행 | 1992년 7월 15일
개정판 1쇄 발행 | 2012년 12월 26일

지 은 이 | L. N. 톨스토이
옮 긴 이 | 최경준

발 행 처 | 홍신문화사
발 행 인 | 지윤환
출판등록 | 1972년 12월 5일(제6-0620호)
주   소 | 서울 동대문구 용두2동 730-4(4층)
전   화 | 02-953-0476
팩   스 | 02-953-0605

ISBN 987-89-7055-813-4 04890
ISBN 987-89-7055-800-4 (세트)

- 가격은 뒤표지에 있습니다.
- 잘못 만들어진 책은 바꿔 드립니다.